Er hatte nun aufgehört,
auf und ab zu laufen,
stand mitten im Zimmer
und starrte in sein Glas.

E r wandte sich um und sah mich an:
«Sie sagen nichts. Sie sind schockiert.»

*«*E*s steht mir überhaupt nicht zu,
schockiert zu sein. Aber es tut mir um
Ihretwillen leid, daß es passiert ist.»*

«Ich habe Ihnen
noch nicht alles erzählt.
Möchten Sie den Rest hören?»

Rosamunde Pilcher

Karussell
des Lebens

◇ *Zwei Romane* ◇

Wechselspiel
der Liebe

Deutsch von
Jürgen Abel und
Dietlind Kaiser

Karussell des Lebens
Die Originalausgabe erschien 1983 unter dem Titel
«The Carousel» bei Severn House, London

Wechselspiel der Liebe
Die Originalausgabe erschien 1976 unter dem Titel
«Under Gemini» bei St. Martin's Press, New York

Veröffentlicht im Rowohlt Taschenbuch
Verlag GmbH, Reinbek bei Hamburg,
September 1999
Karussell des Lebens
Copyright © 1991 by Rowohlt Taschenbuch
Verlag GmbH, Reinbek bei Hamburg
Wechselspiel der Liebe
Copyright © 1992 by Rowohlt Taschenbuch
Verlag GmbH, Reinbek bei Hamburg
«The Carousel»
Copyright © 1982 by Rosamunde Pilcher
«Under Gemini»
Copyright © 1976 by Rosamunde Pilcher
Alle deutschen Rechte vorbehalten
Umschlaggestaltung Barbara Hanke
Copyright © Umschlagfoto und
Foto Seite 1 bis 4 by
Tony Stone Images / Michael Busselle
Autorenfoto Copyright © by Isolde Ohlbaum
Gesamtherstellung Clausen & Bosse, Leck
Printed in Germany
ISBN 3 499 26190 1

Rosamunde Pilcher

Karussell des Lebens

Deutsch von Jürgen Abel

1

Meine Mutter stand in ihrem hübsch eingerichteten, von der Septembersonne durchfluteten Wohnzimmer und sagte: «Prue, du mußt von Sinnen sein!»

Sie sah aus, als würde sie gleich in Tränen der Enttäuschung ausbrechen, aber ich wußte, sie würde es nicht tun, denn Tränen würden ihr makelloses Make-up verderben, ihr Gesicht anschwellen lassen, ihre Mundwinkel nach unten ziehen und verräterische Furchen vertiefen. So aufgebracht sie sein mochte, sie würde nicht weinen. Ihr Aussehen war ihr wichtiger als fast alles andere, und jetzt stand sie da, auf der anderen Seite des Kaminvorlegers, in einem untadeligen himbeerroten Wollkostüm und einer weißen Seidenbluse, mit ihren goldenen Ohrringen und ihrem Armband mit den Glücksbringern, ihrem silbrigen Haar, das perfekt gewellt und frisiert war.

Sie gab sich jedoch sichtlich Mühe, einen Konflikt widerstreitender Emotionen zu unterdrücken – Zorn, mütterliche Sorge, vor allem aber Enttäuschung. Sie tat mir sehr leid.

«Ach, hör schon auf, Ma, es ist nicht das Ende der Welt.» Schon während ich das sagte, klang es ziemlich lasch.

«Zum erstenmal in deinem Leben hast du einen wirklich gutsituierten Mann an deiner Seite...»

«Ma, ‹gutsituiert› ist ein schrecklich altmodisches Wort.»

«Er ist charmant, er ist solide, er hat eine gute Stellung, und er kommt aus einer guten Familie. Du bist dreiundzwanzig, und es wird allmählich Zeit, daß du seßhaft wirst, heiratest, Kinder bekommst und ein richtiges Heim gründest.»

«Ma, er hat mir nicht mal einen *Antrag* gemacht.»

«Natürlich nicht. Er will es eben gleich richtig anfangen... dich mit nach Haus nehmen und seiner Mutter vorstellen. Das ist vollkommen in Ordnung. Es entspricht seiner ganzen Art. Man braucht euch ja nur zusammen zu sehen, um zu erkennen, daß er rasend in dich verliebt ist.»

«Nigel ist zur Raserei, in welcher Form auch immer, nicht fähig.»

«Ehrlich, Prue, ich weiß nicht, was du suchst.»

Wir hatten dieses Gespräch so oft geführt, daß ich meinen Text Wort für Wort kannte, als ob ich mich hingesetzt und ihn auswendig gelernt hätte. «Ich habe alles, was ich will. Eine Arbeit, die mir gefällt, eine kleine eigene Wohnung…»

«Man kann dieses Kellerzimmer kaum als Wohnung bezeichnen.»

«Und mir ist absolut nicht danach, seßhaft zu werden, wie du es nennst.»

«Du bist dreiundzwanzig. Ich war neunzehn, als ich heiratete.»

Um ein Haar hätte ich gesagt: *Und sechs Jahre später warst du geschieden*, aber ich tat es nicht. So sehr sie mir auch auf die Nerven ging. So etwas konnte man nicht zu meiner Mutter sagen. Ich wußte, daß sie einen eisernen Willen und einen stahlharten Kern hatte, eine Garantie dafür, daß sie fast immer bekam, was sie wollte, aber sie hatte auch etwas Verwundbares – ihre zarte Gestalt, ihre großen blauen Augen, ihre augenfällige Weiblichkeit –, das grausame Worte verbot.

Also machte ich den Mund auf, schloß ihn wieder und sah sie verzagt an. Sie erwiderte meinen Blick vorwurfsvoll, aber nicht tadelnd, und ich begriff zum vielleicht tausendsten Mal, warum mein Vater von dem Moment an, als sie sich zum erstenmal ansahen, verloren gewesen war. Sie hatten geheiratet, weil sie absolut unwiderstehlich war, und er verkörperte genau das, was sie gesucht hatte, seit ihr klargeworden war, daß es so etwas wie das andere Geschlecht gab.

Mein Vater heißt Hugh Shackleton. In jener Zeit arbeitete er in London, in einer Handelsbank in der City, führte ein solides Leben und hatte eine glänzende Zukunft vor sich. Aber im Grunde fühlte er sich wie ein Fisch, den man seinem Element entrissen hat. Die Shackletons waren eine Familie aus Northumberland, und mein Vater war dort auf einer Farm namens Windyedge aufgewachsen, einem Ort, wo die Weiden sich bis zur Nordsee hinunter erstreckten und Winterstürme tosten, die direkt vom Ural kamen. Mein Vater hatte seine Liebe zu jenem Land nie verloren und nie aufgehört, sich danach zu sehnen. Als er meine Mutter heiratete, wurde die Farm von seinem älteren Bruder bewirtschaftet, doch als ich ungefähr fünf war, kam dieser Bruder auf tragische Weise ums Leben, bei einem Jagdunfall. Mein Vater fuhr zur Beerdigung nach Northumberland. Er blieb fünf Tage fort, und als er zu uns zurückkehrte, stand sein Entschluß fest. Er sagte meiner Mutter, er wolle bei der Bank kündigen, das Haus in London verkaufen und nach Windyedge zurückgehen.

Er wolle Farmer werden.

Die Szenen und Auseinandersetzungen, die Tränen und Vorwürfe, die auf diese Mitteilung folgten, gehören zu meinen ersten wirklich unglücklichen Erinnerungen. Meine Mutter versuchte alles, um ihn von seinem Entschluß abzubringen, aber mein Vater blieb hart. Schließlich spielte sie ihren letzten Trumpf aus. Wenn er nach Northumberland zurückgehen wolle, müsse er allein gehen. Sie war einigermaßen überrascht, als er eben dies tat. Vielleicht dachte er, sie würde ihm folgen, aber sie konnte genauso dickköpfig sein.

Binnen eines Jahres waren sie geschieden. Das Haus am Paulton Square wurde verkauft, und meine Mutter zog in ein anderes, kleineres, bei Parson's Green. Ich blieb natürlich bei ihr, aber jedes Jahr fuhr ich für ein paar Wochen nach Northumberland, schon um den Kontakt zu meinem Vater nicht zu verlieren. Nach einer Weile heiratete er wieder, ein schüchternes, stämmiges Mädchen, dessen Tweedröcke immer ein bißchen fadenscheinig aussahen, dessen rosiges und sommersprossiges Gesicht nie auch nur die flüchtigste Bekanntschaft mit einer Puderquaste gemacht hatte. Sie waren sehr glücklich. Sie sind immer noch sehr glücklich. Und das freut mich.

Doch für meine Mutter war es nicht so leicht. Sie hatte meinen Vater geheiratet, weil er dem Bild eines Mannes zu entsprechen schien, das sie verstehen und bewundern konnte. Sie überlegte nie, was sich hinter den Requisiten von Nadelstreifenanzug und Aktenmappe befand. Sie hatte kein Verlangen, verborgene Tiefen auszuloten. Aber die Shackletons steckten voller Überraschungen, und zum Entsetzen meiner Mutter erbte ich die meisten davon. Mein verstorbener Onkel war nicht nur Farmer gewesen, sondern auch ein hervorragender Amateurmusiker. Mein Vater knüpfte in seiner Freizeit die wundervollsten Wandteppiche. Aber die wahre Rebellin war seine Schwester Phoebe. Sie war Künstlerin, eine begabte Malerin, und darüber hinaus war sie eine so originelle Persönlichkeit mit so wenig Achtung vor Konventionen, daß meine Mutter die größte Mühe hatte, sich an diese fremdartige Schwägerin zu gewöhnen.

Phoebe hatte sich als junge Frau in London niedergelassen, doch als sie älter wurde, streifte sie irgendwann einfach den Staub der Großstadt von ihren Schuhen und zog nach Cornwall, wo sie mit einem charmanten Mann, einem Bildhauer namens Chips Armitage, zusammenlebte. Sie heirateten nicht – ich glaube, weil seine Frau sich nicht von ihm scheiden lassen wollte. Als er starb, erbte sie sein kleines verwunschenes viktorianisches Haus in Penmarron, wo sie immer noch lebt.

Trotz des gesellschaftlichen Makels konnte meine Mutter Phoebe nicht komplett abschreiben, denn Phoebe war meine Patentante. Dann und wann lud sie meine Mutter und mich zu sich ein. Aus ihren Briefen ging jedesmal deutlich hervor, daß sie ganz froh wäre, wenn ich allein käme. Aber meine Mutter fürchtete den schlechten Einfluß, den Phoebes halbseidener Lebensstil auf mich ausüben könnte, und getreu dem Prinzip, daß man einen Feind entweder besiegen oder sich mit ihm gut stellen sollte, begleitete sie mich immer bei diesen Besuchen, jedenfalls solange ich klein war.

Als wir das erste Mal nach Cornwall fuhren, hatte ich furchtbare Angst. Ich war noch ein Kind, aber ich wußte sehr wohl, daß meine Mutter und Phoebe nichts gemeinsam hatten, und fürchtete mich vor zwei endlosen Wochen voller Unstimmigkeiten und beredtem Schweigen. Aber ich unterschätzte Phoebes Weitsicht. Sie meisterte die Situation, indem sie meine Mutter mit Mrs. Tolliver bekannt machte. Mrs. Tolliver wohnte in Penmarron in White Lodge und hatte ständig einen absolut konventionellen kleinen Kreis von Freundinnen um sich, die nichts lieber taten, als meine Mutter an ihren Bridgenachmittagen und kleinen Dinner-Parties teilnehmen zu lassen.

Mit ihnen konnte sie an den schönen Tagen unbeschwert Karten spielen, während Phoebe und ich stundenlang am Strand spazierengingen, unsere Staffeleien an der alten Kaimauer aufstellten, mit dem klapprigen Käfer, den Phoebe als Ateliermobil benutzte, landeinwärts fuhren oder ins Hochmoor kletterten und uns in Landschaften verloren, die von einem weißen, schimmernden Licht übergossen waren, dessen Quelle das Meer selbst zu sein schien.

Ungeachtet der Abneigung meiner Mutter übte Phoebe enormen Einfluß auf mich und mein Leben aus. Einen unbewußten Einfluß, weil sie mein ererbtes Zeichentalent zutage förderte und entwickelte. Und einen anderen, praktischeren Einfluß – vielleicht war es sogar ein gewisser Druck –, der mich in meinem Entschluß bestärkte, in Florenz zu studieren, eine Kunstakademie zu besuchen, und der schließlich darin gipfelte, daß Phoebe mir meinen gegenwärtigen Job in der Marcus Bernstein Gallery in der Cork Street verschaffte.

Und nun zankten wir uns wegen Phoebe. Nigel Gordon war vor einigen Monaten in mein Leben getreten. Er war der erste uneingeschränkt konventionelle Mensch, den ich jemals ein bißchen gemocht hatte, und als ich ihn mit nach Haus brachte, damit er meine Mutter kennenlernte, konnte sie ihr Entzücken nicht verhehlen. Er war sehr charmant zu ihr, flirtete ein wenig mit ihr und brachte ihr Blumen, und als sie erfuhr, daß er mich zu seiner Familie nach Schottland eingeladen hatte, um seine Mutter kennenzulernen, kannte ihre freudige Aufregung keine Grenzen. Sie hatte mir bereits Knickerbockerhosen aus Tweed «für das Hochmoor» gekauft, und ich wußte, daß ihre Phantasie schon zur Verlobungsanzeige in der *Times* vorauseilte, zu gedruckten Einladungen und einer Londoner Hochzeit mit mir in einer weißen Kreation, in der ich auch von hinten gut aussah.

Aber im letzten Augenblick hatte Phoebe all diesen schönen Träumen ein Ende gesetzt. Sie hatte sich den Arm gebrochen, und als sie mit dem Arm in Gips aus dem Krankenhaus entlassen wurde und nach Holly Cottage – so hieß ihr kleines Haus – zurückkam, rief sie mich an und bat mich inständig, zu kommen und ihr Gesellschaft zu leisten. Zwar meisterte sie das tägliche Leben schon wieder ganz gut allein, aber sie konnte nicht Auto fahren, und so lange unbeweglich zu bleiben, bis der Gips abgenommen wurde, war für sie eine unerträgliche Aussicht.

Während ich ihr am Telefon zuhörte, überkam mich ein ungewöhnliches Gefühl der Erleichterung, und erst jetzt gestand ich mir ein, daß ich nicht nach Norden fahren und bei den Gordons zu Gast sein wollte. So weit wollte ich mich einfach nicht mit Nigel einlassen. Unbewußt hatte ich mich nach einem Vorwand gesehnt, der mir erlaubte, mich aus der Beziehung hinauszustehlen. Und da wurde er mir sozusagen auf dem Silbertablett serviert. Ohne eine Sekunde zu zögern, sagte ich Phoebe zu. Dann sagte ich Nigel, ich könne leider nicht mit ihm nach Schottland fahren. Und nun sagte ich es meiner Mutter.

Sie war, wie vorauszusehen, am Boden zerstört.

«Cornwall. Zu Phoebe.» Aus ihrem Mund klang es wie die schlimmste aller Sackgassen.

«Ich muß hin, Ma.» Ich versuchte, sie zu einem Lächeln zu bewegen. «Du weißt doch, was für eine Katastrophe es ist, wenn sie ihre alte Kiste fährt, selbst mit zwei Armen.»

Aber sie war über den Punkt hinaus, an dem man ihr noch ein Lächeln abringen konnte. «Wie unhöflich, im letzten Moment abzusagen. Was wird Nigels Mutter denken?»

«Ich werde ihr schreiben. Ich bin sicher, daß sie es verstehen wird.»

«Und bei Phoebe... Bei Phoebe wirst du niemanden kennenlernen als ungewaschene Studenten und schlampig gekleidete Frauen mit Holzketten und selbstgewebten Ponchos.»

«Vielleicht wird Mrs. Tolliver mit einem passablen Mann für mich ankommen.»

«Darüber scherzt man nicht.»

«Es ist *mein* Leben», sagte ich sanft.

«Das hast du immer gesagt. Auch, als du ausgezogen bist, um in diesem grauenhaften Keller in Islington zu wohnen. Ausgerechnet Islington.»

«Islington ist ausgesprochen in.»

«Und als du dich an dieser schrecklichen Kunstschule einge-schrieben hast…»

«Ich habe wenigstens eine sehr gute Stelle bekommen. Das mußt du zugeben.»

«Du solltest verheiratet sein. Dann müßtest du nicht arbei-ten.»

«Ich würde die Stelle auch dann nicht aufgeben, wenn ich ver-heiratet wäre.»

«Aber das ist keine Zukunft, Prue. Ich möchte, daß du ein anständiges Leben führst.»

«Ich finde, es ist ein anständiges Leben.»

Wir sahen uns einen Moment lang an. Dann seufzte meine Mutter, resigniert und offenbar schwer getroffen. Und ich wußte, daß die Auseinandersetzung vorerst beendet war.

«Ich werde dich nie verstehen», sagte sie hilflos.

Ich trat zu ihr und umarmte sie. «Versuch es gar nicht erst», sagte ich. «Lächle einfach und hab mich weiter lieb. Ich schreibe dir eine Karte aus Cornwall.»

Ich hatte beschlossen, nicht mit dem Auto nach Penmarron zu fahren, sondern mit der Eisenbahn. Am nächsten Morgen nahm ich ein Taxi zum Bahnhof Paddington und suchte den richtigen Bahnsteig und den richtigen Wagen. Ich hatte einen Platz reser-viert, aber der Zug war halb leer; um diese Jahreszeit, Mitte Sep-tember, war der Strom der Urlauber so gut wie versiegt. Gerade hatte ich mein Gepäck verstaut und mich hingesetzt, als es ans Fenster klopfte. Ich sah auf und erblickte draußen einen Mann, der in einer Hand eine Aktentasche und in der anderen einen Blumenstrauß hielt.

Es war Nigel. Was für eine Überraschung.

Ich stand auf, ging zurück zur Tür und stieg wieder aus. Er kam verlegen lächelnd auf mich zu.

«Prue. Ich dachte schon, ich würde dich nicht finden.»

«Was um alles in der Welt tust du hier?»

«Ich wollte dir auf Wiedersehen sagen. Dir gute Reise wün-schen.» Er streckte die Hand mit dem Strauß aus, es waren kleine struppige gelbe Chrysanthemen. «Und dir das hier geben.»

Wider Willen war ich sehr gerührt. Mir war klar, daß sein Erscheinen hier auf dem Bahnhof eine großherzige Geste des Verzeihens war, mit der er zugleich sagen wollte, er habe verstanden, warum ich ihm den Laufpaß gab. Die Folge war, daß ich mir gemeiner denn je vorkam. Ich nahm die in einer steifen weißen Papierkrause steckenden Blumen und roch daran. Sie dufteten herrlich. Ich sah Nigel an und lächelte.

«Es ist zehn Uhr. Müßtest du nicht am Schreibtisch sitzen?»

Er schüttelte den Kopf. «Keine Eile.»

«Ich hab gar nicht gewußt, daß du ein so hohes Tier in der Bankwelt bist.»

Nigel grinste. «Bin ich auch nicht, aber ich brauche die Zeit nicht zu stechen. Ich hab allerdings angerufen. Und gesagt, es sei etwas dazwischengekommen.» Er hatte ein markantes Gesicht und blonde Haare, die schon ein bißchen schütter wurden, aber wenn er so grinste, sah er richtig jungenhaft aus. Langsam fragte ich mich doch, ob ich verrückt geworden sei. Diesen liebenswerten Mann sitzenzulassen, um meine unberechenbare Tante Phoebe zu pflegen. Vielleicht hatte meine Mutter trotz allem recht gehabt.

Ich sagte: «Entschuldige, daß ich abgesagt habe. Ich hab gestern abend deiner Mutter geschrieben.»

«Vielleicht ein andermal», sagte Nigel großmütig. «Laß auf jeden Fall von dir hören. Sag mir Bescheid, wann du zurückkommst.»

Ich wußte, er würde auf mich warten, wenn ich ihn darum bäte. Er würde mich vom Bahnhof abholen, mich nach Islington bringen, und wir würden unsere Beziehung wieder aufnehmen, als ob ich nie fort gewesen wäre.

«Das werde ich.»

«Ich hoffe, deine Tante erholt sich schnell.»

«Sie hat sich nur den Arm gebrochen. Sie ist nicht richtig krank.»

Eine kurze, unbehagliche Pause entstand. Dann räusperte er sich, trat vor und gab mir einen Kuß auf die Wange, allerdings mehr in die Luft als auf die Wange gehaucht. «Auf Wiedersehen, und gute Reise.»

«Danke, daß du gekommen bist. Und danke für die Blumen.»

Er machte eine vage Geste, als wolle er winken, drehte sich um und ging. Ich sah ihm nach, während er sich einen Weg zwischen den Trägern, Karren und Familien mit Koffern suchte. An der Sperre drehte er sich noch einmal um. Wir winkten uns zu. Dann war er fort. Ich stieg wieder in den Zug, legte die Blumen ins Gepäcknetz und setzte mich hin. Ich wünschte, er wäre nicht gekommen.

Ich war durch und durch eine Shackleton, aber dann und wann brachen bei mir Emotionen durch, die fraglos unmittelbar auf meine Mutter zurückgingen. Dies war eine solche Phase. Ich mußte verrückt sein, nicht mit Nigel zusammensein zu wollen, mich nicht enger an ihn zu binden, nicht sogar den Rest meines Lebens mit ihm zu verbringen. Normalerweise scheute ich schon beim Gedanken daran, seßhaft zu werden, wie ein junger Gaul, aber als ich da im Zug saß und auf den Bahnsteig hinaussah, kam es mir auf einmal enorm verlockend vor. Sicherheit. Das war es, was dieser zuverlässige Mann mir geben würde. Ich stellte mir vor, in seiner gepflegten Londoner Wohnung zu leben, in den Ferien nach Schottland zu fahren, nur dann zu arbeiten, wenn ich wollte, und nicht, weil ich Geld brauchte. Ich dachte daran, wie es wäre, Kinder zu haben...

Jemand sagte: «Entschuldigung, ist dieser Platz frei?»

«Was...?» Ich blickte auf und sah einen Mann vor mir stehen. Er trug einen kleinen Koffer und hatte ein Kind an der Hand, ein kleines dünnes Mädchen, vielleicht zehn Jahre alt, mit dunklen Haaren und einer häßlichen runden Brille.

«Ja.»

«Gut», sagte er und legte den Koffer ins Gepäcknetz. Er sah nicht so aus, als ob ihm danach sei, freundliche Belanglosigkeiten auszutauschen. Ich wollte ihn bitten, auf meinen Blumenstrauß achtzugeben, aber eine gewisse Fahrigkeit in seinen Gesten hielt mich davon ab. Er war, wie Nigel, für irgendein Büro in der City gekleidet. Aber sein marineblauer Nadelstreifenanzug saß zu eng, als hätte er in letzter Zeit kräftig zugenommen (ich dachte an gewaltige Arbeitsessen auf Spesen), und als er den Koffer hochstemmte, hatte ich einen guten Blick auf sein teures, fast aus den

Nähten platzendes Hemd. Er war dunkelhaarig und hatte vermutlich früher mal ganz gut ausgesehen, aber jetzt hatte er ein ziemliches Doppelkinn, eine kränkliche Gesichtsfarbe und grau werdendes Haar, das hinten auffallend lang war, wohl um von der kahlen Stelle auf dem Kopf abzulenken.

«So», sagte er zu dem kleinen Mädchen. «Und nun setz dich hin.»

Folgsam setzte sie sich auf den vorderen Rand des Sitzes. Sie hatte ein Comic-Heft in der Hand und trug eine kleine rote Umhängetasche. Ihr Haar war sehr kurz geschnitten, so daß der dünne Hals noch länger wirkte. Das blasse Gesicht, die Brille und ihre resigniert-unglückliche Miene ließen mich unwillkürlich an kleine Jungen in steifen neuen Schuluniformen denken, die auf Bahnsteigen mit den Tränen kämpften und unbewegt zuhörten, wie dicke Väter behaupteten, es würde ganz sicher einen Mordsspaß machen, aufs Internat zu gehen.

«Hast du auch bestimmt deine Fahrkarte?»

Sie nickte.

«Großmutter wird dich in St. Abbatt's Junction am Bahnhof abholen.»

Sie nickte wieder.

«Hm…» Der Mann fuhr sich mit der Hand durchs Haar. Er konnte es offensichtlich kaum abwarten zu gehen. «Das wär's also. Du wirst dich bei ihr bestimmt wohl fühlen.»

Sie nickte abermals. Sie sahen sich an, ohne zu lächeln. Er hatte sich schon umgedreht, als ihm noch etwas einfiel.

«Da…» Er griff in seine Brusttasche, nahm eine Kroko-Brieftasche heraus und zog eine Zehn-Pfund-Note daraus hervor. «Du wirst etwas zu essen brauchen. Geh bitte in den Speisewagen, wenn du Hunger hast, und bestell dir etwas.»

Sie nahm den Geldschein und starrte ihn unglücklich an.

«Dann auf Wiedersehen.»

«Auf Wiedersehen.»

Er ging. Am Fenster blieb er kurz stehen, winkte und lächelte flüchtig. Dann verschwand er, eilte wahrscheinlich zu einem teuren protzigen Auto, das ihn in die sichere Männerwelt seiner Arbeit zurückbrachte.

Wie ich eben festgestellt hatte, daß Nigel sehr nett sei, stellte ich nun fest, daß dieser Mann schrecklich war, und fragte mich, wie um alles in der Welt ein so unangenehmer Zeitgenosse die Aufgabe bekommen hatte, das kleine Mädchen in den Zug zu setzen. Sie saß mucksmäuschenstill neben mir. Nach einer Weile langte sie nach ihrer Handtasche, öffnete den Reißverschluß, steckte die Zehn-Pfund-Note hinein und zog den Reißverschluß wieder zu. Ich erwog, irgend etwas Freundliches zu ihr zu sagen, aber hinter den Brillengläsern schimmerte es verdächtig, und deshalb beschloß ich, sie vorerst in Ruhe zu lassen. Einen Augenblick später setzte der Zug sich in Bewegung, und wir verließen den Bahnhof.

Ich schlug meine *Times* auf, las die Überschriften und all die deprimierenden Nachrichten und wandte mich dann mit einem angenehmen Gefühl der Erleichterung dem Feuilleton zu. Ich fand, was ich suchte, die Besprechung einer Ausstellung, die einige Tage vorher in der Peter Chastal Gallery, nur ein paar Häuser weit von Marcus Bernstein, wo ich arbeitete, eröffnet worden war.

Der Maler war ein junger Mann namens Daniel Cassens. Ich hatte mich schon lange für seine Karriere interessiert, weil er mit ungefähr zwanzig ein Jahr lang bei Phoebe in Cornwall gewohnt und bei Chips Bildhauerei studiert hatte. Ich hatte ihn nie kennengelernt, aber Phoebe und Chips hatten ihn liebgewonnen, und als er ging, um seine Arbeit in Amerika fortzusetzen, hatte Phoebe seine Fortschritte so eifrig und begeistert verfolgt, als wäre er ihr eigener Sohn.

Er war gereist, hatte einige Jahre in Amerika verbracht und war dann nach Japan gegangen, wo er sich mit der unendlich komplizierten Schlichtheit der fernöstlichen Kunst beschäftigt hatte.

Seine neue Ausstellung war gewissermaßen das Ergebnis seiner Jahre in Japan, und die begeisterte Besprechung in der *Times* hob die Ruhe und die Formvollendung von Daniel Cassens' Arbeiten hervor, die meisterhafte Pinselführung bei den Aquarellen, die feinfühlige Perfektion der kleinen Nuancen.

Es ist eine einzigartige Sammlung, schloß der Kritiker. *Die*

Gemälde ergänzen einander, jedes ist gewissermaßen eine Facette einer vollkommenen und seltenen Erfahrung. Machen Sie sich eine oder anderthalb Stunden von Ihren täglichen Pflichten frei und besuchen Sie die Chastal Gallery. Sie werden gewiß nicht enttäuscht sein.

Phoebe würde überglücklich sein; ich freute mich für sie. Ich legte die Zeitung weg, schaute aus dem Fenster und sah, daß wir die Vororte hinter uns gelassen hatten und durch ländliche Gegenden fuhren. Es war ein feuchter Tag mit dicken grauen Wolken, die über den ganzen Himmel zogen und nur ab und zu einen klaren blauen Tupfen freigaben. Die Bäume färbten sich langsam rot, die ersten Blätter fielen. Bauern pflügten ihre Felder, und die Gärten der vereinzelten Häuser wirkten von dem schnell dahinfahrenden Zug aus wie mit violetter Farbe übergossen: Das Heidekraut blühte.

Ich erinnerte mich an meine kleine Begleiterin und drehte mich zu ihr um. Sie hatte ihr Comic-Heft noch nicht aufgeschlagen, ihren Mantel noch nicht aufgeknöpft, aber in ihren Augen schimmerten keine Tränen mehr, und sie wirkte ein bißchen gefaßter.

«Wohin fährst du?» fragte ich.

«Nach Cornwall.»

«Oh, da fahre ich auch hin. Wohin nach Cornwall?»

«Zu meiner Großmutter.»

«Das wird sicher sehr schön.» Ich dachte einen Moment nach. «Aber sind die Ferien nicht zu Ende? Müßtest du nicht zur Schule?»

«Ja. Ich gehe auf ein Internat. Wir waren alle schon wieder aus den Ferien zurück, aber dann ist der Heizungskessel geplatzt. Sie haben die Schule für eine Woche geschlossen, bis er repariert ist, und uns nach Haus geschickt.»

«Wie schrecklich. Hoffentlich ist niemandem etwas passiert.»

«Nein. Aber Miss Brownrigg, die Schulleiterin, mußte sich einen Tag hinlegen. Die Lehrerin hat gesagt, es ist ein Schock für sie gewesen.»

«Das wundert mich nicht.»

«Deshalb bin ich nach Haus gefahren, aber da ist nur mein

Vater. Meine Mutter ist in Mallorca, sie macht Urlaub. Sie ist kurz vor dem Ende der Ferien hingefahren. Deshalb muß ich zu Granny.»

Nach dem Klang ihrer Stimme zu urteilen, schien sie diese Aussicht nicht sehr vielversprechend zu finden. Ich wollte ihr etwas Tröstliches sagen, um sie aufzumuntern, aber mir fiel auf Anhieb nichts ein, und so nahm sie ihr Comic-Heft, schlug es auf und fing an zu lesen. Ich kapierte. Lächelnd suchte ich mein Buch hervor und begann ebenfalls zu lesen. Wir setzten die Reise in unsere Lektüre vertieft fort, bis der Speisewagenkellner durch den Gang kam und mitteilte, der Lunch werde jetzt serviert.

Ich legte mein Buch hin. «Möchtest du jetzt was essen?» fragte ich, denn ich wußte ja von der Zehn-Pfund-Note in ihrer Handtasche.

Sie sah mich gequält an. «Ich ... Ich weiß nicht, wo es ist.»

«Ich gehe auch. Möchtest du mit mir kommen? Wir könnten zusammen essen.»

Sie wirkte dankbar und erleichtert. «Oh, darf ich? Ich hab genug Geld, aber ich bin noch nie allein Zug gefahren, und ich weiß nicht, was man da machen muß.»

«Ich weiß, es ist alles ziemlich verwirrend. Komm, gehen wir, ehe die Tische alle besetzt sind.»

Wir gingen hintereinander durch die schaukelnden Waggons, erreichten den Speisewagen und wurden an einen Tisch für zwei Personen geführt. Er war mit einem sauberen weißen Tuch gedeckt, und darauf stand eine Glasvase mit Blumen.

Sie sagte: «Mir ist ein bißchen heiß. Glauben Sie, ich kann meinen Mantel ausziehen?»

«Das wäre eine gute Idee.»

Der Kellner kam, um ihr zu helfen, faltete den Mantel der Länge nach zusammen und legte ihn über ihre Stuhllehne. Wir schlugen die Speisekarte auf.

«Hast du Hunger?» fragte ich.

«Ja. Das Frühstück ist eine Ewigkeit her.»

«Wo wohnst du denn?»

«In Sunningdale. Ich bin mit meinem Vater mit dem Auto nach London gefahren. Er fährt jeden Tag hoch.»

«Dein…? Der Herr, der dich zum Zug gebracht hat, war dein Vater?»

«Ja.» Er hatte ihr nicht einmal einen Abschiedskuß gegeben. «Er arbeitet in einem Büro in der City.» Unsere Blicke trafen sich, dann schaute sie rasch in eine andere Richtung. «Er kommt nicht gern zu spät.»

«Die meisten Männer mögen Verspätungen im Büro nicht gern», sagte ich beruhigend.

«Ist es seine Mutter, zu der du fährst?»

«Nein. Granny ist die Mutter von meiner Mutter.»

Geschwätzig fuhr ich fort: «Ich fahre zu einer Tante von mir. Sie hat sich den Arm gebrochen und kann nicht Auto fahren, und deshalb fahre ich hin und kümmere mich ein bißchen um sie. Sie wohnt ganz am Ende von Cornwall in einem Dorf, das Penmarron heißt.»

«Penmarron? Aber da fahre ich auch hin!»

Das war ein sonderbares Zusammentreffen. «Was für ein Zufall», sagte ich verwundert.

«Ich heiße Collis, Charlotte Collis. Ich bin die Enkelin von Mrs. Tolliver. Kennen Sie Mrs. Tolliver?»

«O ja. Nicht sehr gut, aber ich kenne sie. Meine Mutter hat oft Bridge mit ihr gespielt. Übrigens, meine Tante heißt Phoebe Shackleton.»

Jetzt leuchtete ihr Gesicht auf. Zum erstenmal, seit sie im Zug saß, sah sie aus wie ein richtiges kleines Mädchen, das sich freute. Die Augen hinter den Brillengläsern wurden ganz groß. Sie öffnete überrascht den Mund, und die Zähne, die ich sah, waren entschieden zu groß für ihr schmales Gesichtchen.

«Phoebe! Phoebe ist meine beste Freundin. Ich gehe oft zu ihr, und wir trinken Tee und reden miteinander, jedesmal, wenn ich bei Gran bin. Ich hab nicht gewußt, daß sie sich den Arm gebrochen hat.» Sie sah mir in die Augen. «Sie… Sie sind doch nicht Prue, oder?»

Ich lächelte. «Doch, genau die bin ich. Woher weißt du das?»

«Sie sind mir gleich irgendwie bekannt vorgekommen. Ich habe ein Foto von Ihnen in Phoebes Wohnzimmer gesehen. Ich fand schon immer, daß Sie wunderschön aussehen.»

«Oh. Vielen Dank.»

«Und Phoebe hat mir von Ihnen erzählt, wenn ich sie besucht habe. Es ist sehr schön, Tee mit ihr zu trinken, gar nicht, als wenn man bei einem Erwachsenen zu Besuch ist, und ich darf allein kommen. Und wir spielen immer mit dem Karussell, das früher ein Grammophon gewesen ist.»

«Das hat mir gehört. Chips hat es für mich gemacht.»

«Ich hab Chips nicht gekannt. Er war schon tot, als ich noch ganz klein war.»

«Und ich hab deine Mutter nie kennengelernt», entgegnete ich.

«Aber wir fahren fast jeden Sommer zu Gran.»

«Und ich bin meistens Ostern da, oder manchmal Weihnachten, und deshalb sind wir uns nie begegnet. Ich glaube, ich weiß nicht mal, wie sie heißt.»

«Annabelle. Annabelle Tolliver. Jetzt heißt sie natürlich Mrs. Collis.»

«Und hast du Brüder und Schwestern?»

«Einen Bruder. Er heißt Michael. Er ist fünfzehn und geht in Wellington zur Schule.»

«Und in Wellington ist der Heizkessel nicht explodiert?»

Es war ein Versuch, das Gespräch etwas lustiger zu gestalten, aber Charlotte lächelte nicht. Sie sagte: «Nein.»

Ich studierte die Speisekarte und dachte an Mrs. Tolliver. In meiner Erinnerung war sie eine großgewachsene, elegante und ziemlich kühle Frau, immer makellos gekleidet, mit untadelig frisierten grauen Haaren, stets frisch gebügelten Plisseeröcken und langen, schmalen Schuhen, die wie Kastanien glänzten. Ich dachte an White Lodge, wo Charlotte wohnen würde, und fragte mich, was ein Kind wohl in diesem peinlich gepflegten Garten, diesem stillen und ordentlichen Haus anfangen würde.

Ich blickte über den Tisch zu ihr und sah, daß sie ebenfalls mit gerunzelter Stirn überlegte, was sie bestellen sollte. Was für ein trauriges kleines Menschenkind, mußte ich auf einmal denken. Es hat ihr bestimmt keinen Spaß gemacht, noch einmal eine Woche Ferien zu bekommen, weil der Heizkessel des Internats geplatzt war. Unerwartet und wahrscheinlich unerwünscht, die

Mutter im Ausland und niemand im Haus, der sich um sie kümmerte. Es konnte auch nicht viel Spaß machen, allein in einen Zug gesetzt und ans andere Ende des Landes expediert zu werden, um die restliche Zeit bei der Großmutter zu verbringen. Ich wünschte auf einmal, Mrs. Tolliver wäre mollig und mütterlich, hätte einen großen warmen Busen und eine Leidenschaft dafür, Puppenkleider zu häkeln und Quartett zu spielen.

Charlotte blickte auf und sah, daß ich sie beobachtete. Sie seufzte verzagt. «Ich weiß nicht, was ich nehmen soll.»

Ich sagte: «Du hast eben gesagt, du hättest großen Hunger. Warum nimmst du nicht alles?»

«O ja.» Sie entschied sich für Gemüsesuppe, Roastbeef und Eiscreme. «Glauben Sie, daß dann noch genug Geld für eine Cola übrig ist?»

Was ist so magisch daran, mit der Eisenbahn nach Cornwall zu fahren? Ich weiß, daß ich nicht der einzige Mensch bin, der sich wie verzaubert fühlt, wenn der Zug auf der alten Brunel-Eisenbahnbrücke den Tamar überquert, den Fluß, der Devonshire von Cornwall trennt. Es ist, als passiere man die Tore eines wunderbaren fremden Landes. Jedesmal, wenn ich dorthin fahre, sage ich mir, es könne unmöglich wieder so sein, aber es ist immer das gleiche. Und so oft ich darüber nachdenke, es gelingt mir einfach nicht, die Ursache dieses Hochgefühls festzustellen. Vielleicht ist es die Form der Häuser, die im Schein der Abendsonne rosarot schimmern. Oder es sind die winzigen Felder, die hohen Viadukte, die sich über tiefe bewaldete Täler spannen, das erste ferne Glänzen des Meeres? Oder vielleicht die Heiligennamen kleiner Bahnhöfe, durch die man braust und die man hinter sich läßt? Oder die Stimmen der Gepäckträger auf dem Bahnsteig in Truro?

Um Viertel vor fünf erreichten wir St. Abbatt's Junction. Als der Zug einrollte, standen Charlotte und ich samt unseren Koffern und dem Chrysanthemenstrauß, der nun noch unansehnlicher aussah als vorher, an der Tür. Wir stiegen aus dem Zug, ein stürmischer Westwind pfiff uns ins Gesicht, und ich konnte den intensiven salzigen Geruch des Meeres riechen. Auf dem Bahnsteig standen Palmen, deren Wedel wie alte zerbrochene Regenschirme raschelten. Ein Träger öffnete die Tür des Gepäckwagens und holte eine Kiste mit empört gackernden Hennen heraus.

Ich wußte, daß Mr. Thomas kommen würde, um mich abzuholen. Mr. Thomas war der Besitzer des einzigen Taxis von Penmarron, und Phoebe hatte mir am Telefon gesagt, sie habe ihn zum Bahnhof bestellt. Und richtig, als wir zur Brücke hinaufgingen, sah ich Mr. Thomas dort warten, in einen dicken Mantel gehüllt und auf dem Kopf eine Mütze, die er auf dem Trödelmarkt gekauft hatte und die früher einmal einem feinen Chauffeur gehört hatte. Wenn er nicht Taxi fuhr, war er Bauer und züchtete Schweine, und für diesen Beruf besaß er eine andere Mütze, aus Filz, ein altehrwürdiges Stück. Phoebe mit ihrem derben Humor hatte sich einmal laut gefragt, was für eine Mütze er wohl trage, wenn er zu Mrs. Thomas ins Bett steige, aber meine Mutter hatte die Lippen geschürzt, den Blick gesenkt und sich geweigert zu lächeln, und Phoebe hatte sich nie wieder laut gewundert.

Von Mrs. Tolliver war weit und breit nichts zu sehen. Ich konnte Charlottes Angst spüren.

«Vielleicht wartet deine Großmutter auf der anderen Seite der Brücke.»

Der Zug, der nirgendwo lange hielt, rollte aus dem Bahnhof. Wir suchten den Bahnsteig gegenüber ab, aber der einzige Mensch, der wartete, war eine dicke Frau mit einer Einkaufstasche. Nicht Mrs. Tolliver.

«Vielleicht sitzt sie auf dem Parkplatz im Auto. Es ist ziemlich kalt, und an einem solchen Tag steht man nicht gern im Freien.»

«Hoffentlich hat sie es nicht vergessen», sagte Charlotte.

Aber Mr. Thomas konnte uns beruhigen. «Hallo, meine Liebe», sagte er, als er uns entgegenkam und mir den Koffer abnahm. «Wie geht es Ihnen? Schön, Sie wiederzusehen. Hatten Sie eine gute Fahrt, ja?» Er blickte auf Charlotte hinunter. «Und du bist sicher die Enkelin von Mrs. Tolliver, ja? Sehr gut. Ich habe den Auftrag, euch beide abzuholen. Ich soll das kleine Mädchen nach White Lodge bringen und Sie dann weiter zu Miss Shackleton. Sie sind zusammen gefahren?»

«Ja, wir haben uns zufällig im Zug getroffen.»

«Ihre Tante wäre gern selbst gekommen, aber sie konnte mit

ihrem kaputten Arm nicht Auto fahren. Komm», wandte er sich an Charlotte. «Gib mir deinen Koffer, zwei tragen sich besser als einer...»

Mit zwei Koffern beladen, marschierte er die hölzernen Stufen hoch und trabte über die Brücke, und Charlotte und ich folgten ihm. Als wir in den schimmelnden Ledersitzen seines Taxis saßen, das immer ein bißchen nach Schweinen roch, sagte ich: «Hoffentlich hat Mrs. Tolliver sich nicht auch den Arm gebrochen.»

«O nein, es geht ihr ausgezeichnet», antwortete er. «Alles in Ordnung mit ihr. Aber es wäre ja Unsinn, wenn zwei Autos zum Bahnhof fahren würden...» Damit ließ er den Motor an, und das Taxi schoß nach zwei Fehlzündungen den Hügel hinauf, hinter dem die Hauptstraße lag.

Ich lehnte mich zurück und schüttelte unwillig den Kopf. Vielleicht war es nur vernünftig, zu vereinbaren, daß Charlotte und ich uns das Taxi teilten, aber es hätte von mehr Herzensgüte gezeugt, wenn Mrs. Tolliver selbst gekommen wäre, um ihre kleine Enkelin abzuholen. Es waren schließlich nur gut drei Kilometer. Charlotte sah aus dem anderen Fenster hinaus, und ich vermutete, daß sie wieder mit den Tränen kämpfte. Ich konnte sie verstehen.

«Es war eine gute Idee, das Taxi für uns beide zu schicken, nicht wahr?» Ich versuchte, begeistert zu klingen, so als ob ich es selbst ganz genauso gemacht hätte.

Sie drehte sich nicht um. «Ja, vielleicht», erwiderte sie leise. Aber wir waren angekommen. Wir waren da. Wir sausten an diesem schönen windigen Nachmittag die Hauptstraße entlang und fuhren unter den großen Eichen den Hügel hinunter. Vorbei am Tor des ehemaligen Herrenhauses, dann ins Dorf. Hier schien sich nie etwas zu verändern. Wieder einen Hang hinauf, vorbei an den Katen und Läden, einem alten Mann, der seinen Hund spazierenführte, der Tankstelle, dem Pub. Wir bogen in die Straße, die zur Kirche und zum Meer hinunterführte, zu dem Hain alter Eichen, der Farm mit dem Schieferdach und schließlich zu der offenen weißen Pforte von White Lodge.

Mr. Thomas schaltete mit einem scheußlichen Knirschen in

den ersten Gang und bog in die Zufahrt ein. Wir rollten den kurzen Weg unter überhängenden Zweigen entlang, an den geharkten Böschungen standen verblühende Hortensienbüsche. Wir umfuhren einen davon und hielten auf dem kleinen Kiesplatz vor dem Haus. Es war ein weißgetünchtes, solide wirkendes Haus aus Stein. Eine Glyzinie rankte sich zu den Fenstern im ersten Stock hinauf, drei steinerne Stufen führten zur Haustür. Wir stiegen alle aus, und Mr. Thomas ging die Stufen hoch, um zu läuten. Eine Bö wehte uns einige abgefallene Blätter in einem raschelnden Wirbel vor die Füße. Nach einer Weile öffnete Mrs. Tolliver die Tür. Sie sah genauso aus, wie ich sie in Erinnerung hatte, eine schlanke vornehme Gestalt mit glattfrisiertem, grauem Haar. Als sie die Stufen zu uns herunterkam, hatte sie ein gemessenes Begrüßungslächeln aufgesetzt.

«Charlotte. Schön, daß du da bist.» Sie beugte sich nach unten, küßte die Kleine kurz auf die Wange und richtete sich wieder auf. Ich bin groß, aber sie war größer. «Prue, wie nett, Sie zu sehen. Ich hoffe, es hat Ihnen nichts ausgemacht, das Taxi mit Charlotte zu teilen.»

«Aber nein, im Gegenteil. Wir haben uns in London im Zug kennengelernt und haben die ganze Fahrt zusammen verbracht.»

«Das ist schön. Charlotte, ist dies dein Koffer? Komm ins Haus. Du hast gerade noch Zeit, dir die Hände zu waschen, dann trinken wir Tee. Mrs. Curnow hat einen Biskuitkuchen gebacken. Ich nehme an, du magst Biskuitkuchen.»

«Ja», sagte Charlotte. Es klang nicht überzeugend.

«...Und Prue, ich hoffe, Phoebe geht es den Umständen entsprechend gut. Vielleicht kommen Sie demnächst einmal zum Lunch vorbei. Wie geht es Ihrer Mutter?»

«Danke, sehr gut.»

«Sie werden mir sicher ein andermal berichten, was es für Neuigkeiten gibt. Komm jetzt, Charlotte.»

«Auf Wiedersehen», sagte Charlotte zu mir.

«Auf Wiedersehen, Charlotte. Komm uns besuchen.»

«Ja, gern.»

Ich wartete neben dem Taxi, bis sie die Stufen hinaufgegangen und im Haus verschwunden waren. Mrs. Tolliver trug den Koffer, und Charlotte, immer noch ihr Comic-Heft in der Hand, folgte ihr vorsichtig. Sie drehte sich nicht um, sie winkte nicht. Die Tür fiel hinter ihnen ins Schloß.

2

Es schien nicht richtig, daß
Charlotte so kühl empfangen worden war, während ich, dreiundzwanzig Jahre alt und sehr wohl imstande, auf eigenen Füßen
zu stehen, Holly Cottage und Phoebe hatte, die auf mich warteten. Holly Cottage hatte keine richtige Einfahrt, nur einen kurzen kiesbestreuten Weg zwischen der Pforte und dem Haus. Der
Garten war eine einzige Pracht von blühenden Dahlien und
Chrysanthemen, die Haustür stand offen, um die abendliche
Brise hereinzulassen, und aus einem Fenster im ersten Stock flatterte ein rosaroter Baumwollvorhang im Wind, als stände dort
jemand, der freudig zur Begrüßung winkte. Als das Taxi auf den
Weg einbog, wartete Phoebe schon in der Tür. Ihr linker Arm
steckte in einem gewaltigen Gipsverband, aber der rechte winkte
überschwenglich, und sie kam uns so stürmisch entgegengelau-
fen, daß Mr. Thomas sie um ein Haar angefahren hätte.

Noch ehe der Wagen hielt, sprang ich heraus, um mich von
Phoebes rechtem Arm umfassen zu lassen.

«Oh, Liebling», rief sie, «du bist ein Engel. Ich hätte nie gedacht, daß du kommen könntest. Konnte es kaum glauben. Ich
drehe langsam durch, weil ich zu nichts nütze bin. Kann nicht
mal Fahrrad fahren.»

Ich lachte und ließ sie los. Wir traten jeder einen Schritt zurück
und betrachteten uns mit größter Befriedigung. Phoebe anzusehen, ist immer ein Vergnügen. So unberechenbar sie ist, es macht
immer Spaß, sie anzuschauen. Sie war damals weit über sechzig,
aber man hatte Phoebe nie mit der Zahl ihrer Jahre gleichsetzen
können.

Ich sah die dicken Strümpfe, die festen Stiefel, den abgetrage-
nen und verblichenen Jeansrock. Dazu trug sie ein Männerhemd
und eine Strickjacke (wahrscheinlich beides von Chips geerbt),
goldene Ketten und ein Tuch mit Schottenmuster um den Hals
und den unvermeidlichen Hut auf dem Kopf.

Sie besaß viele Hüte, breitkrempige Dinger mit großer Krone, ziemlich amazonenhaft. Sie hatte sich angewöhnt, sie zu tragen, um ihre Augen vor dem kalten weißen Licht von Cornwall zu schützen, wenn sie im Freien malte, und sie waren gewissermaßen zu einem Teil von ihr geworden, so daß sie oft vergaß, sie abzunehmen. Dieser war braun, verziert mit grauen Möwenfedern, die unter dem Band steckten. Darunter schaute Phoebes mit feinen Linien durchzogenes Gesicht hervor und strahlte mich an. Ihre Zähne waren ebenmäßig und weiß wie die eines Kindes, ihre Augen von einem tiefen Veilchenblau, so klar und leuchtend wie die silbernen Ohrringe mit Türkisen, die zu beiden Seiten des Gesichtes baumelten.

Ich sagte: «Du Schwindlerin. Du hast dir vielleicht den Arm gebrochen, aber du bist genauso schön wie früher.»

«Unsinn! Haben Sie gehört, Mr. Thomas, sie sagt, ich sei schön. Sie muß entweder verrückt sein oder blind. Also, was ist das? Dein Koffer. Und für wen sind diese welken Blumen? Ich will keine welken Blumen haben!» Sie nahm die armen Dinger und fing an zu lachen. «Hören Sie, Mr. Thomas, schicken Sie mir bitte eine Rechnung. Ich kann Sie im Moment nicht bezahlen… Ich hab meine Handtasche verlegt.»

«Ich werde zahlen, Phoebe.»

«Auf keinen Fall. Mr. Thomas macht es nichts aus, nicht wahr, Mr. Thomas?»

Mr. Thomas versicherte, es mache ihm überhaupt nichts aus. Er stieg wieder in sein Taxi, aber Phoebe war noch nicht fertig mit ihm. Sie steckte den Kopf durchs Wagenfenster und erkundigte sich nach Mrs. Thomas' schlimmem Bein. Mr. Thomas begann ausführlich zu berichten. Als er seinen Vortrag etwa zur Hälfte gehalten hatte, fand Phoebe, es sei nun genug. «Schön, daß es ihr besser geht», sagte sie entschieden und zog den Kopf zurück. Obgleich mitten in seinem Redefluß unterbrochen, war Mr. Thomas kein bißchen beleidigt. Es war ja nur Mrs. Shackleton, und sie war bekanntlich manchmal etwas komisch. Das alte Taxi setzte sich wieder in Bewegung, und einen Augenblick später trat er aufs Gaspedal, daß der Kies nur so spritzte, und war verschwunden.

«So.» Phoebe nahm meinen Arm. «Gehen wir rein. Erzähl mir alles, was inzwischen passiert ist.»

Wir gingen durch die offene Tür ins Haus. Ich blieb in der Diele stehen, sah mich um und war zutiefst dankbar, daß alles noch genauso war wie vorher: Die gebohnerten Holzdielen mit den Vorlegern, die hölzerne Treppe zum ersten Stock, die nicht mit einem Läufer belegt war, die weißgetünchten Wände, an denen, scheinbar wahllos angeordnet, Phoebes winzige, bunte, wie kleine Juwelen strahlende Ölbilder hingen.

Es roch nach Terpentin, Holzrauch, Leinöl, Knoblauch und Rosen, aber der größte Zauber des Hauses war die helle und freundliche Atmosphäre, die von blassen Farben, durchscheinenden Vorhängen, Binsenteppichen und poliertem Holz herrührte. Sogar mitten im Winter hatten die Räume immer etwas Sommerliches.

Ich atmete tief durch, ließ alles auf mich wirken. «Wie schön», sagte ich. «Wie schön, wieder hier zu sein.»

«Du schläfst in deinem alten Zimmer», sagte Phoebe und ließ mich dann allein, um in die Küche zu gehen. Ich wußte, sie würde sich jetzt eine ganze Weile bemühen, Nigels arme Blumen wieder zum Leben zu erwecken, obgleich sie mehr als genug Blumen im Garten hatte. Ich nahm meinen Koffer und ging nach oben in das Zimmer, in dem ich geschlafen hatte, seit ich ein ganz kleines Mädchen gewesen war. Als ich die Tür öffnete, streifte mich ein kalter Luftzug, der durch das offene Fenster hereinkam. Ich schloß die Tür, stellte den Koffer ab, trat ans Fenster und beugte mich hinaus, um den altvertrauten Anblick zu genießen.

Es war Ebbe, und die Abendluft roch nach Seetang. In Holly Cottage war man nie weit von den Gerüchen des Meeres entfernt, denn das Haus stand auf einem grasigen Hang oberhalb eines Meeresarms, der wie ein großer See ins Land reichte und jeden Tag von der Flut gefüllt und von der Ebbe geleert wurde.

Unterhalb des Hauses zog sich eine breite Kaimauer entlang, dort, wo früher einmal eine einspurige Eisenbahnlinie zu einer geschäftigen kleinen Werft geführt hatte. Die Werft war nun stillgelegt, die Eisenbahnschwellen waren entfernt worden, aber die Mauer stand noch solide wie ein Fels. Bei Flut reichte das Wasser fast bis an den Rand, im Sommer war es ein guter Platz zum Baden, doch bei Niedrigwasser war weit und breit nichts als Sand zu sehen, mit ein paar tangbehangenen Steinauswüchsen, seichten Tümpeln und ungefähr einem Dutzend alter Fischerboote, die irgendwann einmal, vor vielen Wintern, auf den kiesigen Strand gezogen und aus irgendeinem Grund nie wieder ins Wasser geschoben worden waren.

Hier, an der Südseite des Hauses, war der Garten überraschend groß. Ein unregelmäßig geformter, hier und da von Blumenbeeten begrenzter Rasen senkte sich bis zu einer Steinbrechhecke. In der Mitte der Hecke befand sich eine Pforte, und darüber war der Steinbrech zu einem Bogen geschnitten worden, was dem ganzen Garten etwas bezaubernd Altmodisches verlieh. Rechts, hinter einer Backsteinmauer, wo Chips früher Pfirsichbäume gezogen hatte, lag ein großer Gemüsegarten, an dessen unterem Ende er sein Atelier gebaut hatte. Von meinem Fenster aus sah ich nur das Schieferdach, auf dem gerade eine einsame Silbermöwe saß. Während ich hinschaute, breitete sie die Flügel aus, stieß einen trotzigen Schrei aus, flog auf und ließ sich vom Wind über die nasse, einsame Sandfläche hinaustragen.

Ich lächelte, schloß das Fenster, denn es war empfindlich kühl geworden, und ging hinunter zu Phoebe.

Wir saßen uns gegenüber am Kamin, in dem ein Feuer prasselte, während draußen langsam das Licht des Tages verblich. Auf dem Servierwagen standen eine große braune Teekanne, handbemalte Keramiktassen, ein Teller mit frischgebackenen Teekuchen, gelbe Landbutter und selbstgemachte Kirschmarmelade.

«Du hast die Teekuchen doch nicht selbst gebacken, Phoebe. Unmöglich, mit einer Hand.»

«Nein, Lily Tonkins hat sie heute morgen gemacht. Sie ist ein Schatz, sie kommt jetzt jeden Tag vorbei, und sie hat einfach die Küche übernommen. Ich wußte gar nicht, was für eine großartige Köchin sie ist.»

«Übrigens, wie ist das mit deinem Arm eigentlich passiert?»

«Oh, Liebes, es war zu dumm. Ich war unten im Atelier und

suchte ein paar alte Mappen von Chips... Ich wußte, daß sie auf dem obersten Regal lagen, also stand ich auf einem Stuhl, und natürlich hatte sich irgendein hinterhältiger unbekannter Wurm ins Holz gebohrt, und ein Bein gab nach, und ich plumpste hin.» Sie platzte los, als ob sie gerade einen großartigen Witz erzählt hätte. Auf dem Kopf hatte sie immer noch ihren Federhut. «Ein Glück, daß ich mir nicht das Bein gebrochen hab. Ich ging zum Haus zurück, und Gott sei Dank war gerade der Briefträger mit der Nachmittagspost da. Also stieg ich zu ihm ins Auto, er brachte mich ins Kreiskrankenhaus, und dort verpaßten sie mir diesen schrecklichen Gips.»

«Du Ärmste.»

«Oh, es ist nicht weiter schlimm, es tut nicht weh, es ist nur lästig, und es macht mich verrückt, daß ich nicht Auto fahren kann. Ich muß morgen wieder ins Krankenhaus zur Untersuchung, der Arzt hat darauf bestanden. Ich glaube, er befürchtet, ich würde den Brand kriegen oder so.»

«Ich werde dich hinbringen.»

«Das brauchst du nicht, sie schicken nämlich einen Krankenwagen. Ich bin noch nie in einem Krankenwagen gefahren. Ich freue mich richtig darauf. Sag mal, wie geht es Delia?»

Delia ist meine Mutter. Ich sagte, es gehe ihr gut.

«Und wie war die Eisenbahnfahrt?» Ehe ich antworten konnte, fiel ihr ein, was sie mit Mrs. Tolliver abgemacht hatte. «Großer Gott, ich hab ganz vergessen, nach Charlotte Collis zu fragen. Hat Mr. Thomas daran gedacht, sie auch am Bahnhof abzuholen?»

«Ja.»

«Gott sei Dank. Hoffentlich hat es dir nichts ausgemacht, mit ihr zusammen zu fahren. Ich finde, Mrs. Tolliver hätte das arme Kind ruhig selbst abholen können, aber sie hielt es offenbar für unsinnig, da Mr. Thomas ohnehin hinfahren wollte.»

«Ich hab auch gedacht, sie hätte ruhig selbst kommen können.»

«Wie geht es ihr, dem armen kleinen Wurm?»

«Sie schien ein bißchen verängstigt zu sein. Freute sich anscheinend gar nicht darauf, für eine Woche zu ihrer Großmutter zu fahren. Der einzige Mensch, für den sie Begeisterung zeigte, warst du. Sie betet dich an.»

«Komisch, nicht? Man sollte meinen, sie wäre lieber mit gleichaltrigen Kindern zusammen. Allerdings gibt es hier im Dorf nicht viele Kinder, und selbst wenn es welche gäbe, würde sie immer eine Einzelgängerin bleiben. Als wir uns kennenlernten, lief sie ganz allein am Strand entlang. Sie sagte, sie mache einen Spaziergang, und ich lud sie zum Tee ein und rief Mrs. Tolliver an, um ihr zu sagen, daß sie bei mir sei. Danach kam sie ziemlich oft, um mich zu besuchen. Sie ist fasziniert von meinen Bildern, den Farben und Skizzenbüchern. Ich hab ihr einen Skizzenblock und ein paar Filzstifte geschenkt, sie hat ein bemerkenswertes Talent und sehr viel Phantasie. Und sie hört für ihr Leben gern Geschichten, ich muß ihr immer wieder von Chips erzählen und von den verrückten Sachen, die er und ich früher gemacht haben. Wirklich sehr ungewöhnlich, bei einem so kleinen Mädchen.»

Ich lächelte. «Weißt du, ich glaube, ich wußte überhaupt nicht, daß Mrs. Tolliver ein Enkelkind hat. Ich glaube, ich wußte nicht mal, daß sie eine Tochter hat. Oder einen Mann, wenn ich's recht überlege. Was ist aus Mr. Tolliver geworden?»

«Er ist vor ein paar Jahren gestorben. Als Chips und ich hierherkamen, lebte er noch, und sie führten ein großes Haus. Du weißt schon – einen Bentley in der Garage, zwei Gärtner, eine Köchin und ein Hausmädchen. Annabelle war schrecklich verzogen und verwöhnt, ein richtiges Einzelkind. Aber dann hatte Mr. Tolliver einen Herzanfall. Er kippte auf dem siebten Grün des Golfplatzes um und hat sich nie wieder erholt. Danach war es nicht mehr so wie vorher. Mrs. Tolliver hat natürlich nie etwas gesagt, sie ist die verschlossenste Frau, die ich kenne, aber der große Wagen wurde verkauft, und offensichtlich haben sie ihre Ausgaben erheblich eingeschränkt. Annabelle war auf einem lächerlich teuren Pensionat in der Schweiz gewesen, sie mußte nach Haus kommen und hier die Schule besuchen. Sie fand es furchtbar. Ich glaube, sie hatte das Gefühl, das Leben hätte sie gedemütigt. Albernes Ding.»

«Wie war sie?»

«Sie sah sehr gut aus, aber sie hatte keinen Funken Grips. Als sie geheiratet und ihren kleinen Jungen bekommen hatte, kam sie im Sommer immer herunter und wohnte bei ihrer Mutter, und jedesmal lagen ihr drei oder vier Verehrer zu Füßen. Bei einer Party konnte man sie nicht sehen vor lauter Männern. Wie Bienen um ein Glas Honig.»

«Sie ist jetzt in Mallorca. Charlotte hat es mir erzählt. Sonst hat sie kein Wort über ihre Mutter gesagt.»

«Ich verstehe. Ich habe alles darüber gehört. Ich glaube, Mrs. Tolliver findet, ihre Tochter sollte zurückkommen und selbst nach Charlotte sehen. Sie war sehr verärgert wegen dieser Geschichte mit dem Heizkessel. Sie meinte, der Unterricht könnte doch trotzdem weitergehen. Ich war entsetzt. Die Kinder hätten allesamt ums Leben kommen können. Aber Mrs. Tolliver machte sich weit mehr Sorgen darüber, daß Charlotte für die Zeit zu ihr kommen sollte.»

«Mag sie Charlotte denn nicht?»

Phoebe zuckte die Achseln. «Oh, ich glaube, sie hat sie ganz gern. Aber sie hat sich nie für Kinder interessiert, und ich habe den Eindruck, daß sie Charlotte sehr langweilig findet. Außerdem war die Kleine noch nie allein bei ihr. Wahrscheinlich weiß sie einfach nicht, was sie mit dem Kind anfangen soll.»

Der Wind wurde stärker, rüttelte an den Fensterläden und pfiff um die Hausecken. Es war fast dunkel, doch das Zimmer, in dem wir saßen, wurde vom tanzenden Schein des Feuers beleuchtet. Ich griff nach dem Kessel, der auf einem Messingeinsatz nahe den Flammen vor sich hin summte, und füllte die Teekanne nach.

«Und Annabelles Mann?»

«Leslie Collis? Ich konnte ihn noch nie ausstehen, er ist ein widerlicher Typ.»

«Ich fand ihn auch ziemlich abstoßend. Er hat Charlotte nicht mal zum Abschied geküßt. Wie hat Annabelle ihn kennengelernt?»

«Er wohnte mit drei anderen Börsenmaklern, oder wie diese Leute sich nennen, im Castle Hotel in Porthkerris. Ich weiß nicht, wie sie sich kennenlernten, aber als er sie zum erstenmal sah, war's um ihn geschehen.»

«Er kann nicht sehr attraktiv gewesen sein.»

«Doch, auf eine sonderbare Weise war er es. Er hatte einen öligen, aufdringlichen Charme. Warf das Geld zum Fenster raus und fuhr mit einem Ferrari durch die Gegend.»

«Glaubst du, Annabelle war in ihn verliebt?»

«Keine Sekunde. Annabelle war nur in sich selbst verliebt. Aber er konnte ihr alles geben, was sie sich jemals gewünscht hatte, und sie haßte es, arm zu sein. Außerdem tat Mrs. Tolliver natürlich, was sie konnte, um die Sache zu unterstützen. Ich glaube, sie hat ihrem Mann nie verziehen, daß er sie in beengten Verhältnissen zurückließ, und sie war entschlossen, alles zu tun, damit Annabelle eine gute Partie machte.»

Ich dachte darüber nach. Dann schenkte ich mir noch eine Tasse Tee ein und lehnte mich in die weichen Polster des tiefen alten Sessels. «Ich nehme an, Mütter sind da alle gleich.»

«Erzähl mir nicht, daß Delia dich wieder bedrängt hat.»

«O nein, so schlimm war es nicht. Aber da ist jemand, den ich kenne ... Er hat mir die Chrysanthemen geschenkt ...» Ich berichtete ihr von Nigel Gordon und der Einladung nach Schottland.

Phoebe hörte interessiert zu, und als ich ausgeredet hatte, sagte sie: «Nach allem, was du erzählst, muß er sehr nett sein.»

«Ja. Das ist ja das Schlimme. Er ist furchtbar nett. Aber Mutter hört schon die Hochzeitsglocken läuten und hält mir dauernd vor, ich sei dreiundzwanzig und müsse endlich seßhaft werden. Wenn sie nicht ständig davon redete, hätte ich ihn vielleicht schon geheiratet.»

«Du darfst ihn nur dann heiraten, wenn du dir das Leben ohne ihn nicht mehr vorstellen kannst.»

«Genau das ist es. Ich kann mir das Leben ohne ihn vorstellen. Sogar sehr gut.»

«Wir erwarten alle etwas Verschiedenes vom Leben, und wir brauchen etwas Verschiedenes. Deine Mutter braucht Sicherheit. Deshalb hat sie deinen Vater geheiratet, und es hat ihr nicht viel genützt, weil sie sich nicht die Zeit nahm, ihn richtig kennenzulernen, ehe sie in ihrem wunderbaren Kleid vor den Altar trat. Aber du bist etwas Besonderes. Du brauchst mehr als einen Mann, der dir Blumen schenkt und die Rechnungen bezahlt. Du bist intelligent und begabt. Und wenn du dich mit einem Mann zur Ruhe setzt, ist es unbedingt nötig, daß er dich zum Lachen bringt. Chips und ich haben die ganze Zeit gelacht, auch als wir arm und erfolglos waren und nicht wußten, wie wir die Lebensmittelrechnung bezahlen sollten. Wir haben immer gelacht.»

Ich sah sie im Geiste genau vor mir und mußte lächeln. «Wo du gerade von Chips sprichst, hast du gewußt, daß Daniel Cassens eine Ausstellung in der Chastal Gallery hat? Ich habe heute morgen eine hymnische Besprechung in der *Times* gelesen.»

«Ich hab sie auch gelesen. Sehr aufregend. Der liebe, gescheite Junge. Ich wollte eigentlich zur Vernissage nach London fahren, aber dann hab ich mir diesen blöden Arm gebrochen, und der Arzt hat gesagt, ich dürfe nicht reisen.»

«Ist er in London? Ich meine, Daniel?»

«Der Himmel weiß, wo er steckt. Wahrscheinlich noch in Japan. Oder in Mexiko, oder sonstwo am anderen Ende der Welt. Aber ich würde die Ausstellung gern sehen. Wenn ich kann, fahre ich vielleicht mit dir nach London zurück, und wir gehen zusammen hin. Das wäre herrlich! Etwas, worauf ich mich freuen kann.»

In der Nacht hatte ich einen Traum. Ich war auf einer Insel, einer tropischen Insel mit Palmen und weißen Stränden. Es war sehr heiß. Ich ging den Strand hinunter zu dem unbewegten, glasklaren Meer. Ich wollte schwimmen, aber das Wasser war sehr seicht, nur ein paar Zentimeter tief, und reichte mir kaum über die Knöchel. Ich ging weiter und weiter, aber dann fiel der Sand plötzlich steil ab; ich hatte keinen Grund mehr unter den Füßen und mußte schwimmen, und das Wasser war dunkel wie Tinte und die Strömung wie ein reißender Fluß. Ich fühlte, wie sie mich forttrug, zum Horizont hin. Ich wußte, daß ich umkehren und zum Strand schwimmen sollte, aber die Strömung war zu stark, es hatte keinen Sinn, sich gegen sie zu wehren. Also hörte ich auf, mich anzustrengen, ließ mich weitertragen und wußte, ich würde nie umkehren können, aber das Gefühl, mich von der Strömung tragen zu lassen, war so wunderschön, daß es mir nichts ausmachte.

Als ich erwachte, konnte ich mich an jede Einzelheit dieses Traumes erinnern. Ich lag im Bett und dachte an das klare Wasser und das Gefühl des Friedens, das ich gespürt hatte, als ich von dem lauen Wasser, der lautlosen See getragen wurde. Alle Träume haben eine Bedeutung; ich frage mich, wie ein Psychiater diesen wohl gedeutet hätte. Mir fiel ein, daß er etwas mit dem Sterben zu tun haben könne, und ich empfand keine Angst dabei.

3

Schon am frühen Morgen zeigte sich, daß es ein schöner Tag werden würde. Die Luft war klar, eine leichte Brise wehte, am strahlendblauen Himmel zogen große Wolken vom Atlantik herüber. Zwischen ihnen blitzten Sonnenstrahlen hindurch; das aufsteigende Wasser füllte allmählich den Meeresarm, kroch den Sand hinauf, ergoß sich in die Priele und erreichte gegen elf Uhr schließlich die Kaimauer unterhalb des Hauses.

Gleich morgens war ein Krankenwagen vorgefahren, um Phoebe mit dem gebührenden Aufwand zu ihrem Untersuchungstermin im Kreiskrankenhaus zu fahren. Sie hatte sich für den Ausflug einen anderen Hut aufgesetzt, ein Modell aus schwarzem Samt, mit einem Wildseidenschal umwunden, und sie hatte mir durch das geöffnete Fenster begeistert zugewinkt, als bräche sie zu einer Vergnügungsfahrt auf. Sie würde zum Mittagessen zurück sein. Ich hatte ihr angeboten, den Lunch zu machen, aber Lily Tonkins, die bereits mit dem Staubsauger hantierte, hatte erklärt, sie habe schon eine Lammkeule in den Herd geschoben. Also suchte ich mir einen Skizzenblock und einen schwarzen Kreidestift, stibitzte einen Apfel aus der Obstschale und ging hinaus.

Und nun, um elf, saß ich auf dem grasbewachsenen Hang oberhalb der Kaimauer, während die Sonne schimmernde Tupfen auf das vom Wind gekräuselte Wasser des Meeresarms warf und Möwen in der kühlen Morgenluft kreischten. Ich hatte eine erste Skizze von den ramponierten alten Fischerbooten mit den rostigen Ketten und Ankern und den nackten, in den Himmel ragenden Masten gemacht. Während ich ein Detail hinzufügte, eine halb verwitterte Luke, hörte ich, wie der Morgenzug von Porthkerris durch den Einschnitt hinter Holly Cottage heranratterte und in dem kleinen Bahnhof am Wasser hielt. Es war ein sehr kleiner Zug, der nur selten fuhr, und einen oder zwei Augenblicke später tutete er, ruckte wieder an, rollte langsam durch die Kurve und verließ mein Gesichtsfeld.

Ich war so vertieft in den Anblick, der sich mir bot, daß ich den Zug nur halb wahrgenommen hatte, doch als ich dann wieder aufsah, um den Kiel eines umgedrehten Bootes zu betrachten, bemerkte ich eine Bewegung am Rand meines Blickfeldes. Ich schaute hin und sah eine einsame Gestalt, einen Mann, der in meine Richtung kam. Er kam vom Bahnhof her, und ich nahm an, daß er aus dem Zug gestiegen war, die Gleise überquert hatte und nun dem stillgelegten Nebengleis folgte. Daran war nichts Ungewöhnliches. Viele Leute fuhren mit dem Zug von Porthkerris nach Penmarron und gingen dann auf dem Weg, der ungefähr fünf Kilometer weit dem Lauf der Klippen folgte, nach Porthkerris zurück.

Ich legte den Skizzenblock hin, biß in meinen Apfel und beobachtete den Fremden. Er war groß und langbeinig und ging mit langen federnden Schritten. Als er näher kam, sah ich, daß er Blue Jeans und ein verblichenes Hemd trug und über dem Hemd eine dicke weiße Strickjacke, wie Urlauber sie aus Irland mitbringen. Die Jacke war nicht zugeknöpft, wehte im Wind, und er hatte sich ein rot-weißes Taschentuch um den Hals gebunden. Das Tuch und sein dunkles Haar erinnerten ein wenig an einen Zigeuner. Obgleich er es nicht eilig zu haben schien, kam er schnell näher.

Ich fand, daß er aussah wie ein Mann, der wußte, wohin er wollte.

Jetzt hatte er das andere Ende der Kaimauer erreicht. Dort blieb er stehen, blickte auf das schimmernde Wasser hinaus und schirmte die Augen mit der Hand gegen die Sonne ab. Einen Moment später ging er weiter, und nun sah er mich – wie ich im Gras saß, meinen Apfel aß, ihn beobachtete.

Ich erwartete, daß er an mir vorbeigehen würde, vielleicht mit einem gemurmelten «Guten Morgen», doch er blieb stehen, mit dem Rücken zum Wasser, die Hände in den Taschen der großen Strickjacke vergraben. Eine Bö zerzauste sein schwarzes Haar. «Hallo», sagte er.

Seine Stimme wirkte jungenhaft, sein Auftreten burschikos,

aber sein hageres braungebranntes Gesicht war nicht das Gesicht eines Jungen, und um seinen Mund und seine Augen zeichneten sich scharfe Linien ab.

«Hallo.»

«Was für ein schöner Morgen.»

«Ja, nicht?» Ich aß meinen Apfel auf und warf das Kerngehäuse fort. Eine Möwe stürzte sich darauf, schnappte es und trug es fort, um es ungestört zu verspeisen.

«Ich bin eben mit dem Zug gekommen.»

«Das habe ich mir gedacht. Wollen Sie zu Fuß zurück nach Porthkerris?»

«Nein, eigentlich nicht.» Er stieg zwischen den Brombeersträuchern und Farnen hindurch zu mir hinauf, und ließ sich neben mich auf die Erde fallen. Von nahem schien er nur noch aus langen knochigen Gliedmaßen zu bestehen. Seine alten Segeltuchschuhe hatten bereits einige Löcher, und seine Strickjacke verströmte in der warmen Sonne einen Geruch von Schafen, als ob sie von einem ungewaschenen Wollknäuel gestrickt worden wäre.

«Sie können an den Klippen entlanggehen, wenn Sie wollen», bemerkte ich.

«Ja, aber ich will nicht, wissen Sie.» Sein Blick fiel auf meinen Skizzenblock, und ehe ich ihn daran hindern konnte, hatte er ihn in der Hand. «Sehr hübsch.»

Ich hasse es, wenn Leute meine Arbeiten betrachten, vor allem dann, wenn sie noch nicht fertig sind. «Es ist nur eine grobe Skizze.»

«O nein.» Er betrachtete das Blatt noch einen Moment und legte den Block dann ohne weiteren Kommentar wieder hin. «Das auflaufende Wasser zu beobachten, hat etwas tödlich Faszinierendes», fuhr er fort. «Haben Sie das gemacht?»

«Ja, die ganze letzte Stunde.»

Er langte in seine riesige Tasche und holte eine schmale Schachtel Zigarren, ein Streichholzheft und ein anscheinend oft und gern gelesenes Taschenbuch mit zahlreichen Eselsohren heraus. Mein Interesse erwachte, als ich sah, daß es die ‹Cornwall-Saga› von Daphne Du Maurier war. Das Zündholzheft trug den

41

Aufdruck *The Castle Hotel Porthkerris*. Ich kam mir vor wie ein Detektiv. Immerhin wußte ich jetzt schon eine ganze Menge über ihn.

Er nahm eine Zigarre aus der Schachtel und zündete sie an. Seine Hände waren sehr schön, lang und schmal mit flachen Fingerkuppen. An einem Handgelenk trug er eine billige und unscheinbare Uhr, am anderen eine goldene Gliederkette, die sehr alt und schwer wirkte.

Während er die Zündhölzer und die Zigarren wieder in die Tasche steckte, fragte ich: «Wohnen Sie im Castle?»

Er sah überrascht auf, dann lächelte er. «Wie haben Sie das erraten?»

«Kombination. Streichhölzer. Scharfblick.»

«Natürlich. Wie dumm von mir. Na ja, ich habe die letzte Nacht dort verbracht, wenn man das wohnen nennen kann. Ich bin gestern von London heruntergekommen.»

«Ich auch. Mit dem Zug.»

«Ich wünschte, ich wäre auch mit dem Zug gekommen. Jemand hat mich mit dem Auto mitgenommen. Ich kann Autos nicht ausstehen. Ich sitze lieber gemütlich und schaue aus dem Fenster oder lese ein Buch. Viel zivilisierter.» Er setzte sich bequemer hin und stützte sich auf einen Ellbogen. «Machen Sie hier Urlaub, sind Sie länger hier, oder leben Sie hier?»

«Ich bin für ein paar Tage da.»

«Im Dorf?»

«Ja. Das heißt, hier ganz in der Nähe.»

«Was meinen Sie damit, hier ganz in der Nähe?»

«In dem Haus da oben.»

«Holly Cottage.» Er fing an zu lachen. «Wohnen Sie bei Phoebe?»

«Sie kennen Phoebe?»

«Natürlich kenne ich sie. Ihretwegen bin ich hier. Um sie zu besuchen.»

«Sie werden sie jetzt nicht antreffen, weil sie ins Kreiskrankenhaus gefahren ist. Nichts Schlimmes, sie hat sich nur den Arm gebrochen. Deshalb trägt sie einen Gipsverband, und der Arzt will ihn sich mal ansehen.»

«Hm, Gott sei Dank. Geht es ihr gut?»

«Natürlich. Sie wird zum Mittagessen wieder da sein.»

«Und wer sind Sie? Krankenschwester oder eine von ihren ewigen Studentinnen?»

«Nein, ich bin eine ewige Nichte.»

«Sie sind nicht zufällig Prue?»

«Doch, zufällig bin ich das.» Ich runzelte die Stirn. «Und wer sind Sie?»

«Daniel Cassens.»

Ich sagte wie eine Idiotin: «Aber Sie sind doch in Mexiko.»

«Mexiko? Ich bin noch nie in Mexiko gewesen.»

«Phoebe sagte, Sie seien wahrscheinlich in Mexiko oder irgendwo sonst am anderen Ende der Welt.»

«Sie hat eine gute Intuition. Ich war in der Tat ziemlich weit weg, vor den Virgin Islands, mit amerikanischen Freunden auf einem Boot, aber dann kam eine Hurrikanwarnung, und ich fand, es sei an der Zeit auszusteigen. Als ich dann aber wieder in New York war, bekam ich jeden Tag ein Telegramm von Peter Chastal, der mich drängte, zur Vernissage der Ausstellung, die er für mich veranstaltet, nach London zu kommen.»

«Ich weiß, daß er eine Ausstellung macht. Wissen Sie, ich arbeite bei Marcus Bernstein. Praktisch nebenan von Peter Chastal. Und ich habe die Kritiken zu Ihrer Ausstellung gelesen. Ich denke, sie wird ein großer Erfolg. Phoebe hat die Rezensionen auch gelesen und sich wahnsinnig gefreut.»

«Das kann ich mir denken.»

«Waren Sie bei der Vernissage?»

«Ja, ich habe im letzten Augenblick nachgegeben und bin hergeflogen.»

«Warum wollten Sie zuerst nicht? Die meisten Künstler würden ihre Vernissagen um keinen Preis verpassen. All der Champagner und die Komplimente.»

«Ich hasse meine eigenen Ausstellungen. Es ist die schrecklichste Form von Entblößung, ungefähr so, als stellte man seine Kinder zur Schau. Unmengen von Leuten, die einen anglotzen. Das macht mich immer völlig fertig.»

Ich verstand, was er meinte. «Sind Sie denn hingegangen?»

«Ja, aber nur für eine Weile, und in Verkleidung – dunkle Brille und Schlapphut. Ich sah aus wie ein geistesgestörter Spion. Ich blieb nur eine halbe Stunde, und als Peter gerade anderweitig beschäftigt war, hab ich mich rausgeschlichen, bin in einen Pub gegangen und habe überlegt, was ich als nächstes machen sollte. Dann bin ich mit einem Gast ins Gespräch gekommen und hab ihm ein Bier spendiert. Er sagte, er wolle nach Cornwall fahren, ich hab gefragt, ob er mich mitnehmen würde, und so bin ich gestern abend hierhergekommen.

«Warum haben Sie Phoebe nicht Bescheid gesagt? Sie hätten bei ihr wohnen können.»

Ich hatte die Frage impulsiv gestellt und wünschte sofort, ich hätte es nicht getan. Er blickte zur Seite, rupfte ein kleines Büschel Gras aus und ließ die einzelnen Halme vom Wind fortwehen.

«Ich weiß nicht», sagte er endlich. «Viele Gründe. Einige sind hochherzig, andere weniger.»

«Aber sie hätte sich bestimmt gefreut.»

«Ja, ich weiß. Aber es ist lange her. Elf Jahre sind vergangen, seit ich hier war. Und Chips war damals noch am Leben.»

«Sie haben mit ihm gearbeitet, nicht wahr?»

«Ja, ein Jahr lang. Ich war in Amerika, als er starb. Oben im Sonoma-Tal in Nordkalifornien. Ich wohnte bei ein paar Bekannten, die einen Weinberg haben. Phoebes Brief brauchte lange, um mich zu erreichen, und ich weiß noch, was ich damals dachte – wenn einem niemand erzählte, daß Menschen, die man gern gehabt hat, gestorben seien, würden sie für immer leben. Und dann dachte ich, ich könnte nie nach Cornwall zurückkehren. Aber der Tod gehört irgendwie zum Leben. Das habe ich seitdem gelernt. Damals wußte ich es noch nicht.»

Ich dachte an das Karussell, das Chips aus einem alten Grammophon für mich gebastelt hatte. Daran, wie er und Phoebe zusammen lachten. An den Geruch seiner Pfeife.

«Ich hatte ihn auch sehr gern.»

«Alle mochten ihn. Er hatte ein großes Herz. Ich habe Bildhauerei bei ihm studiert, aber ich lernte von ihm eine Menge über das Leben, was weit wichtiger ist, wenn man zwanzig ist. Ich hab meinen Vater nie gekannt, deshalb kam ich mir immer irgendwie anders vor als andere. Chips hat diese Lücke ausgefüllt. Er gab mir ein Gefühl für meine eigene Persönlichkeit, für meinen Platz in der Welt.»

Ich wußte, was er meinte – es war genau das gleiche Gefühl, das Phoebe mir vermittelte.

«Als ich gestern von London abfuhr, kamen mir auf einmal Zweifel», fuhr er fort. «Ich fragte mich, ob ich das Richtige tat. Es ist nicht immer klug, an den Ort zurückzukehren, an dem man jung war und Träume hatte. Und Ambitionen.»

«Nicht, wenn die Träume und Ambitionen wahr geworden sind. Was bei Ihnen sicher der Fall ist. Das beweist doch schon die Ausstellung bei Chastal. Die Bilder werden bestimmt alle verkauft werden...»

«Vielleicht wäre es besser, ich hätte etwas weniger Selbstsicherheit.»

«Man kann nicht alles haben. Oder nicht haben.»

Wir schwiegen. Inzwischen war es Mittag, die Sonne stand hoch am Himmel. Ich hörte das leise Wehen der Brise, das Plätschern des Wassers an der Kaimauer. Von der anderen Seite des Meeresarms, vom fernen Fahrdamm, drang das Summen vorbeifahrender Autos zu uns. Ein Schwarm von Möwen zankte sich um einen faulenden Fisch.

Er sagte: «Wissen Sie, vor über zweitausend Jahren war dieser Meeresarm ein Fluß. Händler segelten vom Mittelmeer bis hierher, um Lizard und Lands End, bis ans Schanzdeck mit den Schätzen der Levante beladen.»

Ich lächelte. «Ich habe die ‹Cornwall-Saga› auch gelesen.»

«Es ist unglaublich schön.» Er schlug eine zerlesene Seite auf und las vor:

«Für den heutigen Betrachter, der zwischen den Sanddünen und den Grasbüscheln seewärts blickt, wo jetzt das Wasser seicht ist, kann die Vorstellungskraft einen wilden Lauf einschlagen und ihn Reihe um Reihe flachbödiger Schiffe mit hohem Bug sehen lassen, in leuchtenden Farben bemalt, wie sie mit geschwellten Segeln bei der Flut in den Fluß einfahren.»

Er schloß das Buch. «Ich wünschte, ich hätte eine solche

Phantasie, aber ich hab sie nicht. Ich kann nur das Hier und Heute sehen und versuchen, es so zu malen, wie ich es wahrnehme.»

«Nehmen Sie das Buch überallhin mit?»

«Nein. Ich habe es in einem Laden in New York gefunden, und als ich es las, wußte ich, daß ich irgendwann, irgendeines fernen Tages, nach Cornwall zurückkehren mußte. Es läßt einen nie los. Es ist wie ein Magnet. Man muß zurückkehren.»

«Aber warum ausgerechnet das Castle Hotel?»

Daniel sah mich belustigt an. «Warum? Finden Sie, daß ich nicht dorthin passe?»

Ich dachte an die reichen Amerikaner, die Golfspieler, die bridgespielenden Damen im Twinset, das Orchester, das den Tee mit dezenten Klängen untermalte.

«Nicht unbedingt.»

Er lachte. «Ich weiß. Es war eine ziemlich unpassende Wahl, aber es war das einzige Hotel, an das ich mich erinnern konnte, und ich war müde. Vom Jetlag, von London, von allem. Ich wollte mich nur noch in ein breites Bett legen und eine Woche lang schlafen. Und als ich heute morgen aufwachte, war ich nicht mehr müde. Ich dachte an Chips und wußte, daß ich nur eines wollte, hierherkommen und Phoebe wiedersehen. Also ging ich zum Bahnhof runter und setzte mich in den Zug. Und dann stieg ich aus und traf Sie.»

«Und jetzt», sagte ich, «kommen Sie mit ins Haus und bleiben zum Lunch. Wir haben eine Flasche Wein im Kühlschrank, und Lily Tonkins hat eine Lammkeule im Backofen.»

«Lily Tonkins? Kommt sie immer noch?»

«Sie ist die wahre Herrin von Holly Cottage. Und jetzt kocht sie auch jeden Tag.»

«Ich hatte sie ganz vergessen.» Er nahm wieder meinen Skizzenblock, und diesmal störte es mich nicht. «Wissen Sie was?» sagte er. «Sie sind nicht nur ungewöhnlich hübsch, sondern auch begabt.»

Ich beschloß, den ersten Teil der Bemerkung zu ignorieren. «Ich bin nicht begabt. Deshalb arbeite ich bei Marcus Bernstein. Ich habe auf ziemlich harte Weise erfahren, daß ich nicht hoffen kann, jemals als Künstlerin mein Brot zu verdienen.»

«Wie weitsichtig und klug», sagte Daniel Cassens. «Es gibt so wenige, die sich das eingestehen.»

Die Sonne schien uns auf den Rücken, als wir den Hügel hinaufgingen. Ich öffnete die Holzpforte in der Steinbrechhecke, und er ging vor mir hindurch, vorsichtig, ein bißchen wie ein Hund, der witternd einstmals vertrautes Gebiet betritt. Ich schloß die Pforte. Er blieb stehen, um die Fassade des Hauses anzuschauen, und ich versuchte, es mit seinen Augen zu sehen, nach elfjähriger Abwesenheit. Für mich sah alles genau wie immer aus, die neugotischen Bogenfenster, die offene Tür zur Backsteinterrasse, die strahlende Sonne. In den großen Tontöpfen blühten immer noch Geranien, und Phoebe hatte ihre wackeligen Gartenstühle noch nicht für den Winter hineingestellt.

Wir überquerten den sanft ansteigenden Rasen und traten ins Haus.

«Phoebe?» Ich öffnete die Tür zur Küche, aus der ein köstlicher Geruch von Lammbraten drang. Lily Tonkins stand am Küchentisch und hackte Minze, doch als sie mich sah, hielt sie inne.

«Sie ist vor fünf Minuten gekommen. Ist gleich nach oben gegangen, um sich andere Schuhe anzuziehen.»

«Ich habe einen Gast zum Essen mitgebracht. Geht das in Ordnung?»

«Immer reichlich zu essen da. Ein Freund von Ihnen, ja?»

Daniel trat hinter mir hervor, so daß sie ihn sehen konnte. «Ich bin's, Lily. Daniel Cassens.»

Lily sperrte den Mund auf. «Oh, du meine Güte.» Sie legte das Kräutermesser hin und schlug die Hand an ihre magere Brust, um einen infarktträchtigen Schock anzudeuten. «Sie wieder hier zu sehen! Wie ein Gespenst aus der Vergangenheit. Daniel Cassens. Muß fast zwölf Jahre her sein. Was um alles in der Welt machen Sie hier?»

«Ich wollte Sie besuchen», erwiderte er. Er ging um den Tisch, beugte sich nach unten und gab ihr einen Kuß auf die Wange. Lily lachte krähend und lief rosig an. «Sie Schlingel. Hier wie ein Toter aus dem Grab aufzutauchen. Warten Sie nur, bis Miss

47

Shackleton Sie sieht. Wir dachten schon, Sie hätten uns vollkommen vergessen.»

Lily konnte vor Aufregung kaum sprechen, bemühte sich aber krampfhaft, vollständige Sätze zu bilden, wobei ihre Stimme sich beinahe überschlug. «Haben Sie schon gehört, sie hat sich den Arm gebrochen, das arme Ding! Ist den ganzen Morgen im Krankenhaus gewesen, aber der Arzt sagt, es sieht sehr gut aus. Warten Sie, ich werd sie rufen.» Damit rauschte sie in die Diele. Wir hörten, wie sie Phoebe laut nach unten beorderte und in höchstem Falsett eine Überraschung ankündigte.

Daniel folgte ihr, und ich blieb in der Küche, weil ich aus irgendeinem Grund befürchtete, ich würde in Tränen ausbrechen, wenn ich das Wiedersehen miterlebte. Es half jedoch alles nichts, denn statt meiner weinte Phoebe. Ich hatte sie noch nie weinen gesehen. Es waren Tränen der Freude, die in zwei, drei Sekunden wieder versiegt waren, aber immerhin – sie weinte. Und dann standen wir alle in der Küche; ich holte den Wein aus dem Kühlschrank, Lily vergaß, ihre Minze zu hacken, und holte Gläser aus dem Wohnzimmer, und dann gab es ein großes Fest.

Er blieb den Rest des Nachmittags. Der Tag hatte so schön begonnen, doch nun bezog sich der Himmel, und der heftiger werdende Wind trieb immer mehr tiefhängende Wolken vom Meer herüber. Es regnete ein paarmal kurz, und es wurde kalt, aber all das spielte keine Rolle, denn wir saßen drinnen am Kamin, und die Stunden flogen nur so dahin, mit Erinnerungen und all den Dingen, die in der Zwischenzeit passiert waren und berichtet werden mußten.

Ich hatte nur wenig zur Unterhaltung beizutragen, aber das machte nichts. Es war ein Vergnügen, Phoebe und Daniel zuzuhören: erstens hatte ich sie beide gern, und zudem berührte alles, worüber sie sprachen, auch meine Interessen und meine Arbeit. Ich wußte eine Menge über Daniels Malerei; ich hatte von seiner neuen Ausstellung gelesen; ich hatte jenes Porträt selbst gesehen. Phoebe sprach von einem gewissen Lewis Falcon, der jetzt in einem Haus draußen in Lanyon lebte, und ich erinnerte mich an ihn, weil wir seine Arbeiten vor ungefähr zwei Jahren in unserer Galerie ausgestellt hatten.

Außerdem sprachen wir über Chips, und zwar nicht wie über jemanden, der vor sechs Jahren gestorben war, sondern wie über einen Menschen, der jeden Augenblick in das vom Schein der Flammen beleuchtete Zimmer treten, in seinen alten Sessel sinken und sich an der Diskussion beteiligen könnte.

Schließlich kamen wir auf Phoebes Arbeiten zu sprechen. Daniel wollte wissen, was sie im Moment machte, und Phoebe lachte ein bißchen wegwerfend, als gäbe sie nichts auf ihre eigene Arbeit – was sie oft tat, wenn diese Frage gestellt wurde –, und sagte, sie habe ihm nichts zu zeigen. Als er weiterbohrte, gab sie immerhin zu, im letzten Jahr während ihres Urlaubs in der Dordogne ein paar Ölbilder beendet zu haben, aber sie sei noch nicht einmal dazu gekommen, sie auszupacken; die Bilder stünden immer noch unten in Chips' Atelier, unter ein paar alten Laken vor Staub geschützt. Daniel sprang sofort auf und verlangte kategorisch, sie zu sehen. Also kramte Phoebe den Atelierschlüssel hervor und zog ihren Regenmantel an, und dann gingen sie zusammen den Backsteinweg hinunter, um die Bilder anzusehen.

Ich begleitete sie nicht auf ihrer Expedition. Es war halb fünf, Lily Tonkins war heimgegangen, und als ich unsere Kaffeebecher in die Küche gebracht und gespült hatte, deckte ich ein Teetablett, fand einen Königskuchen in einer großen Dose, nahm den Kessel vom Herd und füllte ihn mit Wasser.

Das Spülbecken befand sich genau unter dem Küchenfenster, ein sehr angenehmes Arrangement, weil man beim Spülen die Aussicht genießen konnte. Doch jetzt war alles von einem feinen nebelähnlichen Sprühregen verhangen. Der nasse Ebbsand des Meeresarms reflektierte das bleierne Grau der Wolken. Ebbe, Flut. Sie woben ein Zeitmuster, wie die winzigen Zeiger einer Uhr, die das Leben verticken.

Während ich solchen tiefsinnigen Gedanken nachhing, empfand ich einen unendlichen Frieden. Und dann, ganz plötzlich, ein unsagbares Glück. Dieses Glück überfiel mich ganz unerwartet, wie früher einmal die wilden Freuden der Kindheit. Ich schaute mich um, als könnte ich die Quelle dieser grundlosen Euphorie irgendwo sehen, ergreifen, festhalten. Ich sah die Gegenstände in der vertrauten Küche plötzlich merkwürdig scharf; die kleinsten und gewöhnlichsten Dinge wirkten auf einmal vollkommen und wunderschön. Die Maserung der blankgescheuerten Tischplatte, die strahlenden Farben der Keramiken auf dem Büfett, der Korb mit Gemüse, die Symmetrie von Tassen und Tiegeln.

Ich dachte an Daniel und Phoebe, die nun in Chips' staubigem altem Atelier herumstöberten, und war froh, daß ich nicht mit ihnen gegangen war. Ich mochte Daniel. Ich mochte seine schönen Hände und seine klare, rasche Art zu sprechen und seine dunklen Augen. Aber er hatte auch etwas Beunruhigendes. Ich war nicht sicher, ob ich mir Unruhe wünschte.

Sie sind nicht nur ungewöhnlich hübsch, sondern auch begabt, hatte er gesagt.

Ich war es nicht gewohnt, daß man mir Komplimente über mein Aussehen machte. Meine langen glatten Haare waren zu hell, mein Mund war zu groß, ich hatte eine Stupsnase. Selbst Nigel Gordon, der – meiner Mutter zufolge – in mich verliebt war, hatte sich nie dazu durchgerungen, mir zu sagen, daß ich hübsch sei. Umwerfend, das ja, und sensationell, aber nie hübsch. Ich fragte mich, ob Daniel verheiratet sei, und mußte dann über mich selbst lachen, weil mein Gedankengang so peinlich offensichtlich war und weil es genau die Frage war, die meine Mutter gestellt hätte. Das Lachen brach den Zauber jenes ungewöhnlich klaren Blicks, und Phoebes Küche sah wieder genauso aus wie immer, geputzt und gewienert von Lily Tonkins, ehe sie ihr Kopftuch umgebunden hatte und nach Haus geradelt war, um ihrem Mann den Tee zu machen.

Nach dem Tee blickte Daniel auf die Uhr und sagte, er müsse jetzt gehen.

«Ich wünschte, Sie wohnten hier», sagte Phoebe. «Warum können Sie nicht einfach hierherziehen? Ihre Sachen packen und zurückkommen?»

Aber er schüttelte den Kopf. «Lily Tonkins hat schon genug damit um die Ohren, euch beide zu versorgen.»

«Aber wir sehen uns wieder? Sie bleiben doch eine Weile hier?»

Er stand auf. «Auf jeden Fall noch ein oder zwei Tage.» Es klang vage. «Ich komm noch mal her.»

«Wie kommen Sie zurück nach Porthkerris?»

«Es gibt sicher noch einen Bus...»

Ich stellte meine Teetasse ab. «Ich bringe Sie mit Phoebes Auto hin. Es sind fast zwei Kilometer bis zur Bushaltestelle, und bis dahin sind Sie klitschnaß.»

«Macht es Ihnen nichts aus?»

«Natürlich nicht.»

Er verabschiedete sich von Phoebe. Wir gingen hinaus und stiegen in den zerbeulten alten Käfer. Ich manövrierte den Wagen vorsichtig aus der Garage. Als wir losfuhren, stand Phoebe in der beleuchteten Türöffnung und winkte mit ihrem unbeschädigten Arm und wünschte uns ein ums andere Mal gute Fahrt, als wollten wir eine Rallye durch ferne Länder machen.

Wir rumpelten durch den Regen den Hügel hinauf, vorbei am Golfplatz, und bogen auf die Hauptstraße ein. «Toll, daß Sie fahren können», sagte er bewundernd.

«Aber das können Sie bestimmt auch. Auto fahren kann doch jeder.»

«Ja, ich kann es, aber ich hasse es. Ich bin ein kompletter Idiot, wenn es um mechanische Dinge geht.»

«Haben Sie nie ein Auto gehabt?»

«In Amerika mußte ich eines haben. In Amerika hat jeder ein Auto. Aber ich hab mich darin nie wohl gefühlt. Ich hatte es aus zweiter Hand gekauft, und es war riesig, so lang wie ein Bus, mit einem Kühler wie eine Mundharmonika und gewaltigen phallischen Scheinwerfern und Auspuffrohren. Es hatte ein automatisches Getriebe und elektrische Fenster und so einen Turbolader. Ich hatte schreckliche Angst davor. Nach drei Jahren habe ich es schließlich verkauft, aber bis dahin hatte ich gerade mal rausgekriegt, wie man die Heizung anstellt.»

Ich fing an zu lachen. Ich mußte plötzlich daran denken, was Phoebe gesagt hatte – wenn man mit einem Mann seßhaft wird, ist es unbedingt nötig, daß er einen zum Lachen bringt. Es stimmte, daß Nigel mich nie richtig zum Lachen gebracht hatte. Andererseits war er ein Genie, was Autos betraf, und verbrachte große Teile seiner Freizeit mit dem Kopf unter der Motorhaube seines MG oder rücklings unter dem Wagen, so daß nur die Füße zu sehen waren und unser Gespräch sich auf die Bitte um einen größeren Schraubenschlüssel beschränkte.

«Man kann nicht in allen Dingen gut sein», sagte ich tröstend. «Von einem erfolgreichen Künstler kann niemand verlangen, daß er auch ein guter Mechaniker ist.»

«Das ist das Phantastische an Phoebe. Sie malt... traumhaft. Sie hätte sehr berühmt werden können, wenn sie ihr Talent nicht leichten Herzens dafür geopfert hätte, Chips glücklich zu machen... und all die komischen Vögel, die wie ich als Studenten zu ihnen kamen und bei ihnen wohnten und arbeiteten und soviel von ihnen lernten. Holly Cottage war ein Refugium für so viele junge und mittellose Nachwuchskünstler. Es gab immer gewaltige ausgezeichnete Mahlzeiten und Ordnung, Sauberkeit und Wärme. Herzenswärme. Eine solche Sicherheit und Geborgenheit vergißt man nie. Sie gibt einem für alle Zeiten einen Eindruck davon, wie das Leben sein müßte. Bis zum Ende.»

Es war wunderbar befriedigend, von jemand anderem genau das zu hören, was ich immer über Phoebe gedacht hatte und aus irgendeinem Grund nie in Worte fassen konnte.

Ich nickte. «Mir geht es genauso. Ich glaube, ich habe als Kind nur ein einziges Mal geweint, und das war, als ich mich von Phoebe verabschieden, in den Zug steigen und nach London zurückfahren mußte. Aber als ich wieder zu Haus bei meiner Mutter war, in meinem Zimmer mit all meinen Habseligkeiten, war auf einmal alles in Ordnung. Und am nächsten Tag war ich wieder ganz glücklich, fühlte mich daheim und hing am Telefon, um alle meine Freundinnen anzurufen. Das war nicht nur jenes eine Mal so, sondern immer nach den Ferien bei Phoebe und Chips.»

«Die Tränen kamen wahrscheinlich daher, daß zwei entgegengesetzte Welten für kurze Zeit aufeinanderprallten, und das verunsichert einen; manchmal macht es einen sogar richtiggehend unglücklich.»

Ich dachte darüber nach. Es klang logisch. «Ich nehme an, es ist so.»

«Eigentlich kann ich mir Sie nur als ein glückliches kleines Mädchen vorstellen... Ich meine, als Sie noch klein waren.»

«Ja, ich war glücklich. Meine Eltern waren geschieden, aber sie waren beide sehr kluge Menschen. Außerdem passierte das alles, als ich noch sehr klein war, so daß es keine bleibende Narbe hinterließ.»

Die Straße lief nun bergab und wand sich nach Porthkerris hin. Weit unter uns schimmerten die Lichter des Hafens durch den nassen Schleier. Wir erreichten die Toreinfahrt zum Castle Hotel, bogen ein und rollten die von Eichen gesäumten Serpentinen hoch. Schließlich kamen wir an ein freies Gelände mit Tennisplätzen und Golfanlagen und hielten auf dem großen, kiesbestreuten Vorplatz des Hotels. Aus den Fenstern und durch die verglaste Drehtür fiel Licht. Ich parkte zwischen einem Porsche und einem Jaguar, zog die Handbremse an und stellte den Motor ab.

«Ich fühle mich hier irgendwie fehl am Platz. Wissen Sie, ich bin noch nie hier gewesen. Bis jetzt war noch nie jemand reich genug, um mich hierherzubringen.»

«Kommen Sie rein, und ich spendier Ihnen einen Drink.»

«Dafür bin ich nicht richtig angezogen.»

«Ich auch nicht.» Er öffnete die Tür. «Kommen Sie.»

Wir stiegen aus dem Wagen, der staubig und verloren zwischen seinen aristokratischen Nachbarn stand. Daniel ging durch die Drehtür voran ins Foyer. Drinnen war es enorm warm, und die Luft war schwer von teuren Gerüchen. Ich sah mich um. Es war zu spät für Tee und zu früh für Cocktails, und in der Hotelhalle saß so gut wie niemand, nur ein Herr in Golfkleidung, der die *Financial Times* las, und ein älteres Ehepaar vor dem Fernseher.

Der Portier bedachte uns mit einem kühlen Blick, erkannte dann Daniel und rang sich ein kleines Lächeln ab.

«Guten Abend, Sir.»

«Guten Abend.» Daniel ging in Richtung Bar. Aber es war mein erster Besuch im Castle Hotel, ich wollte mich ein bißchen umschauen und die Atmosphäre auf mich wirken lassen. Hier war ein Schreibzimmer und dort, durch die geöffnete Flügeltür sichtbar, ein mit Möbeln vollgestellter Aufenthaltsraum, in dem vier Damen vor dem Kaminfeuer um einen runden Tisch saßen und Bridge spielten. Der Anblick erinnerte mich an eine Szene aus einem Theaterstück der dreißiger Jahre. Es kam mir vor, als hätte ich alles schon einmal gesehen, die langen Brokatvorhänge, die chintzbezogenen Sessel, das viktorianische Blumengefäß mit dem kunstvollen Arrangement.

Sogar die Damen waren passend angezogen, Kaschmirstrickjacke, edle Perlenketten. Eine rauchte eine Zigarette aus einer Elfenbeinspitze.

«Zwei Trümpfe.»

«Prue!» Daniel war ungeduldig zurückgekommen, um mich zu holen. «Kommen Sie.»

Ich wollte ihm gerade folgen, als die Dame, die mir gegenüber am Tisch saß, aufsah. Unsere Blicke begegneten sich. Ich hatte sie nicht gleich erkannt, aber jetzt bemerkte ich, daß es Mrs. Tolliver war.

«Prue!» Sie machte ein Gesicht, das anzeigen sollte, daß sie sich freute, obgleich es mir schwerfiel, das zu glauben. «Welch eine Überraschung.»

«Hallo, Mrs. Tolliver.»

«Was tun Sie hier?»

Ich wollte nicht zu ihnen gehen und mit ihnen reden, doch ich wußte beim besten Willen nicht, was ich sonst tun konnte. «Ich... Ich hab mich ein wenig umgeschaut. Ich war noch nie hier, wissen Sie.» Ich trat in das Zimmer, und die anderen Damen blickten von ihren Karten auf, lächelten gezwungen und registrierten jedes Detail, meine windzerzausten Haare, meinen alten Pullover, meine verwaschenen Jeans.

Mrs. Tolliver legte ihre Karten hin und stellte mich ihren Freundinnen vor. «...Prue Shackleton. Ihr kennt sicher Phoebe Shackleton, die in Penmarron wohnt. Prue ist ihre Nichte...»

«Ach ja. Wie nett», sagten die Damen, jede auf ihre Weise, und sehnten sich offenbar danach, das Spiel fortzusetzen.

«Prue war gestern furchtbar nett zu Charlotte. Sie ist mit ihr von London hergefahren, mit dem Zug.»

Die Damen lächelten wieder, diesmal uneingeschränkt wohlwollend. Mir fiel ein, daß ich den ganzen Tag nicht an Charlotte gedacht hatte. Aus irgendeinem Grund hatte ich deshalb ein schlechtes Gewissen, und meine Laune wurde dadurch, daß ich Mrs. Tolliver hier in so passender Umgebung beim Bridge sah, keineswegs gehoben.

«Wo ist Charlotte?» sagte ich.

«Zu Haus. Bei Mrs. Curnow.»

«Geht es ihr gut?»

Mrs. Tolliver fixierte mich kühl. «Gibt es einen Grund, warum es ihr nicht gutgehen sollte?»

Zugegeben, ich hatte meine Frage nicht besonders geschickt formuliert. «Nein…» Ich begegnete ihrem Blick. «Es ist nur, daß sie mir im Zug so… so still vorkam.»

«Sie ist immer still. Sie hat nie viel zu erzählen. Und wie geht es Phoebe? Der gebrochene Arm behindert sie nicht allzusehr? Das freut mich. Ist sie auch hier?»

«Nein. Ich habe nur jemanden abgesetzt. Er wohnt hier.»

Da fiel mir ein, daß Daniel ja hinter mir stand, und ich drehte mich ein bißchen verwirrt um, um ihn Mrs. Tolliver vorzustellen.

«Daniel, das ist…»

Aber er stand nicht hinter mir. Ich sah nur die offene Flügeltür und das menschenleere Foyer dahinter.

«Ihr junger Freund hat uns gesehen und ist gegangen», bemerkte eine der Damen und lachte, als hätte sie einen gelungenen Scherz gemacht. Ich lächelte ebenfalls.

«Wie dumm von mir. Ich dachte, er wäre noch da.»

Mrs. Tolliver nahm ihre Karten wieder auf und arrangierte sie zu einem perfekten Fächer. «Wie nett, Sie getroffen zu haben», sagte sie. Ich merkte, wie ich grundlos rot wurde, verabschiedete mich und ging.

Wieder im Foyer, suchte ich Daniel. Keine Spur von ihm. Plötzlich bemerkte ich den beleuchteten Schriftzug der Cocktail-Bar. Tatsächlich fand ich ihn dort, einsam und allein mit dem Rücken zu mir auf einem hohen Schemel an der Theke.

Ich war empört. «Warum sind Sie einfach so weggelaufen?»

«Damen beim Bridge sind wirklich nicht mein Fall.»

«Meiner auch nicht, aber manchmal muß man mit Leuten reden. Ich bin mir vorgekommen wie eine dumme Gans. Ich wollte Sie vorstellen, und Sie waren wie vom Erdboden verschluckt. Es war Mrs. Tolliver aus Penmarron.»

«Ich weiß. Trinken Sie was.»

«Wenn Sie wußten, daß es Mrs. Tolliver war, wie konnten Sie dann einfach so gehen? Das ist sehr unhöflich.»

«Sie reden wie eine Benimm-Ratgeberin. Warum sollte ich mich mit Mrs. Tolliver abgeben? Nein, sagen Sie es nicht, weil ich es nicht wissen will. Ich trinke einen Scotch. Was möchten Sie?»

«Ich weiß nicht, ob ich was trinken will.» Ich war immer noch ein bißchen entrüstet.

«Ich dachte, deshalb wären wir hier.»

«Na ja, von mir aus.» Ich kletterte auf den Schemel neben ihm. «Ich nehme ein Bier.»

Er bestellte es für mich. Dann hockten wir stumm nebeneinander. Die Flaschen auf den Regalen spiegelten sich in der Spiegelwand, und dahinter starrten uns unsere beiden Gesichter an. Daniel nahm sich eine Zigarre und zündete sie an, und der Barkeeper brachte mir mein Bier und machte ein paar Bemerkungen über das Wetter. Er stellte eine kleine Schale mit Erdnüssen vor uns hin. Als er zum anderen Ende der langen Theke zurückgegangen war, sagte Daniel: «Meinetwegen. Es tut mir leid.»

«Was?»

«Daß ich Mrs. Tolliver beleidigt habe und daß ich so rüde zu Ihnen bin. Ich bin übrigens ziemlich oft rüde. Besser, Sie wissen es, ehe wir eine Freundschaft fürs Leben anfangen.» Er sah mich an und lächelte.

«Sie haben sie nicht beleidigt.» Ich seufzte. «Um die Wahrheit zu sagen, mag ich sie auch nicht sehr.»

«Wie kommt es, daß Sie so intim mit ihr sind?»

«Mit jemanden zu reden, der Bridge spielt, ist nicht gerade das, was ich unter intim verstehe.»

«Aber Sie kennen Sie gut?»

«Nein, aber meine Mutter hat oft Bridge mit ihr gespielt, wenn wir in den Ferien herunterkamen und bei Phoebe wohnten. Und ich bin gestern mit ihrer kleinen Enkelin im Zug von London hergekommen. Sie heißt Charlotte Collis, Annabelle Tolliver ist ihre Mutter. Sie saß neben mir und wirkte ausgesprochen unglücklich, und so sind wir in den Speisewagen gegangen und haben zusammen gegessen. Es gab...» Ich beschloß, Charlottes mißliche Lage nicht im einzelnen zu erörtern. «Es gab irgendeine Komplikation, und sie kann noch nicht aufs Internat zurück, deshalb ist sie für eine Woche bei Mrs. Tolliver. Phoebe sagt, sie sei ein einsames Kind, sie kommt oft nach Holly Cottage, nur um jemanden zu haben, mit dem sie reden kann.»

Daniel rauchte gelassen seine Zigarre und schwieg. Ich fragte mich, ob ich ihn nicht tödlich langweilte, und musterte ihn, um zu sehen, ob er höflich ein Gähnen unterdrückte. Aber er wirkte eigentlich nicht besonders gelangweilt. Er saß einfach mit dem Ellbogen auf die Theke gestützt da und starrte vor sich hin. Der Qualm der Zigarre bildete eine duftende Federwolke um sein Haar.

Ich trank einen Schluck von dem köstlich kalten Lagerbier. «Mrs. Tolliver wollte eigentlich nicht, daß sie kam, jedenfalls hat Phoebe das gesagt. Sie ist nicht einmal gekommen, um Charlotte vom Bahnhof abzuholen; sie mußte zusammen mit mir das Taxi von Mr. Thomas nehmen. Und jetzt spielt Mrs. Tolliver hier Bridge und hat die Kleine bei ihrer Putzfrau gelassen. Es kann nicht sehr lustig sein für Charlotte. Sie ist erst ungefähr zehn. Sie sollte mit anderen Kindern spielen oder so was.»

Nach einer Weile sagte Daniel: «Ja.» Er drückte die halbgerauchte Zigarre so heftig im Aschenbecher aus, als hätte sie ihm etwas getan, trank seinen Whisky aus und stellte das leere Glas wieder hin. Dann drehte er sich zu mir um, lächelte und sagte vollkommen unvermittelt: «Morgen. Möchten Sie morgen mittag kommen und mit mir essen?»

Ich war so überrascht, daß ich nicht gleich antwortete. Er redete weiter. «Das heißt natürlich, wenn Phoebe Sie entbehren kann. Und Ihnen noch mal ihr Auto leiht.»

«Ich glaube, sie kann. Ich glaube nicht, daß sie was dagegen hätte.»

«Dann fragen Sie sie, wenn Sie zurück sind.»

«Gut. Soll ich hierherkommen? Ins Hotel?»

«Nein. Wir treffen uns im Ship Inn, unten in Porthkerris, am Hafen. Wir essen einen richtigen Fischerlunch und trinken ein Glas Bier, und wenn das Wetter gut ist, gehen wir danach raus, setzen uns auf die Hafenmauer und tun so, als wären wir Touristen.»

Ich lächelte. «Wann?»

Er zuckte mit den Schultern. «So gegen halb eins.»

«In Ordnung.» Ich freute mich sehr über seine Einladung. «Halb eins.»

«Gut. Und jetzt trinken Sie Ihr Bier aus, und ich bring Sie zum Auto zurück.»

Wir gingen durch die Drehtür, liefen durch Dunkelheit und Nieselregen zu Phoebes Auto, und Daniel öffnete mir die Tür. Doch ehe ich einsteigen konnte, hatte er mir den Arm um die Schultern gelegt, mich an sich gezogen und auf den Mund geküßt. Sein Gesicht war feucht vom Regen. Wir standen einen Moment aneinandergelehnt, ich fühlte den Druck seiner kalten Wange an meiner.

Schließlich sagten wir uns gute Nacht. Ich fuhr wie benommen zurück nach Penmarron und fühlte mich, als hätte ich weit mehr getrunken als das eine kleine Bier.

Ich brannte darauf, Phoebe alles zu erzählen und wieder ein langes und aufschlußreiches Gespräch über Daniel, Mrs. Tolliver und Charlotte anzufangen, doch als ich Holly Cottage betrat, fand ich sie am Kamin. Sie war eingenickt; als ich ins Zimmer kam, schrak sie hoch und gab zu, daß sie todmüde sei. Der Arm tat ihr weh, der Gipsverband war schrecklich schwer, es war ein langer und aufregender Tag gewesen. Was ich unter dem barmherzigen Schatten der breiten Hutkrempe von ihrem Gesicht sehen konnte, wirkte in der Tat sehr müde, abgespannt und blaß. Also berichtete ich nur kurz, daß Daniel mich für den nächsten Tag zum Mittagessen eingeladen hatte, und erkundigte mich, ob sie allein zurechtkommen würde und ob ich den Wagen nehmen könnte. Sie nickte, sah mich lange an und lächelte verschmitzt. Ich wurde wieder mal rot, stürzte in die Küche und schenkte ihr ein Glas Wein ein, der ihre Lebensgeister wieder ein wenig in Schwung bringen sollte. Dann briet ich uns ein paar Rühreier, und wir aßen vor dem Kamin.

Als wir unser kleines Abendessen beendet hatten, half ich ihr die Treppe hinauf, schaltete die elektrische Wolldecke ein und zog die Vorhänge zu, die einen zusätzlichen Schutz vor der Kälte draußen boten. Als ich ihr Zimmer verließ, lag sie gemütlich in ihrem riesigen Bett und las im Schein der Nachttischlampe ein Buch. Leise ging ich die Treppe hinunter und mußte lächeln: Wahrscheinlich würde sie gerade noch eine halbe Seite schaffen, bevor ihr die Augen zufielen.

4

Am nächsten Morgen stand ich als erste auf und ging in die Küche hinunter. Da Lily Tonkins erst eine ganze Weile später kam, deckte ich ein Frühstückstablett für Phoebe, machte Kaffee und Toast und brachte alles nach oben. Sie war schon wach und schaute durch das offene Fenster nach draußen, wo die Sonne am östlichen Himmel langsam höher stieg. Als ich mit dem Tablett hereinkam, schüttelte sie lächelnd den Kopf. «Wie kannst du nur, Prue, du weißt doch, daß ich nie im Bett frühstücke.»

«Heute wirst du es aber tun.»

Sie setzte sich auf, ich stellte das Tablett auf ihre Knie und ging zum Fenster, um es zu schließen.

«Roter Himmel am Morgen, am Nachmittag Sorgen. Ich glaube, heute gibt es Regen.»

«Sei nicht so pessimistisch. Du hast keine Tasse für dich mitgebracht.»

«Ich dachte, ich lasse dich besser in Ruhe, damit du ungestört frühstücken kannst.»

«Ich hasse es, in Ruhe gelassen zu werden. Ich rede gern beim Frühstück. Hol dir bitte einen Becher.» Sie nahm den Deckel der Kaffeekanne ab und sah in die Kanne. «Du hast genug Kaffee für zehn Leute gemacht, also mußt du mir helfen, ihn zu trinken.»

Im Bett, so ungefähr der einzige Ort, wo sie nie einen ihrer gewagten Hüte trug, sah sie anders aus, sehr weiblich, vielleicht ein bißchen älter, verletzlich. Ihre kräftigen, dicken Haare hingen zu einem Zopf geflochten über ihrer Schulter, und sie hatte sich eine weiche Wollstola umgelegt. Ganz offensichtlich fühlte sie sich ausgesprochen wohl, deshalb schlug ich vor: «Warum bleibst du nicht den Morgen hier? Lily Tonkins schafft das Haus allein, und mit einem Arm kannst du ohnehin nicht groß helfen.»

«Vielleicht», sagte Phoebe. «Vielleicht tue ich das. Jetzt geh und hol dir einen Becher, ehe der Kaffee kalt ist.»

Ich holte nicht nur einen Becher, sondern auch eine kleine Schale mit Cornflakes und setzte mich auf den Rand des schönen geschnitzten Fichtenholzbettes, das Phoebe und Chips all die glücklichen, sündigen Jahre geteilt hatten. Sie hatte einmal zu mir gesagt, alles, was ihr im Leben wirklich Spaß gemacht habe, sei entweder illegal oder unmoralisch oder aber zu kalorienreich gewesen, und dann hatte sie gebrüllt vor Lachen.

Aber irgendwie waren sie beide, Phoebe und Chips, ungestraft davongekommen. Selbst in diesem kleinen spießigen Dorf hatten sie den unvermeidlichen Sturm der moralischen Entrüstung kraft ihres starken Charakters und ihres entwaffnenden Charmes überstanden. Ich erinnerte mich, wie Chips beim Gottesdienst die Orgel spielte, wenn der Organist Grippe hatte, und daß Phoebe eifrig große schiefe Napfkuchen für die Teegesellschaften des Frauenvereins buk.

Sie war für alle da, aber sie kümmerte sich um niemandes Meinung. Ich schaute zu, wie sie da ihren Toast mit Marmelade aß, und hatte sie lieb. Sie merkte, daß ich sie betrachtete und sah mich an. «Wie schön, daß du mit Daniel essen gehst. Wann seid ihr verabredet?»

«Um halb eins im Ship Inn in Porthkerris. Aber ich fahre nur, wenn du mir versprichst, daß du mich nicht brauchst.»

«Meine Güte, ich bin schließlich nicht an den Rollstuhl gefesselt. Du fährst, und damit basta. Aber ich will alles von dir hören, wenn du wieder zurück bist. Mit sämtlichen Einzelheiten.» Ihre Augen funkelten, ihre Mundwinkel zuckten, als ob sie jeden Moment loslachen würde, und sie war so offensichtlich wieder die alte muntere Phoebe, daß ich anfing, ihr von gestern abend und von unserer Begegnung mit Mrs. Tolliver zu erzählen.

«Es war alles schrecklich peinlich, weil ich dachte, Daniel steht noch genau hinter mir. Ich murmelte irgend etwas Dummes, ‹Möchten Sie meinen Bekannten kennenlernen› oder so, und als ich mich umdrehte, war er nicht mehr da. Verschwunden. In die Bar gelaufen.»

«Hat Mrs. Tolliver ihn gesehen?»

«Keine Ahnung.» Ich überlegte. «Macht das einen Unterschied?»

«N-nein», sagte Phoebe.

Ich sah sie durchdringend an. «Phoebe, du verschweigst mir etwas.»

Sie stellte ihre Tasse hin und blickte geistesabwesend aus dem Fenster. Nach einer Weile zuckte sie mit den Schultern und sagte: «Ach, was soll's, ich glaube nicht, daß es schlimm ist, wenn man jetzt darüber spricht. Außerdem ist es sowieso eine Ewigkeit her und wahrscheinlich längst vergeben und vergessen. Und es war nicht mal damals so furchtbar.»

«Was?»

«Nun ja – als Daniel bei uns wohnte – er war damals noch sehr jung – kam Annabelle Tolliver von London herunter, um den Sommer bei ihrer Mutter zu verbringen, und... also... ich nehme an, man kann sagen, sie hatten ein kleines Techtelmechtel. Ein winziges Techtelmechtel.» Offensichtlich war Phoebe daran gelegen, diesen Teil der Geschichte möglichst nebensächlich klingen zu lassen.

Daniel und Annabelle Tolliver. Ich starrte Phoebe an. «Du meinst, er hat Annabelle den Hof gemacht.»

«‹Den Hof machen›.» Sie schmunzelte. «Was für ein schöner altmodischer Ausdruck. Fast wie ‹werben›. Heutzutage wirbt kein Mensch mehr.» Sie seufzte und kam wieder zur Sache. «Nein. Nicht unbedingt. Offen gesagt war Annabelle diejenige, die Daniel den Hof machte.»

«Aber sie muß viel älter gewesen sein als er.»

«O ja. Mindestens acht Jahre.»

«Und verheiratet.»

«Ja, auch das. Aber ich hab dir doch gesagt, das fiel für Annabelle nie weiter ins Gewicht. Sie hatte damals erst ein Kind, Michael. Er muß ungefähr vier gewesen sein. Der arme Junge, soweit ich mich erinnere, sah er schon damals aus wie sein Vater!»

«Aber...» Phoebes unvermeidliche Abschweifungen trugen keineswegs zur Klärung der Situation bei. «Was ist denn nun genau passiert?»

«Ach, passiert ist eigentlich gar nichts. Sie sind zusammen auf Parties gegangen, Picknicks am Strand, Baden. Annabelle hatte in jenem Sommer ein sehr schickes Auto, ein Kabriolett, und sie fuhren damit durch die Gegend. Sie sahen übrigens beide umwerfend aus, zwei lebenslustige junge Leute, wie sie im Buche stehen. Und sie fielen auf, in dieser Gegend. Oh, du kannst es dir doch selbst vorstellen, Prue.»

Ich konnte. Nur zu gut. «Aber ich hätte gedacht, Daniel...» Ich hielt inne, weil ich nicht genau wußte, was ich eigentlich gedacht hätte.

«Niemand hätte gedacht, daß Daniel der Society-Typ sei. Vielleicht war er es auch nicht, aber er war ein sehr attraktiver junger Mann. Er ist ja immer noch sehr attraktiv. Und es muß ihm geschmeichelt haben, daß Annabelle so gern mit ihm zusammen war. Ich sagte ja, sie war sehr schön. Sie hatte immer einen Schwarm Männer um sich, die sie anbeteten. Wie liebeskranke Hunde. Aber Daniel war damals schon ein sehr zurückhaltender Mensch. Ich glaube, das war es, was Annabelle an ihm reizte.»

«Wie lange hat es gedauert?»

«Den ganzen Sommer, mit Unterbrechungen. Es war nur ein kleiner Flirt. Vollkommen harmlos.»

«Was hat Mrs. Tolliver dazu gesagt?»

«Mrs. Tolliver sagt nie etwas zu irgend etwas. Sie gehört zu den Frauen, die tatsächlich denken, wenn man nicht hinsieht, werden sich unliebsame Dinge in Luft auflösen. Außerdem konnte sie sich ausrechnen, daß jemand anders Daniels Platz eingenommen hätte, wenn er nicht gewesen wäre. Vielleicht hielt sie ihn für das geringere Übel angesichts weitaus schlimmerer Möglichkeiten.»

«Aber der Kleine... Michael?»

«Er hatte ein prüdes Kinderfräulein, das auf ihn achtgab. Er war nie im Weg.»

«Und ihr Mann...» Ich brachte es kaum über mich, seinen gräßlichen Namen auszusprechen. «Leslie Collis?»

«Er war in London und kümmerte sich um sein Geschäft. Ich nehme an, er wohnte in einem Hotelappartement oder so. Ich habe keine Ahnung. Ist ja auch nicht wichtig.»

Ich dachte angestrengt über diese hochinteressante Enthüllung nach. Dann sagte ich: «Demnach... Demnach glaubst du, Daniel wollte gestern abend nicht mit Mrs. Tolliver sprechen?»

«Vielleicht. Oder er hatte einfach kein Interesse für vier alte Bridge-Tanten.»

«Ich frage mich, warum er es mir nicht selbst gesagt hat.»

«Warum hätte er das tun sollen? Es hat nichts mit dir zu tun, und außerdem war es eine absolute Nicht-Affäre.» Sie schenkte sich Kaffee nach und sagte ein bißchen barsch: «Nimm es bloß nicht so wichtig.»

«Das tue ich nicht. Ich wünschte bloß, es wäre irgend jemand anders gewesen, und nicht Annabelle Tolliver.»

Roter Himmel am Morgen, am Nachmittag Sorgen. Aber es war einer von den Tagen, an denen man nicht sicher sein kann, wie das Wetter wird. Ein warmer Tag mit Westwind, kurze Böen, die Blätter von den Bäumen rissen und davonwehten in die indigofarbene schaumgekrönte See. Der Himmel war tiefblau mit schnell dahinziehenden hohen Wolken, und die Luft schien förmlich zu glitzern. Von der Kuppe des Hügels oberhalb von Porthkerris konnte ich meilenweit sehen, bis weit hinter den Leuchtturm zu dem fernen Sporn von Trevose Head. Vom Hafen tief unter mir tuckerte ein einsamer kleiner Kutter durch das aufgewühlte Wasser zu den tiefen Fischgründen unter den Klippen von Lanyon.

Der Weg führte steil bergab, durch die schmalen Gassen des Ortes. Die meisten Sommergäste waren inzwischen abgereist. Ich sah nur wenige Fremde, die in ihren Shorts zu frösteln schienen, vor dem Zeitungsgeschäft oder auf dem Weg nach unten, wo der Geruch von frischem Kuchen aus einer Bäckerei drang.

Das Ship Inn steht dort, wo es schon seit dreihundert Jahren oder länger gestanden hat, an der Hafenstraße ganz in der Nähe des alten Kais, wo die Fischer früher ihren Fang anlandeten. Ich fuhr daran vorbei, aber Daniel war nirgends zu sehen, also parkte ich den VW, ging über das Kopfsteinpflaster zurück und betrat allein das Wirtshaus, dessen rauchgeschwärzter Türsturz so niedrig war, daß ich den Kopf einziehen mußte. Nach dem hellen Licht draußen wirkte es zuerst sehr dunkel. Im Kamin brannte ein kleines Kohlefeuer, und daneben saß ein alter Mann, der aussah, als hätte er sein Leben lang dort gesessen, oder als wäre er vielleicht aus den Dielen gewachsen.

«Prue.»

Ich drehte mich um. Daniel saß vor einem leeren Bierhumpen an einem wackeligen, aus einem Faß gebastelten Tisch in der Fensternische. Er stand auf, zwängte sich vorsichtig um das Faß herum und sagte: «Der Tag ist viel zu schön, um drinnen zu essen. Was meinen Sie?»

«Was sollen wir dann tun?»

«Etwas kaufen. Am Strand essen.»

Also gingen wir wieder hinaus und liefen die Straße hinunter, bis wir zu einem jener herrlichen Geschäfte kamen, in denen es fast alles gibt. Wir kauften frische Pasteten, so heiß, daß der Mann sie in Zeitungspapier wickeln mußte. Wir kauften eine Tüte Äpfel, Schokoladenkekse, ein Päckchen Pappbecher und eine Flasche Rotwein zweifelhafter Qualität und Herkunft. Als der freundliche Inhaber begriff, daß wir sie gleich trinken wollten, schenkte er uns einen Korkenzieher.

Wir gingen wieder hinaus in die Sonne, überquerten das Kopfsteinpflaster und gingen die steinernen Stufen hoch, die oben trocken und an der Seite mit grünen Algen bedeckt waren. Das Wasser lief ab und hatte eine schmale Sichel sauberen gelben Sandes freigegeben. In der Mitte ragten ein paar windgeschützte Felsen auf, in vielen Jahrhunderten von der See glattgeschliffen, und wir setzten uns mit dem Gesicht zur Sonne darauf. Schreiende Möwen segelten durch die windige Luft, ein Stück weiter arbeiteten einige Männer friedlich an einem Boot, und wir hörten das angenehme Geräusch gedämpfter Stimmen und dumpfer Hammerschläge.

Daniel öffnete die Weinflasche, dann wickelten wir die Pasteten aus. Ich war auf einmal sehr hungrig und biß gierig in meine. Sie war so heiß, daß ich mir fast den Mund verbrannte, und ein paar dampfende Kartoffelstückchen fielen aus der Teighülle in den Sand, um sofort von einer großen gierigen Möwe erspäht und fortgetragen zu werden.

«Das war eine fabelhafte Idee», bemerkte ich.

«Dann und wann hab ich einen guten Einfall.»

Ich dachte, wenn ich mit Nigel hier gewesen wäre, würden wir wahrscheinlich im Castle Hotel lunchen, mit weißem Tischtuch, fürsorglichen Kellnern und stockender Konversation. Daniel hatte die Flasche entkorkt, nahm einen Schluck Wein, kaute ihn ein wenig und schluckte ihn hinunter.

«Ein lustiger und anspruchsloser kleiner Wein», sagte er, «wenn es Ihnen nichts ausmacht, daß er eiskalt ist. Ich glaube nicht, daß es seinem Bouquet förderlich ist, wenn man ihn aus Pappbechern trinkt, aber unter diesen Umständen ist man ja nicht wählerisch.» Er biß von seiner Pastete ab. «Wie geht es Phoebe heute morgen?»

«Sie war gestern abend sehr müde und ist früh zu Bett gegangen. Heute morgen habe ich ihr das Frühstück nach oben gebracht; sie hat versprochen, bis Mittag im Bett zu bleiben.»

«Was hätte sie gemacht, wenn es Ihnen nicht möglich gewesen wäre, nach Penmarron zu kommen und sich um sie zu kümmern?»

«Sie wäre auch ohne mich zurechtgekommen. Lily hätte nach ihr gesehen, aber Lily kann nicht Auto fahren, und Phoebe ist nicht gern ohne Auto.»

«Konnten Sie denn so kurzfristig Urlaub bekommen? Was macht Marcus Bernstein ohne Sie?»

«Ich hatte ohnehin zwei Wochen Urlaub genommen, es war also kein Problem. Er hatte schon eine Aushilfe für die Zeit eingestellt.»

«Sie meinen, Sie hatten zwei Wochen Urlaub, und Sie hatten nichts geplant? Was wollten Sie machen, in London bleiben?»

«Nein. Ich wollte eigentlich nach Schottland.»

«Schottland? Um Himmels willen, was wollten Sie denn da?»

«Freunde besuchen.»

«Sind Sie schon mal in Schottland gewesen?»

«Nein. Sie?»

«Ja, einmal. Alle Leute sagten mir, es sei wunderschön dort, aber es hat so viel geregnet, daß ich nicht feststellen konnte, ob es stimmte oder nicht.» Er biß wieder in seine Pastete. «Zu wem wollten Sie?»

«Ich sagte doch, zu Freunden.»

«Sie sind sehr vorsichtig, nicht? Sie könnten es mir ruhig

gleich sagen, denn ich werde Sie so lange mit Fragen löchern, bis ich es weiß. Sie wollten zu einem Freund, oder?»

Ich wurde rot. «Wie kommen Sie darauf?»

«Weil Sie viel zu attraktiv sind, um niemanden zu haben, der sich nach Ihnen verzehrt. Und sie machen so ein komisches Gesicht. Verlegen und gleichzeitig... desinteressiert.»

«Ist das nicht ein Widerspruch?»

«Wie heißt er?»

«Wer?»

«Oh, seien Sie nicht so prüde. Der Freund natürlich.»

«Nigel Gordon.»

«Nigel. Nigel gehört zu den Namen, die ich am wenigsten ausstehen kann.»

«Er ist nicht schlimmer als Daniel.»

«Nigel ist ein zwielichtiger Name. Timothy ist auch ein zwielichtiger Name. Jeremy auch. Und Christopher. Und Nicholas.»

«Nigel ist nicht zwielichtig.»

«Was ist er dann?»

«Sehr nett.»

«Was macht er?»

«Er ist Versicherungsmakler.»

«Und er kommt aus Schottland?»

«Ja. Seine Familie lebt da oben. In Inverness-shire.»

«Ein Segen, daß Sie nicht gefahren sind. Sie hätten es furchtbar gefunden. Ein großes ungeheiztes Haus mit eiskalten Schlafzimmern und Badewannen in Mahagoniverkleidungen, wie Särge.»

Gegen meinen Willen mußte ich lachen. «Daniel, ich kenne niemanden, der so alberne und absurde Dinge von sich gibt wie Sie.»

«Sie werden ihn doch nicht heiraten, diesen Versicherungsmakler aus dem Hochmoor? Bitte nicht. Ich kann den Gedanken nicht ertragen, daß Sie in Schottenröcken rumlaufen und in Inverness-shire leben.»

Fast hätte ich wieder gelacht, aber ich schaffte es, kühl zu blikken. «Ich würde nicht in Inverness-shire leben. Sondern in Nigels eleganter Wohnung in South-Kensington.» Ich warf den Möwen die letzten Krümel von meiner Pastete zu, nahm einen

Apfel und polierte ihn mit dem Ärmel meines Pullovers auf Hochglanz. «Und ich bräuchte nicht zu arbeiten. Ich müßte nicht jeden Morgen halb ausgeschlafen zu Marcus Bernstein fahren. Ich wäre eine sorglose junge Hausfrau und hätte genug Zeit, all das zu tun, was ich möchte, das heißt, malen. Und es würde keine Rolle spielen, wenn kein Mensch meine Bilder kauft, weil mein Mann da wäre und alle meine Rechnungen zahlen würde.»

Er sah mich forschend an. «Ich hatte geglaubt, Sie seien Phoebe ähnlich. Ich bin enttäuscht.»

«Ich glaube, manchmal bin ich eher meiner Mutter ähnlich. Sie braucht ein bürgerliches, überschaubares, konventionelles, finanziell gesichertes Leben. Sie betet Nigel an. Sie wünscht sich sehnlichst, daß ich ihn heirate. Sie kann es gar nicht abwarten, die Hochzeit zu organisieren. St. Paul's, Knightsbridge, und ein Empfang in der Pavilion Road...»

«Und Flitterwochen in Budleigh Salterton, mit den Golfschlägern im Kofferraum. Prue, das kann nicht Ihr Ernst sein.»

Ich biß herzhaft in den Apfel und kaute eine Weile. «Vielleicht doch», sagte ich dann.

«Aber keinen Mann, der Nigel heißt.»

Ich wurde langsam ärgerlich. «Sie wissen doch nichts über ihn», fauchte ich. «Und was ist so schlimm daran, zu heiraten? Sie halten wahnsinnig viel von Phoebe, und Sie hielten wahnsinnig viel von Chips. Nun, die beiden wären viele Jahre lang verheiratet gewesen, wenn Chips' Frau sich von ihm hätte scheiden lassen. Aber sie wollte nicht. Also schlossen sie einen Kompromiß und machten das Beste aus ihrem gemeinsamen Leben.»

«Ich finde nicht, daß Heiraten schlecht oder falsch ist. Ich finde nur, daß es hirnverbrannt ist, den falschen Menschen zu heiraten.»

«Ich nehme an, Sie haben den Fehler nie gemacht.»

«Nein, obgleich ich so ziemlich alle anderen gemacht habe. Aber Heiraten gehörte nicht dazu.» Er schien über seine persönliche Situation nachzudenken. «Ich hab es übrigens nie ernsthaft erwogen.»

Er lächelte mich an, und ich erwiderte das Lächeln, weil ich plötzlich ohne besonderen Grund froh war, einfach deshalb, weil er nie geheiratet hatte. Eigentlich überraschte mich das nicht. Daniel hatte etwas Freies, Nomadenhaftes, und darum beneidete ich ihn ein bißchen.

Ich seufzte. «Ich wünschte, das Leben wäre lang genug, um alles auszuprobieren.»

«Sie haben soviel Zeit, wie Sie wollen.»

«Ich weiß, aber irgendwie bin ich schon in einer Tretmühle. Ich mag die Tretmühle. Ich mag meine Arbeit, ich tue genau das, was ich tun will; ich mag Marcus Bernstein und würde meinen Job für nichts auf der Welt hergeben. Aber an manchen Tagen fahre ich zur Arbeit und denke, jetzt bist du dreiundzwanzig, und was machst du mit deinem Leben? Und ich denke an all die Länder und Städte, die ich gern sehen würde. Kaschmir, die Bahamas, Griechenland und Palmyra. Und San Francisco. Und Peking und Japan. Ich wäre gern in alle möglichen Ecken der Welt gereist, in denen Sie gewesen sind.»

«Dann fahren Sie. Fahren Sie jetzt.»

«Wenn Sie es sagen, klingt es so einfach.»

«Es kann einfach sein. Das Leben ist immer so einfach, wie man es sich einrichtet.»

«Vielleicht fehlt mir der Mut, der dazu gehört. Aber trotzdem, ich hätte gern so viele Dinge ausprobiert wie Sie.»

Er lachte. «Wünschen Sie sich das nicht. Einiges davon war die Hölle.»

«Jetzt kann es nicht mehr die Hölle sein. Bei Ihnen läuft alles so glatt.»

«Ungewißheit ist immer die Hölle.»

«Was ist denn bei Ihnen ungewiß?»

«Was ich als nächstes tun werde.»

«Das dürfte nicht allzu beängstigend sein.»

«Ich bin einunddreißig. Ich muß in den nächsten zwölf Monaten irgendeine Entscheidung treffen. Ich hab Angst davor, mich treiben zu lassen. Ich hab mich mein ganzes Leben treiben lassen.»

«Was möchten Sie denn machen?»

«Ich möchte…» Er brach ab, lehnte sich an den rauhen Granit der Hafenmauer, wandte sein Gesicht der Sonne zu und schloß die Augen. Er sah aus wie jemand, der sich nach Schlaf und Vergessen sehnt. «Wenn die Ausstellung bei Peter Chastal überstanden und vorbei ist, möchte ich nach Griechenland. Es gibt dort eine Insel, die Spetsai heißt, und auf Spetsai gibt es ein Haus, das so viereckig und weiß ist wie ein Zuckerwürfel. Es hat eine Terrasse mit Terrakottafliesen, auf deren Brüstung Töpfe mit Geranien stehen. Und unterhalb der Terrasse ist ein Anleger und ein Boot mit einem Segel, so weiß wie ein Möwenflügel. Kein großes Boot. Gerade groß genug für zwei.» Ich wartete. Er schlug die Augen auf. Er sagte: «Ich glaube, ich werde dorthin fahren.»

«Tun Sie das.»

Er streckte die Hand in meine Richtung aus. «Würden Sie kommen und mich besuchen? Sie haben eben gesagt, Sie würden gern nach Griechenland fahren. Würden Sie kommen, damit ich Ihnen ein Stück dieses wunderbaren Landes zeigen kann?»

Ich legte meine Hand in seine und fühlte, wie seine Finger sich um mein Handgelenk schlossen. Wie anders dies war, wie beängstigend anders als Nigels mühsam ausgesprochene Einladung, seine Mutter in Inverness-shire zu besuchen. Zwei verschiedene Welten. *Die Unsicherheit, wenn zwei verschiedene Welten aufeinanderprallen.* Ich fragte mich, ob ich gleich in Tränen ausbrechen würde.

«Irgendwann» – ich hörte mich an wie eine Mutter, die ein hartnäckiges Kind abspeist. «Vielleicht werde ich irgendwann einmal kommen.»

Der Himmel bezog sich, und es wurde kalt. Es war Zeit aufzubrechen. Wir sammelten die Abfälle von unserem improvisierten Picknick ein, und warfen alles in einen kleinen Abfalleimer an einem Laternenpfahl. Als wir zu Phoebes Auto gingen, hing der Geruch von Regen in der Luft, und die See war bleiern und zornig geworden.

Roter Himmel am Morgen, am Nachmittag Sorgen. Wir stiegen in den Käfer und fuhren langsam zurück nach Penmarron. Die Heizung funktionierte nicht, und ich fror. Ich wußte, daß in Holly Cottage ein Feuer im Kamin brennen würde und daß es wahrscheinlich selbstgebackene Brötchen zum Tee gäbe, aber daran dachte ich nur flüchtig. Mein Kopf war voller Bilder von

Griechenland, von dem Haus über dem Meer und dem Boot mit dem Segel wie ein Möwenflügel. Ich stellte mir vor, in der dunkelblauen Ägäis zu schwimmen, in warmem Wasser so klar wie Glas…

Mir fiel etwas ein.

«Daniel?»

«Ja?»

«In der Nacht, nachdem ich von London hergekommen war, hatte ich einen Traum. Er handelte vom Schwimmen. Ich war auf einer einsamen Insel und mußte lange durch seichtes Wasser gehen. Und dann war es auf einmal schrecklich tief, aber so klar, daß ich bis auf den Grund sehen konnte. Ich mußte urplötzlich anfangen zu schwimmen, die Strömung war sehr schnell und stark, ich wurde einfach mitgerissen.»

Ich dachte wieder an das Gefühl des Friedens, der seligen Hingabe.

«Und was geschah dann?»

«Nichts. Aber es war sehr angenehm.»

«Klingt wie ein schöner Traum. Warum ist er Ihnen jetzt eingefallen?»

«Ich habe gerade an Griechenland gedacht. Schwimmen in Homers weindunklen Gewässern…»

«Alle Träume haben eine Bedeutung.»

«Ich weiß.»

«Was bedeutete dieser Traum Ihrer Meinung nach?»

Ich zögerte. «Ich dachte, er hätte vielleicht etwas mit Sterben zu tun.»

Aber das hatte ich gedacht, ehe Daniel in mein Leben getreten war. Nun war ich klüger, und ich wußte, daß der Traum nicht mit dem Tod zusammenhing. Ganz im Gegenteil: Mein Traum hatte etwas mit Liebe zu tun.

Als wir nach Holly Cottage zurückkamen, war Phoebe nirgends zu sehen. Das Wohnzimmer, wo der Kamin tatsächlich brannte, war leer. Hatte Phoebe am Ende den ganzen Tag im Bett verbracht? Ich rief in den ersten Stock hinauf, aber sie antwortete nicht.

Aus der Küche drang Geschirrklappern. Gefolgt von Daniel, ging ich die Diele entlang zur Küchentür und entdeckte Lily Tonkins, die gerade einen Teig anrührte.

«Oh, Sie sind wieder da», begrüßte sie uns, offenbar nicht allzu erfreut, uns zu sehen, und ich fragte mich, ob sie eine ihrer verdrossenen Phasen hatte. Lily konnte sehr verdrossen sein, sogar böse. Nicht auf uns, sondern auf die Welt im allgemeinen, die ihren griesgrämigen Mann, die naseweise Verkäuferin beim Krämer und ihren Rentensachbearbeiter im Rathaus einschloß.

«Wo ist Phoebe?» fragte ich.

Lily blickte nicht von ihrer Rührschüssel auf. «Zum Wasser runter.»

«Ich hatte gehofft, sie würde heute im Bett bleiben.»

«Im Bett bleiben?» Lily stellte die Schüssel mit einem Knall hin und stemmte die Hände in die Hüften. «Sie hatte keine große Chance dazu. Die kleine Charlotte Collis ist den ganzen Tag hier gewesen, seit zehn Uhr. Ich hatte Miss Shackleton gerade eine schöne Tasse Tee hochgebracht und war dabei, die Türknäufe zu polieren, als es klingelte. In diesem Hause kann man ja nie ungestört arbeiten! Ich machte auf, und da war sie. Und ist immer noch nicht weg.»

«Wo ist Mrs. Tolliver?»

«Nach Falmouth gefahren, zu irgendeiner Sitzung, ‹rettet die Kinder› oder ‹rettet die Kirche› oder irgendwas. Ich meine, ich kann ja verstehen, daß manche Leute nicht gern auf Kinder aufpassen. Manche tun es gern, und manche nicht. Aber sie ist schließlich ihre Großmutter. Da muß sie doch nicht dauernd auf Achse sein und Bridge spielen und dies und das retten. Irgend jemand muß sich schließlich um die Kleine kümmern.»

«Wo ist Mrs. Curnow?»

«Betty Curnow, oh, die ist da, oben in White Lodge, aber sie muß doch ihre Arbeit machen. Wenn Mrs. Tolliver keine Lust hat, sich um das Kind zu kümmern, soll sie jemanden dafür bezahlen, daß er es macht.»

«Was ist also passiert?»

«Na ja, ich hab sie reingelassen, das arme Ding, und ich hab gesagt, Miss Shackleton ist noch im Bett, und Sie waren nicht da,

Sie waren zum Essen. Also ist sie nach oben gegangen, um Miss Shackleton zu besuchen, und ich hab gehört, wie sie zusammen redeten. Sie redet und redet, man sollte meinen, das Kind hat noch nie jemandem zum Reden gehabt, soviel hat sie zu erzählen, wenn sie hier ist. Dann kam sie runter und sagte, Miss Shackleton steht jetzt auf und zieht sich an. Ich war sauer, weil ich wußte, daß Miss Shackleton Ruhe braucht. Na, jedenfalls ging ich nach oben und half Miss Shackleton beim Anziehen, und dann kam sie runter und rief Betty Curnow an und sagte, wir behalten Charlotte hier und geben ihr was zu essen. Zum Glück war noch kalte Lammkeule da, und ich hab schnell ein paar Kartoffeln geschält und einen Pudding gemacht, aber es ist nicht richtig, daß Miss Shackleton die Kleine hüten muß, wo sie doch den gebrochenen Arm hat.»

Ich hatte Lily selten so aufgebracht erlebt. Sie war natürlich besorgt um Phoebe, das war schließlich nur zu verständlich. Aber sie hatte auch ein weiches Herz. Die Menschen in Cornwall lieben Kinder, und Lily war keine Ausnahme. Sie hatte bemerkt, daß Charlotte vernachlässigt wurde, und alles in ihr empörte sich dagegen.

Ich seufzte: «Es tut mir leid, ich hätte zu Haus bleiben sollen, um Ihnen zu helfen.»

Jetzt schaltete sich Daniel ein, der bisher alles schweigend angehört hatte. «Wo sind sie?» fragte er.

«Ans Wasser gegangen, sie wollten zeichnen. Das machen sie immer, wenn sie zusammen sind, wie zwei alte Damen.» Lily wandte sich vom Tisch ab und ging ans Spülbecken, um aus dem Fenster zu sehen. Daniel und ich folgten ihr. Wir sahen den trokkenen Meeresarm, den verlassenen Strand. Doch am anderen Ende der Kaimauer konnten wir zwei winzige Figuren ausmachen: Phoebe, unverkennbar mit ihrem Hut, und das Kind neben ihr, in einem roten Anorak. Sie hatten Klappschemel mitgenommen und saßen dicht nebeneinander. Die beiden hatten etwas Rührendes. Getrennt vom Rest der Welt, sahen sie aus, als hätte ein schreckliches Unwetter sie an diese Gestade verschlagen, wo sie nun eine einsame Existenz führten.

Während wir am Spülbecken standen, klatschten die ersten

dicken Regentropfen an die Fensterscheibe. «Da haben wir es!» knurrte Lily. «Jetzt kommt der verflixte Regen. Und Miss Shackleton wird es nicht mal merken. Wenn sie erst mal anfängt zu zeichnen, vergißt sie alles andere. Man kann sich die Kehle aus dem Hals schreien, sie wird es nicht hören. Und dann noch mit diesem Gipsverband, die arme Frau…»

Es war offensichtlich Zeit, etwas zu unternehmen. «Ich gehe hin und hole sie», sagte ich.

«Nein.» Daniel hielt mich am Arm fest. «Es gießt in Strömen. Ich gehe.»

«Sie werden einen Regenmantel brauchen, Daniel», warnte Lily, aber er griff sich einen Regenschirm aus dem Ständer in der Diele und lief damit los. Ich sah, wie er über den Rasen lief und durch die Pforte in der Steinbrechhecke verschwand. Einige Sekunden später tauchte er wieder auf, rannte an der Kaimauer entlang und nahm Kurs auf die beiden ahnungslosen Landschaftsmalerinnen.

Lily und ich wandten uns vom Fenster ab. «Kann ich was helfen?» fragte ich.

«Sie könnten den Tisch zum Tee decken.»

«Trinken wir ihn doch hier. Hier ist es so warm und gemütlich.»

«Ich mache ein paar Pfannkuchen.» Sie nahm ihre Schüssel und fing wieder an zu rühren. Nachdem sie ihrem Kummer Luft gemacht hatte, wirkte sie erheblich besser gelaunt. Wenigstens etwas.

«Morgen werde ich etwas mit Charlotte unternehmen», verkündete ich. «Vielleicht fahren wir mit dem Auto irgendwohin. Ich hab immer wieder an sie denken müssen, seit ich hier bin, aber es war so viel los, daß ich keine Zeit hatte, mir etwas zu überlegen.»

«Sie ist eigentlich ein sehr nettes Kind.»

«Ich weiß. Aber das macht es irgendwie noch schlimmer.»

Der Tisch war gedeckt, die Pfannkuchen in Arbeit, und im Kessel summte das Wasser, aber die drei waren immer noch nicht zurück.

«Dieser Daniel», sagte Lily kopfschüttelnd. «Er ist genauso

schlimm wie alle anderen. Hat wahrscheinlich vergessen, was er wollte, und sich zu ihnen gesetzt, um auch zu malen...»

«Ich gehe besser mal nachschauen.» Ich holte einen alten Regenmantel von Phoebe und einen großen Südwester, der einmal Chips gehört hatte, aus dem Schrank und ging durch die Küche in den Garten. Es regnete heftig, und alles war klitschnaß, doch während ich den Rasen überquerte, erschienen Daniel und Phoebe an der Pforte. Daniel trug die Klappschemel unter einem Arm und hielt mit der anderen Hand den Regenschirm schützend über Phoebe. Abgesehen von ihrem Hut war Phoebe wie für einen Sommerspaziergang angezogen. Die über dem Gipsverband zugeknöpfte Strickjacke war vollkommen durchnäßt, die Schuhe und die dicken Strümpfe mit Schlamm und Erde bespritzt. In der rechten Hand trug sie ihren Malbeutel aus Segeltuch, und als Daniel ihr die Pforte öffnete, sah sie auf und erblickte mich.

«Hallo! Da sind wir, drei halb ertrunkene Ratten!»

«Lily und ich haben uns schon Sorgen gemacht.»

«Charlotte war noch nicht ganz fertig, und sie wollte ihr Bild zu Ende zeichnen.»

«Wo ist sie jetzt?»

«Oh, sie kommt schon», sagte Phoebe leichthin.

Ich schaute an ihr vorbei den Hügel hinunter und sah Charlotte ganz unten. Sie hockte mit dem Rücken zu uns vor einem tropfnassen Brombeerstrauch und spähte in die Ranken.

«Ich gehe besser und hole sie», sagte ich resigniert und rannte den nassen und glitschigen Hang hinunter.

«Charlotte! Komm jetzt.»

Sie drehte sich um und sah mich. Ihre Haare klebten am Kopf, und ihre Brillengläser waren ganz beschlagen.

«Was machst du denn da?»

«Ich suche Brombeeren. Ich dachte, hier könnten welche sein.»

«Du sollst jetzt nicht Brombeeren pflücken, du sollst ins Haus kommen, zum Tee. Lily hat Pfannkuchen gemacht.»

Sie setzte sich widerwillig in Bewegung. «Meinetwegen.» Nicht einmal die Aussicht auf Pfannkuchen konnte große Begeisterung entfachen. Wahrscheinlich war es wirklich nicht ganz einfach mit ihr; andererseits konnte ich verstehen, daß sie den Nachmittag in Phoebes Gesellschaft so ungern beendete. Ich erinnerte mich, wie es gewesen war, als ich in Charlottes Alter war und nach einem Tag mit Phoebe, am Strand, beim Primelpflücken oder nach einer Fahrt mit dem Bummelzug nach Porthkerris absichtlich getrödelt hatte. Es hatte mich immer Überwindung gekostet, zum täglichen Einerlei zurückzukehren.

Ich streckte die Hand aus. «Wollen wir den Hügel hoch rennen?»

Sie gab mir ihre Hand, die sich mager, klein, naß und kalt anfühlte. Ich lächelte ihr aufmunternd zu. «Was du jetzt brauchst, ist ein schönes Frotteetuch zum Abrubbeln und etwas Heißes zu trinken.» Wir liefen den Hang hinauf. «Hattest du einen schönen Nachmittag mit Phoebe?»

«O ja. Wir haben gezeichnet.»

«Ich nehme an, ihr habt nicht mal gemerkt, daß es regnet.»

«Nein, nicht richtig. Mein Block wurde ein bißchen naß, aber dann kam der Mann da und hielt seinen Regenschirm über mich, und ich konnte fertig zeichnen.»

«Er heißt Daniel.»

«Ich weiß. Phoebe hat von ihm erzählt. Er hat früher bei ihr und Chips gewohnt.»

«Er ist jetzt ein berühmter Maler.»

«Das weiß ich auch. Er hat gesagt, meine Zeichnung ist sehr gut.»

«Was hast du denn gezeichnet?»

«Zuerst wollte ich ein paar Möwen zeichnen, aber sie sind immer wieder weggeflogen, und da hab ich einfach ein Bild erfunden.»

«Das war sehr mutig.»

«Er hat gesagt, es ist sehr gut.»

«Hoffentlich hast du es nicht dort unten vergessen?»

«Nein. Phoebe hat es in ihre Tasche gesteckt.»

Wir waren nun ein bißchen aus der Puste und gingen langsam weiter, bis wir die Pforte erreichten. «Ich hab mich schon gefragt, wie es dir bei deiner Großmutter geht», sagte ich. «Ich hätte dich angerufen oder zum Tee eingeladen, aber ich war so…» Ich zögerte, suchte das richtige Wort. «Beschäftigt» entsprach eigentlich nicht den Tatsachen.

«Es ist nicht sehr lustig», sagte Charlotte mit der entwaffnenden Offenheit eines Kindes.

Ich schloß die Pforte hinter uns. «Nun, vielleicht können wir morgen etwas zusammen machen. Mit dem Auto irgendwohin fahren, wenn Phoebe es nicht braucht.»

Charlotte dachte einen Moment nach. Dann fragte sie: «Meinen Sie, Daniel würde vielleicht mitkommen?»

Als wir die Küche betreten hatten, stürzte Lily halb ärgerlich und halb erleichtert auf Charlotte zu, öffnete den Reißverschluß ihres klitschnassen Anoraks und kniete sich hin, um sich mit den Schnallen ihrer Sandalen abzumühen.

«Oh, wie kann man nur so dumm sein. Miss Shackleton… Also, ich hab noch nie jemanden gesehen, der so klitschnaß war. Ich hab ihr gesagt, sie soll sofort nach oben gehen und alles, was sie anhat, ausziehen und sich trockene Sachen anziehen, aber sie hat bloß gelacht und gesagt, es ist nicht weiter tragisch. Es wird spätestens dann tragisch sein, wenn sie eine Lungenentzündung kriegt. Habt ihr nicht gemerkt, daß es regnet?»

«Nicht richtig», erwiderte Charlotte.

Lily holte ein frisches Frotteetuch, nahm Charlotte die Brille ab, rieb sorgfältig die Gläser trocken und setzte die Brille wieder auf die kleine Nase. Dann trocknete sie die Haare des Mädchens und rubbelte, als traktiere sie einen nassen jungen Hund, wobei sie weiter wie ein Rohrspatz schimpfte. Ich ging hinaus, um den Regenmantel auszuziehen und den Südwester abzunehmen, und legte beides zum Trocknen auf die Heizung in der Diele.

Die Tür zu Phoebes Wohnzimmer stand offen. Im Kamin an der entgegengesetzten Wand brannte ein Feuer, die Flammen spiegelten sich in den Messingböcken und auf all den polierten Sammelstücken, die in der Nähe standen – eine kleine Kupferkanne, ein silberner Fotorahmen, eine Schale aus Lüsterporzellan. Vor dem Feuer, ein Ellbogen auf den Kaminsims gestützt und einen Fuß auf einem Kaminbock, stand Daniel, in der Hand ein Blatt Papier, das er aufmerksam zu betrachten schien.

Als ich das Zimmer betrat, sah er auf.

«Ich habe Charlotte geholt, sie ist jetzt bei Lily und wird gründlich abgetrocknet. Sie hatte noch Brombeeren gesucht.» Ich trat neben ihn und hielt meine klammen Hände über das Feuer. «Was ist das?»

«Das kleine Bild, das sie gemacht hat. Es ist sehr gut.»

Er reichte mir das Blatt und ließ sich in einen von Phoebes breiten Sesseln sinken. Sein Kinn war auf seiner Brust, und er sah sehr müde aus. Ich schaute auf Charlottes Zeichnung und sah sofort, was er meinte. Es war die Arbeit eines Kindes, aber voll Phantasie und sauber gezeichnet. Sie hatte Filzstifte benutzt, und die leuchtenden Farben erinnerten mich an Phoebes intensive kleine Ölbilder. Ein rotes Boot, dessen Segel sich im Wind blähte, schaukelte auf kobaltblauen Wellen. Am Ruder stand eine kleine Gestalt mit einer Schiffermütze, und auf dem Vorderdeck lag eine große Katze mit breiten Schnauzhaaren.

Ich lächelte. «Die Katze gefällt mir.»

«Mir gefällt die ganze Zeichnung.»

«Es ist ein sehr fröhliches Bild. Eigentlich seltsam, ich glaube nämlich, sie ist kein besonders fröhliches Kind.»

«Ich weiß», sagte Daniel. «Daß sie so etwas zeichnet, ist irgendwie beruhigend.»

Ich stellte die Zeichnung auf den Kaminsims an Phoebes Uhr. «Ich habe ihr vorgeschlagen, morgen mit ihr irgendwohin zu fahren. Sie hat offenbar nicht viel Abwechslung bei ihrer Großmutter. Ich dachte, wir könnten Phoebes Auto nehmen.»

«Das wäre sehr nett.»

«Sie fand offenbar, daß es mehr Spaß machen würde, wenn Sie mitkämen.»

«Ja?» sagte Daniel. Er schien nicht allzu begeistert über die Aussicht. Ich fragte mich, ob er weibliche Gesellschaft bereits satt hatte oder ob die Vorstellung, einen ganzen Tag mit Charlotte und mir zu verbringen, ihn nicht besonders reizte. Ich wünschte, ich hätte es nicht erwähnt und sagte schnell: «Aber Sie haben wahrscheinlich etwas Besseres zu tun.»

Er nickte. «Ja.» Und nach einer kurzen Pause: «Wir werden sehen.»

Wir werden sehen. Er redete wie einer dieser Erwachsenen, die mich als Kind rasend gemacht hatten, indem sie eben diese Worte benutzten, wenn sie sich nicht festlegen konnten oder – wahrscheinlicher – wollten.

Chips hatte das Karussell für mich gebastelt. Als er es mir gab, hatte er gesagt, ich könne es mit nach London nehmen, aber ich beschloß, es nicht zu tun. Das Karussell war ein Teil von Holly Cottage, und dort sollte es bleiben.

Es stand, wo es immer gestanden hatte, in der unteren Hälfte der großen französischen Vitrine, die an einer Wand von Phoebes Wohnzimmer stand. An jenem Abend ging Charlotte, nachdem wir das Teegeschirr abgeräumt und gespült hatten, zur Vitrine und nahm das Karussell heraus. Sie trug es sehr vorsichtig und stellte es auf den Tisch vor dem Kamin.

Chips hatte es aus einem uralten Grammophon gebastelt. Er hatte den Deckel und den Arm mit der Nadel entfernt, eine Sperrholzscheibe von der Größe einer normalen Schallplatte ausgesägt und ein Loch in die Mitte gebohrt, so daß sie genau auf die Drehachse des Grammophons paßte und auf dem Plattenteller ruhte. Er hatte die Scheibe leuchtend rot gestrichen und kleine Tiere rings an ihrem äußeren Rand befestigt. Die Tiere hatte er ebenfalls mit seiner kleinen Laubsäge aus Sperrholz gesägt. Es gab einen Tiger, einen Elefanten, ein Zebra, ein Pferd, einen Löwen und einen Hund, und alle hatten ein bestimmtes Muster mit Streifen oder Punkten und einen leuchtenden Sattel mit winzigen Zügeln und Zaumzeug aus goldfarbener Schnur.

Man konnte damit verschiedene Spiele spielen. Manchmal wurde es zusammen mit Bauklötzen, Bauernhoffiguren und den Relikten einer abgelegten Arche Noah Teil eines Jahrmarkts oder einer Zirkusarena. Meistens spielte ich jedoch einfach so damit, zog den Mechanismus mit der blitzenden Kurbel auf und drückte den Hebel, der den Plattenteller in Bewegung setzte. Es gab außerdem einen Hebel zum Regulieren der Geschwindigkeit. Man konnte ihn so stellen, daß es sich zuerst ganz langsam drehte (damit die Leute einsteigen konnten, sagte Chips immer), und dann das Tempo steigern, bis die Tiere so schnell kreisten, daß man sie kaum noch erkennen konnte.

Das tat Charlotte jetzt. Es war, als beobachtete man einen Kreisel. Schließlich war der Mechanismus erschöpft, das Karussell drehte sich immer langsamer und hielt.

Sie hockte sich davor, drehte den Plattenteller mit der Hand und betrachtete dabei die Gesichter der einzelnen Tiere.

«Ich weiß einfach nicht, welches ich am liebsten mag.»

«Ich mochte den Tiger immer am liebsten», entgegnete ich. «Er hat so ein wildes Gesicht.»

«Ich weiß. Er ist ein bißchen wie die Tiger in ‹Kleiner Schwarzer Sambo›. Und wenn die Tiere ganz schnell rumsausen, sehen sie ein bißchen aus wie die Tiger in ‹Kleiner schwarzer Sambo›, wenn sie um den Baum laufen und zu Butter werden.»

«Vielleicht hat Lily unsere Pfannkuchen mit Tigerbutter gemacht», sagte Phoebe, «so wie die Mutter vom kleinen schwarzen Sambo.»

«Warum sind die alten Plattenspieler so, daß sie sich langsam und schnell drehen können? Ich meine, die Stereoanlage von meinem Vater bei uns zu Haus in Sunningdale hat auch einen Plattenspieler, aber ich glaube nicht, daß es einen Schalter für schnell und langsam gibt.»

«Es war sehr lustig», antwortete Phoebe. «Man konnte eine Platte ganz langsam abspielen, und es klang wie ein dicker alter Russe, der im tiefsten Baß singt. Dann spielte man sie ganz schnell ab, und die Stimmen waren hoch und quiekend. Wie Mäuse.»

«Aber warum? Warum hat man es so gemacht?»

Phoebe zuckte die Achseln. «Ich habe keine Ahnung» – stets ihre sehr vernünftige Antwort auf Fragen, die sie nicht beantworten konnte.

Charlotte wandte sich an mich. «Weißt du es?»

«Nein, keinen Schimmer.»

«Und du?» fragte sie Daniel.

Er hatte die ganze Zeit geschwiegen. Er hatte übrigens auch beim Tee kaum ein Wort gesagt. Nun saß er wieder in Chips' Armsessel und betrachtete zusammen mit uns das Karussell, schien aber auf irgendeine Weise woanders zu sein, abwesend und in sich gekehrt. Jetzt sahen wir ihn alle erwartungsvoll an, aber er hatte nicht einmal bemerkt, daß Charlotte mit ihm sprach. Also mußte sie ihre Frage noch einmal wiederholen: «Und Sie, Daniel?»

«Ich... Was?»

«Wissen Sie, warum die Musik quiekt, wenn die Platte sich schnell dreht, und sich wie ein Baß anhört, wenn sie langsam ist?»

Er überlegte konzentriert. «Vielleicht hat es etwas mit der Zentrifugalkraft zu tun.»

Charlotte zog die Nase kraus. «Was ist denn das?»

«Die Kraft, mit der deine Wäscheschleuder funktioniert.»

«Ich hab keine Wäscheschleuder.»

«Na ja, wenn du groß bist, wirst du vielleicht eine haben, und dann schaust du dir an, wie sie funktioniert, und dann wirst du wissen, was Zentrifugalkraft ist.»

Charlotte zog das Grammophon wieder auf. Die Uhr auf dem Kaminsims schlug fünf.

Phoebe sagte freundlich: «Charlotte, vielleicht ist es jetzt langsam Zeit, daß du nach Haus gehst.»

«Och, muß ich wirklich schon los?»

«Nein, du mußt nicht, aber ich habe gesagt, du würdest gegen fünf wieder zu Haus sein.»

Charlotte blickte auf und sah aus, als würde sie gleich anfangen zu weinen. «Ich möchte noch nicht gehen. Und ich kann nicht zu Fuß gehen, weil es regnet.»

«Prue wird dich mit meinem Wagen hinbringen.»

«Och...»

Um Tränen zu verhindern, sagte ich rasch: «Und vergiß nicht, wir sind für morgen verabredet. Wir machen zusammen einen Ausflug mit dem Auto. Soll ich kommen und dich abholen?»

«Nein, lieber nicht. Nachher muß ich auf dich warten, und dann hab ich immer Angst, daß niemand kommt. Ich komm lieber her, wie heute morgen. Wann soll ich hier sein?»

«Gegen zehn.»

«Gut.»

Daniel hatte sich aus dem Sessel gestemmt. «Wohin wollen Sie?» fragte Phoebe ihn.

«Ich muß auch los», entgegnete er.

«Aber ich dachte, Sie würden zum Abendessen bleiben. Lily hat Hühnerfrikassee gemacht...»

«Nein, wirklich... Ich muß gehen. Ich muß noch einen Anruf machen. Ich hab Peter Chastal versprochen, ich würde mich mit Lewis Falcon in Verbindung setzen, und ich habe mich noch nicht gerührt...»

«Na gut», sagte Phoebe, die die Entschlüsse anderer immer sofort akzeptierte und nie versuchte, sie davon abzubringen. «Dann fahren Sie am besten gleich mit Prue, und sie bringt Sie nach Porthkerris, wenn sie Charlotte bei Mrs. Tolliver abgesetzt hat.»

Er sah mich an. «Macht es Ihnen etwas aus?»

«Nein, natürlich nicht.»

Aber es machte mir etwas aus, weil ich wollte, daß er hier blieb und mit Phoebe und mir zu Abend aß.

«Auf Wiedersehen, Phoebe.» Er trat zu ihr und gab ihr einen Kuß auf die Wange, und sie tätschelte freundschaftlich seinen Arm, stellte keine Fragen, ließ ihn gehen.

Daran solltest du dir ein Beispiel nehmen, sagte ich mir, als ich ging, um meinen Mantel zu holen. *Wenn du seine Freundschaft nicht aufs Spiel setzen willst, mußt du auch so sein.*

Er setzte sich auf den Beifahrersitz. Charlotte saß hinten. «Wohin fahren wir morgen?» wollte sie wissen.

«Ich weiß nicht. Ich hab noch nicht darüber nachgedacht. Hast du eine Idee?»

«Wir könnten nach Skadden Hill rauffahren. Vielleicht finden wir da Brombeeren. Oben auf dem Berg sind viele Felsen, und auf einem davon ist ein Fußabdruck von einem Riesen. Wirklich. Ein richtiger Fußabdruck, ganz groß.»

«Ihr könntet nach Penjizal fahren», sagte Daniel.

«Was gibt es in Penjizal?» fragte ich.

«Es gibt einen Weg oben an den Klippen, und bei Ebbe ein schönes tiefes Becken in den Felsen, die Seehunde kommen und schwimmen darin.»

Charlotte vergaß Skadden Hill im Nu. Fußabdrücke von Riesen waren nichts im Vergleich mit Seehunden.

«O ja, laß uns da hinfahren. Ich hab noch nie Seehunde gesehen, jedenfalls nicht aus der Nähe.»

«Ich weiß nicht mal, wo Penjizal ist», wandte ich ein.

«Zeigen Sie es uns, Daniel?» Charlotte trommelte mit der Faust auf seine Schulter, um seine ungeteilte Aufmerksamkeit zu sichern. «Fahren Sie mit? Oh, bitte fahren Sie doch mit.»

Daniel antwortete nicht gleich auf diesen leidenschaftlichen Ausbruch. Ich wußte, daß er auf mein Eingreifen wartete, darauf, daß ich vielleicht eine Entschuldigung für ihn fand, aber ich beschloß, diesmal meinen eigenen Interessen zu folgen, und sagte nichts. Schweigend starrte ich durch die Windschutzscheibe auf die Straße vor uns, an deren Rändern sich schlammiges Wasser sammelte, auf die regengepeitschten Eichen, die sich schwarz vor dem Himmel abzeichneten.

«Bitte», flehte Charlotte.

«Mal sehen, vielleicht», knurrte er schließlich.

Aber damit ließ sie sich nicht abspeisen. «Heißt das ja oder nein?»

«Hm, meinetwegen…» Er drehte sich um und lächelte sie an. «Ja.»

«Oh, toll!» Sie klatschte vor Freude in die Hände. «Was soll ich mitnehmen, Prue? Soll ich meine Gummistiefel mitnehmen?»

«Das ist vielleicht besser. Und einen richtigen Regenmantel, falls es naß sein sollte.»

«Aber wir machen doch ein Picknick, ja, auch wenn es regnet?»

«Klar machen wir ein Picknick. Wir werden schon einen Platz dafür finden. Was möchtest du? Sandwiches mit gekochtem Schinken?»

«Ja. Und Cola.»

«Ich glaube nicht, daß wir Cola im Haus haben.»

«Ich glaube, Großmutter hat welche. Und wenn nicht, gehe ich ins Dorf und kaufe ein paar Flaschen. Beim Krämer gibt es Cola.»

Wir hatten die Pforte von White Lodge erreicht. Das Haus wartete wie üblich mit zugezogenen Vorhängen, verschlossen und ausdruckslos, gewappnet gegen den Regen und die Außenwelt, auf uns. Ich hielt an den Eingangsstufen. Daniel stieg aus, und Charlotte kletterte vom Rücksitz. In der Hand hatte sie ihr Bild. Phoebe hatte es vom Kaminsims genommen und ihr gegeben, als wir aufbrachen.

«Vergiß dein Bild nicht», hatte sie gesagt und dann hoffnungsvoll hinzugefügt: «Vielleicht möchtest du es gern deiner Großmutter schenken.»

Aber nun hielt Charlotte es Daniel hin. «Möchten Sie es haben?» fragte sie ihn schüchtern.

«Ja, sehr gern. Aber ist es nicht für deine Großmutter bestimmt?»

«Eigentlich nicht. Es würde ihr ja doch nicht gefallen.»

«Okay, dann nehme ich es. Vielen Dank. Ich werde es oft betrachten.»

«Dann bis morgen. Auf Wiedersehen. Auf Wiedersehen, Prue, und vielen Dank, daß Sie mich nach Haus gebracht haben.»

Wir schauten ihr nach, während sie die Stufen zur Haustür hinaufstieg. Als Daniel sich wieder auf den Beifahrersitz setzte, ging die Tür auf. Ein gelber Lichtbalken fiel ins Halbdunkel, und wir sahen die Gestalt Mrs. Tollivers. Sie winkte, vielleicht, um uns zu danken, vielleicht, um auf Wiedersehen zu sagen, und zog Charlotte dann rasch ins Haus.

5

Wir fuhren weiter nach Porth-
kerris. Es war nur eine kurze Strecke, und Daniel und ich legten
sie an jenem Abend zurück, ohne ein einziges Wort zu sagen.
Manchmal hat Schweigen zwischen zwei Menschen etwas Beru-
higendes, manchmal spricht es lauter als Worte. Dann wieder ist
es lastend und erzeugt eine gespannte Atmosphäre, so war es
diesmal. Ich wollte die Spannung entschärfen, irgend etwas
Belangloses ansprechen, eine Unterhaltung in Gang bringen,
aber das Schweigen stand wie eine Mauer zwischen uns, mir fiel
einfach nichts ein, was ich zu dem großgewachsenen stillen
Fremden neben mir hätte sagen können. Er hielt immer noch
Charlottes Geschenk in der Hand und starrte aus dem Seiten-
fenster auf die nassen graugrünen Felder, die Begrenzungs-
mauern aus Feldsteinen, den Regen. Offenbar gab es nichts zu
sagen.

Endlich erreichten wir das Tor des Hotels, fuhren die gewundene Zufahrt hoch und hielten zwischen all den teuren Limousi-
nen. An diesem trüben Abend hatte sogar das luxuriöse Castle
Hotel etwas Verlassenes und erinnerte mit seinen wenigen beleuchteten Fenstern, die sich in einem See aus Tümpeln spiegelten, an einen sinkenden Ozeandampfer.

Ich stellte den Motor ab und wartete darauf, daß Daniel ausstieg. Jetzt hörte ich nur noch das Trommeln des Regens auf dem
Dach und das Stöhnen des Windes, der vom Meer weit unter uns
die Klippen hochblies. Ich horchte auf die fernen Wellen, die sich
am Ufer brachen. Daniel wandte den Kopf und sah mich an.
«Kommen Sie mit hinein?»

Ich konnte mir nicht vorstellen, warum er sich auch nur die
Mühe machte, mich zu fragen. «Nein. Sie müssen doch Lewis
Falcon anrufen. Und ich sollte zurück...»

Er sagte eindringlich: «Bitte. Ich möchte mit Ihnen reden.»
«Worüber?»

«Wir können etwas trinken.»

«Daniel…»

«Bitte, Prue.»

Ich schaltete die Scheinwerfer aus, und wir stiegen aus dem Wagen. Wieder beförderte die Drehtür uns in das behagliche, duftende, überheizte Foyer mit seinen dicken Teppichen. Heute waren, vielleicht wegen des garstigen Wetters, mehr Leute da. Sie saßen an niedrigen Teetischen, lasen Zeitung, unterhielten sich, während sie strickten. Die Langeweile zwischen den Mahlzeiten hing fast fühlbar in der Luft. Daniel schlug den Weg zur Bar ein, aber es war zu früh, sie war noch nicht geöffnet.

Er blieb vor der Jalousientür stehen und sagte so laut «Verdammter Mist», daß ein oder zwei Gäste die Augenbrauen hochzogen und uns Blicke zuwarfen. Ich war verlegen. Ich wußte, wie wir aussahen, nachlässig gekleidet, Fremdkörper in dieser Umgebung. Daniel hatte seine abgewetzten Jeans und einen dicken graubraunen Pullover an, ich einen unförmigen marineblauen Duffle-Coat, der bessere Tage gesehen hatte, und mein ungekämmtes Haar war vom Wind zerzaust.

Ich hätte mich am liebsten umgedreht und wäre gegangen. «Ich möchte sowieso nichts trinken.»

«Aber ich. Kommen Sie, wir gehen auf mein Zimmer.»

Ohne eine Antwort abzuwarten, setzte er sich wieder in Bewegung und stieg, mit seinen langen Beinen drei Stufen auf einmal nehmend, die breite Treppe hinauf. Da ich nicht sah, was ich sonst tun konnte, folgte ich ihm und spürte die Blicke der Hotelgäste wie Dolche im Rücken. Mir war klar, daß sämtliche Anwesenden das Schlimmste vermuten würden, aber Daniels Verhalten beunruhigte mich so sehr und ich war selbst so verstört, daß es mir nichts ausmachte.

Sein Zimmer lag im ersten Stock, am Ende eines langen, breiten Korridors. Er holte den Schlüssel aus der Tasche, ging hinein und knipste das Licht an. Ich stellte fest, daß man ihm eines der besten Zimmer des Hotels gegeben hatte, mit dem Fenster zu dem kleinen Neun-Loch-Golfplatz. Die Rasenfläche des Golfplatzes fiel sanft zu einem Wäldchen ab, und das Hotel lag so hoch auf dem Hang, daß der Horizont, mit dem das Meer verschwamm, über den höchsten Zweigen der Bäume lag. Jetzt war es schon zu dunkel, um die Horizontlinie noch zu erkennen, aber das Fenster stand offen, und die langen Vorhänge flatterten in der abendlichen Brise wie schlecht gesetzte Segel.

Daniel machte die Tür zu, ging zum Fenster und schloß es ebenfalls. Die Vorhänge hielten in ihrem hektischen Tanz inne. Ich schaute mich in dem großen, behaglich möblierten Zimmer um, das eher an die Atmosphäre eines Schlafzimmers in einem gepflegten Landhaus erinnerte als an ein anonymes Hotelzimmer. Es gab einen Kamin, über dem ein sehr schöner Spiegel in einem tiefrosa Glasrahmen hing. Vor dem Kamin standen Sessel mit Chintzbezügen, über dem Frisiertisch lag eine Decke aus dem gleichen Chintz. Auf einem Beistelltisch stand ein Fernseher, daneben eine Minibar. Es gab sogar Blumen, auf dem Kaminsims, und einen runden Korb mit Obst, auf einem der Nachttische neben dem breiten Doppelbett.

Daniel schaltete das elektrische Feuer im Kamin an. Die Holzscheit-Attrappen begannen sofort zu glühen. Er hatte immer noch Charlottes Zeichnung in der Hand und stellte sie jetzt vorsichtig auf den Kaminsims, genau in die Mitte. Im Spiegel sah ich sein markantes, gefaßtes Gesicht.

Ich beobachtete ihn und wartete.

Er sagte: «Sie ist meine Tochter.»

Hinter seinem Bild im Spiegel sah ich meines, das Gesicht kaum mehr als ein heller Fleck, die Hände in den Taschen des Duffle-Coats vergraben, die ganze Gestalt durch das alte Glas verzerrt, so daß ich wie ein Geist wirkte, wie eine Ertrunkene.

Plötzlich fiel es mir sehr schwer zu sprechen. Ich sagte nur: «Charlotte», und es klang wie ein heiseres Flüstern aus weiter Ferne.

«Ja, Charlotte.» Er wandte sich vom Kamin ab, unsere Blicke begegneten sich. «Sie ist meine Tochter.»

«Warum sagen Sie das?»

«Sie ist meine Tochter», wiederholte er leise.

«Oh, Daniel.»

«Wissen Sie, ich hatte vor Jahren einmal eine Affäre mit ihrer Mutter. Ich war nicht verliebt in Annabelle, sie war verheiratet mit einem anderen, sie hatte schon ein Kind. Alles sprach dagegen. Aber es geschah trotzdem, wider jede Vernunft. Und Charlotte ist die Frucht eines langen Sommers, eines totalen Wahnsinns, wie man es wohl nennen muß.»

Ich nickte. «Ich weiß. Das heißt, ich weiß, daß Sie ein Verhältnis mit Annabelle Tolliver hatten.»

«Phoebe hat es Ihnen erzählt.»

«Ja.»

«Ich dachte mir schon, daß sie es Ihnen vielleicht erzählen würde. Ich war sogar ziemlich sicher.»

Wir starrten uns an. Die Gedanken rasten in meinem Kopf herum wie ein wild gewordenes Kaninchen im Käfig. Ich versuchte, mich an die Worte zu erinnern, die Phoebe gebraucht hatte. *Offen gesagt war Annabelle diejenige, die Daniel den Hof machte. Daniel war damals schon ein sehr zurückhaltender Mensch. Außerdem war es eine absolute Nicht-Affäre.*

Ich sagte: «Aber ich dachte... Ich meine... Ich wußte nicht...»

Er beendete mein Stammeln. «Sie dachten, wir hätten nur einen harmlosen kleinen Flirt gehabt. Ich habe immer gehofft, daß Phoebe und Chips dasselbe dachten. Aber Sie sehen, es war alles andere als harmlos.»

«Sie sind... Sie sind sicher, daß Charlotte Ihre Tochter ist?»

«Ich wußte es von dem Augenblick an, als ich sie heute nachmittag dort am Ende der Kaimauer auf dem Klappschemel sah. Bei Kälte und Regen, um ihre Zeichnung zu beenden. Prue, Sie sind ja leichenblaß. Ich glaube, wir sollten jetzt beide etwas trinken.»

Ich beobachtete, wie er zu dem kleinen Kühlschrank ging und ihn öffnete. Er nahm Gläser, Eis, Soda und eine Flasche Whisky heraus und stellte alles auf die Minibar.

«Daniel, ich trinke keinen Whisky.»

«Ich habe nichts anderes da.» Er schraubte die Flasche auf. Ich war immer noch fassungslos. «Sie hat nicht mal Ähnlichkeit mit Ihnen.»

«Sie hat auch keine Ähnlichkeit mit Annabelle. Aber ich habe ein Foto von meiner Mutter als kleines Mädchen, genauso alt wie sie, neun oder zehn Jahre. Charlotte ist das Ebenbild meiner Mutter.»

«Wußten Sie, daß Annabelle ein Kind von Ihnen erwartet?»

«Sie hat es mir gesagt.»

«War das nicht genug?»

«Wie sich herausstellte, nein.»

«Ich verstehe nicht.»

Er machte den Kühlschrank zu und lehnte sich, in jeder Hand ein Whiskyglas, dagegen. «Prue, ziehen Sie den Mantel aus. Er gibt Ihnen etwas Undurchdringliches. Außerdem ist er bestimmt feucht. Sie brauchen sich nicht zu erkälten.»

Ich fand diese Bemerkung in höchstem Grade belanglos, tat aber, was er gesagt hatte, knöpfte den Duffle-Coat auf und legte ihn über eine Stuhllehne. Er reichte mir den Drink, und ich trat zu ihm und nahm das Glas. Es war eiskalt.

«Ich verstehe nicht, wie Sie das meinen, Daniel», wiederholte ich.

«Sie können es nur verstehen, wenn Sie Annabelle kennen.» Er runzelte die Stirn. «Haben Sie sie nie kennengelernt? Als Sie in den Ferien bei Phoebe waren?»

«Nein, wir sind uns nie begegnet. Ich nehme an, weil sie immer im Sommer kam und ich dann meist in Northumberland war, bei meinem Vater.»

«Das erklärt es.»

«Waren Sie in Annabelle verliebt?» Es klang kühl, als wäre es mir nicht weiter wichtig.

«Nein, das war ich nicht. Eigentlich mochte ich sie nicht mal sehr. Aber sie hatte etwas... etwas Atemberaubendes und Aufreizendes, das jedes andere Gefühl bedeutunglos machte. Ich war zwanzig, und sie war achtundzwanzig. Verheiratet und Mutter. Aber das spielte auch keine Rolle.»

«Aber haben die Leute nicht geredet? Phoebe und Chips haben doch sicher...»

«Natürlich haben sie es bemerkt, aber sie dachten, es sei nur ein kleiner Flirt. Und Annabelle war sehr schlau. Sie blieb stets Herrin der Lage. Es waren immer viele andere Männer um sie herum.»

«Sie muß sehr schön gewesen sein.» Ich ärgerte mich selbst über den wehmütigen Unterton in meiner Stimme, aber von mir hatte noch niemand gesagt, daß ich «atemberaubend» und «aufreizend» sei, und niemand würde es je tun.

«Nein, sie war nicht schön. Aber sie war sehr groß gewachsen und schlank, und sie hatte ein Gesicht wie eine siamesische Katze, mit einer niedlichen kleinen Nase, einer geschwungenen Oberlippe und einem Lächeln, das voller Rätsel war. Vielleicht ist ‹geheimnisumwittert› das richtige Wort. Ihre Augen waren erstaunlich, sehr groß, schräg, dunkelgrau.»

«Wie haben Sie sie kennengelernt?»

«Phoebe und Chips hatten mich zu einer Party mitgeschleppt. Ich wollte nicht gehen, aber sie bestanden darauf; ich sei eingeladen, und wenn ich immer nur arbeitete, würde es mir bald langweilig werden. Annabelle war da. Ich sah sie in dem Augenblick, in dem ich das Zimmer betrat. Sie war am anderen Ende, umgeben von den Männern anderer Frauen. Ich sah ihr Gesicht, und es juckte mich in den Fingern, sie zu zeichnen. Ich nehme an, ich habe sie angestarrt, denn sie sah plötzlich auf und blickte mich an, als hätte sie die ganze Zeit gewußt, daß ich da war. Und ich wollte sie auf einmal gar nicht mehr zeichnen.» Er lächelte kläglich und schüttelte den Kopf. «Es war wie beim Rugbyspielen – plötzlich kriegt man einen heftigen Tritt in den Bauch.»

«Ich hab so was noch nie erlebt.»

Ich hoffte, mein schüchternes Bemühen um eine leichte Note würde ihm ein Lächeln entlocken, aber er schien mich nicht gehört zu haben. Er lief mit dem Glas in der Hand im Zimmer auf und ab, als sei es ihm physisch unmöglich, zu reden und dabei still zu stehen.

«Danach sahen wir uns am Strand. Ich hatte ein Surfbrett, ein Malibu, aus Australien. Ein Freund hatte es für mich in Sydney gekauft und mir mitgebracht. An dem Tag war gerade Nordwind, und wir hatten wunderbare kilometerlange Wellen. Ich surfte, bis die Ebbe einsetzte, und als ich an Land kam, ganz blaugefroren, weil ich mir keinen Gummianzug leisten konnte, sah ich Annabelle auf einer Düne sitzen und mich beobachten. Ich wußte nicht, wie lange sie schon dort gesessen hatte. Sie hatte einen roten Rock an, und ihr langes schwarzes Haar wehte im Wind. Es war ein grauer, verhangener Tag, am Strand war sonst kein Mensch, und ich war sicher, daß sie auf mich wartete. Also kletterte ich die Düne hoch, wir unterhielten uns und rauchten ihre Zigaretten, und die Böen drückten den Strandhafer rings um uns herum flach. Ich weiß noch, daß ich dachte, er sähe aus wie ein Pelz, der gestreichelt wird. Später gingen wir dann nach Haus, am Golfplatz vorbei, wo es nach wildem Thymian roch. Ein paar Männer, Golfspieler, kamen uns entgegen, und ich sah, daß sie zuerst Annabelle anblickten und dann mich und neidische Gesichter machten. Ein angenehmes Gefühl. So war es dann immer. Ob ich mit ihr in einen Pub ging oder neben ihr in ihrem offenen Wagen saß und mir die Sonne ins Gesicht scheinen ließ. Wir hielten an einer Verkehrsampel, die auf Rot stand, und die Leute auf dem Bürgersteig drehten sich nach uns um und lächelten.»

«Sie dachten wahrscheinlich, was für ein gutaussehendes Paar Sie seien.»

«Ich fürchte, sie fragten sich eher, was ein sensationelles Geschöpf wie Annabelle mit einem Grünschnabel wie mir anfing.»

«Wie lange ging das so?»

«Zwei Monate. Drei Monate. Es war ein sehr heißer Sommer. Sie sagte, es sei zu heiß, um mit ihrem kleinen Jungen zurück nach London zu fahren. Also blieb sie in Penmarron. Sie war die ganze Zeit da.»

«Hat sie von ihrem Mann geredet?»

«Leslie Collis? Nicht viel. Angeblich hatte sie ihn nur wegen seines Geldes geheiratet, und wenn sie von ihm sprach, dann jedenfalls nicht sehr liebevoll. Aber das störte mich nicht. Ich wollte nichts von ihm hören. Ich wollte nicht an ihn denken. Ich wollte keine Schuldgefühle haben. Wenn man wirklich will, ist es möglich, einen lästigen Gedanken zu verdrängen. Ich hatte nie gewußt, daß ich dazu imstande war. Es machte alles viel leichter.»

«Vielleicht muß man mit zwanzig so handeln.»

Er lächelte. «Sie klingen alt und weise. Wie Phoebe.»

«Ich wünschte, ich wäre es.»

Er lief immer noch hin und her wie ein Tiger im Käfig, von

einem Ende des behaglichen, hübschen Zimmers zum anderen. «Es war ungefähr um diese Jahreszeit, Mitte September», sagte er. «Nur daß es nicht so regnete wie dieses Jahr. Die Sonne schien jeden Tag, es war immer warm. Deshalb überraschte es mich um so mehr, als Annabelle plötzlich sagte, sie wolle nach London zurück. Wir waren gerade wieder am Strand. Wir hatten gebadet. Es war auflaufendes Wasser, spät am Nachmittag. Die Flut schwappte über den von der Sonne erwärmten Sand, das Wasser war jadegrün und sehr warm. Wir saßen im Sand und rauchten eine Zigarette, sie sagte mir, daß sie nach London zurückfahren wolle, und ich wartete darauf, mich todunglücklich zu fühlen, aber dann merkte ich, daß ich nicht unglücklich war. Im Gegenteil, ich war auf eine sonderbare Weise erleichtert. Ich wollte, daß es zu Ende ging, solange es noch Spaß machte. Ich wollte nicht, daß es allmählich verebbte und schal wurde. Außerdem war mir klar, daß ich wieder anfangen mußte zu arbeiten. Malen war immer das Wichtigste in meinem Leben, und die Malerei fehlte mir von Tag zu Tag mehr. Ich wollte allem anderen den Rücken kehren und mich wieder aufs Malen konzentrieren, mich darin verlieren. Das Jahr bei Chips war bald vorbei. Ich wollte reisen, etwas lernen. Ich hatte vor, nach Amerika zu gehen.»

Er schwieg einen Moment und fuhr dann fort: «Ich sagte irgend etwas Belangloses, aber Annabelle unterbrach mich. Sie teilte mir mit, daß sie ein Kind erwarte. Sie sagte: ‹Es ist von dir, Daniel.›»

«Wissen Sie, als ich noch jung war, noch nicht erwachsen, pflegte ich eine Todesangst zu bekommen, wenn ich mir diese Situation vorstellte. Ein Mädchen, schwanger von mir. Ein Mädchen, das ich nicht heiraten wollte. Vaterschaftsklagen, wütende Väter, wegen des Kindes heiraten. Ein Alptraum. Und nun war es passiert, wenn auch anders, als ich es mir vorgestellt hatte. Sie redete weiter, und langsam dämmerte es meinem gelähmten Gehirn, daß sie gar nichts von mir wollte. Sie wollte nicht, daß ich mich beim Scheidungsprozeß zu allem bekannte, sie wollte nicht mit mir durchbrennen, sie wollte nicht, daß ich sie heiratete. Sie wollte kein Geld.»

Er hielt wieder inne und lächelte wehmütig. «Ich dachte, irgendwo müsse ein Haken sein. Als sie ausgeredet hatte, sagte ich: ‹Was ist mit deinem Mann?› Sie lachte und sagte, er würde keine Fragen stellen. Ich konnte das nicht glauben, kein Mann, dachte ich, würde sich damit abfinden, daß seine Frau ein Kind von einem anderen bekomme. Aber Annabelle sagte, Leslie Collis würde es akzeptieren, um das Gesicht zu wahren und nicht ausgelacht zu werden. Für ihn gebe es nichts Schlimmeres, als sich lächerlich zu machen und wie ein Narr dazustehen. Er achtete darauf, was seine Kollegen über ihn dachten und wie die Leute über ihn redeten. Er hatte viel Mühe darauf verwendet, sich ein Macho-Image aufzubauen, und wollte auf keinen Fall zulassen, daß es zerstört wurde. Dann sah sie mein Gesicht, lachte wieder und sagte: ‹Keine Sorge, Daniel, er wird dich nicht erschießen.› ‹Aber es ist mein Kind›, entgegnete ich, und sie warf ihre Zigarette fort, strich sich das Haar aus dem Gesicht und sagte: ‹Oh, mach dir keine Sorgen. Das Baby wird es sehr gut haben›, und es klang, als redete sie über einen kleinen Hund.»

Er hatte nun aufgehört, auf und ab zu laufen, stand mitten im Zimmer und starrte in sein Glas. Es war noch ein Rest Whisky darin, den er mit einer schnellen Bewegung hinunterkippte. Ich hoffte, daß er sich nicht noch einen einschenken würde. Es stand zu befürchten, daß ein Mann in dieser Verfassung Vergessen im Alkohol suchte. Aber er stellte das leere Glas auf die Minibar, trat ans Fenster und zog den Vorhang zu, sperrte die naßkalte Dunkelheit aus.

Er wandte sich um und sah mich an. «Sie sagen nichts.»

«Mir fällt nichts halbwegs Intelligentes ein, was ich sagen könnte.»

«Sie sind schockiert.»

«Was für ein lächerliches Wort, jedenfalls in diesem Zusammenhang. Es steht mir überhaupt nicht zu, schockiert zu sein. Es steht mir nicht zu, irgendeine Stellung zu beziehen. Aber es tut mir um Ihretwillen leid, daß es passiert ist.»

«Ich habe Ihnen noch nicht alles erzählt. Möchten Sie den Rest hören?»

«Wenn es Sie erleichtert.»

«Ich glaube, das tut es. Ich… Ich habe seit Jahren nicht so

reden können. Ich weiß nicht, ob ich jetzt aufhören könnte, selbst wenn ich wollte.»

«Haben Sie es noch nie jemandem erzählt?»

«Doch. Chips. Zuerst dachte ich, ich würde es nicht schaffen. Ich konnte es nicht. Erstens schämte ich mich zu sehr. Leslie Collis war nicht der einzige Mann, der es haßte, wie ein Narr dazustehen. Aber ich konnte meine Gefühle noch nie gut verbergen, und nach ein paar Tagen, in denen ich wie betäubt durch Chips' Studio wankte und dauernd irgend etwas fallen ließ, verlor er die Geduld und fragte, was zum Teufel eigentlich mit mir los sei. Da erzählte ich es ihm. Ich erzählte ihm alles, und er unterbrach mich kein einziges Mal, er saß nur da und sagte kein Wort. Er saß in seinem schäbigen alten Sessel, rauchte seine Pfeife und hörte zu. Und als ich fertig war und alles abgeladen hatte, war die Erleichterung so groß, daß ich nicht begreifen konnte, warum ich es ihm nicht gleich gesagt hatte.»

«Was sagte er dazu?»

«Zuerst gar nichts. Er rauchte weiter und starrte ins Leere. Überlegte. Ich wußte nicht, was er dachte. Ich rechnete damit, daß er sagen würde, ich solle sofort meine Sachen packen und Holly Cottage nie wieder betreten.» Daniel lächelte bitter.

«Aber dann klopfte er seine Pfeife aus, steckte sie in die Tasche und sagte: ‹Junger Mann, Sie werden für dumm verkauft.› Und er erzählte mir von Annabelle. Sie habe noch nie einen einzigen moralischen Grundsatz besessen; sie nehme sich stets, was und wen sie wolle, ihr Männerverschleiß sei allgemein bekannt. Dieser Sommer sei keine Ausnahme. Was das Kind betreffe, so gebe es da einen anderen Mann, einen Farmer aus der Gegend von Falmouth, mit Frau und Kindern. Chips glaubte, daß er der Vater des Babys sei, und daß Annabelle das auch wisse. Als er damit rausrückte, war mein Dilemma größer als vorher. In gewisser Hinsicht war ich erleichtert. Aber gleichzeitig kam ich mir betrogen vor. Mein Stolz war furchtbar verletzt. Ich wußte, ich machte Leslie Collis zu einem betrogenen Ehemann, aber die Information, daß Annabelle mir genauso Hörner aufgesetzt hatte wie ihm, war ein harter Schlag. Das klingt ziemlich mies, nicht wahr?»

«Nein. Es ist verständlich. Aber wenn es stimmte, warum hat sie dann gesagt, das Kind sei von Ihnen?»

«Eben das fragte ich Chips. Er sagte, es sei schon immer Annabelles Art gewesen. Ihr mache es keinen Spaß, Unheil anzurichten, wenn sie nicht ein Trümmerfeld von Schuld und Reue hinterlassen könnte. Unglaublich, nicht?»

«Es klingt jedenfalls unglaublich. Aber wenn Chips es gesagt hat, muß es wohl wahr sein.»

«Das war mir auch klar. Noch am selben Abend ging er zu den Tollivers und redete mit Annabelle, und zwar deutliche Worte. Er ging zu Fuß nach White Lodge und paßte Annabelle allein ab. Zuerst bestritt sie alles und behauptete steif und fest, es könne nur mein Kind sein. Aber dann sagte er ihr, er wisse Bescheid über den anderen, diesen Farmer. Und als er seinen Namen nannte, gab sie auf und gestand, daß sie selbst nicht wisse, ob sie das Kind von ihm oder von mir erwarte. Sie erklärte, es sei ihr lieber, sich vorzustellen, das Baby sei von mir. Ich habe sie nie wieder gesehen. Sie fuhr ein paar Tage später zurück nach London und nahm ihren kleinen Jungen und sein Kindermädchen mit. Chips und ich kamen zu dem Schluß, daß es auch für mich Zeit sei zu gehen. Ich hatte die Abreise schon viel zu lange rausgeschoben.»

«Weiß Phoebe es?»

«Nein. Ich wollte nicht, daß sie es erfuhr, und Chips fand auch, daß es besser wäre, wenn sie es nicht wüßte. Es war abzusehen, daß das Ganze ohnehin keine Konsequenzen haben würde, und es hätte keinen Sinn, sie aufzuregen oder Probleme zwischen ihr und Mrs. Tolliver zu schaffen. Penmarron ist ein kleines Dorf. Sie mußten weiter dort leben, und sie waren beide ein Teil einer kleinen und ziemlich intakten Nachbarschaft.»

«Chips war ein kluger Mann.»

«O ja. Und verständnisvoll. Ich kann Ihnen gar nicht sagen, wie gütig er damals zu mir war. Wie der beste Vater, den man sich vorstellen kann. Er regelte alles für mich und gab mir sogar etwas Geld, damit ich über die Runden kam, bis ich unabhängig wurde. Er gab mir Empfehlungsbriefe an Freunde von ihm in New York, und vor allem schickte er mich mit einem Empfehlungsbrief an Peter Chastal in London. Die Galerie gab es damals erst seit ein paar Jahren, aber Chastal hatte sich bereits einen Namen in der Kunstszene gemacht. Ich nahm eine große Mappe mit meinen Arbeiten mit und zeigte sie ihm, und bevor ich nach Amerika flog, hatten wir abgemacht, daß er meine Bilder ausstellen und sich als mein Agent um die Geschäfte kümmern würde. Und das hat er seitdem getan.»

Ich dachte an die begeisterte Kritik, die ich im Zug gelesen hatte. «Anscheinend haben Sie es nicht bereuen müssen.»

«Nein. Ich habe Glück gehabt.»

«Chips hat immer gesagt, es nütze nichts, Talent zu haben und nicht daran zu arbeiten.»

«Chips hat viele vernünftige Sachen gesagt.»

«Sind Sie wegen Ihrer Arbeit elf Jahre fortgeblieben?»

«Ich bilde es mir oft ein. Ich sage mir nicht gern, daß ich lediglich versuchte, vor dem, was geschehen war, zu fliehen. Aber wahrscheinlich tat ich genau das. Davonlaufen. Immer weiter und weiter. Zuerst nach New York, dann nach Arizona und schließlich nach San Francisco. Während ich dort war, interessierte ich mich zum erstenmal für japanische Kunst. Es gibt in San Francisco viele Japaner, und ich freundete mich mit einigen jungen Malern an. Je länger ich mit ihnen arbeitete, um so mehr wurde mir klar, wie wenig ich in Wahrheit wußte. Die Traditionen und Schulen der japanischen Malerei sind viele Jahrhunderte alt. Alles daran faszinierte mich. Also ging ich nach Japan, wurde dort wieder Student und Schüler eines sehr alten und berühmten Mannes. Die Zeit hörte auf, eine Bedeutung zu haben. Ich war vier Jahre dort. Manchmal kam es mir vor wie ein paar Tage. Dann wieder wie eine Ewigkeit.» Nachdenklich hielt er inne und fuhr dann fort:

«Die Ausstellung bei Peter Chastal ist ein unmittelbares Ergebnis dieser Jahre. Ich habe Ihnen schon gesagt, daß ich zuerst nicht zur Eröffnung kommen wollte. Vernissagen versetzen mich wirklich in Panik. Außerdem hatte ich aber auch Angst, nach England zurückzukehren. Auf der anderen Seite des Globus' war es möglich, nicht an Annabelle zu denken und an das Kind, das vielleicht von mir war. Aber zurückgehen... Ich hatte

Alpträume, mir war, als wäre ich in London und träfe Annabelle auf der Straße, und mein Kind käme auf mich zugelaufen.»

«War es nicht ein bißchen riskant, ausgerechnet hierher nach Cornwall zu kommen?»

«Es schien alles vorherbestimmt zu sein. In einem Pub jemanden kennenzulernen, der einem anbietet, in seinem Auto mit nach Cornwall zu fahren. Ich hätte um ein Haar nein gesagt, aber ich wünschte mir so sehr, Phoebe wiederzusehen.»

Ich dachte zurück an gestern. Ich dachte daran, wie still er in der Bar an der Theke gesessen hatte, während ich ununterbrochen über Mrs. Tolliver und Charlotte redete.

«Daniel, als ich Ihnen sagte, daß Charlotte bei ihrer Großmutter in Penmarron sei, muß Ihnen doch klar gewesen sei, daß sie Annabelles Kind war.»

«Ja. Und ich wußte, daß ich ihr zwangsläufig begegnen würde. Es gehörte alles zu irgendeinem merkwürdigen Plan, dem ich auf eine undurchschaubare Weise ausgeliefert war. Als wir heute nachmittag zu Phoebe kamen, aus dem Wagen stiegen und ins Haus gingen, wußte ich, daß Charlotte irgendwo in der Nähe war. Ich wußte es, ehe Lily es uns erzählte. Und als ich dann hinausging, den Hügel hinunterlief und die Kaimauer entlangging, um sie zum Tee zu holen, dachte ich, nach all diesen Jahren der Ungewißheit wirst du es endlich erfahren.» Geistesabwesend zeichnete er mit der Schuhspitze ein Muster in den weichen Hotelteppich.

«Sie haben mich nicht kommen sehen. Sie waren beide zu sehr in ihre Arbeit vertieft. Dann sah Phoebe mich und rief meinen Namen. Und Charlotte blickte ebenfalls auf. Da war dieses kleine Gesicht. Und mir war klar, daß Annabelle die Wahrheit gesagt hatte, ohne es zu wissen.»

Daniel war am Ende seiner Geschichte angelangt. Es kam mir vor, als hätte ich stundenlang dagestanden und ihm zugehört. Mein Rücken tat weh, und ich fühlte mich erschöpft und ausgelaugt. Ich hatte keine Ahnung, wie spät es sein mochte. Von unten drangen leise Geräusche und kaum wahrnehmbare Gerüche herauf. Stimmen, das ferne Klappern von Geschirr, die dünnen Klänge des Orchesters, das etwas Anspruchsloses aus *The Sound of Music* spielte. Ich mußte irgendwann zurück nach Holly Cottage, zu Phoebe und dem Hühnerfrikassee. Aber noch nicht.

«Wenn ich mich nicht sofort hinsetze, falle ich um», verkündete ich, ging zum Kamin und ließ mich in einen der chintzbezogenen Sessel fallen. Während der ganzen Zeit, die wir geredet hatten, hatten die kleinen falschen Flammen fröhlich an den imitierten Scheiten geleckt. Ich lehnte mich zurück, vergrub das Kinn im Kragen meines Pullovers und sah zu, wie sie ohne Ziel und Zweck züngelten und nichts erreichten.

Ich hörte, wie Daniel sich noch einen Whisky einschenkte. Er kam mit dem Glas zu mir und setzte sich in den Sessel gegenüber. Ich sah auf, unsere Blicke begegneten sich. Wir waren beide sehr ernst.

Ich lächelte. «Jetzt haben Sie mir also alles erzählt. Und ich weiß nicht, warum Sie es getan haben.»

«Ich mußte es jemandem sagen. Und aus irgendeinem Grund habe ich das Gefühl, Sie gehören auch zu dieser Geschichte.»

«Nein. Ich gehöre nicht dazu.» Das war so ungefähr das einzige, dessen ich mir sicher war. Andernfalls wäre die Lage, in der Daniel sich jetzt befand, ausweglos gewesen. Ich dachte kurz nach und fuhr dann fort. «Ich glaube auch nicht, daß Sie dazu gehören. Es ist vorbei, Daniel. Zu Ende. Vergessen. Sie haben geglaubt, daß Charlotte Ihr Kind sein könnte, nun wissen Sie es. Das ist alles, was sich geändert hat. Charlotte ist immer noch Charlotte Collis, Leslies Tochter, Mrs. Tollivers Enkelin und Phoebes kleine Freundin. Akzeptieren Sie das, und vergessen Sie alles andere. Es gibt nämlich keine Alternative. Die Tatsache, daß Sie die Wahrheit herausgefunden haben, ist ohne Belang. Sie ändert nichts. Sie sind nie für Charlotte verantwortlich gewesen, und Sie sind es auch jetzt nicht. Für Sie muß sie ein kleines Mädchen bleiben, das Sie an der Kaimauer gesehen haben, das zufällig auch ein Talent zum Zeichnen hat und Sie an Ihre Mutter erinnert.»

Er antwortete nicht gleich. Dann sagte er: «Wenn das alles ist, womit ich fertig werden muß, wäre es nicht so schlimm.»

«Könnten Sie sich etwas genauer ausdrücken?»

«Ich meine, was Sie im Zug festgestellt haben und was Lily

Tonkins, die nicht auf den Kopf gefallen ist, sofort gesehen hat. Charlotte muß nicht nur eine Brille tragen, sie kaut auch an den Fingernägeln, sie ist einsam, sie ist unglücklich, und sie wird offenbar vernachlässigt.»

Ich wandte den Blick ab und starrte in den Kamin. Wenn es ein richtiger Kamin gewesen wäre, hätte ich den schwierigen Moment durch ein paar Handgriffe mit dem Schürhaken oder einem neuen Scheit überbrücken können. Aber so wußte ich nicht, was ich tun oder sagen sollte. Mir war klar – und Phoebe war klar und Lily Tonkins war klar –, daß alles, was Daniel eben gesagt hatte, höchstwahrscheinlich der Wahrheit entsprach. Doch ihm jetzt zuzustimmen, konnte Charlotte nichts bringen und würde seine Lage nur noch schwieriger machen.

Ich seufzte und suchte nach Worten. «Sie müssen nicht alles wörtlich nehmen, was Lily sagt. Sie neigte schon immer dazu, alles schwarzzusehen. Und Sie müssen wissen, daß kleine Mädchen in Charlottes Alter nicht immer leicht zu verstehen sind. Sie werden geheimnistuerisch und ziehen sich in sich selbst zurück. Außerdem glaube ich, daß sie ziemlich schüchtern ist…»

Als ich aufsah, begegnete ich wieder seinem Blick. Ich lächelte und bemühte mich um einen aufmunternden Ausdruck.

«…und Mrs. Tolliver würde offengesagt nie den Titel der fürsorglichsten Großmutter der Welt gewinnen. Deshalb mag Charlotte Phoebe so sehr. Übrigens glaube ich nicht, daß sie es in White Lodge nicht gut hat. Ich weiß, sie hat keine anderen Kinder zum Spielen, aber das kommt daher, daß die Kinder im Dorf wieder in der Schule sind. Und trotz allem, was Lily gesagt hat, verbringt Betty Curnow sicher ein bißchen Zeit mit ihr und ist nett zu ihr. Sie dürfen keine Gespenster an die Wand malen. Morgen machen wir mit ihr einen Ausflug und veranstalten ein Picknick. Das haben Sie anscheinend ganz vergessen, nicht? Sie haben versprochen, daß Sie mit uns nach Penjizal fahren und uns die Seehunde zeigen… Sie können jetzt keinen Rückzieher machen.»

«Nein. Ich werde keinen Rückzieher machen.»

«Jetzt verstehe ich, warum Sie zuerst nicht mitkommen wollten. Es wird nicht gerade leicht für Sie sein.»

Er schüttelte den Kopf. «Ich glaube nicht, daß ein Tag einen großen Unterschied macht, jedenfalls nicht im Vergleich zu zwei Leben.»

Ich zuckte die Achseln. «Ich weiß nicht genau, was Sie meinen, aber Sie haben sicher recht.»

Er lachte. Die Band unten spielte jetzt Stücke aus *The Pirates of Penzance*. Ich nahm köstlichen Essengeruch wahr.

«Kommen Sie mit mir zurück. Nach Holly Cottage», bat ich. «Phoebe würde sich schrecklich freuen. Wir werden Lilys Hühnerfrikassee essen, genau wie wir es ursprünglich vorhatten. Sie hat genug für ein ganzes Regiment gemacht.»

Er schüttelte den Kopf.

Ich schaute auf das leere Whiskyglas auf dem Boden zwischen seinen Füßen.

«Aber Sie versprechen mir, daß Sie nicht den ganzen Abend hier sitzen und trinken, bis Sie umfallen?»

Er lächelte. «Wie wenig Sie mich kennen. Wie wenig wir uns kennen. Ich trinke nicht aus solchen Gründen. Das hab ich noch nie getan.»

«Aber Sie müssen etwas essen. Werden Sie zu Abend essen?»

«Ja. Später. Ich gehe nach unten.»

«Na ja, wenn Sie nicht mitkommen wollen, fahre ich jetzt allein. Phoebe wird glauben, ich hätte sie vergessen, oder ich wäre gegen einen Baum gefahren oder sonst etwas Furchtbares.»

Wir erhoben uns gleichzeitig aus unseren Sesseln und standen da wie Gäste bei einem Empfang, wenn es Zeit ist, zu gehen.

«Gute Nacht, Daniel.»

Er legte mir die Hände auf die Schultern, beugte sich nach unten und gab mir einen Kuß auf die Wange. Ich blieb regungslos stehen und sah ihn an. Dann legte ich ihm die Arme um den Hals, zog seinen Kopf zu mir herunter und küßte ihn auf den Mund. Ich fühlte, wie seine Arme sich um mich legten, fühlte, wie er mich an sich zog, so daß ich sein Herz durch den dicken rauhen Wollpullover schlagen fühlte.

«Oh, Prue.»

Ich legte die Wange an seine Schulter. Fühlte, wie seine Lippen mein Haar, meine Stirn liebkosten. Es war die zarteste aller Liebkosungen, ohne Leidenschaft, ohne augenfällige Bedeutung.

Warum hatte ich also auf einmal dieses sonderbare Gefühl der Schwäche, das vollkommen neue Bedürfnis nach irgend etwas, was ich gar nicht kannte, das kaum merkliche Beben in den Knien, das Brennen lächerlicher unvergossener Tränen in den Augen? Konnte man so jäh und unvermittelt lieben? Wie eine in einen dunklen Himmel geschossene Rakete, die in die Unendlichkeit rast und einen Schweif schimmernder Sterne in allen Farben nach sich zieht?

Wir standen eine Weile stumm da und hielten einander fest wie Kinder, die sich schutzsuchend umklammern. Dann brach Daniel als erster das Schweigen. «Dieses Haus in Griechenland. Ich glaube, du dachtest nicht, daß es mein Ernst sei, als ich gefragt habe, ob du kommen und mich besuchen möchtest.»

«Fragst du mich jetzt noch einmal?»

«Nein.»

Ich beugte den Kopf zurück und sah ihn an. Er sagte: «Ich kann nicht immerzu vor meinen eigenen Gedanken davonlaufen. Vielleicht eines Tages, irgendwann.» Er küßte mich wieder, diesmal ganz kurz, machte sich sanft von mir los und sah auf die Uhr. «Du mußt gehen. Das Hühnerfrikassee brennt an, und Phoebe wird denken, ich hätte dich entführt.» Er nahm meinen Mantel von der Stuhllehne, half mir hinein und knöpfte ihn zu, wie bei einem Kind.

«Ich komm mit dir runter.» Er öffnete mir die Tür, und wir gingen nebeneinander den langen Korridor zur Treppe hinunter, vorbei an vielen geschlossenen Zimmertüren, hinter denen Leute, die wir nie gekannt hatten, einander geliebt hatten, hinter denen sie Flitterwochen und Ferien verbracht hatten, gelacht, sich gestritten und lachend wieder vertragen hatten.

Als wir das Foyer erreichten, zeigte es sich von seiner festlichsten Seite. Gäste traten aus der Bar, gingen ins Restaurant oder saßen mit Cocktails und kleinen Schalen mit Nüssen vor sich an den niedrigen Tischen. Das Stimmengewirr war beträchtlich, da man sich lauter als gewöhnlich unterhalten mußte, um trotz der Musik gehört zu werden. Die Männer trugen schwarze Fliegen und Dinnerjacketts, die Frauen Abendröcke oder straßbesetzte lange Kleider.

Wir gingen durch die Menge und erregten mit unseren unpassenden Kleidungsstücken spürbares Aufsehen, wie Geister bei einem Ball. Die Gespräche kamen ins Stocken, als wir vorbeigingen, und mehr als einer der Anwesenden zog die Augenbrauen hoch. Wir erreichten die Drehtür und traten hinaus in den dunklen Abend. Es hatte endlich aufgehört zu regnen, aber der Wind pfiff immer noch durch die hohen Äste der Bäume.

Daniel sah zum Himmel. «Wie wird das Wetter morgen werden?»

«Vielleicht sehr gut. Vielleicht weht der Wind die Regenwolken fort.»

Wir waren beim Auto. Er öffnete mir die Tür. «Wann treffen wir uns?»

«Gegen elf. Wenn du möchtest, hole ich dich ab.»

«Nein. Ich lasse mich von jemandem nach Penmarron mitnehmen oder fahre mit dem Bus dorthin. Aber ich werde kommen, fahrt also nicht ohne mich los.»

«Du mußt mitkommen, um uns den Weg zu zeigen.»

Ich setzte mich ans Steuer.

Er sah mich ernst an. «Tut mir leid, daß der Tag so verlaufen ist.»

«Ich bin froh, daß du es mir erzählt hast.»

«Ich auch. Danke fürs Zuhören.»

«Gute Nacht, Daniel.»

«Gute Nacht.»

Er schlug die Tür zu, und ich ließ den Motor an und fuhr langsam die Serpentinen hinunter, immer hinter dem doppelten Lichtbalken der Scheinwerfer her, fort von ihm. Ich weiß nicht, wie lange er dort noch stand, nachdem ich gefahren war.

6

An jenem Abend saßen Phoebe und ich bis in die Nacht hinein zusammen und redeten. Wir schwelgten in Erinnerungen, sprachen von der Zeit, als Chips noch lebte. Wir gingen noch weiter zurück, nach Windyedge in Northumberland, wo Phoebe ihre Kindheit verbracht hatte, auf ihrem zottigen Pony die kalten nördlichen Strände entlanggeritten war und eine wunderbare Freiheit genossen hatte. Wir sprachen von meinem Vater und dem Glück, das er mit seiner zweiten Frau gefunden hatte, und sie erinnerte sich an Ausflüge nach Dunstanbrugh und Bambrugh, die sie als Kinder zusammen gemacht hatten, und an Fuchsjagden im Winter, bei denen die roten Röcke der Jäger in der kalten Luft wie Beeren glänzten und die Hunde kläffend über die schneegestreiften Felder liefen.

Wir sprachen von Paris, wo sie studiert hatte, und von dem kleinen Haus in der Dordogne, das sie und Chips gemeinsam gekauft hatten und das sie immer noch einmal im Jahr besuchte, um zu malen und sich zu entspannen.

Wir sprachen von Marcus Bernstein, meiner Arbeit, meiner kleinen Wohnung in Islington.

«Wenn ich das nächste Mal nach London komme, werde ich bei dir wohnen» versprach sie.

«Ich hab aber kein Gästezimmer.»

«Dann schlafe ich auf dem Fußboden.»

Sie erzählte von dem neuen Kunstverein, der kürzlich in Porthkerris ins Leben gerufen worden war und zu dessen Gründungsmitgliedern sie gehörte. Sie schilderte mir das Haus eines berühmten alten Töpfers, der nach Porthkerris zurückgekehrt war, um seine letzten Jahre in dem Labyrinth schmaler Gassen zu verbringen, wo er vor achtzig Jahren als Sohn eines Fischers geboren worden war.

Wir sprachen von Lewis Falcon.

Aber wir sprachen nicht von Daniel. Als folgten wir einer stillschweigenden Übereinkunft, erwähnten wir seinen Namen kein einziges Mal.

Nach Mitternacht ging sie schließlich zu Bett. Ich folgte ihr nach oben, um die Vorhänge zuzuziehen, die Tagesdecke zurückzuschlagen und ihr beim Ausziehen behilflich zu sein. Dann ging ich mit einer Wärmflasche in die Küche, füllte sie mit siedendem Wasser aus dem Kessel, legte sie unter Phoebes Bettdecke und ließ Phoebe allein mit ihrem Buch, behaglich unter die dicke Daunendecke gekuschelt.

Wir sagten einander gute Nacht. Ich selbst war überhaupt noch nicht müde, im Gegenteil: Ich fühlte mich hellwach und angespannt, als hätte ich mich mit einer enorm anregenden Droge vollgepumpt. Ich fürchtete mich davor, im Dunkeln dazuliegen und auf den Schlaf zu warten, der ohnehin nicht kommen würde. Also ging ich wieder in die Küche, machte mir einen Becher Kaffee, ging damit ins Wohnzimmer und setzte mich an den Kamin. Die Flammen waren erloschen. Ich nahm einige Scheite, legte sie auf die schwelende Glut und sah zu, wie sie Feuer fingen und aufflammten; dann setzte ich mich wieder in Chips' alten Sessel und zog die Beine hoch. Das weiche Polster war gemütlich, es umfing mich von allen Seiten, und ich dachte an Chips und sehnte mich nach seiner Gegenwart. Ich wollte ihn nicht tot, ich wollte ihn lebend, hier bei mir, in diesem Zimmer. Wir hatten uns immer sehr nahe gestanden, und ich brauchte ihn jetzt. Ich brauchte seinen Rat.

Wie der beste Vater, den man sich vorstellen kann. Ich dachte an Chips, wie er, die Pfeife im Mund, aufmerksam lauschte, während der junge Daniel von Annabelle Tolliver und dem Kind erzählte. Von Annabelle mit ihrem schwarzen Haar, ihrem Katzengesicht, ihren grauen Augen und dem geheimnisvollen Lächeln.

Es ist dein Kind, Daniel.

Ich hörte noch andere Stimmen. Lily Tonkins' zum Beispiel: *Wenn Mrs. Tolliver keine Lust hat, sich mit dem Kind abzugeben, sollte sie jemanden dafür einstellen.* Die Stimme war schrill vor Entrüstung, und Lily reagierte ihren Zorn an der Rührschüssel ab.

Und meine Mutter, die außer sich war, weil ich nicht in die Schablone passen wollte, die sie für mich zurechtgebastelt hatte. *Wirklich, Prue, ich weiß nicht, was du suchst.*

Ich hatte ihr gesagt, daß ich nichts Bestimmtes suchte. Aber es gab da einen Ausdruck – ‹glückliche Fügung›. Ein altmodischer Ausdruck, ich hatte nie recht gewußt, was er eigentlich besagte. Jetzt wußte ich es.

Ich hatte erfahren, was eine glückliche Fügung war. Daniel. Ich hatte gesehen, wie er von dem kleinen Bahnhof gekommen, die alte Kaimauer entlanggegangen und in mein Leben getreten war. ‹Wie wenig wir uns kennen›, hatte er heute abend gesagt, und bis zu einem gewissen Grad hatte er recht. Einen Tag. Zwei Tage. Sehr kurz, sollte man denken, kaum genug für eine oberflächliche Bekanntschaft.

Aber es war anders. Die Zeit und die Ereignisse waren für mich zu einer wunderbaren Einheit verschmolzen, so daß ich das Gefühl hatte, in den letzten vierundzwanzig Stunden ein ganzes Leben mit ihm verbracht zu haben. Es war schwer, mir bewußt zu machen, daß ich ihn nicht schon immer gekannt hatte, daß unser beider Dasein nicht schon wie Wollfasern zu einem einzigen Faden verwoben war.

Ich wollte, daß es so weiterging. Ich war bereit, ihn seinen Weg gehen zu lassen, wie Phoebe ihn hatte gehen lassen. Aber ich wollte ihn nicht verlieren. Und doch wußte ich, daß alle Chancen gegen mich standen. Zum einen, weil Daniel der Mann war, der er war, ein rastloser und suchender Künstler, der immer ein ausgeprägtes Bedürfnis nach Freiheit haben würde. Doch auch deshalb – vor allem deshalb – weil die Erinnerung an Annabelle so übermächtig war, und weil es Charlotte gab.

Charlotte. Wer wußte, was sie durchgemacht hatte, einem Mann aufgezwungen, der nicht ihr Vater war und wissen mußte, daß er es nicht war? Ich hatte in jenen wenigen Augenblicken, die ich ihn im Zug gesehen hatte, eine instinktive Abneigung gegen ihn gefaßt, ich hatte beobachtet, wie ungeduldig er mit dem kleinen Mädchen gewesen war und wie lieblos er ihr die Zehn-Pfund-Note in die Hand gedrückt hatte, als beglich er irgendeine lästige Schuld.

Und Annabelle. Soviel Unglück, für das sie verantwortlich war. *Es machte ihr keinen Spaß, Unheil anzurichten, wenn sie nicht ein Trümmerfeld von Schuld und Reue hinterlassen konnte.* Eben das hatte sie mit ihren leichtfertigen Affären getan, zerstörerisch wie ein Wirbelsturm. Nun schien der Wirbelsturm sich wieder erhoben zu haben, und ich hatte Angst, weil ich mir so gut vorstellen konnte, wie er Daniel und mich für immer auseinanderreißen würde.

Ich kann nicht vor meinen Gedanken davonlaufen.

Ich dachte an das Haus in Griechenland, das Haus wie ein Zuckerwürfel hoch über dem Meer, mit der weißen Terrasse und den leuchtendroten Geranien. Mir kamen plötzlich die Verse eines Gedichts in den Sinn, halb gelernt, halb vergessen...

O Liebste,
wir beide werden nicht mehr wandern
In den Gefilden des Sommers
Hinter den Meeren.

Phoebes Uhr auf dem Kaminsims schlug silberhell. Ein Uhr. Ich stellte den leeren Becher ab und löste mich widerstrebend aus der Geborgenheit von Chips' altem Sessel. Da ich immer noch nicht müde war, schaltete ich Phoebes Radio ein und drehte an den Knöpfen, um irgendeinen Sender zu finden, der jetzt noch Musik brachte. Ich fand ein Programm klassischer Popmusik und erkannte einen Song aus meiner Teenagerzeit wieder:

*God bless you,
You made me feel brand new
For God blessed me with you.*

Das Spielzeugkarussell stand noch auf dem Tisch, wo Charlotte es zurückgelassen hatte. Ich ging hinüber, um es in die Vitrine zurückzustellen, weil ich fürchtete, in seinem uralten Mechanismus könnte sich Staub ansammeln und es für immer zum Halten bringen. Der Gedanke, daß es sich nie mehr drehen, daß nie wieder jemand damit spielen würde, wäre unerträglich gewesen.

Ich weiß einfach nicht, was ich am liebsten habe.

Behutsam zog ich es auf und ließ den Hebel los. Gravitätisch und gemessen drehten sich die bemalten Tiere im Kreis, ihre goldenen Zügel blitzten im Feuerschein wie Christbaumschmuck.

Without you
Life has no meaning or rhyme
Like notes to a song out of time.

Es gab immer noch morgen. Ich wußte nicht genau, ob ich den gemeinsamen Tag, den wir geplant hatten, fürchtete oder ob ich mich darauf freute. Es schien zu viel auf dem Spiel zu stehen. Ich wußte nur, daß wir, wir drei, nach Penjizal fahren und die Seehunde suchen würden. Was danach kommen würde, lag außerhalb meiner Vorstellungskraft; ich konnte nur hoffen, daß unser Zusammensein irgendwie zum Guten ausschlagen würde. Um Daniels willen. Um Charlottes willen. Und auch um meinetwillen, dachte ich ganz egoistisch.

Das Werk lief ab, der Plattenteller kam langsam zum Stillstand. Ich hob das Karussell vom Tisch, stellte es in die Vitrine zurück und schloß die Türen. Dann stellte ich den Kaminschirm vor das Feuer, schaltete das Radio und das Licht aus und ging im Dunkeln nach oben.

Ich erwachte früh, um sieben Uhr, beim Schrei einer großen alten Silbermöwe, die den neuen Tag vom Dach des Ateliers aus begrüßte. Ich hatte die Vorhänge nicht zugezogen, und sie umrahmten nun einen Himmel vom hellsten Blau, an dem Dunstschwaden zogen, wie an heißen Sommertagen. Es war windstill, und ich hörte nichts als das Kreischen der Möwe und das Flüstern des auflaufenden Wassers, das unmerklich die Priele und Tümpel des Meeresarms füllte. Als ich aufgestanden war und ans Fenster trat, merkte ich, daß es sehr kalt war, fast, als hätte es in der Nacht gefroren. Ich roch Seetang, geteertes Tau und die salzige Frische des vom Ozean herströmenden Wassers. Der Tag war wie bestellt für ein Picknick.

Ich zog mich an, ging nach unten und machte Kaffee für mich und Frühstück für Phoebe. Als ich ihr das Tablett brachte, war sie schon wach, hatte sich im Bett aufgesetzt, nicht, um zu lesen, sondern um zufrieden lächelnd zuzusehen, wie die Sonne an die-

sem vollkommenen Herbstmorgen den letzten Rest der nächtlichen Dunstschwaden vertrieb.

Ich stellte das Frühstückstablett aufs Bett.

«An einen solchen Morgen», sagte sie ohne Einleitung, «erinnert man sich bestimmt noch, wenn man sehr, sehr alt ist.
Guten Morgen, Liebes.» Wir gaben uns einen Kuß. «Was für
ein Tag für ein Picknick.»

«Komm doch mit!»

Sie geriet sichtlich in Versuchung. «Das kommt darauf an,
wohin ihr fahrt.»

«Daniel will uns den Weg nach Penjizal zeigen. Er sagte
etwas von einem natürlichen Becken in den Felsen, wo sich bei
Ebbe die Seehunde sammeln.»

«Oh, es ist wunderschön! Ihr werdet begeistert sein. Aber
nein, ich denke, es ist besser, wenn ich nicht mitkomme. Der
Weg die Klippen hinunter ist etwas zu steil für jemanden, der
nur einen Arm gebrauchen kann. Ich könnte das Gleichgewicht
verlieren und ins Meer segeln, und das wäre doch sehr lästig für
euch.» Schon bei dem Gedanken bekam sie einen ihrer Lachan-
fälle. «Aber der Weg vom Farmhaus hinunter ist unfaßbar
schön. Überall blühen wilde Fuchsien, und im Sommer summt
das ganze Tal von Libellen. Was wollt ihr mitnehmen, ich
meine, zu essen? Sandwiches mit gekochtem Schinken? Haben
wir noch gekochten Schinken im Haus? Schade, daß man keine
Sandwiches mit Hühnerfrikassee machen kann, es ist noch soviel von gestern da. Ich möchte wissen, ob Daniel Lewis Falcon
angerufen hat. Ich habe gehört, daß er draußen in Lanyon einen
der schönsten wilden Gärten hat, die man sich vorstellen
kann...»

Sie plapperte weiter und kam wie immer, wenn man sich mit
ihr unterhielt, vom Hundertsten ins Tausendste. Es war verlok-
kend, den vor mir liegenden Tag einfach zu vergessen, jedes
Zeitgefühl zu verlieren und den Rest des Morgens auf Phoebes
weichem Bett zu verbringen. Doch als die Kaffeekanne leer war
und die ersten Sonnenstrahlen schräg ins Schlafzimmer fielen,
hörte ich, wie unten die Küchentür zugeschlagen wurde, und
wußte, daß Lily Tonkins auf ihrem Fahrrad gekommen war.

Ich sah auf Phoebes Uhr. «O je, schon halb zehn. Ich muß mich beeilen.» Ich stand widerwillig vom Bett auf, sammelte Teller und Tassen ein und stapelte sie auf das Tablett.

«Ich muß jetzt auch hoch.»

«Oh, bleib doch noch eine Stunde oder so liegen. Lily ist es nur lieb, wenn du länger im Bett bleibst. Dann kann sie alles polieren, ohne dich immerfort aus dem Weg scheuchen zu müssen.»

«Vielleicht», sagte Phoebe, und als ich zur Tür hinausging, sah ich, daß sie nach ihrem Buch griff. Sie las C. P. Snow, und ich beneidete sie um ihr warmes Bett und die wunderbare klangvolle Prosa. Wahrscheinlich würde es mindestens Mittag werden, bis sie unten erschien.

Als ich die Küche betrat, band Lily sich gerade ihre Schürze um.

«Hallo, Prue, wie geht es Ihnen? Ein schöner Morgen, nicht wahr? Ernest hat gestern abend gesagt, daß es heute schön wird. Er hat gesagt, der Wind bläst das Sauwetter weg. Als ich eben die Straße von der Kirche runtergekommen bin, hab ich gedacht, besser kann es im Juni auch nicht sein. Vielleicht hätte ich heute nicht arbeiten, sondern einfach an den Strand gehen und die Füße ins Wasser halten sollen.»

Das Telefon in der Diele klingelte.

«Oh, wer das wohl ist?» sagte Lily, wie immer, wenn das Telefon klingelte.

«Ich geh hin», sagte ich.

Ich ging zurück in die Diele, setzte mich auf die alte geschnitzte Truhe, auf der das Telefon stand, und nahm ab.

«Hallo?»

«Phoebe?» Eine Frauenstimme.

«Nein. Hier ist Prue.»

«Oh, Prue. Hier ist Mrs. Tolliver. Ist Phoebe zu Haus?»

«Ich fürchte, sie ist noch im Bett.»

Ich erwartete, sie würde sich entschuldigen, daß sie so früh anrief, es später noch einmal versuchen. Aber ich hatte mich geirrt.

«Ich muß mit ihr sprechen. Kann sie nicht ans Telefon kommen?» In ihrer Stimme lag ein Drängen, ein Zittern, das mich mit unbeschreiblicher Angst erfüllte.

«Ist etwas nicht in Ordnung?»

«Nein. Ja. Bitte... Ich muß sie sprechen.»

«Ich hole sie.» Ich legte den Hörer hin und ging nach oben. Als ich den Kopf ins Zimmer steckte, sah Phoebe gelassen von ihrem Buch auf.

«Mrs. Tolliver ist am Telefon. Sie will dich unbedingt sprechen.» Ich fügte hinzu: «Sie klingt sonderbar. Ziemlich außer Fassung.»

Phoebe runzelte die Stirn. «Worum geht's?» Sie legte das Buch hin.

«Ich weiß nicht.» Aber meine Phantasie war schon vorausgeeilt. «Vielleicht ist etwas mit Charlotte.»

Phoebe zögerte keine Sekunde, schlug die Daunendecke zurück und stand auf. Ich half ihr in den Morgenmantel, schob ihren gesunden Arm in den Ärmel und legte den Rest des wallenden Kleidungsstücks um sie herum wie ein Cape. Rasch holte ich ihre Hausschuhe. Ihr volles Haar hing immer noch zu einem Zopf geflochten über einer Schulter nach vorn, und die Lesebrille war ihr auf die Nasenspitze gerutscht. Sie ging so schnell sie konnte die Treppe hinunter, setzte sich auf die Truhe und nahm den Hörer.

«Ja?»

Es war offensichtlich ein wichtiger und vermutlich auch ein vertraulicher Anruf. Da mir dies klar war, hätte ich mich eigentlich in die Küche zurückziehen sollen. Aber Phoebe warf mir einen flehentlichen Blick zu, als rechnete sie damit, daß sie meine moralische Unterstützung brauchen werde, und so setzte ich mich auf eine Treppenstufe und beobachtete sie zwischen den Geländerstäben hindurch.

«Phoebe?» Mrs. Tolliver sprach so laut, daß ich die einzelnen Worte deutlich verstehen konnte. «Es tut mir leid, daß ich Sie aus dem Bett geholt habe, aber ich muß mit Ihnen reden.»

«Was gibt's?»

«Ich muß Sie sehen.»

Phoebe machte ein verblüfftes Gesicht. «Was, jetzt gleich?»

«Ja. Gleich. Bitte. Ich… Ich glaube, ich brauche Ihren Rat.»

«Ich hoffe, Charlotte geht es gut?»

«Ja. Ja, es geht ihr gut. Kommen Sie bitte schnell. Ich… Ich muß wirklich sehr dringend mit Ihnen sprechen.»

«Aber ich muß mich erst anziehen.»

«Kommen Sie bitte so rasch wie möglich. Ich erwarte Sie.» Und ehe Phoebe irgend etwas einwenden konnte, hatte sie aufgelegt.

Phoebe saß da, in der Hand den summenden Hörer. Wir sahen uns entgeistert an, und ich konnte an ihrem Gesicht sehen, daß sie genauso besorgt war wie ich.

«Hast du alles gehört?»

«Ja.»

Sie legte nachdenklich auf, das Summen verstummte.

«Was kann da nur passiert sein? Sie klang ja völlig außer sich.» Wir konnten hören, daß Lily in der Küche den Schrubber schwang und ein Kirchenlied sang. Es war ein sicheres Zeichen, daß sie in Hochstimmung war.

«Schütze uns, du großer Je-ho-va…»

Phoebe stand auf. «Ich muß hin.»

«Ich bring dich mit dem Auto rüber.»

«Du hilfst mir besser erst beim Anziehen.»

Als wir in ihrem Schlafzimmer waren, wühlte sie noch fahriger als sonst im Schrank und in den Kommodenschubladen und förderte eine Kollektion von Kleidungsstücken zutage, die absolut nicht zueinander paßten. Als sie fertig war, setzte sie sich an den Frisiertisch, und ich flocht ihr Haar neu, drehte es hinten zu einem Knoten und hielt ihn fest, während sie ihre altmodischen Schildpattnadeln feststeckte.

Ich kniete mich hin, um ihre Schuhe zuzuschnüren, und war kaum damit fertig, als sie verkündete: «Du gehst jetzt runter und holst das Auto raus. Ich komme gleich nach.»

Ich zog meinen Mantel an und ging hinaus. Ein perlmuttschimmernder Morgen umfing mich. Gerade hatte ich unter viel gutem Zureden den Motor gestartet, den VW rückwärts hinausgesetzt und saß wartend am Steuer, als Phoebe erschien. Sie hatte einen ihrer größten und flottesten Hüte aufgesetzt und trug einen knallbunten Wollponcho, der zweifellos von irgendeiner Fellachin am Nil gewebt worden war. Ihre Brille saß auf der äußersten Nasenspitze, ihr eben erst von meinen unerfahrenen Händen frisiertes Haar sah aus, als würde es sich jeden Moment auflösen. All das war nicht weiter wichtig. Wichtig war, daß sie wohl zum erstenmal in ihrem Leben kein Lächeln auf den Lippen hatte, und das allein reichte, um meinen Zorn auf Mrs. Tolliver zu wecken.

Sie ließ sich ächzend auf den Beifahrersitz sinken, und wir fuhren los.

«Was ich nicht verstehe, ist, warum ausgerechnet ich?» sagte sie, während sie den Hut noch weiter ins Gesicht zog. «Ich bin wirklich nicht sehr eng mit ihr befreundet. Sie ist viel intimer mit den netten Damen, mit denen sie immer Bridge spielt. Vielleicht hat es etwas mit Charlotte zu tun. Sie weiß, wie sehr ich das Kind mag. Das ist es. Es muß...» Sie hörte abrupt auf. «Prue, warum fahren wir so langsam? Du bist immer noch im zweiten Gang.»

Gehorsam schaltete ich in den dritten Gang, und wir setzten die Fahrt mit etwas höherem Tempo fort.

«Wir müssen uns beeilen», drängte sie.

«Ich weiß», sagte ich. «Aber ich möchte dir etwas sagen, und ich möchte nicht bei Mrs. Tolliver sein, ehe ich damit fertig bin.»

«Worum geht es?»

«Vielleicht hat es gar nichts mit dem zu tun, was sie dir sagen will. Ich hab aber eine dunkle Ahnung, daß es damit zusammenhängen könnte. Ich weiß nicht, ob ich davon sprechen sollte. Aber egal, ich tu's einfach.»

Phoebe seufzte tief. «Es geht um Charlotte, nicht wahr?»

«Ja. Daniel ist ihr Vater.»

Phoebes runzlige Hände blieben, wo sie waren, bewegungslos in ihrem Schoß verschränkt. «Hat er es dir gesagt?»

«Ja. Gestern.»

«Du hättest es mir gestern abend erzählen können.»

«Er hat mich nicht darum gebeten.»

Wir fuhren nun so langsam, daß ich noch einmal runterschalten mußte, als der Käfer auf der leichten Steigung zur Kirche ins Schnaufen kam.

«Es war also mehr als ein harmloser Flirt, mit ihm und Annabelle.»

«Ja. Es war offenbar eine ausgewachsene Liebesaffäre. Gegen Ende des Sommers sagte sie ihm, sie erwarte ein Kind, von ihm. Daniel vertraute sich Chips an. Und Chips wies darauf hin, daß es nicht unbedingt sein Kind sein müsse, es könne sehr gut von einem anderen sein. Chips stellte Annabelle zur Rede, und sie gab schließlich zu, daß sie nicht genau sagen könne, von wem das Kind sei.»

«Ich hab mich immer gefragt, warum Daniel so überstürzt nach Amerika ging. Ich meine, er hatte zwar den ganzen Sommer davon geredet, und ich wußte, daß er es ernsthaft vorhatte. Aber dann fuhr er ganz plötzlich, von einem Tag zum anderen. Auf einmal war er fort.»

«Und kam elf Jahre lang nicht wieder zurück.»

«Wann ist ihm klargeworden, daß sie seine Tochter ist?»

«Als er sie unten an der Kaimauer im Regen sitzen sah, während sie versuchte, ihre Zeichnung zu beenden.»

«Woran hat er es gemerkt?»

«Er sagt, sie sähe genauso aus wie seine Mutter in ihrem Alter.»

«Dann gibt es also keinen Zweifel.»

«Nein. Nicht für ihn. Nicht den geringsten Zweifel.»

Phoebe schwieg. Dann stieß sie wieder einen Seufzer aus, einen tiefen, bangen Seufzer. «O du lieber Gott», murmelte sie.

«Es tut mir leid, Phoebe. So etwas sagt man niemandem gern.»

«Vielleicht habe ich es auf eine sonderbare Weise schon gewußt. Ich hatte immer eine so enge Beziehung zu Charlotte, genau wie zu dir. Und wie früher zu Daniel. Und es gab ein paar Dinge an ihr... Angewohnheiten... die seltsam vertraut waren. Die Art, wie sie einen Bleistift hält, mit allen Fingern, ganz fest. Daniel hält seine Stifte genauso.»

«Chips hat dir nie etwas erzählt?»

«Kein Wort.»

«Vielleicht hätte ich es auch nicht tun sollen. Aber wenn Mrs. Tolliver dir eine hochdramatische Eröffnung machen will, ist es besser, wenn du schon darauf gefaßt bist.»

«Das bin ich jetzt. Es ist wie in einem Kitschroman.» Sie lächelte traurig und fügte hinzu: «Vielleicht geht es nur um den Tee des Frauenvereins. Und dann wird deine Bombe umsonst gewesen sein.» Aber es klang nicht besonders überzeugt.

«Es ist nicht meine Bombe. Und wenn ich es dir nicht gesagt hätte, dann hätte Daniel es getan. Außerdem weißt du genauso gut wie ich, daß es nicht um den Tee des Frauenvereins gehen wird.»

Für mehr hatten wir keine Zeit. Obgleich ich im Schneckentempo fuhr, hatten wir die kurze Strecke von Holly Cottage nach White Lodge zurückgelegt. Da war das Tor, die gepflegte Einfahrt, der Kiesplatz vor dem Haus. Heute stand die Tür jedoch offen, und als wir vor den Eingangsstufen hielten, kam Mrs. Tolliver heraus und eilte uns entgegen. Ich fragte mich, ob sie in der Diele gewartet hatte, auf einem jener häßlichen und unbequemen Stühle, die nicht zum Sitzen da waren, sondern für andere Zwecke, zum Ablegen von Mänteln und Einkaufstüten.

Auf den ersten Blick wirkte sie nicht besonders aufgelöst oder fassungslos. Ich registrierte den gewohnten untadelig geschnittenen Rock, die schlichte Bluse, eine korallenrote Strickjacke, die guten Perlen um den Hals und an den Ohrläppchen, das perfekt frisierte Haar.

Aber der innere Aufruhr war trotzdem zu erkennen. Sie machte fahrige Bewegungen und hatte rötliche Flecken im Gesicht, als ob sie geweint hätte.

Phoebe öffnete die Wagentür.

«Phoebe, wie freundlich von Ihnen... Wie freundlich, daß Sie gleich gekommen sind.» Sie beugte sich nach unten, um Phoebe aus dem Auto zu helfen, und ihr Blick fiel auf mich. Ich lächelte schwach.

«Prue mußte mitkommen», sagte Phoebe kurz. «Um mich zu fahren. Sie haben doch nichts dagegen, daß sie mit reinkommt, nicht wahr?»

«Oh...» Mrs. Tolliver hatte ganz offensichtlich etwas dagegen, und daß dieser kurze Ausruf der einzige Einwand war, den sie machte, ließ das Ausmaß ihrer Bedrängnis ahnen. «Nein, nein, selbstverständlich nicht», sagte sie dann.

Ich spürte nicht das geringste Verlangen, mit hineinzugehen. Schließlich hatte ich in den beiden letzten Tagen genug von ihr gehört und gesehen, aber Phoebe lag offensichtlich daran, daß ich mitkam, und so stieg ich aus, machte ein möglichst teilnahmsloses und desinteressiertes Gesicht und folgte den beiden Frauen die Eingangsstufen hinauf ins Haus.

Auf den Steinfliesen der Diele lagen einige antike Perserbrücken. Eine elegante Treppe mit einem handgeschmiedeten Geländer schwang sich in einem Bogen nach oben. Ich schloß hinter mir die Tür, und Mrs. Tolliver führte uns durch die Diele in den Salon. Sie wartete, bis wir den Raum betreten hatten und schloß die Tür dann energisch, als befürchtete sie, daß jemand uns belauschen würde.

Wir standen in einem großen streng eingerichteten Zimmer mit hohen Fenstern zum Garten. Die Morgensonne war noch nicht durch die Fenster gefallen, und die Atmosphäre machte mich frösteln. Mrs. Tolliver erschauerte.

«Es ist kalt. Hoffentlich frieren Sie nicht... So früh am Morgen...» Ihr Gastgeberinstinkt erwachte. «Vielleicht... ein Feuer...?»

«Ich friere kein bißchen», sagte Phoebe. Sie schaute sich nach einem Sessel um, setzte sich entschlossen, immer noch in ihren grellen Poncho gehüllt, und kreuzte ihre kräftigen Beine wie ein Mitglied der Königsfamilie in Höhe der Fußknöchel. «Nun, meine Liebe? Was ist passiert?»

Mrs. Tolliver trat zu dem Kamin, in dem keine Holzscheite lagen, stützte sich mit einer Hand auf den Sims und blieb dort stehen.

«Ich... Ich weiß wirklich nicht, wo ich anfangen soll...»

«Am besten am Anfang.»

«Ja.» Sie holte tief Luft. «Sie wissen, warum Charlotte bei mir ist?»

«Ja. Der Heizkessel ihres Internats ist explodiert.»

«Ja, natürlich. Aber der wahre Grund ist, daß ihre Mutter, Annabelle, auf Mallorca ist. Deshalb war zu Haus niemand, der sich um sie kümmern konnte. Also... Ich bekam gestern abend einen Anruf, gegen halb zehn...»

Sie zog ein winziges spitzengesäumtes Taschentuch aus der Manschette ihres Ärmels. Während sie weitersprach, zerrte sie nervös daran herum; ich hatte fast den Eindruck, sie versuche es zu zerreißen.

«Es war mein Schwiegersohn, Leslie Collis. Annabelle hat ihn verlassen. Sie kommt nicht zurück. Sie ist mit einem anderen Mann zusammen. Einem Reitlehrer. Er ist Südafrikaner. Sie geht mit ihm nach Südafrika.»

Die Tragweite dieser Mitteilung machte uns alle drei sprachlos. Ich war dankbar, daß von mir keine Stellungnahme erwartet wurde, und sah Phoebe an. Sie saß regungslos da, aber ich konnte ihr Gesicht unter der breiten Hutkrempe nicht erkennen.

«Oh, das tut mir leid», sagte sie schließlich leise, und in ihrer Stimme lag alles Mitgefühl der Welt.

«Wissen Sie, das ist noch nicht alles. Ich... Ich weiß wirklich nicht, wie ich es Ihnen sagen soll.»

«Ich nehme an, es hat etwas mit Charlotte zu tun», sagte Phoebe.

«Ja... Er hat gesagt, Charlotte sei nicht sein Kind. Er hat es offenbar von Anfang an gewußt, aber er hat sie um Michaels willen akzeptiert, weil er eine intakte Familie haben wollte. Aber er hat sie nie gemocht. Ich habe immer gemerkt, daß er nie Zeit für sie hatte, obgleich ich natürlich keine Ahnung hatte, warum. Es hat mich jedesmal bekümmert, wenn ich bei ihnen war. Er hatte keine Geduld mit ihr, und es schien manchmal, als könnte sie ihm nichts recht machen.»

«Haben Sie etwas gesagt?»

«Ich wollte mich nicht einmischen.»

«Ich hatte schon lange den Eindruck, daß sie ein einsames Kind ist.»

«Ja. Einsam. Sie war immer... fast wie ein Fremdkörper. Und sie war nie hübsch und gewinnend wie Annabelle früher. Ich möchte nicht, daß Sie jetzt denken, Leslie wäre unfreundlich zu ihr gewesen. Es schien nur, daß er all seine Zeit und Zuneigung auf Michael konzentrierte... und für Charlotte war nicht genug übrig.»

«Und ihre Mutter?»

Mrs. Tolliver lachte kurz auf und zog resigniert die Augenbrauen hoch. «Ich fürchte, Annabelle war nie sehr mütterlich. Wie ich. Ich war auch nie die ideale Mutter. Aber als Annabelle klein war, ging alles viel leichter. Damals lebte mein Mann noch, und wir konnten uns ein Kindermädchen leisten. Außerdem hatte ich Hilfe im Haushalt. Es war alles viel einfacher.»

«Hat Ihr Schwiegersohn gewußt, daß Annabelle ein Verhältnis mit diesem Mann, diesem... Reitlehrer hatte?»

Mrs. Tolliver wirkte pikiert, als hätte Phoebe sie absichtlich verletzt. Sie nahm eine Porzellanfigur vom Kaminsims, eine Schäferin, und wog sie in der Hand. «Ich... Ich habe ihn nicht danach gefragt. Aber... Aber Sie kennen doch Annabelle. Sie war schon immer...»

Sie zögerte, und ich wartete neugierig. Wie beschreibt eine Mutter ihre eigene Tochter, die genau das ist, was man gemeinhin männermordend nennt?

«...sehr attraktiv. Voll Leben. Leslie war die ganze Zeit in London. Sie haben nicht viel voneinander gesehen.»

«Er wußte es also nicht», sagte Phoebe sachlich. «Oder er hat es vielleicht nur vermutet.»

«Ja. Vielleicht hat er es nur vermutet.»

Phoebe räusperte sich und kam zur Sache: «Was geschieht also jetzt mit Charlotte?»

Mrs. Tolliver stellte die Porzellanschäferin behutsam wieder an ihren Platz. Sie sah Phoebe an, und ihre Lippen bebten, doch ich konnte nicht sagen, ob es vor Entrüstung war, oder weil ihr die Tränen kamen.

«Er will Charlotte nicht wieder haben. Er sagte, sie sei nicht sein Kind, sie sei nie sein Kind gewesen, und jetzt, da Annabelle ihn verlassen hat, will er nichts mehr von Charlotte wissen.»

«Aber das kann er nicht ernst meinen», sagte Phoebe. Ihre Stimme wurde beim bloßen Gedanken an ein solches Verhalten eine Oktave höher.

«Ich weiß nicht, ob er es kann oder nicht. Ich weiß nicht, was ich tun soll.»

«Dann muß sie zu ihrer Mutter. Annabelle muß sie nach Südafrika mitnehmen.»

«Ich ... Ich glaube nicht, daß Annabelle sie haben will.»

Diese Antwort war so ungeheuerlich, daß es Phoebe und auch mir die Sprache verschlug. Wir starrten Mrs. Tolliver ungläubig an. Von ihrem Hals stieg eine Röte auf, die sich langsam über ihr ganzes Gesicht ausbreitete.

Dann sagte Phoebe, wieder sehr sachlich: «Sie meinen, daß Charlotte ihr im Weg wäre.»

«Ich weiß nicht. Annabelle ...» Ich war darauf gefaßt, daß sie uns eröffnen würde, Annabelle habe für Charlotte genausowenig übrig wie Leslie Collis. Aber Mrs. Tolliver konnte sich nicht dazu durchringen, das zuzugeben. «Ich weiß nicht, was ich sagen soll. Ich bin ... hin und her gerissen. Es tut mir leid um das Kind, aber ... ich kann sie nicht hier behalten. Verstehen Sie, Phoebe? Ich bin zu alt. Dies ist kein Haus für ein Kind. Ich habe kein Kinderzimmer, ich habe nicht mal irgendwelches Spielzeug. Ich habe Annabelles Puppenhaus schon vor Jahren auf den Sperrmüll getan, und ich habe alle ihre Kinderbücher dem Krankenhaus geschenkt.»

Kein Wunder, daß Charlotte das Karussell so geliebt hat, dachte ich.

«Und ich führe mein eigenes Leben. Ich habe meine Verpflichtungen, Freunde und Bekannte. Ich habe nicht den Eindruck, daß sie sich hier besonders wohl fühlt. Sie sitzt die meiste Zeit herum, ohne etwas zu sagen oder zu tun. Ich gebe zu, ich finde sie schwierig. Und Betty Curnow kommt nur vormittags. Sie ist in der Hinsicht keine große Hilfe. Ich ... Ich weiß nicht, was ich tun soll. Ich bin am Ende meiner Weisheit angelangt.»

Nun, da sie endgültig nicht mehr aus noch ein wußte, verlor sie die Fassung. Tränen älterer Frauen sind häßlich. Weil sie sich schämte oder uns nicht in Verlegenheit bringen wollte, wandte sie sich vom Kamin ab und trat an eines der hohen Fenster, wo sie mit dem Rücken zu uns stehenblieb, als schaute sie hinaus, um ihren Garten zu bewundern. Das Geräusch von unterdrücktem Schluchzen füllte das Zimmer.

Mir war klar, daß ich absolut fehl am Platz war, und ich hatte das übermächtige Verlangen, zu fliehen. Ich schaute flehentlich in Phoebes Richtung und begegnete ihrem Blick.

Phoebe sagte sofort: «Wissen Sie, ich glaube, eine schöne Tasse Kaffee würde uns jetzt allen guttun.»

Mrs. Tolliver drehte sich nicht um, sondern sagte hilflos, mit erstickter Stimme: «Es ist niemand da, der welchen machen kann. Ich habe Betty Curnow und Charlotte ins Dorf geschickt. Charlotte wollte Coca-Cola kaufen. Wir... Wir haben keine mehr. Ich wollte nicht, daß sie hier ist, während ich mit Ihnen rede...»

«Ich kann doch den Kaffee machen», erbot ich mich.

Mrs. Tolliver putzte sich die Nase. Das schien zu helfen. Ein wenig gefaßter blickte sie über die Schulter hinweg in meine Richtung. Ihr Gesicht war blaß und geschwollen. «Sie werden sich in der Küche nicht zurechtfinden.»

«Ich sehe mich einfach um. Wenn es Ihnen nichts ausmacht, daß ich in Ihrer Küche herumwirtschafte.»

«Nein. Kein bißchen. Das ist wirklich sehr freundlich von Ihnen.»

Ich ging leise aus dem Salon, schloß die Tür hinter mir und lehnte mich daran, wie Leute es im Film oft tun. Ich konnte Mrs. Tolliver nicht leiden, aber es war unmöglich, in dieser Situation kein Mitleid mit ihr zu haben. Ihr ganzes perfekt organisiertes Leben schien urplötzlich zusammenzubrechen. Annabelle war schließlich ihr einziges Kind. Jetzt war Annabelles Ehe zerbrochen, sie flog mit ihrem Geliebten ans andere Ende der Welt, ließ ihre Kinder und ihre Verantwortung hinter sich, schüttelte einfach alles ab.

Aber ich wußte auch, daß all das nicht das Schlimmste für eine stolze Frau wie Mrs. Tolliver war. Der größte Schlag für sie war die beschämende Entdeckung, daß Charlotte nicht Leslie Collis' Kind, sondern die Frucht eines der vielen Seitensprünge ihrer Tochter war.

Ich fragte mich, ob sie eine Ahnung hatte, um welche Affäre es sich handelte. Und ich hoffte inständig, daß sie nichts ahnte.

Und Charlotte. Ich konnte jetzt nicht an Charlotte denken. Ich riß mich zusammen und ging los, um die Küche zu suchen.

Ich öffnete einfach aufs Geratewohl einen Hängeschrank nach dem anderen und zog eine Schublade nach der anderen auf, bis ich alles gefunden hatte, was ich brauchte: ein Tablett, Tassen, eine Zuckerdose, Kaffeelöffel. Ich füllte den elektrischen Wasserkessel und fand ein Glas Pulverkaffee. Auf Gebäck konnten wir wohl verzichten. Als der Kessel summte, füllte ich die drei Tassen und ging mit dem Tablett in den Salon zurück.

Die beiden sprachen immer noch, aber Mrs. Tolliver hatte in meiner Abwesenheit offenbar die Fassung wiedergefunden. Sie saß in einem breiten viktorianischen Sessel, Phoebe gegenüber.

«Vielleicht», sagte Phoebe gerade, «wird Ihr Schwiegersohn es sich noch einmal überlegen. Schließlich hat Charlotte einen Bruder, und es ist falsch, Geschwister voneinander zu trennen. Das dürfte auch ihm einsichtig sein.»

«Aber Michael ist viel älter als Charlotte. Und viel reifer. Ich glaube nicht, daß sie sehr viel gemeinsam haben...»

Als ich den Raum betrat, blickte sie hoch, und ihre Lippen verzogen sich augenblicklich zu einem verbindlichen Lächeln. Sie war eine Dame, die selbst unter Streß automatisch so reagierte, wie man es in Gesellschaft erwartete.

«Wie freundlich von Ihnen, Prue. Wie rasch Sie sich zurechtgefunden haben.» Ich stellte das Tablett auf einen Schemel. «Oh», sagte sie und runzelte leicht die Stirn. «Sie haben die besten Teetassen genommen.»

«Entschuldigung. Es waren die ersten, die ich gefunden habe.»

«Oh. Nun, das macht nichts. Im Moment ist es nicht weiter wichtig.»

Ich reichte Phoebe eine Tasse. Sie nahm sie und rührte nachdenklich in ihrem Kaffee. Ich setzte mich zu ihnen, und einen Moment lang herrschte Stille, nur durch das leise Klirren von Löffeln an Porzellan unterbrochen, als wären wir hier aus irgendeinem höchst erfreulichen Anlaß zusammengekommen.

Phoebe brach das Schweigen. «Ich meine, daß es nicht in Frage kommt, Charlotte nach Haus zurückzuschicken», sagte sie. «Zumindest nicht, bis die Aufregung sich ein wenig gelegt hat und Ihr Schwiegersohn Zeit gehabt hat, sich alles in Ruhe zu überlegen.»

«Aber das Internat...»

«Schicken Sie sie nicht auf das Internat zurück. Häuser, in denen Heizungskessel platzen, sind mir nicht geheuer. Sie können nicht ordentlich geführt sein. Außerdem ist sie ohnehin viel zu jung für ein Internat, und es hat keinen Sinn, daß sie dorthin zurückkehrt, wenn ihr Zuhause, ihr ganzes bisheriges Leben zerbricht. Bei einem Kind besteht die Gefahr eines Nervenzusammenbruchs, und es kann bleibende Schäden davontragen.» Phoebe saß mit der Tasse auf den Knien da und sah Mrs. Tolliver eine ganze Weile unerbittlich in die Augen. «Sie müssen jetzt sehr behutsam sein. Sie möchten nicht die Verantwortung für Charlotte übernehmen, und das kann ich verstehen, aber fürs erste bleibt Ihnen nichts anderes übrig, soweit ich sehen kann. Sie haben die Verantwortung ja schon. Für ein junges Leben. Ein junges, sensibles Geschöpf. Sie wird ohnehin einen Schock bekommen, wenn sie erfährt, was ihre Mutter getan hat. Am besten, wir sorgen alle dafür, daß die Wunde nicht tiefer ist, als sie sein muß.»

Mrs. Tolliver öffnete den Mund, um etwas zu sagen, aber Phoebe kam ihr mit ungewohnter Grobheit zuvor.

«Ich habe gesagt, ich verstehe Ihre Lage. Es wird zunächst sehr schwierig werden. Aus dem Grund halte ich es für besser, wenn Sie vorerst allein hier sind, damit Charlotte nichts mitbekommt und nicht zufällig hört, wie Sie in der Angelegenheit telefonieren oder es jemandem erzählen. Sie ist ein intelligentes Kind, sie wird sofort merken, daß etwas nicht stimmt, und sich ihren Reim darauf machen. Ich schlage deshalb vor, Sie sagen ihr einfach, daß sie für eine Weile zu mir ziehen wird.»

Oh, liebe Phoebe. Gott segne dich.

«Ich weiß, ich bin im Augenblick so etwas wie ein Krüppel, aber Prue ist noch zehn Tage da, und Lily Tonkins ist in Notzeiten immer ein Fels in der Brandung.»

«Aber... Phoebe, das ist zuviel.»

«Ich mag Charlotte sehr. Wir werden sehr gut miteinander auskommen.»

«Das weiß ich. Und ich weiß, daß sie Sie auch sehr mag. Aber... Oh, halten Sie mich bitte nicht für undankbar... Man wird es sonderbar finden, wenn sie mich, ihre Großmutter, verläßt und zu Ihnen zieht. Was werden die Leute dazu sagen? Wie werden sie darüber reden? Dies ist ein kleines Dorf, und Lily Tonkins und Betty Curnow werden reden, das wissen Sie so gut wie ich.»

«Ja, sie werden reden. Die Leute reden immer. Aber alles Gerede der Welt ist nicht so schlimm, wie dieses Kind noch mehr zu verletzen. Außerdem», fügte Phoebe hinzu, als sie ihre leere Tasse auf das Tablett zurückstellte, «können wir beide einiges verkraften, und ein bißchen Klatsch und Tratsch wird uns nicht gleich umwerfen.» Sie schmunzelte ein wenig. «Also, was sagen Sie dazu?» fragte sie.

Offensichtlich erleichtert, willigte Mrs. Tolliver schließlich ein. «Ich muß zugeben, daß diese Lösung für mich alles sehr viel leichter machen würde.»

«Werden Sie sich wieder mit Ihrem Schwiegersohn in Verbindung setzen?»

«Ja. Ich habe gesagt, ich würde ihn heute abend anrufen. Wir waren gestern abend beide etwas zu aufgeregt. Ich glaube, er hatte entschieden zuviel getrunken. Nicht, daß ich ihm einen Vorwurf daraus mache, aber wir haben beide nicht darüber nachgedacht, was wir sagten.»

«Dann können Sie ihm ja mitteilen, daß Charlotte für einige Zeit nach Holly Cottage zieht. Und sagen Sie ihm auch, daß sie nicht wieder auf das Internat zurückgeht. Vielleicht können wir sie hier zur Schule schicken, wenigstens einstweilen. Sie könnten mit ihm darüber sprechen.»

«Ja. Ja, das werde ich tun.»

«Das wäre also geregelt.» Phoebe stand auf. «Zufällig wollte Charlotte ohnehin heute morgen zu uns kommen. Prue nimmt sie zu einem Picknick mit, sie fahren mit dem Auto irgendwohin. Packen Sie ein paar Sachen ein, die sie brauchen wird, aber sagen Sie ihr kein Wort über ihre Mutter.»

«Aber sie wird es irgendwann erfahren müssen.»

«Sie sind ihre Großmutter, viel zu nahe verwandt, und Sie sind selbst betroffen von der Sache. Ich werde es ihr beibringen.»

Ich glaubte einen Moment lang, Mrs. Tolliver würde dagegen protestieren. Sie holte Luft, um etwas zu sagen, aber dann begegnete sie Phoebes Blick und schluckte es hinunter.

«Wie Sie meinen, Phoebe.»

«Es wird leichter sein, wenn ich es ihr sage. Für uns alle.»

Wir fuhren im Schneckentempo wieder nach Haus. Die Zufahrt von White Lodge hinunter, durch das Tor, am Eichenhain vorbei. An der Kirche bogen wir um die Ecke, vor uns führte die Straße nach Holly Lodge bergab, und wir sahen den großen blauen See des Meeresarms, auf dem nun, bei auflaufendem Wasser, Myriaden von Sonnensternen glitzerten.

«Prue, halt bitte kurz an.»

Ich lenkte den Wagen an die Böschung und stellte den Motor ab. Wir saßen eine Weile da wie zwei Touristen, die kein bestimmtes Ziel hatten, ließen das vertraute Panorama auf uns wirken, als sähen wir es zum erstenmal. Die sanften Hügel am anderen Ufer mit ihrem Schachbrettmuster kleiner Felder dösten in der morgendlichen Wärme vor sich hin. Ein roter Traktor, der aus dieser Entfernung wie ein Spielzeug wirkte, zog einen Pflug, dem ein Schwarm kreischender weißer Möwen folgte.

Am Ende der Straße, im Windschatten des Ufers, wartete Holly Cottage auf uns, vom Sonnenschein erwärmt. Aber hier oben am Hang wehte eine stetige Brise vom Meer. Der schwache Wind drückte die Gräser im Straßengraben flach und blies die ersten Blätter von den obersten Zweigen der Bäume, die den alten Friedhof säumten.

«Es wirkt so friedlich», sagte Phoebe, und es klang, als ob sie laut dächte. «Man sollte meinen, daß man hier, am Ende der Welt, sicher und geborgen ist. Ich habe es gedacht, als ich mit Chips hierher kam, um hier zu leben. Ich dachte, ich sei allem entronnen. Aber man kann nicht vor der Wirklichkeit fliehen. Grausamkeit, Gleichgültigkeit, Egoismus.»

«All das ist ein Teil des Menschen, und Menschen sind überall.»

«Und zerstören alles.» Phoebe dachte einen Moment nach und sagte dann leise: «Die arme Frau.»

«Mrs. Tolliver? Ja, sie tut mir auch leid. Aber ich frage mich trotzdem, warum sie sich ausgerechnet dir anvertraut hat.»

«Oh, Liebes, das ist doch ganz klar. Sie weiß, daß ich eine alte Sünderin bin. Sie wird nie vergessen, daß Chips und ich viele

Jahre lang glücklich in Sünde lebten. Mit mir konnte sie reden, wenn sie sich ihren anderen Freundinnen nicht anvertrauen mochte. Die Frau von Colonel Danby oder die Witwe des Filialleiters der Bank in Porthkerris – sie wären entsetzt gewesen. Und was sie natürlich am meisten von allem schmerzt, ist ihr verletzter Stolz.»

«Das dachte ich auch. Aber du warst fabelhaft. Du bist immer fabelhaft, aber heute morgen hast du dich selbst übertroffen.»

«Hab ich gar nicht gemerkt.»

«Ich hoffe nur, du hast dir nicht mehr aufgeladen, als du schaffen kannst. Wenn Leslie Collis sich nun wirklich weigert, Charlotte wieder zu nehmen, wird sie für immer bei dir bleiben müssen.»

«Es würde mir nichts ausmachen.«

«Aber, Phoebe…» Ich hielt inne, weil man zu einem Menschen, den man liebt, nicht sagen kann: «Du bist zu alt.» Selbst wenn man genau das denkt.

«Du denkst, ich bin zu alt dafür?»

«Es gibt noch andere Gründe. Du hast genauso dein eigenes Leben wie Mrs. Tolliver. Warum sollst du diejenige sein, die alles aufgibt? Und sehen wir den Tatsachen ins Auge, wir werden alle älter. Selbst ich werde älter…»

«Ich bin dreiundsechzig. Wenn ich noch zehn Jahre durchhalte, bin ich erst dreiundsiebzig. Verglichen mit Picasso oder Arthur Rubinstein ist das blutjung.»

«Was haben die denn damit zu tun?»

«Und dann wird Charlotte zwanzig sein und gut allein für sich sorgen können. Ich sehe da wirklich kein großes Problem.»

Die Windschutzscheibe des Volkswagens war schmutzig. Ich fand einen alten Lappen im Handschuhfach und versuchte zerstreut, das Glas zu säubern. «Hat sie irgend etwas von Daniel gesagt, als ich in der Küche war und Kaffee machte?»

«Nein.»

«Hast du nichts gesagt?»

«Gott bewahre.»

Durch meine Anstrengungen wurde die Scheibe nur noch schmieriger. Ich legte das Tuch ins Handschuhfach zurück.

«Weißt du, er kommt heute auch mit, zum Picknick. Ich habe angeboten, ihn mit dem Wagen abzuholen, aber er sagte, er würde selbst herkommen.»

«Um so besser.»

Ich sah sie an. «Wirst du es ihm erzählen?»

«Selbstverständlich werde ich das. Ich werde ihm alles sagen: Drei Köpfe sind besser als zwei, und ich habe es satt, daß wir alle irgendwelche Geheimnisse voreinander haben. Wenn wir keine gehabt hätten, wäre dies vielleicht nicht passiert.»

«Ach, Phoebe, das glaube ich kaum.»

«Vielleicht hast du recht. Aber fangen wir doch mal an, endlich aufrichtig zu sein, dann werden wir wenigstens wissen, wo wir stehen. Außerdem hat Daniel ein Recht, es zu erfahren.»

«Was glaubst du, wird er machen?»

«Machen?» Phoebe starrte mich verständnislos an. «Warum sollte er etwas machen?»

«Er ist Charlottes Vater.»

«Leslie Collis ist Charlottes Vater.»

Genau das hatte ich zu Daniel gesagt, als wir vor der Kaminfeuer-Atrappe gesessen hatten. Ich hatte versucht, sachlich und vernünftig zu sein und ihn aufzuheitern. Aber jetzt hatte sich die Situation offensichtlich verändert.

«Vielleicht ist er juristisch nicht für sie verantwortlich», wandte ich ein, «aber das wird ihn nicht daran hindern, sich verantwortlich zu *fühlen*.»

«Und was wird er deiner Meinung nach tun?»

«Ich weiß es nicht.»

«Ich werde es dir sagen. Nichts. Weil es nichts gibt, was er tun kann. Und weil er selbst dann nichts täte, wenn er etwas tun könnte.»

«Woher willst du das wissen?»

«Weil ich ihn kenne.»

«Ich kenne ihn auch.»

«Ich wünschte, es wäre so.»

«Was soll das heißen?»

Phoebe seufzte. «Ach, nichts. Ich fürchte nur, du hast dich in ihn verliebt.»

Ihre Stimme war munter und sachlich wie immer, als ob sie über irgend etwas Alltägliches redete, und deshalb traf die Bemerkung mich völlig unvorbereitet. Ich versuchte, einen ebenso beiläufigen Ton anzuschlagen, als ich entgegnete: «Ich glaube nicht, daß ich wirklich weiß, was es heißt, sich zu verlieben. Es war für mich immer wie ein abstraktes Wort. So wie ‹verzeihen›. Ich habe das Wort ‹verzeihen› nie begriffen. Wenn man nicht verzeiht, ist man nachtragend und böse, und wenn man es tut, ist man scheinheilig und berechnend.»

Aber Phoebe wollte sich nicht auf diesen interessanten Nebenpfad locken lassen. Sie blieb bei der Sache.

«Na ja, dann meinetwegen ‹lieben›. Vielleicht ist das leichter zu definieren.»

«Wenn du eine Definition haben willst, bitte. Ich habe das Gefühl, ich hätte ihn schon immer gekannt. Ich habe das Gefühl, wir hätten eine gemeinsame Vergangenheit. Und ich möchte ihn nicht verlieren, weil ich glaube, daß wir einander brauchen.»

«Hattest du diese Gefühle schon, bevor er dir die große Saga von Annabelle auftischte?»

«Ja, ich glaube. Ja. Du siehst also, daß es nicht nur Mitleid ist.»

«Warum solltest du Mitleid mit ihm haben? Er hat doch alles – Jugend, enorm viel Talent und jetzt auch Ruhm, Geld und alle materiellen Vorteile, die damit verbunden sind.»

«Wie kannst du das, was zwischen ihm und Annabelle passiert ist, bloß so leichthin abtun? Er hat elf Jahre lang Schuldgefühle gehabt, weil er nicht wußte, ob das Kind von ihm war oder nicht. Hättest du kein Mitleid mit jemandem, der eine solche Last elf Jahre lang mit sich herumgetragen hat?»

«Er hat es sich selbst zuzuschreiben. Und er hätte nicht davonzulaufen brauchen.»

«Vielleicht ist er nicht davongelaufen. Vielleicht tat er nur das, was Chips ihm riet, was die einzige mögliche und vernünftige Lösung war.»

«Hat er mit dir darüber gesprochen?»

«Ja. Und er hat mich eingeladen, mit ihm nach Griechenland zu fahren. Nach Spetsai. Das war, ehe er mir von Annabelle und Charlotte erzählte. Danach haben wir aber noch einmal darüber gesprochen, und er sagte, es würde nichts nützen, weil er nicht länger vor seinen eigenen Gedanken davonlaufen könnte.»

«Wärst du gefahren? Nach Griechenland?»

«Ja.»

«Und dann?»

«Ich weiß nicht.»

«Das ist nicht gut genug für dich, Prue.»

«Du redest wie meine Mutter.»

«Auf die Gefahr hin, wie sie zu reden – sie läßt sich immerhin kein X für ein U vormachen! Ich muß es sagen. Du kennst Daniel nicht. Er ist nun mal ein Künstler: unbeständig, rastlos, lebensfremd, unpraktisch.»

«Ich weiß, daß er unpraktisch ist.» Ich lächelte. «Er hat mir erzählt, er habe mal drei Jahre ein Auto gehabt und in dieser ganzen Zeit nur herausbekommen, wie man die Heizung anstellt.»

Doch Phoebe ignorierte meinen zaghaften Versuch, dem Ganzen eine humorvolle Note zu geben, und fuhr hartnäckig fort.

«Und er ist unzuverlässig, weil er immer nur in seinen eigenen Schöpfungen lebt. Das macht ihn manchmal vollkommen unzugänglich, und man könnte verzweifeln.»

«Oh, hör auf, Phoebe, du weißt doch selbst, daß du ihn anbetest.»

«Das tue ich, ja. Aber wenn es um die Entscheidungen und Pflichten des Alltags geht, könnte ich nie voraussagen, wie er reagiert.»

«Sprichst du von ihm als potentiellem Ehemann?»

«So weit würde ich mich nicht einmischen.»

«Du hast ihn gekannt, als er zwanzig war. Du kannst ihn nicht nach dem Menschen beurteilen, der er vor elf Jahren gewesen ist. Er ist inzwischen ein Mann.»

«Ja, das weiß ich. Und wir werden natürlich alle mit der Zeit reifer. Aber ob sich die Persönlichkeit so sehr verändert? Du bist für mich etwas Besonderes, Prue, und ich möchte nicht, daß man dir weh tut. Und Daniel könnte dir weh tun. Nicht absichtlich, aber durch die Sünde der Unterlassung. Seine Arbeit ist sein Leben, und ich weiß nicht, wieviel Platz darin noch für Dinge wie

Liebe und Gemeinsamkeit übrig ist. Ich frage mich ernsthaft, ob er fähig ist, für einen anderen Menschen da zu sein.»

«Vielleicht könnte ich für ihn da sein.»

«Ja, vielleicht, eine Zeitlang. Aber ich glaube nicht, daß du es sehr lange könntest. Ich meine, viele Jahre lang. Ich sehe nicht, wie es möglich ist, lange bei einem Mann zu bleiben, der nach allem, was ich von ihm weiß, eine panische Angst davor hat, sich zu binden, eine emotionale Verpflichtung einzugehen, sich wie im Käfig vorzukommen.»

Es hatte keinen Sinn, mit ihr zu streiten. Ich sagte nichts mehr, starrte nur durch die staubverschmierte Windschutzscheibe und sah nichts. Das Seltsame war, daß wir trotz unserer Auseinandersetzung beide auf derselben Seite zu stehen schienen. Sie streckte die Hand aus und legte sie auf meine. Ihre Finger waren warm, aber ich spürte den kalten, harten Druck ihrer großen altmodischen Ringe.

«Gib dich keinen Illusionen über Daniel hin. Sie werden wahrscheinlich nicht in Erfüllung gehen. Und wenn du nichts von ihm erwartest, wirst du wenigstens nicht enttäuscht sein.»

Ich dachte an Charlotte. «Ich glaube nicht, daß er diesmal davonlaufen wird.»

«Und ich glaube, er hat keine andere Möglichkeit. Vielleicht solltest du auch davonlaufen. Nach London zurückfahren. Dein Leben ins Lot bringen. Den netten jungen Mann anrufen, der dir die welken Chrysanthemen geschenkt hat.»

«Oh, Phoebe.» Es kostete mich sogar eine gewisse Anstrengung, mir seinen Namen ins Gedächtnis zurückzurufen. «Sie waren noch nicht welk, als er sie mir schenkte.»

«Wenn du ihn wiedersiehst, denkst du vielleicht ganz anders über ihn.»

«Nein. Ausgeschlossen. Außerdem bringt er mich nicht zum Lachen.» Nigel Gordon. Ich wußte, daß ich jetzt wohl nie nach Schottland fahren würde.

«Nun, du mußt es selbst wissen.» Sie tätschelte meine Hand und lehnte sich dann mit den Händen im Schoß zurück. «Ich habe es gesagt. Mich eingemischt. Mein schlechtes Gewissen beruhigt. Jetzt fahren wir besser weiter und überbringen Lily Tonkins die Neuigkeit, daß Charlotte zu uns kommen wird. Wenn wir sie mit irgend etwas dazu bringen können, nicht mehr dieses schreckliche Jehova-Lied zu singen, dann damit. Andererseits liebt sie Aufregungen und Verwicklungen, so daß sie es vielleicht gut aufnehmen wird. Außerdem kann Charlotte jetzt jeden Moment in Holly Cottage sein, und wir müssen ein Picknick organisieren. Als ob das Leben nicht auch so schon kompliziert genug ist.»

Ich hatte das Picknick vollkommen vergessen. Während ich den Motor anließ und die Handbremse löste, wünschte ich, Phoebe hätte es nicht für nötig gehalten, mich daran zu erinnern.

«Hm, ich weiß nicht», sagte Lily, als wir ihr eröffnet hatten, daß Charlotte vorerst zu uns ziehen würde. «Zieht bei ihrer Großmutter aus und kommt hierher. Ein bißchen komisch.» Sie sah von Phoebes unschuldigem Gesicht in meine Richtung. Ich setzte rasch ein Lächeln auf, das sicher ziemlich dümmlich wirkte. «Aber wenn man darüber nachdenkt, ist es vielleicht nicht ganz so überraschend. Die Kleine ist ja sowieso die meiste Zeit hier, wenn sie eigentlich bei Mrs. Tolliver sein sollte. Da können wir genausogut ein Bett für sie beziehen, um ihr den Weg jeden Tag zu ersparen.»

Phoebe wirkte erleichtert. «Das ist sehr freundlich von Ihnen, Lily. Und ich hoffe, es wird nicht zuviel Arbeit zusätzlich bedeuten. Ich weiß, Sie haben im Moment ohnehin mehr als genug am Hals, aber wenn ich erst mal diesen verdammten Gips los bin...»

«Keine Sorge, Miss Shackleton, wir schaffen es mit Leichtigkeit. Außerdem macht sie sowieso keine Arbeit. So still und in sich gekehrt. Ißt auch nur wie ein Spatz.» Sie sah wieder von Phoebe zu mir. Sie runzelte die Stirn. «Es ist doch alles in Ordnung?»

Eine kleine Pause entstand. Dann sagte Phoebe: «Ja. Im Grunde, ja. Aber Mrs. Tolliver findet es ein bißchen... lästig, Charlotte drüben in White Lodge zu haben. Ich glaube, sie kommen nicht besonders gut miteinander aus, und wir fanden alle, es wäre vielleicht besser, wenn sie für eine Weile hierher käme.»

«Nun, zumindest wird sie hier mehr Spaß haben», stellte Lily fest. «Betty Curnow ist ja ganz nett, aber sie war noch nie sehr lustig. Wir haben sie in der Schule immer Miss Spielverderber genannt, und die Ehe mit einem Sanitätsinspektor hat sie auch nicht gerade zu einer Frohnatur werden lassen.»

«Ja. Na ja, vielleicht ist Joshua Curnow keine große Stimmungskanone, aber ich bin sicher, er ist Betty ein guter Ehemann», sagte Phoebe besänftigend, ehe sie wieder zur Sache kam: «Was meinen Sie, wo soll Charlotte schlafen?»

«Wir stecken sie in das alte Ankleidezimmer von Mr. Armitage. Das Bett braucht nur bezogen zu werden, und wir müssen das Zimmer etwas lüften.»

«Und vergessen Sie nicht das Picknick. Prue hat für heute einen Ausflug geplant, mit Picknick.»

«Ich weiß. Ich hab schon Sandwiches mit gekochtem Schinken gemacht und einen kleinen Salat, in einer Plastikdose. Dazu Schokoladenkuchen mit Orangenguß...»

«Lecker. Ich wünschte, ich könnte mit! Mein Lieblingskuchen! Was für ein herrliches Picknick...» Phoebe war bereits auf dem Weg nach oben, um ihren Poncho auszuziehen und in bequemere Schuhe zu schlüpfen. Wir hörten ihre Schritte auf den Dielen über uns.

Ich seufzte. «Sie sind ein Fels in der Brandung, Lily. Das sagt Phoebe immer über Sie.»

Lily grinste erfreut. «Ach, lassen Sie das», wehrte sie ab.

«Ich kann Ihnen helfen. Sagen Sie mir, was ich tun kann, um Ihnen zu helfen.»

«Sie können die grünen Bohnen für heute abend abfädeln. Wenn es was gibt, was ich nicht ausstehen kann, dann ist es Bohnen fädeln. Wenn ich eine Karotte oder eine weiße Rübe schälen kann, bin ich glücklich wie ein Fisch im Wasser. Aber dieses verflixte Bohnenfädeln kann ich einfach nicht ausstehen...»

Da saß ich auf einem von Phoebes altersschwachen Stühlen im sonnigen Garten und «fädelte Bohnen», als Charlotte endlich kam. Ich hörte das Auto, legte das Messer hin, stellte den Korb ab und ging nach vorn, doch Phoebe und Lily waren schon vor mir da. Betty Curnow hatte Charlotte mit Mrs. Tollivers Wagen

130

herübergefahren. Charlotte war schon ausgestiegen, Lily hatte den Kofferraum geöffnet und holte ihren Koffer heraus.

Charlotte trug ihren grauen Flanellmantel und hatte die kleine rote Umhängetasche um. Ihre Reisekleidung. Ich fragte mich, was für ein Gefühl sie gehabt haben mochte, als sie sie anzog – wieder eine Reise, wieder ein anderes Zuhause, von einem zum anderen gereicht, weil niemand sie haben wollte, weil niemand für sie da sein wollte.

«Hallo, Charlotte.»

Sie drehte sich um und erblickte mich. «Hallo.» Sie war sehr blaß, sie lächelte nicht. Ihre Brille saß schief. Ihr Haar wirkte strähnig, als müßte es dringend gewaschen werden, und irgend jemand – vielleicht sie selbst – hatte es achtlos gescheitelt und die Stirnlocke mit einer blauen Plastikspange nach hinten gesteckt.

«Schön, daß du hier bist. Soll ich dir jetzt gleich dein Zimmer zeigen? Es ist oben.»

«Meinetwegen.»

Lily und Phoebe unterhielten sich angeregt mit Betty Curnow, deshalb nahm ich den Koffer, und wir gingen zusammen zur Haustür. Aber plötzlich erinnerte Charlotte sich an ihre Manieren und drehte sich um.

«Vielen Dank, daß Sie mich herbegracht haben, Mrs. Curnow.»

«Schon gut, Kind», sagte Betty Curnow. «Auf bald, und sei ein braves Mädchen.»

Wir gingen nach oben. Der kleine Raum, der Chips als Ankleidezimmer gedient hatte, lag unmittelbar neben meinem Zimmer. Lily hatte geputzt wie eine Weltmeisterin, es roch nach Möbelpolitur und frischer, gestärkter Bettwäsche. Phoebe hatte die Zeit gefunden, Blumen für den Frisiertisch zu pflücken, und das offene Fenster bot denselben Ausblick wie meines, auf den Garten, die Steinbrechhecke und den Meeresarm dahinter, den das auflaufende Wasser gefüllt hatte.

Es war ein sehr hübscher und fröhlicher Raum, wie geschaffen für ein kleines Mädchen, und ich rechnete damit, daß Charlotte einen Jubelruf ausstoßen würde. Aber sie schien das Zimmer gar nicht wahrzunehmen; ihr Gesichtsausdruck gab nichts preis.

Ich stellte ihren Koffer ab. «Möchtest du jetzt auspacken oder später?»

«Wenn ich nur Teddy rausnehmen könnte.»

Teddy lag ziemlich plattgedrückt obenauf im Koffer. Sie nahm ihn und legte ihn auf das Kopfkissen.

«Und das andere?»

«Och… Das ist nicht wichtig. Ich mache es später.»

«Gut… Zieh doch deinen Mantel aus, und dann kannst du nach unten kommen und mir helfen. Ich bin im Garten und fädele Bohnen für Lily Tonkins, dabei könnte ich ein bißchen Hilfe gebrauchen.»

Sie nahm die rote Umhängetasche ab, legte sie auf den Frisiertisch und knöpfte den grauen Flanellmantel auf. Ich hängte ihn in den Schrank. Unter dem Mantel trug sie ein blaues T-Shirt und einen verblichenen Baumwollrock.

«Brauchst du einen Pulli?»

«Nein. Mir ist warm genug.»

Wir gingen wieder nach unten. Aus der Kommode in der Diele holte ich eine alte Autodecke, dann ging ich in die Küche und besorgte noch ein Messer. Wir gingen hinaus in den Garten, ich breitete die Decke aus, und wir setzten uns darauf, zwischen uns den Korb mit Bohnen und Lilys größten Stieltopf.

«Die Messer sind sehr scharf. Paß gut auf, daß du dich nicht schneidest.»

«Ich hab schon oft Bohnen gefädelt.»

Pause.

«Ist es nicht ein schöner Tag heute? Du hast unser Picknick ganz vergessen, nicht wahr?»

«Nein.»

«Daniel kommt bestimmt. Er muß jeden Moment da sein. Er hat gesagt, er würde sehen, ob ihn jemand von Porthkerris mitnimmt.»

Pause.

«Ich wollte, daß Phoebe mit uns nach Penjizal kommt, aber sie hat gesagt, sie hat Angst, der Wind würde sie von den Klippen wehen. Hast du daran gedacht, Coca-Cola mitzunehmen?»

«Ja. Mrs. Curnow hat gesagt, sie will sie Lily geben.»

«Lily hat Sandwiches mit gekochtem Schinken für uns gemacht, genau die, die du magst. Und einen Kuchen...»

Charlotte sah mich an. «Wissen Sie, Sie brauchen mich nicht aufzuheitern.»

Ich kam mir zu Recht vor wie eine dumme Gans.

«Entschuldige bitte», murmelte ich.

Sie zog ungeschickt den Faden von der nächsten Bohne.

«Charlotte... Wolltest du denn nicht gern herkommen und eine Weile bei Phoebe wohnen?»

«Ich hab noch nie bei ihr gewohnt.»

«Ich... Ich verstehe nicht, was du meinst.»

«Es ist etwas passiert. Und keiner will es mir sagen.»

Ich schluckte. «Wie kommst du darauf?»

Sie antwortete nicht, aber hinter mir mußte sich etwas bewegt haben, denn sie sah auf und blickte über meine Schulter hinweg. Ich drehte mich um und sah Phoebe durch die Gartenpforte kommen. Sie trug immer noch ihren Hut, aber den bunten Poncho hatte sie ausgezogen, und nun flatterte ihr Halstuch wie eine kleine Fahne im Wind, und das Sonnenlicht ließ die goldenen Ketten um ihren Hals funkeln. Mit ihrem gesunden Arm schleppte sie einen Liegestuhl, was ihr sichtlich Mühe bereitete. Ich sprang auf, nahm ihr den Stuhl ab und stellte ihn neben unserer Decke auf. Sie ließ sich hineinfallen.

Es schien keinen Sinn zu haben, die Sache auf die lange Bank zu schieben. Ich sah sie so lange an, bis sie meinen Blick erwiderte. «Charlotte und ich haben uns gerade unterhalten», erklärte ich. Phoebes Blick war gelassen und klar. Sie hatte verstanden. Ich setzte mich wieder auf die Decke und nahm mein Messer. «Sie möchte wissen, warum sie hier ist.»

«Vor allem deshalb, weil wir dich gern hier haben möchten», sagte Phoebe.

«Mami kommt nicht zurück von Mallorca, nicht?»

«Warum sagst du das?»

«Sie kommt nicht zurück, stimmt's?»

Phoebe nickte. «Es stimmt.»

Ich nahm eine Bohne und fing an, sie sehr sorgfältig vom Faden zu befreien und zu zerschneiden.

133

«Ich habe es gewußt», sagte Charlotte.

«Möchtest du uns nicht sagen, wie du es gemerkt hast?»

«Weil sie diesen Freund hatte. Er heißt Desmond, und er hat sie oft besucht. Er hat eine Reitschule gehabt, ganz in der Nähe von unserem Haus in Sunningdale. Sie sind zusammen geritten, und dann ist er mit zu uns gekommen, und sie haben etwas getrunken. Er heißt Desmond. Sie ist mit ihm nach Mallorca gefahren.»

«Woher weißt du das?»

«Weil ich es an einem Abend gemerkt habe, kurz bevor die Ferien zu Ende waren. Bevor ich wieder ins Internat gefahren bin und der Heizkessel geplatzt ist. Daddy war in Brüssel, auf Geschäftsreise. Und ich bin mitten in der Nacht aufgewacht, weil ich mußte, und ins Badezimmer gegangen, und dann hatte ich Durst, und ich dachte, ich gehe jetzt nach unten und hol mir eine Cola aus dem Kühlschrank. Eigentlich darf ich das nicht, aber ich tu es manchmal trotzdem. Und als ich halb unten war, habe ich jemanden reden gehört. Es war ein Mann, und ich hab gedacht, vielleicht ist es ein Einbrecher. Ich hab gedacht, es ist vielleicht ein Einbrecher, und er schießt auf meine Mutter. Aber dann hat er wieder etwas gesagt, und ich hab gehört, daß es Desmond war. Ich hab mich auf die Treppe gesetzt und gelauscht. Sie haben von Mallorca geredet. Sie hat zu Daddy gesagt, sie macht mit einer alten Schulfreundin Urlaub. Ich hab gehört, wie sie es morgens beim Frühstück zu ihm gesagt hat, aber da wußte ich schon, daß sie mit Desmond fahren wollte.»

«Hast du etwas gesagt?»

«Nein. Daddy hört mir sowieso nie zu, und außerdem hatte ich Angst.»

«Vor deinem Vater?»

«Nein. Einfach Angst. Angst, daß sie weggeht und nie wiederkommt.»

«Hast du gewußt, daß dein Vater gestern abend deine Großmutter angerufen hat?»

«Ich hab nicht geschlafen. Ich hab gehört, wie das Telefon klingelte. Das Wohnzimmer ist genau unter meinem Schlafzimmer. Man kann hören, wie die Leute reden, aber man hört nicht, was sie sagen. Trotzdem, ich hab gehört, wie sie seinen Namen gesagt hat. Er heißt Leslie. Da hab ich gewußt, daß er es war. Und ich hab gedacht, vielleicht hat er angerufen, weil er wissen will, wie es mir geht. Aber heute morgen war alles so komisch, da wußte ich, daß es nicht nur das gewesen ist. Und Gran war ganz komisch und böse, und dann hat sie mich und Betty Curnow ins Dorf geschickt, um Cola zu holen. Da wußte ich, daß irgend etwas nicht in Ordnung war, weil ich sonst immer allein ins Dorf darf.»

«Ich glaube, deine Großmutter wollte nicht, daß du etwas hörst. Daß du traurig bist.»

«Und als wir wieder zurückgekommen sind, also Mrs. Curnow und ich, hat Gran gesagt, daß ich zu Ihnen gehen soll.»

«Ich hoffe, du hast dich gefreut.»

Während sie sprach, hatte Charlotte mit gesenktem Blick dagesessen und eine Bohne in viele kleine Stücke zerpflückt. Nun sah sie hoch zu Phoebe, und die Augen hinter den häßlichen Brillengläsern hatten einen angstvollen Ausdruck. «Sie kommt nicht wieder zurück, nicht?»

«Nein. Sie will nach Südafrika gehen und dort leben.»

«Und was wird mit uns? Mit Michael und mir? Daddy kann sich nicht um uns kümmern. Bei Michael würde es ihm ja nichts ausmachen, sie sind immer zusammen, sie gehen schießen und sehen sich Rugby-Spiele an und so. Aber um mich will er sich bestimmt nicht kümmern.»

«Vielleicht», sagte Phoebe. «Aber ich will es. Deshalb habe ich deine Großmutter gefragt, ob ich dich für eine Weile hier haben kann.»

«Aber nicht für immer?»

«Nichts ist für immer.»

«Werde ich Daddy und Michael nie wieder sehen?»

«Oh, natürlich wirst du das. Michael ist doch dein Bruder.»

Charlotte krauste die Nase. «Er ist nicht immer nett zu mir. Eigentlich mag ich ihn gar nicht besonders.»

«Aber er ist dein Bruder. Vielleicht möchte er nächsten Sommer in den Ferien auch herkommen und hier wohnen. Aber ich glaube, deine Großmutter möchte ihn bei sich haben.»

«Mich wollte sie nicht bei sich haben», bemerkte Charlotte.

«Das darfst du nicht denken. Sie findet es nur nicht einfach, jemanden im Haus zu haben, der so klein ist wie du. Man sagt, Menschen wie sie haben keine gute Hand mit Kindern. Viele nette Menschen können nicht mit Kindern umgehen.»

«Aber Sie haben eine gute Hand mit Kindern», sagte Charlotte ernsthaft.

«Ja, weil ich sie mag.» Phoebe lächelte. «Besonders dich. Deshalb möchte ich, daß du hier bleibst, wenigstens bis auf weiteres.»

«Und das Internat?» Charlotte war immer noch sehr mißtrauisch. «Ich muß Ende der Woche zurück aufs Internat.»

«Ich habe mit deiner Großmutter darüber geredet. Gehst du gern aufs Internat?»

«Nein, ich hasse es. Ich hasse es, immer von zu Haus weg zu sein. Und ich bin die jüngste, keine ist so jung wie ich, ich meine, keine von den Internatsschülerinnen. Es gibt ein paar Tagesschülerinnen, aber sie sind alle untereinander befreundet und machen am Wochenende etwas zusammen, und sie wollen mich nicht dabei haben. Ich wollte auch lieber Tagesschülerin sein, aber Mami hat gesagt, es ist viel besser, wenn ich ganz da bin, auch nachts. Ich weiß nicht, warum es besser sein soll. Ich finde es gräßlich.»

«Dann würde es dir nicht allzuviel ausmachen, wenn du nicht zurückgingest?»

Charlotte dachte gründlich nach. Zum erstenmal huschte ein Hoffnungsschimmer über ihr Gesicht. «Warum? Muß ich denn nicht zurück?»

«Nein, ich glaube nicht. Wenn du hier wohnst, wäre es für uns alle viel leichter, wenn du auch hier zur Schule gingest. Hier gibt es kein Internat, und ich glaube, es würde dir Spaß machen.»

«Ich bin nicht besonders gut in der Schule.»

«Man kann nicht in allem gut sein. Du kannst dafür gut zeichnen und basteln. Und wenn du Musik magst, sie haben dort einen guten Musiklehrer, und sie haben auch ein richtiges Orchester und geben Konzerte. Ich kenne einen Jungen, der erst so alt ist wie du, und er spielt Klarinette.»

«Kann ich da hingehen?»

«Ich denke, es ließe sich arrangieren, wenn du möchtest.»

«Ich möchte es.»

«Dann willst du hier bei mir bleiben?»

«Meinen Sie... dann gehe ich nicht zu Daddy zurück?»

«Ja», sagte Phoebe freundlich. «Vielleicht meine ich das.»

«Aber... Sie haben eben gesagt... Sie haben gesagt, nichts ist für immer.» Ihre Augen füllten sich mit Tränen, und es zerriß mir das Herz, sie anzusehen. «Dann kann ich gar nicht richtig bei Ihnen bleiben.»

«Doch, das kannst du. Solange du willst. Siehst du, es ist etwas sehr Schlimmes geschehen, beinahe das Schlimmste, was es gibt, aber die Welt geht doch nicht unter. Du kannst mit Prue und mit mir über alles reden. Du brauchst nicht mehr alles für dich zu behalten. Du mußt dich nicht mehr dazu zwingen, tapfer zu sein. Du kannst ruhig weinen, wenn dir danach ist...»

Ein Damm lange zurückgehaltener Tränen brach. Wie alle weinenden Kinder weinte Charlotte mit weit geöffnetem Mund, aber das Schluchzen, das ihren kleinen Körper schüttelte, klang mehr wie das würgende Leid eines erwachsenen Menschen.

«Oh, Charlotte...»

Phoebe beugte sich vor und streckte die Arme – den gesunden und den im Gipsverband – vor, um dem Kind Trost und Liebe zu geben. In jedem anderen Moment hätte diese für sie typische überschwengliche Geste etwas Komisches gehabt, aber nicht jetzt. «...Komm, Schatz. Komm.»

Charlotte stand auf und warf sich in ihre Arme, umschlang Phoebes Hals und vergrub das Gesicht an ihrer Schulter. Der Hut verrutschte.

Ich nahm die Bohnen und den Stieltopf und ging ins Haus. Weil es ihr ureigener Augenblick war, der Augenblick, der ganz allein ihnen beiden gehörte. Weil sie Daniels Kind war. Und weil ich dachte, ich würde vielleicht auch gleich weinen.

Lily war nicht in der Küche. Durch die offene Tür zum Garten sah ich sie auf der Wäschewiese, wo sie schneeweiße Spültücher an die Leine hängte. Sie sang nun einen neuen Choral:

«Tue nichts, was sündig ist,
Sprich kein böses Wo-ort.»

Ich stellte den Bohnenkorb und den Topf auf den blankgescheuerten Kiefernholztisch und ging hinauf in mein Schlafzimmer.
Nach dem Aufstehen hatte ich das Bett gemacht, aber Lily war
«mal schnell durchs Zimmer gehuscht», wie sie es nannte, und
das bedeutete, daß es stark nach Möbelpolitur roch und daß
sämtliche Gegenstände auf dem Frisiertisch in einer wie mit dem
Lineal gezogenen Linie aufgereiht waren. Ich setzte mich aufs
Bett, und nach einer Weile merkte ich, daß ich doch nicht weinen
würde. Aber ich fühlte mich ausgelaugt und wie betäubt, als
hätte ich die letzten drei Stunden in einem dunklen Kino gesessen
und einen ergreifenden Film gesehen, wäre eben auf die Straße
getreten und stolperte nun, vom Tageslicht geblendet, orientie-
rungslos voran. Nicht imstande, etwas zu tun.

Mami kommt nicht zurück von Mallorca, nicht? Daddy hört
mir sowieso nie zu. Um mich will er sich bestimmt nicht kümmern. Ich wollte lieber Tagesschülerin sein, aber Mami hat gesagt, es ist viel besser, aufs Internat zu gehen. Meine Großmutter
will mich nicht bei sich haben.

O du lieber Gott, was wir Kindern alles antun.

Das Fenster war geöffnet, die Vorhänge bauschten sich in der
warmen Brise. Ich stand auf, ging hinüber, stützte die Ellbogen
auf die Fensterbank und beugte mich hinaus. Unten saßen
Phoebe und Charlotte immer noch auf dem Rasen. Die Tränen
waren offenbar versiegt, und ich hörte nur ein Stimmgemurmel.
Sie schienen sich angeregt über etwas zu unterhalten. Charlotte
saß wieder im Schneidersitz auf der Decke und flocht eine Kette
aus Gänseblümchen. Ich sah auf ihren gebeugten Kopf, den verletzlich wirkenden Nacken hinunter. Ich dachte daran, wie es
gewesen war, als ich so alt war wie sie. Meine Eltern waren geschieden, und ich lebte bei meiner Mutter, aber ich war nie ungeliebt,
unerwünscht, auf Internate verbannt gewesen. Ich erinnerte
mich, wie ich in den Ferien zu meinem Vater nach Northumberland fuhr und mir wünschte, der Zug möge schneller dahin-
sausen, noch schneller, damit ich eher am Ziel wäre. Ich

dachte daran, wie er mich in Newcastle am Bahnhof abholte, und wie ich den Bahnsteig entlangrannte, damit er mich mit seinen kraftvollen Armen hochhob und an seine tweedduftende Brust drückte.

Ich erinnerte mich an das kleine Haus meiner Mutter in London, an mein Schlafzimmer, das sie genauso möblierte und dekorierte, wie ich es haben wollte. An die Sachen, die sie mir kaufte und die ich mir alle selbst aussuchen durfte. Wieviel Spaß die Tanzstunde im Winter gemacht hatte, und die Parties zu Weihnachten, wie sie mit mir zur Pantomime ins Palladium und in *Schneewittchen* in die Covent Garden-Oper gegangen war.

Ich erinnerte mich, wie wir bei Harrods eingekauft hatten, wie sie mich mit einem Schoko-Shake an der Milchbar dafür belohnte, daß ich die neuen Schulsachen so geduldig anprobiert hatte. Und ich erinnerte mich an die Bootsausflüge die Themse hinunter, die wir zusammen mit Freunden gemacht hatten, und an die mit leichtem Gruseln vermischte Vorfreude auf eine Besichtigung des Towers.

Und immer wieder Cornwall, und Penmarron. Und Phoebe.

Oh, Schatz. Wie schön, dich wiederzusehen!

Phoebe. Urplötzlich erfüllte mich eine unsagbare Sorge um sie. Was hatte sie da in ihrer Liebe und Selbstlosigkeit auf sich genommen? Sie war dreiundsechzig, sie war erst vor ein paar Wochen von einem wackeligen Stuhl gefallen und hatte sich den Arm gebrochen. Wenn sie sich nun nicht den Arm, sondern die Hüfte gebrochen hätte, oder das Genick? Wenn sie mit dem Kopf auf die Fliesen geschlagen wäre und dort bewußtlos gelegen hätte, ohne daß jemand gekommen wäre, um nach ihr zu sehen? Meine Gedanken rasten im Kreis und gaukelten mir immer neue Möglichkeiten und schreckliche Zwischenfälle vor.

Ich dachte an Phoebe in ihrem alten Käfer. Sie war noch nie sehr aufmerksam gefahren, da sie sich immerfort davon ablenken ließ, was auf den Straßen passierte, auf denen sie mit ihrem kleinen Auto entlangtuckerte, oft genug auf der falschen Seite des weißen Strichs, in der trügerischen Gewißheit, daß schon nichts allzu Schlimmes passieren würde, wenn sie nur alle paar Sekunden auf die Hupe drückte.

Wenn sie nun einen Herzanfall hatte und starb? Es widerfuhr anderen Leuten, warum sollte es nicht Phoebe widerfahren? Wenn sie nun an einem schönen Sommertag an der alten Kaimauer badete, was sie so gern tat. Wenn sie mit ihrem altmodischen Badeanzug und ihrer Badekappe aus Plastik ins Wasser hechtete und nicht wieder auftauchte? Die Liste der möglichen Unglücksfälle schien kein Ende zu nehmen, und wenn ihr etwas passierte, wer würde dann für Charlotte sorgen? Wieder eilten meine Gedanken voraus und suchten eine Lösung für dieses hypothetische Problem.

Wer würde Charlotte denn nehmen wollen? Ich? In einer Souterrainwohnung in Islington? Meine Mutter? Oder vielleicht mein Vater? Er gehörte zu den Menschen, die einen lahmen Hund aufnehmen würden. Ich versuchte, mir Charlotte in Windyedge vorzustellen, aber irgendwie paßte sie nicht dorthin. Meine Stiefmutter würde mit Freuden jedes Kind aufnehmen, das reiten, Ställe ausmisten, Schinkenbretter säubern und auf die Jagd gehen konnte, aber mit einem kleinen Mädchen, das Klarinette spielen und zeichnen wollte, hatte sie nichts gemeinsam.

Ich hätte noch stundenlang solchen düsteren Gedanken nachhängen können, aber in diesem Moment rief mich das Geräusch des Zuges von Porthkerris, der hinter dem Haus durch den Einschnitt zwischen den Hügeln heranfuhr, in die Wirklichkeit zurück. Er ratterte die Biegung der eingleisigen Strecke entlang, hielt schließlich und sah aus wie eine Spielzeugeisenbahn, eine von der Art, die man mit einem Schlüssel aufzieht. Er blieb einen Augenblick stehen, und dann pfiff jemand und schwenkte eine kleine grüne Fahne, und der Zug fuhr weiter, rollte aus dem Bahnhof und ließ eine einsame Gestalt auf dem Bahnsteig zurück.

Daniel. Er kam zum Picknick.

Als der Zug fort war, sprang er auf die Geleise, überquerte sie, kletterte über einen Zaun, kam den Weg herunter, vorbei an dem kleinen Ankerplatz, wo die Segelboote bei Flut auf den Wellenausläufern schaukelten, und erreichte die alte Kaimauer. Er trug Jeans, einen marineblauen Pullover und eine weiße Segeltuchjacke.

Ich sah, wie er mit langen Schritten, die Hände in den Taschen, näher kam, und wünschte, er wäre einer von den Menschen, zu denen ich mich mit all meinen Problemen flüchten konnte, so wie ich früher auf dem Bahnhof von Newcastle in die Arme meines Vaters gelaufen war. Ich wollte in die Arme genommen, beruhigt, geliebt werden. Ich wollte ihm alles erzählen, was an diesem endlosen und ereignisreichen Morgen passiert war, und dann hören, daß es alles nicht weiter wichtig sei, daß ich mir keine Sorgen mehr machen sollte, daß er alles in die Hand nehmen werde...

Aber Phoebe, die Daniel liebte, war klüger als ich.

Wenn es um die Entscheidungen und Pflichten des Alltags geht, könnte ich nie voraussagen, wie er reagiert.

Ich wollte nicht, daß er so war, wie Phoebe sagte. Ich wollte, daß er Verantwortung übernahm. Übernommen hatte. Ich beobachtete, wie er näher kam. Wenn ich das Drehbuch geschrieben hätte für das, was wir im Moment erlebten, dachte ich, dann wäre dies der Anfang der letzten Szene. Dann würde er alle Probleme lösen, Entscheidungen treffen und Pläne schmieden. Ich stellte mir den Film vor, Zeitlupe, Weichzeichner: Daniel kam durch die Pforte in der Steinbrechhecke und ging mit langen federnden Schritten den Rasen hinauf. Um Phoebe zu umarmen, sein Kind in die Arme zu nehmen, mich vom offenen Fenster nach unten zu rufen, um unsere gemeinsame Zukunft zu planen. Dann würden die Geigen einsetzen. Auf der Leinwand würde *Ende* stehen. Dann der Nachspann, und fortan würden wir alle glücklich und zufrieden leben.

Gib dich keinen Illusionen über Daniel hin. Sie werden wahrscheinlich nicht in Erfüllung gehen. Statt dessen die Realität. Phoebe würde ihn gleich beiseite nehmen, ihm mit dürren Worten erzählen, was geschehen war. Keine Geheimnisse mehr, Daniel. Annabelle ist mit ihrem Liebhaber durchgebrannt, und niemand anders will Charlotte haben. Niemand anders will deine Tochter haben.

Und er? Was wird er tun? Ich wollte nicht darüber nachdenken. Ich wollte nicht wissen, was als nächstes geschehen würde.

Ich konnte ihn jetzt nicht mehr sehen, da die Neigung des Hügels und die Hecke ihn vor den Blicken verbargen. Ich schloß das

Fenster. Als ich mich umdrehte, sah ich mein Bild im Spiegel des Frisiertisches, und war so erschrocken, daß ich die nächsten fünf Minuten damit verbrachte, mich ein wenig zu verschönern. Ich wusch mir mit einem kochendheißen Waschlappen das Gesicht, schrubbte mir mit Phoebes Lavendelseife die Nägel sauber, bürstete mir das Haar. Ich nahm eine saubere Baumwollbluse aus der Kommode und zog sie an, wechselte die Schuhe, tuschte hastig meine Wimpern und sprühte mir Parfüm hinter die Ohren.

«Prue!» Charlottes Stimme.

«Ich bin hier. In meinem Zimmer.»

«Darf ich reinkommen?» Die Tür öffnete sich, und sie steckte den Kopf ins Zimmer. «Daniel ist da.»

«Ja, ich hab ihn aus dem Zug steigen sehen.»

«Aber Phoebe ist mit ihm zum Atelier runtergegangen. Sie hat gesagt, sie will ihm etwas zeigen, das Chips gehört hat. Und daß es ungefähr zehn Minuten dauert. Oh, das riecht aber toll!»

«Es ist von Dior. Ich nehme es immer. Möchtest du ein bißchen?»

«Macht es dir nichts aus?»

«Wenn du nicht alles nimmst.»

Sie sprühte einmal und sog den Parfümgeruch mit einem hingerissenen Gesichtsausdruck ein. Ich nahm meinen Kamm und brachte ihr Haar in Ordnung, zog den Scheitel neu und befestigte die Plastikklemme wieder.

Als ich fertig war, sagte ich: «Wir sollten allmählich in die Küche gehen und anfangen, unseren Picknickkorb zu packen. Und es wäre vielleicht eine gute Idee, wenn du deine Gummistiefel und einen Anorak mitnimmst.»

«Aber heute regnet es bestimmt nicht.»

«Wir sind hier in Cornwall... Man kann nie wissen, was der Himmel vorhat.»

Wir waren in der Küche, als Phoebe schließlich zurückkam, um uns zu suchen. Ich sah durchs Fenster, wie sie langsam den Backsteinweg von dem ummauerten Garten und dem Atelier hochkam, schwerfällig wie eine alte Frau, und allein. Sie kam durch die Gartentür und sah uns am Tisch stehen, auf sie warten. «Daniel ist wieder weg», sagte sie. «Er kann doch nicht mit zum Picknick kommen. Es tut ihm leid.»

«Aber er hat doch versprochen...» protestierte Charlotte, den Tränen nahe. «Er hat gesagt, er kommt mit...»

Phoebe wich meinem Blick aus.

Wir fuhren nicht nach Penjizal. Inzwischen war uns beiden nicht mehr danach, irgendwohin zu fahren. Wir picknickten einfach an Ort und Stelle, im Garten von Holly Cottage. Ohne Seehunde.

Es war Abend geworden, ehe ich unter vier Augen mit Phoebe reden konnte. Charlotte sah fern, und ich stellte meine Tante in der Küche, am Spülbecken.

«Warum ist er gegangen?»

«Ich habe dich gewarnt», sagte Phoebe.

«Wohin wollte er?»

«Ich habe keine Ahnung. Zurück nach Porthkerris, nehme ich an.»

«Ich nehme das Auto», erklärte ich. «Ich fahre hin und rede mit ihm.»

«Tu das nicht.»

«Warum nicht? Du kannst mich nicht daran hindern.»

«Ruf ihn vorher an, wenn es unbedingt sein muß. Sonst will er dich womöglich nicht sehen.»

Ich ging sofort zum Telefon. Natürlich würde er mich sehen wollen. Ich wählte die Nummer des Castle Hotels, und als sich das Mädchen in der Zentrale gemeldet hatte, bat ich sie, mich mit Daniel Cassens zu verbinden. Aber sie stellte mich zur Rezeption durch, und eine Frauenstimme sagte, Mr. Cassens sei abgereist und habe keine Adresse hinterlassen.

7

Ich wusch Charlotte die Haare und schnitt die gespaltenen Enden mit Phoebes Nähschere ab. Als ich sie trocken fönte, sah ich, daß sie kastanienfarben waren und an manchen Stellen kupfern schimmerten.

Phoebe rief die Leiterin der Schule im Ort an und ging mit Charlotte zu einer Besprechung hin. Charlotte war ganz aufgeregt, als sie zurückkam. Sie würde eine neue Schuluniform bekommen, marineblau und weiß. Im Zeichensaal gab es eine Töpferscheibe. Sie würde Klarinette spielen lernen.

Wir sahen im Fernsehen eine Sendung, in der ein hübsches Mädchen zeigte, wie man aus Pappkartons ein Puppenhaus basteln konnte. Wir fuhren mit dem Auto nach Porthkerris und gingen zum Weinhändler, der uns vier feste Kartons gab, in denen einmal Whiskyflaschen verpackt gewesen waren. Wir kauften ein Bastelmesser, kleine Tiegel mit Farben, einige Pinsel und Leim. Wir fuhren wieder nach Haus und fingen an, die Türen zu markieren, dann die Fenster. Der Küchenfußboden war übersät mit Zeitungsfetzen, Pappresten, den Utensilien unserer Arbeit.

Nun war Neumond. Er stand im Osten des nächtlichen Himmels, wie eine silbrige Wimper, und sein blasser Widerschein schwamm wie bebende Lichtsicheln auf dem schwarzen Wasser des Meeresarms.

«Prue.»

«Ja?»

«Wohin ist Daniel gegangen?»

«Ich weiß es nicht.»

«Warum ist er weggefahren?»

«Das weiß ich auch nicht.»

«Kommt er wieder zurück?»

«Ich nehme an, ja. Irgendwann.»

«Immer gehen die Leute weg. Leute, die ich gern habe. Als

Michael in die Schule kam, war das Haus ohne ihn ganz komisch. So still und leer. Und früher, als ich sechs war, hatte ich ein Kindermädchen. Ich mochte sie sehr gern. Aber sie mußte gehen und sich um ihre Mutter kümmern. Und jetzt ist Daniel weg.»

«Du hast ihn doch kaum gekannt.»

«Aber ich habe immer so viel über ihn gehört. Phoebe hat mir dauernd von ihm erzählt. Sie hat mir gezeigt, wenn etwas über ihn in der Zeitung stand, wenn er eine Ausstellung in Amerika hatte und so. Und sie hat mir von ihm erzählt.»

«Aber du hast ihn trotzdem so gut wie nicht gekannt. Du hast ihn erst gestern oder vorgestern kennengelernt.»

«Ich wollte nicht, daß er weggeht. Es war nicht nur das Picknick. Nicht nur, weil ich die Seehunde nicht gesehen habe. Das können wir immer noch machen.»

«Was war es dann?»

«Ich wollte ihm eine Menge Sachen sagen und zeigen. Ich wollte ihm das Puppenhaus zeigen. Ich wollte ihn Sachen fragen. Daddy hat nie Zeit gehabt, richtig zu antworten, wenn man ihn etwas gefragt hat. Und Daniel redet nicht so mit einem, als wenn man ein Kind wäre, er redet mit einem wie mit einem Erwachsenen. Er würde nie sagen, daß man ihm auf die Nerven geht oder daß man dumm ist.»

«Hm... Vielleicht habt ihr eine Menge gemeinsam. Ihr interessiert euch für die gleichen Dinge. Vielleicht fühlst du dich ihm deshalb so nahe.»

«Ich wünschte, er würde zurückkommen.»

«Er hat sehr viel zu tun. Er ist ein wichtiger Mann. Und jetzt ist er auch ein berühmter Mann. Es gibt so vieles, was er erledigen muß. Und ein Künstler ist... anders als andere Menschen. Er muß frei sein. Für jemanden wie Daniel ist es schwer, irgendwo Wurzeln zu schlagen, immer an einem Ort zu sein und immer mit denselben Leuten zusammen zu sein.»

«Aber Phoebe ist auch eine Künstlerin, und sie bleibt an einem Ort.»

«Phoebe ist anders. Phoebe ist etwas Besonderes.»

«Ich weiß. Deshalb hab ich sie so lieb. Aber ich hab Daniel auch lieb.»

«Du darfst ihn nicht zu lieb haben, Charlotte.»

«Warum nicht?»

«Weil es nicht gut ist, einen Menschen zu lieb zu haben, wenn man ihn vielleicht nie wiedersieht... Oh, fang nicht an zu weinen. Bitte weine nicht. Es ist nur... Es ist nur, weil es stimmt, und es hat keinen Sinn, wenn einer von uns so tut, als ob es nicht stimmt.»

Wir malten die Tür rot an, die Fensterrahmen schwarz. Lily fand eine alte Kleiderschachtel, und aus dem Deckel schnitten wir das Dach, zogen längs der Mitte eine Linie und bogen ihn zu einem First. Dann malten wir Ziegel auf.

An einem stürmischen, verregneten Tag gingen Charlotte und ich über den Golfplatz zum Strand hinunter. Der Wind blies uns Sand ins Gesicht, und schaumgekrönte Wellen wälzten sich aus einem halben Kilometer Entfernung zum Ufer und brachen sich mit lautem Getöse. Der Wind drückte den Strandhafer auf den Dünen platt, die Möwen flohen von der Küste landeinwärts, segelten über den frisch gepflügten Feldern und ihr Kreischen mischte sich mit dem Heulen des Sturms.

Aus Südafrika kam kein Brief für Charlotte, keine Postkarte. Über Betty Curnow und Lily Tonkins erfuhren wir, daß Mrs. Tolliver für ein paar Tage zu einer Freundin nach Helford gefahren war. Damit waren alles in allem drei Leute davongelaufen.

Aus leeren Zündholzschachteln bastelten wir Möbel für das Puppenhaus; wir malten Tapeten. Wir stöberten in Phoebes Flickenbeutel und schnitten Teppiche aus Tweedresten mit ausgefransten Kanten. «Sie sehen ganz echt aus», sagte Charlotte, als wir die Teppiche ausgelegt hatten. Sie machte die Tür des Puppenhauses zu, drückte die Nase an eines der Fenster und war glücklich, weil alles so klein war, ihre winzige geschützte Miniaturwelt.

«Ich kann es nicht ertragen, wenn du so eine Trauermiene herumträgst», sagte Phoebe eines Abends zu mir, aber ich tat, als hätte ich es nicht gehört, weil ich nicht von Daniel reden wollte.

Er war fort. Wieder bei seiner ewigen Suche, seinem rastlosen Nomadenleben. Wieder bei seinen Bildern, seiner Ausstellung, Peter Chastal. Vielleicht inzwischen schon wieder in Amerika.

Irgendwann, viel später, wenn er sich dazu imstande fühlte, würde er mir vielleicht eine Ansichtskarte schicken. Ich stellte mir vor, wie sie durch den Briefschlitz meiner Wohnungstür in Islington fiel. Ein buntes Foto von der Freiheitsstatue vielleicht, von der Golden-Gate-Brücke oder vom Fudschijama.

‹Es ist wunderschön hier, schade, daß du nicht auch da bist, viele Grüße, Daniel›.

Es gab eine Zukunft. Meine Zukunft. Meine Arbeit, meine Wohnung, meine Freunde. Ich würde bald wieder nach London fahren und die Fäden aufnehmen. Aber allein. So allein, wie ich noch nie gewesen war.

Ich hatte wieder den Traum, den Traum vom Schwimmen. Genauso wie damals. Das Wasser war zuerst ganz seicht, dann sehr tief und warm. Die schnelle Strömung. Das Gefühl, von der Flut davongetragen zu werden, ohne sich zu wehren. Willfährig. Es ist nicht der Tod, rief ich mir danach ins Gedächtnis. Nicht der Tod, sondern die Liebe.

Warum war ich dann mit tränennassen Wangen erwacht?

Die Tage, die verstrichen, hatten ihren Namen verloren, so wie ich jedes Gefühl dafür verloren hatte, daß sie verstrichen. Dann war auf einmal Dienstag, und ich mußte praktisch denken. Phoebe hatte gestern abend beschlossen, mit mir und Charlotte nach Penzance zu fahren, um die neue marineblaue und weiße Schuluniform zu kaufen. Vielleicht würden wir zur Abwechslung in einem Restaurant essen oder zum Hafen hinuntergehen und sehen, ob der Dampfer zu den Scilly-Inseln am Kai lag.

Aber aus diesen Plänen wurde nichts, weil Lily Tonkins am frühen Morgen anrief und sagte, daß es Ernest, ihrem Mann, schlechtgehe. Phoebe nahm den Anruf entgegen, und Charlotte und ich standen da und lauschten der quäkenden Stimme, die aus der Sprechmuschel drang.

«Er hat die ganze Nacht wach gelegen», berichtete Lily.

«Oh, wie schrecklich», sagte Phoebe mitfühlend.

Lily erläuterte Einzelheiten. Phoebes Gesicht nahm einen entsetzten Ausdruck an. «Oh, wie *schrecklich*. Nein, nein, Sie dürfen Ihren armen Mann auf keinen Fall allein lassen, ehe der Arzt dagewesen ist.» Sie legte auf. Lily würde heute nicht kommen.

Wir änderten hastig unsere Pläne. Ich würde in Holly Cottage bleiben, im Haus das Notdürftigste erledigen und das Mittagessen kochen, und Mr. Thomas würde Phoebe und Charlotte mit seinem würdigen Taxi nach Penzance fahren.

Charlotte war ein bißchen entrüstet.

«Ich dachte, wir essen zusammen in einem Restaurant.»

«Ohne Prue würde es keinen Spaß machen», antwortete Phoebe kurz. «Wir gehen ein andermal essen, wenn ich zur Bank oder zum Friseur muß.»

Dann rief sie das Taxi, und zehn Minuten später fuhr Mr. Thomas mit seiner Chauffeursmütze auf dem Kopf vor. Die Räder des Wagens waren mit Schweinemist bedeckt. Phoebe und Charlotte stiegen ein, ich winkte ihnen nach und ging dann wieder ins Haus, um die morgendlichen Aufgaben zu verrichten.

Es war nicht besonders anstrengend. Lily machte jeden Tag so gründlich sauber, daß alles mehr oder weniger wie sonst aussah, als ich die Betten gemacht, im Bad gewischt und die Asche aus dem Kamin entfernt hatte. Ich ging in die Küche, machte mir eine Tasse Kaffee und fing an, Kartoffeln zu schälen. Es war ein windstiller grauer Tag mit Regen in der Luft. Als ich mit den Kartoffeln fertig war, zog ich Gummistiefel an und ging in den Gemüsegarten, um einen Blumenkohl zu holen. Als ich wieder ins Haus treten wollte, hörte ich ein Auto die Straße herunterkommen. Ich blickte auf die Uhr und sah, daß erst eine Stunde vergangen war, seit Phoebe und Charlotte losgefahren waren. Die Einkaufsexpedition konnte unmöglich schon zu Ende sein.

Das Auto fuhr über die Eisenbahnbrücke, und nun wußte ich, daß der Fahrer nach Holly Cottage wollte, denn wir waren das letzte Haus an der Straße, die ein Stück weiter unten am verschlossenen Tor der alten Schiffswerft endete, wie eine Sackgasse.

Ich eilte hinein, legte den Blumenkohl und das Messer in der Küche auf das Abtropfbrett und ging dann, immer noch in Gummistiefeln und mit Lilys Schürze, durch die Diele zur Haustür.

Davor, auf dem Kiesplatz, stand ein Wagen, den ich nicht

kannte. Ein langer, schnittiger Alfa-Romeo, dunkelgrün, von den Spuren einer langen Fahrt gezeichnet. Die Fahrertür war schon offen, und am Steuer saß Daniel und blickte mich an.

An diesem windstillen verhangenen Morgen war kaum ein Geräusch zu hören. Ich hörte nur, wie einige Möwen schrien, die in der Ferne über den leeren Meeresarm flogen, ganz dicht über dem feuchten Sand. Langsam stieg er aus dem Wagen, reckte sich und massierte sich den Nacken. Er trug seine gewohnte Künstlerkluft, sein Kinn war dunkel von Bartstoppeln. Die Wagentür fiel mit jenem satten Knall ins Schloß, der eine gehobene Preisgruppe anzeigte. Dann sagte er meinen Namen.

Das bewies, daß es Wirklichkeit war. Er war nicht in London. Er war nicht in New York. Er war nicht in San Francisco. Er war hier. Wieder da. Daheim.

«Was machst du hier?» brachte ich hervor.

«Was glaubst du, was ich mache?»

«Wem gehört der Wagen?»

«Mir.» Er ging mit steifen Schritten auf mich zu.

«Aber du haßt doch Autos.»

«Ich weiß, aber es ist trotzdem meines. Ich hab es gestern gekauft.» Er blieb vor mir stehen, legte mir die Hände auf die Schultern, beugte sich nach unten und küßte mich auf die Wange, sein Kinn fühlte sich hart und kratzig an. Ich sah zu ihm hoch. Sein Gesicht war fahl, grau vor Müdigkeit, aber in seinen Augen blitzte ein Lachen.

«Du hast ja Lilys Schürze um.»

«Lily ist nicht da. Ernest ist krank. Du hast dich nicht rasiert.»

«Keine Zeit. Ich bin morgens um drei von London losgefahren. Wo ist Phoebe?»

«Sie ist mit Charlotte einkaufen gefahren.»

«Willst du mich nicht ins Haus bitten?»

«Ja... ja, natürlich. Entschuldige. Es ist nur... du warst der letzte, mit dem ich gerechnet hatte. Komm. Ich mach dir einen Kaffee oder Spiegeleier mit Schinken, wenn du etwas essen möchtest.»

«Kaffee wäre sehr gut.»

Wir gingen ins Haus. Nach der feuchten Kälte draußen wirkte

es angenehm warm. Ich ging voran und hörte, wie er die Tür hinter uns zumachte. Als ich den Blumenkohl und das Messer in der Küche neben dem Spülbecken sah, fragte ich mich einen Moment lang, was ich damit vorgehabt hatte, so konfus war ich auf einmal.

Ich füllte den elektrischen Wasserkessel und schaltete ihn ein. Als ich mich umdrehte, sah ich, daß Daniel sich einen Stuhl genommen hatte und am Ende des langen blankgescheuerten Tisches saß. Er hatte einen Ellbogen auf die Tischplatte gestützt und rieb sich mit der Hand die Augen, als könnte man Erschöpfung auf diese Weise vertreiben.

«Ich glaube, ich bin mein ganzes Leben noch nie so weit oder so schnell gefahren.» Er nahm die Hand von den Augen und sah zu mir hoch. Ich hatte vergessen, wie dunkel seine Augen waren, mit Pupillen so rund und glänzend wie schwarze Oliven. Er wirkte immer noch erschöpft, aber jetzt strahlte er noch etwas anderes aus, vielleicht so etwas wie eine innere Hochstimmung, die ich nicht ergründen konnte, weil ich sie noch nie bei ihm erlebt hatte.

«Warum hast du dir ein Auto gekauft?» fragte ich.

«Ich wollte wieder zu euch, und so schien es mir am schnellsten zu gehen.»

«Hast du schon herausgefunden, wie die Heizung funktioniert?»

Es war ein müder Witz, aber er trug dazu bei, die Spannung zu lösen.

Er lächelte. «Noch nicht. Aber ich habe es ja wie gesagt erst seit gestern.» Er verschränkte die Arme und legte sie auf den Tisch. «Weißt du, Phoebe hat es mir erzählt. Das mit Annabelle und Leslie Collis und Mrs. Tolliver.»

«Ja. Ich weiß.»

«Und mit Charlotte.»

«Ja.»

«War Charlotte sehr enttäuscht wegen des Picknicks?»

«Ja.»

«Ich konnte nicht bleiben, Prue. Ich mußte fort. Allein. Verstehst du das?»

«Wohin bist du gegangen?»

«Zurück nach Porthkerris. Zu Fuß, über die Dünen und die Klippen entlang. Als ich wieder im Castle Hotel war, habe ich meine Sachen gepackt, ohne genau zu wissen, was ich als nächstes tun würde. Aber dann, als der Koffer gepackt war, hab ich den Hörer abgenommen und Lewis Falcon angerufen. Ich wollte mich mit ihm in Verbindung setzen, seit ich hier unten war, hatte ich es immer wieder tun wollen, aber irgendwie bin ich nie dazu gekommen. Er war großartig. Ich erklärte, wer ich sei, und daß wir uns nie persönlich kennengelernt hätten. Er sagte, er wisse, wer ich sei, weil er durch Peter Chastal von mir gehört habe, und ob ich nicht nach Lanyon kommen wolle, um ihn zu besuchen. Ich antwortete, ich würde gern kommen, aber ich bräuchte für ein paar Nächte ein Bett zum Schlafen, und er meinte, das sei kein Problem. Also bezahlte ich die Rechnung und bestellte mir ein Taxi, um nach Lanyon zu fahren.»

Daniel machte eine Pause und strich nachdenklich mit der Hand über die Tischplatte. «Lewis ist ein wunderbarer Mann», fuhr er fort. «Ungeheuer sympathisch, kein bißchen neugierig. Ich stellte fest, daß ich bei ihm vollkommen abschalten konnte, als ließe ich einen eisernen Vorhang zwischen mir und all dem herunter, was Phoebe mir erzählt hatte. Vielleicht war das der berühmte siebente Schleier der Psychoanalytiker. Er zeigte mir sein Atelier, und wir sahen uns seine Arbeiten an und fachsimpelten, als ob es für uns beide sonst nichts auf der Welt gäbe. Das war sehr schön für ein paar Tage, und dann war mir auf einmal klar, daß ich nach London zurück mußte. Also fuhr er mich zum Bahnhof, und ich nahm den Frühzug. In London fuhr ich als erstes zur Galerie, um Peter zu sehen. Ich war immer noch in diesem sonderbaren Zustand... als ob ich von der Realität isoliert wäre. Der Vorhang war immer noch unten, und ich wußte, daß Annabelle und Charlotte dahinter waren, aber einstweilen hatten sie einfach aufgehört zu existieren. Alles, was ich tun konnte, war, mein gewohntes Leben fortzusetzen, als ob nichts geschehen wäre. Ich sagte Peter nichts über sie. Die Ausstellung läuft noch, die Galerie ist immer noch voll von Besuchern. Wir saßen in seinem Büro, aßen Sandwiches, tranken ein Bier und beobachteten die Leute. Durch die Glastür sahen sie aus wie Goldfische in einem Aquarium. Es waren meine Bilder, die sie betrachteten, aber ich konnte weder zu den Bildern noch zu den Leuten irgendeine Beziehung finden. Nichts schien etwas mit mir zu tun zu haben.» Er runzelte die Stirn, als sei er immer noch erstaunt darüber.

«Dann ging ich und lief einfach ziellos durch die Stadt. Es war ein herrlicher Nachmittag. Ich ging kilometerweit die Themse entlang, und zuletzt wurde mir bewußt, daß ich in Millbank war und vor der Tate Gallery stand. Kennst du die Tate Gallery?»

«Ja, natürlich.»

«Gehst du öfter hin?»

«Ja, ziemlich oft.»

«Kennst du die Sammlung Chantrey?»

«Nein.»

«Ich ging die Eingangsstufen hoch und betrat die Galerie. Ich ging zu dem Saal, wo die Sammlung Chantrey hängt. Unter anderem ein Bild von John Singer Sargent, in Öl. Sehr groß. Zwei kleine Mädchen abends im Garten, beim Anzünden von Lampions. Sie tragen weiße Kleider mit Rüschenkragen. Im Garten blühen Lilien und weiße Rosen. Das Bild heißt ‹Nelken-Lily, Lily-Rose›. Eines der beiden Mädchen hat kurze schwarze Haare und ist sehr zierlich, ihr zarter weißer Hals ist wie ein Blumenstengel. Sie könnte Charlotte sein. Ich weiß nicht mehr, wie lange ich dort stand. Doch nach einer Weile wurde mir langsam bewußt, daß der eiserne Vorhang hochging, und ich wurde... ich wurde übermannt von Gefühlen, die ich bis dahin nicht gekannt hatte. Ich hatte nie gewußt, daß ich dazu imstande war. Zärtlichkeit. Fürsorglichkeit. Stolz. Und dann Zorn. Ich wurde zornig. Zornig auf sie alle. Auf Annabelle, ihren Mann und ihre Mutter. Aber vor allem zornig auf mich selbst. Was zum Teufel trieb ich eigentlich, fragte ich mich, wo sie meine Tochter war, und ich ihr Vater, verdammt noch mal? Was war in mich gefahren, daß ich Phoebe meine Pflichten und meine Verantwortung aufbürdete? Die Antwort war einfach und tat weh. Ich stand herum und tat nichts, jedenfalls während der letzten drei Tage. Auf der Stelle laufen, haben wir es in der

Schule genannt. Nirgendwohin kommen. Seinen inneren Schweinehund pflegen.» Er schüttelte den Kopf, entgeistert über sich selbst.

«Ich verließ den Saal mit dem Bild, ging wieder nach unten und suchte ein Telefon. Ich rief die Auskunft an und ließ mir die Nummer von Mrs. Tolliver geben. Und dann rief ich White Lodge an. Mrs. Tolliver war nicht da...»

«Sie besucht eine Freundin in Helford», erklärte ich. Er hörte mich überhaupt nicht.

«...aber ihre Haushälterin meldete sich, und ich sagte ihr, ich sei ein Freund von Leslie Collis und würde ihn gern anrufen, und ob sie mir den Namen der Firma in der City sagen könnte, wo er arbeitet.»

Das Wasser kochte, aber wir schienen den Kaffee alle beide vergessen zu haben. Ich stellte den Kessel ab, trat zum anderen Ende des Tisches und zog mir einen Stuhl heran, so daß wir einander gegenüber saßen und uns über die Tischplatte hinweg ansahen.

«Also noch ein Anruf. Ich rief Leslie Collis an. Ich sagte, ich wolle ihn sehen. Er sagte zuerst, es passe ihm im Moment nicht, aber ich beharrte darauf, daß es äußerst wichtig sei, und schließlich gab er nach und meinte, wenn ich sofort rüberkäme, hätte er eine Viertelstunde Zeit.

Ich verließ die Tate Gallery, nahm ein Taxi und fuhr zu seinem Büro. Die City war sehr schön an diesem sonnigen Nachmittag. Ich hatte ganz vergessen, wie schön sie ist, mit all den imposanten Bauwerken und den schmalen Straßen und überall die unerwarteten Ausblicke auf die St. Pauls-Kathedrale. Ich muß irgendwann wieder mal dorthin und ein paar Zeichnungen machen...»

Er hielt inne. Er hatte offenbar den Faden verloren.

«Leslie Collis», erinnerte ich ihn leise.

«Ach ja, natürlich.» Nervös fuhr er sich mit den Fingern durchs Haar. «Es war die absurdeste Unterredung, die man sich vorstellen kann. Zum einen sah ich noch abgerissener aus als gewöhnlich. Ich glaube, ich war wieder nicht rasiert, und ich hatte noch das Hemd an, das ich schon die ganze Fahrt im Zug getra-

gen hatte, und Turnschuhe mit Löchern an den Zehen. Er dagegen war untadelig gekleidet, ganz der erfolgreiche Geschäftsmann aus der City, gestärkter Kragen und Nadelstreifenanzug.
Wir gaben ein sehr sonderbares Paar ab. Aber wie dem auch sei,
ich setzte mich hin und fing an zu reden. Als ich Mrs. Tolliver
und Charlotte erwähnte, dachte er sofort, ich wolle ihn erpres-
sen, er sprang auf und schrie mich an und drohte, er werde die
Polizei rufen. Da fing ich auch an zu schreien, aber nur, um mir
Gehör zu verschaffen, und einen Moment lang standen wir da
und brüllten uns an, lehnten die Verantwortung ab und wollten
die Verantwortung übernehmen, gaben einander die Schuld und
gaben Annabelle die Schuld.» Er lachte bitter.

«Aber zuletzt, als ich schon dachte, er würde gleich einen
Herzanfall bekommen und tot umfallen, und ich würde neben
allem anderen noch eine Leiche am Hals haben, dämmerte ihm
schließlich, daß ich vielleicht doch kein Schuft sei, der ihm an die
Brieftasche wollte. Wir setzten uns wieder hin, er steckte sich
eine Zigarette an, und wir fingen noch mal von vorn an.»

«Er war dir nicht sympathisch, nicht wahr?»

«Wieso? War er dir unsympathisch?»

«Ich fand ihn schrecklich, als ich ihn an jenem Morgen im Zug
beobachtete.»

«So schlimm ist er gar nicht.»

«Aber zu sagen, er wolle Charlotte nie wieder sehen...»

«Ich weiß. Das ist unverzeihlich. Aber irgendwie kann ich seinen Standpunkt verstehen. Er ist sehr ehrgeizig. Er hat sein Leben lang schwer gearbeitet, um viel Geld zu verdienen und sein
Ziel zu erreichen. Ich glaube, er hat Annabelle angebetet. Er muß
von Anfang an gewußt haben, daß sie ihm nie treu sein könnte.
Trotzdem blieb er bei ihr, gab ihr alles, was sie haben wollte,
kaufte das Haus in Sunningdale, damit der Junge auf dem Land
aufwachsen konnte. Sie hatte ihr eigenes Auto, ein Hausmädchen, einen Gärtner, Reisen nach Spanien, totale Freiheit. Er
sagte immer wieder: ‹Ich habe ihr alles gegeben. Ich habe dieser
Frau alles gegeben, was man sich vorstellen kann.›»

«Wußte er von Anfang an, daß Charlotte nicht sein Kind
war?»

«Ja, es war ihm vollkommen klar. Er hatte Annabelle drei Monate nicht gesehen, und dann kam sie zurück aus Cornwall und sagte ihm, sie sei schwanger. Und das ist für jeden Mann mit einem Funken Ehre wie ein Schlag in die Magengrube.»

«Warum hat er sich damals nicht von ihr getrennt?»

«Er wollte die Familie zusammenhalten. Er liebt seinen Sohn sehr. Er wollte nicht vor seinen Freunden und Bekannten das Gesicht verlieren.»

«Aber er hat Charlotte nie gemocht.»

«Man kann ihm schwerlich einen Vorwurf daraus machen.»

«Hat er gesagt, daß er sie nicht gemocht hat?»

«Mehr oder weniger. Er sagte, sie sei verstockt, sie habe oft gelogen.»

«Wenn sie es tat, war es seine Schuld.»

«Das hab ich ihm auch gesagt.»

«Und?»

«Oh, er hat es ganz gefaßt aufgenommen. Aber dann erreichten wir den Punkt, an dem die Karten auf dem Tisch lagen und wir uns die schlimmsten Dinge an den Kopf werfen konnten, ohne es richtig übelzunehmen. Fast, als wären wir Freunde.»

Es war schwer, sich das vorzustellen. «Aber worüber habt ihr denn eigentlich geredet?»

«Über alles. Ich habe ihm gesagt, daß Charlotte vorerst bei Phoebe bleiben würde, und er gab schließlich zu, daß er dafür dankbar sei. Und er war auch ganz erfreut, als er hörte, daß sie nicht auf das Internat zurückkehren würde. Annabelle hatte es für sie ausgesucht, aber seiner Ansicht nach war es nie die gewaltige Summe wert gewesen, die er alljährlich dafür hatte bezahlen müssen. Ich fragte nach Michael, aber er meinte offenbar, das sei überhaupt kein Problem. Michael sei fünfzehn Jahre und offenbar sehr reif für sein Alter, er könne sehr gut allein zurechtkommen, ohne seine Mutter und seine Halbschwester. Ich glaube, Collis war der Meinung, Michael brauche seine Mutter überhaupt nicht mehr und wäre in Anbetracht ihres ganzen Verhaltens ohne ihren Einfluß viel besser dran. Er will das Haus auf dem Land verkaufen und sich in London nach etwas umsehen. Er und der Junge werden zusammenbleiben.»

«Es tut mir leid um Michael.»

«Ja, mir auch. Es tut mir leid um jeden in dieser gräßlichen Geschichte. Aber ich glaube, daß es ihm wahrscheinlich ganz gutgehen wird. Sein Vater liebt ihn über alles, und sie scheinen sehr gut miteinander auszukommen.»

«Und was ist mit Annabelle?»

«Er hat mit seinem Anwalt geredet, und die Scheidung ist bereits eingeleitet. Leslie Collis ist zwar geduldig, aber kein Idiot.»

Ich wartete, daß er fortfuhr, aber er tat es nicht, und so sagte ich: «Was uns wieder zum Anfang zurückbringt. Was wird mit Charlotte? Oder hast du nicht über sie gesprochen?»

«Natürlich haben wir über sie gesprochen. Das war ja der Zweck der Übung.»

«Leslie Collis weiß, daß du ihr Vater bist?»

«Sicher, das war das erste, was ich ihm gesagt habe. Und er will nichts von ihr.»

«Und Annabelle? Wie steht sie zu Charlotte?»

«Sie will sie auch nicht haben, und selbst wenn sie es wollte, würde Leslie Collis sie ihr meiner Meinung nach nicht überlassen, er ist einfach nicht der Mann dazu. Man kann es kleinliche Rache nennen, aber es ist das beste, was Charlotte passieren kann.»

«Warum?»

«Darum, liebe Prue: Wenn Leslie Collis und Annabelle sie beide nicht haben wollen, ist der Weg für mich frei, sie als mein eigenes Kind zu adoptieren.»

Ich saß regungslos da und starrte ihn ungläubig an.

«Aber das werden sie nicht zulassen.»

«Warum nicht?»

«Du bist nicht verheiratet.»

«Das Gesetz ist geändert worden. Jetzt können auch Alleinstehende Kinder adoptieren. Es dauert nur länger, offensichtlich sind ein paar bürokratische Hindernisse mehr zu überwinden, aber es geht. Vorausgesetzt natürlich, Annabelle erklärt schriftlich ihr Einverständnis, aber ich sehe wirklich nicht, warum sie sich weigern sollte.»

«Aber du hast kein Haus, keine Wohnung. Du hast keinen Platz, wo du leben kannst.»

«Doch, den habe ich. Lewis Falcon geht für ein paar Jahre nach Südfrankreich, um dort zu arbeiten, und er hat gesagt, er würde mir sein Haus und sein Atelier in Lanyon vermieten, wenn ich sie haben wollte. Ich werde also in der Gegend wohnen. Ich glaube nicht, daß ich Charlotte zu mir nehmen kann, ehe die Adoption perfekt ist, aber ich hoffe, Phoebe kann sie bis dahin weiter bei sich behalten, als ihre offizielle Pflegemutter.»

«Das klingt... Oh, Daniel, es klingt zu schön, um wahr zu sein.»

«Ich weiß. Und das Erstaunliche war wie gesagt, daß Leslie und ich am Ende des Gesprächs irgendwie Freunde waren. Wir schienen einander zu verstehen. Wir haben dann noch zusammen Mittag gegessen, in einem sehr einfachen Lokal, wo nicht die Gefahr bestand, daß seine feinen Kollegen ihn mit einem abgerissenen Typen wie mir sehen würden. Und nach dem Essen gab es dann einen lächerlichen Streit, weil wir beide versuchten, die Rechnung zu bezahlen. Keiner von uns wollte dem anderen etwas schulden. Zuletzt teilten wir uns den Betrag, und jeder zahlte genau die Hälfte. Dann verabschiedeten wir uns, und ich versprach, mich mit ihm in Verbindung zu setzen, sobald ich etwas wegen Charlotte unternommen hätte. Dann ging er zurück zu seinem Büro, und ich nahm ein Taxi und fuhr zur Galerie, um mit Peter Chastal zu sprechen.» Er sah mich an und blickte dann aus dem Fenster.

«Ich wußte, daß ich einen guten Anwalt brauchen würde, und ich hatte noch nie einen Anwalt gehabt, nicht mal einen schlechten, weil Peter immer alles für mich geregelt hat. Ich habe auch noch nie einen Steuerberater oder einen Bankmenschen oder einen Agenten gehabt. Seit jenem ersten Tag, als ich zu ihm kam, jung und unerfahren, mit Chips' Brief in der Tasche, hat er immer alles für mich erledigt. Er war fabelhaft. Er machte bei seinem eigenen Anwalt einen Termin für mich aus und erkundigte sich bei der Bank, wieviel Geld im Lauf der Zeit auf meinem Depot zusammengekommen war, es war etwa zehnmal mehr, als ich gedacht hatte. Dann sagte er, es sei ja nun an der Zeit, daß ich etwas für mein neues Image als Familienvater täte, meine Angst vor allen mechanischen Dingen überwände und mir ein Auto kaufte. Also ging ich los und kaufte eines. Abends aßen wir dann zusammen, und danach war mir bewußt, daß ich keinen Moment länger warten könnte, um euch alle zu sehen. Ich setzte mich ans Steuer und fuhr nach Cornwall, und da bin ich nun.»

«Und Phoebe und Charlotte sind nicht mal hier.» Er tat mir schrecklich leid.

Aber er machte eine abwehrende Handbewegung. «Ich bin froh, daß sie nicht hier sind. Weil das Wichtigste, das ich zu sagen habe, dich betrifft. Sagen ist eigentlich nicht das richtige Wort. Sondern bitten. Ich fahre nach Griechenland. Ich möchte Urlaub machen. In etwa zehn Tagen. Ich hab dir ja von dem Haus auf Spetsai erzählt, und ich hab dich schon gefragt, ob du mitkommen möchtest, und jetzt frage ich dich noch einmal. Ich habe zwei Plätze für einen Flug nach Athen gebucht. Wenn Lily und Phoebe mit Charlotte zurechtkommen können… würdest du dann mitkommen?»

Das Haus wie ein Zuckerwürfel, von dem ich mir eingeredet hatte, ich würde es nun nie sehen. Die weißgetünchte Terrasse mit den Geranien und das Boot mit dem Segel wie ein Möwenflügel.

«Komm mit, Prue.»

Meine Gedanken eilten voraus. Ich würde tausend Dinge tun müssen, organisieren, ich würde vielen Leuten Bescheid sagen müssen. Meiner Mutter. Marcus Bernstein. Und eigentlich mußte ich dem armen Nigel Gordon schreiben.

Ich nickte. «Ja.»

Unsere Blicke begegneten sich, und wir sahen uns in die Augen. Er lächelte unvermittelt. «Wie wenig wir uns kennen. Hast du das gesagt oder ich?»

«Du.»

«Nach zwei Wochen in Griechenland werden wir uns viel besser kennen.»

«Ja. Das denke ich auch.»

«Und danach, wenn wir wieder zurück sind – vielleicht könnten wir dann überlegen, ob wir zusammen nach Lanyon ziehen sollten. Wir müßten vielleicht vorher heiraten, aber daran brauchen wir jetzt noch nicht zu denken. Es ist besser so. Wir wollen uns schließlich beide nicht gleich binden, nicht wahr?»

Ich wußte, es gab nichts auf der Welt, was ich lieber wollte. Und nach der Art zu urteilen, wie Daniel mich ansah, hatte ich allen Grund zu glauben, daß es ihm genauso ging.

Ich lächelte ebenfalls. «Nein», sagte ich. «Das wollen wir nicht.»

Als Mr. Thomas' Taxi mit Phoebe und Charlotte und all ihren Einkäufen zurückkam, waren wir immer noch in der Küche, nur daß wir nicht mehr an den beiden Enden des Tisches saßen. Wir hörten, wie das uralte Auto die Straße heruntergekeucht kam und durch das Tor tuckerte, und gingen hinaus.

Mr. Thomas ärgerte sich über Daniels Wagen, der wider Erwarten vor dem Haus stand und ihm nicht genug Platz zum Wenden ließ. Phoebe war bereits ausgestiegen und versuchte mit schwungvollen Gesten, ihn zu dirigieren. In ihrem weiten braunen Tweedcape sah sie bühnenreif aus.

«Links einschlagen, Mr. Thomas. Nein, ich meine nicht links, ich meine rechts...»

«Phoebe», sagte Daniel.

Sie drehte sich um und sah ihn.

«Daniel!»

Mr. Thomas und seine Probleme waren vergessen. Angewidert stellte er den Motor ab, saß da und starrte düster auf den Kühler von Daniels Wagen, der sich genau vor seinem Kühler befand, während die Hinterräder des Taxis unmittelbar an der roten Mauer standen, die Phoebes Blumenbeete schützte.

Daniel ging ihr entgegen. Sie umarmten sich eine halbe Minute lang, und ihr Hut rutschte gefährlich zur Seite.

«Du Schuft.» Sie schlug ihm mit der rechten Faust freundschaftlich auf die Schulter. «Wo hast du gesteckt?»

Aber sie ließ ihm keine Zeit, es ihr zu sagen, weil ihr Blick in eben diesem Moment über seine Schulter hinweg auf mich fiel. Ich stand da in Lilys Schürze, mit einem strahlenden Lächeln auf den Lippen, für das ich nichts konnte. Sie ließ Daniel los und kam zu mir, und obgleich sie keine Ahnung hatte, was geschehen war,

159

was geschah, was geschehen würde, sah ich, daß mein Glück sich in ihrem Gesicht widerspiegelte. Wir umarmten uns, hielten einander ganz fest und lachten vor Freude, weil Daniel zurückgekommen war und plötzlich alles so war, wie es sein mußte.

Im selben Moment fiel uns beiden Charlotte ein. Wir blickten zu dem Auto und sahen, wie sie mit einem bedrohlich großen Stapel von bunt verpackten Schachteln und Päckchen auf den Armen vorsichtig hinten ausstieg. Ich wußte, daß sie uns drei sehr aufmerksam beobachtet hatte und sich wahrscheinlich sagte, für sie, Charlotte, sei kein Platz in dieser liebevollen Szene des Wiedersehens. Sie hob vorsichtig einen Fuß und machte damit die Wagentür zu. Als sie sich, das oberste Päckchen mit dem Kinn auf die anderen drückend, umdrehte, stand Daniel vor ihr. Ihr Gesicht hob sich langsam, sie sah ihn an, und ihre Augen blickten unverwandt durch die Brillengläser. Eine oder zwei Sekunden sagten sie nichts, sahen sich nur an. Und dann lächelte Daniel und sagte: «Hallo, Schatz. Ich bin wieder da.»

Er breitete die Arme aus. Es war alles, was sie brauchte.

«Oh, Daniel…»

Die Päckchen kamen ins Rutschen. Charlotte ließ sie los und warf sich in seine Arme. Er nahm sie hoch und wirbelte sie herum, wieder und wieder, während die Päckchen rings um die beiden über den Kies trudelten.

Rosamunde Pilcher

Wechselspiel der Liebe

Deutsch von Dietlind Kaiser

Isobel

Er hatte ihr den Rücken zugewandt, stand am Fenster, eingerahmt von den verschossenen Vorhängen, die sie vor vierzig
Jahren ausgesucht hatte. Die Sonne hatte die leuchtenden Rosen zu einem blassen Rosa ausgebleicht, und der Stoff war so
fadenscheinig, daß man ihn nicht mehr reinigen lassen
konnte, weil er sich sonst völlig aufgelöst hätte. Aber sie liebte
die Vorhänge; sie waren ihr vertraut wie alte Freunde. Seit
Jahren versuchte ihre Tochter Isobel, sie dazu zu überreden,
daß sie neue kaufte, aber Tuppy hatte gesagt: «So lange wie
ich werden sie noch halten», ohne sich viel dabei zu denken.
«So lange wie ich werden sie noch halten.»

Und jetzt sah alles danach aus, daß es so kommen würde.
Sie war siebenundsiebzig, und nachdem sie ein Leben lang
immer kerngesund gewesen war, hatte sie zu spät und zu
lange im Garten gearbeitet und sich eine Erkältung geholt, aus
der eine Lungenentzündung geworden war. Sie erinnerte sich
kaum an die Lungenentzündung – nur daran, daß der Arzt,
als sie aus einem langen, dunklen Tunnel des Unbehagens
wieder auftauchte, dreimal täglich kam und daß eine Krankenschwester da war, um Tuppy zu pflegen. Die Schwester,
eine Witwe aus Fort William, hieß Mrs. McLeod. Sie war
groß und hager, mit einem Gesicht wie ein verläßliches Pferd,
und trug eine marineblaue Tracht mit einem gesteiften Schür-
zenlatz, unter dem ihre flache Brust wie ein Brett aussah, und
Schuhe, die kein Ende nahmen. Trotz ihres wenig gewinnen-
den Äußeren war sie herzensgut.

Die Sache mit dem Tod war jetzt also keine ferne Möglichkeit mehr, über die man nicht nachdachte, sondern eine
unbarmherzig näherrückende Tatsache.

Sie hatte nicht die geringste Angst davor, aber es kam ungelegen. Ihre Gedanken glitten so mühelos wie immer in letzter Zeit in die Vergangenheit zurück, und sie dachte an sich als junge Ehefrau, zwanzig Jahre alt, der zum erstenmal bewußt wurde, daß sie schwanger war. Sie war verärgert und enttäuscht gewesen, weil das hieß, daß sie im Dezember so rund und riesig sein würde wie die Albert Hall und zu keinem der Weihnachtsbälle gehen könnte. Ihre Schwiegermutter hatte sie munter getröstet, indem sie sagte: «Ein Kind kommt nie zum gelegenen Zeitpunkt.» Vielleicht war es mit dem Sterben auch so. Man mußte es einfach hinnehmen, wenn es kam.

Es war ein strahlender Morgen gewesen, aber jetzt war die Sonne verschwunden, und ein kaltes Licht füllte das Fenster neben der Gestalt des Arztes. «Kommt Regen?» fragte Tuppy.

«Eher Nebel vom Meer», sagte er. «Man kann die Inseln nicht sehen. Eigg ist vor etwa einer halben Stunde verschwunden.»

Sie schaute ihn an, einen großen Mann, kräftig wie ein Felsen, ein tröstlicher Anblick in abgetragenem Tweed, der mit den Händen in den Taschen dastand, als habe er nichts Dringenderes zu tun. Er war ein guter Arzt, so gut, wie sein Vater gewesen war. Dennoch war es ihr anfangs etwas seltsam vorgekommen, daß jemand nach ihr sah und ihr Anweisungen gab, den sie als stämmigen kleinen Jungen in Shorts gekannt hatte, mit zerschrammten Knien und Sand im Haar.

Jetzt, als er im Licht stand, fiel ihr auf, daß dieses Haar an den Schläfen grau wurde. Plötzlich fühlte sie sich älter als je zuvor, älter noch als bei dem Gedanken an ihren bevorstehenden Tod.

«Du wirst grau», sagte sie mit einer gewissen Schärfe, als habe er nicht das Recht, sich solche Freiheiten herauszunehmen.

Er drehte sich um, lächelte schuldbewußt, fuhr sich mit der Hand an den Kopf.

«Ich weiß. Der Friseur hat es mir neulich gesagt.»

«Wie alt bist du?»

«Sechsunddreißig.»

«Noch ein Junge. Du dürftest noch nicht grau werden.»

«Vielleicht liegt es daran, daß es so anstrengend war, mich um Sie zu kümmern.»

Unter der Tweedjacke trug er einen gestrickten Pullover. Er löste sich am Kragen auf und hatte vorn ein Loch, das gestopft werden mußte. Tuppy blutete das Herz. Er wurde nicht versorgt, nicht geliebt. Und er hätte überhaupt nicht hier sein sollen, vergraben in den West Highlands, wo er sich um die Alltagswehwehchen einer Gemeinde aus Heringsfischern und vereinzelten Pachtbauern kümmern mußte. Er hätte in London oder Edinburgh sein sollen, mit einem großen, eindrucksvollen Haus, einem Bentley vor der Tür und einem Messingschild am Eingang. Er hätte lehren oder in der Forschung arbeiten sollen – Aufsätze verfassen, Medizingeschichte schreiben.

Er war ein glänzender Student gewesen, wunderbar begeisterungsfähig und ehrgeizig; alle hatten eine glorreiche Karriere von ihm erwartet. Aber dann hatte er in London dieses törichte Mädchen kennengelernt; Tuppy konnte sich kaum noch an ihren Namen erinnern. Diana. Er hatte sie nach Tarbole mitgebracht, und niemand hatte sie leiden können, aber alle Einwände seines Vaters hatten ihn in seiner Entschlossenheit, sie zu heiraten, nur noch bestärkt. (Das lag in seinem Charakter. Hugh war von jeher stur wie ein Maulesel gewesen, und Widerspruch machte das noch schlimmer. Sein Vater hätte das wissen müssen. Er hatte es ganz falsch angepackt, und wenn der alte Dr. Kyle noch am Leben gewesen wäre, hätte sie ihm das auch gesagt und kein Blatt vor den Mund genommen.)

Die Mesalliance war tragisch ausgegangen, und als alles vorbei war, sammelte er die Scherben seines Lebens auf und kehrte zurück nach Tarbole, um die Praxis seines Vaters zu übernehmen.

Jetzt lebte er allein, fristete das freudlose Dasein eines alternden Junggesellen. Er arbeitete zu schwer, und Tuppy wußte, daß er auf sich viel weniger achtete als auf seine Patienten und sein Abendessen meist aus einem Glas Whisky und einem Stück Pastete aus dem Pub bestand.

«Warum hat Jessie McKenzie denn deinen Pullover nicht gestopft?» fragte sie.

«Ich weiß nicht. Vielleicht habe ich vergessen, sie darum zu bitten.»

«Du solltest wieder heiraten.»

Er ging darauf nicht ein, sondern kam an ihr Bett zurück. Sofort löste sich das zusammengerollte Fellknäuel am Fußende von Tuppys Bett zu einem ältlichen Yorkshireterrier auf, fuhr von der Daunendecke hoch wie eine Kobra, knurrte wild und fletschte die vom Alter gelichteten Zähne.

«Sukey!» schimpfte Tuppy, aber der Arzt war unbeeindruckt.

«Sie wäre nicht mehr Sukey, wenn sie nicht damit drohen würde, mir an die Kehle zu gehen, sobald ich in Ihre Nähe komme.» Er streckte freundlich die Hand aus, und das Knurren schwoll zu einem grollenden Crescendo an. Er bückte sich nach seiner Tasche. «Ich muß gehen.»

«Wen besuchst du denn jetzt?»

«Mrs. Cooper. Und dann Anna Stoddart.»

«Anna? Was fehlt denn Anna?»

«Anna fehlt gar nichts. Im Gegenteil, es geht ihr bestens. Es verstößt zwar gegen meine Schweigepflicht, aber sie bekommt ein Kind.»

«Anna? Nach so langer Zeit?» Tuppy war hocherfreut.

«Ich habe mir gedacht, daß Sie das aufheitert. Aber sagen Sie nichts darüber. Sie möchte es noch geheimhalten, jedenfalls vorerst.»

«Ich sage keinen Mucks. Wie geht es ihr?»

«Bis jetzt ausgezeichnet. Nicht mal Übelkeit am Morgen.»

«Ich drücke ihr die Daumen. Dieses Kind muß sie behalten. Du betreust sie gut, nicht wahr? Was für eine dumme Frage, selbstverständlich tust du das. Oh, wie mich das freut.»

«Kann ich noch etwas für Sie tun?»

Sie musterte ihn und das Loch in seinem Pullover. Ihre Gedanken wanderten von Babys zu Hochzeiten und dann unausweichlich zu ihrem Enkel Antony. «Ja», sagte sie, «du kannst etwas für mich tun. Ich möchte, daß Antony mich mit Rose besucht.»

«Gibt es irgendeinen Grund, aus dem er das nicht tun sollte?»

Er hatte mit seiner Antwort kaum merklich gezögert – oder bildete sie sich das nur ein? Sie warf ihm einen scharfen Blick zu, doch er beschäftigte sich angelegentlich mit dem klemmenden Verschluß seiner Tasche.

«Es ist jetzt einen Monat her, seit sie sich verlobt haben», fuhr sie fort. «Und ich möchte Rose wiedersehen. Es ist fünf Jahre her, daß sie und ihre Mutter im Strandhaus gewohnt haben. Ich erinnere mich kaum noch, wie sie aussieht.»

«Ich habe gedacht, sie ist in Amerika.»

«Oh, das war sie auch. Sie ist nach der Verlobung abgereist. Aber nach dem, was Antony gesagt hat, muß sie jetzt wieder im Land sein. Er hat versprochen, sie mit nach Schottland zu bringen, aber weiter ist das noch nicht gediehen. Und ich möchte wissen, wann und wo sie heiraten wollen. Da gibt es soviel zu besprechen und zu erledigen, doch jedesmal, wenn ich Antony anrufe, sitzt er bloß in Edinburgh und murmelt Beschwichtigungen. Ich hasse es, wenn man mir mit Beschwichtigungen kommt. Es macht mich ausgesprochen gereizt.»

Er lächelte. «Ich spreche mit Isobel darüber», versprach er.

«Sie soll dir ein Glas Sherry geben.»

«Ich habe Ihnen doch gesagt, daß ich zu Mrs. Cooper muß.» Mrs. Cooper war die Posthalterin von Tarbole und eine strikte Abstinenzlerin. «Sie hat sowieso schon eine schlechte Meinung von mir, auch ohne daß ich ihr Alkoholdunst ins Gesicht blase.»

«Alberne Person», sagte Tuppy. Sie lächelten sich in vollkommener Übereinstimmung an; er ging und schloß die Tür hinter sich. Sukey schlich sich nach oben und kuschelte sich in Tuppys Armbeuge. Der Fensterrahmen knarrte leicht, als draußen Wind aufkam. Sie schaute aus dem Fenster und sah, daß Regendunst die Scheibe beschlug. Bald war Zeit zum Mittagessen. Sie legte sich auf die Kissen zurück und ließ sich, wie so oft in letzter Zeit, zurück in die Vergangenheit treiben.

Siebenundsiebzig. Wo waren die Jahre geblieben? Das Alter schien unmerklich zu ihr gekommen zu sein, und sie war überhaupt nicht darauf vorbereitet. Tuppy Armstrong war nicht alt. Andere Leute waren alt, wie die eigene Großmutter oder Gestalten in Büchern. Sie dachte an Lucilla Eliot in The Herb of Grace. Der Inbegriff der vollkommenen Matriarchin, sollte man meinen.

Aber Tuppy hatte Lucilla nie gemocht. Sie hielt sie für besitzergreifend und herrschsüchtig. Und sie verabscheute den Snobismus, der sich in Lucillas tadellos geschnittenen schwarzen Kleidern ausdrückte. Tuppy hatte ihr Leben lang nie ein tadellos geschnittenes schwarzes Kleid besessen. Sicher, eine Menge hübsche Sachen, aber nie ein tadellos geschnittenes schwarzes Kleid. Meistens begnügte sie sich mit alten Tweedröcken und Strickjacken mit Ellbogenflikken; robuste, unverwüstliche Kleidung, die nichts gegen das Stutzen von Rosen oder einen jähen Regenguß hatte.

Und doch, bei der richtigen Gelegenheit ging nichts über das alte Abendkleid aus blauem Samt, damit sie sich festlich und feminin fühlte. Vor allem, wenn sie etwas Eau de Cologne verspritzte und die altmodischen Brillantringe über die arthritischen Fingerglieder schob. Vielleicht würde sie ein Abendessen geben, wenn Antony mit Rose kam. Nichts Aufwendiges. Nur ein paar Freunde. Sie stellte sich die Platzgedecke aus weißem Leinen vor, die Silberleuchter und die Tischdekoration aus cremefarbenen Rosen.

Ganz leidenschaftliche Gastgeberin, fing sie mit der Pla-

nung an. Und falls Antony und Rose eine traditionelle Hochzeit wollten, mußte eine Gästeliste vom Armstrongschen
Zweig der Familie gemacht werden. Vielleicht sollte Tuppy
das jetzt tun und die Liste Isobel geben, damit sie wußte, wer
eingeladen werden sollte. Nur für den Fall…

Plötzlich ertrug sie es nicht mehr, daran zu denken. Sie zog
Sukeys kleinen Körper eng an den ihren und küßte den zer-
zausten, leicht stinkenden Kopf. Sukey leckte flüchtig in ihre
Richtung und schlief weiter. Tuppy schloß die Augen.

Dr. Hugh Kyle blieb auf der Treppe stehen, die Hand am
Geländer. Er machte sich Sorgen. Nicht nur um Tuppy, sondern auch wegen des Gesprächs, das er eben mit ihr geführt
hatte. Dort stand er, eine geistesabwesende, einsame Gestalt
mit besorgter Miene, weder oben noch unten.

Die große Halle unter ihm war leer. Auf der gegenüberlie-
genden Seite führte eine Glastür auf die Terrasse, in den Garten und zum Meer hinunter, das jetzt ganz im Nebel untergegangen war. Er sah die gebohnerten Böden, die abgetretenen
Teppiche, die alte Truhe mit der Kupfervase mit Dahlien
darin und die langsam tickende alte Standuhr. Es gab auch
andere, weniger pittoreske Gegenstände, die das Familienleben der Armstrongs dokumentierten: Jasons ramponiertes
Dreirad, aus dem Regen hereingeholt; die Körbe und Trink-
näpfe der Hunde; ein Paar verschlammte Gummistiefel, liegengelassen, bis ihr Besitzer daran dachte, sie in die Garderobe zu räumen. Hugh war das alles seit eh und je vertraut,
denn er hatte Fernrigg sein Leben lang gekannt. Aber jetzt
war es, als warte und lausche das ganze Haus auf Neuigkeiten
über Tuppy.

Es schien niemand dazusein, was allerdings nicht überraschte. Jason war in der Schule; Mrs. Watty war bestimmt in
der Küche, mit dem Mittagessen beschäftigt. Isobel – er fragte
sich, wo er sie finden könne.

Während ihm die Frage durch den Kopf ging, hörte er ihre

Schritte im Wohnzimmer und das Kratzen von Plummers Pfoten auf den Parkettstreifen zwischen den Teppichen. Im nächsten Augenblick kam sie durch die offene Tür, den fetten alten Spaniel im Schlepptau.

Sie sah Hugh sofort, blieb reglos stehen und schaute zu ihm hinauf. Sie sahen sich an, und dann, weil er merkte, daß sich seine Sorgen in ihren Augen widerspiegelten, riß er sich hastig zusammen und setzte einen Ausdruck unerschütterlicher Munterkeit auf.

«Isobel, ich habe mich gefragt, wo ich dich finde.»

Sie sagte, nicht lauter als ein Flüstern: «Tuppy?»

«Nicht allzu schlimm.» Er schwenkte die Tasche, steckte die andere Hand in die Hosentasche und kam herunter.

«Ich habe gedacht... Als ich dich da stehen sah... Ich habe gedacht...»

«Tut mir leid, ich war mit den Gedanken woanders. Ich wollte dich nicht erschrecken...»

Er hatte sie nicht ganz überzeugt, doch sie versuchte zu lächeln. Sie war vierundfünfzig, die ein wenig linkische Tochter, die nie geheiratet hatte, statt dessen mit ihrer Zärtlichkeit ihre Mutter überschüttete, das Haus, den Garten, ihre Freunde, ihren Hund, ihre Neffen und jetzt Jason, der in Fernrigg House wohnte, während seine Eltern im Ausland waren. Ihr Haar, das während ihrer Kindheit feuerrot geleuchtet hatte, war jetzt rotblond mit weißen Strähnen darin, aber die Frisur hatte sich nicht verändert, so lange Hugh sich erinnern konnte. Auch ihr Gesichtsausdruck hatte sich nicht verändert, war immer noch kindlich und unschuldig, vielleicht, weil sie ein so behütetes Leben geführt hatte. Ihre Augen waren so blau wie die eines Kindes und so empfindlich wie der Himmel an einem stürmischen Tag, zeigten jede Gefühlsbewegung wie ein Spiegel: sie glänzten vor Freude oder liefen über von den Tränen, die sie nie hatte zurückhalten können.

Als sie jetzt zu ihm aufschaute, waren sie voller Angst, und es war deutlich, daß Hughs Munterkeit sie nicht hatte beruhigen können.

«Ist sie… Wird sie…?» Ihre Lippen konnten, wollten das gefürchtete Wort nicht formen. Er legte ihr die Hand unter den Ellbogen, führte sie energisch ins Wohnzimmer zurück und schloß die Tür hinter ihnen.

«Sie könnte sterben, ja», sagte er. «Sie ist keine junge Frau mehr, und es hatte sie schlimm erwischt. Aber sie ist zäh. Wie altes Heidekraut. Sie hat eine gute Chance, durchzukommen.»

«Ich kann den Gedanken nicht ertragen, daß sie bettlägerig werden könnte – nicht mehr herumlaufen und tun könnte, was sie will. Das wäre ihr so zuwider.»

«Ja, ich weiß. Und ob ich das weiß.»

«Was können wir tun?»

Er räusperte sich, fuhr sich mit der Hand über den Nacken. «Ich glaube, es gibt etwas, was sie aufheitern könnte. Wenn Antony herkäme und vielleicht dieses Mädchen mitbringen könnte, mit dem er verlobt ist…»

Isobel warf ihm einen warnenden Blick zu. Auch sie konnte sich an ihn als kleinen Jungen erinnern, der manchmal eine rechte Plage gewesen war. «Hugh, nenn sie nicht auf diese abscheuliche Weise ‹dieses Mädchen›. Sie heißt Rose Schuster, und du kennst sie genauso gut wie wir alle. Nicht besonders gut, das gebe ich zu, aber du kennst sie.»

«Tut mir leid.» Isobel nahm stets jeden in Schutz, der auch nur entfernt mit der Familie zu tun hatte. «Also Rose. Ich glaube, Tuppy sehnt sich danach, sie wiederzusehen.»

«So geht es uns allen, aber sie war mit ihrer Mutter in Amerika. Die Reise war schon geplant, bevor sie und Antony sich verlobt haben.»

«Ja, ich weiß, aber vielleicht ist sie jetzt wieder da. Und Tuppy ist deshalb ganz unruhig. Vielleicht kannst du Antony einen kleinen Wink geben, ihn dazu überreden, daß er Rose herbringt, auch wenn es nur für ein Wochenende ist.»

«Er scheint immer soviel zu tun zu haben.»

«Ich bin mir sicher, wenn du ihm die Situation erklärst...
Sag ihm, daß es vielleicht besser wäre, den Besuch nicht zu
lange zu verschieben.»

Wie er befürchtet hatte, schimmerten sofort Tränen in Isobels Augen. «Du glaubst also, daß sie stirbt.» Sie tastete schon
im Ärmel nach einem Taschentuch.

«Isobel, das habe ich nicht gesagt. Aber du weißt, wie
Tuppy an Antony hängt. Er ist für sie eher ein Sohn als ein
Enkel. Man kann sehen, wieviel ihr daran liegt.»

«Ja, ja, ich sehe es auch.» Isobel putzte sich tapfer die Nase
und steckte das Taschentuch wieder weg. Auf der Suche nach
einer Ablenkung fiel ihr Blick auf die Sherrykaraffe. «Trink
einen Schluck.»

Er lachte; die Spannung löste sich. «Nein, danke. Ich muß
zu Mrs. Cooper. Sie hat wieder Herzrasen, und das wird
bestimmt schlimmer, wenn sie meint, daß ich getrunken
habe.»

Wider Willen lächelte Isobel auch. Die Familie hatte sich
von jeher über Mrs. Cooper lustig gemacht. Gemeinsam gingen sie aus dem Zimmer und durch die Halle. Isobel öffnete
die Tür und ließ die Kühle des feuchten, nebelverhangenen
Morgens ein. Das Auto des Arztes, unten an der Treppe ge-
parkt, war naß vom Regen.

Er wandte sich ihr zu. «Und versprich mir, daß du mich
anrufst, sobald du dir auch nur eine Spur Sorgen machst.»

«Mach ich. Aber mit der Schwester im Haus brauche ich
mir ja keine allzu großen Sorgen zu machen.»

Es war Hugh gewesen, der darauf bestanden hatte, daß sie
eine Schwester einstellten. Sonst, hatte er gesagt, müsse
Tuppy ins Krankenhaus. Isobel hatte sofort panisch reagiert.
Tuppy mußte schwer krank sein; und wo sollten sie eine
Schwester finden? Ob Mrs. Watty etwas dagegen haben
mochte? Würde sie Anstoß daran nehmen, würde es in der
Küche böses Blut geben?

Aber Hugh hatte sich um alles gekümmert. Mrs. Watty und die Schwester hatten sich angefreundet, und Isobel konnte nachts ruhig schlafen. Hugh war wirklich ein Fels in der Brandung. Als sie sich von ihm verabschiedete, fragte sich Isobel, wohl zum hundertstenmal, was sie alle ohne ihn täten. Sie schaute ihm nach, als er in sein Auto stieg und abfuhr, die kurze Einfahrt zwischen den triefenden Rhododendronbüschen entlang, vorbei an dem Pförtnerhaus, in dem die Wattys wohnten, und durch das weiße Tor, das nie geschlossen wurde. Sie wartete, bis das Motorengeräusch verklang. Es war Flut, und sie hörte, wie sich die grauen Wellen an den Felsen unterhalb des Gartens brachen.

Sie fröstelte und kehrte ins Haus zurück, um Antony anzurufen.

Das Telefon stand in der Halle des altmodischen Hauses. Isobel setzte sich auf die Truhe und schlug die Nummer von Antonys Büro in Edinburgh nach. Sie konnte sich Telefonnummern nie merken und mußte die alltäglichsten Leute nachschlagen wie den Lebensmittelhändler und den Bahnhofsvorsteher. Mit einem Auge im Buch wählte sie sorgfältig und wartete, bis sich jemand meldete. Ihre ängstlichen Gedanken eilten in alle Richtungen: die Dahlien würden morgen verwelkt sein, sie mußte frische schneiden; war Antony schon beim Essen? Sie durfte nicht selbstsüchtig sein, was Tuppy anging. Für jeden Menschen kam die Zeit zum Sterben. Wenn sie nicht mehr in ihrem geliebten Garten arbeiten und keine kleinen Spaziergänge mit Sukey machen konnte, würde sie nicht mehr leben wollen. Aber was für eine unerträgliche Leere in ihrer aller Leben würde sie hinterlassen! Wider Willen betete Isobel heftig. *Laß sie nicht sterben. Laß nicht zu, daß wir sie jetzt schon verlieren. O Gott, sei uns gnädig…*

«McKinnon, Carstairs und Robb. Sie wünschen?»

Die muntere junge Stimme riß sie in die Realität zurück. Sie tastete wieder nach dem Taschentuch, wischte sich die Augen und faßte sich. «Oh, Entschuldigung, ich hätte gern Mr. Armstrong gesprochen. Mr. Antony Armstrong.»

«Wer spricht da, bitte?»

«Miss Armstrong. Seine Tante.»

«Augenblick.»

Es klickte zweimal, dann kam wunderbarerweise Antonys Stimme. «Tante Isobel?»

«Oh, Antony…»

Er war sofort auf das Schlimmste gefaßt. «Ist etwas passiert?»

«Nein. Nein, es ist nichts passiert.» Sie durfte keinen falschen Eindruck erwecken. «Hugh Kyle war hier. Er ist eben gegangen.»

«Geht es Tuppy schlechter?» fragte Antony unverblümt.

«Er… er sagt, sie hält sich wunderbar. Er sagt, sie ist stark wie altes Heidekraut.» Sie versuchte, unbeschwert zu klingen, aber ihre Stimme versagte kläglich. Der todernste Ausdruck auf Hughs Gesicht ging ihr nicht aus dem Sinn. Hatte er ihr wirklich die Wahrheit gesagt? Hatte er sie nur schonen wollen? «Er… er hat sich jedenfalls kurz mit Tuppy unterhalten, und offenbar will sie dich unbedingt sehen, dich und Rose. Und ich habe mich gefragt, ob du etwas von Rose gehört hast – ob sie aus Amerika zurück ist?»

Am anderen Ende der Leitung herrschte Schweigen. Isobel sprach hektisch weiter.

«Ich weiß, wieviel du immer zu tun hast, und ich will nicht, daß du dir Sorgen machst…»

«Das geht schon in Ordnung.» Endlich sagte Antony etwas. «Ja. Ja, sie ist wieder in London. Ich habe heute morgen einen Brief von ihr bekommen.»

«Es bedeutet Tuppy soviel.»

Wieder eine Pause, dann fragte Antony ruhig: «Wird sie sterben?»

Isobel konnte nichts tun. Sie brach in Tränen aus, wütend auf sich selbst, aber sie war machtlos. «Ich… ich weiß es nicht. Hugh hat versucht, mich zu beruhigen, aber ich habe ihn noch nie so besorgt gesehen. Und es wäre grauenhaft, geradezu undenkbar, wenn mit Tuppy etwas wäre und sie dich und Rose nie zusammen gesehen hätte. Es hat ihr soviel bedeutet, daß ihr euch verlobt habt. Wenn du Rose herbringst, könnte das den entscheidenden Ausschlag geben. Dann hätte sie einen Grund...»

Sie konnte nicht weitersprechen. Sie hatte nicht so viel sagen wollen, und sie konnte durch die Tränen nichts mehr sehen. Sie kam sich geschlagen vor, am Ende ihrer Kräfte, als wäre sie zu lange allein gewesen. Sie putzte sich wieder die Nase und schloß hilflos: «Bitte versuch es, Antony.»

Es war ein Aufschrei, der von Herzen kam. Als er sprach, klang er fast so erschüttert wie sie: «Mir war ja nicht klar...»

«Ich glaube, es ist mir auch eben erst richtig klargeworden.»

«Ich werde Rose schon erreichen. Irgendwie richte ich es ein. Wir kommen am nächsten Wochenende. Versprochen.»

«Oh, Antony.» Eine Welle der Erleichterung überflutete sie. Sie würden kommen. Wenn Antony etwas versprach, hielt er immer Wort, und wenn die Welt unterging.

«Und mach dir keine zu großen Sorgen um Tuppy. Wenn Hugh sagt, sie ist zäh wie Heidekraut, dann stimmt das vermutlich. Sie steckt uns allesamt in die Tasche, und wahrscheinlich wird sie uns alle überleben.»

Isobel lächelte unter Tränen. «Das ist kein Ding der Unmöglichkeit.»

«Nichts ist unmöglich», sagte Antony. «Alles kann geschehen. Bis zum nächsten Wochenende.»

«Du bist ein Schatz.»

«Gern geschehen. Und liebe Grüße an Tuppy.»

Marcia

Ronald Waring sagte, wohl zum fünftenmal: «Wir müssen nach Hause.»

Seine Tochter Flora, benommen von der Sonne und schläfrig vom Schwimmen, sagte, ebenfalls zum fünftenmal: «Ich weiß», und beide rührten sich nicht. Sie saß zusammengekauert auf einer abschüssigen Granitplatte und schaute hinunter in die juwelenblaue Tiefe der riesigen Felsenbucht, in der sie ihr abendliches Bad genommen hatten. Die Sonne glitt am Himmel abwärts und verströmte die letzte Wärme über Floras Gesicht. Ihre Wangen waren noch salzig vom Meer; das nasse Haar klebte ihr im Nacken. Sie saß mit den Armen um die Beine geschlungen da, das Kinn auf den Knien, und kniff gegen das blendende Meer die Augen zusammen.

Es war Mittwoch, der letzte Tag eines vollkommenen Sommers. Oder gehörte der September offiziell schon zum Herbst? Flora konnte sich nicht daran erinnern. Sie wußte nur, daß sich der Sommer in Cornwall über das Ende der Jahreszeit hinaus zauberhaft in die Länge zog. Hier unten, im Schutz der Klippen, wehte kein Hauch, und die Felsen, vollgesogen mit dem Sonnenschein eines Tages, fühlten sich noch warm an.

Die Flut kam. Zwischen zwei mit Napfschnecken überzogenen Felsen ergoß sich das erste Rinnsal in die Bucht. Bald würde das Rinnsal zum Strom anschwellen, und die Vorhut der atlantischen Brecher würde die spiegelglatte Wasseroberfläche zerschmettern. Schließlich würden die Felsen überflutet werden, die Bucht würde untertauchen und versunken bleiben, bis die Ebbe sie wieder befreite.

Sie konnte sich nicht daran erinnern, wie oft sie genau wie jetzt hier nebeneinandergesessen hatten, hypnotisiert von der

Faszination einer Septemberflut. Doch an diesem Abend fiel es noch schwerer, sich loszureißen, weil es der letzte war. Sie würden den Klippenweg hinaufgehen, von Zeit zu Zeit stehenbleiben, wie sie es immer taten, um auf den Ozean zurückzublicken. Sie würden den Weg über die Felder zum Seal Cottage einschlagen, wo Marcia sie erwartete, das Abendessen im Ofen und Blumen auf dem Tisch. Und nach dem Abendessen würde Flora sich das Haar waschen und ihren Koffer packen, weil sie morgen nach London zurückfuhr.

Es war alles von langer Hand geplant, und Flora mußte zurück, aber in diesem Augenblick konnte sie den Gedanken daran kaum ertragen. Vor allem war es ihr immer zuwider, ihren Vater zu verlassen. Sie schaute ihn an, wie er ein Stück von ihr entfernt auf dem Felsen saß. Sie sah seine Hagerkeit, die tief gebräunte Haut, die langen, bloßen Beine. Er trug unansehnliche Shorts und ein uraltes Hemd, an vielen Stellen geflickt, die Ärmel hochgerollt. Sie sah sein schütter werdendes Haar, zerzaust vom Schwimmen, und das vorspringende Kinn, während er einen Kormoran beobachtete, der dicht über der Wasseroberfläche vorbeiflog.

«Ich will morgen nicht fort», sagte sie.

Er drehte sich um und lächelte sie an. «Dann bleib hier.»

«Ich muß fort. Das weißt du. Ich muß in die Welt hinaus und wieder selbständig werden. Ich war zu lange zu Hause.»

«Ich hätte es gern, wenn du immer hier wärst.»

Sie ignorierte den jähen Kloß im Hals. «So was sollst du nicht sagen. Du sollst schroff und unsentimental sein. Du sollst dein Küken aus dem Nest werfen.»

«Kannst du schwören, daß du nicht wegen Marcia gehst?»

Flora war aufrichtig. «Na ja, in bestimmter Hinsicht ist das natürlich auch ein Grund, aber nicht der ausschlaggebende. Jedenfalls mag ich sie furchtbar gern, das weißt du.» Als ihr Vater nicht lächelte, versuchte sie, einen Scherz daraus zu machen. «Schon gut, sie ist die typische böse Stiefmutter, wäre das ein ausreichender Grund? Und ich laufe weg, ehe sie mich zu den Ratten in den Keller sperrt.»

«Du kannst jederzeit zurückkommen. Versprich mir, daß du zurückkommst, wenn du keine Stelle findest oder es nicht so recht klappt.»

«Ich finde ohne jede Schwierigkeit Arbeit, und alles wird bestens klappen.»

«Das Versprechen will ich trotzdem.»

«Du hast es. Aber vermutlich wirst du es bereuen, wenn ich in einer Woche wieder bei euch vor der Tür stehe. Und jetzt» – sie griff nach dem Badetuch und einem Paar fadenscheiniger Espadrilles – «müssen wir nach Hause.»

Am Anfang hatte Marcia sich geweigert, Floras Vater zu heiraten. «Du kannst mich nicht heiraten. Du bist Altphilologe an einem angesehenen humanistischen Gymnasium. Du mußt eine ruhige, respektable Frau mit einem Filzhut heiraten, die mit Jungen umgehen kann.»

«Ich kann ruhige, respektable Frauen nicht leiden», hatte er leicht gereizt gesagt. «Wenn ich sie leiden könnte, hätte ich schon vor Jahren die Hausdame geheiratet.»

«Ich sehe mich einfach nicht als Mrs. Ronald Waring. Irgendwie paßt das nicht zu mir. ‹Und hier, Jungs, ist Mrs. Waring, die den Silberpokal im Hochsprung überreichen wird.› Und da bin ich, stolpere über meine Füße, vergesse, was ich sagen soll, lasse vermutlich den Pokal fallen oder überreiche ihn dem falschen Jungen.»

Aber Ronald Waring war immer ein Mann gewesen, der wußte, was er wollte. Er war hartnäckig geblieben, hatte sie umworben und schließlich überredet. Sie hatten zu Beginn des Sommers geheiratet, in der winzigen, uralten Steinkirche, die modrig roch wie eine Höhle. Marcia hatte ein bezauberndes smaragdgrünes Kleid und einen riesigen Strohhut mit geschwungener Krempe getragen wie Scarlett O'Hara. Und ausnahmsweise hatte an Ronald Warings Aufmachung alles gestimmt, die Socken hatten zueinander gepaßt, die Krawatte war korrekt gebunden, nicht unter den obersten Kragenknopf gerutscht. Sie geben ein wunderbares Paar ab, dachte Flora, die Schnappschüsse von ihnen gemacht hatte, als sie strahlend aus der Kirche kamen. Auf den Fotos sah man, wie die steife Brise vom Meer an der Hutkrempe der Braut zerrte und das schütter werdende Haar des Bräutigams wie den Schopf eines Kakadus nach oben blies.

Marcia war in London geboren und aufgewachsen und irgendwie zweiundvierzig geworden, ohne je geheiratet zu haben – aller Wahrscheinlichkeit nach, meinte Flora, weil sie nie die Zeit dazu gefunden hatte. Sie hatte ihre berufliche Laufbahn als Schauspielschülerin begonnen, war dann zur Fundusverwalterin einer Provinztruppe aufgestiegen und hatte sich seit jenem nicht gerade vielversprechenden Anfang fröhlich durchs Leben geschlagen, offenbar von einer Gelegenheitsarbeit zur anderen. Zuletzt war sie Verkaufsleiterin in einem Laden in Brighton gewesen, der auf etwas spezialisiert war, was Marcia ‹arabischen Krempel› nannte.

Obwohl Flora Marcia sofort gemocht und die Verbindung mit ihrem Vater heftig unterstützt hatte, waren gewisse unvermeidliche Vorbehalte wegen Marcias hausfraulicher Fähigkeiten vorhanden gewesen. Schließlich möchte keine Tochter ihren Vater zu lebenslänglichen Fertigpasteten, Tiefkühlpizzen und Dosensuppen verurteilen.

Aber selbst in diesem Punkt war es Marcia gelungen, die beiden zu überraschen. Sie erwies sich als ausgezeichnete Köchin und begeisterte Hausfrau und war dabei, im Garten alle möglichen unerwarteten Begabungen zu entwickeln. Gemüse wuchs in sauberen, militärischen Reihen; Blumen blühten, wenn Marcia sie nur anschaute, und auf dem tiefen Fenstersims über der Küchenspüle standen zwei Reihen Tontöpfe mit Geranien und Fleißigen Lieschen, die sie selbst gezogen hatte.

Als sie an jenem Abend die Klippen hinauf und über die

kühlen Felder gingen, kam Marcia, die aus dem Küchenfenster Ausschau gehalten hatte, ihnen entgegen. Sie trug grüne Hosen und einen Baumwollkittel, von knorrigen Bäuerinnenhänden üppig bestickt, und die letzten Sonnenstrahlen entflammten das leuchtende Haar.

Ronald Waring sah sie, lächelte glücklich und ging schneller. Flora trödelte hinter ihm her und dachte daran, daß zwei Menschen in mittleren Jahren, die sich nicht nur zärtlich, sondern leidenschaftlich verbunden waren, etwas ganz Besonderes seien. Als sie sich mitten auf der Wiese trafen und ohne Zurückhaltung oder Verlegenheit umarmten, war es, als ob sie sich nach einer monatelangen Trennung wiederfänden. Vielleicht empfanden sie das auch wirklich so. Der Himmel wußte, daß sie lange genug aufeinander gewartet hatten.

Marcia brachte Flora am nächsten Morgen an den Zug nach London. Die Tatsache, daß sie Flora zum Bahnhof fahren konnte, war für Marcia eine Quelle großen Stolzes und tiefer Befriedigung. Denn in ihrem reifen Alter hatte sie nicht nur den Ehestand versäumt, sondern auch nie Auto fahren gelernt.

Als sie danach gefragt wurde, zählte sie eine Reihe von Gründen auf, die diese Unterlassung erklärten. Sie sei technisch unbegabt, sie habe nie ein Auto besessen, und meistens sei jemand zur Hand gewesen, der sie gefahren habe. Aber als sie Ronald Waring geheiratet hatte und in einem kleinen Cottage im Niemandsland von Cornwall festsaß, lag auf der Hand, daß die Zeit gekommen war.

Jetzt oder nie, sagte Marcia und nahm Fahrstunden. Dann die Prüfungen. Drei. Bei der ersten fiel sie durch, weil sie mit dem Vorderrad über die bestiefelten Zehen eines Polizisten gefahren war. Bei der zweiten, weil sie, während sie versuchte, rückwärts einzuparken, unabsichtlich einen Kinderwagen streifte, in dem zum Glück kein Baby gelegen hatte. Weder Flora noch ihr Vater konnten sich vorstellen, daß sie den Mumm hätte, es noch einmal zu versuchen, doch sie unterschätzten Marcia. Sie versuchte es und bestand schließlich. Als ihr Mann bedauerte, er könne seine Tochter nicht zum Bahnhof bringen, weil er zu einer Lehrerkonferenz müsse, konnte Marcia also mit einigem Stolz sagen: «Das macht nichts. Ich fahre sie.»

In gewisser Weise war Flora erleichtert. Sie haßte Abschiede, die beim Klang einer Pfeife unvermeidlich sentimental wurden. Wenn ihr Vater dabeigewesen wäre, hätte sie ihm vermutlich die Ohren vollgeheult, was den Abschied für beide noch schlimmer gemacht hätte.

Es war wieder ein warmer und wolkenloser Tag, der Himmel so blau, wie er es das ganze Jahr gewesen war, der Adlerfarn golden. Außerdem lag ein Funkeln in der Luft, in dem sich die alltäglichsten Dinge kristallklar abzeichneten. Marcia stimmte in ihrem rauchigen Alt an: «Wunderschön ist dieser Morgen, wenn sich die Sonne erhebt…», hielt dann inne und bückte sich nach ihrer Handtasche, was hieß, daß sie eine Zigarette wollte. Das Auto schlingerte gefährlich über den Mittelstreifen und auf die falsche Straßenseite; deshalb sagte Flora schnell: «Laß nur, ich geb dir eine.» Als Marcia das Auto wieder auf den richtigen Kurs gebracht hatte, steckte Flora ihr die Zigarette in den Mund und gab ihr Feuer, damit Marcia nicht die Hände vom Lenkrad nehmen mußte.

Als die Zigarette brannte, sang Marcia weiter: «Wunderschön ist dieser Morgen, alles ist glücklich…» Sie hielt inne und runzelte die Stirn. «Liebes, schwörst du mir, daß du nicht meinetwegen in das scheußliche London zurückgehst?»

Diese Frage war in der letzten Woche allabendlich in regelmäßigen Abständen gestellt worden. Flora holte tief Luft. «Nein. Ich habe es dir doch gesagt, nein. Ich nehme einfach die Fäden meines Lebens wieder auf und mache dort weiter, wo ich vor einem Jahr aufgehört habe.»

«Ich werde das Gefühl nicht los, daß ich dich aus deinem Zuhause vertreibe.»

«Aber das tust du nicht. Und sieh doch die Situation aus meiner Perspektive. Weil ich weiß, daß mein Vater eine wunderbare Frau gefunden hat, die sich um ihn kümmert, kann ich gehen und ihn mit reinem Gewissen verlassen.»

«Mir wäre wohler, wenn ich wüßte, was für ein Leben dich erwartet. Ich habe grausige Bilder vor Augen, wie du in einem möblierten Zimmer sitzt und kalte Bohnen aus der Büchse ißt.»

«Ich habe es dir doch gesagt», sagte Flora energisch, «ich finde schon eine Wohnung, und während ich mich umschaue, wohne ich bei meiner Freundin Jane Porter. Es ist alles abgemacht. Das Mädchen, das bei ihr wohnt, ist mit ihrem Freund verreist, ich kann also ihr Bett haben. Und wenn sie aus dem Urlaub zurückkommt, habe ich schon eine eigene Wohnung gefunden und eine tolle Stelle, und alles ist in Butter.»

Marcia machte weiterhin ein finsteres Gesicht.

«Schau mal, ich bin zweiundzwanzig, keine zwölf. Und eine wahnsinnig, wahnsinnig tüchtige Stenotypistin. Es gibt überhaupt keinen Grund zur Sorge.»

«Aber versprich mir, daß du mich anrufst, wenn es nicht so recht klappt, dann komme ich und bemuttere dich.»

«Ich bin mein Leben lang nicht bemuttert worden und komme auch so zurecht.» Flora seufzte. «Tut mir leid. Das sollte nicht ganz so schroff klingen.»

«Überhaupt nicht schroff, Liebes, schließlich ist es eine schlichte Tatsache. Aber weißt du, je mehr ich darüber nachdenke, desto unglaublicher wird es.»

«Ich kann dir nicht recht folgen.»

«Das mit deiner Mutter. Daß sie dich und deinen Vater im Stich gelassen hat, als du noch ein kleines Kind warst. Ich meine, ich kann mir vorstellen, daß eine Frau ihren Mann verläßt. Ich kann mir zwar nicht vorstellen, wie jemand einen solchen Schatz wie Ronald verläßt – aber bei einem Baby begreife ich das überhaupt nicht mehr. Es wirkt so unmenschlich. Man sollte doch meinen, wenn man sich die ganze Mühe gemacht hat, ein Kind zu bekommen, dann will man es auch behalten.»

«Ich bin froh, daß sie mich nicht behalten hat. Ich hätte nichts anderes gewollt. Ich weiß nicht, wie Pa es geschafft hat, aber eine schönere Kindheit hätte ich nicht haben können.»

«Du weißt, was wir sind, nicht wahr? Die Gründungsmitglieder des Fanclubs von Ronald Waring. Ich frage mich, warum sie gegangen ist. Deine Mutter, meine ich. Gab es da einen anderen Mann? Ich hab mich immer gescheut, danach zu fragen.»

«Nein, das glaube ich nicht. Sie haben einfach nicht zueinander gepaßt. Das hat Pa mir immer gesagt. Ihr gefiel es nicht, daß er ein Schulmeister ohne Ehrgeiz war, und er machte sich nichts aus Cocktailpartys und der großen Welt. Ihr gefiel auch nicht, daß er ewig mit seiner Arbeit beschäftigt war und immer aussah, als ob man ihn aus einem Kleidersack gekippt hätte. Und es war klar, daß er nie genügend Geld verdienen würde, um ihr den Lebensstil zu bieten, den sie sich vorstellte. Ich habe einmal ein Foto von ihr gefunden, hinten in einer Schublade. Sehr schick und elegant; in einem teuren Kostüm. Überhaupt nicht Pas Kragenweite.»

«Sie muß knallhart gewesen sein. Ich frage mich, warum sie überhaupt geheiratet haben.»

«Ich glaube, sie haben sich bei einem Skiurlaub in der Schweiz kennengelernt. Pa ist ein hervorragender Skiläufer – vielleicht hast du das nicht gewußt. Ich kann mir vorstellen, daß die Sonne beide geblendet hat oder daß die Alpenluft ihnen zu Kopf gestiegen ist. Vielleicht hat sie auch die sportliche Eleganz umgehauen, mit der er den Abhang hinunterfegte. Ich weiß nur, daß es passierte, daß ich auf die Welt kam, und daß es dann vorbei war.»

Sie waren jetzt auf der Hauptstraße, näherten sich dem kleinen Bahnhof, auf dem Flora in den Zug nach London steigen sollte. «Ich hoffe», sagte Marcia, «daß er nicht mit mir zum Skilaufen fahren will.»

«Warum denn nicht?»

«Ich kann nicht Ski laufen.»

«Das würde für Pa keine Rolle spielen. Er vergöttert dich, so wie du bist. Das weißt du doch?»

«Ja», sagte Marcia, «und bin ich nicht die glücklichste Frau unter der Sonne? Aber du wirst auch Glück haben. Du bist im Zeichen der Zwillinge geboren, und ich habe heute morgen für dich nachgeschaut – alle Planeten bewegen sich in die richtige Richtung; du mußt dir die Möglichkeiten nur zunutze machen.» Marcia glaubte felsenfest an Horoskope. «Das heißt, daß du innerhalb einer Woche eine sagenhafte Stelle und eine sagenhafte Wohnung findest und vermutlich auch einen sagenhaften großen, dunkelhaarigen Mann mit einem Maserati. Sozusagen ein Pauschalpaket.»

«Innerhalb einer Woche? Das läßt mir ja nicht viel Zeit.»

«Es muß aber alles innerhalb einer Woche passieren, denn am nächsten Freitag kommt ein neues Horoskop.»

«Ich will mal sehen, was ich tun kann.»

Es war kein langer Abschied. Der D-Zug hielt nur einen Augenblick auf dem kleinen Bahnhof, und kaum waren Flora und ihr umfangreiches Gepäck an Bord, ging der Bahnhofsvorsteher den Bahnsteig entlang, warf die Türen zu und hob die Pfeife zum Mund. Flora lehnte sich aus dem Fenster, um Marcia einen Abschiedskuß zu geben. Marcia hatte Tränen in den Augen, und ihre Wimperntusche war zerlaufen.

«Ruf an, sag uns, was los ist.»

«Mach ich. Versprochen.»

«Und schreib!»

Für mehr blieb keine Zeit. Der Zug setzte sich in Bewegung, wurde schneller; der Bahnsteig verschwand in der Biegung. Flora winkte, der kleine Bahnhof und Marcias Gestalt in blauen Hosen wurden kleiner und glitten aus dem Blickfeld. Flora strich sich das zerzauste Haar aus dem Gesicht, schloß das Fenster und ließ sich auf den Ecksitz im leeren Abteil fallen.

Sie schaute aus dem Fenster. Es war eine liebgewordene Gewohnheit zuzuschauen, wie alles davonglitt, genau wie sie sich, wenn sie in die entgegengesetzte Richtung fuhr, immer ab Fourbourne aus dem Fenster lehnte, um den ersten Blick auf die vertraute Landschaft zu werfen.

Jetzt war Ebbe, der Sand in der Mündung ein perlmuttern glänzendes Braun, blau gemustert, wo Tümpel trägen Wassers den Himmel widerspiegelten. In der Ferne lag ein Dorf mit weißen Häusern, die durch die Bäume schimmerten, dahinter kamen die Dünen, und einen Augenblick lang konnte man den Ozean hinter den fernen weißen Wellenbrechern sehen.

Die Schienen führten landeinwärts, und eine grasbewachsene Ebene kam in Sicht, während der Ozean hinter Strandbungalows verschwand. Der Zug holperte über ein Viadukt und durch die nächste Kleinstadt, und dann folgten kleine grüne Täler und weiße Cottages und Gärten, in denen sich Wäsche auf der Leine in der steifen Morgenbrise blähte. Der Zug donnerte an einem Bahnübergang vorbei. An der geschlossenen Schranke wartete ein Mann mit einem roten Traktor und einem Anhänger voller Strohballen.

Sie wohnten in Cornwall, seit Flora fünf Jahre alt war. Davor hatte ihr Vater in einem exklusiven und teuren Internat in Sussex Latein und Französisch unterrichtet. Die Arbeit war zwar angenehm, jedoch keine große Herausforderung, und ihm war der Gesprächsstoff mit den nerzbemäntelten Müttern seiner betuchten Schützlinge ausgegangen.

Er hatte sich immer danach gesehnt, am Meer zu wohnen, seit er als Junge die Ferien in Cornwall verbracht hatte. Deshalb bewarb er sich sofort, als die Stelle eines Altphilologen am humanistischen Gymnasium von Fourbourne vakant wurde, sehr zum Kummer des Internatsrektors, der das Gefühl hatte, der intelligente junge Mann sei zu Höherem berufen, als den Söhnen von Bauern, Ladenbesitzern und Bergbauingenieuren klassische Bildung einzutrichtern.

Aber Ronald Waring war hartnäckig. Anfangs hatten er und Flora in möblierten Zimmern in Fourbourne gewohnt, und ihre erste Erinnerung an Cornwall war diese kleine Industriestadt, umgeben von einer öden Landschaft, gespickt mit alten Zechen, die wie abgebrochene Zähne vor dem Horizont aufragten.

Aber als sie erst einmal heimisch geworden waren und ihr Vater in der neuen Stelle Fuß gefaßt hatte, kaufte er ein altes Auto, und an den Wochenenden machten Vater und Tochter sich auf die Suche nach einem anderen Ort zum Wohnen.

Schließlich waren sie der Wegbeschreibung des Immobilienmaklers in Penzance gefolgt, hatten die Straßen von St. Ives hinaus nach Lands End genommen, und nachdem sie zweimal falsch abgebogen waren, holperten sie einen steilen, dornenüberwucherten Weg entlang, der zum Meer führte. Sie bogen um eine letzte Kurve, überfuhren einen Bach, der ständig die Straße überflutete, und kamen zum Seal Cottage.

Es war ein bitterkalter Wintertag. Das Haus war baufällig, verfügte weder über fließendes Wasser noch über sanitäre Anlagen, und als sie schließlich die verzogene alte Tür aufgestemmt hatten, wimmelte es von Mäusen. Aber Flora hatte keine Angst vor Mäusen, und Ronald Waring verliebte sich nicht nur in das Haus, sondern auch in die Aussicht. Er kaufte es am selben Tag, und seither war es ihr Zuhause gewesen.

Anfangs hatten sie ein jämmerlich primitives Leben geführt. Man mußte darum kämpfen, sich warm und sauber zu halten und Essen auf den Tisch zu bekommen. Aber Ronald Waring war nicht nur Altphilologe, sondern auch ein geselliger Mann mit viel Charme. Wenn er in einen Pub ging, wo er niemanden kannte, hatte er sich, wenn er ging, mit mindestens einem halben Dutzend Leuten angefreundet.

So fand er den Maurer, der die Gartenmauer reparierte und den eingesackten Kamin wieder aufbaute. So lernte er Mr. Pincher kennen, den Schreiner, und Tom Roberts, dessen Neffe Klempner war und an den Wochenenden Zeit hatte. So machte er die Bekanntschaft von Arthur Pyper und dadurch die von Mrs. Pyper, die jeden Tag würdevoll aus dem Nachbardorf herüberradelte, um Geschirr zu spülen, die Betten zu machen und ein mütterliches Auge auf Flora zu werfen.

Als sie zehn war, wurde Flora, sehr zu ihrem Verdruß, auf ein Internat in Kent geschickt, wo sie blieb, bis sie sechzehn war. Danach lernte sie Steno und Maschineschreiben, und danach machte sie einen Kochkurs für die feine Küche.

Als Köchin nahm sie Jobs in der Schweiz an (im Winter) und in Griechenland (im Sommer). Nach ihrer Rückkehr nach London arbeitete sie als Sekretärin, teilte sich mit einer Freundin eine Wohnung, wartete an Bushaltestellen, kaufte in der Mittagspause ein. Sie ging mit verarmten jungen Männern aus, die sich zu staatlich geprüften Bilanzbuchhaltern ausbilden ließen, und mit etwas weniger verarmten jungen Männern, die im Begriff waren, Boutiquen aufzumachen. Und dazwischen fuhr sie im Urlaub mit dem Zug nach Cornwall und zurück, half beim Frühjahrsputz und beim Braten des Weihnachtstruthahns.

Aber Ende des letzten Jahres, nach einer Grippe und einer unbefriedigenden Liebesgeschichte, war sie die Großstadt leid geworden. Sie fuhr über Weihnachten nach Cornwall und mußte nicht groß überredet werden, dort zu bleiben. Es war ein wunderbares, entspanntes Jahr gewesen. Als der Winter einem besonders schönen und zeitigen Frühling wich und der Frühling sich in den Sommer verwandelte, konnte sie bleiben und alles miterleben; keine Frist war ihr gesetzt, kein Tag im Kalender zeigte an, wann sie die Koffer packen und in die Tretmühle zurück mußte.

Sie nahm Arbeit an – zum Zeitvertreib und um etwas Geld zu verdienen –, aber immer nur vorübergehend, anspruchslose und im allgemeinen ganz amüsante Arbeit: Narzissen pflücken für einen Gärtner, der den einheimischen Markt belieferte, kellnern in einer Kaffeebar, Kaftane an Sommertouristen verkaufen, die ihr Geld unbedingt loswerden wollten.

Im Kaftanladen hatte sie Marcia kennengelernt und auf einen Drink ins Seal Cottage mitgenommen. Sie hatte mit ungläubiger Freude beobachtet, wie es zwischen Marcia und ihrem Vater sofort funkte. Und das war, wie sich bald herausstellte, keine vorübergehende Laune.

Die Liebe brachte Marcia zum Erblühen wie eine Blume, und Floras Vater legte plötzlich soviel Wert auf sein Äußeres, daß er sich sogar aus freien Stücken eine neue Hose kaufte. Während die Beziehung stetig tiefer und stärker wurde, versuchte Flora, sich taktvoll zurückzuziehen, erfand Ausreden, sie nicht bei den Ausflügen in den Pub zu begleiten, und Gründe, abends auszugehen, damit sie Seal Cottage für sich hatten.

Als sie verheiratet waren, fing sie sofort damit an, über ihre Rückkehr nach London zu reden, aber Marcia hatte sie überredet, im Seal Cottage zu bleiben, wenigstens den Sommer über. Das hatte sie auch getan, doch ihre Zeit lief ab. Das war nicht mehr Floras Leben, ebensowenig wie Seal Cottage noch ihr Zuhause war. Im September, das versprach sie sich, würde sie nach London zurückkehren. Im September, sagte sie zu Marcia, räume ich euch alten Turteltauben das Feld.

Jetzt war das alles vorbei. Es lag schon in der Vergangenheit. Und die Zukunft? *Du wirst Glück haben*, hatte Marcia gesagt. *Du bist im Zeichen der Zwillinge geboren, und alle Planeten bewegen sich in die richtige Richtung.*

Aber Flora war sich nicht so sicher. Sie nahm den Brief aus der Jackentasche, der am Morgen gekommen war, den sie geöffnet, gelesen und dann schnell weggesteckt hatte, ehe Marcia danach fragen konnte. Er war von Jane Porter.

Mansfield Mews 8, S. W. 10

Liebste Flora,
etwas ganz Übles ist passiert, und ich hoffe, der Brief erreicht Dich, ehe Du nach London fährst. Betsy, das Mädchen, mit dem ich zusammen wohne, hat einen grauenhaf-

ten Krach mit ihrem Freund gehabt und ist nach zwei Ferientagen in Spanien nach Hause gekommen. Sie ist jetzt hier in der Wohnung, heult die ganze Zeit und wartet offensichtlich darauf, daß das Telefon klingelt, was es nicht tut. Das Bett, das ich Dir versprochen habe, ist also nicht frei. Ich würde Dich liebend gern in einem Schlafsack in meinem Zimmer unterbringen, aber die ganze Atmosphäre ist so geladen und Betsy so total unmöglich, daß ich es meinem schlimmsten Feind nicht zumuten möchte. Ich hoffe, Du kommst irgendwie zurecht, bis Du eine eigene Bude findest. Tut mir schrecklich leid, daß ich Dich im Stich lassen muß, aber ich hoffe, Du verstehst es. Ruf mich auf alle Fälle an, damit wir uns zu einem ausgiebigen Schwatz treffen können. Freue mich so darauf, Dich wiederzusehen, und es tut mir furchtbar, furchtbar leid, aber ich kann nichts dafür.

Alles, alles Liebe
Jane

Flora seufzte, faltete den Brief zusammen und steckte ihn wieder in die Tasche. Sie hatte nichts zu Marcia gesagt, weil Marcia in ihrer neuen Rolle als Ehefrau und Mutter einen erschreckenden Hang entwickelt hatte, sich in alles einzumischen. Hätte sie gewußt, daß Flora ohne Aussicht auf einen Schlafplatz nach London fuhr, hätte sie sich vermutlich geweigert, sie fahren zu lassen. Und als sie sich erst einmal entschlossen hatte, wußte Flora, daß sie es nicht ertragen könnte, ihre Abreise auch nur um einen Tag zu verschieben.

Jetzt erhob sich allerdings die Frage, was zu tun war. Natürlich hatte sie Freunde, aber nach einem Jahr wußte sie nicht recht, was sie machten, wo sie wohnten, nicht einmal, mit wem sie zusammenlebten. Ihre frühere Wohnungsgenossin war inzwischen verheiratet und nach Northumberland gezogen, und sonst gab es niemanden, von dem Flora das Gefühl hatte, sie könne aus heiterem Himmel anrufen und darum bitten, vorübergehend aufgenommen zu werden.

Es war ein Teufelskreis. Sie wollte keine Wohnung mieten, ehe sie eine Stelle gefunden hatte; andererseits war es schwierig, ohne ein Basislager, wo sie ihre Sachen abstellen konnte, bei den Stellenvermittlern die Runde zu machen.

Schließlich fiel ihr das Shelbourne ein, das kleine, altmodische Hotel, in dem sie mit ihrem Vater übernachtet hatte, wenn sie unterwegs zu einem ihrer seltenen Auslandsurlaube waren – etwa zum Skilaufen in Österreich oder zwei Wochen bei einem exzentrischen Freund von Ronald Waring, dem eine baufällige Mühle in der Provence gehörte. Das Shelbourne war nicht elegant, und wenn ihr Vater dort abgestiegen war, ganz bestimmt nicht teuer. Sie würde dort übernachten und morgen mit der Arbeitssuche anfangen.

Es war keineswegs eine perfekte Lösung, sondern eher ein Kompromiß. Und wie Marcia gern sagte, während sie die Krempe von einem Hut abtrennte und an einen anderen nähte, bestand das Leben aus Kompromissen.

Das Shelbourne war ein Überbleibsel aus vergangenen Zeiten. Flora erinnerte es immer an einen alten Kahn, der in einem Staubecken vor Anker lag, während der Strom des Fortschritts vorbeifloß. Es lag an einer schmalen Straße am Ende von Knightsbridge, die früher elegant gewesen war, und wurde langsam erdrückt von neuen Nobelhotels, Bürogebäuden und Wohnhäusern. Aber es behauptete grimmig seinen Platz, wie eine alternde Schauspielerin, die sich weigert abzutreten.

Draußen summte das London von heute: Verkehrsstaus, Autohupen, das Dröhnen der Flugzeuge, der Zeitungsverkäufer an der Ecke, die jungen Mädchen mit den schwarz umrandeten Augen und klappernden Absätzen.

Aber wenn man durch die langsame Drehtür des Shelbourne ging, tat man einen Schritt zurück in die Vergangenheit. Nichts hatte sich verändert – nicht die Topfpalmen, nicht das Gesicht des Portiers; nicht einmal der Geruch, eine Mischung aus Desinfektionsmitteln, Bohnerwachs und Treibhausblumen, ein wenig wie in einem Krankenhaus.

Hinter dem Rezeptionstresen saß dieselbe traurige Frau in ihrem tristen schwarzen Kleid. War es möglich, daß es dasselbe Kleid war? Sie schaute zu Flora auf.

«Guten Abend, Madam.»

«Könnte ich ein Einzelzimmer bekommen, nur für heute nacht?»

«Ich schaue nach...»

Eine Uhr tickte. Flora wartete, ihre Lebensgeister sanken von Augenblick zu Augenblick; sie hatte halb gehofft, das Hotel wäre ausgebucht.

«Ja, Sie können ein Zimmer haben, aber nach hinten hinaus, und ich fürchte...»

«In Ordnung, ich nehme es.»

«Wenn Sie sich bitte eintragen, ich rufe den Hausdiener, damit er Sie hinaufbringt.»

Aber der Gedanke an lange, stickige Flure und ein düsteres Einzelzimmer am äußersten Ende war zuviel für Flora.

«Jetzt noch nicht. Ich muß noch einmal weg. Zum Abendessen», improvisierte sie wild. «Ich komme gegen halb zehn zurück. Machen Sie sich keine Mühe mit dem Gepäck. Lassen Sie es einfach hier in der Halle stehen, bis ich wiederkomme. Ich bringe es dann hinauf.»

«Wie Sie wünschen, Madam. Aber wollen Sie denn Ihr Zimmer nicht sehen?»

«Nein. Es spielt keine Rolle. Es ist bestimmt sehr hübsch...» Sie fühlte sich, als müßte sie ersticken. Alles sah so grauenhaft alt aus. Sie griff nach ihrer Tasche und wich zurück, immer noch Entschuldigungen murmelnd. Fast hätte sie eine Topfpalme umgestoßen, konnte das gute Stück gerade noch retten und floh schließlich hinaus an die frische Luft.

Nach ein paar tiefen Atemzügen fühlte sie sich besser. Es war ein schöner Abend, kühl, aber klar, mit einem blauen Himmel, der sich über den Dächern spannte und über den vereinzelte rosige Wölkchen so träge trieben wie Ballons. Flora steckte die Hände in die Taschen und ging los.

Eine Stunde später war sie mitten in Chelsea, ging nach Süden in Richtung King's Road. Die kleine Straße, gesäumt von hübschen Häusern mit kleinen Läden dazwischen, war ihr vertraut. Neu war dagegen das kleine italienische Restaurant. Vorher war dort ein Schuhmacher gewesen, in dessen verstaubter Auslage Hundeleinen, Koffergurte und äußerst seltsame Plastikhandtaschen herumgelegen hatten.

Das Restaurant hieß Seppi's. Auf dem Kopfsteinpflaster davor standen Lorbeerbäumchen in Kübeln; es hatte eine fröhlich rot-weiß gestreifte Markise und frische, weiß getünchte Wände.

Als Flora näher kam, ging die Tür auf, und ein Mann schleppte einen Tisch heraus, den er auf das Pflaster stellte. Er ging wieder hinein und kam mit zwei kleinen schmiedeeisernen Stühlen, einer rot-weiß karierten Tischdecke und einer Chiantiflasche im Strohmantel zurück. Dann begann er den Tisch zu decken.

Die Brise verfing sich im Tischtuch und brachte es zum Flattern. Der Mann schaute auf und sah Flora. Die dunklen Augen blitzten sie mit einem mediterranen Lächeln an.

«Ciao, Signorina.»

Italiener sind wunderbar, dachte Flora. Das Lächeln, der Gruß gaben ihr das Gefühl, sie sei eine alte Freundin. Kein Wunder, daß sie so erfolgreiche Gastronomen waren.

Sie lächelte. «Hallo. Wie geht's?»

«Phantastisch. Wer könnte sich nach einem solchen Tag anders fühlen? Es ist wie in Rom. Und Sie sehen aus wie eine Italienerin, die den Sommer am Meer verbracht hat. Braungebrannt.» Er machte eine anerkennende Geste, zu der ein Kuß in die Luft und ausgebreitete Fingerspitzen gehörten. «Wunderbar.»

«Danke.» Sie schwieg entwaffnet, aber durchaus willens, dieses erfreuliche Gespräch fortzusetzen. Durch die offene Restauranttür wehten appetitanregende Gerüche – ein Hauch Knoblauch, herrliche rote Tomaten, Olivenöl. Flora merkte, daß sie heißhungrig war. Sie hatte im Zug nicht zu Mittag gegessen, und es kam ihr vor, als sei sie kilometerweit gelaufen, seit sie das Shelbourne verlassen hatte. Die Füße taten ihr weh, sie war durstig.

Sie schaute auf die Uhr. Es war kurz nach sieben. «Haben Sie offen?»

«Für Sie haben wir immer offen.»

Sie akzeptierte das Kompliment und sagte: «Ich möchte nur ein Omelett oder so.»

«Sie, Signorina, bekommen alles, was Sie wollen...» Er trat beiseite und streckte einladend den Arm aus, und Flora folgte der charmanten Aufforderung und ging hinein. Innen war eine kleine Bar, und dahinter erstreckte sich das lange, schmale Restaurant. Gepolsterte Bänke, bezogen mit genopptem orangefarbenen Stoff, zogen sich an den Wänden entlang, davor standen gescheuerte Kiefernholztische mit frischen Blumen und bunten, karierten Servietten darauf. Die Wände waren verspiegelt, auf dem Boden lagen Strohmatten. Nach dem Geklapper, den Gerüchen und lauten italienischen Stimmen zu urteilen, die aus dieser Richtung kamen, befand sich die Küche ganz hinten. Alles war kühl und frisch, und Flora fühlte sich, als sei sie nach einem anstrengenden Tag endlich nach Hause gekommen. Sie bestellte ein Bier und machte sich dann auf die Suche nach der Damentoilette, wo sie sich Gesicht und Hände wusch und sich das Haar kämmte. Im Restaurant wartete der junge Italiener auf sie. Er hatte einen Tisch von der Wand zurückgezogen, so daß sie sich setzen konnte. Das Bier war kühl und sauber eingeschenkt, Schälchen mit Oliven und Nüssen zum Knabbern standen daneben.

«Sind Sie sicher, daß Sie nur ein Omelett wollen, Signorina?» erkundigte er sich, als sie sich setzte. «Wir haben heute abend ausgezeichnetes Kalbfleisch. Meine Schwester Francesca wird es für Sie traumhaft zubereiten.»

«Nein, nur ein Omelett. Aber mit etwas Schinken darin. Und vielleicht einen grünen Salat.»

«Ich mache unsere ganz spezielle Salatsauce.»

Bislang war das Lokal völlig leer gewesen, aber nun öffnete sich die Tür von der Straße her, weitere Gäste kamen herein und setzten sich an die Bar. Der junge Kellner eilte zu ihnen, um die Bestellungen aufzunehmen. Flora nahm einen Schluck von dem eiskalten Bier und fragte sich, ob jede Laufkundin, die zufällig dieses bezaubernde Lokal betrat, derart herzlich begrüßt wurde. Alle sprachen davon, daß London immer unangenehmer werde, daß die Leute abweisend und wenig hilfsbereit seien. Es war herzerwärmend, wenigstens ein Gegenbeispiel zu dieser Entwicklung zu erleben.

Sie stellte das Glas ab, schaute auf und sah ihr Bild in dem langen Spiegel an der Wand gegenüber. Das verschossene Blau ihrer Jeansjacke und das Orangegelb der Lehne hinter ihr waren die Farben van Goghs. Und sie selbst... sie sah ein schmales Mädchen mit kräftigen Zügen, dunkelbraunen Augen und einem Mund, der zu groß für ihr Gesicht war. Sie war gebräunt vom Sommer in Cornwall, die Haut schimmernd und rein, und ihr Haar hatte die Farbe von glänzendem Mahagoni, fiel locker bis auf Kinnlänge, sah aus wie das Haar eines Jungen, das dringend geschnitten werden mußte. Zu den verschossenen Jeans und der Jacke trug sie einen weißen Pullover und eine am Hals verknotete Goldkette. Ihre Hände, die aus den umgeschlagenen Ärmeln hervorschauten, waren schmalgliedrig und gebräunt wie ihr Gesicht.

Ich war zu lange aus London weg, dachte sie. *In dieser lässigen Aufmachung kriege ich nie eine Stelle. Ich muß mir das Haar schneiden lassen. Ich muß...*

Die Tür zur Straße ging auf und wieder zu. Eine junge Frau trat ein, rief «Hi, Pietro!» und kam einen Moment später durch die Bar ins Restaurant. Offensichtlich fühlte sie sich wie zu Hause. Ohne in Floras Richtung zu schauen, blieb sie an dem Tisch neben ihrem stehen, zog ihn von der Wand, um sich Platz zu schaffen, und warf sich dann mit geschlossenen Augen und ausgestreckten Beinen auf die Bank.

So lässig, fast unverschämt waren ihre Bewegungen, daß Flora meinte, sie müsse eine Verwandte der italienischen Familie sein, die das Restaurant betrieb. Vielleicht eine Kusine aus Mailand, die in London arbeitete...

Hi, Pietro. Nein, natürlich keine Italienerin, ganz Amerikanerin. Aus dem New Yorker Zweig der Familie...

Diese interessante Möglichkeit beschäftigte Flora. Weil sie die junge Frau nicht anstarren wollte, musterte sie ihr Bild im Spiegel gegenüber. Sie schaute weg. Und dann wieder hin, so schnell, daß sie spürte, wie ihr Haar gegen ihre Wange wehte. Eine Sinnestäuschung, dachte sie. Eine klassische Sinnestäuschung.

Das Spiegelbild zeigte sie selbst.

Aber es war doch nicht sie, weil zwei Spiegelbilder zu sehen waren.

Die Neue merkte nichts von Floras hypnotisiertem Blick, zog sich einen bunten Seidenschal vom Kopf, schüttelte das Haar zurück, griff dann in eine schwarze Krokotasche, nahm eine Zigarette heraus und zündete sie mit einem Streichholz aus dem Briefchen im Aschenbecher an. Sofort erfüllte der Geruch nach starkem französischen Tabak die Luft. Sie streckte einen gestiefelten Fuß aus, legte ihn ums Tischbein und zog den Tisch zu sich heran. Sie beugte sich vor, wandte den Kopf weg von Flora und rief wieder: «Hi, Pietro!»

Flora konnte den Blick nicht vom Spiegel lösen. Das Haar der anderen war länger als ihres, aber es glänzte und hatte dasselbe Mahagonibraun. Sie war sorgfältig und kunstvoll geschminkt, aber das unterstrich nur noch die kräftigen Züge und den Mund, der für ihr Gesicht zu groß war. Ihre Augen waren dunkelbraun, die dichten Wimpern geschwärzt mit Wimperntusche. Sie griff nach dem Aschenbecher, und Flora sah den funkelnden Ring mit einem riesigen Stein und die scharlachroten Nägel, aber die Hände waren schlank und schmalgliedrig, genauso geformt wie Floras.

Sie waren sogar ähnlich angezogen, trugen beide Jeans und

Pullover. Aber der Pullover der anderen war aus Kaschmir, und ihre Jacke, die sie jetzt abgelegt hatte, aus dunklem, schimmerndem Nerz.

Der junge Kellner, der die Gäste an der Bar bedient hatte, reagierte auf ihren Ruf und kam fast im Laufschritt herüber. «Signorina, ich bin untröstlich, ich dachte…»

Langsam erstarrte er, seine Bewegungen, seine Worte, seine Stimme schienen zum Stillstand zu kommen wie ein altmodisches Grammophon, das man aufzuziehen vergessen hat.

Nach einer kleinen Pause sagte die junge Frau, die neben Flora saß: «Okay, was haben Sie gedacht? Es muß Ihnen doch klar sein, daß ich was zu trinken möchte.»

«Aber ich habe gedacht… Ich meine, ich habe doch schon…» Er war bleich geworden. Seine dunklen Augen wanderten vorsichtig zu Floras Gesicht. Er war so offensichtlich erschüttert, daß Flora nicht überrascht gewesen wäre, wenn er sich bekreuzigt oder die unheimliche mediterrane Geste gemacht hätte, die den bösen Blick abwehren soll.

«Pietro, um Himmels willen…»

Aber mitten in diesem kleinen, entnervten Ausbruch schaute sie auf und sah Flora, die sie im Spiegel beobachtete.

Das Schweigen schien ewig zu währen. Schließlich sprach Pietro als erster. «Es ist verblüffend», murmelte er, beinahe ergriffen. «Es ist verblüffend.»

«Kann man wohl sagen, daß das verblüffend ist», sagte die junge Frau. Sie klang nicht mehr annähernd so selbstsicher wie vorher.

Aber Flora fiel nichts ein, was sie hätte sagen können.

Pietro schüttelte fassungslos den Kopf. «Aber Signorina Schuster, als die andere Signorina hereinkam, habe ich gedacht, das sind Sie.» Er wandte sich Flora zu. «Es tut mir leid. Sie müssen mich für aufdringlich gehalten haben, aber natürlich habe ich Sie mit Signorina Schuster verwechselt, sie kommt oft hierher, aber ich habe sie eine Weile nicht gesehen, und…»

«Ich habe Sie nicht für aufdringlich gehalten. Nur für ausgesprochen nett.»

Die junge Frau mit den langen Haaren starrte Flora immer noch an. Ihre dunklen Augen wanderten über Floras Gesicht wie die eines Experten, der ein Porträt beurteilt. Jetzt sagte sie: «Sie sehen genauso aus wie ich», und es klang sogar eine Spur verärgert, als wäre das ein Affront.

Flora hatte das Gefühl, sie müsse sich verteidigen. «Und Sie sehen wie ich aus», sagte sie milde. «Wir ähneln uns.» Sie schluckte, weil sie immer noch durcheinander war. «Ich glaube, wir klingen vermutlich sogar ähnlich.»

Das wurde sofort von Pietro bestätigt, der immer noch wie angewurzelt dastand und den Kopf hin- und herwandte, als verfolge er ein Tennismatch.

«Das stimmt. Sie haben dieselbe Stimme, dieselben Augen. Sogar dieselbe Kleidung. Ich hätte das nie geglaubt, wenn ich es nicht selbst gesehen hätte. Mamma mia, Sie könnten Zwillinge sein. Sie sind…» Er schnippte mit den Fingern, suchte nach dem richtigen Wort. «Sie sind gleich. Sie wissen schon?»

«Eineiig», sagte Flora rundheraus.

«Genau! Eineiig! Es ist phantastisch!»

«Eineiige Zwillinge?» fragte die andere vorsichtig.

Die Verblüffung, mit der sie sich gegenseitig anstarrten, fiel schließlich auch Pietro auf.

«Sie meinen, Sie haben sich noch nie gesehen?»

«Noch nie.»

«Aber Sie müssen Schwestern sein.»

Er legte sich die Hand aufs Herz. Plötzlich sah es so aus, als könne er nichts mehr verkraften. Flora fragte sich schon, ob er ohnmächtig werden würde, doch sie hatte ihn unterschätzt. «Ich werde eine Flasche Champagner öffnen», verkündete er. «Auf Kosten des Hauses. Und ich trinke ein Glas mit, denn ein solches Wunder habe ich noch nie erlebt. Warten Sie hier…» fügte er hinzu und rückte überflüssigerweise die Tische näher an sie heran, als befürchte er, sie könnten weglaufen. «Rühren Sie sich nicht von der Stelle. Warten Sie hier», und er stürzte zurück an die Bar, das gestärkte weiße Jackett knisternd vor Wichtigkeit.

Sie hörten ihn kaum, merkten kaum, daß er ging. Schwestern. In Floras Kehle saß plötzlich ein merkwürdiger Kloß. Sie zwang sich, es auszusprechen. «Schwestern?»

«Zwillingsschwestern», verbesserte die andere. «Wie heißen Sie?»

«Waring. Flora Waring.»

Die andere schloß die Augen und schlug sie wieder auf, ganz langsam. Als sie sprach, klang ihre Stimme mühsam beherrscht: «So heiße ich auch. Aber ich bin Rose.»

Rose

«Rose Waring?»

«Genaugenommen nicht. Eigentlich Rose Schuster. Ich führe Waring als zweiten Namen, weil mein Vater so hieß, aber mein Stiefvater heißt Harry Schuster. Und er ist schon seit vielen Jahren mein Stiefvater, deshalb habe ich immer Schuster geheißen. Waring ist mein zweiter Name.» Sie brach ab, war offenbar außer Atem gekommen. Sie schauten sich immer noch an, nach wie vor verblüfft, aber mit wachsender Vertrautheit.

«Wissen Sie, wer Ihr richtiger Vater war?» fragte Flora schließlich.

«Ich habe ihn nie gekannt. Er und meine Mutter haben sich getrennt, als ich ein Baby war. Ich glaube, er war Lehrer.»

Flora dachte an ihren Vater. Mit seiner ausweichenden und zerstreuten Art konnte er einen zum Wahnsinn treiben, aber er war immer ehrlich und aufrichtig. *Das ist ausgeschlossen,* dachte sie. *Es ist ausgeschlossen, daß er so etwas getan und mir nie etwas davon erzählt hat.*

Das Schweigen zwischen den beiden Mädchen zog sich in die Länge. Rose hatte offenbar nichts mehr zu sagen. Flora suchte angestrengt nach Worten.

«Ihre Mutter. Hieß sie...» Der Name, selten erwähnt, trieb aus ihrem Unterbewußtsein herauf. «Pamela?»

«Stimmt.»

«Wie alt sind Sie?»

«Zweiundzwanzig.»

«Wann haben Sie Geburtstag?»

«Am siebzehnten Juni.»

Das war der endgültige Beweis. «Ich auch.»

«Ich bin im Zeichen der Zwillinge geboren», sagte Rose,

und es hatte etwas Verstörendes, mit welcher Selbstverständlichkeit sie Marcias Worte vom selben Morgen wiederholte. Sie lächelte. «Das könnte nicht passender sein, meinst du nicht auch?»

Mein Zwilling. Meine Schwester. «Aber was ist passiert?» fragte Flora.

«Ganz einfach. Sie haben beschlossen, sich zu trennen, und jeder hat ein Kind behalten.»

«Aber hast du je die leiseste Ahnung davon gehabt?»

«Nicht die leiseste. Du?»

«Nein. Deshalb bin ich ja so erschüttert.»

«Wieso sollte dich das erschüttern? Das ist doch ein ganz normales menschliches Verhalten. Schön ordentlich, äußerst fair.»

«Ich finde, sie hätten es uns sagen müssen.»

«Wozu wäre das gut gewesen? Was für einen Unterschied hätte es gemacht?»

Es war klar, daß Rose die Situation mehr amüsierte als niederschmetterte. «Ich finde es irrsinnig komisch», fuhr sie fort. «Und am allerkomischsten ist, daß wir unseren Eltern auf die Schliche gekommen sind. Und was für ein sagenhafter Zufall, daß wir uns einfach so über den Weg gelaufen sind. Aus heiterem Himmel. Warst du schon mal in diesem Restaurant?»

«Noch nie.»

«Du meinst, du bist einfach so hereingekommen?»

«Ich bin erst heute abend in London angekommen. Im letzten Jahr war ich in Cornwall.»

«Das macht es ja noch unglaublicher. In dieser ganzen Riesenstadt...» Sie breitete die Hände aus und ließ den Satz in der Luft hängen.

«Es heißt immer», sagte Flora, «daß London aus einem Haufen Dörfern besteht. Ich nehme an, wenn man sich an das eigene Dorf hält, trifft man zwangsläufig Leute, die man kennt.»

«Das kann man wohl sagen. Geh zu Harrod's, und du stol-
perst pausenlos über Bekannte. Aber das hier ist trotzdem das
Unglaublichste, was mir je passiert ist.» Sie warf das Haar aus
der Stirn mit einer Geste, die Flora ein wenig erschrocken als
ihre eigene erkannte. «Was hast du in Cornwall gemacht?»
fragte Rose, als täte das etwas zur Sache.

«Mein Vater und ich sind zusammen hingezogen. Er
wohnt immer noch dort und unterrichtet.»

«Du meinst, er ist immer noch Lehrer?»

«Ja, er ist immer noch Schulmeister.» Es war grotesk, daß
sie so vollkommen durcheinander war. Sie beschloß, den un-
heimlichen Zufall so sachlich zu behandeln, wie Rose das tat.
«Und wie ist es dir ergangen?» fragte sie und fand, daß sie
fremd klang, wie jemand auf einer förmlichen Cocktailparty.

«Mutter hat wieder geheiratet, als ich zwei war. Er heißt
Harry Schuster und ist Amerikaner, aber er hat den größten
Teil seines Lebens für eine amerikanische Firma in Europa
gearbeitet.»

«Du bist also in Europa aufgewachsen?»

«Und ob. Wenn es nicht Paris war, dann war es Rom, wenn
es nicht Rom war, dann Frankfurt. Du weißt, wie das ist…»

«Ist er nett? Mr. Schuster, meine ich.»

«Ja. Lieb.»

Und ungeheuer reich, dachte Flora und musterte den Nerz,
den Kaschmir und die Krokotasche. Pamela, die dem armen
Schulmeister davongelaufen war, hatte es beim zweitenmal
viel besser getroffen.

Sie dachte an etwas anderes. «Hast du Geschwister?»

«Nein. Und du?»

«Ich bin auch ein Einzelkind und werde es wohl bleiben. Pa
hat eben wieder geheiratet. Sie heißt Marcia, und sie ist sehr
nett, aber nicht mehr ganz jung.»

«Wie sieht dein Vater aus?»

«Groß. Der typische Gelehrte, nehme ich an. Sehr lieb. Er
trägt eine Hornbrille und ist vergeßlich.» Sie zögerte und

fügte hinzu: «Und ausgesprochen wahrheitsliebend. Deshalb finde ich das alles ja so unglaublich.»

«Er hat dich noch nie mit einem Lügenmärchen abgespeist?»

Flora war leicht schockiert. «Ich hätte mir nie vorstellen können, daß er fähig ist, die Wahrheit zu unterschlagen, von einer Lüge ganz zu schweigen.»

«Er muß was Besonderes sein.» Rose drückte die Zigarette aus, zerrieb sie nachdenklich inmitten des Aschenbechers zu Krümeln. «Meine Mutter ist absolut dazu in der Lage, die Wahrheit zu unterschlagen, und auch dazu, eine faustdicke Lüge zu erzählen. Aber sie kann ganz reizend sein. Wenn sie will!»

Wider Willen lächelte Flora, weil Roses Schilderung dem, was sie sich immer vorgestellt hatte, so genau entsprach.

«Ist sie hübsch?» fragte sie.

«Superschlank und jugendlich. Nicht schön, aber alle Welt hält sie dafür. Es ist eine Art Zaubertrick.»

«Ist sie… ist sie jetzt in London?» Noch während sie die Frage stellte, dachte sie: *Wenn sie hier ist und ich ihr begegne, was werde ich dann sagen? Was werde ich tun?*

«Nein, sie ist in New York. Sie, Harry und ich waren auf einer Amerikareise; ich bin erst letzte Woche nach Heathrow zurückgeflogen. Sie wollte, daß ich bleibe, aber ich mußte herkommen, weil…» Sie brach ab, griff nach einer Zigarette und wühlte in ihrer Handtasche nach dem Feuerzeug. «Ach, aus verschiedenen Gründen.»

Flora wartete voller Hoffnung darauf, die Gründe zu erfahren, aber sie wurden von Pietro unterbrochen, der mit dem Champagner und drei Gläsern zurückkam. Mit einer gewissen Theatralik entkorkte er die Flasche und schenkte ein, wanderte mit dem Flaschenhals von Glas zu Glas, ohne einen Tropfen zu verschütten. Schließlich wischte er die Flasche mit einer gestärkten Serviette ab und griff nach seinem Glas.

«Auf das Wiedersehen. Auf Schwestern, die sich gefunden haben. Ich glaube, das ist eine Fügung Gottes.»

«Danke», sagte Flora. «Prost», sagte Rose. Pietro ging mit feuchten Augen davon, und der Rest der Flasche blieb ihnen überlassen. «Vermutlich kriegen wir einen ganz schönen Schwips, aber das macht nichts. Wo waren wir?»

«Du hast gesagt, daß du aus den Staaten nach London zurückgekommen bist.»

«O ja. Aber jetzt überlege ich mir, ob ich nach Griechenland fliege. Vielleicht morgen oder übermorgen. Ganz schlüssig bin ich mir noch nicht.»

Es klang nach einem wunderbaren Jet-set-Leben, von Augenblick zu Augenblick.

«Wo wohnst du?» fragte Flora, darauf gefaßt, daß vom Connaught oder vom Ritz die Rede war. Aber offenbar brachte Harry Schusters Job außer den Apartments in Paris, Frankfurt und Rom auch eine Wohnung in London mit sich. Die Londoner Wohnung war in Cadogan Gardens. «Gleich um die Ecke», sagte Rose beiläufig. «Ich komme hierher, wenn ich was essen will. Und du?»

«Du meinst, wo ich wohne? Im Augenblick nirgends. Wie gesagt, ich bin erst heute aus Cornwall gekommen. Ich wollte bei einer Freundin wohnen, aber das hat nicht geklappt, ich muß mir also eine Wohnung suchen. Ich muß mir auch einen Job suchen, aber das ist eine andere Geschichte.»

«Wo übernachtest du heute?»

Flora erzählte ihr vom Shelbourne, dem in der Halle abgestellten Gepäck, den Topfpalmen und der erstickenden Atmosphäre. «Ich hatte ganz vergessen, wie deprimierend das ist. Aber das macht nichts, es ist ja nur für eine Nacht.»

Ihr wurde bewußt, daß Rose sie mit einem kühlen und nachdenklichen Ausdruck in den dunklen Augen musterte. (Sehe ich je so aus? fragte sich Flora. Das Wort *berechnend* ging ihr durch den Kopf und mußte hastig unterdrückt werden.)

Dann sagte Rose: «Geh nicht in diese Kaschemme zurück.» Flora starrte sie an. «Das ist mein Ernst. Wir essen hier was, dann treiben wir ein Taxi auf und holen dein Gepäck, und dann fahren wir in Harrys Wohnung. Dort kannst du erst mal bleiben. Sie ist riesig, hat jede Menge Betten. Außerdem, wenn ich morgen nach Griechenland fliege und wir noch soviel zu besprechen haben, brauchen wir eine ganze Nacht für uns. Es ist sowieso alles ausgesprochen günstig; du kannst in der Wohnung bleiben, wenn ich weg bin. Du kannst dort bleiben, bis du was anderes gefunden hast.»

«Aber…» Flora merkte, daß sie aus einem unerfindlichen Grund nach Einwänden gegen diesen scheinbar so praktischen Plan suchte. «Aber macht das denn niemandem etwas aus?» war alles, was ihr einfiel.

«Wem sollte das etwas ausmachen? Ich sage dem Pförtner Bescheid. Harry ist alles recht, was ich mache. Und Mutter…» Irgend etwas erheiterte sie. Sie beendete den Satz nicht und fing an zu lachen. «Was würde sie sagen, wenn sie uns jetzt sehen könnte? Wir sind uns begegnet, freunden uns an. Was würde deiner Meinung nach dein Vater dazu sagen?»

Flora schreckte vor dem Gedanken zurück. «Das kann ich mir nicht vorstellen.»

«Wirst du ihm sagen, daß wir uns gefunden haben?»

«Ich weiß nicht. Vielleicht. Eines Tages.»

«War das grausam?» fragte Rose, plötzlich nachdenklich. «Eineiige Zwillinge zu trennen. Es heißt, daß eineiige Zwillinge die beiden Hälften desselben Menschen sind. Vielleicht war unsere Trennung so, wie wenn man einen Menschen in zwei Hälften schneidet.»

«Dann haben sie uns vielleicht einen Gefallen getan.»

Roses Augen wurden schmal. «Ich frage mich», sagte sie, «warum meine Mutter mich wollte und dein Vater dich.»

«Vielleicht haben sie eine Münze geworfen.» Flora sprach unbeschwert, aber aus irgendeinem Grund ertrug sie den Gedanken daran nicht.

«Wäre alles andersherum gekommen, wenn die Münze anders gefallen wäre?»

«Es wäre jedenfalls ganz anders gewesen.»

Anders. Sie dachte an ihren Vater, an Seal Cottage im winterlichen Kaminfeuer, an den teerigen Geruch von brennendem Treibholz. Sie dachte an den zarten Vorfrühling und an das Meer im Sommer, auf dem die Sonnenstrahlen tanzten. Sie dachte an Rotwein in einer Karaffe mitten auf dem blankgescheuerten Tisch, an die tröstlichen Klänge von Beethovens Pastorale, die aus dem Plattenspieler donnerten. Und jetzt erinnerte sie sich an die herzliche und liebevolle Gegenwart von Marcia.

«Hättest du es anders haben wollen?» fragte Rose.

Flora lächelte. «Nein.»

Rose griff nach dem Aschenbecher und drückte die Zigarette aus. Sie sagte: «Ich auch nicht. Ich hätte nicht das geringste daran ändern wollen.»

Jetzt war Freitag.

In Edinburgh hatte sich die Sonne nach einem Morgen voller Wolken und Regen endlich durch den trüben Dunst geschoben, der Himmel klarte auf, und die Stadt glitzerte im strahlenden Herbstlicht. Im Norden, jenseits vom tiefen Indigoblau des Firth of Forth, erstreckten sich die Hügel von Fife gelassen unter einem blaßblauen Himmel. Auf der anderen Seite der Princes Street glühten in den städtischen Blumenbeeten in den Waverly Gardens feurige Dahlien, und jenseits der Eisenbahnlinie stiegen die Felsen an zur eindrucksvollen Silhouette der Burg mit der fernen, wehenden Fahne.

Antony Armstrong, der aus seinem Büro am Charlotte Square kam, war völlig überrascht von der Schönheit des Nachmittags. Weil er sich am Montag freinehmen wollte, hatte er am Morgen besonders viel zu tun gehabt. Er hatte das Mittagessen ausfallen lassen, hatte nicht einmal aus dem Fenster geschaut, sondern einfach durchgearbeitet.

Mit sorgenvoller Miene eilte er zu seinem Wagen. Er wollte unbedingt den nächsten Flug nach London erreichen und sich auf die Suche nach Rose machen. Doch plötzlich blieb er stehen und sah sich um. Er bemerkte die Sonne, die sich auf dem immer noch feuchten Pflaster widerspiegelte, die glitzernden, kupferfarbenen Blätter der Bäume auf dem Platz und den Geruch. Es war ein ländlicher Geruch, nach Herbst – eine Andeutung von Torf, Heide und der Wildnis der Hochebenen. Der Duft wehte mit einer frischen Brise von den gar nicht so weit entfernten Bergen herein. Antony stand mit dem Regenmantel über der Schulter und einer Übernachtungstasche in der Hand auf dem Pflaster, atmete tief ein und fühlte sich an Fernrigg und Tuppy erinnert. Es half ihm dabei, sich zu entspannen und nicht mehr so ängstlich zu sein.

Doch er hatte keine Zeit zu vergeuden, deshalb holte er sein Auto, fuhr nach Turnhouse, parkte das Auto wieder und checkte am Abflugschalter ein. Dann, weil er noch eine halbe Stunde Zeit hatte, bis sein Flug aufgerufen wurde, ging er auf ein Sandwich und ein Glas Bier nach oben.

Der Barkellner war ein alter Bekannter, ihm von vielen Geschäftsreisen nach London vertraut.

«Hab Sie eine ganze Weile nicht mehr gesehen, Sir.»

«Nein. Es muß einen Monat oder länger hersein.»

«Schinken oder Ei?»

«Geben Sie mir von jedem eins.»

«Wieder mal nach London?»

«Stimmt.»

Der Barkellner lächelte wissend. «Geht nichts über ein freies Wochenende.»

«Vielleicht wird gar kein Wochenende daraus. Vielleicht komme ich morgen zurück. Es kommt ganz darauf an.»

«Machen Sie sich doch ein schönes Wochenende und amüsieren Sie sich.» Er schob den Krug mit Export über den Tresen. «In London ist herrliches warmes Wetter.»

«Hier ist es auch nicht so übel.»

«Nein, es sieht nach einem schönen Nachmittag aus. Sie werden bestimmt einen angenehmen Flug haben.»

Er wischte den Tresen ab und wandte sich einem anderen Gast zu. Antony trug das Bier und die Sandwiches zu einem Tisch am Fenster, verstaute Regenmantel und Tasche und zündete sich eine Zigarette an.

Durchs Fenster, jenseits der Terrassenbrüstung, sah er die Berge mit den vom Wind getriebenen Wolken darüber. Er war hungrig. Das Bier und die Sandwiches warteten. Während er dasaß, zuschaute, wie die Wolkenschatten über die Pfützen auf den Start- und Landebahnen jagten, vergaß er seinen Hunger und beschäftigte sich in Gedanken wieder mit Rose. Dazu bedurfte es keiner besonderen Anstrengung. Wenn es um Rose ging, schienen seine Gedanken einen eigenen Willen zu entwickeln. Unaufhörlich kreisten sie um dieselben Fragen, wie Hamster im Laufrad.

Als wäre es eine Lösung für sein Dilemma, griff er in die Jackentasche und holte ihren Brief heraus, obwohl er ihn schon so oft gelesen hatte, daß er ihn auswendig konnte. Er steckte nicht in einem Umschlag, schlicht und einfach, weil er nicht in einem Umschlag angekommen war, sondern in einem schlampigen Päckchen, das eine Schatulle enthielt. Darin lag der Diamant-und-Saphir-Ring, den Antony ihr gekauft hatte.

Er hatte ihn ihr vor vier Monaten im Restaurant des Hotels Connaught gegeben. Sie waren mit dem Essen fertig, der Kellner brachte Kaffee, und irgendwie, ganz plötzlich, war der Augenblick gekommen: der richtige Zeitpunkt, der richtige Ort, die richtige Frau. Wie ein Zauberkünstler hatte Antony die Schatulle aus der Tasche geholt, sie geöffnet und das Licht auf den Juwelen funkeln lassen.

Rose hatte sofort gesagt: «Was für ein hübscher Ring.»

«Er ist für dich», sagte Antony.

Sie schaute ihm in die Augen, ungläubig, geschmeichelt, aber etwas anderes lag auch noch in ihrem Blick. Er hatte nicht ausmachen können, was dieses andere war.

«Es ist ein Verlobungsring», fuhr er fort. «Ich habe ihn heute morgen gekauft.» Aus irgendeinem Grund war es wichtig gewesen, daß er den Ring in der Hand hielt, während er sie fragte, ob sie ihn heiraten wolle, als hätte er gewußt, daß sie diesen materiellen Anreiz brauchte. «Ich glaube – und ich hoffe, du glaubst es auch –, ich glaube, wir sollten heiraten.»

«Antony.»

«Sag das nicht so vorwurfsvoll.»

«Ich sage das nicht vorwurfsvoll. Ich bin nur überrascht.»

«Du kannst wohl kaum sagen: ‹Das kommt so plötzlich.› Schließlich kennen wir uns seit fünf Jahren.»

«Aber nicht richtig.»

«Ich habe das Gefühl, als ob es so wäre.»

Und in jenem Augenblick war Antony tatsächlich so zumute. Aber ihre Beziehung war ungewöhnlich, und am ungewöhnlichsten daran war, wie Rose immer wieder in seinem Leben auftauchte – ihm über den Weg lief, wenn er es am wenigsten erwartete, als wäre die ganze Beziehung vom Schicksal vorherbestimmt.

Und doch, als er ihr zum erstenmal begegnet war, hatte sie überhaupt keinen Eindruck auf ihn gemacht. Aber damals war er fünfundzwanzig gewesen und hatte mitten in einer Liebesgeschichte mit einer Schauspielerin gesteckt, die eine Saison lang in Edinburgh gastierte. Und Rose war erst siebzehn gewesen. Ihre Mutter, Pamela Schuster, hatte das Strandhaus in Fernrigg für einen Sommerurlaub gemietet. Antony, über das Wochenende zu Hause, begleitete Tuppy zu einem Picknick an den Strand, wurde vorgestellt und schließlich auf einen Drink ins Strandhaus eingeladen. Die Mutter war charmant und äußerst attraktiv, aber aus irgendeinem Grund hatte Rose an jenem Nachmittag schlechte Laune gehabt. Antony hatte ihre langbeinige Staksigkeit genausowenig gereizt wie ihr schmollender Ausdruck und die einsilbigen Antworten, die er bekam, wenn er versuchte, ein Gespräch anzufangen. Als er das nächste Mal einen Wochenendbesuch in Fernrigg machte, waren sie und ihre Mutter abgereist, und er verschwendete keinen weiteren Gedanken an die Schusters.

Aber dann, als er vor einem Jahr geschäftlich in London gewesen war, hatte er Rose mit einem ernsten jungen Amerikaner mit randloser Brille in der Bar des Savoy getroffen. Als er sie sah, konnte Antony kaum glauben, daß es dasselbe Mädchen war. Sie war schlank, sah phantastisch aus und zog die offene oder verstohlene Aufmerksamkeit jedes männlichen Wesens im Raum auf sich.

Antony ging hin und stellte sich vor, und Rose, vielleicht gelangweilt von ihrem unendlich ernsthaften Begleiter, reagierte mit einer Freude, die ihm schmeichelte. Sie sagte, ihre Eltern machten in Südfrankreich Urlaub. Sie fliege morgen nachmittag zu ihnen. Das hatte ein angenehmes Gefühl der Dringlichkeit geschaffen, und Rose ließ denn auch ohne viel Aufhebens ihren Amerikaner sitzen und ging mit Antony zum Abendessen. «Wann kommen Sie aus Südfrankreich zurück?» wollte er wissen, schon jetzt schlecht gelaunt bei dem Gedanken, sich von ihr verabschieden zu müssen.

«Ich weiß es nicht. Darüber habe ich noch gar nicht nachgedacht.»

«Sind Sie denn nirgends angestellt?»

«Ach, ich wäre in jedem Job unnütz. Ich bin nie pünktlich und kann nicht tippen, also wäre ich bloß eine Last für alle. Außerdem habe ich es nicht nötig. Und würde bloß jemandem, der es verdient hat, die Butter vom Brot nehmen.»

Antonys schottisches Gewissen veranlaßte ihn zu der Feststellung: «Sie sind eine Drohne. Eine Schande für die Gesellschaft.» Aber er sagte es lächelnd, weil sie ihn amüsierte, und Rose nahm keinerlei Anstoß daran.

«Ich weiß.» Sie überprüfte in dem kleinen Spiegel, den sie aus ihrer Handtasche gefischt hatte, ihr kunstvolles Augen-Make-up. «Ist das nicht schrecklich?»

«Sagen Sie mir Bescheid, wenn Sie aus Südfrankreich zurückkommen.»

«Selbstverständlich.» Sie klappte die Puderdose zu. «Ganz bestimmt.»

Aber sie hatte ihm nicht Bescheid gesagt. Antony hatte keine Ahnung, wo sie wohnte, und keine Londoner Adresse, deshalb konnte er sich nicht mit ihr in Verbindung setzen. Er schaute unter Schuster im Telefonbuch nach, doch die Nummer war nicht eingetragen. Diskret holte er bei Tuppy Erkundigungen ein, aber Tuppy konnte sich nur daran erinnern, daß die Schusters das Strandhaus gemietet hatten, und wußte nicht, unter welcher Adresse sie zu erreichen waren.

«Warum willst du das wissen?» Ihre Stimme am Telefon klang neugierig.

«Ich habe Rose in London wiedergetroffen. Ich möchte mich bei ihr melden.»

«Bei Rose? Diesem hübschen Kind? Wie spannend.»

Als Antony sie wiedergefunden hatte, fing der Sommer an. In Londons Gärten duftete der Flieder, und ein Schleier aus eben erst grünenden Blättern überzog die Parks.

Antony war wieder einmal im Süden, um Gespräche mit einem Kunden seiner Firma zu führen. Beim Mittagessen bei Scott's im Strand traf er einen alten Schulfreund, der ihn zu einer Party am selben Abend einlud. Der Freund wohnte in Chelsea, und als Antony die Wohnung im obersten Stockwerk betrat, war Rose der erste Mensch, den er sah.

Rose. Er wußte, eigentlich hätte er wütend auf sie sein müssen, aber statt dessen setzte sein Herz einen Schlag aus. Sie trug einen Anzug aus blauem Leinen, Schuhe mit hohen Absätzen, und das lange Haar fiel ihr offen auf die Schultern. Sie sprach mit einem Mann, doch Antony machte sich gar nicht erst die Mühe, ihn näher zu betrachten. Sie war hier. Er hatte sie gefunden. Das Schicksal hatte sich eingeschaltet. Das Schicksal wollte nicht, daß sie getrennt blieben. Antony, aufgewachsen in den Highlands, glaubte fest an das Schicksal.

Er nahm einen Drink von einem vorbeigetragenen Tablett und ging hin, um Rose mit Beschlag zu belegen.

Dieses Mal war es vollkommen. Er hatte drei Tage in London, und sie fuhr nicht nach Südfrankreich. Soweit er feststellen konnte, fuhr sie nirgendshin. Ihre Eltern waren in New York, wo sich Rose mit ihnen treffen wollte – irgendwann. Nicht gleich. Sie wohnte im Apartment ihres Vaters in Cadogan Court. Antony meldete sich in seinem Club ab und zog ebenfalls ein.

Alles ging gut. Sogar das Wetter lächelte ihnen zu. Tagsüber schien die Sonne, Fliederzweige neigten sich vor dem blauen Himmel, Fensterkästen quollen über vor Blumen, und stets schienen die besten Plätze in Restaurants auf sie zu warten. Nachts segelte ein runder, silberner Mond über den Himmel und tauchte die Stadt in romantisches Licht. Antony gab in vollen Zügen Geld aus, und die untypische Orgie der Verschwendung gipfelte in jenem Morgen, an dem er zu einem Juwelier in der Regent Street ging und den Ring mit den Diamanten und Saphiren kaufte.

Sie waren verlobt. Er konnte es kaum glauben. Damit es wahr wurde, schickten sie ein Telegramm nach New York und riefen in Fernrigg an. Tuppy staunte, war aber begeistert. Sie sehnte sich schon lange danach, daß Antony heiratete und einen Hausstand gründete.

«Du mußt sie herbringen. Es ist so lange her, seit sie hier war. Ich kann mich kaum noch daran erinnern, wie sie aussieht.»

Antony schaute Rose an und sagte: «Sie ist schön. Das Schönste, was es auf der Welt gibt.»

«Ich kann es nicht erwarten, sie wiederzusehen.»

«Sie sagt, sie kann es nicht erwarten», berichtete er Rose.

«Ich fürchte, sie wird eine Weile warten müssen, Schatz. Ich muß erst noch nach Amerika. Ich habe es meiner Mutter und Harry versprochen. Er hat so tolle Pläne gemacht, und er regt sich immer furchtbar auf, wenn er sie ändern muß. Ich muß hin. Erklär es Tuppy.»

Antony erklärte es. «Wir kommen bestimmt», versprach er. «Später, wenn Rose zurück ist. Ich bringe sie nach Fernrigg, und du kannst sie richtig kennenlernen.»

Rose flog also nach New York, und Antony kehrte, benommen von Liebe und Glück, nach Edinburgh zurück. «Ich schreibe», hatte sie versprochen, aber sie schrieb nicht. Antony verfaßte in seiner Verliebtheit ganze Romane, die sie nicht beantwortete. Er wurde unruhig. Er schickte Telegramme, auf die er ebenfalls keine Antwort bekam. Schließlich raffte er sich zu einem ungeheuer teuren Anruf bei ihr zu Hause in Westchester County auf, doch Rose war nicht da. Ein Dienstbote ging ans Telefon, mit einem so starken Akzent, daß Antony so gut wie nichts verstand. Er konnte nur vermuten, Rose sei verreist, mit unbekannter Adresse, und es sei ungewiß, wann sie zurückkomme.

Ihm war schon ganz verzweifelt zumute, als die erste Postkarte eintraf. Es war ein Bild vom Grand Canyon mit einer hingekritzelten zärtlichen Botschaft, die ihm gar nichts sagte. Eine Woche später kam die zweite Karte. Rose blieb den ganzen Sommer in Amerika, und während dieser Zeit bekam er fünf Postkarten von ihr, eine unbefriedigender als die andere.

Klagende Nachfragen aus Fernrigg machten die Situation auch nicht besser. Antony gelang es, sie mit denselben Entschuldigungen abzuwimmeln, die er auch sich selbst gegenüber gebrauchte. Rose war einfach schreibfaul.

Aber trotz dieser Entschuldigungen machten ihm Zweifel zu schaffen und schwollen zu monströsen Wolken an, die seinen Horizont verfinsterten. Er verlor das Vertrauen zu seinem soliden, schottischen gesunden Menschenverstand. Hatte er sich zum Narren gemacht? Waren die zauberhaften Tage mit Rose in London nur eine blendende Illusion von Liebe und Glück gewesen?

Und dann geschah etwas, was jeden Gedanken an Rose aus seinem Kopf vertrieb. Isobel rief aus Fernrigg an und sagte ihm, Tuppy sei krank: sie habe sich erkältet, daraus sei eine Lungenentzündung geworden, sie hätten eine Schwester eingestellt, die sie pflege. Isobel versuchte, ruhig zu klingen, und tat ihr Bestes, Antony zu beruhigen. «Du brauchst dir keine

Sorgen zu machen. Ich bin sicher, daß alles gut wird. Ich wollte es dir bloß sagen. Ich beunruhige dich ungern, aber ich weiß, du willst es wissen.»

«Ich komme nach Hause», sagte er sofort.

«Nein. Tu das nicht. Das würde sie mißtrauisch machen, sie würde denken, es steht schlimm um sie. Vielleicht, wenn Rose aus Amerika zurück ist. Falls sie…» Isobel zögerte hoffnungsvoll. «Vielleicht ist sie ja schon zurück?»

«Nein», sagte Antony. «Nein. Noch nicht. Aber ich bin sicher, daß sie jetzt bald kommt.»

«Ja», sagte Isobel. «Das glaube ich auch.» Es klang, als wolle sie ihn trösten, wie sie ihn immer getröstet hatte, wenn er als Kind traurig gewesen war. Antony wußte, daß er es war, der sie hätte trösten sollen. Dadurch fühlte er sich noch elender.

Es kam ihm vor, als mache er sich über einen gereizten Blinddarm Sorgen, während er gleichzeitig akute Zahnschmerzen hatte. Er wußte nicht, was er tun sollte, und schließlich, aus einer Unschlüssigkeit heraus, die seinem Wesen eigentlich vollkommen fremd war, tat er gar nichts.

Diese Unschlüssigkeit hielt eine Woche lang an, dann nahmen seine Probleme schlagartig ein Ende. Die Post brachte das schlampige Päckchen von Rose, in London abgestempelt, das den Verlobungsring enthielt und den einzigen Brief, den sie ihm je geschrieben hatte. Und während er immer noch unter Schock stand, kam der zweite Anruf von Isobel. Dieses Mal war es Isobel nicht gelungen, tapfer zu sein. Tränen und Angst hatten die Oberhand gewonnen, und ihre zittrige Stimme verriet die erschütternde Wahrheit. Hugh Kyle machte sich offenbar Sorgen um Tuppy. Isobel hatte den Verdacht, es gehe ihr viel schlechter, als sie bisher angenommen hatten. Vielleicht würde sie sterben.

Tuppys einziger Wunsch war, Antony und Rose zu sehen. Sie sehnte sich nach ihnen, machte sich Sorgen, wollte Hochzeitspläne schmieden. Es wäre grauenhaft, sagte Isobel, wenn Tuppy ihn und Rose nie zusammen sehen könnte.

Es war klar, was das zu bedeuten hatte. Antony brachte es nicht übers Herz, Isobel die Wahrheit zu sagen, und schon als er hörte, wie er das unmögliche Versprechen machte, fragte er sich, wie er es halten sollte.

Mit der Ruhe des Verzweifelten machte er Pläne. Er sprach mit seinem Chef, bat mit so wenigen Erklärungen wie irgend möglich um ein langes Wochenende, das ihm zugestanden wurde. In störrischer Hoffnungslosigkeit rief er in der Wohnung der Schusters in London an; als sich niemand meldete, verfaßte er ein wortreiches Telegramm und schickte es ab. Er buchte einen Platz im Flugzeug nach London. Jetzt, auf dem Flughafen, während er darauf wartete, daß der Flug aufgerufen wurde, griff er in die Jackentasche und nahm den Brief heraus. Das Papier war dunkelblau und luxuriös, die Adresse auf dem Briefkopf dick eingeprägt.

Cadogan Court 82
London, S. W. 1

Aber leider konnte Roses Schrift mit der Adresse nicht mithalten. Sie war krakelig, so ungeformt wie die eines Kindes, und schlängelte sich über das Blatt, mit schiefen Zeilen und so gut wie nicht vorhandener Interpunktion.

Liebster Antony,
es tut mir ungeheuer leid aber ich schicke Dir Deinen Ring zurück weil ich nun doch nicht glaube, daß ich Dich heiraten kann, es ist alles ein grauenhafter Fehler. Nicht nur grauenhaft weil Du lieb warst und mir unsere gemeinsame Zeit Spaß gemacht hat aber jetzt weiß ich, daß ich noch nicht bereit bin häuslich zu werden schon gar nicht in Schottland, ich meine ich habe nichts gegen Schottland, es ist ganz hübsch aber ich gehöre nicht dorthin. Nicht für immer, meine ich. Ich bin letzte Woche nach London geflogen und bleibe ein paar Tage hier, weiß nicht recht was

ich dann mache. Meine Mutter läßt Dich grüßen aber sie glaubt ich sollte noch nicht heiraten und wenn doch, dann auf keinen Fall in Schottland leben. Sie glaubt auch nicht, daß ich dorthin passe. Es tut mir also ungeheuer leid aber besser jetzt als später. Scheidungen sind so unappetitlich und dauern so lange und kosten eine Menge Geld.

Alles Liebe (trotzdem)
Rose

Antony faltete das Blatt zusammen, steckte es wieder in die Tasche und tastete nach dem glatten Leder der Schatulle mit dem Ring. Dann machte er sich über das Bier und die Sandwiches her. Er war kaum damit fertig, als sein Flug aufgerufen wurde.

Er war um halb drei in Heathrow, nahm den Bus zum Terminal und dann ein Taxi. London war merklich wärmer als Edinburgh und strahlte in der Herbstsonne. Die Bäume hatten sich noch kaum verfärbt, und der Rasen im Park war abgetreten und braun nach dem langen Sommer. In der Sloane Street schien es von unbeschwerten Kindern zu wimmeln, die an der Hand elegant gekleideter junger Mütter von der Schule nach Hause gingen. Falls Rose nicht da ist, dachte er, setze ich mich und warte auf sie, verdammt noch mal.

Das Taxi bog auf den Platz ein und hielt vor dem vertrauten roten Backsteingebäude. Es war ein Neubau, äußerst nobel, mit Lorbeerbäumchen vor der breiten Steintreppe und jeder Menge Glas.

Antony bezahlte das Taxi und ging die Treppe hinauf durch die Glastür. Drinnen lag dunkelbrauner Teppichboden, an der Wand standen Palmen in Kübeln, und der Geruch von Leder und teuren Zigarren hing in der Luft.

Der Portier stand nicht hinter dem Tresen, war auch nirgends zu sehen. Vielleicht, dachte Antony, als er den Aufzugsknopf drückte, war er kurz weggegangen, um sich eine

Abendzeitung zu besorgen. Der Lift schnurrte heran, die Türen öffneten sich geräuschlos. Als Antony eingetreten war, schlossen sie sich ebenso geräuschlos. Er drückte den Knopf für den vierten Stock und dachte daran, wie er mit Rose in den Armen in diesem Lift gestanden und sie jedesmal geküßt hatte, wenn sie ein weiteres Stockwerk passierten. Es war eine schmerzliche Erinnerung.

Der Aufzug hielt, die Türen öffneten sich wieder. Er griff nach seiner Tasche, ging hinaus und den langen Flur entlang, blieb vor der Tür von Nummer 82 stehen und klingelte, ohne sich Zeit zum Nachdenken zu lassen. Drinnen ertönte das tiefe Surren der Klingel. Er stellte die Tasche ab, streckte die Hand aus, um sich gegen den Türrahmen zu lehnen, und wartete ohne viel Hoffnung. Sie war bestimmt nicht da. Er fühlte sich schon jetzt erschöpft bei dem Gedanken daran, was folgen würde.

Und dann hörte er plötzlich ein Geräusch. Er blieb bewegungslos stehen und lauschte. Eine Tür ging zu. Eine andere Tür ging auf. Schritte kamen über den kurzen Flur von der Küche her, und im nächsten Augenblick flog die Tür auf. Rose stand vor ihm.

Er starrte sie an wie ein Idiot, und die wildesten Gedanken jagten durch seinen Kopf. Sie war da, er hatte sie gefunden. Sie sah nicht allzu wütend aus. Sie hatte sich das Haar abschneiden lassen.

Sie sagte: «Ja?», was seltsam wirkte, aber es war ja auch eine seltsame Situation.

Antony sagte: «Hallo, Rose.»

«Ich bin nicht Rose», sagte Rose.

Antony

Jener Freitag versank für Flora in einem Nebel der Unsicherheit – eine Nachwirkung des unglaublichen Vortags. Sie hatte soviel vorgehabt und schließlich überhaupt nichts erreicht.

Wie geplant besuchte sie die Stellenvermittlungen und verschiedene Immobilienmakler, doch ihr Verstand verweigerte beharrlich die Beschäftigung mit den anstehenden Problemen.

«Wollen Sie eine Stelle auf Zeit oder auf Dauer?» hatte das Mädchen bei der Stellenvermittlung gefragt, aber Flora starrte sie einfach nur an und erwiderte nichts, verfolgt von Bildern, die nichts mit Steno und Maschineschreiben zu tun hatten. Es war, als wären plötzlich Fremde in ein wohlgeordnetes Haus eingedrungen und hätten die Macht übernommen. Sie beanspruchten Floras Aufmerksamkeit in einem Maß, daß sie an nichts anderes mehr denken konnte.

«In Fulham ist eine Souterrainwohnung zu vermieten. Sie ist natürlich recht klein, aber wenn es nur für Sie ist...»

«Ja.» Sie sollte sich die Wohnung anschauen. Es klang perfekt. «Ja. Ich werde darüber nachdenken.» Und sie trat auf die Straße hinaus und ging weiter, ziellos und geistesabwesend.

Ein Teil des Problems war natürlich, daß sie zuwenig geschlafen hatte und von den Ereignissen des Vortages körperlich erschöpft war. Es war ein verrückter Abend gewesen. Flora und Rose hatten gemeinsam bei Seppi's zu Abend gegessen, den Champagner ausgetrunken, eine zweite Flasche geschenkt bekommen und beim Kaffee gesessen, bis Seppi sie angesichts einer Schlange von Gästen, die auf Tische warteten, widerstrebend gehen ließ. Rose hatte die Rechnung mit einer Kreditkarte bezahlt. Das Essen kostete mehr, als Flora für möglich gehalten hatte, aber Rose machte nur eine wegwerfende Handbewegung. Sie sagte, es bestehe kein Grund zur Sorge, Harry Schuster werde dafür aufkommen. Das mache er immer.

Sie trieben dann ein Taxi auf und fuhren zum Shelbourne Hotel, wo Rose abfällige Bemerkungen über die Einrichtung, das Personal und die Gäste machte, während Flora, verlegen und darum bemüht, nicht zu lachen, der traurigen Frau an der Rezeption die unerklärliche Situation erklärte. Schließlich wurde ein Hausdiener dazu überredet, die Koffer in das wartende Taxi zu schleppen, und sie fuhren zum Cardogan Court.

Die Wohnung lag im vierten Stock. Flora hätte sich solchen Luxus nie träumen lassen – so viele Teppiche, indirekte Beleuchtung und Installationen aus dem Raumfahrtzeitalter. Glastüren glitten auf, wenn man einen kleinen, mit Topfpflanzen überfüllten Balkon betreten wollte; die hauchzarten Leinenvorhänge schlossen sich auf Knopfdruck; in den Schlafzimmern war der Teppichboden weiß und etwa fünf Zentimeter dick (ärgerlich, wenn man einen Ring oder eine Haarnadel fallen ließ, sagte Rose); und die Bäder rochen allesamt nach besonders teuren Seifen und Badeölen.

Flora wurde lässig in ein Zimmer verfrachtet (blaßblaue Vorhänge aus Thaiseide und überall Spiegel) und zum Auspacken genötigt. Folgsam nahm sie ihr Nachthemd aus dem Koffer, während Rose auf dem Bett saß.

Plötzlich fiel Flora etwas ein. «Möchtest du sehen, wie dein Vater aussieht?»

«Fotos!» Rose klang, als wäre ihr so etwas völlig neu.

Flora holte ein dickes Lederalbum hervor und reichte es Rose, und sie saßen nebeneinander auf dem breiten Bett, ein dunkler Kopf neben dem anderen, während die Spiegel überall im Zimmer das Bild der Zwillinge einfingen.

Da war Seal Cottage, der Garten, das Hochzeitsfoto, das Flora von ihrem Vater und Marcia gemacht hatte, als sie aus der Kirche kamen. Da war das große Foto von ihm, wie er auf den Felsen unterhalb des Cottage saß, Meer und Möwen im Hintergrund, das Gesicht gebräunt, das Haar in der Brise wehend.

Roses Reaktion war befriedigend. «Oh, er ist großartig! Wie ein umwerfender Filmstar mit Brille. Ich begreife ganz gut, warum meine Mutter ihn geheiratet hat. Und andererseits begreife ich es überhaupt nicht. Ich meine, ich kann mir nur vorstellen, daß sie mit einem Mann wie Harry verheiratet ist.»

«Du meinst, mit einem reichen Mann.»

«Ja, ich glaube schon.» Sie warf noch einen Blick auf das Foto. «Ich frage mich, warum sie überhaupt geheiratet haben. Glaubst du, daß sie irgend etwas gemeinsam hatten?»

«Vielleicht waren sie verliebt. Sie haben sich in einem Skiurlaub kennengelernt. Hast du das gewußt?»

«Ist das dein Ernst?»

«Skiurlaube sind ein bißchen wie Seereisen, jedenfalls habe ich das gehört. Berauschende Luft, gebräunte Körper und nichts zu tun, als sich körperlich anzustrengen und zu verlieben.»

Rose grinste. «Das werd ich mir merken.» Plötzlich langweilten sie die Fotos. Sie warf sie auf den seidenen Bettüberwurf und schaute ihre Schwester lange an. Ohne die leiseste Änderung im Ton fragte sie: «Möchtest du baden?»

Sie nahmen also beide ein Bad, und Rose stapelte Platten auf dem Plattenspieler, während Flora eine Kanne Kaffee kochte. In den Hausmänteln (Flora in ihrem alten aus dem Internat, Rose in einem Wunder aus wehender, mit Blumen übersäter Seide) saßen sie auf dem riesigen Sofa und redeten.

Und redeten. Viele Jahre mußten überbrückt werden. Rose erzählte Flora von dem Haus in Paris, ihrem Schulabschluß im Château d'Oex und den Wintern in Kitzbühel. Und Flora informierte Rose über ihre Geschichte (die nicht annähernd so aufregend klang), schmückte den Fund und den Kauf von Seal Cottage nach besten Kräften aus, Marcias Ankunft in ihrem Leben und die Jobs, die sie in der Schweiz und in Griechenland angenommen hatte. Dabei fiel ihr etwas ein.

«Rose, hast du gesagt, daß du nach Griechenland willst?»

«Vielleicht. Aber nach diesem Sommer, in dem ich in den USA herumgeflogen bin, habe ich allmählich das Gefühl, ich will nie wieder in ein Flugzeug steigen. Nie wieder.»

«Du meinst, du hast den ganzen Sommer dort verbracht?»

«Fast den ganzen. Harry hatte diese Reise seit Jahren geplant, und wir haben alles gemacht, sind die Stromschnellen im Salmon River hinuntergejagt und auf Maultieren den Grand Canyon entlanggeritten, mit Kameras behängt. Typische Touristen.» Sie runzelte die Stirn. «Wann hat dein Vater wieder geheiratet?»

Es war schwierig, mit ihren Gedankengängen Schritt zu halten. «Im Mai.»

«Magst du Marcia?»

«Ja, das habe ich dir doch schon gesagt. Sie ist großartig, rundum.» Flora grinste, dachte an Marcias üppige Hüften und die spannenden Blusenknöpfe. «In mehr als einer Hinsicht.»

«Er sieht wirklich toll aus. Ich frage mich, wie er es geschafft hat, so lange ledig zu bleiben?»

«Ich habe keine Ahnung.»

Rose legte den Kopf schief und schaute Flora unter langen, dichten schwarzen Wimpern hervor an. «Wie ist das bei dir? Bist du verliebt, verlobt, im Begriff zu heiraten?»

«Im Augenblick nicht.»

«Hast du je ans Heiraten gedacht?»

Flora zuckte die Achseln. «Du weißt, wie das ist. Anfangs denkt man, jeder neue Mann, den man trifft, steht irgendwann neben einem vor dem Traualtar. Und dann ist es plötzlich nicht mehr so wichtig.» Sie schaute Rose neugierig an. «Und du?»

«Mir geht es genauso.» Rose stand auf und machte sich auf die Suche nach einer Zigarette. Sie zündete sie an, und dabei fiel das dunkle Haar nach vorn und verbarg ihr Gesicht. «Wie auch immer, wer will schon langweilige Hausarbeit und schreiende Kinder?»

«Vielleicht ist das gar nicht so schlimm.»

«Dir würde es vermutlich gefallen. Dir würde es vermutlich gefallen, mitten auf dem Land zu leben, irgendwo im Niemandsland.»

Aus irgendeinem Grund fühlte sich Flora zur Verteidigung aufgerufen. «Ich mag das Landleben. Und ich würde überall leben, unter der Voraussetzung, daß ich mit dem Mann lebe, mit dem ich leben will.»

«Mit ihm verheiratet?»

«Das wäre mir lieber.»

Rose griff nach der Zigarette und drehte Flora den Rücken zu. Sie ging zum Fenster, zog den Vorhang zurück und schaute auf den erleuchteten Platz hinunter. Nach einer Weile sagte sie: «Apropos Griechenland – wenn ich morgen fliegen und dich hier allein lassen würde, wäre das sehr schlimm für dich?»

Es war schwer, nicht völlig verblüfft zu klingen. *Morgen?*»

«Ich meine, am Freitag. Na ja, ich nehme an, das ist heute.»

«Heute?» Wider Willen kam Floras Stimme vor Überraschung ganz piepsig heraus.

Rose drehte sich um. «Es würde dir etwas ausmachen», sagte sie zu Flora. «Deine Gefühle wären verletzt.»

«Red keinen Unsinn. Du hast mich nur überrascht. Ich meine, ich habe nicht geglaubt, daß das mit der Reise nach Griechenland dein Ernst ist. Ich habe gedacht, du redest bloß darüber.»

«O doch. Ich habe sogar einen Platz im Flugzeug gebucht, aber ich war mir nicht sicher, ob ich wirklich fliegen will. Aber plötzlich glaube ich, ich will. Du hältst das nicht für gemein von mir?»

«Selbstverständlich nicht», sagte Flora energisch.

Rose lächelte. «Weißt du, so ähnlich, wie ich gedacht habe, sind wir uns doch nicht. Du bist soviel ehrlicher, und das ist leicht zu durchschauen. Ich weiß genau, was du denkst.»

«Was denke ich?»

«Daß ich ein Miststück bin, weil ich dich allein lasse. Du fragst dich, warum ich plötzlich nach Griechenland muß.»

«Willst du es mir sagen?»

«Ich glaube, du hast es erraten. Es geht um einen Mann. Das hast du vermutet, nicht wahr?»

«Schon möglich.»

«Ich habe ihn auf einer Party in New York kennengelernt, kurz bevor ich nach London zurückgeflogen bin. Er lebt in Athen, aber gestern morgen habe ich ein Telegramm bekommen. Im Augenblick ist er auf Spetse, er hat dort von Freunden ein Haus gemietet. Er möchte, daß ich hinkomme.»

«Dann mußt du hin.»

«Das ist dein Ernst, nicht wahr?»

«Natürlich. Ich bin kein Grund für dich, in London zu bleiben. Außerdem muß ich mir Arbeit und eine Wohnung suchen.»

«Du bleibst hier in der Wohnung, ja?»

«Weißt du…»

«Ich bringe es mit dem Portier in Ordnung. Bitte.» Roses Stimme klang ängstlich, fast flehend. «Sag, daß du bleibst. Wenigstens ein paar Tage. Über das Wochenende. Es würde mir soviel bedeuten.»

Flora war verwirrt, aber nichts sprach dagegen – es gab keinen Grund, eine derart angenehme Einladung auszuschlagen. «Na schön. Bis Montag. Aber nur, wenn du sicher bist, daß es in Ordnung geht.»

«Natürlich geht es in Ordnung.» Rose lächelte strahlend, mit Floras Lächeln. Sie kam durchs Zimmer und umarmte Flora. «Und jetzt komm und hilf mir packen.»

«Aber es ist drei Uhr morgens!»

«Das macht doch nichts. Koch noch eine Kanne Kaffee.»

«Aber...» Flora hatte sagen wollen: «Ich bin todmüde», doch sie schwieg. Rose war eben so. Sie hatte ein solches Tempo, daß man hinter ihr herwirbelte, in ihrem Windschatten gefangen, ohne genau zu wissen, wo es hinging.

Rose brach schließlich am Freitag um elf Uhr morgens zur ersten Etappe ihrer langen Reise nach Spetse auf. Sie ließ Flora auf dem Pflaster vor dem Wohnblock stehen.

«Auf bald», sagte sie und umarmte Flora zum Abschied. «Laß den Schlüssel beim Portier, wenn du ausziehst.»

«Schick mir eine Karte.»

«Natürlich. Es war toll. Ich melde mich.»

«Viel Spaß, Rose.»

Rose sprang in das wartende Taxi, schlug die Tür zu und beugte sich aus dem offenen Fenster. «Paß auf dich auf!» rief sie, und das Taxi fuhr an, während Rose den Arm in der Nerzjacke schwenkte. Flora stand winkend da, bis das Taxi um die Ecke des Platzes bog und in der Sloane Street verschwand.

Das war es also gewesen. Es war vorbei. Flora drehte sich langsam um und ging hinein, fuhr im Lift nach oben und betrat die leere Wohnung. Sie kam sich fremd vor. Ohne Rose wirkte alles so still.

Sie ging ins Wohnzimmer und fing halbherzig damit an, Kissen aufzuschütteln, Vorhänge aufzuziehen und Aschenbecher zu leeren. Dann schaute sie sich Harry Schusters Bücherregale an. Beim Blättern vergaß sie die Hausarbeit und stellte fest, daß er Hemingway las, Robert Frost, Norman Mailer und Simenon (auf französisch). In den Gestellen am Plattenspieler standen Langspielplatten von Aaron Copland, und der Frederic Remington über dem Kamin dokumentierte einen gewissen Stolz auf sein Land und dessen beste Leistungen.

Harry Schuster nahm Gestalt an. Flora meinte, sie hätte ihn gemocht. Aber es war schwer, ähnlich freundliche Gefühle für eine Mutter zu empfinden, die einen nach der Geburt im

Stich gelassen hatte, in ein sorgloses Eheleben weitergezogen war und die Zwillingsschwester mitgenommen hatte.

Aus den Gesprächen der letzten Nacht mit Rose und den Fotos hatte Flora sich ein so deutliches Bild von Pamela Schuster zusammengesetzt, als kenne sie diese Frau schon lange: schön und weltgewandt, nach teurem Parfum duftend, angezogen von Dior oder schlank wie ein Junge in verschossenen Jeans; Pamela in St. Tropez, beim Skilaufen in St. Moritz, beim Mittagessen im La Grenouille in New York; dunkle Augen, strahlend vor Vergnügen, kurz geschnittenes dunkles Haar, das Lächeln ein weißes Aufblitzen. Sie besaß allen Charme und alle Selbstsicherheit der Welt – aber Liebe, Zärtlichkeit? Flora war skeptisch.

Die Uhr auf dem Kaminsims schlug mit silberhellen Schlägen zwölf. Der Morgen war vorbei. Flora riß sich zusammen, machte sich ein Sandwich, trank ein Glas Milch, griff nach ihrer Tasche und verließ die Wohnung.

Ohne Begeisterung machte sie sich auf Arbeitssuche. Am späten Nachmittag kam sie in die Wohnung zurück, ohne etwas erreicht zu haben. Völlig erschöpft vom Herumlaufen und Treppensteigen ging sie in die Küche und setzte den Kessel auf, um sich eine Tasse Tee zu kochen. Heute abend würde sie ein Bad nehmen, fernsehen und zeitig zu Bett gehen. Rose hatte darauf bestanden, daß sie über das Wochenende blieb. Vielleicht fühlte sie sich am Montag energischer und geschäftstüchtiger. Als das Wasser kochte, klingelte es an der Tür.

Das war der Tropfen, der das Faß zum Überlaufen brachte. Flora sagte: «Verdammt», stellte den Herd ab und ging zur Wohnungstür.

Als sie im Flur an einem Spiegel vorbeikam, erhaschte sie einen Blick auf sich, gleichermaßen müde und aufgelöst, mit glänzendem Gesicht und lässig hochgerollten weißen Blusenärmeln. Sie sah aus, als hätte sie den Fußboden geschrubbt. Seufzend öffnete sie die Tür.

Ein Mann – groß, schlank, ziemlich jung – stand davor. Er trug einen gutgeschnittenen braunen Fischgrätanzug, und sein Haar glänzte in dunklem Kupferrot, wie das Fell eines irischen Setters. Sein Gesicht war schön geschnitten, mit bleicher, sommersprossiger Haut – der Typ, der einen Sonnenbrand bekam, ehe er braun wurde. Die Augen waren hell und klar, ein grünliches Grau. Sie starrten Flora an, als erwarte er, daß sie den ersten Schritt tat. Schließlich sagte Flora: «Ja?»

Er sagte: «Hallo, Rose.»

«Ich bin nicht Rose», sagte Flora.

Eine kurze Pause entstand, in der sich der Ausdruck des jungen Mannes kaum veränderte. Dann sagte er: «Wie bitte?», als habe er nicht richtig gehört.

«Ich bin nicht Rose», wiederholte Flora etwas lauter, als wäre er schwerhörig oder blöd oder möglicherweise beides. «Ich bin Flora.»

«Wer ist Flora?»

«Ich», sagte Flora wenig hilfsbereit, bereute es aber sofort. «Ich meine, ich wohne über das Wochenende hier.»

«Das soll wohl ein Witz sein?»

«Nein, keineswegs.»

«Aber Sie sehen genauso aus...» Er brach ab und sah sie hilflos an.

«Ja, ich weiß.»

Er schluckte und sagte mit leicht brüchiger Stimme: «Zwillinge?»

«Ja.»

Er versuchte es noch einmal. «Schwestern?»

«Ja.»

«Aber Rose hat keine Schwester.»

«Nein, sie hatte keine, aber jetzt hat sie eine. Ich meine, seit gestern abend.»

Wieder entstand eine lange Pause, dann sagte der junge Mann: «Meinen Sie, daß Sie mir das erklären könnten?»

«Ja, natürlich. Sehen Sie...»

«Meinen Sie, daß ich hereinkommen kann, ehe Sie mit der Erklärung anfangen?»

Flora zögerte; ihre Gedanken überstürzten sich. Harry Schusters Wohnung, voll von kostbaren Dingen; sie war verantwortlich; ein unbekannter junger Mann, möglicherweise mit kriminellen Absichten... Jetzt war sie an der Reihe, einen Kloß im Hals hinunterzuschlucken.

«Ich weiß nicht, wer Sie sind.»

«Ich bin Antony Armstrong. Ich bin ein Freund von Rose. Ich bin eben mit dem Flugzeug aus Edinburgh gekommen.» Flora zögerte immer noch. Der junge Mann wurde ungeduldig, vielleicht mit einer gewissen Berechtigung. «Hören Sie, fragen Sie Rose. Wenn sie nicht da ist, rufen Sie sie an. Ich warte.»

«Ich kann sie nicht anrufen.»

«Warum?»

«Sie ist nach Griechenland gefahren.»

«*Griechenland?*»

Das ungläubige Entsetzen in seiner Stimme und die Art, wie die Farbe aus seinem Gesicht wich, überzeugten Flora schließlich. Kein Mensch, was für üble Absichten er auch haben mochte, konnte einen solchen Schock vortäuschen. Sie trat zur Seite und sagte: «Kommen Sie herein.»

Zu ihrer Erleichterung schien er sich sofort in der Wohnung zu Hause zu fühlen, legte Reisetasche und Regenmantel auf dem Stuhl im Flur ab, als habe er das schon oft getan. Schon etwas ruhiger fragte Flora, ob er eine Tasse Tee wolle. Er nickte, noch immer benommen. Sie gingen in die Küche, und Flora machte den Herd wieder an. Während sie Tassen und Untertassen aus dem Schrank nahm, spürte sie, daß er sie unverwandt anstarrte, jede ihrer Bewegungen beobachtete.

«Indischen oder chinesischen?» fragte sie.

«Indischen. Möglichst stark, bitte.» Er zog einen hohen Küchenhocker heran und ließ sich darauf nieder. «Jetzt erzählen Sie schon», sagte er.

«Was wollen Sie wissen?»

«Sind Sie wirklich Roses Schwester?»

«Ja, wirklich.»

«Aber was ist passiert?»

In so kurzen Worten wie möglich erzählte Flora es ihm: die gescheiterte Ehe von Ronald und Pamela Waring; die Trennung der Zwillinge; die beiden Schwestern, die bis zu der Begegnung gestern abend bei Seppi's nichts voneinander gewußt hatten.

«Sie meinen, das war erst gestern abend?»

«Das habe ich Ihnen doch gesagt.»

«Ich kann es kaum glauben.»

«Wir konnten es auch kaum glauben, aber so war es. Nehmen Sie Milch und Zucker?»

«Ja, beides. Und was ist dann passiert?»

«Wir haben zusammen zu Abend gegessen, und dann hat Rose mich hierher eingeladen, und wir haben die ganze Nacht geredet.»

«Und heute morgen ist sie nach Griechenland gefahren?»

«Ja.»

«Und was tun Sie hier?»

«Na ja, wissen Sie, ich bin erst gestern mit dem Zug aus Cornwall gekommen. Ich war ein Jahr lang aus London fort, habe dort bei meinem Vater und meiner Stiefmutter gewohnt. Ich habe hier noch keine Arbeit und auch keine Wohnung. Ich wollte mir heute etwas suchen, aber irgendwie hat das nicht geklappt. Rose hat mich sowieso gebeten, das Wochenende über hierzubleiben. Sie hat gesagt, es kommt nicht darauf an und es stört niemanden.» Sie drehte sich um, um Antony seine Tasse zu reichen, und war auf seinen Gesichtsausdruck nicht vorbereitet. Wie um ihn zu beschwichtigen, fügte sie hinzu: «Sie hat dem Portier Bescheid gesagt.»

«Sagen Sie mir, hat sie Sie ausdrücklich gebeten, über das Wochenende hierzubleiben?»

«Ja. Wieso? Hätte sie das nicht tun sollen?»

Er nahm ihr die Tasse ab und rührte um, wandte die hellen Augen immer noch nicht von Floras Gesicht.

«Hat sie Ihnen zufällig gesagt, daß ich komme?»

«Wußte sie denn davon?»

«Sie hat kein Telegramm erwähnt, das ich ihr geschickt habe?»

«Nein.» Flora war das ein Rätsel; sie schüttelte den Kopf. «Nichts. Sie hat nichts darüber gesagt.»

Antony Armstrong nahm einen großen Schluck brühendheißen Tee, dann stellte er die Tasse ab, stieg vom Hocker und ging hinaus. Gleich darauf war er wieder da, ein Telegramm in der Hand.

«Wo haben Sie das gefunden?» fragte Flora.

«Wo alle Leute Telegramme, Einladungen und Briefe aufbewahren, die sie beantworten wollen, wenn sie einen Augenblick Zeit haben – hinter der Zuckerdose auf dem Kaminsims. Nur daß es in dieser Wohnung ein polierter Alabasterklumpen ist.» Er hielt Flora das Telegramm hin. «Sie sollten es lesen.»

Widerstrebend nahm Flora das Telegramm, während Antony wieder auf dem Hocker Platz nahm und weiter Tee trank.

«Lesen Sie es schon.»

Und sie las:

PÄCKCHEN UND BRIEF ERHALTEN. MUSS DICH UNBEDINGT SEHEN. TUPPY SCHWER KRANK. FLIEGE FREITAG NACH LONDON, BIN AM SPÄTEN NACHMITTAG BEI DIR. ANTONY.

Floras schlimmste Befürchtungen hatten sich bestätigt. Das war ein telegrafischer Hilferuf, wenn es je einen gegeben hatte. Und Rose hatte ihn ignoriert, hatte ihn Flora gegenüber nicht einmal erwähnt. Sie war davor weggelaufen.

Es war schwer, sich einen intelligenten Kommentar auszudenken. Schließlich fragte sie: «Wer ist Tuppy?»

«Meine Großmutter. Hat Rose gesagt, warum sie nach Griechenland gefahren ist?»

«Ja, sie...» Flora schaute auf. Antony sah sie aufmerksam an. Urplötzlich hatte sie Angst, ihm zuviel zu verraten. Sie bemühte sich um ein unbekümmertes Gesicht und versuchte, sich eine unbekümmerte Lüge auszudenken, aber es nützte nichts. Ob es ihr gefiel oder nicht, sie steckte bis zum Hals in der Sache, und es schien keinen Ausweg zu geben.

«Ja?» drängte er.

Flora gab nach. «Sie besucht einen Mann, den sie in New York kennengelernt hat. Sie hat ihn kurz vor ihrer Rückkehr nach London auf einer Party kennengelernt. Er hat eine Villa auf Spetse gemietet und Rose eingeladen, zu ihm zu kommen.» Diese Information wurde mit steinernem Schweigen aufgenommen. «Sie hatte einen Platz im Flugzeug gebucht. Heute morgen ist sie abgereist.»

Nach einer Weile sagte Antony: «Ich verstehe.»

Flora hielt das Telegramm hoch. «Ich weiß nicht, was diese – Ihre Großmutter – mit Rose zu tun hat.»

«Rose und ich waren verlobt. Vor kurzem hat sie mir den Ring zurückgeschickt und die Verlobung gelöst. Tuppy weiß nichts davon. Sie glaubt immer noch, es bleibt bei der Heirat.»

«Und Sie wollen nicht, daß sie es erfährt?»

«Nein, das will ich nicht. Ich bin dreißig, und sie meint, es ist höchste Zeit, daß ich heirate. Sie möchte uns beide sehen, Pläne machen, über die Zukunft nachdenken.»

«Und was wollten Sie von Rose?»

«Daß sie mit mir nach Hause fährt. Die Verlobungsgeschichte bestätigt. Tuppy glücklich macht.»

«Sie anlügt, meinen Sie.»

«Nur ein einziges Wochenende lang.» Er fügte mit ernstem Gesicht hinzu: «Tuppy ist schwer krank. Sie ist siebenundsiebzig. Sie könnte sterben.»

Das letzte, verzweifelte Wort hing in der Stille zwischen ihnen. Flora fiel nichts ein, was sie hätte sagen können. Geistesabwesend zog sie sich einen Stuhl heran und setzte sich an den Küchentisch, die Ellbogen auf die schimmernde weiße Platte gelegt. Dann fragte sie betont sachlich: «Wo ist zu Hause?»

«Im Westen von Schottland. Arisaig.»

«Das sagt mir nichts. Ich war noch nie in Schottland.»

«Vielleicht sagt Ihnen Argyll etwas.»

«Leben Ihre Eltern dort?»

«Ich habe keine Eltern. Mein Vater ist im Krieg auf See verschollen und meine Mutter kurz nach meiner Geburt gestorben. Tuppy hat mich aufgezogen. Es ist ihr Haus.» Er fügte hinzu: «Es heißt Fernrigg.»

«Kennt Rose Tuppy?»

«Ja, aber nicht besonders gut. Vor fünf Jahren haben Rose und ihre Mutter im Sommer zwei Wochen lang das Strandhaus gemietet, und wir alle haben sie damals kennengelernt. Dann sind sie abgereist, und ich habe nie wieder an die beiden gedacht, bis ich Rose vor etwa einem Jahr in London wiedergetroffen habe. Aber Tuppy hat sie seit damals nicht mehr gesehen.»

Fernrigg. Argyll. Schottland. Rose hatte Schottland nicht erwähnt. Sie hatte von Kitzbühel gesprochen, von St. Tropez und dem Grand Canyon, aber Schottland hatte sie nicht erwähnt. Das alles erschien sehr verwirrend, doch eines war offensichtlich. Als sie mit einer Krise konfrontiert wurde, hatte Rose beschlossen, davonzulaufen.

«Sie… Sie haben gesagt, daß Sie aus Edinburgh kommen.»

«Ich arbeite in Edinburgh.»

«Fahren Sie dorthin zurück?»

«Das weiß ich nicht.»

«Was werden Sie tun?»

Antony zuckte die Achseln und stellte die leere Tasse ab. «Weiß der Himmel. Allein nach Fernrigg fahren, nehme ich an. Falls...» Er schaute Flora an und sprach weiter, als wäre das der natürlichste Vorschlag der Welt. «Falls Sie nicht mitkommen wollen.»

«Ich?»

«Ja, Sie.»

«Was könnte ich schon tun?»

«Sie könnten tun, als wären Sie Rose.»

Was Flora wirklich kränkte, war die Ruhe, mit der er diesen unerhörten Gedanken vorbrachte: Er saß gelassen und gefaßt da, einen unglaublich unschuldigen Ausdruck im Gesicht. Schon seine ursprüngliche Idee, Rose dazu zu überreden, die Verlobung nach außen hin aufrechtzuerhalten, hatte Flora bis ins Mark schockiert. Aber das...

Sie war so verärgert, daß es ihr schwerfiel, etwas zu sagen. «Oh, vielen Dank», war alles, was sie herausbrachte, und auch das klang ausgesprochen schwach.

«Warum nicht?»

«Warum nicht? Weil es eine ganz entsetzliche, grauenhafte Lüge wäre. Und weil es bedeuten würde, daß Sie jemanden täuschen, von dem ich glaube, daß Sie ihn sehr gern haben.»

«Ich bin entschlossen, sie zu täuschen, weil ich sie sehr gern habe.»

«Aber ich will niemanden täuschen, deshalb denken Sie sich lieber etwas anderes aus. Zum Beispiel, daß Sie Ihre Tasche und Ihren Regenmantel nehmen, aus dieser Wohnung verschwinden und mich in Frieden lassen.»

«Sie würden Tuppy mögen.»

«Ich könnte niemanden mögen, den ich anlüge. Man kann nicht lügen, wenn man davon Schuldgefühle bekommt.»

«Tuppy würde Sie auch mögen.»

«Ich komme nicht mit.»

«Hilft es etwas, wenn ich bitte sage?»

«Nein.»

«Nur für ein Wochenende. Das ist alles. Nur das Wochenende. Ich habe es versprochen. Ich habe mein Leben lang

231

noch kein Versprechen gebrochen, das ich Tuppy gegeben habe.»

Flora merkte mit Schrecken, daß ihre Empörung nachließ. Es hatte keinen Sinn, sich von diesem entwaffnenden Menschen rühren zu lassen. Es hatte keinen Sinn zuzulassen, daß er ihr leid tat.

Sie schüttelte energisch den Kopf. «Ich mache es nicht. Tut mir leid. Ich kann nicht.»

«Doch, Sie können. Sie haben mir schon gesagt, daß Sie keine Stellung haben, keine Wohnung außer der hier. Und Ihr Vater ist in Cornwall, also macht er sich vermutlich keine Sorgen um Sie.» Er zögerte einen Moment. «Vielleicht macht sich aber sonst jemand Sorgen um Sie?»

«Sie meinen, gibt es einen Mann, der verrückt nach mir ist und alle fünf Minuten anruft? Den gibt es nicht.»

Antony erwiderte nichts auf diesen Ausbruch, aber sie bemerkte einen Anflug von Heiterkeit in seinen Augen. «Ich weiß nicht, was daran so komisch ist», sagte sie.

«Es ist nicht komisch, es ist haarsträubend. Ich habe immer gedacht, Rose sei das hinreißendste Wesen, das auf zwei Beinen herumläuft, und Sie sind ihr eineiiger Zwilling. Nicht persönlich gemeint, das versichere ich Ihnen, eine rein ästhetische Beurteilung. Was stimmt also nicht mit den Männern hier unten in diesem Land der schönen Worte? Haben sie keine Augen im Kopf?»

Flora sah ihn zum erstenmal lachen. Vorher hatte sie ihn für einen recht gewöhnlich aussehenden jungen Mann gehalten, beinahe häßlich, wenn auch auf anziehende Weise. Aber wenn er lächelte, war er ziemlich umwerfend. Sie begriff, warum Rose seinem Charme erlegen war, und fragte sich, warum sie ihm den Laufpaß gegeben hatte.

Wider Willen lächelte Flora auch. «Für einen Mann, dem die Frau, die er liebt, eben weggelaufen ist, wirken Sie nicht besonders am Boden zerstört.»

Sein Lächeln erstarb. «Nein», gab er zu. «Aber tief im Innern bin ich ein gerissener, nüchterner schottischer Geschäftsmann, und ich hatte das Menetekel schon gesehen. Wie auch immer, wer nie einen Fehler macht, tut überhaupt nichts. Und es war eine schöne Zeit.»

«Wenn sie nur nicht vor Ihnen davongelaufen wäre. Sie hat gewußt, daß Sie sie brauchen.»

Antony verschränkte die Arme. «Ich brauche Sie auch», sagte er.

«Ich kann so etwas nicht tun.»

«Sie haben mir eben gesagt, daß Sie noch nie in Schottland waren. Und hier bin ich, biete Ihnen auf dem Silbertablett eine kostenlose Reise an, und Sie lehnen ab. Ein solches Angebot bekommen Sie nie wieder.»

«Das will ich auch nicht hoffen.»

«Fernrigg würde Ihnen gefallen. Und Sie würden Tuppy mögen. Die beiden sind übrigens so miteinander verbunden, daß man sich das eine nicht ohne die andere vorstellen kann.»

«Lebt sie allein?»

«Himmel, nein. Wir sind eine große Familie. Tante Isobel, Watty, der Gärtner, Mrs. Watty, die Köchin. Und ich habe einen älteren Bruder namens Torquil mit einer Frau namens Teresa. Ich habe sogar einen Neffen namens Jason. Lauter Armstrongs.»

«Wohnt Ihr Bruder in Fernrigg?»

«Nein, er und Teresa sind am Persischen Golf. Er ist in der Ölbranche beschäftigt. Aber Jason haben sie zu Hause bei Tuppy gelassen, deshalb ist er jetzt in Fernrigg. Es ist ein traumhafter Ort für kleine Jungen. Das Haus liegt an der Küste, überall Meer und Sand zum Herumlaufen, und es gibt eine kleine Anlegestelle, wo Torquil und ich unser Dingi liegen hatten. Landeinwärts sind die Bäche voller Forellen und die Lochs überzogen mit Seerosen, und jetzt, im September, blüht das ganze Heidekraut, und die Vogelbeeren sind scharlachrot. Wie Perlen. Sie sollten wirklich mitkommen.»

Es war eine ganz besonders abgefeimte Verlockung. Flora,

die Ellbogen auf dem Tisch, das Kinn in den Händen, musterte Antony Armstrong nachdenklich. «Ich habe mal ein Buch über einen Mann namens Brat Farrar gelesen. Er hat sich für jemand anderen ausgegeben – er war ein Hochstapler – und mußte Monate damit verbringen, alles über sich zu lernen, über den Menschen, den er spielen wollte. Beim bloßen Gedanken daran hat es mich immer geschüttelt.»

«Aber –» Antony rutschte vom Hocker und setzte sich Flora gegenüber an den Tisch, so daß sie sich ins Gesicht sahen wie zwei Verschwörer. «Aber sehen Sie, das müssen Sie gar nicht. Weil niemand Rose kennt. Niemand hat sie in den letzten fünf Jahren gesehen. Niemand weiß, was sie gemacht hat, außer daß sie sich mit mir verlobt hat. Das ist alles, wofür sich die Familie interessiert.»

«Aber ich weiß gar nichts über Sie.»

«Das ist einfach. Ich bin männlich, ledig, dreißig Jahre alt und Presbyterianer. In Fettes ausgebildet, Praktikum in London, dann wieder nach Edinburgh zu der Firma, für die ich jetzt arbeite. Dort bin ich bis heute. Was wollen Sie noch wissen?»

«Ich möchte wissen, warum Sie glauben, daß ich so etwas Grauenhaftes tue.»

«Das ist nichts Grauenhaftes. Es ist ein großer Gefallen. Nennen Sie es eine Freundlichkeit.»

«Nennen Sie es, wie Sie wollen. Ich kann es trotzdem nicht tun.»

«Wenn ich Sie noch einmal bitte. Wenn ich noch einmal bitte sage, denken Sie dann darüber nach? Und bedenken Sie, ich bitte nicht meinetwegen, es geht um Tuppy. Und auch um Isobel. Um Versprechen, die gehalten und nicht gebrochen werden. Bitte, Flora.»

Sie sehnte sich danach, hart zu sein – sich nicht rühren zu lassen oder sentimental zu werden. Sie sehnte sich nach der Kraft, ihren Überzeugungen treu zu bleiben. Weil sie recht hatte. Sie wußte, daß sie recht hatte.

Vorsichtig fragte sie: «Wenn ich sage, ich komme mit, wann brechen wir dann auf?»

Antonys Miene entspannte sich. «Heute abend. Genau gesagt, sofort. Kurz nach sieben geht ein Flugzeug; wenn wir uns beeilen, sollten wir es bekommen. Mein Auto steht auf dem Flughafen von Edinburgh. Wir können mit dem Auto nach Fernrigg fahren. Wir wären morgen früh dort.»

«Und wann wäre ich wieder hier?»

«Ich muß am Montag wieder arbeiten. Sie könnten am selben Tag den Flug von Edinburgh nach London nehmen.»

Sie wußte instinktiv, daß sie ihm trauen konnte. Antony würde Wort halten. «Ich kann nicht Rose sein», warnte sie ihn. «Ich kann nur ich selbst sein.»

«Mehr verlange ich auch gar nicht von Ihnen.»

Sie wollte ihm helfen. Sie mochte ihn, aber auf merkwürdige Weise hatte es auch etwas mit Rose zu tun. *Ich bin meines Bruders Hüter.*

«Rose verhält sich nicht besonders entgegenkommend. Sie hätte nicht vor Ihnen weglaufen und Sie in einer solchen Patsche sitzenlassen dürfen.»

«Für die Patsche bin ich genauso verantwortlich wie sie. Rose schuldet mir nichts. Sie übrigens auch nicht.»

Flora wußte, daß die letzte Entscheidung bei ihr lag. Aber es war schwer, nicht beeindruckt zu sein von der Mühe, die sich Antony Armstrong gab, um sein Versprechen zu halten. Vielleicht, sagte sie sich, wurde etwas Falsches richtig, wenn es aus den richtigen Gründen getan wurde – jedenfalls war es dann nicht ganz und gar schlecht.

Eine Lüge war eine gefährliche Angelegenheit. Floras bessere Instinkte, die ihr Vater über die Jahre weg mit viel Mühe kultiviert hatte, wehrten sich gegen einen derart hirnrissigen Plan. Und doch war es in gewisser Hinsicht die Schuld ihres Vaters. Er war verantwortlich für das Dilemma, in dem sie sich jetzt befand, weil er ihr nie etwas über Roses Existenz gesagt hatte.

Gleichzeitig brachen sich andere Gefühle Bahn, auf die sie nicht gefaßt war. Sie hingen mit Rose zusammen, und bei näherer Betrachtung bestanden sie zum Teil aus Neugier und zum Teil – Flora schämte sich – aus Neid. Rose schien soviel zu haben. Von Augenblick zu Augenblick wurde es schwerer, der Versuchung zu widerstehen, die dieser junge Mann ihr anbot: Rose zu werden, wenn auch nur für zwei Tage.

Er wartete. Schließlich begegnete sie über den Tisch hinweg seinem Blick und entdeckte beschämt, daß es im entscheidenden Moment gar nicht mehr auf Worte ankam. Er spürte, daß sie nachgegeben hatte. Ein jähes Lächeln erhellte sein Gesicht, und damit brach ihre letzte Verteidigungsstellung in sich zusammen.

«Sie kommen mit!»

«Ich muß den Verstand verloren haben.»

«Sie kommen mit. Und Sie haben nicht den Verstand verloren, Sie sind wunderbar. Sie sind ein tolles Mädchen.»

Ihm fiel etwas ein. Er holte ein Juwelierkästchen aus der Jackentasche, holte einen Ring mit Saphiren und Diamanten heraus, nahm Floras linke Hand und schob ihr den Ring über den Finger. Andächtig bemerkte sie, wie er an ihrer Hand glitzerte und funkelte – er sah wunderschön aus. Antony schloß ihre Finger zur Faust und nahm sie in beide Hände.

«Danke», sagte er.

Anna

Jason Armstrong, sieben Jahre alt, setzte sich in dem großen Doppelbett neben seiner Urgroßmutter auf und hörte zu, während sie ihm *Die Geschichte von den beiden bösen Mäusen* vorlas. Eigentlich war er für die Geschichte zu alt. Er wußte es, und Tuppy wußte es, aber weil sie im Bett lag und krank war, sehnte er sich nach den Freuden der Kleinkindzeit. Als sie ihn wegschickte, um eine Gutenachtgeschichte zu holen, hatte er deshalb *Die beiden bösen Mäuse* ausgesucht, und sie war taktvoll gewesen, hatte kein Wort darüber verloren, sondern die Brille aufgesetzt, das Buch aufgeschlagen und zu lesen angefangen.

«Es war einmal ein wunderschönes Puppenhaus.»

Er fand, daß sie wunderbar vorlas. Sie tat es jeden Abend, wenn er gebadet und gegessen hatte, meistens im Wohnzimmer am Kamin. In letzter Zeit hatte sie ihm allerdings kaum noch vorlesen können, weil sie zu krank war. «Mach dir nur keine Sorgen um deine Uroma», hatte Mrs. Watty zu ihm gesagt.

«Ich lese dir etwas vor», hatte Tante Isobel versprochen, und sie hatte Wort gehalten, aber es war nicht dasselbe wie Tuppys Vorlesen. Tante Isobel hatte nicht dieselbe Stimme. Und sie roch nicht nach Lavendel wie Tuppy.

Aber, wie Mrs. Watty gern sagte, «jede Wolke hat ihren Silberstreifen», und es ließ sich nicht leugnen, daß es etwas ganz Besonderes war, in Tuppys Bett zu sein. Es war ganz anders als die Betten anderer Leute, aus Messing, mit Knäufen verziert. Die Kissen waren riesig und steckten in herrlichen weißen Bezügen mit Monogramm; die Leinenlaken hatten einen Hohlsaum, waren uralt und voller interessanter Flicken und Stopfereien.

Auch die Möbel in Tuppys Zimmer wirkten verzaubert und geheimnisvoll. Sie waren aus geschnitztem Mahagoni und verblichener Seide mit Knöpfen darauf. Auf dem Frisiertisch drängten sich Töpfchen mit Silberdeckeln und seltsame Dinge wie Korsettknöpfe und Haarnetze, von denen Tuppy ihm erzählt hatte, früher hätten Damen sie benützt, brauchten sie aber jetzt nicht mehr.

«Es waren zwei rote Hummer und ein Schinken, Fisch und Pudding, und ein paar Birnen und Apfelsinen.»

Die Vorhänge waren zugezogen, doch draußen kam Wind auf, und eine Bö fuhr durch das schlecht eingepaßte Fenster herein. Die Vorhänge blähten sich leicht, als verstecke sich jemand hinter ihnen. Jason rückte näher an Tuppy heran und war froh, daß sie da war. In letzter Zeit war er nicht gern allzuweit von ihr entfernt, für den Fall, daß etwas Unsagbares passierte und sie nicht mehr da war, wenn er zurückkam.

Sie hatten eine Schwester, eine richtige Krankenschwester, die nach Fernrigg gekommen war, um sich um Tuppy zu kümmern, bis es ihr besserging. Sie hieß Mrs. McLeod, und sie war den ganzen Weg von Fort William nach Tarbole mit dem Zug gekommen. Watty hatte sie in Tarbole mit dem Auto abgeholt. Sie und Mrs. Watty hatten sich angefreundet und unterhielten sich halb flüsternd bei unzähligen Tassen Tee am Küchentisch. Schwester McLeod war dünn und brettsteif. Sie hatte auch Krampfadern, was vielleicht einer der Gründe dafür war, daß sie sich mit Mrs. Watty angefreundet hatte. Sie verglichen dauernd ihre Krampfadern.

«Eines Morgens waren Lucinda und Johanna fort zu einer Fahrt im Puppenwagen.»

Unten, in der weitläufigen Halle, klingelte das Telefon. Tuppy las nicht weiter, sondern schaute auf und nahm die Brille ab.

Nach einer Weile sagte Jason: «Lies weiter.»

«Das Telefon klingelt.»

«Tante Isobel geht schon ran. Lies weiter.»

Tuppy las weiter, aber Jason merkte, daß sie mit den Gedanken nicht bei Lucinda und Jane war. Dann hörte das Klingeln auf, und wieder unterbrach sie sich. Jason gab auf. «Wer ist das, was meinst du?» fragte er.

«Ich weiß es nicht. Aber bestimmt kommt Isobel gleich rauf und sagt es uns.»

Sie saßen nebeneinander im Bett, die alte Frau und der kleine Junge, erwartungsvoll. Der Klang von Isobels Stimme kam gedämpft die Treppe herauf, doch sie konnten nicht hören, was sie sagte. Schließlich das Klicken, als Isobel den Hörer auflegte, und dann hörten sie, wie sie die Treppe heraufkam und den Flur entlang zu Tuppys Zimmer ging.

Die Tür ging auf, und Isobel steckte den Kopf herein. Sie lächelte, strahlte unterdrückte Aufregung aus. Das weiche, rötlichgraue Haar bildete einen unordentlichen Heiligenschein um ihr glückliches Gesicht. In solchen Augenblicken sah sie ganz jung aus, überhaupt nicht wie eine Großtante.

«Wollt ihr eine erfreuliche Nachricht hören?» fragte sie, kam herein und machte die Tür hinter sich zu. Sukey, fast untergegangen in den Falten der seidenen Daunendecke, hob den Kopf und knurrte halbherzig. Isobel nahm keine Notiz von ihr. Sie beugte sich über das Fußende von Tuppys Bett und sagte: «Das war Antony, aus London. Er kommt über das Wochenende nach Hause und bringt Rose mit.»

«Er kommt.» Tuppy liebte Antony mehr als jeden anderen Menschen auf der Welt, aber jetzt klang sie, als müsse sie gleich weinen. Jason schaute sie ängstlich an, stellte aber erleichtert fest, daß keine Tränen zu sehen waren.

«Ja, sie kommen. Nur für zwei Tage. Sie müssen beide am Montag zurück. Sie nehmen die Abendmaschine von London nach Edinburgh und kommen dann mit dem Auto her. Morgen früh sind sie da.»

«Ach, ist das nicht wunderbar?» Auf Tuppys faltigen Wangen glühten zwei Farbflecke. «Sie kommen wirklich.» Sie lächelte zu Jason hinunter. «Was hältst du davon?»

Jason wußte alles über Rose. Er wußte, daß Antony sie eines Tages heiraten würde. Aber er sagte: «Ich kenne Rose doch gar nicht.»

«Nein, natürlich kennst du sie nicht. Du warst nicht hier, als sie und ihre Mutter im Strandhaus gewohnt haben.»

Über das Strandhaus wußte Jason auch Bescheid. Es war früher eine Fischerkate gewesen, schmiegte sich in die Biegung der Bucht im Norden von Fernrigg. Tuppy hatte die Kate zu einem kleinen Cottage umbauen lassen, das sie im Sommer an Feriengäste vermietete. Aber jetzt war der Sommer vorbei, und das Strandhaus war zu, mit geschlossenen Fensterläden. Jason dachte manchmal, es wäre schön, dort zu wohnen und morgens aus der Tür zu treten, gleich in den Sand.

«Wie ist sie denn?»

«Rose? Oh, sie war sehr hübsch. Sonst weiß ich wirklich nicht mehr viel über sie. Wo wird sie denn schlafen?» wandte sie sich an Isobel.

«Ich habe gedacht, in dem kleinen Einzelzimmer, weil es wärmer ist als das große Zweibettzimmer, und das Bett ist frisch bezogen. Ich werde ein paar Blumen hineinstellen.»

«Und Antonys Zimmer?»

«Mrs. Watty und ich bringen es heute abend in Ordnung.»

Tuppy legte *Die Geschichte von den zwei bösen Mäusen* weg. «Wir müssen ein paar Leute ein…»

«Hör mal, Mutter», unterbrach Isobel mit warnender Stimme, aber Tuppy nahm keine Notiz von ihr. Isobel brachte es offenbar nicht übers Herz, auf ihren Einwänden zu bestehen, vielleicht weil Tuppy so glücklich war.

«Nur ein kleines Abendessen. Wann sollten wir es geben, was meinst du? Sonntag abend? Nein, das hat keinen Zweck, weil Antony nach Edinburgh zurück muß. Es muß morgen abend sein. Sag Mrs. Watty Bescheid, ja, Isobel? Vielleicht kann Watty ein paar Tauben schießen oder, noch besser, ein paar Moorhühner. Oder vielleicht hat Mr. Reekie Scampi für uns.»

«Ich kümmere mich darum», versprach Isobel, «unter einer Bedingung – daß du nicht versuchst, etwas selbst zu organisieren.»

«Nein, natürlich nicht, sei nicht albern. Und du mußt Mr. und Mrs. Crowther anrufen, und wir laden Anna und Brian Stoddart aus Ardmore ein; sie kennen Rose von damals, und ein Abend außer Haus wird Anna guttun. Du meinst doch nicht, daß es zu kurzfristig ist, Isobel, oder? Du mußt es ihnen erklären, sonst halten sie uns für unhöflich...»

«Sie werden es bestimmt verstehen, und sie halten uns sicher nicht für unhöflich.»

Mr. Crowther war der presbyterianische Pfarrer aus Tarbole, und zu Mrs. Crowther ging Jason in den Kindergottesdienst. Er fand nicht, daß das nach einer besonders fröhlichen Party klang.

«Muß ich auch kommen?» fragte er.

Tuppy lachte. «Nein, nicht, wenn du nicht willst.»

Jason seufzte. «Lies doch endlich die Geschichte zu Ende.»

Tuppy las weiter vor, und Isobel ging, um zu telefonieren und mit Mrs. Watty zu konferieren. Als Tuppy eben zur letzten Seite kam, mit dem Bild von Hunka Munka mit Kehrschaufel und Besen, kam Schwester McLeod herein. Mit ihrem gestärkten Rascheln und den großen roten Händen scheuchte sie Jason aus dem Bett und schickte ihn gutgelaunt fort, ließ ihm kaum noch die Zeit, seiner Großmutter einen Gutenachtkuß zu geben.

«Du willst deine Uroma doch nicht müde machen», sagte sie. «Und was Dr. Kyle zu mir sagen würde, wenn sie morgen früh aussähe wie das Kätzchen am Bauch, will ich mir gar nicht erst vorstellen.»

Jason, der schon gehört hatte, wie Dr. Kyle seinem Ärger Luft machte, konnte es sich durchaus vorstellen, beschloß aber, das für sich zu behalten.

Er ging langsam hinaus. Es war nett, daß Schwester McLeod Tuppy beim Gesundwerden half, aber es wäre ihm lieber gewesen, wenn sie es nicht immer so eilig gehabt hätte. Er kam sich schlecht behandelt vor und trottete ins Bad, um sich die Zähne zu putzen. Mittendrin fiel ihm ein, daß morgen Samstag war, was hieß, daß er nicht in die Schule mußte. Und Antony kam. Vielleicht würde er Jason Pfeile und einen Bogen machen. Bestens gelaunt ging Jason schließlich zu Bett.

Als in Ardmore House das Telefon klingelte, war Anna Stoddart im Garten. In dieser Stunde zwischen Tageslicht und Dunkelheit besaß die Natur einen besonderen Zauber für sie, stärker denn je in dieser Jahreszeit, wenn es früher Abend wurde und das Zwielicht angefüllt war mit der Sehnsucht nach den blaugoldenen Abenden des Sommers, der vorüber war.

Es fiel ihr leicht, zum Teetrinken hineinzugehen, die Vorhänge zuzuziehen und am Kamin zu sitzen, die Gerüche und Geräusche von draußen zu vergessen. Aber dann rüttelte der Wind an der Fensterscheibe, eine Möwe schrie oder das Meer murmelte beim Herannahen der Flut, und Anna entschuldigte sich, zog Jacke und Gummistiefel an, griff zur Gartenschere, pfiff den Hunden und ging wieder hinaus.

Von Ardmore aus war der Blick auf die Küste und die Inseln spektakulär. Deshalb hatte Annas Vater Archie Carstairs sich diesen Platz für seine bombastische Granitvilla ausgesucht. Wenn es einem nichts ausmachte, anderthalb Kilometer von Ardmore Village (wo es einen Gemischtwarenladen mit Postschalter, einen Jachtclub und sonst kaum etwas gab) entfernt zu sein und zehn Kilometer von den Geschäften in Tarbole, war es ein herrlicher Ort zum Leben.

Einer der Gründe, aus denen Anna diese Tageszeit so gern mochte, waren die Lichter. Kurz vor der Dunkelheit erschienen sie, leuchteten draußen auf dem Meer, die Küstenstraße entlang, von den hohen Bergen herunter, die sich landeinwärts erhoben; die Scheinwerfer der Fischerboote, die warmen gelben Fenster ferner Katen und Bauernhöfe. Die Straßenlaternen von Tarbole färbten den Nachthimmel mit einem rötlich-goldenen Widerschein, dahinter erstreckte sich Fernrigg wie ein langer Finger ins Meer, und oben auf der Anhöhe stand, halb hinter Bäumen verborgen, Fernrigg House.

Doch an diesem Abend war gar nichts zu sehen. Das Halblicht wirbelte Nebel heran, auf dem Meer tutete ein Nebelhorn, und Ardmore war vom Nebel isoliert wie ein vergessenes Haus am Ende der Welt.

Anna fröstelte. Daß sie über den Sund hinweg Fernrigg sehen konnte, war ihr immer ein Trost gewesen. Fernrigg hieß Tuppy Armstrong. Tuppy war der lebende Beweis dafür, daß ein Mensch ein zufriedenes und nützliches Leben führen konnte, umgeben von Angehörigen und Freunden, niemals verwirrt und voller Selbstzweifel, anscheinend rundum glücklich. Tuppy, so kam es Anna immer vor, hatte ihr erstaunliches Leben – das in gewisser Hinsicht auch tragisch gewesen war – in einer geraden Linie gelebt, war nie davon abgewichen, nie ins Straucheln gekommen, nie besiegt worden.

Bei ihren ersten Begegnungen mit Tuppy war Anna ein schüchternes kleines Mädchen gewesen, das einzige Kind eines ältlichen Vaters, der sich mehr für sein blühendes Geschäft und seine Jachtausflüge interessierte als für seine stille kleine Tochter. Annas Mutter war kurz nach Annas Geburt gestorben, deshalb hatte sich eine Reihe von Kindermädchen um Anna gekümmert, und ihre Schüchternheit und der stattliche Reichtum ihres Vaters hatten sie von Kindern ihres Alters ferngehalten.

Aber Tuppy hatte Anna nie das Gefühl gegeben, sie sei unscheinbar oder dumm. Sie hatte immer Zeit für Anna gehabt – Zeit zum Reden und Zeit zum Zuhören. «Ich will gerade Blumenzwiebeln stecken», sagte sie zum Beispiel. «Komm und hilf mir, und beim Arbeiten können wir uns unterhalten.»

Bei der Erinnerung daran hätte Anna am liebsten geweint. Sie konnte den Gedanken nicht ertragen, daß Tuppy krank

243

war, ganz zu schweigen von der Vorstellung, daß Tuppy starb. Tuppy Armstrong und Hugh Kyle waren Annas beste Freunde. Brian war ihr Mann, und sie liebte ihn so sehr, daß es weh tat, doch er war nicht ihr Freund, war es nie gewesen. Manchmal fragte sie sich, ob andere Ehepaare Freunde waren, aber sie lernte andere Frauen nie so gut kennen, daß sie danach hätte fragen und es herausfinden können.

Sie schnitt die letzten Rosen, blasse Umrisse in der Düsternis. Sie hatte sie schon am Morgen schneiden wollen, es aber vergessen, und jetzt sammelte sie einen Strauß ein, ehe sie den ersten Frost bekamen. Die Stiele fühlten sich in ihren bloßen Händen kalt an, und beim Tasten im Dämmerlicht stach ihr ein Dorn in den Daumen. Der Duft der Rosen war schwach, als wären sie schon tot und von ihrer sommerlichen Pracht nicht mehr übrig als der Geruch.

Wenn sie wiederkommen – die neuen Knospen und dann die Blüten –, ist das Baby da, dachte sie.

Das hätte sie mit Vorfreude erfüllen müssen, aber statt dessen war es eher wie eine Beschwörungsformel, wie das Klopfen auf Holz. Sie wollte nicht daran denken, daß das Baby starb, daß es nie geboren wurde. Es hatte so lange gedauert, bis sie wieder schwanger geworden war. Nach fünf Jahren hatte sie die Hoffnung fast aufgegeben. Aber jetzt lag der lebendige Samen in ihr, wuchs jeden Tag. Sie machte Pläne: strickte ein winziges Jäckchen, holte die alte Korbwiege vom Dachboden, legte nachmittags die Beine hoch, wie Hugh es ihr geraten hatte.

Nächste Woche wollte sie nach Glasgow fahren, um jede Menge teurer Umstandskleider zu kaufen und zum Friseur zu gehen. Eine Frau war am schönsten, wenn sie schwanger war – das behaupteten die Zeitschriften –, und Anna hatte plötzlich Visionen von sich als einem neuen Menschen: romantisch und feminin, von ihrem Mann geliebt und verehrt.

Bei den altmodischen Worten fuhr sie zusammen. Geliebt und verehrt. Sie schienen ihr Bewußtsein aus einer fernen

Vergangenheit zu erreichen. Aber jetzt, wo das Kind kam, hatte sie vielleicht wirklich Grund zur Hoffnung.

Brian hatte sich immer ein Kind gewünscht. Jeder Mann wünschte sich einen Sohn. Die Tatsache, daß sie das letzte Kind verloren hatte, war allein Annas Schuld gewesen. Sie hatte sich zu viele Sorgen gemacht, sich zu leicht aufgeregt. Diesmal war es anders. Sie war älter, nicht mehr so darauf erpicht zu gefallen, reifer. Dieses Kind würde sie nicht verlieren.

Es war inzwischen fast dunkel und recht kalt. Sie fröstelte wieder. Im Haus hörte sie das Telefon klingeln. Vermutlich würde Brian abnehmen, trotzdem wandte sie sich dem Haus zu und ging durch den Garten, über den feuchten Rasen, die schlüpfrige Steintreppe hinauf, über den knirschenden Kies und durch die Gartentür.

Das Telefon klingelte weiter. Brian war nicht aufgetaucht. Sie legte die Rosen hin und ging, ohne sich die Gummistiefel auszuziehen, durch den Flur zu dem Winkel unter der Treppe, in den ihr Vater, als das Haus vor vielen Jahren gebaut worden war, das lästige Gerät verbannt hatte. Inzwischen gab es in Ardmore weitere Telefone – im Wohnzimmer, in der Küche und neben dem Bett von Anna und Brian –, aber dieser Apparat war in der stickigen Ecke geblieben.

Sie nahm ab. «Ardmore House.»

«Anna, hier ist Isobel Armstrong.»

Angst packte Anna. «Wie geht es Tuppy?»

«Wirklich gut. Sie sieht besser aus und ißt recht ordentlich. Hugh hat uns eine Schwester besorgt, eine Mrs. McLeod aus Fort William, und sie hat sich bestens eingelebt. Ich glaube, Tuppy hat sie ganz gern.»

«Gott sei Dank. Das ist wirklich eine große Erleichterung.»

«Anna, könntet ihr beide morgen zum Abendessen kommen? Es ist recht kurzfristig, aber Antony kommt über das Wochenende nach Hause und bringt Rose mit, und natürlich war Tuppys erster Gedanke eine Einladung.»

«Wir kommen gern. Aber ist das nicht zuviel für Tuppy?»

«Tuppy wird nicht dabeisein, aber sie hat die Planung übernommen. Du weißt ja, wie sie ist. Und sie hat sich besonders
gewünscht, daß ihr beide, du und Brian, kommt.»

«Liebend gern. Um wieviel Uhr?»

«Gegen halb acht. Und keine große Abendgarderobe, es ist
nur die Familie, vielleicht noch die Crowthers...»

«Wie nett.»

Sie plauderten noch eine Weile, dann legten sie auf. Isobel
hatte nicht nach dem Baby gefragt, weil sie nichts davon wußte.
Außer Brian und Hugh wußte es niemand. Anna wollte nicht,
daß es sonst jemand erfuhr. Wenn die Leute davon wußten,
würde sie es vielleicht nie bekommen.

Seufzend trat sie aus dem kleinen Verschlag heraus und zog
Gummistiefel und Jacke aus. Sie erinnerte sich an Rose Schuster und ihre Mutter. Sie erinnerte sich an den Sommer, in dem
sie das Strandhaus gemietet hatten, weil das der Sommer gewesen war, in dem Anna ihr Baby verloren hatte. Pamela Schuster
und ihre Tochter gehörten also zu diesem Alptraum, obwohl
es nicht ihre Schuld gewesen war, sondern die von Anna.

Sie erinnerte sich jetzt daran, daß Mrs. Schuster erschrek-
kend weltgewandt gewesen war und ihre Tochter geradezu
unverschämt jung. Der Glamour der beiden hatte die schüch-
terne Anna sprachlos gemacht. Deshalb hatten sie ihr auch
nichts zu sagen. Nach ein paar beiläufigen Bemerkungen hatten sie Anna überhaupt nicht mehr zur Kenntnis genommen.

Aber mit Brian hatten sie sich glänzend amüsiert. In der
Wärme ihrer Aufmerksamkeit war er zur Hochform aufgelau-
fen, unterhaltsam und charmant, mit einem Witz, der dem der
beiden gewachsen war. Anna, stolz auf ihren attraktiven
Mann, hatte sich mit einem Platz im Hintergrund begnügt und
war froh darüber gewesen. Sie fragte sich, ob Rose sich geändert hatte, ob die Verlobung mit einem so netten Menschen wie
Antony ihrer Persönlichkeit die Schärfe genommen haben
mochte.

Jetzt blieb sie lauschend stehen. Wo steckte Brian wohl? Das

Haus war still. Sie ging zur Wohnzimmertür und öffnete sie. Das Zimmer war voller Licht, das Kaminfeuer prasselte. Brian saß ausgestreckt im Sessel und las den *Scotsman*. Ein Glas Whisky stand in seiner Reichweite.

Er senkte die Zeitung, als Anna näher kam, und schaute sie über den Rand hinweg an. Das Telefon stand auf dem Tisch neben ihm.

Sie sagte: «Hast du nicht gehört, daß das Telefon geklingelt hat?»

«Doch. Aber ich habe gedacht, es ist für dich.»

Sie machte keine Bemerkung darüber, sondern kam zum Kamin, streckte die kalten Hände über das Feuer, wärmte sich. «Das war Isobel Armstrong», sagte sie.

«Wie geht es Tuppy?»

«Es scheint ihr ganz gut zu gehen. Sie haben eine Schwester für sie eingestellt. Wir sind eingeladen, morgen in Fernrigg zu Abend zu essen. Ich habe gesagt, wir kommen.»

«Das ist von mir aus in Ordnung.»

Er wandte sich wieder der Zeitung zu. Schnell, um das Gespräch in Gang zu halten, fügte Anna hinzu: «Antony kommt über das Wochenende nach Hause.»

«Das ist also der Grund zum Feiern.»

«Er bringt Rose mit.»

Ein langes Schweigen entstand. Dann senkte Brian die Zeitung, faltete sie zusammen und legte sie auf seinen Schoß. «Rose?»

«Rose Schuster. Du weißt doch. Er ist mit ihr verlobt.»

«Ich habe gehört, sie ist in Amerika.»

«Offenbar nicht.»

«Du meinst, sie kommt über das Wochenende nach Fernrigg?»

«Das hat Isobel gesagt.»

«Wer hätte das gedacht», sagte Brian. Er setzte sich auf, trank sein Glas aus, stand langsam auf und ging hinüber zum Getränketisch, um sein Glas wieder zu füllen.

«Ich war draußen und habe Rosen geschnitten», sagte Anna. Der Siphon zischte in Brians Glas. «Es regnet, Nebel kommt auf.»

«Das lag in der Luft.»

«Ich hatte Angst, daß wir Frost bekommen.»

Mit dem Glas in der Hand kam Brian zum Kamin zurück und schaute in die Flammen.

Anna reckte sich. Über dem Kamin hing ein Spiegel, und ihre Spiegelbilder schauten sie an, nur leicht verzerrt: der Mann, schlank und dunkel, mit scharfgezogenen Augenbrauen, als hätte ein Künstler sie mit Tusche gezeichnet; und die Frau, klein, die ihm nur bis zur Schulter reichte, mollig und unscheinbar. Ihre Augen standen eng beieinander, die Nase war zu groß, ihr Haar, weder braun noch blond, kräuselte sich vom Nebeldunst.

Sie war von ihren Visionen von einer neuen Anna, verklärt durch die bevorstehende Mutterschaft, so überzeugt gewesen, daß ihr Spiegelbild ein Schock für sie war. Wer war diese Person, die sie aus dem blindgewordenen Spiegel anschaute? Wer war diese Person, diese Fremde, die neben ihrem gutaussehenden Mann stand?

Die Antwort kam, wie sie immer kam. Anna. Die unscheinbare Anna. Früher Anna Carstairs, jetzt Anna Stoddart. Und nichts würde sie jemals ändern.

Nach Antonys überstürzter Anreise, ihrer dramatischen Begegnung und ihrem Entschluß, ihn schließlich doch zu begleiten, nahm Flora an, sobald sie in Edinburgh seien, würden sie in sein Auto steigen und mit Höchstgeschwindigkeit nach Fernrigg fahren.

Aber nun, da sie tatsächlich dort waren, schien sich Antonys ganze Persönlichkeit zu verändern. Wie ein Mann, der nach Hause kommt und eine alte Jacke und bequeme Hausschuhe anzieht, entspannte er sich, drosselte das Tempo und schien es nicht mehr eilig zu haben.

«Wir sollten etwas essen», sagte er, als sie beim Auto ankamen, Floras Koffer in den Kofferraum luden und einstiegen.

Sie schaute ihn überrascht an. «Etwas essen?»

«Ja. Haben Sie keinen Hunger? Ich schon.»

«Aber wir haben doch im Flugzeug gegessen.»

«Das war kein Essen. Das war ein Plastikimbiß. Und mir
graut vor kaltem Spargel.»

«Aber wollen Sie denn nicht so schnell wie möglich nach
Hause?»

«Wenn wir jetzt losfahren, kommen wir um vier Uhr morgens an. Das Haus ist abgeschlossen, und entweder müssen
wir drei Stunden lang draußen sitzen oder jemanden wecken,
was zweifellos den ganzen Haushalt aus dem Schlaf reißt.» Er
ließ den Motor an. «Wir fahren nach Edinburgh hinein.»

«Aber es ist spät. Ob wir da noch ein offenes Lokal finden?»

«Natürlich.»

Also fuhren sie nach Edinburgh, Antony brachte sie in
einen kleinen Club, in dem er Mitglied war, sie tranken einen
Aperitif und aßen ausgezeichnet zu Abend, mit Kaffee zum
Abschluß. Es war alles ganz locker und angenehm und paßte
überhaupt nicht ins Bild. Es war fast Mitternacht, als sie
schließlich wieder nach draußen kamen. Der Wind vom Morgen hatte sich gelegt, und die Straßen von Edinburgh glänzten
schwarz im dünnen, kalten Regen.

«Wie lange brauchen wir?» fragte Flora, als sie wieder ins
Auto stiegen, sich anschnallten und sich für die lange Fahrt
zurechtsetzten.

«In diesem Regen etwa sieben Stunden. Am besten schlafen
Sie ein wenig.»

«Ich kann im Auto nicht gut schlafen.»

«Sie können es wenigstens versuchen.»

Aber Flora schlief nicht. Sie war zu aufgeregt, zu ängstlich und hatte schon jetzt kalte Füße. Doch es gab kein Zurück mehr, was sie um so nervöser machte. In einer schönen,

hellen Nacht hätte sie vielleicht versucht, ihre Nerven zu beruhigen, indem sie auf die vorbeigleitende Landschaft schaute, oder die Strecke auf der Karte verfolgt. Aber es regnete pausenlos, und nichts war zu sehen als die schwarze, nasse, gewundene Straße, die ihnen in endlosen Kurven und Biegungen entgegenkam und hinter ihnen wieder in der Dunkelheit versank, während die Reifen über den nassen Asphalt zischten.

Und doch wurde beim Fahren die Landschaft spürbar, trotz Dunkelheit und Nebel. Sie wurde einsamer, trostloser, die Kleinstädte wurden seltener und lagen weiter auseinander. Sie fuhren an einem Loch entlang, der sich schimmernd in der Dunkelheit erstreckte, und dann stieg die Straße an, schlängelte sich den Abhang hinauf.

Durch das halboffene Fenster drang der Geruch nach Torf und Heide herein. Mehr als einmal mußte Antony das Auto abbremsen, weil ein verirrtes Schaf im Scheinwerferlicht sorglos über die Straße trottete.

Flora konnte Berge ausmachen – nicht die Hügel von zu Hause, die vertrauten Steinwälle Cornwalls, sondern richtige Berge, die steil aufragten und tiefe Schluchten und einsame Täler bildeten. In den Gräben wuchs Adlerfarn, schwer vom Regen, und immer hörte man, über den Automotor hinweg, das Plätschern und Rauschen von strömendem Wasser, das hie und da zu einem Tosen anschwoll, wenn ein Wasserfall von einem fernen, unsichtbaren Felsen in das steinige Bett eines Bachs neben der Straße hinunterstürzte.

Die Dämmerung zog an jenem nassen, grauen Morgen so allmählich herauf, daß Flora den Übergang kaum wahrnahm. Es war nur ein Aufhellen der Düsternis, kaum merklich, so daß man allmählich das weiße Glitzern einer Kate am Abhang bemerkte oder die Umrisse nasser Schafe erkannte, ehe man Gefahr lief, sie zu überfahren.

Während der Nacht war auf der Straße wenig Verkehr gewesen, aber jetzt kamen ihnen große Lastwagen entgegen, die mit dröhnenden Dieselmotoren an ihnen vorbeifuhren und Wellen schlammigen Wassers auf die Windschutzscheibe spülten.

«Wo kommen die denn plötzlich her?» fragte Flora.

«Daher, wo wir hinfahren», antwortete Antony.

«Aus Fernrigg?»

«Nein, aus Tarbole. Tarbole war früher ein unbedeutendes Fischerdorf, aber jetzt ist es ein großer Fischereihafen.»

«Wo fahren die Lastwagen hin?»

«Nach Edinburgh, Aberdeen, Fraserburgh – überallhin, wo sie die Heringe verkaufen können. Die Hummer werden nach Prestwick gebracht und direkt nach New York geflogen. Die Scampi kommen nach London, die Salzheringe nach Skandinavien.»

«Haben die Skandinavier denn nicht selber Heringe?»

«Die Nordsee ist leergefischt. Deshalb hat sich Tarbole so herausgemacht. Neuerdings geht es dort ausgesprochen wohlhabend zu. Alle Fischer haben neue Autos und Farbfernseher. Jason geht mit ihren Kindern in die Schule, und die haben keine hohe Meinung von ihm, weil wir in Fernrigg keinen Farbfernseher haben. Armer Kerl, das paßt ihm gar nicht.»

«Wie weit ist es von Fernrigg nach Tarbole?»

«Etwa zehn Kilometer.»

«Wie kommt er in die Schule?»

«Watty fährt ihn hin, der Gärtner. Er würde gern mit dem Rad fahren, aber Tuppy erlaubt es nicht. Sie hat völlig recht. Er ist erst sieben, und sie hat ständig Angst, daß er einen furchtbaren Unfall haben könnte.»

«Wie lange lebt er schon bei Tuppy?»

«Bis jetzt ein Jahr. Ich weiß nicht, wie lange er noch bleibt. Das hängt von Torquils Arbeit ab.»

«Fehlen ihm seine Eltern?»

«Ja, natürlich fehlen sie ihm. Aber der Persische Golf ist wirklich nicht der richtige Ort für ein Kind in seinem Alter.

Und Tuppy wollte, daß er hierbleibt. Ihr gefällt das Haus nicht ohne einen kleinen Jungen, der es in Unordnung bringt. Es hat in Fernrigg immer kleine Jungen gegeben. Ich glaube, das ist einer der Gründe dafür, daß Tuppy so alterslos wirkt. Sie hatte nie Zeit, alt zu werden.»

«Und Isobel?»

«Isobel ist eine Heilige. Isobel hat sich um einen gekümmert, wenn man krank war, wenn einem schlecht geworden war. Sie ist mitten in der Nacht aufgestanden, um einem ein Glas Wasser zu bringen.»

«Sie hat nie geheiratet?»

«Nein. Ich glaube, das hing mit dem Krieg zusammen. Als er anfing, war sie noch zu jung, und als er aus war, wollte sie nur noch zurück nach Fernrigg. Und in den West Highlands wimmelt es nicht gerade von begehrenswerten Junggesellen. Sie hatte einmal einen Verehrer, aber der war ein Farmer mit der festen Absicht, sich Land auf der Isle of Eigg zu kaufen. Er machte den Fehler, Isobel dorthin mitzunehmen. Sie wurde auf der Überfahrt seekrank, und als sie dort ankam, hat es den ganzen Tag lang pausenlos geregnet. Das Farmhaus war unglaublich primitiv, mit einem Außenklo im Garten, auf der Heimfahrt wurde sie wieder krank, und danach starb die Geschichte eines natürlichen Todes. Wir waren alle begeistert, denn wir konnten den Kerl überhaupt nicht leiden. Er hatte ein knallrotes Gesicht und redete dauernd über die Rückkehr zum einfachen Leben. Ein schrecklicher Langweiler.»

«Hat Tuppy ihn gemocht?»

«Tuppy mag alle.»

«Wird sie mich mögen?»

Antony wandte leicht den Kopf und lächelte. Es war ein schuldbewußtes Lächeln, aber auch verschwörerisch, und eigentlich gar kein richtiges Lächeln.

«Sie wird Rose mögen», sagte er.

Flora wurde wieder still.

252

Jetzt war es hell, der Regen war einem leichten, wehenden Dunst gewichen, der nach dem Meer roch. Die Straße führte bergab, durch Schneisen aus rosa Granit und über abfallende Hügel, bepflanzt mit Lärchen und Fichten. Sie kamen durch kleine Dörfer, die sich langsam auf den neuen Tag vorbereiteten, und an Lochs vorbei, deren dunkles Wasser unter dem Hauch des Westwinds bebte. Jede Biegung der Straße bot eine neue, herrliche Aussicht, und als das Meer schließlich vor ihnen lag, begriff Flora das erst, als sie sah, wie sich die salzigen Wellen an überwucherten Felsen vor einem weiteren Loch brachen.

Ein paar Kilometer fuhren sie am Ufer entlang. Flora sah eine Burgruine, das Gras um die Mauern herum kahlgefressen von Schafen; ein Wäldchen aus silbrigen Buchen, das Laub so kupfern verfärbt wie neue Pennies; eine Farm mit Schafkoppeln und einem bellenden Hund. Es war alles so abgelegen und wunderschön.

«Wie romantisch», sagte sie. «Was für ein abgedroschenes Wort, aber mir fällt kein anderes ein. Es ist ein romantisches Land.»

«Das liegt daran, daß es das Land von Bonnie Prince Charlie ist. Verwurzelt in Traditionen und Nostalgie. Ursprung tausend verlorener Kämpfe, Ausgangspunkt langer Jahre des Exils und der Entvölkerung, Heimat all der wackeren Schottinnen, die sich auf eigene Faust durchgebissen haben.»

«Möchten Sie nicht hier leben? Ich meine, immer.»

«Ich muß Geld verdienen.»

«Könnten Sie das hier nicht?»

«Nicht als Bilanzbuchhalter. Da müßte ich Fischer sein. Oder Arzt wie Hugh Kyle. Er behandelt Tuppy, und er hat, abgesehen von wenigen Unterbrechungen, sein ganzes Leben hier verbracht.»

«Er muß ein glücklicher Mensch sein.»

«Nein», sagte Antony. «Dafür halte ich ihn eigentlich nicht.»

Sie waren um halb sieben in Tarbole, fuhren den steilen Hügel zum kleinen Hafen hinunter, der jetzt die Stille genoß, die bald von den Booten gestört werden würde, die mit dem Fang der Nacht einliefen.

Weil es immer noch zu früh war, fuhr Antony die Hafenstraße entlang und parkte das Auto vor einem Holzschuppen mit Blick auf die Kais, Piers, Kräne und Räuchereien.

Als sie ausstiegen, schlug ihnen Kälte entgegen, die kräftig nach Meer, geteerten Leinen und Fisch roch. Über der Tür des Schuppens stand: *Sandy Soutar. Tee, Kaffee, Snacks*, und aus den beschlagenen Fenstern drang warmes, gelbes Licht.

Sie gingen hinein, über die alte Heringskiste, die als Stufe diente. Drin war es sehr warm, es roch nach frischem Brot und knusprigem Speck, und hinter dem Tresen schaute eine dicke Frau in einem geblümten Overall vom Teekessel auf, sah Antony und lächelte sofort zur Begrüßung.

«Antony Armstrong. Gott im Himmel! Mal wieder im Lande?»

«Tag, Ina. Ich bin über das Wochenende nach Hause gekommen. Bekommen wir ein Frühstück?»

«Aber natürlich. Setzen Sie sich, fühlen Sie sich wie zu Hause.» Sie schaute an ihm vorbei auf Flora, mit vor Neugier funkelnden Augen. «Und ist das die junge Dame, die Sie mitgebracht haben? Wir haben gehört, daß Sie heiraten wollen.»

«Ja», sagte Antony, nahm Floras Hand und zog sie nach vorn. «Das ist Rose.»

Das erste Mal. Die erste Lüge. Die erste Hürde.

«Hallo», sagte Flora, und schon lag die Hürde hinter ihr. So einfach war das.

Jason

Tuppy war seit fünf Uhr wach, wartete seit sechs auf Antony und Rose.

Wenn sie gesund gewesen wäre, dann wäre sie aufgestanden, hätte sich angezogen, wäre hinuntergegangen in das stille, schlafende Haus und hätte sich mit all den vertrauten Tätigkeiten beschäftigt, die sie als so beruhigend empfand. Sie hätte die Haustür aufgemacht, die Hunde hinausgelassen und wäre dann in die Küche gegangen, um den Kessel aufzusetzen, voller Vorfreude auf eine Tasse Tee. Dann wäre sie nach oben gegangen, hätte in den beiden vorbereiteten Zimmern die Elektroöfen eingeschaltet und sich vergewissert, daß alles bereit und gastfreundlich war, mit frischen Bettüberwürfen, Kleiderbügeln im Schrank, sauberem weißem Papier in den Schubladen.

Dann wieder hinunter, um die Hunde hereinzulassen, ihnen Kekse und ein paar liebevolle Klapse zu geben, die Vorhänge aufzuziehen, damit das Morgenlicht hereinkam, in der Glut des Kaminfeuers zu stochern und Torf nachzulegen. Alles wäre warm und gastlich gewesen.

Aber jetzt war sie alt und krank und mußte im Bett bleiben, während andere diese erfreulichen Aufgaben erledigten. Enttäuschung und Langeweile nagten an ihr. Es hätte nicht viel gefehlt, und sie wäre aufgestanden und hätte sich angezogen, und zum Teufel mit Isobel und Schwester McLeod und Hugh Kyle. Aber hinter ihrem Ärger steckte eine ganz reale Angst. Was für eine elende Heimkehr wäre es für Antony gewesen, wenn er seine Großmutter reglos unten an der Treppe gefunden hätte, weil sie nicht vernünftig genug war, das zu tun, was man ihr sagte.

Seufzend schickte sie sich in das Unvermeidliche. Sie aß

einen Keks aus der Dose neben ihrem Bett und trank einen Schluck Tee, den die Schwester jeden Abend in einer Thermoskanne hinterließ. Sie würde sich in Geduld fassen. Krank zu sein war wirklich unerträglich langweilig.

Um sieben regte sich Leben im Haus. Sie hörte, wie Isobel aus ihrem Zimmer kam und hinunterging; sie hörte die Hunde und das Öffnen der Haustür, das Quietschen der kerkerähnlichen Eisenriegel und das Scheppern der großen Schlüssel.

Gleich darauf war auch Mrs. Wattys Stimme zu hören, und bald wehte der Geruch nach brutzelndem Frühstück von unten herauf. Als nächstes ging Jason ins Bad. Als er wieder herauskam, rief er über das Geländer hinunter: «Tante Isobel!»

«Ja?»

«Sind Rose und Antony da?»

«Noch nicht. Sie können jetzt jeden Augenblick kommen.»

Tuppy schaute zur Tür. Der Griff bewegte sich, und gleich darauf schob sich Jasons blonder Kopf herein. «Ich bin wach», sagte sie. «Komm ruhig rein.»

«Sie sind noch nicht da», sagte er.

«Bis du angezogen bist, sind sie vermutlich hier.»

«Hast du gut geschlafen?»

«Wie ein Murmeltier», log Tuppy. «Und du?»

«Auch. Glaub ich jedenfalls. Du weißt auch nicht, wo mein Ranger-T-Shirt ist, oder?»

«Vermutlich in der Wäsche.»

«Oh, schon gut. Ich schaue nach.»

Er verschwand, ließ die Tür offen. Das nächste Ereignis war die Ankunft von Sukey, die nach ihrem Morgenbesuch im Garten sofort die Treppe heraufgekommen war. Sie trottete über den Boden und sprang mit Hilfe eines Stuhls auf Tuppys Bett. Ohne weitere Umstände nahm sie ihren üblichen Platz am Fußende der Decke ein.

«Sukey!» tadelte Tuppy, aber Sukey hatte kein Gewissen. Sie schaute Tuppy einen Augenblick lang kühl an, dann machte sie es sich zum Schlafen bequem.

Dann hatte Schwester McLeod ihren Auftritt, zog Vorhänge auf, machte Fenster zu, stellte den Heizofen an und brachte Tuppys Nippes zum Klirren, während sie mit schweren Schritten herumstapfte.

«Wir müssen Sie zurechtmachen, ehe Ihr Enkel und die junge Dame kommen», sagte die Schwester fröhlich. Sie zog am Laken und an den Kissen, griff unter die Decke nach der Wärmflasche, fragte, was Tuppy zum Frühstück wolle. «Mrs. Watty brät Speck... sie sagt, Antony freut sich immer auf gebratenen Speck an seinem ersten Morgen daheim. Möchten Sie eine kleine Portion davon?»

Und dann, als Tuppy schon glaubte, sie könne keinen Augenblick länger warten, hörte sie Antonys Auto, das dröhnend die Straße heraufkam, durch das offene Tor in die Einfahrt mit den Schlaglöchern einbog. Das zweimalige Hupen, die quietschenden Bremsen und das Aufspritzen des Schotters durchbrachen die Morgenstille. (Tuppy fand, daß er immer zu schnell fuhr.) Unten brach das Chaos aus. Plummer bellte, Schritte kamen den Weg und den Flur entlang, die Tür öffnete sich, und fröhliche Stimmen erfüllten das Haus.

Da bist du ja. Wie schön, daß du da bist.

«Hallo, Antony», rief Jason. «Hattest du eine gute Fahrt? Machst du mir Pfeil und Bogen?»

Tuppy hörte Antonys Stimme. «Wie geht es Tuppy?» (Ihr Herz schmolz vor Liebe zu ihm.)

Dann wieder Jason: «Sie ist schon wach», die Stimme piepsig vor Aufregung. «Sie wartet auf dich.»

Tuppy setzte sich auf, die Tür im Auge, und hörte, wie er heraufkam, wie üblich zwei Stufen auf einmal nehmend.

«Tuppy!»

«Ich bin hier!»

Mit langen Schritten kam er über den Flur zur Tür. Er

stürmte in ihr Zimmer und strahlte dabei über das ganze Gesicht.

«Tuppy.» Er trug Cordhosen, einen dicken Pullover und eine lange Lederjacke, und als er an ihr Bett kam, um sie zu küssen, kratzten seine Bartstoppeln sie an den Wangen. Sein Gesicht war kalt, er hatte zu langes Haar, und sie konnte kaum glauben, daß er tatsächlich da war.

Sie umarmten sich. Schließlich löste er sich von ihr. «Aber du siehst phantastisch aus. Was bist du doch für eine alte Schwindlerin.»

«Mir fehlt gar nichts. Du bist später dran als üblich. War es eine scheußliche Fahrt?»

«Nein, es lief alles bestens. So gut, daß wir bei Sandy in Tarbole zum Frühstücken Station gemacht haben. Wir sind vollgestopft mit Würstchen und starkem Tee.»

«Rose ist dabei?»

«Ja. Sie ist unten. Möchtest du sie sehen?»

«Natürlich möchte ich sie sehen. Hol sie sofort herauf.»

Er ging hinaus, und sie hörte, wie er hinunterrief: «Rose!» Keine Antwort. Dann, dieses Mal lauter: «Rose! Schnell, komm herauf. Tuppy wartet auf dich.»

Tuppy schaute zur Tür. Als er wieder hereinkam, hielt er Rose an der Hand.

Sie wirkten beide schüchtern, fast verlegen, und sie fand das rührend, als habe die Liebe etwas von Antonys Firnis der Weltläufigkeit weggekratzt.

Sie sah Rose an und stellte fest, daß die fünf Jahre zwischen siebzehn und zweiundzwanzig ein hübsches, aber manchmal etwas schmollend wirkendes Mädchen in etwas ganz Besonderes verwandelt hatten. Sie sah die gebräunte Haut, rein, gesund und sauber; das glänzende braune Haar, die Augen – so dunkle, braune Augen. Tuppy hatte vergessen, wie dunkel sie waren. Sie trug die übliche Uniform der Jugend von heute: verwaschene Jeans und einen Pullover, und darüber eine marineblaue Jacke mit Tartanfutter.

Rose sagte schüchtern: «Leider sehe ich ziemlich zerknittert aus.»

«Aber Liebes! Wie könntest du denn geschniegelt aussehen, wenn du die ganze Nacht unterwegs warst? Ich finde, du siehst reizend aus. Jetzt komm her und gib mir einen Kuß.»

Rose kam herüber und beugte sich über Tuppy, um ihr einen Kuß zu geben. Das dunkle Haar fiel nach vorn und berührte Tuppys Wange. Roses Wange war glatt und kühl, erinnerte Tuppy an knackige, frisch gepflückte Äpfel.

«Ich habe schon gedacht, ich bekomme dich nie zu sehen!»

Rose setzte sich auf den Bettrand. «Es tut mir leid.»

«Du warst in Amerika?»

«Ja.»

«Wie geht es deiner Mutter?»

«Sehr gut.»

«Und deinem Vater?»

«Auch gut. Wir haben eine Rundreise gemacht.» Sie sah Sukey. «Oh, ist das Ihr... dein Hund?»

«Du erinnerst dich doch bestimmt an Sukey, Rose! Sie war immer dabei, wenn wir am Strand gepicknickt haben.»

«Sie... sie muß schon ziemlich alt sein.»

«Sie ist zehn. In Hundejahren ist das siebzig. Und damit ist sie immer noch jünger als ich. Ich habe mehr Zähne als sie, aber wenigstens war Sukey nicht so blöd wie ich und ist krank geworden. Habt ihr gesagt, ihr hättet schon gefrühstückt?»

«Ja», sagte Antony. «In Tarbole.»

«Ach, wie schade, Mrs. Watty brät eigens für euch Speck. Ihr müßt ein bißchen darin herumstochern oder wenigstens eine Tasse Kaffee trinken.»

Sie lächelte Rose an und freute sich an dem Gedanken, daß sie Antony heiraten würde und daß sie hier war, in Fernrigg.

«Zeig mir deinen Ring», bat sie, und Rose zeigte ihn ihr. Die Diamanten und Saphire glitzerten an der schlanken braunen Hand.

«Was für ein hübscher Ring! Aber eigentlich habe ich das schon vorher gewußt. Antony hat einen sehr guten Geschmack.»

Rose lächelte. Es war ein alles umarmendes, strahlendes Lächeln, wie Tuppy es liebte... ganz weiße Zähne, die beiden Schneidezähne etwas schief, wodurch sie sehr jung und verletzlich wirkte.

«Wie lange könnt ihr bleiben?» fragte Tuppy, der es am liebsten gewesen wäre, wenn die beiden für immer hätten bleiben wollen.

«Nur bis morgen abend», sagte Antony. «Wir müssen leider bald wieder zurück.»

«Zwei Tage. Wie kurz.» Sie tätschelte Roses Hand. «Macht nichts, Hauptsache, wir genießen es. Und heute abend gibt es eine kleine Einladung, nur ein paar Gäste, weil es ein so besonderer Anlaß ist.» Sie bemerkte Antonys Gesichtsausdruck. «Mach jetzt bloß kein Theater. Das machen mir schon Isobel und die Schwester die ganze Zeit. Wußtet ihr, daß sie eine Schwester eingestellt haben, die sich um mich kümmert? Mrs. McLeod, sie kommt aus Fort William.» Sie senkte die Stimme zu einem Flüstern. «Sie sieht genau wie ein Pferd aus.» Rose prustete los. «So ein Quatsch, aber es hilft Isobel sehr. Und natürlich komme ich nicht zu dem Abendessen. Ich werde hier sitzen, mit einem Essenstablett, und hören, wie ihr euch alle amüsiert.» Sie wandte sich Rose zu. «Ich habe Anna und Brian eingeladen – du erinnerst dich doch an sie, nicht wahr? Ja, natürlich erinnerst du dich. Ich habe gedacht, es freut dich, sie wiederzusehen.»

Rose sagte: «Es wäre schön, wenn du auch dabei sein könntest.»

«Wie lieb du bist. Aber wenn ich noch eine Weile im Bett bleibe, bin ich bis zu eurer Hochzeit wieder auf den Beinen, und das ist das Allerwichtigste.» Sie lächelte wieder, ihr Blick huschte von einem Gesicht zum anderen. Sie schauten sie an, die beiden Augenpaare, ein so helles und ein so dunkles.

Tuppy fiel auf, daß die dunklen Augen von Müdigkeit überschattet waren. «Rose, hast du denn wenigstens ein bißchen geschlafen?» fragte sie besorgt.

Rose schüttelte den Kopf. «Ich konnte nicht.»

«Ach, Liebes, da mußt du ja völlig erschöpft sein.»

«Bin ich auch, ein bißchen. Ganz plötzlich. Nur schläfrig.»

«Möchtest du ins Bett? Schlaf bis zum Mittagessen, dann fühlst du dich besser. Und vielleicht will Antony…»

«Ich bin munter», sagte Antony schnell. «Vielleicht mache ich am Nachmittag ein Nickerchen.»

«Aber Rose muß schlafen. Mrs. Watty soll dir eine Wärmflasche machen. Und hinterher kannst du ein schönes Bad nehmen. Das möchtest du doch gern, nicht wahr?»

«Ja», gab Rose zu.

«Dann machst du es auch. Und jetzt geht hinunter und eßt Mrs. Watty zuliebe etwas Speck, und sagt der Schwester, ich möchte jetzt mein Frühstück, und», fügte sie hinzu, als sie zur Tür gingen, «noch einmal vielen Dank, euch beiden, vielen Dank, daß ihr gekommen seid.»

Das Aufwachen war seltsam. Das Bett war seltsam, wenn auch wunderbar weich und bequem. Der Stuck an der Decke war seltsam, das dunkle Rosa der zugezogenen Vorhänge fremd. Ehe sie sich richtig orientiert hatte, zog Flora den Arm unter der Decke hervor und schaute auf die Uhr. Elf. Sie hatte fünf Stunden geschlafen. Und hier war sie, in Fernrigg – Fernrigg House in Arisaig, in Argyll, in Schottland. Sie war Flora, aber jetzt war sie Rose, verlobt mit Antony Armstrong.

Sie hatte alle kennengelernt: Isobel, den kleinen Jason, Mrs. Watty, wogend, gesund und mehlig wie ein frischgebackenes Hörnchen, und Watty, ihren Mann, der in die Küche kam, während sie Kaffee tranken, mit sorgfältig abgetretenen Stiefeln und Fragen wegen des Gemüses. Alle schienen sich darüber zu freuen, daß sie da war, und nicht nur wegen Antony. Erinnerungen waren das Gebot der Stunde.

«Und wie geht es Mrs. Schuster?» hatte Mrs. Watty gefragt. «Ich weiß noch, wie sie in jenem Sommer jeden Morgen heraufkam, um frische Eier zu holen, und Watty gab ihr meistens einen Salatkopf, weil sie sagte, ohne frischen Salat hält sie es keinen Tag lang aus.»

Und Isobel erinnerte sich an ein bestimmtes Picknick, bei dem es so warm gewesen war, daß Tuppy darauf bestanden hatte, schwimmen zu gehen, und sich dafür einen eleganten Badeanzug von Pamela Schuster ausgeliehen hatte. «Sie hat keinem von uns erlaubt, ihr zuzuschauen, wie sie ins Wasser ging. Sie sehe unanständig aus, hat sie gesagt, aber in Wahrheit sah sie ausgesprochen hübsch aus, weil sie immer so schlank war.»

Und Antony hatte Isobel gehänselt. «Wenn Tuppy euch nicht erlaubt hat hinzuschauen, woher weißt du dann, daß sie hübsch ausgesehen hat? Du mußt heimlich hingeguckt haben.»

«Ich wollte mich doch bloß vergewissern, daß sie keinen Krampf bekommt.» Nur Jason hatte sehr zu seinem Verdruß keine Erinnerungen. «Wenn ich bloß dagewesen wäre, als du hier warst», sagte er zu Flora und schaute sie mit unverhohlener Bewunderung an. «Aber ich war nicht da. Ich war irgendwo anders.»

«Du warst in Beirut», sagte Isobel. «Und selbst wenn du hier gewesen wärst, könntest du dich wahrscheinlich an nichts erinnern, weil du erst zwei warst.»

«Ich kann mich noch daran erinnern, wie ich zwei war. Ich kann mich an eine Menge erinnern.»

«An was zum Beispiel?» fragte Antony skeptisch.

«Zum Beispiel... an Weihnachtsbäume?» sagte er hoffnungsvoll.

Flora fiel auf, daß alle lächelten, aber niemand ihn auslachte. Obwohl er wußte, daß die anderen ihm nicht so ganz glaubten, hatte er seine Würde gewahrt.

«Egal», fügte er hinzu, «an Rose würde ich mich ganz bestimmt erinnern.»

Der Empfang hatte also nicht nur etwas mit der Tatsache zu tun, daß Rose und Antony angeblich heiraten wollten. Die Schusters hatten offenbar vor fünf Jahren von sich aus einen gewissen Eindruck gemacht, der noch in fröhlicher Erinnerung war, was jetzt vieles erleichterte.

Flora schaute wieder auf die Uhr. Jetzt war es fünf nach elf, und sie war hellwach. Sie stand auf, ging zu den Fenstern hinüber, zog die Vorhänge auf und schaute über den Garten weg auf das Meer.

Der Regen hatte aufgehört, der Nebel löste sich auf. In der Ferne nahmen die Umrisse der Inseln schwach Gestalt an.

Es war Ebbe, man sah eine kleine Mole und den steilen Kiesstrand, zu dem der Garten in einer Reihe von Rasenterrassen abfiel. Auf der einen Seite bemerkte sie einen mit Maschendraht eingezäunten Tennisplatz. Unter ihr war das Laub von Büschen scharlachrot und golden, und eine Eberesche trug schwer an der Last ihrer Beeren.

Flora schloß das Fenster und ging auf die Suche nach einer Badewanne. Was sie fand, war ein sargähnliches viktorianisches Monstrum, eingebettet in poliertes Mahagoni und mit so hohen Seitenwänden, daß man nur mühsam hineinsteigen konnte. Das Wasser war kochend heiß, ganz weich und braun verfleckt vom Torf. Das restliche Badezimmer samt Zubehör entsprach genau dem Stil der Wanne. Die Seife roch schwach nach Medizin, die Handtücher waren riesig, weiß und flauschig, und auf der Konsole stand eine Flasche mit dem Etikett *Pimentöl*. Alles war altmodisch und ungeheuer luxuriös.

Als sie gewaschen und angezogen war, ihr Bett gemacht und ihre Kleider aufgehängt hatte, wagte sich Flora aus dem Zimmer. Sie ging zum Ende des Ganges, wo die breite Treppe mit einer Reihe von Absätzen in die große Halle hinunterführte. Dort blieb sie stehen, lauschte auf ein Geräusch häuslicher Tätigkeit, hörte aber nichts. Sie sah Tuppys Schlafzimmertür, befürchtete jedoch, sie mitten in einem Nickerchen zu stören oder bei einem Gespräch mit ihrem Arzt oder der forschen, kompetenten Schwester. Sie ging die Treppe hinunter und sah das schwelende Feuer im großen Kamin, das nach Torf duftete.

Immer noch kein Laut. Flora kannte sich im Haus noch nicht recht aus und fand schließlich die Küche, wo zu ihrer Erleichterung Mrs. Watty am Tisch stand und einen Vogel rupfte. Mrs. Watty schaute durch ein Gestöber von Federn auf.

«Hallo, Rose. Haben Sie sich schön ausgeruht?»

«Ja, danke.»

«Möchten Sie eine Tasse Kaffee?»

«Nein, nicht nötig. Ich habe mich gefragt, wo die anderen stecken.»

«Alle haben etwas vor. Jedenfalls soweit ich weiß. Die Schwester wartet auf den Arzt, Miss Isobel ist in Tarbole und macht Besorgungen für heute abend, und Antony und Jason sind nach Lochgarry gefahren, um herauszufinden, ob Willie Robertson die Schlaglöcher in der Einfahrt ausbessern kann. Jedesmal, wenn er herkommt, will Miss Isobel von Antony, daß er etwas gegen die Schlaglöcher unternimmt, na, Sie wissen ja, wie das ist. Die Zeit reicht nie. Aber heute morgen war er einverstanden und ist zusammen mit Jason vor etwa einer Stunde weggefahren. Sie sind zum Mittagessen zurück.» Mrs. Watty griff nach einem mörderischen Messer und hackte den Hühnerkopf ab. «Es sieht also ganz so aus, als wären Sie sich selbst überlassen.»

Flora wandte den Blick von dem abgehackten Kopf ab. «Kann ich Ihnen bei irgend etwas helfen? Ich könnte den Tisch decken. Oder Kartoffeln schälen.»

Mrs. Watty lachte schallend. «Lieber Gott, das ist alles schon erledigt. Sie brauchen sich über nichts den Kopf zu zerbrechen. Machen Sie doch einen schönen Spaziergang. Der Regen hat aufgehört, und ein bißchen frische Luft kann Ihnen nicht schaden. Vielleicht möchten Sie zum Strandhaus hinuntergehen und schauen, ob es sich nach den vielen Jahren verändert hat.»

«Ja», sagte Flora. Das war eine gute Idee. Dann kannte sie das Strandhaus und konnte darüber reden, wie Rose es getan hätte. «Aber ich kann mich kaum noch daran erinnern, wie man dorthin kommt.»

«Ach, das können Sie nicht verfehlen. Gehen Sie einfach ums Haus herum und den Weg zum Strand hinunter. Ziehen Sie aber lieber eine Jacke an. Heute morgen ist kein Verlaß auf das Wetter, obwohl der Nachmittag vielleicht schön und klar wird.»

Nach dieser Mahnung holte Flora die Jacke aus ihrem Zimmer, ging wieder die Treppe hinunter und durch die Haustür hinaus. Der Morgen war kühl, frisch und feucht, roch nach welkem Laub, nach Torfrauch und nach dem salzigen Meer. Sie blieb einen Augenblick stehen, um sich zu orientieren, dann wandte sie sich nach links, ging über den Schotter vor dem Haus und kam zu einem Weg, der durch den abschüssigen Rasen zu einem dichten Rhododendrongebüsch führte.

Als sie schließlich aus dem Gebüsch heraustrat, gelangte sie an eine Gruppe neugepflanzter junger Fichten. Der Weg führte jedoch weiter, durch die jungen Bäume hindurch, bis sie zu einem Tor in einer Bruchsteinmauer kam. Dahinter und darunter wuchs Heidekraut, dann kamen Felsen und dann ein Strand mit dem weißesten Sand, den sie je gesehen hatte.

Ihr wurde bewußt, daß sie sich am südlichen Ufer eines vom Meer gespeisten Lochs befand. Jetzt, bei Ebbe, trennte nur ein schmales Rinnsal die beiden weißen Strände, und auf der anderen Seite stieg das Land zu flachen grünen Hügeln an, durchsetzt mit Schafskoppeln und Wiesen, auf denen das Heu in selbstgebauten Hocken trocknete.

Aus dem Schornstein einer kleinen Kate stieg blauer Rauch, vor der Tür lag ein Hund, und (wie immer in diesem Teil der Welt) Schafe sprenkelten den Abhang.

Auf dem Weg zum Wasser hielt Flora Ausschau nach dem

Strandhaus. Sie sah es fast sofort, unverkennbar in die Biegung der Bucht geschmiegt, eingerahmt von einem Wäldchen aus knorrigen Eichen.

Als sie darauf zuging, fiel ihr die Holztreppe auf, die über die Felsen vom Strand heraufführte, und die Fassade des Häuschens mit den geschlossenen Fensterläden. Die Wände waren weiß gestrichen, das Dach schieferblau, die Türen und Läden grün. Sie ging die Treppe hinauf und sah die gefliese Terrasse, auf der ein Glasfiberdingi lag, neben einem Holzkübel mit den welkenden Resten sommerlicher Geranien.

Sie drehte sich um, lehnte sich mit dem Rücken an die Tür, betrachtete die Aussicht und versuchte, sich wie eine Schauspielerin mit einer neuen Rolle in Rose hineinzuversetzen. Rose mit siebzehn. Was hatte sie in jenem Sommer mit sich angefangen? Womit hatte sie die Zeit verbracht? War es schön und warm gewesen, so daß sie auf der Terrasse hatte sonnenbaden können? War sie bei Flut mit dem kleinen Dingi auf den Loch hinausgefahren? War sie geschwommen, hatte sie Muscheln gesammelt und war über den leuchtenden Sand gegangen?

Oder hatte sie sich zu Tode gelangweilt? Hatte sie die Tage schmollend verbracht, sich nach New York oder Kitzbühel oder einem anderen ihrer Jagdgründe gesehnt? Flora hätte es liebend gern gewußt, damit sie Rose hätte einschätzen können. Wenn nur Zeit gewesen wäre, ihre Schwester besser kennenzulernen.

Sie drehte sich um, ging rückwärts ein Stück vom Haus weg, schaute es an, versuchte, etwas von ihm zu erfahren. Aber die Fassade mit den geschlossenen Fensterläden war wie ein geheimnisvolles Gesicht, verriet ihr nichts. Sie gab es auf und ging zum Strand zurück, wo das glasklare Wasser den Sand leckte und Muscheln zum Sammeln lagen, glatt und heil in dem friedlichen Priel.

Sie hob eine auf und dann eine zweite und vertiefte sich so in diese müßige Beschäftigung, daß sie jedes Zeitgefühl verlor. Deshalb hatte sie keine Ahnung, wie lange sie dort gewesen war, als ihr plötzlich bewußt wurde, daß ihr jemand zuschaute. Sie sah von den Muscheln auf. Am Rand der schmalen Straße am Anfang des Loch parkte ein Auto. Es war vorher nicht dagewesen. Und daneben, reglos, die Hände in den Taschen, stand ein Mann.

Sie waren vielleicht hundert Meter auseinander. Aber sofort, als er merkte, daß Flora ihn gesehen hatte, nahm er die Hände aus den Taschen, kam die wenigen Schritte zum Strand herunter und über den Sand auf sie zu.

Flora war befangen. Sie und der näher kommende Mann waren die einzigen lebenden Wesen weit und breit (wenn man eine Reihe von gierigen Seevögeln nicht mitzählte), und verschiedene Phantasien blitzten in ihrem Kopf auf.

Vielleicht hatte er sich verfahren und wollte sie nach dem Weg fragen. Vielleicht suchte er nach einem Ort, an dem er mit seiner Frau und seiner Familie die nächsten Sommerferien verbringen konnte, und das Strandhaus war ihm ins Auge gestochen. Vielleicht war er ein streunender Lustmolch. Flora wünschte sich, sie hätte daran gedacht, einen Hund mitzunehmen.

Aber dann beruhigte sie sich. Selbst auf einige Entfernung strahlte er eine solide Rechtschaffenheit aus: seine Gestalt – er war ausgesprochen groß, breitschultrig und langbeinig –; sein bedächtiger, nicht überhasteter Schritt, der den Abstand zwischen ihnen mit der Leichtigkeit eines an das Laufen gewöhnten Mannes zurücklegte; seine konventionelle, ländliche Kleidung. Vielleicht ein Farmer oder ein Grundstücksbesitzer aus der Nachbarschaft. Sie stellte sich ein großes, zugiges Haus und Jagdeinladungen im August vor.

Es war an der Zeit, ihn zur Kenntnis zu nehmen, statt nur mit den Händen voller Muscheln dazustehen und ihn anzustarren. Flora versuchte es mit einem schwachen Lächeln, auf das er aber nicht reagierte. Er kam einfach näher, nahm Kurs auf sie wie ein Panzer. Er war vermutlich zwischen dreißig und vierzig, mit kräftigen Gesichtszügen; sein Haar, sein Anzug, selbst sein Hemd und die Krawatte hatten keine bestimmte Farbe und waren vollkommen unauffällig. Nur die Augen fielen auf. Sie waren von einem so strahlenden, dunklen Blau, daß Flora sich plötzlich hilflos fühlte. Sie war auf vieles gefaßt gewesen, aber nicht auf diesen eisigen Blick, dieses Funkeln der Feindseligkeit.

Schließlich blieb er stehen, keinen Meter von ihr entfernt, vor der Böschung zum Strand hinunter, das Gewicht auf einen Fuß verlagert. Der Wind regte sich und wehte eine Haarsträhne über Floras Wange. Sie strich sie zurück. Er sagte: «Hallo, Rose.»

Ich bin nicht Rose.

«Hallo», sagte Flora.

«Frischen Sie glückliche Erinnerungen auf?»

«Ja, ich glaube schon.»

«Was ist es für ein Gefühl, wieder hier zu sein?» Seine Stimme hatte den weichen Tonfall der West Highlands. Er war also ein Einheimischer. Und er kannte Rose. Aber wer war er?

«Es ist ein schönes Gefühl», sagte Flora und wünschte sich, ihre Stimme hätte selbstsicherer geklungen.

Er steckte die Hände in die Hosentaschen. «Wissen Sie, ich hätte nie geglaubt, daß Sie tatsächlich wieder herkommen.»

«Das ist keine besonders freundliche Begrüßung. Oder?»

«Ich habe Sie nie für blöd gehalten, Rose. Tun Sie nicht so, als ob Sie von mir etwas anderes erwartet hätten.»

«Warum hätte ich nicht herkommen sollen?»

Darüber hätte er fast gelächelt, aber sein Ausdruck wurde dadurch nicht freundlicher.

«Ich glaube nicht, daß Sie oder ich diese Frage stellen müssen.»

Allmählich wurde Flora ärgerlich. Es gefiel ihr gar nicht, auf so unverhohlene Abneigung zu stoßen.

«Sind Sie den ganzen Weg zum Strand nur heruntergekommen, um mir das zu sagen?»

«Nein. Ich bin gekommen, um Ihnen etwas anderes zu sagen. Um Sie daran zu erinnern, daß Sie kein unschuldiger Teenager mehr sind. Sie sind mit Antony verlobt. Eine erwachsene Frau. Ich hoffe schlicht und einfach, und zwar um Ihretwillen, daß Sie gelernt haben, sich auch so zu benehmen.»

Flora war fest entschlossen, sich ihre Unsicherheit nicht anmerken zu lassen. «Das klingt wie eine Drohung», sagte sie so unbeschwert wie möglich.

«Nein. Keine Drohung. Eine Warnung. Eine freundliche Warnung. Und jetzt wünsche ich Ihnen einen schönen Tag und überlasse Sie den Muscheln.»

Er drehte sich um und ging, so plötzlich, wie er aufgetaucht war, anscheinend ohne Eile, aber mit seinen langen Schritten erstaunlich schnell.

Flora stand wie angewurzelt da und sah ihm nach. Er schien blitzschnell die Felsen erreicht zu haben, kletterte leichtfüßig hinauf, stieg ins Auto und fuhr Richtung Tarbole ab.

Sie stand immer noch völlig benommen da, die Muscheln in den Händen, während es in ihrem Kopf von Fragen wimmelte. Aber es schien nur eine Antwort darauf zu geben: Rose mußte mit siebzehn eine Liebesgeschichte mit diesem Mann gehabt haben. Sie konnte sich nicht vorstellen, was sonst einen solchen Groll, eine derart deutliche Abneigung erklärt hätte.

Sie ließ die Muscheln abrupt fallen und ging, erst langsam, dann schneller, zurück nach Fernrigg, das ihr jetzt wie ein sicherer Hafen erschien. Sie dachte daran, Antony von ihrer Begegnung zu erzählen, ihn ins Vertrauen zu ziehen, überlegte es sich dann aber anders.

Schließlich ging es sie eigentlich gar nichts an. Sie war Flora, nicht Rose. Sie war nur für zwei Tage in Fernrigg. Morgen fuhren sie ab, dann würde sie diese Leute nie wiedersehen. Sie würde diesen Mann nie wiedersehen. Er hatte Rose gekannt, aber das hieß nicht, daß er ein Freund der Armstrongs war. Selbst falls er ein Bekannter sein sollte, erschien es äußerst unwahrscheinlich, daß Tuppy einen derart unangenehmen Menschen in ihr Haus einlud.

Nachdem sie zu dieser Schlußfolgerung gekommen war, schwor sich Flora, den ganzen Vorfall zu vergessen. Dennoch konnte sie sich kaum gegen den Gedanken sträuben, daß Roses Benehmen möglicherweise ein wenig ungeschickt gewesen war.

Als sie aus dem Rhododendrondickicht auftauchte, stellte sie erleichtert fest, daß ihr Antony und Jason über den Rasen entgegenkamen. Sie trugen beide zerschlissene Jeans und weite Pullover. Jasons Segeltuchturnschuhe hatten Löcher an den Spitzen, und die Schnürsenkel waren offen. Als er Flora sah, rannte er auf sie zu, stolperte über die Schnürsenkel, fiel auf die Nase, stand sofort wieder auf und rannte weiter. Flora fing ihn auf, als er sie erreichte, und wirbelte ihn herum.

«Wir haben nach dir gesucht», sagte er. «Es ist gleich Zeit zum Mittagessen, und es gibt Shepherd's Pie.»

«Tut mir leid. Ich habe gar nicht gemerkt, wie die Zeit vergangen ist.» Sie schaute über seinen Kopf hinweg Antony an.

«Guten Morgen», sagte er und beugte sich unvermittelt herunter, um ihr einen Kuß zu geben. «Wie fühlst du dich?»

«Ausgezeichnet.»

«Mrs. Watty hat uns gesagt, daß du einen Spaziergang machst. Hast du das Strandhaus gefunden?»

«Ja.»

«Alles in Ordnung?»

Er meinte nicht das Strandhaus, sondern Flora, wie ihr zumute war, wie sie mit der Situation zurechtkam, in die er sie gebracht hatte. Seine Sorge rührte sie, und weil sie ihn nicht beunruhigen wollte, lächelte sie und sagte entschieden, alles sei in bester Ordnung.

«Warst du am Strandhaus?» fragte Jason.

«Ja.» Sie gingen zum Haus zurück, Jason an Floras Hand. «Aber die Fensterläden sind zu, und ich konnte nicht hineinsehen.»

«Ich weiß. Watty macht das immer, wenn der Sommer vorbei ist, weil sonst Jungen aus Tarbole kommen und die Fenster einwerfen. Einmal hat einer ein Fenster eingeworfen, ist eingestiegen und hat eine Decke geklaut.» Aus Jasons Mund klang das verbrecherischer als ein Mord.

«Und was hast du heute morgen gemacht?» fragte Flora.

«Wir waren in Lochgarry bei Willie Robertson wegen der Löcher in der Einfahrt, und Willie will mit seiner Teerspritzmaschine kommen und alle zumachen. Er hat gesagt, er kommt nächste Woche.»

Antony war sich da nicht so sicher. «Das heißt vermutlich nächstes Jahr», sagte er zu Flora. «Hier sind wir im Westen von Schottland, Zeit spielt keine Rolle. *Mañana* heißt gestern.»

«Und Mrs. Robertson hat mir Karamelbonbons geschenkt, und dann sind wir zur Pier von Tarbole gefahren, da liegt ein Schiff aus Dänemark, und sie laden es voll mit Heringsfässern, und ich habe eine Möwe gesehen, die hat mit einem Bissen eine Makrele gefressen.»

«Silbermöwen sind immer so gierig.»

«Und heute nachmittag macht mir Antony Pfeil und Bogen.»

«Vielleicht», meinte Antony, «sollten wir Rose fragen, was sie gern möchte.»

Jason schaute ängstlich zu ihr auf. «Du möchtest doch auch Pfeil und Bogen machen, ja?»

«Ja, gern. Aber das wird bestimmt nicht lange dauern. Vielleicht können wir noch etwas anderes machen. Zum Beispiel spazierengehen. Die Hunde gehen doch sicher gern spazieren?»

«Ja, Plummer schon, aber Sukey ist faul, sie sitzt am liebsten nur auf Tuppys Bett», antwortete Jason.

«Ich muß sagen, sie scheint es dort sehr bequem zu haben.»

«Sie ist Tuppys Hund, weißt du. Sie hat schon immer Tuppy gehört. Tuppy liebt sie. Aber ich finde, Sukey stinkt scheußlich aus dem Maul.»

Weil der Eßzimmertisch schon für das Abendessen gedeckt war, aßen sie in der Küche zu Mittag. Alle saßen um den großen, gescheuerten Tisch herum, auf dem eine blau-weiß karierte Tischdecke lag. In der Mitte stand ein Krug mit gelben Chrysanthemen. Antony saß am einen Ende des Tisches, Jason am anderen, Isobel, Schwester McLeod, Flora und Mrs. Watty an den Seiten. Es gab den versprochenen Shepherd's Pie, danach Apfelkompott mit Sahne, alles ganz einfach, heiß und köstlich. Als sie mit dem Essen fertig waren, kochte Mrs. Watty Kaffee, und sie besprachen, wie sie den Rest des Tages verbringen wollten.

«Ich werde im Garten arbeiten», verkündete Isobel. «Es wird ein schöner Nachmittag, und ich will mir diese Rabatte schon seit Tagen vornehmen.»

«Wir wollten einen Spaziergang machen», sagte Antony.

«Dann könnt ihr Plummer mitnehmen.»

Jason mischte sich ein. «Aber Antony, du hast gesagt...»

Antony unterbrach ihn. «Wenn du noch einmal von Pfeil und Bogen redest, mache ich sie und erschieße dich dann damit, direkt ins Herz.» Er zielte mit einem imaginären Bogen auf Jason und schoß den Pfeil ab. «Peng.»

«Du darfst nie auf Leute schießen», sagte Jason altklug. «Falle nie mit dem Gewehr über andre Menschen her.»

«Das ist ein löblicher Vorsatz», sagte Antony, «aber schlechte Lyrik.» Er wandte sich Flora zu. «Wollen wir einen Augenblick zu Tuppy hinaufgehen?»

Aber Schwester McLeod protestierte. «Mrs. Armstrong hat eine schlechte Nacht gehabt und überhaupt nicht geschlafen, deshalb bitte nicht jetzt, wenn es Ihnen nichts ausmacht.

Ich gehe gleich nach oben und mache sie für ein Nickerchen zurecht. Es ist nicht gut für sie, wenn sie sich zu sehr aufregt.»

Antony nahm das widerspruchslos hin. «Ganz wie Sie meinen, Schwester. Sie sind der Boss.» Die Schwester stand auf und überragte sie alle wie eine gestrenge Kinderfrau. «Aber wann dürfen wir zu ihr?»

«Wie wäre es heute abend vor dem Essen? Wenn Sie sich alle umgezogen und für die Party zurechtgemacht haben? Sie fände es bestimmt wunderbar, Sie alle so zu sehen.»

«In Ordnung. Sagen Sie ihr, daß wir gegen sieben kommen, alle in großer Robe.»

«Mach ich», sagte die Schwester. «Und wenn Sie mich jetzt bitte entschuldigen, ich muß mich um meine Patientin kümmern. Und danke für das Mittagessen, Mrs. Watty, es war einfach köstlich.»

«Es freut mich, daß es Ihnen geschmeckt hat, Schwester.» Mrs. Watty strahlte und streckte den voluminösen Arm aus, um allen Kaffee nachzuschenken.

Als die Schwester gegangen war, stützte Antony die Ellbogen auf den Tisch und sagte: «Sie redet ja, als ob wir einen Riesenempfang geben, alle Herren in weißen Hemden und mit Monokel, und Tante Isobel mit den Familiendiamanten und einer Schleppe. Wer kommt denn überhaupt?»

«Anna und Brian. Und Mr. und Mrs. Crowther...»

«Das wird ja immer fröhlicher», murmelte Antony. Isobel warf ihm einen ziemlich kühlen Blick zu und sprach unverdrossen weiter. «Und Hugh Kyle, falls er nicht zu einer Entbindung, einem Blinddarm oder einem anderen Notfall gerufen wird.»

«Schon besser. Die Konversation wird zweifellos sprühen.»

«Jetzt spiel hier bloß nicht den Snob», warnte ihn seine Tante.

«Mr. Crowther erwischt er bestimmt nicht auf dem falschen Fuß», bemerkte Mrs. Watty. «Der ist nicht auf den Mund gefallen.»

Flora fragte: «Wer ist Mr. Crowther?»

«Der presbyterianische Pfarrer», erklärte Antony.

«Und Mrs. Crowther hält Kindergottesdienst und hat riesengroße Zähne», steuerte Jason bei.

«Jason!» rief Isobel streng, aber Antony grinste. «Damit sie dich besser fressen kann», sagte er. «Kommst du auch zur Party, Jason?»

«Nein», sagte Jason. «Ich will nicht. Ich esse hier mit Mrs. Watty zu Abend, und Tante Isobel hat mir eine Flasche Cola mitgebracht.»

«Wenn die Konversation im Eßzimmer zu zäh wird, komme ich bestimmt und leiste dir Gesellschaft», sagte Antony.

«Antony!» mahnte Isobel, aber Flora hörte den liebevollen Unterton heraus. Vermutlich hatte Antony sie immer ein wenig aufgezogen, und das war einer der Gründe dafür, daß er ihr so fehlte und sie sich freute, wenn er nach Hause kam.

Die Konstruktion von Pfeil und Bogen nahm etwas Zeit in Anspruch. Antonys bestes Taschenmesser und geeignete Schnur mußten gefunden werden und dann der richtige Zweig für den Bogen. Antony war sehr geschickt und hatte das offensichtlich schon oft gemacht, aber trotzdem genehmigte er sich etliche Flüche und Kraftausdrücke, bis der neue Bogen und ein paar Pfeile fertig waren. Dann zeichnete er mit einem Stück Kreide ein Ziel auf einen Baumstamm, und Jason spannte alle Muskeln seiner schmächtigen Arme an und schoß die Pfeile ab, meistens daneben, aber schließlich kam er dem Ziel etwas näher. Die Pfeile flogen jedoch nicht richtig.

«Sie müssen gefiedert werden», sagte Antony zu Jason.

«Wie macht man das?»

«Das zeig ich dir morgen; jetzt dauert es zu lange.»

«Zeig's mir doch jetzt.»

«Nein. Jetzt gehen wir spazieren. Wir nehmen Plummer mit. Möchtest du mitkommen?»

«Ja.»

«Schön, räum Pfeil und Bogen weg, dann gehen wir.»

Jason sammelte seine neuen Schätze ein und ging ins Haus, um sie hinter der Tür zu verstauen, neben einer angeschlagenen Krocketgarnitur und etlichen ramponierten Liegestühlen. Antony ging hinüber zu Flora und Plummer, die geduldig auf dem Rasen gesessen und darauf gewartet hatten, daß die Zielübungen zu Ende waren.

«Tut mir leid», sagte er. «Es hat lange gedauert.»

«Schon in Ordnung. Man fühlt sich wie im Sommer, wenn man hier sitzt. Es ist auch ein richtiger Sommertag geworden.»

«Ich weiß. Das kann in diesem Teil der Welt vorkommen. Und morgen gießt es vermutlich aus Kübeln.» Jason kam über den Rasen zu ihnen zurückgerannt. Antony streckte Flora die Hand hin. «Komm», sagte er.

Sie gingen die Einfahrt hinunter, durch das Tor und über die Straße, den Berg hinauf, der sich hinter dem Haus erhob, überquerten Stoppelfelder und Weiden mit stämmigem Vieh, stiegen über einen Graben und machten einen Satz in tiefes Heidekraut, das von zickzackförmigen Schafspuren durchzogen war. Plummer, die Nase am Boden, mit peitschendem Schwanz, stöberte eine Moorhuhnfamilie auf, die aus dem Heidekraut zu ihren Füßen aufjagte, vor ihnen hersegelte und rief: *Zurück, zurück, zurück.*

Der Abhang wurde steiler, schob sich näher an den Horizont heran. Vor ihnen tauchten die Trümmer einer Kate auf, ein Ebereschenbaum mit scharlachroten Beeren am klaffenden Türloch, und daneben stand eine einsame Föhre Wache, vom steten Wind gebeutelt und verkrüppelt.

Vor der Kate floß ein Bach mit torfbraunem Wasser, der in einer Reihe von winzigen Wasserfällen den Abhang hinunterstürzte und tiefe Tümpel bildete, wo sich der dunkle Gischt unter den überhängenden Büscheln von Heidekraut sammelte wie Seifenschaum. Binsen wuchsen in Stauden, so grün wie Smaragde. Der Boden war sumpfig, und die weißen Schwanenblumen wehten im Wind. Sie überquerten den Bach mit Hilfe wackliger Trittsteine und traten zwischen die eingefallenen Mauern.

Sie hatten jetzt die Anhöhe erreicht. Auf allen Seiten fiel das Land nach unten ab, und plötzlich erstreckte sich vor ihnen eine atemberaubende Aussicht. Im Süden, hinter den waldigen Hügeln, lag der Sund von Arisaig; im Norden reichte das blaue Gewässer eines Inlandlochs, gefangen zwischen massiven Felswänden, tief in die Hügel hinein. Und im Westen…

Sie saßen da, die Schultern an eine abbröckelnde Grenzmauer gestützt, und genossen die unvergleichliche Aussicht. Auf dem Meer im Westen, das jetzt strahlend blau war, tanzten Kupferflecken. Der Himmel war wolkenlos, die Sicht kristallklar, die Inseln lagen wie Trugbilder auf dem Wasser.

«Was für eine Vorstellung», murmelte Flora, «hier zu leben und sich das jeden Tag anschauen zu können.»

«Ja, bloß kriegst du es selten zu sehen. Meistens kannst du vor lauter Regen die eigene Nasenspitze nicht sehen, und wenn es nicht regnet, bläst der Wind mit Stärke zwölf.»

«Verdirb's mir nicht.»

Er zitierte: «‹Ein karges Haus, ein karges Moor, ein unruhvoller Teich davor.› Robert Louis Stevenson. Tuppy hat ihn Torquil und mir vorgelesen, wenn sie meinte, etwas Bildung könne uns nicht schaden.» Er zeigte mit dem Finger. «Die kleine Insel ist Muck. Und das ist Eigg. Die gebirgige ist Rhum, und dort zu deiner Rechten liegt Sleat, und dahinter Sleat the Cuillins.»

Die fernen, nadelspitzen Gipfel glitzerten silbern vor dem Himmel. «Das sicht aus wie Schnee», sagte Flora.

«Ist es auch. Wir müssen uns auf einen harten Winter gefaßt machen.»

«Und der Loch, der in den Bergen. Wie heißt der?»

«Das ist Loch Fhada. Du kennst doch den Loch am Strandhaus? Der gehört auch zum Loch Fhada. Der Süßwasserloch
mündet ins Meer, direkt hier, unter der Überführung. Da ist
ein Damm und eine Fischleiter zum Fangen von Lachsen...»

Seine Stimme verebbte. Über dem Reden hatten sie Jason
ganz vergessen. Er stand neben ihnen, hörte zu, machte ein
verwirrtes Gesicht.

«Warum?» fragte er. «Warum erzählst du Rose diese ganzen Sachen, als ob sie noch nie hiergewesen wäre? Das klingt,
als ob sie noch nie in Fernrigg gewesen wäre.»

Antony sagte: «Na ja, schon...»

Aber Flora ergriff schnell das Wort. «Es ist so lange her,
und mit siebzehn habe ich mich nicht besonders für die Orts-
namen interessiert. Aber jetzt interessiere ich mich dafür.»

«Ich glaube, weil du herkommen und hier leben wirst.»

«Nein, ich werde nicht herkommen und hier leben.»

«Aber wenn du Antony heiratest?»

«Antony lebt in Edinburgh.»

«Aber du wirst oft herkommen und hier wohnen, nicht
wahr? Bei Tuppy?»

«Ja», mußte Flora ihm schließlich beipflichten, «ja, ich
glaube schon.»

Das etwas angespannte Schweigen, das die drei überkommen
hatte, wurde taktvollerweise von Plummer durchbrochen,
der trotz seines Alters, in dem er es besser hätte wissen müssen, plötzlich beschloß, ein Kaninchen zu jagen. Fort war er,
rannte mit fliegenden Ohren durch das Heidekraut. Jason,
der nur zu gut wußte, daß Plummer durchaus fähig war, das
Kaninchen bis zum Ende der Welt zu verfolgen und ihn dabei
völlig aus den Augen zu verlieren, setzte ihm nach.

«Plummer! Plummer, du bist ein ganz ungezogener Hund.
Komm zurück!» Er rannte auf spindeldürren Beinen, der
Wind verwehte seine hohe Stimme. «Plummer, komm zu-
rück!»

«Sollten wir ihm helfen?» fragte Flora.

«Nein, er fängt ihn schon ein.» Antony wandte sich ihr zu. «Wir hätten es fast vermasselt, nicht wahr? Jason ist ein intelligentes Kind. Mir war gar nicht bewußt, daß er zugehört hat.»

«Ich hatte es auch vergessen.»

«Wirst du es heute abend auch schaffen? Was die Gespräche angeht, meine ich.»

«Wenn du in meiner Nähe bleibst, wird's schon gutgehen.»

«Beim Mittagessen habe ich Tante Isobel nur aufgezogen. Es sind nette Leute.»

«Ja, da bin ich mir sicher.» Sie lächelte, um ihn zu beruhigen.

Er sagte langsam: «Weißt du, ich kann mich gar nicht daran gewöhnen, daß du wie Rose aussiehst, aber nicht Rose bist. Das fällt mir immer wieder ein und trifft mich genauso hart wie beim ersten Mal.»

«Möchtest du, daß ich Rose wäre?»

«So habe ich das nicht gemeint. Ich habe nur gemeint, daß irgend etwas – vielleicht der Funke, der überspringt – hier fehlt.»

«Du meinst, daß du nicht so in mich verliebt bist, wie du es in Rose warst.»

«Aber wenn ich nicht in dich verliebt bin, warum bin ich es dann nicht?»

«Weil ich Flora bin.»

«Du bist netter als Rose. Das weißt du, nicht wahr? Rose hätte keine Zeit für Jason gehabt. Rose hätte nicht gewußt, wie man mit Leuten wie Mrs. Watty und der Schwester redet.»

«Nein, aber sie hätte gewußt, was sie dir zu sagen hat, und das ist vielleicht wichtiger.»

«Sie hat mir Lebwohl gesagt», stellte Antony mit einer gewissen Bitterkeit fest. «Und ist mit irgendeinem griechischen Papagallo nach Spetse abgehauen.»

278

«Und du hast behauptet, du bist ein nüchterner Typ.»

Er grinste wehmütig. «Ich weiß. Aber ich möchte gern heiraten, das ist das Komische daran. Schließlich bin ich dreißig, ich kann nicht den Rest meiner Tage als Junggeselle verbringen. Ich weiß auch nicht. Ich nehme an, ich habe einfach noch nicht die richtige Frau kennengelernt.»

«In Edinburgh muß es doch von richtigen Frauen wimmeln. Schottische Mädchen mit frischen Gesichtern, die allein in ihren Altbauwohnungen leben.»

Er lachte. «Stellst du dir das Leben in Edinburgh so vor?»

«Für mich ist das Leben in Edinburgh ein Essen mit Antony Armstrong an einem nassen, schwarzen Abend.» Sie schaute auf die Uhr. «Weißt du, wenn Jason und Plummer wiederkommen, sollten wir nach Hause gehen. Falls Isobel die Familiendiamanten trägt, muß ich mir wenigstens die Haare waschen.»

«Ja, natürlich. Und Jason und ich haben versprochen, Watty beim Hühnerfüttern zu vertreten.» Er schaute sie an und prustete los. «Familienleben. Glanzvoll wie immer.» Er beugte sich herunter und gab ihr einen Kuß, einen richtigen, auf den Mund. Als er sich von ihr löste, fragte sie: «Ist das für Rose oder für Flora?»

«Für dich», sagte Antony.

An jenem Abend ging die Sonne in einer Flut aus flüssigem Gold und Rot hinter dem Meer unter. Flora, die sich das Haar gewaschen hatte und jetzt versuchte, es mit einem altmodischen Fön zu trocknen, den sie sich von Isobel ausgeliehen hatte, ließ die Vorhänge offen und schaute dem Sonnenuntergang ungläubig zu. Allmählich, während das Licht sich veränderte, wechselten die Farben, und die Inseln wurden rosa und dann dunkelblau. Das Meer war ein Spiegel des Himmels, und als die Sonne schließlich verschwunden war, verdunkelte es sich zu einem tintigen Indigo, gesprenkelt von den Scheinwerfern der Fischerboote, die für die Nachtarbeit aus Tarbole ausliefen.

Während sich das alles abspielte, hörte man, wie überall im Haus geschäftige Vorbereitungen für das abendliche Fest getroffen wurden. Leute gingen treppauf, treppab, zogen Vorhänge zu, schürten Feuer. Aus der Küche kam das Klappern von Töpfen und Porzellan, und köstliche Kochdüfte wehten nach oben.

Was sie anziehen sollte, war für Flora kein Problem, weil sie nur ein Ensemble mitgebracht hatte, das passend war: einen langen Rock aus türkisfarbener Wolle, eine Seidenbluse und einen breiten Gürtel, der beides zusammenhielt. Angesichts der Eile, mit der sie in London gepackt hatte, war es erstaunlich, daß sie daran gedacht hatte, auch nur diese Sachen mitzunehmen. Als sie sich angezogen, frisiert und die Augen geschminkt hatte, legte sie Ohrringe an und besprühte sich mit einem Parfum, das ihr Marcia zum Geburtstag geschenkt hatte. Der Geruch, wie das mit Gerüchen geht, brachte Marcia, ihren Vater und Seal Cottage so lebhaft zurück, daß sich Flora urplötzlich verloren vorkam.

Was machte sie hier? Die Antwort auf diese Frage war ungeheuerlich. Der Wahnsinn des ganzen Unterfangens traf sie wie ein Keulenschlag, und Panik überkam sie. Sie saß vor dem Spiegel, starrte ihr Bild an und wußte, daß der Abend vor ihr lag wie ein Alptraum voller Lügen. Sie würde sich zum Narren machen, würde sich verraten, würde Antony im Stich lassen. Und alle würden wissen, daß sie nichts war als eine Lüge auf zwei Beinen, eine Betrügerin der schlimmsten Sorte.

Der Instinkt sagte ihr, sie solle weglaufen. Jetzt. Ehe es jemand herausfinden konnte. Ehe jemand verletzt werden konnte. Aber wie hätte sie fliehen sollen? Und wohin? Und hatte sie Antony nicht eine Art Versprechen gegeben? Antony, der sich mit den besten Absichten auf das wahnsinnige Täuschungsmanöver eingelassen hatte, alles Tuppy zuliebe.

Sie versuchte, sich zusammenzureißen. Schließlich profitierten sie beide nicht davon. Sie hatten beide überhaupt nichts zu gewinnen, handelten sich höchstens für den Rest ihres Lebens ein schlechtes Gewissen ein. Im Grunde schadeten sie niemandem.

Oder doch? Den ganzen Nachmittag lang hatte Flora mit wilder Entschlossenheit nicht an den Mann am Strand gedacht. Aber jetzt war er wieder da, dieser große, feindselige Mann mit den verhüllten Drohungen, die er eine Warnung nannte. Solange es ihn gab, hatte es keinen Sinn, sich einzureden, die Lage sei einfach. Sie konnte nur hoffen, daß er mit den Armstrongs nichts zu tun hatte. Und schließlich war Tuppy der einzige Mensch, auf den es ankam. *Vielleicht wurde etwas Falsches richtig, wenn es aus den richtigen Gründen getan wurde.* Und wenn es je einen richtigen Grund gegeben hatte, dann war das Tuppy, die alte Frau in ihrem Zimmer auf der anderen Seite des Ganges, die jetzt darauf wartete, daß Flora ihr gute Nacht sagte.

Flora? Nein, nicht Flora. Rose.

Sie holte tief Luft, wandte sich vom Spiegel ab, zog die Vorhänge zu, machte das Licht aus, ging aus dem Zimmer und den Flur entlang zu Tuppys Tür. Sie klopfte, und Tuppy rief: «Herein.»

Flora hatte damit gerechnet, daß Antony bei ihr sei, doch Tuppy war allein. Das Zimmer lag im Halbdunkel, nur erhellt von der Nachttischlampe, die einen warmen Lichtkreis auf das große Bett am Ende des Zimmers warf. Darin, gestützt von vielen Kissen, saß Tuppy in einem frischen Batistnachthemd mit Spitze am Ausschnitt und in einem Bettjäckchen aus blaßblauer Shetlandwolle, mit Satinschleifen zugebunden.

«Rose! Ich habe auf dich gewartet. Komm her, laß dich anschauen.»

Flora trat ins Licht und zeigte sich. «Es ist nichts Großartiges, aber ich habe nichts anderes dabei.» Sie trat neben das Bett, um Tuppy einen Kuß zu geben.

«Mir gefällt es. So jung und hübsch. Und mit dieser schmalen Taille siehst du so groß und schlank aus. Es gibt nichts Hübscheres als eine schmale Taille.»

«Du siehst auch hübsch aus», sagte Flora und setzte sich auf den Bettrand.

«Die Schwester hat mich herausgeputzt.»

«Das Bettjäckchen ist wunderschön.»

«Isobel hat es mir zu Weihnachten geschenkt. Ich trage es heute zum erstenmal.»

«War Antony schon bei dir?»

«Vor etwa einer halben Stunde.»

«Hast du heute nachmittag geschlafen?»

«Ein bißchen. Und was hast du gemacht?»

Flora erzählte, und Tuppy legte sich in die Kissen zurück und hörte zu. Das Licht fiel auf ihr Gesicht, sie sah gebrechlich und erschöpft aus, und Flora hatte plötzlich Angst um sie. Unter ihren Augen lagen dunkle Schatten der Müdigkeit, und ihre Hände, knorrig und braun wie alte Baumwurzeln, spielten unruhig mit dem Zipfel des Überschlaglakens, während Flora sprach.

Und doch war es ein wunderbares Gesicht. Als junges Mädchen war sie vermutlich nicht schön gewesen, aber im Alter kamen das kantige Gesicht und die Vitalität, die es ausstrahlte, zur Geltung, und sie wirkte auf Flora faszinierend. Ihre Haut, zart und trocken, gebräunt von einem Leben an der frischen Luft, war überzogen mit Falten; wenn man ihre Wange berührte, fühlte sie sich an wie ein welkes Blatt. Das weiße Haar war kurz und lockte sich um ihre Schläfen. Sie hatte durchstochene Ohrläppchen, in die Länge gezogen von dem schweren, altmodischen Schmuck, den sie ihr Leben lang getragen hatte. Ihr Mund hatte dieselbe Form wie Antonys, und sie hatten das herzliche, plötzliche Lächeln gemeinsam. Aber wirklich gefangen nahmen Tuppys Augen, tiefliegende Augen im strahlenden Blau von Immergrünblüten, wach und aufmerksam für alles, was sich tat.

«...und dann sind wir nach Hause gekommen, die Jungs haben die Hühner gefüttert und die Eier abgenommen, und ich habe mir das Haar gewaschen.»

«Es sieht wunderschön aus. Es glänzt. Wie gepflegtes Holz. Hugh war eben hier, um nach mir zu sehen, und ich habe ihm von dir erzählt. Er ist jetzt unten, nimmt mit Antony einen Drink. Wie schön, daß er kommen konnte. Er hat soviel zu tun, der Ärmste. In gewisser Hinsicht ist er allerdings selbst schuld. Ich sage ihm dauernd, er soll sich einen Partner nehmen. In den letzten Jahren ist die Praxis für einen einzelnen viel zu groß geworden. Aber er schwört, daß er allein zurechtkommt. Ich glaube, es ist ihm lieber so. Dann hat er keine Zeit zum Grübeln und Unglücklichsein.»

Flora dachte an das, was Antony über Hugh Kyle gesagt hatte.

Er hat, abgesehen von wenigen Unterbrechungen, sein ganzes Leben hier verbracht.

Er muß ein glücklicher Mensch sein.

Nein. Dafür halte ich ihn eigentlich nicht.

«Ist er verheiratet?» fragte sie, ohne sich etwas dabei zu denken.

Tuppy warf ihr einen scharfen Blick zu. «Weißt du das nicht mehr, Rose? Hugh ist Witwer. Seine Frau ist bei einem Autounfall ums Leben gekommen.»

«Oh, o ja, natürlich.»

«Es war so traurig. Wir kennen Hugh seit einer Ewigkeit. Sein Vater war jahrelang der Arzt in Tarbole, und wir haben miterlebt, wie Hugh aufwuchs. Er war immer so ein kluger, gescheiter Junge. Er war in London, um sich zu habilitieren, aber als seine Frau starb, hat er alles hingeworfen und ist nach Tarbole zurückgekommen, um die Praxis seines Vaters zu übernehmen. Damals war er noch in den Zwanzigern, und es hat mir so leid um ihn getan. So eine Vergeudung von Begabung, von Talent.»

«Vielleicht sollte er wieder heiraten.»

«Natürlich sollte er das, aber er tut es bestimmt nicht. Er sagt, er will nicht. Er hat eine Haushälterin namens Jessie McKenzie, aber sie ist schlampig und gibt sich überhaupt keine Mühe, und der Haushalt der beiden ist alles andere als fröhlich.» Tuppy seufzte. «Aber was soll man machen? Wir können nicht über das Leben anderer bestimmen.» Sie lächelte, mit vor Heiterkeit funkelnden Augen. «Nicht mal ich kann über Hughs Leben bestimmen, so große Mühe ich mir auch gebe. Weißt du, ich war schon immer ein ganz unmöglicher Mensch, herrschsüchtig, habe mich in alles eingemischt. Aber meine Familie und meine Freunde wissen das, und sie nehmen es inzwischen recht gnädig hin.»

«Ich glaube, sie genießen es.»

«Ja.» Tuppy wurde nachdenklich. «Weißt du, Rose, als ich heute nachmittag hier lag, hatte ich eine so gute Idee…» Ihre Stimme stockte leicht, und sie griff nach Floras Hand, als gebe ihr die körperliche Berührung etwas von der Kraft der jungen Frau. «Mußt du wirklich mit Antony zurückfahren?» Flora starrte sie an. «Ich meine, Antony muß wegen seiner Arbeit nach Edinburgh zurück, aber ich habe gedacht, vielleicht – hast du eine Stelle in London?»

«Nein, eigentlich nicht, aber…»

«Aber du mußt zurück?»

«Ja, ich denke schon. Ich meine…» Jetzt kam Flora ins Stocken. Verzweifelt suchte sie nach einer Ausflucht.

«Denn», fuhr Tuppy fort, jetzt schon etwas entschlossener, «falls du nicht zurück mußt, könntest du hierbleiben. Wir haben dich alle so gern, und zwei Tage reichen nicht, dich richtig kennenzulernen. Es gibt so vieles, was ich tun möchte, was wir besprechen sollten. Wegen der Hochzeit…»

«Aber wir wissen doch noch gar nicht, wann wir heiraten!»

«Ja, aber es müssen Einladungslisten gemacht werden. Und außerdem gibt es hier Sachen, die Antony gehören und die er braucht, wenn er einen eigenen Haushalt gründet. Silber von seinem Vater, Bilder, die ihm gehören. Möbel, der Schreibtisch seines Großvaters. Um all das muß man sich kümmern. Es ist nicht gut, solche Dinge in der Luft hängenzulassen.»

«Aber Tuppy, du sollst dich doch nicht wegen Antony und

mir anstrengen. Wir sind nicht deshalb gekommen. Du sollst dich ausruhen, wieder zu Kräften kommen.»

«Aber vielleicht komme ich nicht wieder zu Kräften. Vielleicht wird es mir nie bessergehen. Jetzt mach kein so jämmerliches Gesicht, wir müssen uns alle den Tatsachen stellen. Und falls es mit mir nicht mehr besser wird, ist es viel leichter für mich, wenn ich diese ganzen lästigen Einzelheiten schon erledigt habe.»

Eine lange Pause entstand. Schließlich sagte Flora leise: «Ich glaube wirklich nicht, daß ich bleiben kann. Bitte, verzeih mir. Aber ich muß morgen mit Antony fahren.»

Die Enttäuschung überschattete Tuppys Gesicht, aber nur einen Augenblick lang. «Wenn das so ist», sagte sie lächelnd und tätschelte Floras Hand, «mußt du einfach bald wieder nach Fernrigg kommen, dann besprechen wir alles.»

«Ja, ich will es versuchen. Ich... es tut mir wirklich leid.»

«Mein liebes Kind, mach kein so tragisches Gesicht. Es ist nicht das Ende der Welt. Nur so ein dummer Gedanke von mir. Und jetzt solltest du vielleicht hinuntergehen. Unsere Gäste kommen, und du mußt sie begrüßen. Ab mit dir.»

«Bis morgen.»

«Natürlich. Gute Nacht, mein Liebes.»

Flora beugte sich vor, um ihr einen Gutenachtkuß zu geben. Als sie das tat, ging die Tür hinter ihr auf, und Jason erschien, im Bademantel, das Buch zum Vorlesen unter dem Arm. «Ich gehe gleich», versicherte Flora und stand auf.

Er machte die Tür zu. «Du siehst hübsch aus. Hallo, Tuppy, hast du heute nachmittag gut geschlafen?»

«Wunderbar.»

«Ich habe nicht *Peter Rabbit* mitgebracht, sondern *Die Schatzinsel*, weil Antony sagt, es wird Zeit, daß ich mutig genug werde, mir das anzuhören.»

«Wenn es zu sehr zum Fürchten ist», sagte Tuppy, «können wir jederzeit aufhören und es mit etwas anderem versuchen.»

Er gab ihr das Buch und stieg ohne große Umstände in das große weiche Bett neben ihr, zog sich die Decke über die Knie und machte es sich gemütlich.

«Hast du etwas Gutes zum Abendessen bekommen?» fragte Flora.

«Ja, toll. Ich muß von der Cola dauernd aufstoßen.» Offenbar lag ihm daran, daß sie ging, damit er und Tuppy mit der Geschichte anfangen konnten, und er fügte hinzu: «Hugh ist unten, aber sonst noch niemand.»

«Dann», sagte Flora, «sollte ich hinuntergehen und guten Abend sagen.»

Sie ging hinaus, machte die Tür hinter sich zu und blieb stehen, die Hände an die Wangen gepreßt, versuchte, sich zu fassen. Die Enttäuschung, die sie in Tuppys Blick gesehen hatte, würde ihr ein Leben lang nachgehen. Aber was hätte sie sonst sagen können? Was hätte sie anderes tun können, als sich zu weigern?

Warum konnte das Leben nicht einfach bleiben? Warum mußten Menschen, Gefühle, Beziehungen alles komplizieren? Was als gutgemeinte, harmlose Täuschung angefangen hatte, wurde häßlich, nahm monströse Ausmaße an. Wie hätte Flora wissen können, worauf sie sich einließ? Nichts, was Antony gesagt hatte, hätte sie auf den Eindruck vorbereiten können, den Tuppys herzliche, liebevolle Persönlichkeit auf sie gemacht hatte.

Sie seufzte tief, wappnete sich für die nächste Hürde und machte sich auf den Weg hinunter. Der Teppich fühlte sich unter den Sohlen ihrer goldenen Pumps dick an. Auf dem Fenstersims stand ein frischer Strauß aus Buchenlaub und Chrysanthemen. Die Halle war für die Einladung aufgeräumt worden, die Vorhänge an den Glastüren waren zugezogen, das Feuer war kräftig geschürt worden. Die Tür zum Wohnzimmer stand halb offen, und Stimmen drangen heraus.

Antony sprach. «Das heißt also, Hugh, daß Tuppy sich erholen wird. Stimmt das?»

«Selbstverständlich. Das habe ich die ganze Zeit gesagt.»

Die Stimme war tief, der Tonfall auf beunruhigende Weise vertraut. Flora blieb reglos stehen, wollte nicht lauschen, konnte sich aber auf einmal nicht mehr bewegen.

«Aber Isobel hat geglaubt...»

«Was hat Isobel geglaubt?»

Isobel erwiderte, gleichermaßen nervös wie kleinlaut: «Ich habe geglaubt... ich habe geglaubt, du willst mich schonen. Es mir verheimlichen.»

«Isobel!» Die Stimme klang vorwurfsvoll. «Du hast mich mein Leben lang gekannt. Ich würde dir nie etwas verheimlichen. Das muß dir doch klar sein. Schon gar nicht, wenn es um Tuppy geht.»

«Es... es war dein Gesichtsausdruck.»

«Leider» – das klang, als wolle er einen Witz daraus machen – «kann ich nichts für meinen Gesichtsausdruck. Ich bin vermutlich damit geboren worden.»

«Nein, ich erinnere mich.» Isobel war hartnäckig. «Ich kam aus dem Wohnzimmer, und du hast auf halber Höhe der Treppe gestanden. Nur dagestanden. Und du hattest einen Ausdruck im Gesicht, bei dem ich Angst bekommen habe. Ich wußte, es ist wegen Tuppy...»

«Aber es war nicht wegen Tuppy. Es war etwas anderes, etwas, was mir große Sorgen macht, aber es war nicht wegen Tuppy. Und ich habe dir gesagt, daß sie gesund wird. Ich habe dir gesagt, wenn ich mich recht erinnere, daß sie so zäh ist wie altes Heidekraut und uns vermutlich alle überlebt.»

Eine Pause entstand, und dann gab Isobel zu: «Ich habe dir nicht geglaubt.» Das klang, als werde sie gleich in Tränen ausbrechen.

Flora konnte es nicht länger ertragen. Sie ging durch die offene Tür hinein.

Das Wohnzimmer von Fernrigg wirkte an jenem Abend wie ein Bühnenbild, beleuchtet und möbliert für den ersten Akt eines viktorianischen Stücks. Der Eindruck verstärkte sich noch durch die Aufstellung der drei, die plötzlich schwiegen, als Flora auftauchte, und sich zu ihr umdrehten.

Aber sie hatte nur Augen für den zweiten Mann. Den Arzt. Hugh Kyle, der Isobel auf der anderen Seite des Kaminläufers gegenüberstand. Er war so groß, daß der venezianische Spiegel, der über dem hohen Kaminsims aus Marmor hing, seinen Kopf und seine Schultern zeigte.

«Rose!» sagte Isobel. «Komm ans Feuer. Du erinnerst dich an Hugh, nicht wahr?»

«Ja», sagte Flora. Seit sie seine Stimme gehört hatte, wußte sie, daß er es war. Der Mann, den sie heute morgen am Strand getroffen hatte. «Ja, ich erinnere mich.»

«Natürlich», sagte er. «Wir erinnern uns beide. Wie geht es Ihnen, Rose?»

Sie runzelte die Stirn. «Ich kann nichts dafür, daß ich es gehört habe. Sie haben über Tuppy gesprochen.»

Antony brachte ihr einen Drink, ohne zu fragen, was sie wolle. «Ja», sagte er. «Es scheint eine Art Mißverständnis gegeben zu haben.»

Sie nahm das Glas, das eisgekühlt und sehr kalt in ihrer Hand war. «Sie wird wieder gesund?»

«Ja. Hugh sagt das.»

Flora hatte das Gefühl, sie müsse gleich in Tränen ausbrechen.

«Es war meine Schuld», erklärte Isobel schnell. «Wie dumm von mir. Aber ich war so aufgeregt. Ich habe gedacht, Hugh will mir erklären, daß Tuppy...» Sie brachte das Wort *stirbt* nicht über die Lippen. «Daß es ihr nie wieder bessergehen wird. Und das habe ich zu Antony gesagt.»

«Aber es ist nicht wahr?»

«Nein.»

Flora schaute Antony an, und sein ruhiger Blick begegnete ihrem. Die beiden Verschwörer, dachte sie. In die eigene Falle gegangen. Sie hätten gar nicht nach Fernrigg zu kommen brauchen. Sie hätten sich gar nicht auf diese irrwitzige Scharade einlassen müssen. Das ganze sorgfältig durchgeführte Täuschungsmanöver war überflüssig gewesen.

Antony hatte ein ausdrucksvolles Gesicht. Man sah ihm deutlich an, daß er Floras Gedanken lesen konnte. Sie hatten sich zum Narren gemacht. Es tat ihm leid. Und doch war er auch erleichtert, die Anspannung wich aus seinem gutgeschnittenen Gesicht. Er hatte Tuppy unsagbar gern.

«Sie wird wieder gesund», wiederholte er mit tiefer Befriedigung. Flora griff nach seiner Hand und drückte sie. Er wandte sich wieder den anderen zu. «Ehrlich gesagt, wenn Rose und ich nicht geglaubt hätten, es ist dringend, wären wir vermutlich dieses Wochenende gar nicht gekommen.»

«Wenn das so ist», sagte Isobel, die klang, als ob sie sich erholt hätte, «bin ich froh, daß ich so dumm war und Hugh mißverstanden habe. Es tut mir leid, daß ich euch einen Schreck eingejagt habe, aber wenigstens hat euch das hergebracht.»

«Hört, hört», sagte Hugh. «Ich hätte keine wirkungsvollere Arznei verschreiben können. Ihr beide habt Tuppy unglaublich geholfen.» Er drehte dem Feuer den Rücken zu und lehnte die breiten Schultern an den Kaminsims. Durch das Zimmer hindurch spürte Flora seinen Blick. «Und jetzt, wo Sie hier sind, Rose, was ist es für ein Gefühl, wieder in Schottland zu sein?»

Er benahm sich gut, aber die blauen Augen waren nicht wärmer, und sie blieb mißtrauisch.

«Sehr schön.»

«Ist das Ihr erster Besuch, seit Sie damals hier waren?»

«Ja.»

«Sie war den ganzen Sommer in den Staaten.» Das war Antony, der aufmerksame Souffleur in den Kulissen.

Hugh hob die Augenbrauen. «Wirklich? Wo denn?»

Flora versuchte, sich daran zu erinnern, wo Rose gewesen war. «Ach... In New York. Und im Grand Canyon. Überall.»

Er neigte den Kopf in spöttischer Anerkennung. «Wie geht es Ihrer Mutter?»

«Sehr gut, vielen Dank.»

«Kommt sie auch nach Fernrigg?» Er klang geduldig, während er an dem zähen Gespräch festhielt.

«Nein. Ich... ich glaube, sie bleibt eine Weile in New York.»

«Aber zweifellos kommt sie zur Hochzeit her. Oder haben Sie vor, in New York zu heiraten?»

«Oh, schlag so was bloß nicht vor», sagte Isobel. «Wie sollen wir denn alle nach New York kommen?»

Antony sagte schnell: «Jedenfalls ist noch nichts entschieden. Noch nicht einmal das Datum, ganz zu schweigen vom Ort.»

«Wenn das so ist», sagte Hugh, «reden wir offenbar über ungelegte Eier.»

«Ja. Das stimmt.»

Eine kleine Pause entstand, in der sie alle einen Schluck tranken. Flora suchte verzweifelt nach einem anderen Gesprächsthema, aber ehe ihr etwas einfiel, hörte man vorfahrende Wagen, Türen schlugen zu, und Isobel sagte: «Da kommen die anderen.»

«Anscheinend alle auf einmal», sagte Antony, stellte seinen Drink ab und ging hinaus, um die Neuankömmlinge zu begrüßen.

Einen Augenblick später sagte Isobel: «Entschuldigt mich», und zu Floras Entsetzen stellte auch sie ihr Glas ab und folgte Antony, zweifellos, um die Damen nach oben zu führen, wo sie die Mäntel ablegen und sich das Haar kämmen konnten.

So blieben Flora und Hugh Kyle allein. Das Schweigen lastete schwer auf ihnen. Sie spielte mit dem Gedanken, direkt zum Angriff überzugehen – zu sagen: *Ich merke, Sie wollen das Verhältnis zu den Armstrongs nicht stören, aber Sie sind jetzt jedenfalls wesentlich freundlicher als heute morgen.* Aber, sagte sie sich, das war weder der richtige Zeitpunkt noch der richtige Ort für eine Kraftprobe. Außerdem war es unmöglich, sich zu verteidigen, wenn sie keine Ahnung hatte, was ihr zur Last gelegt wurde.

Die Möglichkeiten waren jedoch entmutigend. Rose, das ging Flora allmählich auf, war keine Frau mit besonders strengen Prinzipien. Sie hatte Antony ohne die geringsten

Gewissensbisse den Laufpaß gegeben, sich mit einem neuen Verehrer nach Griechenland abgesetzt und es Flora mit Absicht überlassen, die Scherben ihrer kaputten Verlobung aufzusammeln.

Wer konnte sich vorstellen, zu welchen Untaten Rose mit siebzehn fähig gewesen war, jung, frustriert und wahrscheinlich zu Tode gelangweilt? War es so abwegig, daß sie, um sich zu amüsieren, mit dem ersten passablen Mann angebändelt hatte, der ihr über den Weg lief?

Aber Hugh Kyle sah nicht so aus, als wäre er der Typ dafür. Kein Mann, bei dem ein Mädchen auf die Idee gekommen wäre, mit ihm herumzuspielen. Er war überwältigend. Flora zwang sich, ihn anzuschauen, wie er mit dem Rücken zum Feuer dastand und sie unverwandt aus den durchdringenden blauen Augen beobachtete, über den Rand des Whiskyglases hinweg. Heute abend trug er einen ganz ordentlichen Anzug, ein Seidenhemd und eine Art Clubkrawatte mit einem Emblem darauf. Wenn er nur nicht so groß gewesen wäre. Es war unangenehm, so dazustehen, zu ihm aufzuschauen, und der Ausdruck, den sie auf seinem Gesicht entdeckte, nahm ihr den letzten Mut. Sie war völlig verwirrt. Ihr fiel nichts ein, was sie hätte sagen können.

Er schien ihr Unbehagen zu spüren und tatsächlich so etwas wie Mitleid mit ihr zu haben, denn er war es, der das Schweigen brach.

«Tuppy hat mir erzählt, daß Sie und Antony morgen wegfahren müssen.»

«Ja.»

«Wenigstens hatten Sie einen schönen Nachmittag.»

«Ja, er war wunderschön.»

«Wie haben Sie ihn verbracht?»

«Wir sind spazierengegangen.»

An diesem Punkt wurden sie zu Floras unendlicher Erleichterung von Antony unterbrochen, der die beiden männlichen Gäste hereinführte.

«Alle sind gleichzeitig gekommen», sagte er. «Rose, ich glaube nicht, daß du Mr. Crowther kennst. Er ist nach Tarbole gezogen, nachdem du hier warst.»

Mr. Crowther trug den Sonntagsanzug eines Geistlichen, aber mit seinem roten Gesicht, dem dichten grauen Haar und der gut gepolsterten Figur sah er mehr wie ein erfolgreicher Buchmacher als wie ein Kirchenmann aus. Er packte Floras Hand mit einem kräftigen Griff, schüttelte sie und sagte: «Na so was, hoch erfreut. Ich hab's kaum erwarten können, Antonys Verlobte kennenzulernen. Einen schönen guten Abend.»

Er klang auch wie ein Buchmacher. Das Timbre der tiefen Stimme brachte den Kristallflitter des Kronleuchters zum Klirren. Flora stellte sich vor, wie er von seiner Kanzel herunter über Höllenfeuer, Pech und Schwefel predigte. Sie war sicher, daß er gewaltige Predigten hielt.

«Guten Abend.»

«Mrs. Armstrong hat sich so auf einen Besuch von Ihnen gefreut, wie wir alle.» Er sah Hugh Kyle, ließ endlich ihre Hand los und ging auf den anderen Mann zu. «Und da ist ja unser Doktor. Wie geht's, wie steht's?»

«Rose», sagte Antony.

Der andere Mann hatte sich bislang im Hintergrund gehalten und darauf gewartet, daß der ganze Überschwang sich legte. Jetzt wandte sie sich ihm zu.

«Du erinnerst dich an Brian Stoddart?»

Sie sah ein braungebranntes Gesicht, dunkle Augenbrauen, Lachfältchen um Augen und Mund, dunkles Haar und ganz helle, klare graue Augen. Er war nicht so groß wie Antony und älter als er, strahlte aber trotzdem eine Art animalische Vitalität aus, die Flora sofort spürte. Im Gegensatz zu den anderen Männern auf der Party hatte er sich einigermaßen in Schale geworfen – dunkle Hosen und ein Smokingjackett aus blauem Samt, dazu ein weißer Rollkragenpullover.

«Rose, wie lange es her ist», sagte er herzlich und streckte die Arme aus. Ohne sich etwas dabei zu denken, ging Flora auf ihn zu, sie küßten sich vorsichtig auf beide Wangen.

Er hielt sie ein Stück von sich weg. «Lassen Sie sehen, ob Sie sich verändert haben.»

«Alle meinen, sie sei hübscher geworden», sagte Antony.

«Unmöglich. Noch hübscher konnte sie gar nicht werden. Aber sie sieht so strahlend und gut aus. Sie sind ein glücklicher Mann, Antony.»

«Ja», sagte Antony, doch es klang, als sei er keineswegs sicher. «Nachdem das geklärt ist und Sie dem armen Mädchen mit Ihren Küssen den Verstand geraubt haben, kommen Sie mit und sagen mir, was Sie trinken möchten.»

Während Antony mit den Getränken beschäftigt war, führte Isobel die beiden Ehefrauen herein, und die ganze Szene wurde noch einmal aufgeführt, dieses Mal mit Isobel als Zeremonienmeisterin. Das war Mrs. Crowther, die Rose noch nicht kannte. (Riesenzähne, wie Jason gewarnt hatte, aber eine Person mit angenehmem Gesicht, gekleidet wie für ein schottisches Volksfest, im Tartankostüm mit Cairngormbrosche.) Mrs. Crowther war so überschwenglich wie ihr Mann. «Wie reizend, daß Sie Mrs. Armstrong besuchen konnten. Wie schade, daß sie heute abend nicht bei uns sein kann.» Sie lächelte über Floras Kopf hinweg. «Guten Abend, Dr. Kyle. Guten Abend, Mr. Stoddart.»

«…und Anna, Rose», sagte Isobel mit ihrer sanften Stimme. «Anna Stoddart aus Ardmore.»

Anna Stoddart lächelte. Sie war offensichtlich schrecklich schüchtern und ziemlich unscheinbar. Es war schwer, ihr Alter zu schätzen, und es war ebenfalls schwer zu erraten, wie sie es geschafft hatte, einen derart umwerfenden Mann einzufangen. Sie trug ein teures, wenn auch ziemlich fades Abendkleid, aber ihr Schmuck war wunderschön. Diamanten blitzten an ihren Ohren und Fingern, bebten am Ausschnitt des langweiligen Kleides.

Sie streckte die Hand aus und zog sie dann linkisch wieder zurück, als hätte sie einen gesellschaftlichen Lapsus begangen. Flora, die ihr die Schüchternheit nachfühlen konnte, griff schnell nach der Hand, ehe sie ganz verschwunden war, und hielt sie fest.

«Hallo», sagte sie und suchte nach Anhaltspunkten. «Ich erinnere mich an Sie...»

Anna lachte leise auf. «Und ich erinnere mich an Sie», sagte sie. «Und ob ich mich an Sie erinnere. Und an Ihre Mutter.»

«Und Sie sind aus...?»

«Ardmore. Es liegt auf der anderen Seite von Tarbole.»

«Ein herrliches Anwesen», sagte Isobel zu Flora. «Direkt am Ende der Landzunge von Ardmore.»

«Sind Sie sehr isoliert?» fragte Flora.

«Ja, ein bißchen, aber ich habe mein Leben lang dort gewohnt, deshalb bin ich daran gewöhnt.» Eine Pause entstand, und dann, als sei sie durch Floras Interesse ermutigt, plapperte sie weiter: «Man kann Ardmore an einem klaren Tag von Fernrigg aus sehen. Über den Sund hinweg.»

«Heute nachmittag war es klar, aber ich bin gar nicht auf die Idee gekommen, hinüberzuschauen.»

«Haben Sie den Sonnenuntergang gesehen?»

«War er nicht sagenhaft? Ich habe ihn aus meinem Fenster verfolgt...»

Sie fühlten sich wohl miteinander, fingen an, sich anzufreunden, wurden aber von Brian unterbrochen. «Anna, Antony möchte wissen, was du trinkst.»

Sie wirkte verwirrt. «Oh... eigentlich möchte ich gar nichts.»

«Ach, komm schon», sagte er geduldig, «irgendwas mußt du doch trinken.»

«Dann einen Orangensaft...» Er ging, um ihr den Saft zu holen.

Flora fragte: «Möchten Sie einen Sherry?»

«Nein.» Anna schüttelte den Kopf. «Ich mache mir nichts

daraus.» Einen Augenblick später kam Mr. Crowther wie ein Schiff mit vollen Segeln über den Teppich auf sie zu. «Wir können zwei so hübsche junge Damen doch nicht sich selbst überlassen», sagte er und lachte dröhnend.

Irgendwie nahm der Abend seinen Lauf. Flora redete und lächelte, bis ihr das Gesicht weh tat, hielt sich in Antonys Nähe auf (ihm vollkommen ergeben, würden wahrscheinlich alle denken) und wich Hugh Kyle aus. Anna Stoddart holte sich einen Stuhl und setzte sich, und Mrs. Crowther zog sich einen Schemel heran und nahm neben ihr Platz. Brian Stoddart und Antony unterhielten sich über gemeinsame Freunde in Edinburgh, und Mr. Crowther und Hugh Kyle schlenderten zum Kamin zurück, wo sie ihren Gesten nach zu urteilen Angelerlebnisse austauschten. Isobel vergewisserte sich, daß die Gäste sich bestens unterhielten, und schlüpfte hinaus, um mit Mrs. Watty zu sprechen.

Dann ertönte der Gong; alle tranken ihre Drinks aus und strömten durch die Halle ins Eßzimmer.

Selbst in ihrer gegenwärtigen nervlichen Verfassung fiel Flora auf, wie schön alles war: die dunklen Wände, die alten Porträts, das flackernde Feuer. Weißes Leinen und glänzendes Silber spiegelten sich auf dem schimmernden Mahagonitisch wider, Rosensträuße waren in bauchigen Vasen arrangiert, und in den Silberkandelabern brannten blaßrosa Kerzen.

Nach einer kurzen Phase der Verwirrung – Isobel hatte die Sitzordnung verlegt und vergessen, wo wer sitzen sollte – wurden schließlich allen die richtigen Plätze zugewiesen: Hugh am einen Ende des Tisches, Mr. Crowther am anderen, während sich Brian und Antony in der Mitte gegenübersaßen. Die Damen wurden auf die vier Eckplätze verteilt, Flora zwischen Hugh und Brian, ihr gegenüber Mrs. Crowther.

Als schließlich alle Platz genommen hatten und ihre riesigen Servietten entfalteten, sagte Isobel schnell: «Mr. Crowther, würden Sie bitte das Tischgebet sprechen?»

Mr. Crowther kam schwerfällig auf die Beine. Alle senkten

die Köpfe, und Mr. Crowther, in einer Lautstärke, die eine Kathedrale gefüllt hätte, dankte dem Herrn für das Essen, das ihnen gleich aufgetan würde, bat ihn, es zu segnen und ebenso die Menschen in diesem Haus, vor allem Mrs. Armstrong, die in ihrer aller Herzen einen besonderen Platz einnehme. Amen.

Er setzte sich. Flora hatte ihn plötzlich gern. Dann tauchte Mrs. Watty in der Eßzimmertür auf und servierte die Suppe, während die Unterhaltung allmählich in Gang kam.

Flora, die eine Heidenangst davor hatte, mit Hugh Kyle Konversation machen zu müssen, war dankbar, als Mrs. Crowther ihn energisch mit Beschlag belegte. Mrs. Crowther hatte zwei Sherrys getrunken, und das merkte man nicht nur ihrer Gesichtsfarbe an, sondern auch ihrer Stimme.

«Neulich habe ich den alten Mr. Sinclair besucht, Herr Doktor, und er hat gesagt, daß Sie bei ihm waren. Er hält sich nicht so, wie er sollte...»

Neben Flora sagte Brian Stoddart: «Sie werden mit mir vorliebnehmen müssen.»

Sie wandte sich ihm lächelnd zu. «Ich habe nichts dagegen.»

«Ich kann Ihnen gar nicht sagen, wie wunderbar es ist, Sie wiederzusehen. Wie ein frischer Luftzug. Das ist das Schlimmste daran, hier im Niemandsland zu leben. Wir merken gar nicht, daß wir immer älter und langweiliger werden, und man weiß nicht recht, was man dagegen tun kann. Sie sind gerade rechtzeitig gekommen, um uns allen ein wenig Schwung zu geben.»

«Ich kann nicht glauben, daß Sie sich alt oder langweilig vorkommen», sagte Flora – teils, weil er das offenbar hören wollte, teils, weil seine Augen so funkelten, daß sie der Versuchung, ein bißchen mit ihm zu flirten, nur schwer widerstehen konnte.

«Ich hoffe, das ist ein Kompliment.»

«Überhaupt nicht, es ist eine Tatsache. Sie sehen nicht alt aus und klingen nicht langweilig.»

«Es ist ein Kompliment!»

Sie fing mit der Suppe an. «Sie haben mir erzählt, was das Schlimmste am Leben hier ist. Jetzt sagen Sie mir, was das Beste daran ist.»

«Schon schwieriger.»

«Das kann ich nicht glauben. Es muß tausend Vorteile geben.»

«Gut: Ein komfortables Haus, gute Jagd, guter Fischfang. Eine Ketsch, die im Ardmore Loch vor Anker liegt, und im Sommer Zeit, sie zu segeln. Und Platz auf den Straßen zum Autofahren. Was ergibt das?»

Sie stellte traurig fest, daß seine Frau in der Aufzählung nicht vorgekommen war.

«Ist das nicht ein bißchen materialistisch?»

«Kommen Sie, Rose. Sie haben nichts anderes erwartet.»

«Wie wäre es mit ein bißchen Verantwortung?»

«Sie meinen, ich sollte Verantwortung tragen?»

«Tun Sie das denn nicht?»

«Doch, selbstverständlich.»

«Zum Beispiel…?»

Ihre Hartnäckigkeit schien ihn zu amüsieren, aber er blieb entgegenkommend. «Ardmore House schluckt mehr von meiner Zeit, als Sie sich vorstellen können. Und dann ist da noch der Gemeinderat. Unzählige Sitzungen sind nötig, um zu entscheiden, ob die Straße für die Fischlaster verbreitert werden muß oder ob die Grundschule von Tarbole mehr Klos braucht. Sie kennen das sicher. Ungeheuer spannend.»

«Und was tun Sie sonst noch?»

«Wer sind Sie eigentlich, Rose? Sie klingen ja wie ein Arbeitgeber beim Bewerbungsgespräch.» Aber er machte immer noch ein amüsiertes Gesicht, und sie wußte, daß er sich gut unterhielt.

«Wenn das alles ist, was Sie mit Ihrer Zeit anfangen, sind Sie vermutlich wirklich in Gefahr, schrecklich langweilig zu werden.»

Er lachte laut. «Touché! Okay, zählt die Leitung des Jachtclubs als Arbeit?»

«Des Jachtclubs?»

«Sagen Sie das nicht so verdutzt, als hätten Sie noch nie etwas davon gehört.» Er sprach betont langsam und deutlich, als wäre sie taub und blöd zugleich. «Der Jachtclub von Ardmore. Sie waren einmal mit mir dort.»

«Ach, wirklich?»

«Rose, wenn ich Sie nicht so gut kennen würde, müßte ich wirklich glauben, daß Sie das vergessen haben. Diese fünf Jahre müssen länger gewesen sein, als mir bewußt war.»

«Das ist durchaus möglich.»

«Sie sollten Ihre Bekanntschaft mit dem Jachtclub erneuern. Leider ist die Saison jetzt zu Ende, und es tut sich nicht viel. Aber Sie könnten uns in Ardmore House besuchen. Wie lange bleiben sie?»

«Wir fahren morgen ab.»

«Morgen? Aber Sie sind doch erst fünf Minuten hier.»

«Antony muß zur Arbeit zurück.»

«Und Sie? Müssen Sie auch zur Arbeit?»

«Nein. Aber ich muß nach London.»

«Warum bleiben Sie denn nicht wenigstens eine Woche oder so? Damit wir alle eine Chance haben, Sie von neuem kennenzulernen. Sie richtig kennenzulernen.»

Etwas in seiner Stimme veranlaßte sie, ihn scharf zu mustern, aber die hellen Augen blickten unschuldig.

«Ich kann nicht bleiben.»

«Wollen Sie nicht?»

«Doch, natürlich. Ich meine, ich würde Sie und Anna gern besuchen, aber...»

Brian zerkrümelte ein Brötchen zwischen den Fingern. «Anna fährt Anfang der Woche zu einer Einkaufsorgie nach Glasgow.» Sein Profil war dunkel und zeichnete sich scharf vor dem Kerzenlicht ab. Die Bemerkung wirkte irgendwie bedeutungsvoll, aber Flora konnte sich nicht vorstellen, warum.

«Fährt sie immer zum Einkaufen nach Glasgow?»

Es war eine harmlose Frage, aber jetzt legte er den Löffel weg, schaute ihr lächelnd ins Gesicht, mit zwinkernden Augen, als teilten sie einen geheimen, urkomischen Witz.

«Fast immer», sagte er.

Das Gespräch wurde unterbrochen, als Isobel aufstand und um den Tisch herumging, um die leeren Suppenteller einzusammeln. Antony entschuldigte sich, stand ebenfalls auf und ging zur Anrichte, um sich um den Wein zu kümmern. Die Tür zur Küche öffnete sich, und wieder erschien Mrs. Watty mit einem Tablett, beladen mit dampfenden Schüsseln und einem Stapel Teller. Mrs. Crowther, die sich bislang mit Antony unterhalten hatte, beugte sich über den Tisch und erzählte Flora vom Weihnachtsbasar und vom Krippenspiel, das sie aufführen wollte. «Spielt Jason mit?» fragte Flora.

«Ja, natürlich.»

«Hoffentlich nicht als Engel», sagte Hugh.

«Warum sollte Jason kein Engel sein?» Mrs. Crowther gab sich entrüstet.

«Irgendwie», sagte Hugh, «fehlt ihm die rechte Holdseligkeit.»

«Es ist erstaunlich, Herr Doktor, wie engelhaft das ungezogenste Kind werden kann, wenn man ihm ein weißes Nachthemd anzieht und eine Goldpapierkrone aufsetzt. Sie müssen kommen und zuschauen, Rose.»

«Wie bitte?» Flora sah verwirrt auf.

«Kommen Sie denn zu Weihnachten nicht nach Fernrigg?»

«Ich... ich habe noch nicht darüber nachgedacht.» Hilfesuchend sah sie sich nach Antony um, aber sein Stuhl war immer noch leer. Zu ihrem eigenen Entsetzen blieben ihre Augen an Hugh hängen.

Er soufflierte sanft: «Vielleicht sind Sie in New York?»

«Ja, vielleicht.»

«Oder in London oder Paris?»

Wie gut er Rose kennt, dachte Flora, laut sagte sie: «Noch nichts entschieden.»

Brian beugte sich vor. «Ich habe schon angeregt, daß Rose morgen nicht nach London zurückfährt, sondern ein paar Tage hierbleibt. Aber meine Idee wurde kategorisch zurückgewiesen. Ein glatter Korb.»

«Aber das ist jammerschade!» Mrs. Crowther klang jetzt tatsächlich entrüstet. «Ich finde, das ist eine wunderbare Idee von Brian. Gönnen sie sich einen kleinen Urlaub, Rose. Amüsieren Sie sich. Ich glaube, wir können dafür sorgen, daß Sie sich nicht langweilen werden. Was meinen sie, Dr. Kyle?»

«Ich meine», sagte Hugh, «daß Rose sich nirgends langweilen wird. Unsere Hilfe braucht sie auf keinen Fall.» Seine Stimme klang ironisch.

«Außerdem, denken Sie doch daran, wie sehr sich Mrs. Armstrong darüber freuen würde…»

Aber wenn Mrs. Crowther, benommen vom Wein und der Gesellschaft, Hughs Unterton nicht bemerkt hatte – Flora war er nicht entgangen. Sie spürte, wie sie vor Ärger und Verlegenheit rot wurde. Ihr Glas war voll, sie griff danach und trank den Wein in einem Zug aus. Als sie das Glas abstellte, zitterte ihre Hand.

Gewandt, ohne Aufhebens, wurde der nächste Gang serviert. Ein Schmorbraten, dazu Rahmspinat und Kartoffelbrei. Flora fragte sich, wie sie es schaffen solle, das zu essen. An der Anrichte griff Isobel, die Mrs. Watty beim Servieren geholfen hatte, nach einem kleinen Tablett und ging zur Tür. Mr. Crowther erspähte sie mit seinen Adleraugen vom anderen Ende des Tisches aus.

«Wo wollen Sie denn hin, Miss Armstrong?»

Isobel blieb stehen und lächelte. «Ich bringe Tuppy ihr

Tablett hinauf. Das habe ich ihr versprochen, sie will hören, wie die Party läuft.»

Hugh erhob sich, um ihr die Tür aufzuhalten.

«Richten Sie ihr Grüße von uns allen aus», sagte Mrs. Crowther, was ein zustimmendes Gemurmel um den Tisch herum auslöste.

«Natürlich», versprach Isobel im Hinausgehen. Hugh schloß die Tür hinter ihr und kehrte zu seinem Stuhl zurück. Antony, der ebenfalls seinen Platz wieder eingenommen hatte, beugte sich über Mrs. Crowther hinweg und fragte Hugh, ob sein Boot schon winterfertig sei.

«Ja», sagte Hugh. «Letzte Woche. Geordie Campbell hat es zum Liegeplatz in Tarbole gebracht. Ich war vor ein paar Tagen bei ihm. Er hat nach dir gefragt, Antony, und mit großem Interesse gehört, daß du verlobt bist.»

«Ich sollte ihn mit Rose besuchen.»

Der Wein hatte Flora über die Verlegenheit hinweggeholfen, aber Hugh Kyles Rüffel ging ihr nach. Jetzt mischte sie sich gelassen in das Gespräch ein, als habe er die Bemerkung nicht gemacht. «Was für ein Boot haben Sie denn?»

Er sagte es ihr in nachsichtigem Tonfall, als habe sie sowieso keine Ahnung, wovon er rede.

«Ein Siebentonner mit Gabeltakelung.»

«Liegt es im Jachtclub von Ardmore?»

«Nein, das habe ich doch eben gesagt. Es ist am Liegeplatz in Tarbole.»

«Es muß inzwischen ja ein uralter Kahn sein», sagte Brian.

Hugh warf einen frostigen Blick in seine Richtung. «Es ist 1928 gebaut worden.»

«Sag ich ja. Uralt.»

«Haben hier alle ein Boot?» fragte Flora. «Ich meine, segeln Sie alle?»

Hugh legte Messer und Gabel weg und sagte in einem Ton, als versuche er, einem besonders unbedarften Kind etwas zu erklären: «Der Westen Schottlands gehört zu den besten Segelgebieten der Welt. Wenn einem nicht jedes Interesse am Segeln fehlt, wäre man ein Idiot, das nicht auszunutzen. Aber man muß wissen, was man tut. Man braucht Erfahrung und ein gewisses Können, wenn man mit Windstärke zwölf draußen vor Ardnamurchan zurechtkommen will. Es ist nicht ganz dasselbe, wie wenn man im Hafen von Monte Carlo sitzt, mit einem Gin Tonic in der einen Hand und einer Blondine im Bikini in der anderen.»

Mrs. Crowther lachte, aber Flora sagte kühl zu ihm: «Das hatte ich auch nicht vermutet.» Sie ließ sich von ihm nicht einschüchtern. «Sind Sie diesen Sommer viel gesegelt?»

Er griff wieder zu Messer und Gabel. «So gut wie gar nicht», sagte er und klang verdrossen.

«Warum?»

«Bedauerlicher Zeitmangel.»

«Ich nehme an, Sie haben viel zu tun?»

«Viel zu tun!» Mrs. Crowther brachte es nicht fertig, schweigend zuzuhören. «Das ist die Untertreibung des Jahres. Niemand in Tarbole arbeitet so schwer und soviel wie Dr. Kyle.»

«Tuppy meint, Sie sollten sich einen Partner nehmen», sagte Flora eine Spur gehässig. «Das hat sie vorhin erwähnt, als ich ihr gute Nacht sagte.»

Hugh war unbeeindruckt. «Tuppy versucht, mein Leben in die Hand zu nehmen, seit ich sechs Jahre alt wurde.»

«Wenn Sie mir diese Bemerkung nachsehen», sagte Brian betont freundlich, «scheint das ein trauriger Fehlschlag für Tuppy geworden zu sein.»

Ein eisiges Schweigen folgte. Sogar Mrs. Crowther fehlten die Worte. Flora schaute Antony hilfesuchend an, aber er unterhielt sich mit Anna. Vorsichtig, als wäre es verboten, ein Geräusch zu machen, legte sie Messer und Gabel weg und griff wieder nach dem Weinglas.

Nach einer Ewigkeit – jedenfalls kam es Flora so vor –

trank Hugh einen Schluck Wein, stellte das Glas ab und sagte ruhig: «Für die Fehlschläge habe ich allein gesorgt.»

«Aber natürlich hat Tuppy ganz recht», fuhr Brian in seinem leichten Ton fort. «Sie sollten sich einen Partner nehmen. Irgendeinen dynamischen, ehrgeizigen, zielstrebigen Medizinmann. Wer immer nur arbeitet und das Spielen vergißt, wird ein Langweiler.»

«Besser ein Langweiler als ein Faulpelz», konterte Hugh.

Es war Zeit dazwischenzugehen, ehe sie sich schlugen. «Haben Sie... haben Sie denn keine Hilfe?» fragte Flora.

«Ich habe eine Sprechstundenhilfe in der Praxis.» Seine Stimme klang schroff. «Sie gibt Spritzen und Augentropfen, stellt Rezepte aus und verbindet aufgeschlagene Knie. Sie ist ein Fels in der Brandung.»

Flora stellte sich die Sprechstundenhilfe vor, im Kittel, vollbusig, vielleicht auf frische, ländliche Weise hübsch. Sie fragte sich, ob sie in den Arzt verliebt war wie in einem alten Roman von A. J. Cronin. Es war immerhin nicht ausgeschlossen. Abgesehen davon, daß sie ihn nicht ausstehen konnte, war er ein angenehmer Mann, sah auf seine kräftige, unverwechselbare Art sogar gut aus. Vielleicht war Rose das auch aufgefallen, und sie hatte einen Flirt angefangen, den er ernst genommen hatte. Möglicherweise erklärte das seine Verbitterung.

Die Tür ging auf, und Isobel kam zur Gesellschaft zurück und setzte sich wieder neben Mr. Crowther, der aufstand und ihr den Stuhl zurechtrückte.

«Wie geht es Tuppy?» wollten alle wissen.

«Es geht ihr hervorragend. Sie läßt herzlich grüßen.» Isobel hatte heute abend etwas ganz Besonderes an sich. «Und sie schickt Rose eine Nachricht.»

Alle wandten sich Flora zu, lächelnd, erfreut darüber, daß die Nachricht ihr galt; dann schauten sie Isobel erwartungsvoll an.

«Sie meint», sagte Isobel deutlich, «daß wir Rose eine

Weile hierbehalten sollten. Sie meint, Rose sollte in Fernrigg bleiben und Antony allein nach Edinburgh zurückfahren lassen.» Sie strahlte Flora an. «Ich halte es für eine wunderbare Idee, und ich hoffe so sehr, daß du das auch findest, Rose.»

O Tuppy, du Verräterin.

Flora starrte Isobel an, traute ihren Ohren nicht. Es war, als stünde sie auf der Bühne, geblendet vom Rampenlicht, während tausend Augen sie anschauten. Sie hatte keine Ahnung, was sie sagen sollte. Hilflos schaute sie Antony an und erkannte die Spiegelung ihres eigenen Entsetzens auf seinem Gesicht. Dann hörte sie, wie jemand mit ihrer Stimme sagte: «Ich... ich glaube nicht...»

Antony sprang ihr tapfer bei. «Wir haben es dir doch gesagt, Isobel, Rose muß zurück...»

Aber von allen Seiten erhob sich Protest.

«Ach, Unsinn.»

«Warum muß sie denn fort?»

«Es ist so schön für uns alle, sie hierzuhaben.»

«Es ist so schön für Tuppy.»

«Sie hat doch keinen Grund, wegzufahren...»

Alle beschworen sie zu bleiben. Neben ihr lehnte sich Brian im Stuhl zurück und sagte laut und deutlich über das allgemeine Gemurmel hinweg: «Ich habe diesen Vorschlag auch schon gemacht. Ich halte das für eine hervorragende Idee.»

Sogar Anna versuchte über den Tisch hinweg, sie zu überreden. «Bleiben Sie. Fahren Sie noch nicht zurück.»

Alle hatten etwas gesagt bis auf Hugh. Das war Mrs. Crowther aufgefallen. «Und Sie, Herr Doktor? Meinen Sie nicht auch, daß Rose noch ein paar Tage bei uns verbringen sollte?»

Alle schwiegen, schauten Hugh erwartungsvoll an, warteten darauf, daß er ihnen beipflichtete.

Aber das tat er nicht. «Nein, ich meine nicht, daß sie bleiben sollte», erklärte er und fügte dann hinzu, zu spät, um seinen Worten den Stachel zu nehmen: «Wenn sie nicht will.» Er schaute Flora an, der kalte blaue Blick war eine Herausforderung.

Etwas geschah mit Flora: es hatte mit dem Wein zu tun, den sie getrunken hatte, mit der Begegnung heute morgen am Strand, mit Ärger und auch mit Trotz.

Über die Jahre hinweg, von weit her hörte sie die mahnende Stimme ihres Vaters: *Du schneidest dich aus reinem Trotz ins eigene Fleisch.*

«Wenn Tuppy es möchte», sagte sie langsam und deutlich, «dann bleibe ich selbstverständlich.»

Nachdem die Tortur des Abends vorbei war – nachdem alle gegangen, die Hunde hinausgelassen, die Kaffeetassen in die Küche getragen worden waren und Isobel sich zurückgezogen hatte –, saßen sich Antony und Flora am verlöschenden Feuer gegenüber.

«Warum?» fragte Antony.

«Ich weiß es nicht.»

«Ich habe gedacht, du hättest den Verstand verloren.»

«Vielleicht war das auch so. Aber jetzt ist es zu spät.»

«Oh, Flora!»

«Ich muß Wort halten. Dir macht es nichts aus, oder?»

«Mir macht es nichts aus. Wenn du das aushältst, wenn du zurechtkommst und Tuppy es will, wie könnte es mir dann etwas ausmachen? Aber...» Er brach ab.

«Aber was?»

«Glaub's mir oder glaub's mir nicht, aber ich denke an dich. Ich mußte dir versprechen, daß es nur für ein Wochenende ist.»

«Ich weiß. Aber da war alles noch anders.»

«Du meinst, wir haben geglaubt, Tuppy stirbt, und jetzt wissen wir, daß es nicht so ist?»

«Ja. Zum Beispiel.»

Er seufzte schwer, drehte sich um, schaute ins Feuer und stocherte mit der Schuhspitze nach einem verglühenden Scheit. «Was zum Teufel soll jetzt werden?»

«Das hängt von dir ab. Du könntest Tuppy die Wahrheit sagen.»

«Du meinst, ihr sagen, daß du nicht Rose bist?»

«Wäre das so unmöglich?»

«Ja. Unmöglich. Ich habe Tuppy mein Leben lang nie angelogen.»

«Bis jetzt.»

«Okay. Bis jetzt.»

«Ich glaube, du unterschätzt sie. Ich glaube, sie würde es verstehen.»

«Ich will es ihr nicht sagen.» Er klang wie ein dickköpfiger kleiner Junge.

«Ehrlich gesagt», gab Flora zu, «ich auch nicht.»

Sie schauten sich an. Antony grinste, aber es steckte nicht viel Heiterkeit dahinter. «Was sind wir doch für Feiglinge.»

«Zwei hinterhältige Verschwörer.»

«Und noch nicht einmal besonders erfolgreich.»

«Ach, ich weiß nicht.» Sie versuchte, einen Scherz daraus zu machen. «Für Anfänger sind wir gar nicht schlecht.»

«Ich frage mich, warum zum Teufel ich mich nicht in dich verlieben kann», sagte er traurig.

«Damit wäre das Problem gelöst, nicht wahr? Vor allem wenn ich mich gleichzeitig in dich verlieben würde.» Es wurde kühl. Flora fröstelte und rückte näher zum verglimmenden Feuer.

«Du siehst müde aus», sagte er. «Kein Wunder. Es war ein verteufelter Abend, und du hast ihn mit fliegenden Fahnen überstanden.»

«Da bin ich mir nicht so sicher, Antony. Hugh und Brian – sie können sich nicht leiden, nicht wahr?»

«Nein, nicht besonders, glaube ich. Aber sie sind so verschieden, da ist das nicht überraschend. Armer alter Hugh.

Ich frage mich, ob er je eine Mahlzeit genießen kann, ohne daß das Telefon klingelt und er weggerufen wird.»

Hugh hatte sich verabschiedet, ehe sie auch nur mit dem zweiten Gang fertig waren. Als Antony, der das Telefon abgenommen hatte, ihn rief, war er in die Halle gegangen und hatte kurz darauf, schon im Mantel, den Kopf hereingesteckt, sich entschuldigt und gute Nacht gesagt.

«Antony... magst du Hugh?»

«Ja, ungeheuer. Als ich groß wurde, war er der Mensch, dem ich am ähnlichsten sein wollte. Er hat im Universitätsteam von Edinburgh Rugby gespielt und war ein Idol für mich.»

«Ich glaube, er mag mich nicht. Ich meine, aus irgendeinem Grund mag er Rose nicht.»

«Das bildest du dir ein. Er kann ziemlich ironisch sein, ich weiß, aber...»

«Könnten er und Rose... etwas miteinander gehabt haben?»

Antony starrte sie entgeistert an. «Hugh und Rose? Wie bist du auf so eine Idee gekommen?»

«Da muß etwas gewesen sein.»

«Aber das nicht. Das ist ausgeschlossen.» Er griff nach ihren Schultern. «Soll ich dir was sagen? Du bist müde, du bist überdreht, deine Phantasie spielt verrückt. Und ich bin auch müde. Ist dir klar, daß ich seit sechsunddreißig Stunden nicht mehr geschlafen habe? Langsam schafft mich das. Ich gehe ins Bett.» Er gab ihr einen energischen Kuß. «Gute Nacht.»

«Gute Nacht», sagte Flora. «Gute Nacht, Antony.» Und weil es sonst nichts mehr zu tun und nichts mehr zu sagen gab, stellten sie das Schutzblech vor das Feuer, machten die Lichter aus und gingen Arm in Arm, mehr um sich gegenseitig zu stützen als aus irgendeinem anderen Grund, langsam die dunkle Treppe hinauf.

Tuppy wachte zeitig auf, vom Gezwitscher eines Vogels, der auf der Birke vor ihrem Fenster saß, und mit einem warmen, glücklichen Gefühl.

Es war lange her, daß sie sich am Morgen so gefühlt hatte. In den letzten Jahren hatten böse Vorahnungen ihr Aufwachen überschattet – Ängste um ihre geliebte Familie, um ihr Land, um die ganze Welt in ihrem katastrophalen Zustand. Sie zwang sich jeden Tag, die Zeitung zu lesen und die Neunuhrnachrichten im Fernsehen anzuschauen, aber oft, vor allem in den frühen Morgenstunden, wünschte sie sich, sie hätte es nicht getan. Manchmal kam es ihr vor, als liege im kalten Licht der Dämmerung kein Versprechen, keine Hoffnung, und an solchen Tagen mußte sich Tuppy überwinden, damit sie aufstand, sich anzog, die übliche fröhliche Miene aufsetzte und zum Frühstück hinunterging.

Aber heute morgen war es anders. Sie schien sacht aus einem besonders schönen Traum ins Bewußtsein zu gleiten. Einen Augenblick lang hatte sie Angst davor, sich zu rühren, auch nur die Augen zu öffnen, weil sie befürchtete, der Traum könne sich auflösen und die kalte Wirklichkeit an seine Stelle treten.

Aber langsam ging ihr auf, daß es Wirklichkeit war. Es war tatsächlich geschehen. Isobel war nach der Abendeinladung heraufgekommen, um ihr zu sagen, Rose habe sich überreden lassen, habe versprochen, in Fernrigg zu bleiben, wenn Antony nach Edinburgh zurückmußte.

Sie fuhr nicht weg.

Tuppy machte die Augen auf. Sie sah das Fußende ihres Bettes, auf dem die ersten Lichtstrahlen schimmerten. Es war Sonntag. Tuppy liebte die Sonntage, die sie gern festlich mit der Familie, Freunden und gutem Essen verbrachte. Es war immer so gewesen. In Fernrigg setzten sich sonntags selten weniger als zwölf Leute zum Mittagessen an den Tisch. Danach, je nach Jahreszeit, wurde Tennis gespielt, wurden Spiele auf dem unebenen Rasen veranstaltet, oder sie gingen am stürmischen Strand von Fhada spazieren. Später versammelten sich alle zum Tee, vielleicht auf der Terrasse oder vor dem Kaminfeuer im Wohnzimmer. Es gab heiße Hörnchen, auf denen die Butter und das Heidelbeergelee schmolzen; Schokoladentorte und Obstkuchen und ganz besondere Ingwerkekse, die sich Tuppy aus London schicken ließ. Dann spielten sie Karten, lasen die Sonntagszeitungen, und wenn Kinder da waren, wurde vorgelesen.

Der geheime Garten, Der Wind in den Weiden, Die kleine Prinzessin – all die altmodischen Bücher. Wie viele tausend Male hatte Tuppy sie vorgelesen! *Es war einmal ein wunderschönes Puppenhaus.* Gestern abend war es Jason gewesen. Aber wie sich seine kleine Gestalt in ihre Armbeuge schmiegte, hätte es jeder von ihnen sein können. Die kleinen Jungen. So viele kleine Jungen. Manchmal, wenn sie müde war und die Zeit und die Erinnerungen durcheinandergerieten, vergaß sie, wann sie geboren und wann sie gestorben waren.

James und Robbie, ihre kleinen Brüder, wie sie auf dem Kaminläufer mit Zinnsoldaten spielten. Und Bruce, ihr eigener Sohn, unbändig wie ein Zigeuner, der barfuß herumlief, über den alle den Kopf schüttelten und sagten, das komme daher, daß er keinen Vater habe. Und dann Torquil und Antony, und jetzt Jason.

Sie hatten vielleicht verschieden ausgesehen, aber sie hatten alle die gleiche Freude in Tuppys Herzen entfacht, hatten ihr Leben gleichermaßen mit den fürchterlichsten Ängsten überschattet: gebrochene Arme, blutende Knie, Masern und Keuchhusten. Sag danke. Sag: Kann ich *bitte* herunterkommen? *Tuppy, reg dich bitte nicht auf, aber Antony ist eben von der Fichte gefallen.*

Und die Meilensteine. Schwimmen lernen, radfahren lernen, das erste Luftgewehr. Das war das allerschlimmste. *Falle nie mit dem Gewehr über andre Menschen her.* Sie hatten das jeden Abend laut sagen müssen, vor den Gebeten.

Und dann kamen sie in die Schule, das elende Tagezählen fing an, die schlimmen, tränenverschmierten Abschiede am Bahnhof von Tarbole, der neue Koffer gepackt, die Schultüte im Arm, die Gesichter schon rußig von der Bahn.

Die kleinen Jungen gehörten zu einem langen goldenen Faden, der weit in die Vergangenheit zurückreichte. Aber das Wunder war, daß sich derselbe Faden in die Zukunft erstreckte. Da war Torquil – der solide, tüchtige Torquil, der es zu etwas gebracht hatte, verheiratet mit Teresa, der in Bahrein lebte. Torquil hatte Tuppy nie die geringsten Sorgen bereitet. Antony war ein anderes Kaliber. Er war unruhig, sprunghaft und gutaussehend, hatte Dutzende von Mädchen nach Fernrigg mitgebracht, und doch schien es nie die Richtige zu sein. Tuppy hatte allmählich die Hoffnung aufgegeben, daß er heiraten und zur Ruhe kommen werde. Aber jetzt hatte er aus heiterem Himmel Rose Schuster wiedergetroffen, und Tuppys Glaube an Wunder war wiederhergestellt worden.

Rose. Hätte er, fragte sie sich, in hundert Jahren ein reizenderes Mädchen finden können? Als hätte Antony ihr ein kostbares Geschenk gemacht, war Tuppys natürliche Reaktion, ihre Freude mit dem Rest der Welt zu teilen. Nicht nur mit den Crowthers und den Stoddarts, die Nachbarn waren und fast zur Familie gehörten, sondern mit allen.

Der Gedanke setzte sich fest und nahm in ihrem aktiven Kopf Gestalt an. Die Einladung gestern abend war, wie Isobel ihr versichert hatte, ein voller Erfolg gewesen. Aber Tuppy hatte keinen Anteil daran gehabt. Und Hugh, das anmaßende Scheusal, hatte ihr Besuche verboten, so daß Tuppy sogar das Vergnügen an anderen Gesichtern und ein bißchen Ortsklatsch versagt geblieben war.

Aber gegen Ende der Woche... Sie rechnete. Heute war Sonntag. Antony ließ Rose in Fernrigg und kam nächstes Wochenende wieder, um sie abzuholen. Eine Woche. Jede Menge Zeit.

Sie würden ein Fest geben. Ein richtiges Fest. Einen Ball.

Schon das Wort beschwor Musik herauf, und sofort erfüllte das Hüpfen und Stampfen des Highland Reel ihren Kopf.

Didel didel dum dum, dum dum dum.

Ihre Zehen unter der Decke schlugen von allein den Takt. Die Aufregung packte sie, und sie vergaß, daß sie krank war. Die Aussicht auf das Sterben, die sie ohnehin nicht besonders ernst genommen hatte, wurde belanglos. Auf einmal gab es hundert wichtigere Dinge, an die sie denken mußte.

Es war fast hell. Sie streckte die Hand aus, schaltete die Lampe ein und schaute auf die kleine goldene Uhr neben ihrem Bett. Halb acht. Vorsichtig richtete sie sich auf und stieß die Kissen mit den Ellbogen zurecht. Sie griff nach ihrer Brille und dann nach dem Bettjäckchen, zog es an und band mit ungeschickten Fingern die Schleife am Hals zu. Dann zog sie die Nachttischschublade auf und holte einen Schreibblock und einen Bleistift heraus. Oben auf das leere Blatt schrieb sie:

Mrs. Clanwilliam

Ihre Schrift, die früher so schön gewesen war, wirkte zittrig, aber was machte das schon? Sie dachte kurz nach und schrieb weiter:

Charles und Christian Drummond
Harry und Frances McNeill

Es mußte am Freitag sein. Freitag war ein guter Abend für einen Ball, weil manche Leute Anstoß daran nahmen, wenn in den frühen Morgenstunden des Sonntags noch getanzt wurde. Antony würde sich den Freitag nachmittag freinehmen müssen, um rechtzeitig in Fernrigg zu sein, aber sie zweifelte nicht daran, daß er das schaffen würde.

Sie schrieb:

Hugh Kyle
Elizabeth McLeod
Johnny und Kirsten Grant

Früher war das ganze Essen, auch der Lachs, die gebratenen Truthähne und die Puddings, die auf der Zunge zergingen, aus der Küche von Fernrigg gekommen, aber von Mrs. Watty konnte man nicht erwarten, daß sie alles ganz allein bewältigte. Isobel mußte mit Mr. Anderson vom Bahnhofshotel in Tarbole sprechen. Er hatte einen hervorragenden Weinkeller und einen tüchtigen Küchenchef. Mr. Anderson würde die Bewirtung übernehmen.

Weitere Namen kamen auf die Liste. Die Crowthers und natürlich die Stoddarts und das Paar, das nach Tarbole gezogen war – er hatte irgend etwas mit dem Tiefkühlgeschäft zu tun.

Tommy und Angela Cockburn
Robert und Susan Hamilton
Didel didel dum dum, dum dum dum.

Die Posthalterin, Mrs. Cooper, hatte einen Mann, der Akkordeon spielte und der sich bestimmt überreden ließ, eine kleine Kapelle zusammenzustellen. Nur eine Geige und ein paar Trommeln. Isobel mußte dafür sorgen. Und Jason würde dabeisein. Tuppy sah ihn vor sich in dem kleinen Kilt und dem Samtwams, die seinem Großvater gehört hatten.

Das Blatt war fast voll, aber sie schrieb weiter:
Sheamus Lochlan
Die Crichtons
Die McDonalds

Sie schlug das nächste Blatt auf. Seit Jahren war sie nicht so glücklich gewesen.

Es war Isobel, die dem restlichen Haushalt von Fernrigg die Nachricht überbrachte. Isobel war nach oben gegangen, um ihrer Mutter guten Morgen zu sagen und das Frühstückstablett abzuholen, und kam in leicht verwirrtem Zustand in die Küche zurück.

Sie stellte das Tablett mit einem Geräusch auf dem Tisch ab, das einem Knall nahekam. Heftige Reaktionen waren für Isobel so untypisch, daß alle innehielten und sie anschauten. Sogar Jason, den Mund voller Speck, hörte zu kauen auf. Offensichtlich stimmte etwas nicht. Isobels widerspenstiges Haar sah aus, als hätte sie es sich gerauft, und der Ausdruck auf ihrem sanften Gesicht war eine Mischung aus Entnervtheit und widerwilligem Stolz.

Sie sagte nicht gleich etwas, sondern stand nur da, schlaksig im Tweedrock und in ihrem besten Sonntagspullover, ratlos und offenbar um Worte verlegen. Mrs. Watty, die Kartoffeln für das Mittagessen schälte, saß abwartend da, das Messer in der Luft. Schwester McLeod, die die letzten Gläser von gestern abend aus der Spülmaschine räumte und überflüssigerweise nachpolierte, war gleichermaßen gespannt. Flora stellte mit einem leisen Klingeln die Kaffeetasse ab.

Mrs. Watty brach das Schweigen. «Was ist denn?»

Isobel zog sich einen Küchenstuhl heran und sank darauf nieder, die langen Beine ausgestreckt. «Sie will noch ein Fest», seufzte sie.

Tuppys Haushalt, dem die Strapazen von gestern abend noch deutlich anzusehen waren, nahm diese Nachricht mit wortloser Ungläubigkeit entgegen. Einen Augenblick lang brach nur das Ticken der alten Uhr das Schweigen.

Isobels Blick wanderte von einem verständnislosen Gesicht zum anderen. «Es ist wahr», sagte sie. «Es soll am nächsten Freitag stattfinden. Ein Ball.»

«Ein *Ball*?» Schwester McLeod hatte Visionen ihrer Patientin, wie sie Reels tanzte, und richtete sich mit der ganzen Autorität ihres Berufs auf. «Nur über meine Leiche», erklärte sie.

«Sie hat beschlossen», fuhr Isobel fort, als hätte die Schwester nichts gesagt, «daß Mr. Anderson vom Bahnhofshotel die Bewirtung übernimmt, und Mrs. Coopers Mann soll eine Kapelle zusammenstellen.»

«Um Himmels willen», war alles, was Mrs. Watty dazu einfiel.

«Und sie hat schon eine lange Liste von Leuten gemacht, die eingeladen werden sollen.»

Jason, der sich nicht vorstellen konnte, was daran so dramatisch sein sollte, beschloß, den Speck aufzuessen. «Werde ich auch eingeladen?» fragte er, wurde aber ausnahmsweise ignoriert.

«Sie haben doch nein gesagt?» fragte die Schwester, die auf Isobel zukam und sie mit stählernem Blick fixierte.

«Natürlich habe ich nein gesagt.»

«Und was hat sie gesagt?»

«Sie hat überhaupt keine Notiz davon genommen.»

«Es kommt nicht in Frage», sagte die Schwester. «Stellen Sie sich den Wirbel vor, denken Sie an den Lärm. Mrs. Armstrong ist nicht gesund. Sie ist einem solchen Tumult nicht gewachsen. Und sie stellt sich doch nicht etwa vor, daß sie an der Party teilnehmen kann?»

«Nein. In diesem Punkt kann ich Sie beruhigen. Wenigstens», fügte Isobel, die ihre Mutter kannte, hinzu, «hoffe ich das.»

«Aber warum in aller Welt?» wollte Mrs. Watty wissen. «Warum will sie noch eine Party? Wir haben nach der von gestern abend noch nicht einmal das Eßzimmer wieder in Ordnung gebracht.»

Isobel seufzte. «Ein Fest für Rose. Sie will, daß alle Rose kennenlernen.»

Die Blicke aller wandten sich Flora zu. Flora, die angesichts dieser neuesten Bombe mehr Grund als alle anderen hatte, entsetzt zu sein, ertappte sich dabei, daß sie rot wurde. «Aber ich will kein Fest. Ich meine, ich habe gesagt, ich bleibe, weil Tuppy es will, aber ich wußte ja nicht, was sie in petto hatte.»

Isobel tätschelte ihr die Hand, tröstete sie. «Gestern abend hatte sie noch nichts in petto. Sie hat sich das alles heute früh ausgedacht. Du kannst also nichts dafür. Das ist eben Tuppy mit ihrer manischen Gastfreundschaft.»

Flora suchte nach einem praktischen Einwand. «Aber es ist doch bestimmt nicht genug Zeit. Ich meine, ein Ball...

Wenn ihr Einladungen verschicken wollt, ist das nicht einmal eine Woche!»

Aber auch daran war schon gedacht worden. «Die Einladungen werden telefonisch übermittelt», sagte Isobel und fügte resigniert hinzu: «Und das Telefonieren muß ich übernehmen.»

Die Schwester entschied, dieser Unsinn habe lange genug gedauert. Sie zog sich einen Stuhl heran und setzte sich. Das gestärkte Schürzenlätzchen blähte sich vor ihr, so daß sie plötzlich wie eine Kropftaube aussah. «Man muß ihr sagen, daß das nicht in Frage kommt», erklärte sie wieder.

Mrs. Watty und Isobel seufzten unisono. «Das ist nicht so einfach, Schwester», sagte Mrs. Watty mit der Stimme einer Mutter, die über ein blitzgescheites, aber schwieriges Kind spricht. «Sie kennen Mrs. Armstrong nicht so gut wie Miss Isobel und ich. Wenn sie sich etwas in den Kopf setzt, bringen keine zehn Pferde sie davon ab.»

Jason nahm sich eine Scheibe Toast und strich Butter darauf. «Ich war noch nie auf einem Ball», bemerkte er, aber wiederum nahm niemand die geringste Notiz von ihm.

«Was ist mit Antony, könnte er nicht mit ihr reden?» fragte die Schwester hoffnungsvoll.

Aber Mrs. Watty und Isobel schüttelten den Kopf. Antony nützte da gar nichts. Außerdem war Antony noch im Bett, holte Schlaf nach, und niemand wollte ihn stören.

«Wenn niemand aus ihrer Familie sie zur Vernunft bringen kann», erklärte die Schwester, und ihr Ton deutete an, sie halte sie für einen ausgesprochen kläglichen Haufen, «dann muß es eben Dr. Kyle tun.»

Bei der Erwähnung von Hughs Namen lebten Mrs. Watty und Isobel auf. Seltsamerweise hatten sie gar nicht an Hugh gedacht. «Dr. Kyle», wiederholte Mrs. Watty nachdenklich. «Ja. Das ist wirklich eine gute Idee. Uns hört sie gar nicht erst zu, aber vom Arzt läßt sie sich bestimmt etwas sagen. Kommt er heute morgen?»

«Ja», sagte die Schwester. «Er hat gesagt, vor dem Mittagessen.»

Mrs. Watty stützte die massigen Ellbogen auf den Tisch und senkte verschwörerisch die Stimme. «Warum halten wir sie dann nicht einfach bis dahin bei Laune? Es hat keinen Sinn, da sind Sie sicher meiner Meinung, Schwester, Mrs. Armstrong mit Widerworten und Theater aufzuregen. Überlassen wir das doch einfach Dr. Kyle.»

Und so wurde das Problem zur Befriedigung aller vorerst aufgeschoben, und Flora empfand beinahe so etwas wie Mitleid mit Hugh Kyle.

Der Morgen zog sich hin. Flora half Mrs. Watty mit dem Frühstücksgeschirr, saugte den Eßzimmerteppich und deckte den Tisch für das Mittagessen. Isobel setzte den Hut auf und ging mit Jason in die Kirche. Mrs. Watty fing mit dem Kochen an, woraufhin Flora, von der Schwester instruiert, nach oben ging, um Tuppy zu besuchen.

«Und sprechen Sie ja nicht über diesen Ball», warnte die Schwester. «Wenn sie davon anfängt, wechseln Sie einfach das Thema.»

Flora versprach es. Sie wollte eben aus der Küche gehen, als Mrs. Watty sie zurückrief, sich die Hände abtrocknete, eine Schublade aufzog und eine große Papiertüte mit mehreren Strängen grauer Wolle herausholte, aus der sie einen Pullover für Jason stricken wollte.

«Das ist eine nette Beschäftigung für Sie», sagte sie zu Flora. «Sie und Mrs. Armstrong können die Wolle für mich aufwickeln. Warum die keine sauberen Knäuel verkaufen können, geht über meinen Verstand, aber so ist es nun einmal, offensichtlich schaffen sie es nicht.»

Flora nahm gehorsam die Wolltüte und ging hinauf zu Tuppys Zimmer. Als sie hineinging, fiel ihr sofort auf, daß Tuppy besser aussah. Die dunklen Augenringe, die Nervosität waren verschwunden. Sie setzte sich im Bett auf und streckte die Arme aus, als Flora eintrat.

«Ich habe gehofft, daß du es bist. Komm her und gib mir einen Kuß. Wie hübsch du aussiehst.» Flora hatte dem Sonntag zu Ehren einen Rock und einen Shetlandpullover angezogen. «Weißt du, es ist das erste Mal, daß ich deine Beine zu sehen bekomme. Bei solchen Beinen weiß ich wirklich nicht, warum du sie dauernd unter Hosen verstecken mußt.» Flora gab ihr einen Kuß und wollte sich dann von ihr lösen, aber Tuppy hielt sie fest. «Bist du böse auf mich?»

«Böse?»

«Wegen des Dableibens. Es war unfair von mir, dir gestern abend diese Nachricht durch Isobel zu schicken, aber ich wollte, daß du es dir anders überlegst, und da ist mir nichts Besseres eingefallen.»

Flora war entwaffnet. Sie lächelte. «Nein, ich bin dir nicht böse.»

«Schließlich hast du ja nichts so schrecklich Wichtiges zu tun, daß du unbedingt zurück mußt. Und ich wollte so gern, daß du bleibst.»

Sie ließ Flora los, und Flora setzte sich auf den Bettrand. «Aber jetzt kriegst du Zoff», sagte sie und vergaß mit Absicht die Instruktionen der Schwester. «Das weißt du, nicht wahr?»

«Ich weiß nicht mal, was Zoff ist.»

«Ich meine, du bekommst Ärger, weil du schon wieder ein Fest planst.»

«Ach, das.» Tuppy gluckste, hochzufrieden mit sich. «Die arme Isobel wäre fast in Ohnmacht gefallen, als ich es ihr gesagt habe.»

«Du warst ganz schön unartig.»

«Aber warum? Warum soll ich kein Fest geben? Wenn ich schon in diesem blöden Bett bleiben muß, brauche ich wenigstens etwas, was mir Spaß macht.»

«Du sollst gesund werden, keine wilden Partys planen.»

«Ach, so wild wird es schon nicht. Und in diesem Haus sind schon so viele Feste gefeiert worden, daß das von ganz allein geht. Außerdem muß niemand etwas tun. Ich habe alles organisiert.»

«Isobel muß einen ganzen Tag am Telefon verbringen, um die Gäste einzuladen.»

«Ja, aber das macht ihr nichts aus. So bleibt sie jedenfalls in Schwung.»

«Aber was ist mit dem Haus, mit dem Blumenschmuck, mit den Möbeln, die weggeräumt werden müssen, und so weiter?»

«Watty kann die Möbel wegräumen. Das geht blitzschnell. Und…» – Tuppy suchte nach einer Eingebung – «für den Blumenschmuck kannst du sorgen.»

«Vielleicht kann ich das nicht.»

«Dann nehmen wir eben Topfpflanzen. Oder Anna hilft uns. Rose, es hat keinen Sinn, mir Steine in den Weg zu legen, denn ich habe schon an alles gedacht.»

«Die Schwester sagt, es hängt davon ab, was Hugh sagt.»

«Die Schwester hat den ganzen Morgen ein Gesicht gemacht wie ein Bus von hinten. Und wenn es von Hugh abhängt, kannst du beruhigt sein. Er wird es für eine großartige Idee halten.»

«Darauf würde ich mich an deiner Stelle nicht verlassen.»

«Nein, ich verlasse mich nicht darauf. Ich kenne Hugh sein Leben lang, und er kann ganz schön stur sein.» Tuppy machte ein amüsiertes Gesicht. «Aber es überrascht mich, daß du das so schnell herausgefunden hast.»

«Ich habe gestern abend beim Essen neben ihm gesessen.» Flora öffnete die Papiertüte und holte den ersten grauen Strang heraus. «Fühlst du dich kräftig genug, für Mrs. Watty Wolle zu wickeln?»

«Ja, natürlich, ich halte den Strang, und du kannst das Wickeln übernehmen.» Sobald sie mit dieser anspruchslosen Aufgabe angefangen hatten, sprach Tuppy weiter, als hätte es keine Gesprächspause gegeben: «Ich möchte hören, wie es gestern abend war, alles.»

Flora malte den Abend für Tuppy in den schillerndsten Farben aus und bemühte sich, begeistert zu klingen.

«Und die Crowthers sind so nett, nicht wahr?» sagte Tuppy, als Flora schließlich der Stoff ausgegangen war. «Ich habe ihn so gern. Wenn man ihn kennenlernt, wirkt er ziemlich einschüchternd, aber er ist so ein guter Mensch. Und Hugh hat sich gut unterhalten?»

«Ja. Wenigstens glaube ich das. Aber mittendrin kam ein Anruf für ihn, und er mußte weg.»

«Der liebe Junge. Wenn er nur Hilfe hätte. Aber so ist das nun einmal...» Tuppy ließ die Hände sinken, und Flora hörte mit dem Wickeln auf und wartete. «Ich glaube, daß er soviel arbeitet, ist für Hugh eine Art Therapie. Nennt man das heute nicht so? Eine Therapie?»

«Du meinst, weil seine Frau gestorben ist?»

«Ja. Ich glaube, das meine ich. Weißt du, er war so ein netter kleiner Junge. Er kam oft her, um mit Torquil zu spielen. Sein Vater war unser Hausarzt – das habe ich dir schon erzählt. Ein ganz einfacher Mann, von der Isle of Lewis, aber ein hervorragender Arzt. Und Hugh war auch so gescheit. Hugh hat ein Stipendium in Fettes bekommen, und dann hat er an der Universität Edinburgh Medizin studiert.»

«Er hat für die Universität Rugby gespielt, nicht wahr?»

«Das muß Antony dir erzählt haben. Antony hat immer große Stücke auf Hugh gehalten. Ja, er hat Rugby für die Universität gespielt, aber aufregender war, daß er das Examen mit Auszeichnung bestanden und die Cunningham-Medaille bekommen hat. Die ganze wunderbare Welt der Medizin stand ihm offen. Dann hat Professor McClintock – er war Professor für Chirurgie am St. Thomas-Krankenhaus in London – Hugh aufgefordert, nach London zu kommen und bei ihm zu studieren. Wir waren alle so stolz. Ich hätte nicht stolzer auf Hugh sein können, wenn er mein eigenes Kind gewesen wäre.»

Flora fiel es schwer, diesen ganzen Ruhm mit ihrem verdrossenen Tischherrn von gestern abend in Einklang zu bringen. «Warum ist das alles schiefgegangen?» fragte sie.

«Ach, eigentlich ist es gar nicht schiefgegangen.» Sie hob die Hände mit dem Wollstrang, und Flora wickelte weiter.

«Er hat geheiratet?»

«Ja. Diana. Er hat sie in London kennengelernt, sie haben sich verlobt, und er hat sie nach Tarbole mitgebracht.»

«Hast du sie kennengelernt?»

«Ja.»

«Hast du sie gemocht?»

«Sie war sehr schön, sehr charmant, elegant gekleidet. Ich glaube, ihr Vater hatte eine Menge Geld. Es war sicher nicht leicht für sie hierherzukommen, wo sie niemanden kannte. Tarbole war eine ganz andere Welt als die, an die sie gewöhnt war, und sie paßte nicht hierher. Ich glaube, sie hielt uns alle für schrecklich langweilig. Armer Hugh. Es muß eine furchtbare Zeit für ihn gewesen sein. Ich habe natürlich nichts zu ihm gesagt. Es ging mich nichts an. Ich glaube, daß sein alter Vater etwas direkter war. Vielleicht zu direkt. Aber inzwischen war Hugh so vernarrt in sie, daß es keine Rolle mehr gespielt hätte, was irgend jemand von uns dazu sagt. Und wenn wir ihn auch nicht verlieren wollten, war uns doch daran gelegen, daß er glücklich wird.»

«Und ist er glücklich geworden?»

«Das weiß ich nicht, Rose. Wir haben ihn zwei Jahre lang nicht mehr zu sehen bekommen. Als er wiederkam, war Diana tot – bei einem schrecklichen Autounfall umgekommen –, und Hugh hatte alles hingeworfen und war nach Tarbole zurückgekehrt, um die Praxis seines Vaters zu übernehmen. Und dann ist er hiergeblieben.»

«Wie lange ist das her?»

«Fast acht Jahre.»

«Man sollte meinen, daß er inzwischen darüber hinweggekommen ist. Wieder geheiratet hat...»

«Nein. Nicht Hugh.»

Schweigend wickelten sie Wolle auf. Das Knäuel wurde allmählich dick. Flora wechselte das Thema. «Ich mag Anna sehr gern», sagte sie.

Tuppys Gesicht hellte sich auf. «Darüber bin ich froh. Ich habe sie auch sehr gern, aber es ist schwer, sie richtig kennenzulernen. Sie ist sehr schüchtern.»

«Sie hat mir gesagt, daß sie immer hier gelebt hat.»

«Ja. Ihr Vater war ein guter Freund von mir. Er hieß Archie Carstairs und kam aus Glasgow. Er hat eine Menge Geld verdient, und alle meinten, er sei ein ziemlich ungeschliffener Diamant – damals waren die Leute so dumm und versnobt –, aber ich mochte ihn sehr. Er war ein hervorragender Segler – er kreuzte immer mit einer ziemlich protzigen Hochseejacht herum. So kam er zum erstenmal nach Ardmore. Er verliebte sich in den Loch und in die schöne Landschaft, und wer könnte ihm das verübeln? Auf der ganzen Welt gibt es nichts dergleichen. Jedenfalls hat er kurz nach dem ersten Weltkrieg Ardmore House gebaut. Im Lauf der Jahre verbrachte er immer mehr Zeit hier, und schließlich zog er sich ganz nach Ardmore zurück. Anna wurde hier geboren. Archie hat spät geheiratet – ich glaube, er war vorher zu sehr mit dem Geldverdienen beschäftigt, als daß er Zeit zum Heiraten gehabt hätte –, und deshalb war Anna das Kind ziemlich alter Eltern. Ihre Mutter hat Annas Geburt nur um ein paar Monate überlebt. Ich denke oft, wenn ihre Mutter länger gelebt hätte, wäre Anna ein ganz anderer Mensch geworden. Aber so ist es nun einmal, solche Dinge geschehen, und es ist nicht an uns, nach den Gründen zu fragen.»

«Und Brian?»

«Was ist mit Brian?»

«Wie hat sie Brian kennengelernt?»

Tuppy lächelte schwach. «Brian kam eines Sommers in den Loch von Ardmore gesegelt, mit einem schäbigen kleinen Boot, das er ganz allein aus Südfrankreich hierhergebracht hatte. Damals hatte Archie den Jachtclub von Ardmore schon eröffnet. Das war sein Spielzeug, ein Hobby, das ihn nach der Pensionierung beschäftigte und außerdem dafür sorgte, daß er mit seinen alten Segelfreunden in Kontakt blieb. Brian legte an, ging auf einen Drink an Land, und Archie kam mit ihm ins Gespräch und war so beeindruckt von seinem seglerischen Können, daß er ihn nach Ardmore House zum Abendessen einlud. Für Anna war er wie ein junger Ritter, der auf einem weißen Pferd angeritten kam. Sie schaute Brian an, verlor ihr Herz und hat seither nicht aufgehört, ihn zu lieben.»

«Sie hat ihn geheiratet.»

«Natürlich.»

«Was hat ihr Vater dazu gesagt?»

«Er war ziemlich mißtrauisch. Er bewunderte Brian und hatte ihn sogar ganz gern, aber er hatte nie die Absicht, ihn zu seinem Schwiegersohn zu machen.»

«Hat er versucht, Anna die Heirat auszureden?»

«Zu seiner Ehre muß ich sagen, ja, ich glaube, er hat es versucht. Aber Leute, von denen man das gar nicht erwartet, können unglaublich stur sein. Anna war inzwischen eine Frau, kein Kind mehr. Sie wußte, was sie wollte, und sie hatte vor, es zu bekommen.»

«War Brian in sie verliebt?»

Eine lange Pause entstand. Dann sagte Tuppy: «Nein, das glaube ich nicht. Aber ich glaube, daß er sie mochte. Und natürlich mochte er auch die ganzen materiellen Vorteile, die damit verbunden waren, daß er Anna heiratete.»

«Du sagst – auf sehr freundliche Weise –, daß er sie wegen ihres Geldes geheiratet hat.»

«Das möchte ich nicht sagen, weil ich Anna so gern habe.»

«Spielt das überhaupt eine Rolle, wenn sie glücklich sind?»

«Das habe ich mich damals auch gefragt.»

«Ist sie sehr reich?»

«Ja. Als Archie starb, hat sie alles geerbt.»

«Und Brian?»

«Brian hat nur ein Legat, das Archie ihm vermacht hat. Zufällig weiß ich, daß es sehr großzügig war, aber das eigentliche Kapital, der Hauptteil des Vermögens, gehört Anna.»

«Mal angenommen, die Ehe scheitert?»

«Dann verfällt Brians Legat. Er hätte gar nichts mehr.»

Flora dachte an Anna, ihre bescheidene Art und ihre wunderschönen Diamanten. Und sie tat ihr plötzlich wieder leid, weil es trostlos sein mußte, wenn man den Ehemann nur mit Geld halten konnte.

«Brian sieht sehr gut aus.»

«Brian? Ja, natürlich sieht er gut aus. Er ist gutaussehend und frustriert. Er hat bei weitem nicht genug zu tun.»

«Die beiden haben keine Kinder?»

«Anna hat ein Kind verloren, in dem Sommer, in dem du mit deiner Mutter hier warst. Aber vermutlich erinnerst du dich nicht daran. Du warst wohl schon fort.»

Das Wollknäuel war fast fertig. Die letzten Fäden lagen um Tuppys dünne Handgelenke. «Sie ist wieder schwanger», sagte Tuppy.

Flora hörte mit dem Aufwickeln auf. «Anna? Wirklich? Oh, das freut mich.»

Tuppy war sofort betroffen. «Das hätte ich nicht sagen dürfen. Es ist mir einfach herausgerutscht. Ich sollte es niemandem sagen. Hugh hat es mir erzählt, um mich aufzuheitern, als es mir so schlecht ging. Und ich habe versprochen, es für mich zu behalten.»

«Dein Geheimnis ist bei mir gut aufgehoben», schwor Flora. «Ich habe es sogar schon vergessen.»

Es war Mittag, und sie waren beim letzten Strang Wolle, als Hugh kam. Sie hörten seine Schritte auf der Treppe und im Flur. Ein flüchtiges Klopfen, dann war er bei ihnen im Zimmer. Er trug seinen Alltagsanzug, hatte die Arzttasche in der Hand, und aus der Jackentasche schaute ein Stethoskop heraus.

«Guten Morgen», sagte er.

Tuppy musterte ihn. «Du siehst aus, als hätte dir noch nie jemand gesagt, daß der Sonntag ein Ruhetag sein soll.»

«Als ich heute morgen aufgewacht bin, habe ich ganz vergessen, daß Sonntag ist.» Er trat ans Fußende des Bettes und kam direkt zur Sache. «Was höre ich da?»

Tuppy machte ein entnervtes Gesicht. «Ich habe doch gewußt, daß sie es dir erzählen, ehe ich die Gelegenheit dazu habe.»

Er stellte die Tasche auf den Boden und stützte die Arme auf das Messinggitter des Bettes. «Dann erzählen Sie es mir jetzt.»

Der letzte Wollfaden glitt von Tuppys Handgelenken und in das letzte dicke Knäuel.

«Wir geben am nächsten Freitag eine kleine Party für Rose und Antony», teilte Tuppy ihm mit, als wäre das die natürlichste Sache der Welt.

«Aus wieviel Leuten besteht eine kleine Party?»

«Etwa... sechzig.» Sie erwiderte seinen Blick. «Siebzig?» fügte sie hoffnungsvoll hinzu.

«Siebzig Leute, die in der Halle herumhüpfen, Champagner trinken und reden wie ein Wasserfall. Wie soll sich das Ihrer Meinung nach auf Ihren Gesundheitszustand auswirken?»

«Wenn überhaupt, dann zum Besseren.»

«Wer wird das alles organisieren?»

«Es ist schon organisiert. Ich habe genau eine halbe Stunde vor dem Frühstück dazu gebraucht. Aber jetzt lege ich die Hände in den Schoß.»

Er machte ein skeptisches Gesicht. «Tuppy, es fällt mir schwer, das zu glauben.»

«Ach, sei doch nicht so muffelig. Alle tun so, als ob wir einen Staatsempfang geben.»

Hugh schaute Flora an. «Und was hält Rose davon?»

«Ich?» Flora hatte die Wollknäuel eingesammelt und in die Papiertüte zurückgepackt. «Ich... ich halte es für eine wunderbare Idee, aber wenn Sie meinen, daß es zuviel für Tuppy wird...»

«Sei nicht so wetterwendisch, Rose», unterbrach Tuppy verärgert. «Du bist genauso schlimm wie alle anderen.» Sie wandte sich wieder Hugh zu. «Ich habe dir doch gesagt, alles ist geplant. Mr. Anderson übernimmt die Bewirtung, Rose den Blumenschmuck, Watty räumt die Möbel aus der Halle, und Isobel ruft alle an. Und wenn du nicht sofort ein anderes Gesicht machst, Hugh, wirst du nicht eingeladen.»

«Und was machen Sie?»

«Ich? Überhaupt nichts. Ich bleibe einfach hier sitzen und schaue in die Luft.»

Die blauen Augen blickten unschuldig. Hugh legte den Kopf schief und musterte sie mißtrauisch. «Kein Besuch», sagte er.

«Was meinst du damit, kein Besuch?»

«Ich meine, niemand, der sich nach oben stiehlt und einen kleinen Plausch mit Ihnen hält.»

Tuppy sah bitter enttäuscht aus. «Nicht mal ein oder zwei Gäste?»

«Wenn Sie mit einem oder zwei anfangen, geht es gegen Ende des Abends in Ihrem Schlafzimmer zu wie in der U-Bahnstation am Piccadilly Circus zur Stoßzeit. Kein Besuch. Und ich verlasse mich nicht darauf, daß Sie mir Ihr Wort geben. Ich postiere die Schwester als Wache an der Tür, mit einem Spieß, einer Bettpfanne oder einer anderen Waffe ihrer Wahl. Und das ist mein letztes Wort, Mrs. Armstrong.» Er richtete sich auf und kam um das Bett herum. «Und wenn Sie jetzt so nett sein könnten, Rose, die Schwester zu holen und ihr zu sagen, daß ich hier bin.»

«Ja, selbstverständlich.» Auf diesen kaum verhohlenen Hinauswurf hin, gab sie Tuppy schnell einen Kuß, stand vom Bett auf und verließ das Zimmer. Die Schwester war schon auf dem Weg nach oben, und sie begegneten sich auf dem Treppenabsatz.

Die Schwester machte ein grimmiges Gesicht. «Ist Dr. Kyle bei Mrs. Armstrong?»

«Ja, er wartet auf Sie.»

«Ich hoffe, er hat ihr diese schwachsinnige Idee ausgeredet.»

«Da bin ich mir nicht so sicher. Ich glaube eher, die Party steigt.»

«Der Herr behüte uns», sagte die Schwester.

Mrs. Watty nahm es philosophischer. «Na ja, wenn sie unbedingt eine Party will, warum soll sie dann keine haben?» Sie fügte hinzu: «Wir schaffen das schon. Hier hat es so viele Partys gegeben, daß wir es vermutlich auch im Kopfstand schaffen würden.»

«Ich soll für den Blumenschmuck sorgen.»

Mrs. Watty machte ein amüsiertes Gesicht. «Sie hat Ihnen also auch eine Aufgabe zugeteilt. Es ist eine Spezialität von Mrs. Armstrong, Leuten Aufgaben zuzuteilen.»

«Ja, aber Blumenarrangements liegen mir nicht. Ich kann nicht mal Narzissen in eine Vase stellen.»

«Ach, das werden Sie schon schaffen.» Sie öffnete einen der Schränke und zählte einen Tellerstapel ab. «War es leicht, den Arzt zu überreden?»

«Nicht leicht, aber er hat sich überreden lassen. Unter der Bedingung, daß Tuppy keine Besucher empfängt. Die Schwester soll vor ihrer Tür Wache stehen.»

Mrs. Watty schüttelte den Kopf. «Der arme Dr. Kyle, was er auch alles durchmachen muß. Als ob er nicht schon genug Sorgen hätte, auch ohne daß wir ihm noch mehr aufladen. Und offenbar hat er im Augenblick überhaupt keine Hilfe. Jessie McKenzie – die soll ihm den Haushalt führen –, also, die ist vor zwei Tagen mit der Fähre von Skye aus nach Portree gefahren, habe ich gehört. Dort wohnt ihre Mutter, und offenbar geht's ihr schlecht.»

«Oje.»

«Es ist nicht so einfach, in Tarbole Hilfe zu bekommen.

327

Heutzutage arbeiten die meisten Frauen, verpacken Heringe oder helfen in den Fischräuchereien.» Sie schaute auf die Uhr, erinnerte sich an den Braten und vergaß Dr. Kyles Sorgen. Vorsichtig bückte sie sich und klappte die Backofentür auf. Bratendurft und zischendes Fett schlugen ihnen entgegen.

«Ist Antony noch nicht auf?» Mrs. Watty schob einen Spieß in die Seite des Bratens. «Ich glaube, es wird Zeit, daß Sie ihn wecken. Sonst verschläft er den ganzen Tag und muß sich dann sofort auf den Heimweg machen.»

Flora nickte. Als sie durch die Halle zu Antonys Zimmer gehen wollte, hörte sie, wie Hugh die Treppe herunterkam. Als er sie sah, blieb sie stehen, und ohne recht zu wissen, warum, wartete sie, bis er unten war.

Er trug eine Hornbrille, die ihn ausgesprochen distinguiert aussehen ließ. Am Fuß der Treppe stellte er seine Tasche auf den Boden, nahm die Brille ab, steckte sie in ein Etui und ließ es in die Jackentasche gleiten. «Was gibt's?» fragte er. Zu ihrer Überraschung merkte Flora, daß es tatsächlich etwas zu sagen gab.

«Hugh, gestern abend ... Sie wollten nicht, daß ich sage, ich bleibe, nicht wahr?»

Er schien auf solche Direktheit nicht gefaßt zu sein. «Nein. Aber ich habe das Gefühl, daß Sie es sich deshalb anders überlegt haben.»

«Warum wollten Sie nicht, daß ich bleibe?»

«Nennen Sie es eine Vorahnung.»

«Von etwas Schlimmem?»

«Wenn Sie so wollen.»

«Ist Tuppys Fest etwas Schlimmes?»

«Wir hätten darauf verzichten können.»

«Aber es steigt?»

«Im Augenblick sieht es so aus.»

Sie wartete, doch als er nichts sagte, hakte sie nach. «Aber es kann nichts schaden? Ich meine, es kann Tuppy nichts schaden?»

«Nein, unter der Voraussetzung, daß sie tut, was ihr gesagt wird. Schwester McLeod mißbilligt es streng. Ihre Meinung von mir ist abgrundtief gesunken. Aber vielleicht erweist sich das als der kleine Ansporn, den Tuppy braucht. Und wenn nicht...» Er brach ab, ließ die ungesagten Worte für sich sprechen.

Wie er da vor ihr stand, sah er so mitgenommen aus, daß Flora wider Willen Mitleid empfand. «Machen Sie sich keine Sorgen», sagte sie und versuchte, fröhlich zu klingen, «wenigstens macht sie das, was sie am liebsten tut. Wie der Neunzigjährige, der gefragt wird, wie er sterben möchte, und sich aussucht, von einem eifersüchtigen Ehemann erschossen zu werden.»

Hughs Gesicht zeigte ein Lächeln, so spontan wie unerwartet. Sie hatte ihn noch nie zuvor richtig lächeln sehen und war nicht gefaßt darauf, wie sein ganzes Gesicht sich dadurch veränderte. Einen Moment lang erhaschte sie einen Blick auf den jungen, unbeschwerten Mann, der er einmal gewesen war.

«Genau», sagte er.

Der Morgen war grau und mild gewesen, ganz unbewegt. Aber jetzt war eine Brise aufgekommen, die Wolken wurden weggefegt, die Sonne brach durch, und urplötzlich war alles in ihr flüssiges, goldenes Licht getaucht. Es ergoß sich durch die zwei hohen Fenster zu beiden Seiten der Tür in die Halle. In den Strahlen wirbelten Staubkörnchen, und Einzelheiten, die sie zuvor nicht bemerkt hatte, traten deutlich hervor: der Stoff seines Anzugs, schäbig und an manchen Stellen fadenscheinig, die Taschen, ausgeleiert vom Gewicht verschiedener Gegenstände, die er hineingestopft hatte, sein Pullover, der direkt in der Mitte ungeschickt ausgebessert war; und seine Hand auf dem Treppenpfosten, die langen Finger, der Siegelring, die peinliche Sauberkeit.

Sie bemerkte, daß er müde war. Er lächelte immer noch über ihren kleinen Scherz, aber er sah todmüde aus. Sie dachte daran, wie er gestern zum Essen gekommen war, seinen besten Anzug angezogen, in dem leeren, düsteren Haus nach einem sauberen Hemd gesucht hatte, weil seine Haushälterin fort war und ihre Mutter in Portree besuchte.

Sie sagte: «Der Anruf gestern abend – ich hoffe, das war nichts Ernstes.»

«Ziemlich ernst. Ein uralter Mann und eine Schwiegertochter, die mit den Kräften am Ende ist. Er war aus dem Bett gestiegen, um auf die Toilette zu gehen, und ist die Treppe hinuntergefallen.»

«War er verletzt?»

«Durch ein Wunder hat er sich nichts gebrochen, aber er hat Prellungen und einen schlimmen Schock. Er gehört ins Krankenhaus. Im Lochgarry Hospital könnte er ein Bett bekommen, aber er will nicht. Er ist in dem Haus geboren, in dem er jetzt wohnt, und dort will er auch sterben.»

«Wo ist das Haus?»

«In Boturich.»

«Ich weiß nicht, wo Boturich ist.»

«Am anderen Ende vom Loch Fhada.»

«Aber das müssen dreißig Kilometer sein.»

«Ungefähr.»

«Wann sind Sie nach Hause gekommen?»

«Gegen zwei Uhr morgens.»

«Und wann sind Sie aufgestanden?»

Um seine Augen legten sich Lachfältchen. «Was ist denn das? Ein Verhör?»

«Sie müssen müde sein.»

«Ich habe keine Zeit, müde zu sein. Und jetzt» – er schaute auf die Uhr und bückte sich nach seiner Tasche – «muß ich weiter.»

Sie begleitete ihn und hielt ihm die Tür auf. Das feuchte Gras, der Kies und das leuchtende, flammende Laub glitzerten in der Sonne. Er sagte, wieder in der gewohnten Art: «Wir sehen uns ja zweifelslos noch», und sie schaute ihm nach, wie er die Treppe hinunterging, ins Auto stieg und zwischen den Rhododendronbüschen am Pförtnerhäuschen vorbei und durch das offene Tor fuhr.

In der Sonne hätte es warm sein müssen, aber Flora fröstelte. Sie ging ins Haus, schloß die Tür und ging hinauf, um Antony zu wecken.

Er war schon auf und rasierte sich, stand in scharlachroten Lederpantoffeln und zwei Handtüchern vor dem Waschbekken, eins um die Hüfte gewickelt, das zweite wie einen Schal um den Hals geschlungen. Als sie den Kopf zur Tür hereinsteckte, drehte er sich zu ihr um. Er hatte ein schiefes Gesicht: Seifenschaum auf der einen Seite, die andere sauber.

«Ich bin heraufgeschickt worden, um dich zu wecken», sagte sie. «Es ist halb eins.»

«Ich bin wach, und ich weiß, wie spät es ist. Komm rein.»

Er wandte sich wieder dem Spiegel zu und fuhr fort, sich zu rasieren. Flora schloß die Tür und setzte sich auf den Bettrand. «Wie hast du geschlafen?» fragte sie sein Spiegelbild.

«Wie tot.»

«Wie stark fühlst du dich?»

Eine Pause entstand, und dann sagte Antony: «Aus irgendeinem Grund bekomme ich bei dieser Frage unsägliche Angst.»

«Das solltest du auch. Es gibt wieder ein Fest. Am Freitag. Einen Ball.»

Nach einer Weile seufzte er: «Jetzt ist mir klar, warum du dich nach meiner Verfassung erkundigt hast.»

«Tuppy hat das ganze vor dem Frühstück organisiert. Sie scheint alle überfahren zu haben, einschließlich Hugh Kyle. Der einzige Mensch, der wirklich dagegen ist, ist die Schwester, und sie läuft mit Grabesmiene herum.»

«Du meinst, die Party steigt?»

«Ja. Sie steigt.»

«Ich nehme an, sie ist für Antony und Rose.»

Flora nickte.

«Zur Feier der Verlobung.»

«Wieder richtig.»

Er war mit dem Rasieren fertig und spülte die Klinge unter fließendem Wasser ab. «Das darf doch nicht wahr sein», sagte er.

Sie hatte ein schlechtes Gewissen. «Es ist meine Schuld. Ich hätte nicht sagen dürfen, daß ich bleibe.»

«Wie hättest du das wissen können? Wie hätte irgend jemand ahnen können, daß sie sich so etwas ausdenkt?»

«Wir können wohl kaum etwas dagegen unternehmen.»

Er drehte sich um und schaute sie an, mit wirrem Kupferhaar und düsterer Miene. Aufgebracht riß er sich das Handtuch vom Hals und schleuderte es auf einen Stuhl.

«Mist, überhaupt nichts. Das ist, wie wenn man im Moor ertrinkt. Ende der Woche sind von uns nur noch ein paar Bläschen übrig. Und ziemlich schlammige.»

«Wir könnten reinen Tisch machen. Tuppy die Wahrheit sagen.» Der Gedanke hatte den ganzen Morgen in Floras Kopf herumgespukt, aber jetzt sprach sie ihn zum erstenmal aus.

Antony schüttelte energisch den Kopf. «Nein.»

«Aber...»

«Kommt nicht in Frage. Gut, Tuppy geht es besser. Gut, Isobel hat alles falsch verstanden, und Tuppy wird auf wunderbare Weise wieder gesund. Aber sie ist alt, sie ist schwer krank, und falls ihr irgend etwas zustoßen sollte, weil du und ich auf dem Luxus eines reinen Gewissens bestanden haben, könnte ich mir das nie verzeihen. Das begreifst du doch, nicht wahr?»

Flora seufzte. «Ja, ich glaube schon», sagte sie kläglich.

«Du bist ein tolles Mädchen.» Er beugte sich herunter und gab ihr einen Kuß. Seine Wange war glatt; er roch sauber und nach Zitrone. «Und jetzt mußt du mich entschuldigen; ich muß mir was anziehen.»

An jenem Nachmittag war Ebbe. Nach dem Mittagessen brachen Flora und Antony zu einem Spaziergang auf. Sie nahmen die Hunde mit – auch Sukey, die Antony energisch aus Tuppys Daunendecke geschält hatte – und gingen zum Strand von Fhada hinunter, der sauber und weiß von der Flut hinterlassen worden war.

Es war kein fröhlicher Ausflug. Antonys Abfahrt nach Edinburgh stand beiden bevor: sie wechselten kaum ein Wort. Und doch schuf auch das Schweigen zwischen ihnen eine Art von Gemeinsamkeit. Flora wußte, daß Antony sich ebenso sehr sorgte wie sie.

Am Wasserrand blieben sie stehen. Antony fand ein langes Stück Seetang und warf es in die Wellen. Plummer sauste hinterher, beim Schwimmen heftig planschend. Gleich darauf machte er einen Satz aus dem Meer, den Seetang schief im Maul. Sukey, die nicht gern nasse Füße bekam, saß ein gutes Stück weiter hinten und beobachtete ihn. Plummer legte den Seetang hin, schüttelte sich ausgiebig und wartete, die großen nassen Ohren gespitzt, darauf, daß Antony wieder warf. Das tat er auch, dieses Mal noch weiter, und Plummer stürzte sich wieder in die Brecher.

Sie standen im Wind und schauten ihm zu. Flora sagte: «Irgendwann müssen wir es ihnen sagen, Antony. Irgendwann müssen sie erfahren, daß ich Flora bin, nicht Rose. Vielleicht ist ein reines Gewissen Luxus, aber mit einem schlechten kann ich nicht leben.» Sie schaute ihn an. «Es tut mir leid, aber ich kann es einfach nicht.»

Sein Profil war steinern, sein Gesicht vom Wind gerötet. Er steckte die Hände tief in die Taschen und seufzte.

«Ja, ich weiß. Ich habe eben auch so etwas gedacht.» Er wandte den Kopf und schaute sie an. «Aber ich muß es ihnen sagen. Nicht du.»

Sie war eine Spur verletzt. «So etwas würde ich niemals tun.»

«Nein. Aber du wirst es in den nächsten Tagen nicht leicht

haben. Es wird schlimmer werden, nicht besser, und ich kann dir nicht helfen. Am nächsten Wochenende, nach dem Ball, machen wir reinen Tisch, falls es Tuppy bessergeht. Dann beichten wir, wenn du es so ausdrücken willst.» Er sah bei dem Gedanken ziemlich niedergeschlagen aus. «Aber du mußt mir versprechen, daß du bis dahin niemandem etwas sagst.»

«Antony, das würde ich nie tun.»

«Versprich es.»

Sie versprach es. Die Sonne verschwand hinter einer Wolke, und es wurde plötzlich kühl. Sie warteten, leicht fröstelnd, bis Plummer zu ihnen zurückkam, dann drehten sie sich um und machten sich auf den langen Rückweg zum Haus.

Als sie ankamen, wurde Plummer zum Trocknen in Mrs. Wattys Küche verbannt, und Sukey schoß wie ein Pfeil die Treppe zu Tuppys Zimmer hinauf. Antony und Flora zogen die Mäntel und Gummistiefel aus und gingen ins Wohnzimmer, wo Isobel und Jason am Feuer beim Tee saßen, vertieft in irgendeinen Abenteuerfilm im Fernsehen. Offenbar wurde keine Konversation von ihnen erwartet, deshalb leisteten sie den beiden schweigend Gesellschaft, aßen gebutterten Toast und schauten geistesabwesend wilden Schwertkämpfen und Verfolgungsjagden über fackelbeleuchtete Wendeltreppen zu. Endlich war es aus, der Held wurde bis zur nächsten Folge in ein Verlies gesperrt. Isobel schaltete den Fernseher aus, und Jason wandte seine Aufmerksamkeit Antony und Flora zu.

«Ich wollte mit euch spazierengehen, und als ich nach euch gesucht habe, wart ihr weg», sagte er anklagend.

«Tut mir leid», entgegnete Antony wenig überzeugend.

«Spielst du mit mir Karten?»

«Nein.» Er stellte die leere Teetasse ab. «Ich muß packen und dann nach Edinburgh fahren.»

«Ich komme mit und helfe dir.»

«Ich will nicht, daß du mitkommst. Rose kommt mit und hilft mir.»

«Aber warum...» Seine Tonlage war ziemlich schrill. Er hatte an den Sonntagabenden oft schlechte Laune, weil er am nächsten Tag wieder in die Schule mußte. Isobel griff taktvoll ein.

«Antony und Rose haben eine Menge zu besprechen, ohne daß wir alle zuhören. Und wenn du die Karten aus der Schublade holst, spiele ich mit dir.»

«Es ist nicht fair...»

«Willst du Schwarzer Peter spielen oder Quartett?»

Sie verließen das Zimmer, während Jason auf dem Kaminläufer die Quartettkarten austeilte, und gingen in Antonys Zimmer hinauf, das auf schmerzliche Weise ordentlich wirkte, als wäre er schon fort. Die Vorhänge waren nicht zugezogen, die Deckenlampe hatte nichts Gemütliches. Er sammelte sein Rasierzeug ein und packte es in die Tasche, während Flora saubere Hemden stapelte und seinen Hausmantel zusammenfaltete. Es dauerte nicht lange. Er legte die silbernen Haarbürsten obenauf, machte den Deckel zu und ließ die Schlösser zuschnappen.

«Kommst du zurecht?» Er sah so besorgt aus, daß sie sich zu einem Lächeln zwang. «Natürlich.»

Er griff in die Tasche und holte ein Stück Papier hervor. «Ich habe meine Telefonnummer aufgeschrieben, für den Fall, daß du mich erreichen willst. Das ist das Büro, dies ist meine Privatnummer. Wenn es niemand hören soll, kannst du dir bestimmt ein Auto ausleihen und nach Tarbole fahren. Am Hafen ist eine Telefonzelle.»

«Wann kommst du zurück?»

«Am Freitag nachmittag, so früh ich es schaffe.»

«Ich werde hiersein», sagte sie überflüssigerweise.

«Das will ich hoffen.»

Er nahm die Reisetasche und ging zu Tuppy, um sich von ihr zu verabschieden, während Flora Isobel und Jason sagte,

Antony fahre gleich ab. Jason wurde weggeschickt, um Mrs. Watty zu holen, die mit einer Schachtel gebutterter Hörnchen und einer Tüte Äpfel aus der Küche erschien. Sie konnte den Gedanken nicht ertragen, daß ein Familienmitglied ohne reichlich Proviant eine Reise antrat. Schließlich kam Antony herunter und verabschiedete sich von allen mit einem Kuß. Während die anderen zu ihren verschiedenen Beschäftigungen zurückkehrten, traten Antony und Flora in den dunklen Abend hinaus. Sein Auto wartete vor der Haustür. Er warf die Tasche auf den Rücksitz, legte die Arme um Flora und drückte sie an sich.

Sie sagte schwach: «Es wäre mir lieber, wenn du nicht fahren müßtest.»

«Mir auch. Paß gut auf dich auf. Und versuch, dich nicht allzusehr hineinziehen zu lassen.»

«Ich stecke schon drin.»

«Ja.» Es klang hoffnungslos. «Ja, ich weiß.»

Sie schaute ihm nach, als er abfuhr, bis das Rücklicht seines Autos hinter dem Tor verschwand. Dann ging sie ins Haus zurück, schloß die Tür und fühlte sich plötzlich sehr einsam. Aus dem Wohnzimmer, wo Isobel und Jason das Spiel wiederaufgenommen hatten, drang Stimmengemurmel. Flora schaute auf die Uhr. Es war fast Viertel vor sechs. Vielleicht sollte sie hinaufgehen und ein Bad nehmen.

Ihr Zimmer, das ihr von Anfang an so gut gefallen hatte, wirkte in der Kühle und dem Zwielicht eigenartig; das Zimmer einer Fremden in einem fremden Haus. Sie zog die Vorhänge zu und schaltete die Nachttischlampe an, was die Atmosphäre etwas gemütlicher machte, aber nicht viel. Sie schaltete den Elektroofen ein, kniete sich, voller Sehnsucht nach Wärme, auf dem Läufer davor so dicht an die rot werdenden Heizstäbe wie irgend möglich.

Es dauerte ein paar Augenblicke, bis sie begriff, daß sie unter Identitätsverlust litt. Antony war der einzige, der wußte, daß sie Flora war, aber ihr war nicht klargewesen, wieviel ihr das bedeutete. Jetzt, da er fort war, kam es ihr vor, als habe er Flora mitgenommen und nur Rose zurückgelassen. Sie wußte, daß sie Rose inzwischen mißtraute, sie nicht mehr besonders mochte. Sie dachte an Rose in Griechenland, versuchte sich vorzustellen, was Rose machte, wie sie in der Sonne lag, wie sie unter den Sternen tanzte, zu leiser Gitarrenmusik, oder was auch immer man auf Spetse spielte. Doch diese Bilder in ihrem Kopf hatten keine Tiefe. Sie waren zweidimensional, nicht überzeugend, wie übertrieben kolorierte Postkarten. Rose schien nicht in Griechenland zu sein. Rose war hier, in Fernrigg.

Ihre Hände waren eiskalt. Sie hielt sie in die Wärme. *Ich bin Flora. Ich bin Flora Waring.*

Das Versprechen, das sie Antony gegeben hatte, lastete auf ihrem Gewissen wie ein Felsblock. Daß sie es gegeben hatte, war vielleicht der Grund, daß sie sich so leidenschaftlich sehnte, die Wahrheit sagen zu können. Irgend jemandem. Jemandem, der zuhörte und verstand.

Aber wem?

Als die Antwort kam, war sie so naheliegend, daß sie nicht begriff, warum sie nicht sofort darauf gekommen war. Antony hatte darauf bestanden, es niemandem hier zu sagen. Und sie hatte ihr Wort gegeben. Aber damit waren nur die Armstrongs gemeint, die Menschen, die in diesem Haus wohnten.

In der Ecke stand ein kleiner Sekretär, in den sie noch nicht einmal einen Blick geworfen hatte. Jetzt stand sie auf, ging hinüber und klappte den Deckel auf. Wie in diesem ordentlichen Haushalt zu erwarten, fand sie geprägtes Briefpapier, Umschläge, Löschpapier und einen Füllfederhalter in einer Silberschale. Sie zog einen Stuhl heran, griff zu dem Füllfederhalter, nahm sich ein Blatt Papier und schrieb das Datum.

So fing sie einen langen Brief an ihren Vater an.

Brian

Früh am nächsten Morgen, als Flora zum Frühstück herunterkam, klingelte das Telefon. Als sie durch die Halle ging, zögerte sie. Niemand schien abzunehmen, deshalb ging sie hin, setzte sich auf den Rand der Truhe und nahm den Hörer ab.

«Hallo.»

Eine Frauenstimme. «Ist dort Fernrigg?»

«Ja.»

«Isobel?»

«Nein. Möchten Sie Isobel sprechen?»

«Ist das... ist das Rose?»

Flora zögerte. «Ja.»

«Oh, Rose, hier ist Anna Stoddart.»

«Guten Morgen, Anna. Soll ich Isobel holen?»

«Nein, das spielt keine Rolle, ich kann es Ihnen genauso sagen. Ich wollte mich nur für die Einladung am Samstag bedanken. Ich... ich habe es so genossen.»

«Das freut mich. Ich richte es Isobel aus.»

«Entschuldigen Sie, daß ich so früh anrufe, aber ich fahre gleich nach Glasgow. Ich meine, ich bin schon auf dem Sprung. Und ich wollte nicht wegfahren, ohne mich bedankt zu haben.»

«Ich wünsche Ihnen eine gute Reise.»

«Oh, es wird bestimmt schön. Ich bin nur zwei Tage fort. Vielleicht haben Sie Lust, mich in Ardmore zu besuchen, wenn ich zurück bin. Zum Mittagessen, zum Tee oder so...»

Ihre Stimme verebbte, als hätte sie das Gefühl, sie habe schon zuviel gesagt. Flora ertrug ihre Zaghaftigkeit nicht. Schnell und betont begeistert sagte sie: «Furchtbar gern. Wie nett von Ihnen. Ich möchte so gern Ihr Haus sehen.»

«Wirklich? Wie schön. Dann rufe ich Sie an, wenn ich wieder da bin.»

«Tun Sie das.» Sie fügte hinzu: «Haben Sie schon von dem Ball gehört?»

«Ball?»

«Ich habe gedacht, vielleicht hat es sich schon zu Ihnen herumgesprochen. Am Freitag abend ist hier ein Ball. Tuppy hat sich das gestern morgen ausgedacht.»

«*Diesen* Freitag?» Anna klang ungläubig, was auch kein Wunder war.

«Diesen Freitag, ja. Die arme Isobel muß den ganzen Morgen am Telefon verbringen und Leute anrufen. Ich sage ihr, daß Sie schon Bescheid wissen, dann ist es schon ein Anruf weniger.»

«Aber wie aufregend. Ich bin heilfroh, daß Sie es mir gesagt haben, weil ich mir jetzt in Glasgow ein neues Kleid kaufen kann. Ich brauche sowieso ein neues Kleid...»

Wieder hing ihre Stimme unsicher in der Luft. Anna gehörte offenbar zu den Menschen, denen es schwerfällt, ein Telefongespräch zu beenden. Flora wollte eben in abschließendem Ton sagen, viel Spaß in Glasgow, als Anna sagte: «Augenblick. Legen Sie nicht auf.»

«Das hatte ich gar nicht vor.»

Am anderen Ende der Leitung wurde etwas gemurmelt, dann sagte Anna: «Brian möchte mit Ihnen sprechen. Auf Wiedersehen.»

Brian? «Auf Wiedersehen, Anna. Viel Spaß in Glasgow.» Dann kam Brian Stoddarts helle, klare Stimme.

«Rose!»

«Guten Morgen», sagte Flora mißtrauisch.

«Was für eine unchristliche Zeit für ein Telefongespräch. Haben Sie schon gefrühstückt?»

«Ich bin gerade auf dem Weg in die Küche.»

«Ist Antony abgefahren?»

«Ja, gestern nach dem Tee.»

«Sie sind also allein. Und Anna fährt auch gleich ab. Da könnten wir uns doch heute abend Gesellschaft leisten. Ich lade Sie zum Essen ein.»

Eine Reihe von Gedanken jagte durch Floras Kopf, und der wichtigste war, daß Anna das Gespräch offenbar mitbekam, die Einladung also nichts Hinterhältiges haben konnte. Aber was würde Tuppy davon halten? Und Isobel? War es klug, einen Abend mit diesem undurchsichtigen, gutaussehenden Mann zu verbringen? Und selbst, wenn die Einladung ganz harmlos gemeint sein sollte, hatte sie überhaupt Lust, mit ihm auszugehen?

«Rose?»

«Ja, ich bin noch da.»

«Ich habe gedacht, Sie sind nicht mehr dran. Ich hab nicht mal mehr Ihren Atem gehört. Wann soll ich Sie abholen?»

«Ich habe noch nicht gesagt, daß ich mitkomme.»

«Aber natürlich kommen Sie mit, zieren Sie sich doch nicht so. Wir gehen ins Fishers' Arms in Lochgarry, und ich füttere Sie mit Scampi, bis Sie platzen. Hören Sie, ich muß Schluß machen. Anna ist auf dem Sprung, sie wartet darauf, daß ich sie zur Bahn bringe. Ich hole Sie zwischen halb acht und acht ab. In Ordnung? Wenn Isobel großzügiger Laune ist, kann sie mir einen Drink spendieren. Liebe Grüße an Tuppy, und Isobel vielen Dank für die Einladung am Samstag. Wir haben es beide ungeheuer genossen. Bis heute abend.»

Er legte auf, und Flora saß mit dem toten Hörer in der Hand da. Unerhört, dieser Mann. Empört legte sie auf, doch dann mußte sie lächeln. Im Grunde war es albern. Brians Charme war einfach zu dick aufgetragen, um ihr gefährlich zu werden. Der Vorfall war viel zu belanglos, als daß er eine gründliche Seelenerforschung gerechtfertigt hätte. Außerdem mochte sie Scampi.

Sie merkte, daß sie hungrig war, und ging in die Küche.

Jason war von Mr. Watty zur Schule gebracht worden. Isobel saß noch am Küchentisch, las einen Brief und trank eine letzte Tasse Tee mit der Schwester. Mrs. Watty schnitt am Fenster Fleisch für eine Pastete.

«War das nicht das Telefon?» fragte sie neugierig.

«Ja, ich bin drangegangen.» Flora setzte sich und schüttete Cornflakes in einen Teller. «Es war Anna Stoddart, die sich für Samstag abend bedankt hat.»

Isobel schaute von ihrer Post auf. «Ach, wie nett», sagte sie geistesabwesend.

«Sie fährt für zwei Tage nach Glasgow.»

«Ja, sie hat so was gesagt.»

«Und Brian hat mich eingeladen, heute abend mit ihm essen zu gehen.»

Sie beobachtete Isobels Gesicht, wartete auf die leiseste Mißbilligung. Aber Isobel lächelte nur. «Was für eine nette Idee. Wie reizend von ihm.»

«Er hat gesagt, weil wir beide allein sind, könnten wir uns Gesellschaft leisten. Er holt mich um halb acht ab, und er sagt, wenn du großzügiger Laune bist, kannst du ihm einen Drink spendieren.»

Isobel lachte, aber Mrs. Watty schüttelte den Kopf. «Dieser unverschämte Junge!»

«Mögen Sie ihn nicht, Mrs. Watty?»

«Ach, ich mag ihn ganz gern, aber er ist furchtbar direkt.»

«Womit Mrs. Watty meint», sagte Isobel, «daß er eben kein mürrischer Schotte ist. Ich finde es ungeheuer nett von ihm, daß er Mitleid mit Rose hat.»

«Und ich habe ihnen von dem Ball am Freitag erzählt, damit du sie nicht mehr anrufen mußt. Und Anna kauft sich ein neues Kleid.»

«Ach, du liebe Zeit», sagte Isobel.

«Was meinst du damit?»

«Anna kauft sich dauernd neue Kleider. Sie gibt ein Vermögen dafür aus, und eins sieht aus wie das andere.» Sie seufzte. «Ich glaube, wir sollten uns alle Gedanken darüber machen, was wir am Freitag anziehen. Ich könnte wieder mal den blauen Spitzenfummel herauskramen, aber den haben alle bestimmt schon lange satt.»

«Sie sehen reizend aus in Ihrem blauen Spitzenkleid», versicherte Mrs. Watty. «Es spielt keine Rolle, ob die Leute es schon mal gesehen haben.»

«Und Rose. Was ziehst du an, Rose?»

Aus unerfindlichen Gründen traf Flora diese Frage unvorbereitet. Bisher hatte sie andere Sorgen gehabt, als sich darüber Gedanken zu machen, was sie auf Tuppys Fest tragen sollte. Sie schaute der Reihe nach in die erwartungsvollen Gesichter. «Ich habe nicht die leiseste Ahnung», gestand sie.

Die Schwester starrte Flora ungläubig an. Sie war immer noch strikt gegen das Fest, aber wider Willen wirkte die allgemeine Vorfreude auch auf sie ansteckend. Sie war außerdem ein schrecklicher Snob, und jetzt konnte sie es nicht fassen, daß eine junge Dame, die zu Besuch in ein Haus wie Fernrigg kam, nicht wenigstens ein Ballkleid und womöglich auch noch ein passendes Diadem eingepackt hatte.

«Haben Sie denn gar nichts im Koffer?» fragte sie Flora.

«Nein. Ich bin nur für das Wochenende hergekommen. Ich war nicht darauf gefaßt, daß ich ein Kleid für einen Ball brauche.»

Betretenes Schweigen herrschte, während alle diese Information verarbeiteten.

«Was ist mit dem Kleid von Samstag abend?» schlug Isobel vor.

«Das war bloß ein Wollrock mit Bluse.»

«O nein», ächzte Mrs. Watty. «Die Party ist zu Ihren Ehren. Da müssen Sie schon etwas Festlicheres tragen.»

Sie hatte das Gefühl, alle zu enttäuschen. «Könnte ich mir was kaufen?»

«Nicht in Tarbole», sagte Isobel. «Im Umkreis von hundertfünfzig Kilometern kannst du nichts zum Anziehen kaufen.»

«Ist denn nichts im Haus, was wir ändern könnten?» fragte

die Schwester. Flora sah sich schon in einem Kleid aus alten Bettüberwürfen.

Isobel schüttelte den Kopf. «Selbst wenn etwas da wäre, wir sind nicht gerade begabte Schneiderinnen.»

Die Schwester räusperte sich. «Als junges Mädchen habe ich mir alle Kleider selber genäht. Und vielleicht habe ich etwas mehr Zeit als alle anderen.»

«Sie meinen, Sie könnten für Rose etwas machen?»

«Wenn das helfen würde...»

Bei diesem Vorschlag wandte sich Mrs. Watty vom Fleischschneiden ab, wobei ihr freundliches Gesicht einen merkwürdigen Gegensatz zu dem mörderischen Messer in ihrer Hand bildete. «Was ist mit dem Dachboden? Die Schrankkoffer auf dem Dachboden sind voll mit alten Sachen, die früher Mrs. Armstrong gehört haben. Und herrliche Stoffe...»

«Mottenkugeln», sagte Isobel. «Das riecht alles nach Mottenkugeln.»

«Eine gründliche Wäsche und das Durchlüften auf der Leine bringen das schon in Ordnung.» Die Idee setzte sich fest. Mrs. Watty legte das Messer weg, wusch sich die Hände und sagte, sie werde nach oben gehen und nachschauen; was man gleich erledigen könne, dürfe man nicht aufschieben. Darüber schien Einigkeit zu herrschen. Gleich darauf trotteten alle vier zum Dachboden hinauf.

Er war riesig, erstreckte sich von einer Seite des Hauses zur anderen. Im trüben Licht einer schwachen Birne sah man überall Spinnweben, es roch nach Kampfer und alten Cricketstiefeln. Eine Menge faszinierender Gegenstände, die Flora liebend gern inspiziert hätte, standen herum: eine Waschmaschine mit Messinggewichten und einem an der Seite angebrachten Meßstab; ein viktorianischer Puppenwagen; eine Schneiderpuppe; Messingkübel, mit denen früher heißes Wasser transportiert worden war.

Aber Mrs. Watty ging sofort auf die Schrankkoffer zu, die aufgereiht an der Wand standen. Sie waren riesig und schwer, mit runden Deckeln und Ledergriffen zum Tragen. Gemeinsam hoben Mrs. Watty und Isobel den Deckel des ersten Koffers. Er war vollgestopft mit Kleidern. Der Geruch nach Mottenkugeln war tatsächlich erschreckend stark, aber die Kleidungsstücke wurden herausgeholt, eins überladener und unmöglicher als das andere: schwarze Seide mit Jettstickerei, teerosengelber Satin mit gerüschtem Rock, eine schlaffe Boucléjacke, gefüttert mit rissigem Chiffon, von der Isobel versicherte, so etwas habe man früher ein «Bridgejäckchen» genannt.

«Hat Tuppy wirklich all diese Sachen getragen?»

«Oh, früher konnte sie recht elegant sein. Und als sparsame alte Schottin hat sie natürlich nie etwas weggeworfen.»

«Was in aller Welt ist das?»

«Ein Abendcape.» Isobel schüttelte den zerknitterten Samt aus und blies gegen den Pelzkragen. Eine unerschrockene Motte flog aus dem Pelz. «Ich kann mich daran erinnern, wie Tuppy es getragen hat...» Ihre Stimme wurde träumerisch, als sie weit zurückliegende Tage heraufbeschwor.

Es wurde immer hoffnungsloser. Flora erwog bereits, nach Tarbole zu fahren, den nächsten Zug nach Glasgow zu nehmen und sich dort etwas zu kaufen, als Mrs. Watty etwas hervorzog, was offensichtlich einmal weiß gewesen war, aus Batist und Spitze. Wie ein altes Taschentuch, dachte Flora, aber es war ein Kleid, mit hohem Halsbündchen und langen Ärmeln.

Isobel erkannte es mit einer gewissen Aufregung. «Aber das war Tuppys Tenniskleid.»

«Tenniskleid?» Flora war ungläubig. «Aber darin hat sie doch bestimmt nicht Tennis gespielt.»

«Doch, als junges Mädchen.» Isobel nahm es Mrs. Watty ab und hob es an den Schultern hoch. «Was meinen sie, Schwester? Könnten wir damit etwas anfangen?»

Sachkundig befühlte die Schwester den spinnwebzarten Baumwollstoff und schürzte die Lippen. «Es ist nichts dagegen zu sagen... und die Spitze ist wunderschöne Arbeit.»

«Aber es ist viel zu kurz für mich», widersprach Flora.

Die Schwester hielt es ihr an. Es war zu kurz, aber es hatte, meinte die Schwester, «reichlich Zugabe» im Saum. «Ich könnte ihn herauslassen, das würde gar nicht auffallen.»

Scheußlich, dachte Flora insgeheim. Aber wenigstens waren es keine alten Bettüberwürfe, und alles war besser, als nach Glasgow fahren zu müssen.

«Es ist ganz durchsichtig. Ich müßte was drunter tragen.»

«Ich könnte es füttern», sagte die Schwester. «In einem hübschen Farbton. Vielleicht Rosa.»

Rosa. Flora wurde ganz kleinlaut, aber sie sagte nichts. Mrs. Watty und Isobel schauten sich an, warteten auf eine inspiration. Dann fiel Mrs. Watty ein, daß sie zuviel Baumwollfutter bestellt hatten, als Isobels Schlafzimmervorhänge ausgewechselt worden waren. Eine Bahn davon, so gut wie neu, müsse noch irgendwo herumliegen. Schließlich, nach langen Überlegungen und viel Sucherei, förderte Mrs. Watty den Stoff mit einem Triumphschrei aus der obersten Schublade eines gelblackierten Frisiertischs zutage.

«Ich hab doch gewußt, daß ich ihn irgendwo hingetan habe. Ich wußte bloß nicht mehr, wo.»

Es war ein helles Pastellblau. Sie schüttelte den Stoff aus den Falten und hielt ihn hinter das schlaffe Kleidungsstück aus vergilbtem Batist, das Floras Ballkleid werden sollte.

«Was meinen Sie?» fragte sie Flora.

Das Blau war wenigstens besser als Rosa. Wenn es gewaschen war, sah das Kleid vielleicht nicht allzu schlimm aus. Sie schaute auf und sah, daß alle ihr skeptisches Gesicht beobachteten, erpicht auf ihre Zustimmung. Wie drei willkürlich zusammengesuchte Feen, die Pate für sie standen, warteten sie darauf, sie in die Ballkönigin des Abends zu verwandeln. Flora schämte sich, weil es ihr an Begeisterung mangelte. Zur Entschädigung lächelte sie jetzt, als sei sie hingerissen, und versicherte ihnen, sie hätte kein vollkommeneres Kleid finden können, wenn sie eine Woche lang danach gesucht hätte.

Am Nachmittag war der dicke, an Ronald Waring adressierte Brief immer noch nicht aufgegeben. Zum einen hatte Flora keine Briefmarken. Zum anderen hatte sie keine Ahnung, wo ein Briefkasten war. Nach dem Essen, als Isobel sie fragte, was sie machen wolle, fiel Flora der Brief ein.

«Macht es dir etwas aus, wenn ich nach Tarbole fahre? Ich möchte einen Brief aufgeben.»

«Das macht mir überhaupt nichts aus. Im Gegenteil, das ist großartig, weil mir die Handcreme ausgegangen ist und du mir welche mitbringen kannst.» Sie fügte hinzu: «Und du kannst Jason aus der Schule abholen, das erspart Watty eine Fahrt.» Sie zögerte einen Moment. «Du kannst doch Auto fahren?»

«Ja, wenn niemand was dagegen hat, daß ich mir eins ausleihe.»

«Du kannst den Lieferwagen nehmen», sagte Isobel gelassen. «Es macht nichts, wenn er eine Delle bekommt.»

Sofort sprach sich herum, daß eine Fahrt nach Tarbole bevorstand, und Flora wurde mit Aufträgen überschwemmt. Die Schwester brauchte dünne Nadeln und blaue Nähseide, die zum Futter des Kleides paßte. Tuppy wollte Gesichtstücher und hundert Gramm extra starke Pfefferminzpastillen. Flora ging mit der Einkaufsliste in der Hand zu Mrs. Watty in die Küche.

«Ich fahre nach Tarbole. Und ich hole Jason von der Schule ab. Kann ich etwas für Sie besorgen?»

«Weiß Watty, daß er nicht nach Tarbole fahren muß?»

«Nein, ich sage es ihm beim Hinausfahren. Isobel hat gesagt, ich kann den Lieferwagen nehmen.»

«Wenn Watty nicht fährt», sagte Mrs. Watty und ging auf den Kühlschrank zu, «dann können Sie das für mich abgeben.» Und sie holte eine große Fleischpastete in einer Emailleschüssel aus dem Kühlschrank.

«Wo soll ich das hinbringen?»

«Das ist für Dr. Kyle.» Sie holte Butterbrotpapier aus einer

Schublade, riß ein großzügig bemessenes Blatt ab und wikkelte die Pastete ein. «Ich habe eine für heute abend gemacht, und ich habe zu Miss Isobel gesagt, da kann ich gleich auch noch eine für den armen Mann machen, der ohne Haushälterin auskommen muß. Wenigstens kriegt er dann einmal am Tag was Ordentliches zwischen die Zähne.»

«Aber ich weiß überhaupt nicht, wo er wohnt. Ich habe keine Ahnung, wo sein Haus ist.»

«In Tarbole, oben auf dem Hügel. Sie können es nicht verfehlen.» Flora war sofort überzeugt davon, daß sie es verfehlen würde. «Auf der Seite sehen Sie den neuen Anbau mit der Praxis. Und am Tor ist ein Messingschild.»

Sie reichte Flora die verpackte Pastete. Sie war extrem schwer und würde Dr. Kyle nach Floras Schätzung vier Tage lang ernähren.

«Was soll ich damit machen? Sie auf der Fußmatte abstellen?»

«Nein.» Mrs. Watty hielt Flora offenbar für beschränkt. «Bringen Sie sie in die Küche und stellen Sie sie in den Kühlschrank.»

«Und wenn die Tür abgeschlossen ist?»

«Dann liegt der Schlüssel auf dem Fenstersims. Unter der Veranda, auf der rechten Seite.»

Flora sammelte ihre restlichen Sachen ein. Sie sagte: «Schön, dann will ich hoffen, daß ich die Pastete im richtigen Haus hinterlasse», und ging durch die Hintertür hinaus, während Mrs. Watty sich vor Lachen den Bauch hielt, als hätte Flora einen wunderbaren Witz gemacht.

Watty war im Gemüsegarten. Flora erklärte ihm, daß sie Jason abholen würde. «Der Lieferwagen steht in der Garage», sagte Watty. «Er hat eigentlich keine besonderen Eigenheiten, ist leicht zu fahren. Der Zündschlüssel steckt.»

Vielleicht war der Wagen leicht zu fahren, aber Eigenarten hatte er trotzdem: er war Tuppys Stolz, Mrs. Wattys Schande und der größte Witz von Tarbole. Nachdem Tuppy beschlossen hatte, der alte Daimler verbrauche zuviel Benzin und für tägliche Fahrten sei ein zusätzliches, kleineres Auto erforderlich, hatte sie den Lieferwagen gebraucht von Mr. Reekie gekauft, dem Fischhändler von Tarbole. Und obwohl ihn Watty auf die eindringliche Bitte seiner Frau neu lackiert hatte, war die Inschrift auf der Seite noch deutlich lesbar:

Archibald Reekie
Frischfisch
Ausgezeichnete Qualität
Frisch geräucherte Bücklinge – täglich geliefert

Flora, die den Lieferwagen zum erstenmal sah, fand, er habe eine gewisse Klasse. Sie setzte sich hinter das Lenkrad, ließ den Motor an und fuhr mit relativ wenig Lärm beim Schalten nach Tarbole.

In der kleinen Stadt wimmelte es an jenem Nachmittag vor Geschäftigkeit. Der Hafen lag voller Boote, und die Kais waren vollgestopft von Lastwagen. Motorengeräusche, das Surren von Kränen, laute Kommandorufe, das Zischen von Hochdruckschläuchen und das endlose Geschrei hungriger Möwen erfüllten die Luft. Überall sah man Menschen: Fischer in gelbem Ölzeug, Lastwagenfahrer in Overalls, Hafenbeamte in Uniformen. Frauen in Gummistiefeln und gestreiften Kitteln liefen herum, und alle waren beschäftigt mit der schwierigen Aufgabe, den Fisch aus den Booten auszuladen, auszunehmen, zu verpacken, in die wartenden Laster zu verfrachten und auf den Weg zu bringen.

Sie erinnerte sich daran, was Antony ihr über Tarbole erzählt hatte – wie es vor kurzer Zeit noch ein kleines Fischerdorf gewesen war, sich aber neuerdings zum Mittelpunkt einer riesigen Heringsindustrie gewandelt hatte. Der Wohlstand hatte unausweichliche Spuren hinterlassen. Als sie die Straße aus Fernrigg herunterkam, fuhr Flora an der neuen Schule vorbei, die gebaut worden war, damit die wachsende

Kinderschar von Tarbole Platz hatte. Städtische Wohnhäuser erstreckten sich hügelaufwärts, und nicht nur Fischlaster, sondern auch Autos verstopften die engen Straßen am Hafen.

Nachdem sie Mr. Reekies Lieferwagen fünf Minuten lang im Kreis gefahren hatte, parkte sie ihn schließlich vor der Bank, neben einem Schild, auf dem stand *Parken streng verboten*. Sie erledigte die Einkäufe – was nicht lange dauerte, weil das meiste in ein und demselben Laden erhältlich war – und fand dann ohne große Mühe das Postamt. Sie kaufte eine Marke, die sie auf den an ihren Vater adressierten Umschlag klebte, dann zögerte sie nur einen Moment, ehe sie ihn in den Kasten warf. Sie hörte, wie er mit einem schmatzenden Geräusch landete, und blieb einen Augenblick lang stehen, nicht sicher, ob sie froh darüber war, daß er jetzt fort, ihren Händen, ihrer Kontrolle entzogen war. Sie dachte daran, wie ihr Vater ihn bekommen würde, wie er den Brief erst allein lesen, dann vielleicht Marcia vorlesen würde. Es spielte eine große Rolle, daß Marcia bei ihm war. Alles würde weniger dramatisch wirken, vielleicht würde er nicht allzu schlecht von Flora denken. Was am wichtigsten war: Marcia würde nicht zulassen, daß er schlecht von sich dachte.

Sie ging zum Auto zurück, und als sie um die Ecke bog, sah sie zu ihrem Entsetzen, daß ein junger Constable daneben wartete. Sie rannte los, wollte sich entschuldigen, um Gnade bitten, ins Auto steigen und so schnell wie möglich verschwinden, aber als sie ihn erreichte, sagte er nur: «Sie sind wohl eine Freundin von Mrs. Armstrong aus Fernrigg?»

Flora war perplex. «Ja, stimmt.»

«Ich hab mir doch gedacht, daß ich das Auto kenne.»

«Tut mir leid, ich glaubte...»

«Müssen Sie noch mehr Besorgungen machen?»

«Ja. Ich muß Dr. Kyle eine Pastete bringen. Und dann muß ich Jason aus der Schule abholen.»

«Wenn Sie zu Dr. Kyles Haus wollen, dann lassen Sie das

Auto besser hier und gehen zu Fuß. Machen Sie sich keine Sorgen, ich behalte es im Auge.»

«Oh, vielen Dank.»

Er hielt ihr überaus höflich die Wagentür auf. Sie legte die Päckchen auf den Sitz und nahm die Pastete heraus. Der junge Constable lächelte wohlwollend auf sie herunter.

«Sie … Sie könnten mir vielleicht erklären, wo er wohnt?»

«Bergauf, außerhalb der Stadt, im letzten Haus auf der linken Seite, kurz vor dem Hotel. Es hat einen Vorgarten, und am Tor ist Dr. Kyles Schild.»

«Herzlichen Dank.»

Der junge Constable lächelte verlegen. «Gern geschehen.»

Der Hügel vor der Stadt war ausgesprochen steil, so steil, daß die Straße stufenförmig gepflastert war. Es war, als steige man eine lange, flache Treppe hinauf. Anfangs kleine Reihenhäuser auf Straßenhöhe, dann ein Pub, dann wieder Reihenhäuser. Die Häuser wurden größer, hatten alle einen kleinen Garten um sich herum. Schließlich, fast oben, kam Flora zum letzten Haus, das größer als alle anderen war, solide und schmucklos. Es lag ein wenig abseits von der Straße, mit einem gefliesten Weg, der vom Tor zur Veranda führte. An der Seite hatte es einen weißen Betonanbau, der wie eine riesige Schuhschachtel aussah. Obwohl sie eigentlich keine Bestätigung mehr brauchte, inspizierte Flora das schmiedeeiserne Tor, und richtig – da hing das Messingschild mit Hugh Kyles Namen darauf. Eine kräftige Politur könnte nicht schaden, dachte Flora, öffnete das Tor und ging über den leicht abfallenden Weg zur Haustür.

Sie klingelte, doch schon als sie das klagende Scheppern im Haus widerhallen hörte, wußte sie, daß niemand da war. Nach dem mühsamen Aufstieg wog die Pastete schwer in ihrer Hand. Höflichkeitshalber klingelte sie noch einmal und suchte dann, wie Mrs. Watty ihr geraten hatte, nach dem Haustürschlüssel. Er war leicht zu finden, und Flora schob ihn ins Schlüsselloch, drehte ihn und schloß auf.

Sie trat in einen gefliesten Flur, sah vor sich eine Treppe, die ins Düstere hinaufführte, und es roch wie in alten Trödelläden, ziemlich muffig, aber ganz angenehm. Zögernd ging sie weiter, ließ aber die Tür hinter sich offen. Ihr Blick streifte die altmodische Hutablage mit einem Schirmständer darunter, das hübsche Intarsientischchen, das weiß gestrichene schmiedeeiserne Treppengeländer. Auf allem lag eine dicke Staubschicht. Die Uhr auf dem Fenstersims war stehengeblieben. Flora fragte sich, ob sie kaputt sei, ob niemand daran gedacht hatte, sie aufzuziehen – oder Zeit zum Aufziehen gehabt hatte.

Zu ihrer Rechten war eine Tür, hinter der das unwohnlichste Wohnzimmer lag, das sie je gesehen hatte: alles am Platz, keine Blume in Sicht, die Jalousien halb heruntergezogen. Sie ging weiter, öffnete die Tür gegenüber und schaute in ein düsteres viktorianisches Eßzimmer. Der Tisch war aus schwerem Mahagoni, auf der passenden Anrichte standen Karaffen und silberne Weinkörbe. Alle Stühle waren an die Wand gerückt, und auch hier waren die Jalousien halb zugezogen. Ungefähr so fröhlich wie in einem Beerdigungsinstitut, dachte Flora. Leise, weil sie keine Geister aufscheuchen wollte, schloß sie die Tür und ging auf der Suche nach der Küche den Flur zum hinteren Teil des Hauses entlang.

Hier nahm die sterile Ordnung ein jähes Ende. Es war keine große Küche. Für die Größe des Hauses war sie sogar ziemlich klein, aber auch so herrschte auf jeder waagrechten Fläche ein beeindruckendes Chaos. Töpfe, Bratpfannen, Kasserollen stapelten sich auf der Abtropffläche; schmutziges Geschirr sammelte sich im Spülbecken, und der Tisch in der Mitte verriet eine hastige Mahlzeit – offenbar hatte jemand gleichzeitig Cornflakes, Spiegeleier und Obstkuchen zu sich genommen. Der krönende Abschluß war die halbleere Whiskyflasche mitten auf dem Tisch. Aus irgendeinem Grund verlieh sie dem traurigen Chaos etwas Bedrohliches, als sei sie der Vorbote einer Katastrophe.

Der Kühlschrank stand in der Ecke neben dem Herd. Flora ging darauf zu, stolperte über eine schadhafte Läuferecke und wäre fast auf die Nase gefallen. Als sie den Läufer inspizierte, fiel ihr auf, daß der Boden schmutzig war. Er sah aus, als wäre er eine Woche lang nicht gefegt worden, vom Scheuern ganz zu schweigen.

Flora öffnete den Kühlschrank und stellte die Pastete schnell hinein, ehe weitere Scheußlichkeiten ihr Auge beleidigen konnten. Sie machte die Tür zu, drehte sich um, lehnte sich dagegen und musterte das Schlachtfeld. Ganz offensichtlich war Jessie McKenzie eine Schlampe, und je eher Hugh Kyle sie loswurde, desto besser. Kein Mann, wie unpraktisch er auch sein mochte, konnte eine Küche in wenigen Tagen in einen solchen Saustall verwandeln.

Traurig schaute sie sich um. Sie wußte, daß es ihm unendlich peinlich gewesen wäre, wenn er herausgefunden hätte, daß Flora das Chaos gesehen hatte. Am besten ging sie jetzt auf Zehenspitzen wieder hinaus und ließ ihn im Glauben, Watty habe die Pastete gebracht.

Außerdem mußte sie Jason von der Schule abholen. Flora schaute auf die Uhr und stellte fest, daß es erst Viertel vor drei war. Sie hatte eine Stunde, bis sie in der Schule sein mußte. Was konnte sie mit der Zeit anfangen? Im Hafen spazierengehen? In Sandys Imbißbude eine Tasse Kaffee trinken? Aber natürlich würde sie nichts dergleichen tun, denn schon während sie darüber nachdachte, zog sie die Handschuhe aus, knöpfte die Jacke auf, hängte sie an den Haken hinter der Tür und rollte die Ärmel hoch. *Du blöde Kuh*, schalt sie sich selbst und suchte nach einer Schürze. Sie fand eine neben der Spüle, eine blaue Metzgerschürze, für einen Mann gemacht und viel zu groß fur sie. Sie band sie sich doppelt um die Taille, förderte einen Spüllappen zutage und ließ das warme Wasser laufen. Das Wasser war kochendheiß – wenigstens etwas, dachte Flora.

Im Schrank unter der Spüle entdeckte sie unerwarteterweise eine kräftige Spülbürste, jede Menge Seifenpulver und ein Paket Stahlwolle. (Offenbar hatte Jessie McKenzie die besten Absichten, setzte sie nur nicht in die Tat um.) Davon machte sie reichlichen Gebrauch. Als es ans Wegräumen ging, stapelte Flora das saubere Geschirr im Schrank, hängte Tassen und Krüge an Haken und wandte sich dann dem Stapel von Töpfen zu. Als sie glänzend und säuberlich nach Größe aufgereiht auf dem Regal über dem Herd standen, wirkten sie nicht nur brauchbar, sondern sogar hübsch. Nachdem sie erst einmal für ein sauberes und leeres Spülbecken gesorgt hatte, war die Verwandlung von Hugh Kyles Küche überraschend schnell geschehen. Sie räumte den Tisch ab, warf den vergammelten Obstkuchen fort, stellte die Whiskyflasche taktvoll weg und schüttelte die Krümel vom Tischtuch. Sie wischte den Tisch und die Arbeitsflächen mit einem feuchten Lappen ab. Alles glänzte. Es gibt im Leben nichts Befriedigenderes, als einen verdreckten Raum gründlich zu säubern. Flora machte es jedenfalls großen Spaß. Blieb nur noch der Boden. Sie schaute auf die Uhr, und weil es erst zwanzig nach drei war, nahm sie den abgewetzten Läufer hoch, legte ihn zusammengerollt vor die Hintertür und suchte nach einem Besen. Er fand sich samt einer Kehrschaufel in einem feuchten Schrank, der nach Schuhcreme und Mäusen roch. Sie fegte den Dreck weg, der sich offenbar über Monate angesammelt hatte, füllte einen Eimer mit kochendheißem Wasser und Putzmittel und machte sich ans Werk.

Drei Eimer und ein halbes Päckchen Seifenpulver später war sie so gut wie fertig. Das Linoleum glänzte feucht, roch sauber und enthüllte ein braun-blaues Muster, überraschend frisch und hübsch. Nur unter dem Abtropfbrett lag noch eine dunkle Höhle, und Flora kroch mit dem Kopf nach vorn hinein, inzwischen so begeistert, daß sie nicht vor dem Gedanken an Mäusekot, Spinnweben oder krabbelnde Spinnen zurückschreckte. Während die Scheuerbürste kratzte und gegen die Holztäfelung stieß, füllte sich der kleine Raum mit Dampf.

Schließlich legte sie die Bürste weg, wrang den Lappen aus und wischte den letzten Seifenschaum weg.

Es war geschafft. Flora kroch unter dem Abtropfbrett hervor und wollte eben aufstehen, als sie durch die Beine des Küchentischs hindurch, der mitten auf dem sauberen Boden stand, ein zweites Paar Füße sah; braune Lederschuhe mit Gummisohlen und Hosenbeine aus Tweed. Sie setzte sich auf die Hacken, und ihr Blick wanderte langsam nach oben, bis er schließlich Hugh Kyles verblüfftes Gesicht erreichte.

Es war schwer zu sagen, wer von beiden überraschter war. Dann sagte Flora unvermittelt: «Verdammt!»

«Weshalb?»

«Ich hatte gehofft, Sie kommen nicht zurück.»

Er machte keine Bemerkung dazu, schaute sich nur um, völlig verwirrt. «Was zum Teufel machen Sie hier?»

Es ärgerte sie, daß sie ertappt worden war, nicht wegen ihrer Sklavenarbeit, sondern weil Hugh mit Sicherheit an ihrer Einmischung Anstoß nehmen und zweifellos steif und verdrossen reagieren würde. «Was glauben Sie denn? Ich habe den Boden geschrubbt.»

«Aber das hätten Sie nicht tun sollen.»

«Warum nicht? Er war schmutzig.»

Er schaute sich um, betrachtete die pieksauberen Regale und Arbeitsflächen, die glänzende Spüle, die ordentlich aufgereihten Töpfe und das Steingut. Er sah immer noch verwirrt aus. Er rieb sich den Nacken, das Inbild eines Mannes, der um Worte verlegen ist.

«Ich muß sagen, das ist ungeheuer nett von Ihnen, Rose. Herzlichen Dank.»

Sie wollte nicht, daß er ihr dankbar war. «Gern geschehen», sagte sie leichthin.

«Aber ich begreife es immer noch nicht. Warum sind Sie hier?»

«Mrs. Watty hat eine Pastete für Sie gemacht und mich gebeten, sie vorbeizubringen. Sie ist im Kühlschrank.» Ein Ge-

354

danke ging ihr durch den Kopf. «Ich habe Sie gar nicht kommen hören.»

«Die Haustür war offen.»

«Himmel, ich habe vergessen, sie zuzumachen.»

Das Haar war ihr über das Gesicht gefallen. Sie schob es mit dem Handgelenk zurück und stand auf. Die riesige Schürze hing ihr feucht um die Beine. Sie nahm den Eimer, leerte ihn im Abfluß aus, wrang den Lappen und packte alles in den Schrank unter der Spüle. Dann drehte sie sich zu Hugh um, während sie die Ärmel herunterrollte.

«Sie haben eine unfähige Haushälterin», sagte sie unverblümt. «Sie müssen jemand anderen finden, der sich um Sie kümmert.»

«Jessie tut, was sie kann. Es liegt daran, daß sie verreist ist. Sie mußte nach Portree zu ihrer Mutter.»

«Wann kommt sie zurück?»

«Das weiß ich nicht. Morgen, vielleicht übermorgen.»

«Sie sollten ihr kündigen und jemand anderen suchen.» Sie kam sich brutal vor, aber sie ärgerte sich über ihn. Kein Mensch auf der Welt hatte das Recht, so müde auszusehen. «Es ist lächerlich. Sie sind der Arzt in dieser Stadt. Da muß sich doch jemand finden lassen, der Ihnen hilft. Was ist mit Ihrer Sprechstundenhilfe?»

«Sie ist eine verheiratete Frau mit drei Kindern. Sie hat mehr als genug zu tun.»

«Aber kennt sie denn niemanden, der für Sie arbeiten könnte?»

Hugh schüttelte den Kopf. «Ich weiß nicht», sagte er.

Sie hatte gesehen, daß er müde war, aber jetzt begriff sie, daß er es nicht nur nicht wußte, sondern daß ihm gleichgültig war, ob jemand eine Haushälterin für ihn finden konnte. Es tat ihr leid, daß sie herumgenörgelt hatte wie eine unzufriedene Ehefrau. «Wissen Sie, Sie haben mich genauso überrascht wie ich Sie», sagte sie in etwas sanfterem Ton. «Wo sind Sie denn so plötzlich hergekommen?»

Er schaute sich nach einer Sitzgelegenheit um, sah die Stühle, die Flora in einer Ecke gestapelt hatte, holte sich einen und stellte ihn an den Tisch.

«Aus Lochgarry», sagte er, lehnte sich zurück, die Beine gekreuzt, die Hände in den Taschen. «Ich war im Krankenhaus. Ich habe Angus McKay besucht.»

«Ist das der alte Mann vom Loch Fhada, von dem Sie mir erzählt haben? Der die Treppe hinuntergefallen ist?»

Hugh nickte.

«Er war also schließlich doch damit einverstanden, ins Krankenhaus zu gehen?»

«Ja. Er war schließlich damit einverstanden. Das heißt, er hat sich schließlich überreden lassen.»

«Von Ihnen?»

«Ja, von mir. Der Notarztwagen hat ihn heute morgen in Boturich abgeholt. Heute nachmittag war ich dort, um nach ihm zu sehen. Er liegt mit fünf anderen alten Männern in einem Zimmer, die alle die Wand anstarren und auf den Tod warten, und er hat keine Ahnung, was mit ihm passiert ist. Ich habe die übliche Dosis Aufmunterung verbreitet, aber er lag nur da und schaute mich an. Wie ein alter Hund. Ich kam mir vor wie ein Mörder.»

«Aber so dürfen Sie sich nicht vorkommen. Sie können nichts dafür. Sie haben selbst gesagt, daß seine Schwiegertochter mit den Kräften am Ende ist, weil sie ihn pflegen muß, noch dazu an einem so abgelegenen Ort. Und er hätte wieder die Treppe hinunterfallen oder einen noch schlimmeren Unfall haben können. Alles mögliche hätte passieren können.»

Er ließ sie das alles sagen, ohne sie zu unterbrechen. Als sie ausgesprochen hatte, schaute er sie eine Weile schweigend an. Dann sagte er: «Angus ist alt, Rose. Er ist gebrechlich und verwirrt, und jetzt haben wir ihn entwurzelt. Es ist ungeheuerlich, einem Menschen so etwas anzutun. Er ist in Boturich geboren, sein Vater hat Boturich vor ihm bewirtschaftet, sein Großvater auch. Und jetzt, wo es zu Ende geht, wo wir keine

Verwendung mehr für ihn haben, karren wir ihn weg und liefern ihn ein, aus den Augen, aus dem Sinn, und lassen Fremde für ihn sorgen.»

Es erstaunte Flora, daß er als Arzt sich solche Gefühle erlaubte. «Aber so ist es nun einmal», sagte sie. «Das können Sie nicht ändern. Sie können nicht verhindern, daß die Menschen alt werden.»

«Aber Sie müssen verstehen, daß Angus für mich kein gewöhnlicher Mensch ist. Angus ist ein Teil von mir, ein Teil meiner Kindheit. Mein Vater war ein vielbeschäftigter Arzt, er konnte nicht viel Zeit mit einem kleinen Jungen verbringen, deshalb bin ich an schönen Samstagen immer dreißig Kilometer hin und zurück mit dem Fahrrad nach Boturich am Loch Fhada gefahren, um Angus McKay zu besuchen. Er war ein großer Mann, kräftig wie ein Stier, und ich habe geglaubt, er weiß alles. Er wußte auch alles über Vögel, Füchse, Hasen, darüber, wo es die dicksten Forellen gibt und wie man einen Köder macht, dem auch der schlauste Lachs nicht widerstehen kann. Ich habe ihn für den klügsten Menschen auf der Welt gehalten. Allmächtig. Wie Gott. Und wir sind zusammen zum Fischen gegangen oder mit einem Fernglas den Berg hinaufgestiegen, und er hat mir gezeigt, wo die Goldadler nisten.»

Flora lächelte. Das Bild von dem alten Mann und dem Jungen gefiel ihr. «Wie alt waren Sie damals?»

«Etwa zehn. Etwas älter als Jason.»

Jason. Flora hatte Jason völlig vergessen. Erschrocken schaute sie auf die Uhr und band hastig die Schürzenbänder auf. «Ich muß mich beeilen. Ich soll Jason von der Schule abholen. Er wird glauben, wir haben ihn vergessen.»

«Ich hatte eigentlich gehofft, Sie machen mir eine Tasse Tee.»

«Ich habe keine Zeit. Ich hätte um Viertel vor vier dort sein sollen, und jetzt ist es zwanzig vor vier.»

«Ich könnte den Rektor anrufen und ihm sagen, daß Jason noch eine Weile warten soll.»

Das Angebot kam unerwartet. So was, dachte Flora, er versucht tatsächlich, nett zu mir zu sein. Sie legte die Schürze weg. «Würde das Jason nichts ausmachen?»

«Bestimmt nicht.» Hugh stand auf. «Sie haben eine Spielzeugeisenbahn in der Schule, und wenn die Jungen brav sind, dürfen sie damit spielen. Jason wird begeistert sein, wenn er sie für sich allein hat.» Er ging in den Flur, ließ die Tür offen. Flora schaute ihm nach. Es war ausgesprochen beunruhigend, wenn jemand, von dem man glaubt, man habe ihn richtig eingeordnet, sich plötzlich ganz anders verhielt als erwartet. Während er die Nummer der Schule wählte, drehte sie sich um, füllte den Kessel und setzte ihn auf. Aus dem Flur kam Hughs Stimme.

«Hallo, Mr. Fraser? Hier ist Dr. Kyle. Ist der kleine Jason Armstrong noch da? Wären Sie so nett, ihn noch etwa eine Viertelstunde dazubehalten? Antonys Verlobte ist auf dem Weg, ihn abzuholen und nach Fernrigg zu bringen, aber sie ist aufgehalten worden. Genau gesagt, sie kocht mir eben eine Tasse Tee. Ja, sie ist hier. Oh, sehr freundlich. Vielen Dank. Wir sind da, wenn er kommt. Sagen Sie ihm, er braucht nicht zu klingeln, er soll gleich hereinkommen. Wir sind in der Küche. Sehr gut. Vielen Dank. Auf Wiedersehen, Mr. Fraser.»

Sie hörte, wie er auflegte, und gleich darauf war er wieder in der Küche.

«Alles erledigt. Einer der Lehrer bringt Jason mit dem Auto her und setzt ihn am Tor ab.»

«Heißt das, daß er nicht mit der Eisenbahn spielen darf?»

Hugh holte einen zweiten Stuhl aus der Ecke. «Keine Ahnung.»

Flora hatte eine Teekanne mit angeschlagener Tülle gefunden, einen Krug Milch im Kühlschrank und zwei alte, hübsche Henkelbecher von Wedgewood.

«Ich weiß nicht, wo der Tee und der Zucker sind.»

Er suchte in einem Schrank und förderte schließlich beides

zutage. Der Tee wurde in einer uralten Büchse mit dem Bild von George V. aufbewahrt. Sie war zerbeult, und der meiste Lack war verschwunden. «Die sieht aus, als wäre sie schon eine Weile hier», bemerkte Flora.

«Ja, wie alles in diesem Haus. Mich eingeschlossen.»

«Haben Sie Ihr ganzes Leben hier verbracht?»

«Den größten Teil. Mein Vater hat vierzig Jahre lang hier gewohnt, und es wäre untertrieben zu sagen, er habe nichts von Veränderungen gehalten. Als ich zurückkam, um die Praxis von ihm zu übernehmen, war es, als würde ich in die Vergangenheit zurückversetzt. Anfangs hatte ich vor, alle möglichen Änderungen vorzunehmen und das ganze Haus zu modernisieren, aber der berüchtigte Verfall der Arbeitsmoral an der Westküste hatte schon eingesetzt, und meine ganze Zeit und Mühe ging für den Anbau drauf. Als er erst einmal stand, habe ich das Haus vergessen. Oder vielleicht gar nicht mehr darauf geachtet.»

Flora war erleichtert. Wenigstens hatte er die Eßzimmermöbel nicht selbst ausgesucht. Das Wasser kochte. Sie füllte die Teekanne, stellte sie auf den Tisch und sagte höflich: «Es ist ein gutes, solides Haus.» Es klang, als sage man einer stolzen Mutter, ihr Baby sehe gesund aus, wenn einem zu dem häßlichen Kind sonst nichts einfällt.

«Tuppy findet es grauenhaft», sagte Hugh gelassen. «Sie nennt es Mausoleum. Ich muß ihr wohl oder übel zustimmen.»

«An dem Haus ist nichts verkehrt.» Sie begegnete seinem skeptischen Blick. «Ich meine», tastete sie sich weiter vor, «es hat ein gewisses Potential.» Sie setzte sich an den Tisch und goß den Tee ein. Die Atmosphäre war angenehm häuslich geworden. Dadurch ermutigt fuhr sie fort. «Es gibt kein Haus, das man nicht hübsch machen könnte, wenn man sich ein bißchen Mühe gibt. Es braucht nur –» sie suchte nach einer Eingebung – «einen neuen Anstrich.»

Er machte ein erstauntes Gesicht. «Ist das alles?»

«Es wäre ein Anfang. Ein neuer Anstrich kann Wunder wirken.»

«Ich müßte es versuchen.» Er nahm sich Milch und eine großzügig bemessene Portion Zucker, rührte um, bis es die richtige Mischung für einen Schwerarbeiter war. Er trank, offenbar ohne sich die Kehle zu verbrennen, und goß sich sofort die nächste Tasse ein. «Ein neuer Anstrich.» Er stellte die Teekanne ab. «Und vielleicht hochgezogene Jalousien, damit die Sonne hereinkann. Und der Geruch nach frischer Politur. Und Blumen. Und Bücher und Musik. Und ein Feuer im Kamin, wenn man am Ende eines langen Wintertags von der Arbeit nach Hause kommt.»

Ohne sich etwas dabei zu denken, sagte Flora: «Sie brauchen keine neue Haushälterin, Sie brauchen eine neue Frau.» Sein Blick ließ sie sehnlichst wünschen, sie hätte nichts gesagt. «Es tut mir leid», sagte sie schnell.

Aber er wirkte nicht gekränkt. Bedächtig nahm er sich Milch und Zucker, rührte um und sagte: «Sie wissen, daß ich verheiratet war.» Es war die Feststellung einer Tatsache, kein Vorwurf.

«Ja. Tuppy hat es mir gesagt.»

«Was hat sie Ihnen sonst noch gesagt?»

«Daß Ihre Frau bei einem Autounfall ums Leben gekommen ist.»

«Sonst nichts?»

«Nein.» Sie hatte das Gefühl, für Tuppy eintreten zu müssen. «Sie hat es mir nur gesagt, weil sie Sie so gern hat. Es gefällt ihr gar nicht, daß Sie allein leben.»

«Nach meiner Verlobung mit Diana habe ich sie nach Tarbole mitgebracht. Der Besuch war nicht unbedingt das, was man einen Erfolg nennt. Hat Tuppy etwas darüber gesagt?»

«Eigentlich nicht.» Flora war unbehaglich zumute.

«Ich sehe Ihnen am Gesicht an, daß sie etwas gesagt hat. Tuppy mochte Diana nicht. Wie alle anderen hat sie gedacht, ich mache einen schrecklichen Fehler.»

«Und war es ein Fehler?»

«Ja. Von Anfang an, aber meine Gefühle machten mich so blind, daß ich es mir nicht einmal selbst eingestehen wollte. Ich habe sie in London kennengelernt, als ich an meiner Habilitation arbeitete. Ich hatte dort einen Freund, John Rushmoore – ich kannte ihn von der Universität Edinburgh her. Wir hatten dort gemeinsam Rugby gespielt. Dann bekam er eine Stelle in London, und ich traf ihn wieder, als ich auch dort war. Durch ihn habe ich Diana kennengelernt. Sie und John gehörten zu einer Welt, die ich nie gekannt hatte, und wie jedes Landei ließ ich mich davon blenden. Auch von ihr. Als ich sie heiraten wollte, sagte mir alle Welt, ich hätte den Verstand verloren. Ihr Vater hielt überhaupt nichts von mir. Von Anfang an war ich für ihn ein schottischer Habenichts, der hinter dem Geld seiner Tochter her war. Mein Professor war auch nicht begeistert. Ich hatte noch zwei Jahre vor mir, ehe ich mit meiner Habilitation fertig war, und er meinte, meine Karriere habe Vorrang vor Ehewünschen. Natürlich war mein Vater derselben Ansicht.»

Er schwieg einen Moment und starrte vor sich hin. Dann fuhr er fort: «Es mag sich seltsam anhören, aber die Meinung meines Vaters zählte am meisten für mich. Ich hatte das Gefühl, wenn er auf meiner Seite sei, könnten alle anderen sich zum Teufel scheren. Also brachte ich Diana mit nach Hause, damit er sie kennenlernen konnte, und um mit ihr anzugeben. Ich mußte sie überreden, damit sie mitkam. Sie war nur einmal in Schottland gewesen, bei irgendeiner Moorhuhnjagd, und Tarbole reizte sie überhaupt nicht. Aber schließlich überredete ich sie, weil ich mir in meiner Naivität einbildete, mein Vater und die Freunde, die ich ein Leben lang gekannt hatte, würden in sie genauso vernarrt sein wie ich.» Er lächelte schuldbewußt.

«Aber es wurde nichts daraus. Ehrlich gesagt war es eine Katastrophe. Es regnete dauernd, Diana haßte Tarbole, sie haßte dieses Haus, sie haßte das Landleben. Schön, sie war verwöhnt. Und wie so viele verwöhnte Frauen konnte sie unglaublich charmant und gewinnend sein, aber nur Leuten gegenüber, die sie amüsierten oder anregten. Hier war niemand, der das konnte. Sie machte meinen Vater sprachlos, und er war sowieso nie ein besonders gesprächiger Mensch. Er war ungeheuer höflich, sie war ein Gast in seinem Haus, aber nach dem dritten Tag reichte es uns allen. Mein Vater trieb es auf die Spitze. Er ging mit mir in seine Praxis und sagte mir, er glaube, ich sei verrückt geworden. Er sagte noch eine Menge anderes, das meiste läßt sich nicht wiederholen. Und dann platzte mir der Kragen, und ich sagte auch eine Menge unwiederholbare Sachen. Als dieses Gespräch vorüber war, blieb mir nichts anderes übrig, als Diana ins Auto zu packen und nach London zurückzufahren. Eine Woche später haben wir geheiratet. Man könnte sagen, eher wegen der Reaktion meines Vaters als ihr zum Trotz.»

«Ging es gut?»

«Nein. Anfangs war es in Ordnung. Wir waren verrückt nacheinander. Wenn man romantisch veranlagt ist, könnte man wohl sagen, wir waren sehr verliebt. Aber unsere beiden Welten lagen zu weit auseinander; wir hatten nichts gemeinsam, was eine Brücke hätte bauen können. Als wir uns kennenlernten, stellte Diana sich ein Leben als Gesellschaftslöwin, als Frau eines glänzenden Chirurgen vor, statt dessen war sie mit einem hart arbeitenden Studenten verheiratet, der die meiste Zeit im Krankenhaus verbrachte. Es war keine gute Ehe, aber die Schuld daran traf mich genauso wie sie.»

Flora legte die Hände zum Wärmen um den Teebecher. «Vielleicht, wenn die Umstände anders gewesen wären...»

«Aber sie waren nun einmal nicht anders. Wir mußten das Beste aus dem machen, was wir hatten.»

«Wann kam sie ums Leben?»

«Fast zwei Jahre, nachdem wir geheiratet hatten. Damals waren wir nur noch selten zusammen, und ich dachte mir nichts dabei, als Diana mir sagte, sie fahre über das Wochenende zu einer alten Schulfreundin in Wales. Aber als sie ums Leben kam, saß sie in John Rushmoores Auto, mit ihm am Steuer. Und sie fuhren nicht nach Wales, sondern nach Yorkshire.»

Flora starrte ihn an. «Sie wollen doch nicht sagen... Ihr Freund?»

«Doch. Mein Freund. Sie hatten schon seit Monaten ein Verhältnis, und ich hatte nie auch nur den leisesten Verdacht gehabt. Danach, als alles vorbei war, kam es heraus. Offenbar hatten es alle gewußt, aber niemand hatte den Mut gehabt, mich aufzuklären. Es ist erschütternd, auf einen Schlag die Frau und den Freund zu verlieren. Es ist noch erschütternder, wenn man auch seinen Stolz verliert.»

«Kam John Rushmoore auch ums Leben?»

«Nein», sagte Hugh betont beiläufig. «Ihn gibt's noch.»

«Haben Sie deshalb Ihre Habilitation hingeworfen und sind nach Tarbole zurückgekommen?»

«Ich bin zurückgekommen, weil mein Vater krank war.»

«Sie haben nie daran gedacht, nach London zurückzugehen?»

«Nein.»

«Könnten Sie denn nicht immer noch Privatdozent werden?»

«Nein. Es ist zu spät. Jetzt gehöre ich hierher. Vielleicht habe ich immer hierhergehört. Ich bin mir nicht sicher, ob ich mein Leben in einer Großstadt hätte verbringen können, weit weg von der sauberen Luft und dem Geruch des Meeres.»

«Sie sind genau wie...» fing Flora an und unterbrach sich gerade noch rechtzeitig. Sie hatte sagen wollen: *Sie sind genau wie mein Vater.* Während sie Hugh zuhörte, hatte sie vergessen, daß sie Rose sein sollte. Jetzt spürte sie den ganz natürlichen Drang, Vertrauen mit Vertrauen zu erwidern, Erinnerungen gegen Erinnerungen auszutauschen. Hugh hatte eine Tür geöffnet, die vorher verschlossen und verriegelt gewesen war, und sie wollte so gern durch diese Tür gehen.

Aber sie konnte nicht, weil sie ihm als Rose nichts im Austausch zu geben hatte. Als Rose konnte sie keine Erinnerungen, keinen Trost bieten. Diese Erkenntnis war plötzlich schlimmer, als sie ertragen konnte, und einen Augenblick lang dachte sie sogar daran, die Wahrheit zu sagen. Sie wußte, daß er es in seiner augenblicklichen Stimmung verstanden hätte. Zwar hatte sie Antony ihr Versprechen gegeben, aber schließlich war Hugh Arzt. War es nicht wie die Beichte bei einem Pfarrer, wenn man einem Arzt ein Geheimnis anvertraute? Zählte es überhaupt?

Von Anfang an hatten sich Floras bessere Instinkte gegen die Lüge gewehrt, die sie und Antony in die Welt gesetzt hatten, einfach deshalb, weil sie andere, unschuldige Menschen einbezog und sie verletzen konnte. Aber jetzt schien die Lüge zurückzuschlagen, und Flora war in ihre Fallstricke geraten – an Händen und Füßen gefesselt, darin gefangen, unfähig, sich zu rühren.

Hugh wartete darauf, daß sie den Satz beendete. Als sie es nicht tat, hakte er nach: «Wie wer?»

«Ach...» *Ich verspreche es*, hatte sie erst gestern am Strand zu Antony gesagt. «...Nicht wichtig. Ich dachte nur an jemanden, den ich mal gekannt habe und der so fühlte wie Sie.»

Der Augenblick war vorüber. Die Versuchung war vorbei. Sie war immer noch Rose und wußte nicht, ob sie froh oder traurig sein sollte. In der Küche war es warm und ruhig. Die einzigen Geräusche kamen von draußen: ein Lastwagen schaltete in einen anderen Gang, fuhr am Tor vorbei den Berg hinauf. Ein Hund bellte; eine Frau, die mit beladenem Korb von den Schiffen heraufkam, rief ihrem Freund über die Straße hinweg etwas zu. Möwenschreie erfüllten die Luft.

Mit dem Frieden war es schlagartig aus, als Jason ankam. Die Tür ging auf und schlug mit einer Wucht zu, daß das Haus erbebte. Flora fuhr zusammen, schaute Hugh an und sah, daß sich ihr überraschter Ausdruck in seinem Gesicht widerspiegelte. Sie hatten Jason vollkommen vergessen. Seine hohe Kinderstimme durchdrang die Luft.

«Rose!»

«Sie ist hier!» rief Hugh zurück. «In der Küche.»

Rasche Schritte durch den Flur, die Tür flog weit auf, und Jason platzte herein.

«Hallo. Mr. Thomson hat mich in seinem Auto herge- bracht, und im Hafen liegt ein riesiges Schiff, und er sagt, es kommt aus Deutschland. Hallo, Hugh.»

«Hallo, alter Junge.»

«Hallo, Rose.» Er kam um den Tisch herum zu ihr, legte ihr die Arme um den Hals und gab ihr einen geistesabwesen- den Kuß. «Hugh, ich habe ein Bild für Tuppy gemalt. Heute nachmittag.»

«Zeig mal.»

Jason kämpfte mit der Schnalle seiner Schultasche und zog das Bild heraus. «Oje, es ist ganz zerknittert.»

«Das macht nichts», sagte Hugh. «Laß sehen.»

Jason reichte es Hugh und lehnte sich gegen sein Knie. Hugh faltete die Zeichnung sorgfältig auseinander und strich die Falten auf dem Küchentisch glatt. Flora waren seine Hände schon einmal aufgefallen. Als sie jetzt sah, wie ge- schickt sie Jasons verschmiertes, knalliges Bild behandelten, bewirkte das aus unerfindlichen Gründen etwas Seltsames in ihrer Magengrube. Sie hörte ihn sagen: «Das ist ein schönes Bild. Was ist denn drauf?»

«Ach, Hugh, du bist blöd.»

«Könntest du das näher ausführen?»

«Was?»

«Erklär es mir.»

«Schön, schau her. Das ist ein Flugzeug und ein Mann mit einem Fallschirm. Und da ist noch ein Mann, der ist schon gelandet, und er wartet auf den anderen Mann, und er sitzt unter einem Baum.»

«Aha. Sehr gut. Es wird Tuppy gefallen. Nein, nicht wieder zusammenfalten. Laß es so. Rose trägt es für dich, dann zerknittert es nicht wieder. Das machen Sie doch, Rose?»

Sie hatte nicht zugehört. «Was?» Sie schaute vom Tisch auf und begegnete dem tiefen Blau seiner Augen.

«Ich habe gesagt, Sie passen auf das Bild auf.»

«Ja, natürlich.»

«Ihr trinkt Tee?» fragte Jason. «Gibt es auch was zu essen?» Er schaute sich hoffnungsvoll um.

Flora dachte an den weggeworfenen Obstkuchen. «Ich weiß nicht. Wir trinken nur Tee.»

«Schau mal in die rote Dose auf der Anrichte», sagte Hugh, «da ist vielleicht ein Keks drin.»

Jason holte die Dose, stellte sie auf den Tisch und machte sie mühsam auf. Er holte einen großen Schokoladenkeks heraus, in Silberpapier verpackt.

«Kann ich den haben?»

«Wenn du's riskieren willst. Ich habe keine Ahnung, wie lange er schon da drin ist.»

Jason wickelte den Keks aus und probierte. «Ist in Ordnung. Ein bißchen matschig, aber in Ordnung.» Mampfend schaute er von Hughs Gesicht zu Floras. «Warum hast du mich nicht abgeholt?»

«Ich habe Hugh Tee gekocht. Es hat dir doch nichts ausgemacht, oder?»

«Nein, überhaupt nichts.» Er kam zu ihr und lehnte sich an sie. Sie legte den Arm um ihn und zog ihn an sich. «Ich habe mit der Eisenbahn gespielt», erklärte er ihr im Brustton tiefster Befriedigung. Flora fing zu lachen an. Sie schaute zu Hugh hinüber, erwartete, daß er ihre Heiterkeit teilte, aber er schien Jason nicht gehört zu haben. Sein Ausdruck war geistesabwesend und in sich gekehrt; er schaute die beiden mit der völligen Versunkenheit eines Mannes an, der unmittelbar vor einer wunderbaren Entdeckung steht.

Jason war im Bett, Tuppy lag gut eingepackt oben, und Rose – die ganz reizend ausgesehen hatte – war fort, mit Brian Stoddart zum Essen gefahren. Isobel saß allein am Kaminfeuer, strickte und hörte Mozart. Für sich zu sein war für sie ein seltenes Vergnügen; Mozart zu hören statt der Neunuhrnachrichten ein noch selteneres. Es gab Isobel einen schuldbewußten Stich, denn Tuppy hörte immer die Neunuhrnachrichten, und der Grund dafür, daß Isobel sie heute nicht hören mußte, war Tuppys Krankheit. Aber das Schuldbewußtsein war nicht so stark, daß es sie gequält hätte. Schließlich hatte sie einen anstrengenden Tag hinter sich, war erschöpft von der ganzen Telefoniererei. Sie beschwichtigte ihr schlechtes Gewissen, strickte weiter und genoß das neue Gefühl, sich zu verwöhnen.

Das Telefon klingelte. Sie seufzte, schaute auf die Uhr, schob die Nadeln in das Wollknäuel und ging in die Halle, um abzunehmen. Es war Hugh Kyle. «Ja, Hugh?»

«Isobel, tut mir leid, daß ich störe, aber ist Rose da?»

«Leider nein.»

«Oh. Na ja, macht nichts.»

«Kann ich ihr etwas ausrichten?»

«Es ist nur... sie war heute nachmittag hier und hat mir eine prächtige Pastete von Mrs. Watty gebracht, und sie hat ihre Handschuhe vergessen. Ich nehme jedenfalls an, daß es ihre sind. Und ich wollte nicht, daß sie glaubt, sie habe sie verloren.»

«Ich sag's ihr. Ich sehe sie heute abend nicht mehr, aber ich sag's ihr morgen früh.»

«Ist sie ausgegangen?»

«Ja.» Isobel lächelte, weil es so schön für Rose war, daß sie wenigstens etwas Spaß hatte, wenn sie schon Antonys Gesellschaft entbehren mußte. «Brian Stoddart hat sie zum Essen eingeladen.»

Ein langes Schweigen entstand, dann sagte Hugh schwach: «Was?»

«Brian Stoddart hat sie zum Essen eingeladen. Anna ist nicht da, deshalb leisten sie einander Gesellschaft.»

«Wohin sind sie gefahren?»

«Ich glaube, nach Lochgarry. Brian hat was über das Fishers' Arms gesagt. Er hat hier noch einen Drink genommen, ehe sie abgefahren sind.»

«Aha.»

«Ich sag Rose das mit den Handschuhen.»

«Was?» Er klang, als hätte er die Handschuhe völlig vergessen. «Oh, ja. Es ist nicht wichtig. Gute Nacht, Isobel.»

Selbst für Hugh war das ziemlich abrupt. «Gute Nacht», sagte Isobel. Sie legte den Hörer auf und blieb einen Augenblick lang verwirrt am Telefon stehen. Ob irgend etwas nicht stimmte? Aber ihr fiel nichts ein. Wahrscheinlich hörte sie schon wieder die Flöhe husten. Sie schaltete das Licht aus und ging zu ihrer Musik zurück.

Lochgarry lag etwa dreißig Kilometer südlich von Fernrigg, am äußersten Rand eines Salzwasserloch und an der Kreuzung der Hauptverkehrsstraßen aus Fort William, Tarbole und aus Morven und Ardnamuchan im Süden. Vor langer Zeit war es nur ein kleines Fischerdorf gewesen, mit einem bescheidenen Gasthaus, das auf die Bedürfnisse der seltenen Besucher zugeschnitten war. Aber dann war die Eisenbahn gekommen, in ihrem Kielwasser die reichen Freizeitsportler aus England, und danach war nichts mehr beim alten gewesen. Das Castle Hotel in Lochgarry war gebaut worden, um nicht nur die Freizeitsportler aufzunehmen, sondern auch ihre Familien, Freunde und Dienstboten, und im August und September hallten die Berge vom Krachen der Gewehre wider.

Nach dem Zweiten Weltkrieg änderte sich wieder alles. Die Industrie hielt Einzug in der Form eines riesigen Sägewerks mit Holzlagern. Weitere Häuser wurden gebaut, außerdem eine neue Schule mit einem einzigen Klassenzimmer und ein neues Krankenhaus. Die Straßen wurden verbreitert, und im Sommer schwoll der Verkehr zu einer Flut an. Die Wiesen, die zum Wasser hin abfielen, wurden zu Campingplätzen umgewandelt, und aus einem unebenen Stück Weideland, durchsetzt mit Ginsterbüschen, war ein Golfplatz mit neun Löchern geworden.

Das Fishers' Arms, das kleine Gasthaus, das seit Menschengedenken mit Blick auf den Loch dagestanden hatte, legte Zeugnis für diese ganzen Veränderungen ab. Im Lauf der Jahre war es oft vergrößert worden, hatte Erkerfenster bekommen, neue Terrassen, war weiß gestrichen und mit einem Spalier für Kletterpflanzen versehen worden. Innen, über schiefe Treppen und Rampen zu erreichen, gab es nicht nur Zimmer, sondern auch Bäder. Ein Eigentümer baute eine Bar. Ein anderer baute ein Restaurant. Ein dritter ließ den Garten zu einem Parkplatz einebnen. Als Flora es zu Gesicht bekam, war von dem ursprünglich bescheidenen Gasthaus kaum noch etwas zu sehen.

Als sie ankamen, war der Parkplatz bereits recht voll. Brian stellte das Auto ab, und sie gingen in die windige Dunkelheit hinaus. Die Luft roch nach Seetang, vereinzelte Cottagelichter spiegelten sich im dunklen Wasser des Loch wider. Aus dem Gasthaus drangen die Geräusche von klapperndem Steingut und der Duft nach gutem Essen.

«Es scheint sehr beliebt zu sein», bemerkte Flora.

«Ist es auch. Aber keine Bange, ich habe einen Tisch bestellt.» Er nahm ihren Arm, und sie gingen über den Parkplatz, die Treppe hinauf und durch den Haupteingang. Drinnen waren helle Lichter, Tartanteppiche und Blumenarrangements aus Kunststoff. Ein Schild wies treppaufwärts zur Damengarderobe. Flora löste sich sanft von Brian und sagte, sie wolle nach oben gehen und den Mantel ablegen.

«Tun Sie das. Ich bin in der Bar.»

Ein Kellner in weißer Jacke erschien. «Guten Abend, Mr. Stoddart. Wir haben Sie lange nicht mehr gesehen.»

«Hallo, John. Ich hoffe, Sie haben heute abend ein gutes Essen für uns.»

Inzwischen ging Flora die Treppe hinauf zur Damengarderobe, einem Wunderwerk aus geblümten Tapeten und mauvefarbenen Rüschen. Sie zog den Mantel aus, hängte ihn auf und ging zum Spiegel, um sich das Haar zu kämmen. Dem Anlaß zu Ehren hatte sie ihren türkisen Wollrock angezogen (notgedrungen, schließlich hatte sie keinen anderen dabei) und einen schwarzen Pullover mit langen Ärmeln. Allerdings hatte sie sich ohne große Begeisterung angezogen. Im Grunde hätte sie diese Verabredung mit Brian am liebsten abgesagt, aber sie wußte, daß sie keine Ausrede finden würde. Deshalb hatte sie sich wenig Mühe mit ihrem Äußeren gegeben, und dennoch schien es einer jener Abende zu sein, an denen alles richtig aussah. Ihr Haar schimmerte wie Seide, ihre Haut wirkte blühend, ihre dunklen Augen strahlten.

«Wie hübsch du aussiehst», hatte Isobel gesagt.

«Sie glitzern wie ein Christbaumanhänger», hatte Brian zu ihr gesagt, als er sie in sein Auto setzte, einen metallic-braunen 3,5-Liter-Mercedes. Flora fragte sich unwillkürlich, ob Brian ihn bezahlt hatte oder seine Frau. Die Fahrt von Fernrigg aus war ungeheuer schnell gewesen, aber sonst ohne Zwischenfall, und sie hatten sich über Belanglosigkeiten unterhalten. Sie war sich nicht recht sicher, ob das ihre Absicht oder die Brians gewesen war.

Jetzt ging sie hinunter. Die Bar war überfüllt, doch Brian war es gelungen, den besten Tisch am Kaminfeuer zu bekommen. Als sie durch die Tür kam, stand er auf und wartete, bis sie bei ihm war. Ihr war bewußt, daß sie beobachtet wurde. Blicke folgten ihr durch den Raum, als dürfe man sich den Anblick einer unbekannten, jungen und attraktiven Frau nicht entgehen lassen.

Sein Lächeln galt dem Publikum ebenso wie ihr.

«Kommen Sie, setzen Sie sich ans Feuer. Ich habe Ihnen einen Drink bestellt.» Sie setzten sich, und er griff in die

Tasche, holte ein goldenes Zigarettenetui heraus und hielt es ihr hin. Als sie den Kopf schüttelte, nahm er sich eine Zigarette und zündete sie mit einem goldenen Feuerzeug an, in das seine Initialen eingraviert waren. Vor ihm stand schon ein Whiskyglas, aber jetzt kam Floras Drink, auf einem Silbertablett.

Das Glas war beschlagen vom Eis. «Was ist denn das?»

«Natürlich ein Martini. Was denn sonst?» Flora wollte gerade protestieren, sie trinke nie Martinis, als er fortfuhr: «Und ich habe ihn besonders trocken bestellt, so wie Sie es mögen.»

Weil er sich offensichtlich soviel Mühe gemacht hatte, wäre es unhöflich gewesen, den Drink abzulehnen. Flora nahm ihn vom Tablett, die Kälte tat ihren Fingern weh. Brian hob das Whiskyglas. Über den Rand hinweg behielt sein Blick sie im Auge.

«Slaintheva», sagte er.

«Ich kann die Sprache nicht.»

«Das heißt ‹Gesundheit›. Es ist gälisch. Das einzige gälische Wort, das ich gelernt habe, seit ich hier lebe.»

«Bestimmt ein sehr nützliches Wort. Ich bin sicher, damit entkommt man jeder peinlichen Lage.»

Er lächelte, und sie trank einen Schluck Martini und hätte sich fast verschluckt. Es war, als trinke man kaltes Feuer, und nahm ihr den Atem. Ächzend stellte sie das Glas ab. Er lachte schallend. «Was stimmt denn nicht?»

«Er ist so stark.»

«Unsinn, daran sollten Sie doch gewöhnt sein. Früher haben Sie nichts anderes getrunken.»

«Ich habe noch nie... seit langer Zeit keinen mehr getrunken.»

«Rose, Sie sind doch nicht etwa auf dem Pfad der Tugend, oder?» Er klang ehrlich besorgt. «Das könnte ich nicht ertragen. Sie haben früher Martinis getrunken, ohne mit der Wimper zu zucken, und Kette geraucht.»

«Hab ich das?»

«Ja, haben Sie: Gauloises. Sie sehen, ich habe nicht die winzigste Einzelheit vergessen.»

Sie versuchte, sich herauszureden. «Ich rauche immer noch, aber nicht oft.»

«Das muß am Einfluß eines braven Mannes liegen.»

«Ich nehme an, Sie meinen Antony?»

«Wen sonst könnte ich meinen? Ich kann nicht glauben, daß es in Ihrem Leben so viele brave Männer gegeben hat.»

«Schon gut, dann liegt es also an Antony.»

Brian schüttelte verständnislos den Kopf. «Was in aller Welt hat Sie dazu gebracht, sich mit ihm zu verloben?»

Diese vertrauliche Wende des Gesprächs so früh am Abend gab Flora ein Gefühl, als laufe sie Schlittschuh auf hauchdünnem Eis. Sie wurde mißtrauisch. «Ich denke, dafür gibt es tausend Gründe.»

«Nennen Sie mir einen.»

«Wenn Sie das etwas anginge, täte ich es vielleicht.»

«Selbstverständlich geht mich das etwas an. Alles, was Sie tun, geht mich etwas an. Aber irgend etwas stimmt nicht. Sie passen einfach nicht zu Antony. Als Anna mir erzählt hat, daß Sie ihn heiraten wollen, konnte ich es nicht glauben. Das kann ich übrigens immer noch nicht.»

«Mögen Sie Antony nicht?»

«Alle Welt mag Antony. Das ist sein Problem. Er ist so verflucht nett.»

«Da haben Sie den Grund, nach dem Sie gesucht haben. Er ist nett.»

«Ach, lassen Sie das, Rose.» Er stellte den Drink auf den Tisch und beugte sich zu ihr herüber, die Hände lose zwischen den Knien verschlungen. Heute abend trug er einen elegant geschnittenen Blazer, dunkelgraue Flanellhosen und Halbschuhe von Gucci mit dem rot-grünen Firmensignet. Sein Haar war tiefschwarz, kräuselte sich aus seiner Stirn; seine hellen Augen unter den dunklen Brauen strahlten. Im

Auto, dicht neben ihm, war ihr der teure Duft seines After-shave bewußt gewesen. Jetzt bemerkte sie das Funkeln seiner Armbanduhr, seiner Manschettenknöpfe, seines Siegelrings. Offenbar war kein einziges Detail vernachlässigt worden.

Seine musternden Blicke und ihre Reaktion darauf waren gefährlich. Sie suchte nach einem sichereren Thema. «Hat Anna Ihnen von Tuppys Ball erzählt?»

Einen Moment lang trübte ein Anflug von Ärger seinen strahlenden Blick, verschwand aber sofort wieder. Er lehnte sich im Sessel zurück und griff nach dem Whisky.

«Ja, sie hat mir irgendwas erzählt, ehe sie abgefahren ist.»

«Sie sind eingeladen.»

«Zweifellos.»

«Kommen Sie?»

«Glaub schon.»

«Das klingt nicht besonders begeistert.»

«Ich kenne Tuppy Armstrongs Partys seit einer Ewigkeit. Immer dieselben Leute in denselben Kleidern, die dieselben Dinge sagen. Aber wie ich Ihnen neulich gesagt habe, man wird vielfach dafür gestraft, daß man hier draußen lebt, im Niemandsland.»

Er sah nicht aus wie jemand, der unter allzu vielen Strafen leidet.

«Das ist keine besonders liebenswürdige Reaktion auf eine Einladung.»

Er lächelte, wieder ganz Charme. «Wohl nicht, aber wenn Sie da sind und so verführerisch aussehen wie immer, halten mich keine zehn Pferde davon ab.»

Wider Willen mußte Flora lachen. «Ich werde nicht besonders verführerisch aussehen. Ehrlich gesagt, vermutlich sogar ausgesprochen seltsam.»

«Seltsam? Wieso seltsam?»

Sie erzählte ihm vom morgendlichen Drama wegen des Kleides, bemühte sich, daraus eine urkomische Geschichte zu machen. Doch als sie fertig war, sah Brian sie ungläubig an.

«Rose, das geht nicht. Sie können unmöglich in einem alten Fetzen vom Dachboden in Fernrigg auf eine Party gehen.»

«Was soll ich denn sonst machen?»

«Ich fahre Sie nach Glasgow, dann können Sie dort ein Kleid kaufen. Ich fahre Sie nach Edinburgh. Oder nach London. Oder noch besser, ich fliege mit Ihnen nach Paris. Wir bleiben über Nacht und kaufen bei Dior ein.»

«Was für hübsche Ideen Sie haben.»

«Es freut mich, daß Sie sie für hübsch halten. Ich halte sie für unwiderstehlich. Kommen Sie schon, wann fliegen wir? Morgen? Früher haben Sie das gefährliche Leben genossen.»

«Ich fahre nicht mit Ihnen zum Einkaufen», sagte Flora entschieden. «Auf keinen Fall, völlig ausgeschlossen. Nein.»

«Schön, aber dann geben Sie mir nicht die Schuld, wenn sich alle über Sie und ihren Fummel aus dem Kleidersack scheckig lachen. Aber eins steht fest, wenn irgend jemand sich das leisten kann, dann Sie. Kommen Sie, trinken Sie aus. John gibt uns von drüben ein Zeichen, das heißt, daß unser Tisch fertig ist.»

Das Restaurant war sehr warm und schummrig im Kerzenlicht, im Hintergrund erklang leise Dudelsackmusik. Ihr Tisch wartete am Erkerfenster auf sie und wirkte durch die zugezogenen Vorhänge gemütlich. Es sah sehr intim aus. Sie setzten sich, und kurz darauf kamen zwei weitere Drinks. Flora, die eben die Wirkung des ersten Martinis zu spüren begann, warf auf den zweiten einen verdrossenen Blick.

«Ich möchte wirklich nicht noch einen Drink.»

«Um Himmels willen, Rose, seien Sie doch nicht so langweilig. Sie haben einen freien Abend. Genießen Sie ihn. Sie müssen nicht fahren.»

Sie schaute seinen dunklen Whisky an. «Nein, aber Sie.»

«Keine Bange. Ich kenne die Straße wie meine Westentasche. Und außerdem kenne ich auch die Polizei.» Er schlug eine Speisekarte im Zeitungsformat auf. «Was wollen wir essen?»

Es standen Scampi auf der Speisekarte, aber auch Austern. Flora liebte Scampi, doch Austern mochte sie noch lieber, und sie hatte seit einer Ewigkeit keine mehr gegessen. Brian war entgegenkommend. «Gut, Sie bekommen Austern, aber ich nehme Scampi. Sollen wir uns danach ein Steak teilen? Vielleicht mit einem grünen Salat? Was noch? Pilze? Tomaten?»

Nach vielem Hin und Her wurde das Essen schließlich bestellt. Der Kellner brachte die Weinkarte, aber Brian winkte ab und bat ihn, eine Flasche Château Margaux 1964 zu bringen. Der Kellner machte ein respektvolles Gesicht, sammelte die Speisekarten ein und ging.

«Falls», sagte Brian, «Sie nicht lieber Champagner möchten?»

«Warum sollte ich Champagner wollen?»

«Ist Champagner nicht das passende Getränk für romantische Feiern, für Wiederbegegnungen?»

«Handelt es sich denn um so einen Anlaß?»

«Eine Wiederbegegnung ist es in jedem Fall. Und eine, die ich um nichts in der Welt hätte versäumen mögen. Alles andere liegt bei Ihnen, Rose. Oder ist es zu früh am Abend für eine derart weltbewegende Entscheidung?»

Flora spürte, wie Panik in ihr aufstieg. Das dünne Eis bekam Sprünge, und wenn sie nicht äußerst vorsichtig war, würde ihr das Gespräch entgleiten. Sie schaute ihn an, hinweg über das gestärkte weiße Tischtuch, die roten Kerzen, die Weingläser, die wie Seifenblasen schimmerten. Er wartete auf eine Antwort. Um Zeit zu gewinnen, trank sie einen Schluck von dem zweiten Martini. Er schmeckte, falls das möglich war, sogar noch stärker als der erste, aber urplötzlich wurde alles ganz klar und einfach. Sie mußte nur äußerst vorsichtig sein.

Sie sagte: «Ja. Noch ein bißchen zu früh.»

Er lachte. «Rose.»

«Was ist so komisch?»

«Du. Du bist komisch. Tust, als wärst du eiskalt, zimperlich und schwer zu kriegen. Okay, du bist also verlobt mit diesem rechtschaffenen Antony Armstrong, aber du bist immer noch Rose. Und mir brauchst du nichts vorzumachen.»

«Nein, Brian?»

«Oder doch?»

«Vielleicht habe ich mich geändert.»

«Du hast dich nicht verändert.»

Er sagte das mit solcher Sicherheit, daß es glaubhaft wirkte. Bis zu diesem Abend hatte alles, was sie über Roses Charakter zu wissen glaubte, auf Mutmaßungen und vagen Anhaltspunkten beruht. Jetzt, da sie unerwarteterweise auf einen Mann gestoßen war, der offensichtlich die Wahrheit kannte, merkte Flora, daß sie die Wahrheit gar nicht hören wollte. Vielleicht waren Illusionen kindisch, aber sie konnten auch tröstlich sein, und schließlich war Rose ihre Schwester. Plötzlich spürte sie eine gewisse Familienloyalität, aber nur einen Augenblick lang. Floras edlere Gefühle waren nicht so stark wie ihre Neugier, und angeregt von den Drinks, die sie schon getrunken hatte, wurde sie verwegen.

Sie stützte die Arme auf den Tisch und beugte sich zu Brian hinüber. «Woher weißt du, daß ich mich nicht geändert habe?» fragte sie.

«Oh, Rose...»

«Sag mir, wie ich war.»

Sein Gesicht hellte sich auf. «Genau wie jetzt. Du verhältst dich wieder ganz typisch. Du kannst nicht anders. Du hast nie anders gekonnt. Du hast nie der kleinsten Gelegenheit widerstehen können, über dich zu reden.»

«Sag mir, wie ich war.»

«Na gut.» Seine Hände wanderten zum Whiskyglas, er drehte es auf dem Tisch, während er sprach, aber sein erregter Blick löste sich keine Sekunde von Flora. «Du warst schön. Langbeinig und wunderbar jung. Wie ein Fohlen. Du hast viel geschmollt und konntest selbstsüchtig sein. Egoistisch warst

376

du auf jeden Fall, und du warst sexy. Gott, warst du sexy. Du hast mich ungeheuer fasziniert. So. Ist es das, was du hören wolltest?»

Sie spürte die Hitze der Kerzen auf ihrem Gesicht. Der Pulloverkragen war zu eng, und sie zerrte geistesabwesend mit dem Finger daran. «All das», sagte sie schwach, «mit siebzehn?»

«All das. Es war seltsam, Rose, aber als du fort warst, gingst du mir nicht mehr aus dem Kopf. Das ist mir noch nie passiert. Ich bin sogar ein paarmal zum Strandhaus gegangen, aber die Läden waren zu, es war abgeschlossen, und nirgends fand sich eine Spur von dir. Wie die Flut, die hereinkommt und den Sand abwäscht.»

«Vielleicht war das gut so.»

«Du warst etwas Besonderes. Keine war wie du.»

«Du sprichst aus Erfahrung.»

Er grinste, als erfülle ihn bescheidener Stolz. «Das Beste an dir war, daß ich dir nie etwas vormachen mußte.»

«Du meinst, ich habe immer gewußt, daß ich nur eine in einer langen Reihe bin.»

«Genau.»

«Und Anna?»

Er trank einen Schluck, ehe er darauf antwortete. «Anna», sagte er langsam, «ist wie der Vogel Strauß. Was sie nicht sieht, macht ihr keine Sorgen. Und wenn es um ihren Mann geht, gibt sie sich große Mühe, nichts zu sehen.»

«Du bist ihrer sehr sicher.»

«Weißt du, wie es ist, wenn man bis zum Wahnsinn geliebt wird? Es ist, als wäre man unter einem Federbett begraben.»

«Hast du je eine Frau bis zum Wahnsinn geliebt?»

«Nein. Nicht einmal dich. Was ich für dich empfunden habe, kann ich nur mit einem der altmodischen Wörter aus der Bibel beschreiben: Wollust. Ein wunderbares Wort. Es zergeht auf der Zunge.»

Zum denkbar unpassendsten Zeitpunkt kam der erste

Gang. Während körperlose Hände Teller absetzten und Messer und Gabeln zurechtrückten, starrte Flora in die Kerzenflammen und versuchte, ihre verwirrten fünf Sinne zu sammeln. Jemand nahm ihr Glas weg, und ihr wurde bewußt, daß sie irgendwann den zweiten Drink ausgetrunken hatte. Jetzt stand ein Glas Wein da, schimmernd wie ein herrliches rotes Juwel. Es war ein Fehler gewesen, den Pullover anzuziehen. Er war viel zu dick, der Kragen erstickte sie, ihr war heiß. Sie zog wieder am Kragen und schaute auf einen Teller voller Austern hinunter. Der Kellner war fort. Brian fragte auf der anderen Seite des Tisches: «Willst du sie jetzt doch nicht?»

«Was?»

«Du schaust so unsicher. Sehen sie nicht gut aus?»

Sie riß sich zusammen. «Sie sehen köstlich aus.» Entschlossen griff sie nach einer Zitronenscheibe und drückte sie aus. Der Saft machte ihre Finger klebrig. Ihr gegenüber attackierte Brian die Scampi mit dem Appetit eines Mannes, der ein lupenreines Gewissen hat. Flora griff zur Gabel und legte sie dann wieder weg. Die Frage steckte ihr wie ein Kloß im Hals, aber mit ungeheurer Anstrengung brachte sie es über sich, sie zu stellen.

«Brian, hat jemand herausgefunden... Ich meine, hat irgend jemand über dich und mich Bescheid gewußt?»

«Nein, natürlich nicht. Wofür hältst du mich? Für einen Amateur?» Sie wollte schon einen Seufzer der Erleichterung ausstoßen, als er beiläufig hinzufügte: «Nur Hugh.»

«*Hugh?*»

«Du brauchst nicht so entsetzt zu gucken. Natürlich hat er es gewußt. Nun sitz nicht mit offenem Mund da wie eine Idiotin, Rose. Er hat uns doch auf frischer Tat ertappt.» Er grinste, als erinnere er sich an einen gelungenen Streich. «Was für eine Szene das war! Er hat es mir nie verziehen, aber ich glaube, dahinter steckt pure Eifersucht. Ich hatte immer den Verdacht, daß er dich auch wollte.»

«Das ist nicht wahr!»

Ihre Heftigkeit überraschte ihn. Er starrte sie an. «Warum sagst du so was?»

«Weil es nicht wahr ist.» Sie suchte nach einer Möglichkeit, ihre Behauptung zu erhärten. «Antony hat das gesagt, es ist nicht wahr.»

Brian wirkte amüsiert. «Du hast also mit Antony darüber gesprochen. Das ist ja hochinteressant.»

«Antony hat gesagt, daß er nicht…»

«Klar, daß Antony das sagt», unterbrach Brian rüde. «Sein Leben lang war Hugh eine Art Vaterfigur für Antony. Du weißt schon, der Rugbyheld. Jeder Junge sollte so was haben. Hugh tut immer so edelmütig, aber seine Frau war damals drei Jahre tot, und ich habe den Verdacht, in Wahrheit ist er so geil wie wir alle.»

Flora fühlte sich, als habe ihr jemand den Boden unter den Füßen weggezogen. Zwar hatte sie immer die Möglichkeit erwogen, Hugh könne in Rose verliebt gewesen sein, schon seit der ersten, beunruhigenden Begegnung am Strand. Es hatte ihr ein wenig zu schaffen gemacht, aber es war nicht wirklich wichtig gewesen.

Jetzt war es plötzlich wichtig.

Schwer zu sagen, seit wann. Vielleicht, seit sie und Hugh am Fuß der Treppe in Fernrigg gestanden hatten, als er ihr von Angus McKay erzählte, und die Sonne herauskam und das Haus unvermittelt mit goldenem Licht erfüllte. Vielleicht seit heute nachmittag, als er Jasons Bild auf dem Tisch ausgebreitet und die Falten glattgestrichen hatte. Vielleicht, als sie aufgeschaut hatte, über Jasons Kopf hinweg, und Hughs staunenden Blick aufgefangen hatte.

Ihr war nicht mehr heiß. Auch nicht kalt. Sie fühlte sich wie betäubt. Verzweifelt wünschte sie, sie hätte nicht nach Rose gefragt, hätte nie etwas über sie herausgefunden; doch jetzt war es zu spät. Unbarmherzig rückten die Puzzleteile an die richtige Stelle, und das fertige Bild war abstoßend. Rose mit siebzehn, nackt, auf einem Bett ausgestreckt, wie sie Brian Stoddart verführte oder von ihm verführt wurde.

Aber noch schwerer hinzunehmen war die Vorstellung, Hugh sei je in ein so widerwärtiges Geschöpf wie Rose verliebt gewesen.

Irgendwie ging das alptraumhafte Essen weiter. Brian, vielleicht milde gestimmt von Whisky und Wein, redete nicht mehr über sich, sondern schilderte ausführlich das neue Boot, das er sich bauen lassen wollte. Er war mittendrin, als John, der Kellner, an den Tisch trat und ihm sagte, er werde am Telefon verlangt.

Brian machte ein verständnisloses, ungläubiges Gesicht. «Sind Sie sicher?»

«Ja, Sir, das Mädchen in der Zentrale hat mich gebeten, es Ihnen auszurichten.»

«Wer ist es?»

«Ich weiß es nicht, Sir.»

Brian wandte sich Flora zu. «Tut mir leid. Keine Ahnung, wer das ist.» Er legte die Serviette weg. «Entschuldigst du mich?»

«Ja, natürlich.»

«Ich bin gleich wieder da.»

Er ging, schlängelte sich zwischen den Tischen hindurch und verschwand durch eine Tür hinten im Restaurant. Flora blieb allein am Tisch zurück, was ihr Gelegenheit bot, sich zu sammeln. Sie schob den Teller weg und versuchte nachzudenken, aber das Restaurant war stickig, ihr Kopf schmerzte und sie hatte viel zuviel getrunken. Die brennenden Kerzen verschwammen vor ihren Augen. Hilfesuchend schaute sie sich um, fing den Blick eines Kellners auf und bat um einen Krug Wasser. Als es kam, schenkte sie sich ein großes Glas ein und leerte es in einem langen Zug. Sie stellte das Glas ab und merkte, daß jemand ihr gegenüber am Tisch stand, die Hände auf die Lehne von Brians Stuhl gestützt.

Sie erkannte die Hände. Zum zweitenmal an jenem Tag schaute sie auf und fand sich Hugh Kyle gegenüber.

Ihre erste Reaktion, als sie ihn sah, war reine Freude: instinktiv, so überwältigend, daß alle Worte fortgeschwemmt wurden und sie atemlos war.

«Guten Abend», sagte er.

Sofern es überhaupt möglich war, sah er noch größer und besser aus denn je. Er trug einen weiten Mantel über dem Anzug, was Flora stutzig machte: Er sah nicht so aus, als wolle er hier essen.

«Was machen Sie denn hier?» Die Freude schwang in ihrer Stimme mit, doch das war ihr jetzt vollkommen gleich.

«Ich bin gekommen, um Sie nach Hause zu bringen.»

Flora schaute sich um. «Aber wo ist Brian?»

«Brian ist schon nach Hause gegangen.»

«Er ist nach Hause gegangen?» Sie war begriffsstutzig. Das wußte sie. «Aber da war ein Anruf für ihn.»

«Da war kein Anruf für ihn. Oder wenn Sie so wollen, der Anruf war ich. Das war die einzige Methode, die mir eingefallen ist, um Brian hier rauszuholen.» Seine Augen waren hart wie blaues Glas. «Und wenn Sie vorhaben sollten, ihm nachzulaufen, er sitzt schon im Auto und ist unterwegs nach Ardmore.»

Seine Stimme klang ruhig und kalt. Floras Freude war verflogen, hatte sich in nichts aufgelöst, ein flaues Gefühl im Magen hinterlassen. Sie begriff, daß sich hinter seiner Kälte eine unbändige Wut verbarg, aber sie war zu benommen, um herausfinden zu können, was das alles sollte.

«Er ist ohne mich gefahren?»

«Ja, ohne Sie. Kommen Sie, ich bringe Sie nach Hause.»

Seine Eigenmächtigkeit gab Flora das Gefühl, sie müsse widersprechen. «Ich... ich habe noch nicht zu Ende gegessen.»

«Nach Ihrem Anblick zu urteilen, als ich hereingekommen bin, scheint es nicht besonders appetitlich zu sein.»

Seine Stimme war schneidend. Allmählich wurde sie wütend und bekam außerdem Angst. «Ich will nicht mitkommen», beharrte sie.

«Nein? Dann nehme ich an, Sie wollen laufen. Es sind dreißig Kilometer, und die Straße ist kein Spazierweg.»

«Ich kann ein Taxi nehmen.»

«Es gibt keine Taxis. Wo ist Ihr Mantel?»

Sie mußte nachdenken. «Oben, in der Damengarderobe. Aber ich komme nicht mit.»

Er rief einen jungen Kellner herüber und bat ihn, den Mantel von oben zu holen. «Er ist marineblau, mit Tartanfutter.» Der Junge ging, und Hugh wandte sich wieder Flora zu. «Kommen Sie jetzt.»

«Warum ist Brian gegangen?»

«Darüber reden wir im Auto.»

«Haben Sie ihn dazu gezwungen?»

«Rose, die Leute werden schon aufmerksam. Wir wollen keine Szene machen.»

Er hatte recht. Das Summen der Gespräche im Restaurant war verstummt, einige Gäste drehten sich nach ihnen um. Der Gedanke an eine Szene war Flora ein Greuel. Ohne ein weiteres Wort, äußerst vorsichtig, stand sie auf. Ihre Beine fühlten sich an wie Gummi, überaus merkwürdig. Sie konzentrierte sich, schaute starr geradeaus und ging zum Ausgang.

Der Kellner hatte ihren Mantel gefunden. Hugh gab ihm ein Trinkgeld und half Flora hinein. Sie fing mühsam damit an, ihn zuzuknöpfen, aber ihre Finger waren so ungeschickt, daß erst zwei Knöpfe zu waren, als er die Geduld verlor, sie beim Ellbogen nahm und sie vor sich her durch die Halle und zur Tür hinaus schob.

Draußen war es dunkel. Leichter Nieselregen fiel, und ein eisiger Wind wehte von Westen her über das Wasser. Nach der Hitze im Restaurant, dem Wein und dem schweren Essen wirkte die eisige Kälte wie ein Schlag ins Gesicht. Die Dunkelheit drehte sich um sie. Flora schloß die Augen und legte die Hand an den Kopf, aber Hugh packte ihr anderes Handgelenk und zerrte sie über die Pfützen auf dem Parkplatz zu seinem Auto. Sie stolperte, wäre hingefallen, wenn er sie nicht festgehalten hätte, und sie verlor einen Schuh. Er wartete geduldig, bis sie ihn fand und den Fuß wieder hineingezwängt hatte, doch dann ließ sie ihre Handtasche fallen. Sie hörte ihn leise fluchen, als er sie aufhob.

Vor ihr erschien drohend der Umriß des Autos. Er öffnete die Tür, setzte Flora hinein, schlug die Tür zu, ging um das Auto herum und setzte sich hinter das Steuer. Die zweite Tür schlug zu. Sie fühlte sich erstickt von der bedrohlichen Nähe zu ihm. Ihr Mantel hing zerknittert um sie herum, sie hatte nasse Füße, ihr Haar war zerzaust und fiel ihr ins Gesicht. Sie sackte im Sitz zusammen, stemmte die Hände in die Taschen und sagte sich, wenn sie jetzt zu weinen anfange, werde sie sich das nie verzeihen.

Er wandte sich zu ihr. «Wollen Sie reden, oder sind Sie zu betrunken?»

«Ich bin nicht betrunken.»

Er machte keine Anstalten, das Licht im Auto anzumachen. Sie starrte in die Finsternis, die Zähne im Kampf gegen die Tränen zusammengebissen: «Wo ist Brian?»

«Das habe ich Ihnen doch gesagt. Er ist nach Ardmore zurückgefahren.»

«Wie haben Sie ihn dazu gebracht?»

«Das geht Sie nichts an.»

«Woher wußten Sie, wo ich bin?»

«Isobel hat es mir gesagt. Sie haben Ihre Handschuhe in meinem Haus vergessen, und ich habe in Fernrigg angerufen, um es Ihnen zu sagen. Isobel hat mir erzählt, daß Brian mit Ihnen zum Essen gefahren ist.»

«Das ist kein Verbrechen.»

«Für mich schon.»

Hugh tut immer so edelmütig.

«Wegen Antony? Oder wegen Brian?»

«Wegen Anna.»

«Anna weiß darüber Bescheid. Anna war im Zimmer, als mich Brian zum Essen eingeladen hat.»

«Das ist nicht der springende Punkt.»

«Warum nicht?»

«Das wissen Sie verflucht genau», sagte er müde.

Sie drehte sich um und schaute ihn an. Ihre Augen hatten sich inzwischen an die Dunkelheit gewöhnt, und der bleiche Umriß seines Gesichts ragte vor ihr auf.

Seine Frau war damals drei Jahre tot, und ich habe den Verdacht, in Wahrheit ist er so geil wie wir alle.

Hugh war in Rose verliebt gewesen. Sie hatte nicht gewollt, daß das wahr war, aber sein plötzliches Auftauchen, sein Ärger machten es wahr. In Rose verliebt. Und dafür hätte sie, Flora, ihn am liebsten umgebracht.

«Ja, ich weiß», sagte sie kalt. «Sie sind eifersüchtig.» Sie wußte nicht, ob Rose aus ihr sprach, der Wein, den sie getrunken hatte, oder ihre jämmerliche Enttäuschung. Sie wußte nur, daß sie ihm weh tun wollte. «Brian hat, was Sie nicht haben. Eine Frau und ein Zuhause. Das können Sie nicht ertragen.» Es nützte nichts, gegen die Tränen anzukämpfen. Sie kamen einfach, strömten über ihr Gesicht, und auch daran war er schuld. Und etwas anderes war geschehen, weil sie nicht mehr Flora war. Sie war Rose, ganz und gar Rose. Rose, die sich das Grausamste und Verletzendste ausdachte, was sie sagen konnte. Rose, die es aussprach. «Dadurch, wie sie gestorben ist, hat Ihre Frau Sie zerstört.»

Das letzte Wort hing im Schweigen zwischen ihnen.

Eine kurze, berechnete Pause, dann schlug Hugh ihr ins Gesicht.

Es war kein heftiger Schlag. Wenn er es gewesen wäre, hätte Hugh sie bei seiner Größe vermutlich bewußtlos geschlagen. Aber Flora war ihr Leben lang noch nie geschlagen worden. Erstaunlicherweise versiegten daraufhin die Tränen. Vom Schmerz und von der Demütigung zum Schweigen gebracht, saß sie nur da, mit dröhnendem Kopf und offenem Mund, unter Schock.

Er schaltete die Innenbeleuchtung ein, und sie bedeckte das Gesicht mit den Händen.

«Fehlt Ihnen was?» fragte er.

Flora schüttelte stumm den Kopf.

Er packte ihre Handgelenke und zog ihr die Hände vom Gesicht. Die Anstrengung, ihn anzuschauen, war fast zuviel für sie, aber sie schaffte es.

«Warum wollen Sie so viel, Rose?» fragte er. «Warum wollen Sie alles für sich?»

Ich bin nicht Rose, ich bin nicht Rose.

Die Reaktion setzte ein. Sie zitterte. «Ich will nach Hause», sagte sie.

Flora

In der Nacht wachte Flora vor Durst auf – einem wilden Durst, so schlimm wie eine Folterqual. Ihr Mund fühlte sich trocken an, der Kopf tat ihr weh, und sobald sie aufwachte, brach das Grauen des Vorabends über sie herein. Sie blieb eine Weile liegen, so bedrückt und zerschlagen, daß sie nicht einmal aufstehen und sich ein Glas Wasser holen konnte.

Die Daunendecke war vom Bett gerutscht. Flora spürte die Kälte. Als sie sich hinunterbeugte, um die Decke zurückzuholen, fühlte sie einen so stechenden Schmerz, daß ihr die Luft wegblieb. Sie stöhnte und sank zurück in die Kissen. Nach einer Weile ließ der Schmerz nach, ging aber nicht weg. Sie lag vorsichtig da, reglos, musterte den Schmerz aus der Distanz, wartete ab, was er als nächstes tun würde. Sie war immer noch durstig. Schließlich setzte sie sich behutsam auf, doch sofort packte sie die Übelkeit. Sie stürzte aus dem Bett und kam gerade noch rechtzeitig ins Bad, wo ihr furchtbar schlecht wurde.

Als der Anfall vorüber war, brach Flora zusammen – ausgepumpt vom Würgen, der Magen leer bis auf die Schmerzen. Sie fand sich auf dem Badezimmerboden wieder, nur in ihrem dünnen Nachthemd, den hämmernden Kopf gegen den Mahagonirand der Wanne gelehnt. Schwitzend schloß sie die Augen und wartete auf den Tod.

Als er nach einer Weile nicht gekommen war, öffnete sie die Augen wieder. Aus dieser Froschperspektive wirkte das Bad riesig, völlig verzerrt in den Proportionen. Hinter der offenen Tür erstreckte sich die Unendlichkeit. Die Zuflucht ihres Schlafzimmers schien Welten entfernt. Schließlich richtete sie sich mühsam auf und schleppte sich vorsichtig an der Wand entlang zu ihrem Bett zurück. Erschöpft sank sie darauf nieder und blieb einfach liegen. Sie hatte nicht einmal die Kraft, sich unter die Decke zu rollen.

Ich bin schwer krank, dachte sie. Ihr war eiskalt. Das Fenster stand offen, und die Nachtluft strömte herein, als würde sie mit Kübeln eiskalten Wassers übergossen. Sie wußte, wenn sie schon nicht im Bad gestorben war, würde sie hier sterben, an Lungenentzündung. Mit ungeheurer Anstrengung schlüpfte sie unter die Decke. Ihre Wärmflasche war kalt geworden, und ihr klapperten die Zähne.

Flora schlief nicht wieder ein, und die Nacht schien ewig zu dauern. Die Kissen wurden heiß und klumpig, das Bettzeug war verrutscht und schweißnaß. Sie betete, der Tag möge kommen – und Menschen zu ihr bringen, Trost, saubere Bettwäsche und etwas gegen die Kopfschmerzen. Aber es waren noch viele Stunden zu überstehen, ehe die Dämmerung bleich über den Himmel glitt, und schließlich fiel sie in einen Schlaf vollkommener Erschöpfung.

Es war Isobel, die sie rettete. Isobel, die sich Sorgen machte, weil Flora nicht zum Frühstück erschienen war, kam herauf, um nach ihr zu sehen. «Vermutlich wolltest du nur ausschlafen, aber ich habe gedacht, ich sollte…» Sie brach ab, als sie das Chaos in Floras Zimmer sah: Kleidungsstücke von gestern abend am Boden verstreut, liegengelassen, wo Flora sie hingeworfen hatte; das zerwühlte Bett; die schiefe Decke; ein Laken, das auf den Teppich hing.

«Rose!» Sie ging zum Bett und fand Flora weiß wie ein Gespenst, die Stirn verklebt vom feuchten, dunklen Haar.

«Mir fehlt wirklich nichts», sagte Flora leise. «Mir war heute nacht schlecht, das ist alles.»

«Mein armes Kind. Warum hast du mich nicht geweckt?»

«Ich wollte niemanden stören.»

Isobel legte ihr die Hand auf die Stirn. «Du bist ja ganz heiß.»

«Ich hatte solche Schmerzen…»

«…und dein Bett ist so unordentlich und unbequem.» Isobel zog am Bettzeug, im Versuch, es zu glätten, überlegte es sich dann aber anders. «Ich hole Schwester McLeod, und dann hast du es sofort gemütlich.» Sie ging zur Tür. «Rühr dich nicht, Rose. Denk nicht mal ans Aufstehen.»

Als sie kamen, eifrig und geschäftig, war es genauso, wie sie es sich erträumt hatte. Besorgte Gesichter und sanfte Hände, saubere Wäsche, zwei Wärmflaschen in Wollbezügen. Ein frisches Nachthemd, Gesicht und Hände abgewaschen, der Geruch nach Eau de Cologne, ein Bettjäckchen.

«Wem gehört das Bettjäckchen?» fragte Flora, als sie es ihr anzogen. Sie hatte noch nie ein Bettjäckchen besessen.

«Mir», sagte Isobel.

Es war muschelrosa, mit viel Spitze und weiten, lockeren Ärmeln.

«Es ist hübsch.»

«Tuppy hat es mir geschenkt.»

Tuppy. Flora hatte ein so schlechtes Gewissen, daß sie am liebsten geweint hätte. «Ach, Isobel, jetzt liegt Tuppy schon im Bett, und ich auch noch, und dann hast du den Ball am Hals und alles.» Und dann weinte sie wirklich, die Tränen sammelten sich in ihren Augen und liefen ihr die Wangen hinunter. «Ich schäme mich so, daß ich eine solche Last bin.»

«Du bist keine Last. So was Dummes darfst du nicht einmal denken. Die Schwester ist hier, um Tuppy zu pflegen, und sie wird mir dabei helfen, mich um dich zu kümmern, nicht wahr, Schwester?»

Die Schwester bündelte die schmutzige Bettwäsche. «Oh, wir kriegen sie wieder hin, und zwar blitzschnell. Da lasse ich nicht mit mir spaßen.» Sie ging hinaus, mit schweren Schritten, Richtung Waschmaschine.

Isobel wischte mit einem Kosmetiktuch Floras Tränen ab. «Und wenn Hugh zu Tuppy kommt», fuhr sie fort, «werden wir ihm sagen...»

«Nein», sagte Flora so laut und energisch, daß Isobel ganz verblüfft aussah.

«Nein?» fragte sie sanft.

«Ich will Hugh nicht. Ich will überhaupt keinen Arzt.» Sie griff nach Isobels Hand und sah sie flehentlich an. «Mir fehlt nichts. Mir war schlecht, aber jetzt fühle ich mich besser. Wirklich, mir fehlt überhaupt nichts.»

Isobel schaute sie an, als ob sie den Verstand verloren hätte.

«Ich kann Ärzte nicht leiden», stammelte Flora. «Ich war immer so, schon als kleines Kind...»

Isobel, mit einer Miene, als müsse sie einen gefährlichen Irren ruhigstellen, sagte beruhigend: «Schön, warten wir es ab. Wenn du so darüber denkst...»

Flora ließ langsam ihre Hand los. «Versprochen, Isobel?»

Isobel entzog sich ihrem Griff und wurde sofort energischer. «Ich verspreche nie etwas, wenn ich nicht weiß, ob ich es halten kann.»

«Bitte...»

Isobel hatte sich in Sicherheit gebracht und blieb an der Tür stehen. «Jetzt machst du ein Schläfchen, dann fühlst du dich besser.»

Sie schlief und wurde von Träumen gequält. Sie war an einem Strand, der Sand war schwarz und voller Spinnen. Rose war auch da, sie trug einen Bikini und ging am Rand eines öligen Meers entlang, hinter ihr eine lange Schlange von Männern. Doch dann fielen die Blicke der Männer auf Flora, die überhaupt nichts anhatte. Und Rose lachte. Flora wollte weglaufen, aber ihre Füße rührten sich nicht, der schwarze Sand war zu Schlamm geworden. Hinter ihr war ein Mann, er hatte sie eingeholt, schlug ihr ins Gesicht. Er wollte sie umbringen...

Schweißgebadet wachte sie auf, als Schwester McLeod sie sanft schüttelte. Sie schaute in das bebrillte Pferdegesicht der Schwester, sah ihr drahtiges weißes Haar. «Zeit zum Aufwachen», sagte die Schwester. «Dr. Kyle ist hier.»

«Aber ich will ihn nicht sehen!» Flora zitterte immer noch von dem Alptraum.

«Ihr Pech.» Hugh stand am Fußende des Bettes. «*Er* will *Sie* nämlich sehen.»

Der Traum verblaßte. Flora schaute Hugh anklagend an. «Ich habe Isobel gesagt, sie soll Ihnen nichts sagen.»

«Wie wir alle tut Isobel nicht immer das, was ihr gesagt wird.»

«Aber sie hat versprochen…»

«Hören Sie», sagte die Schwester, «Sie wissen genau, daß Miss Armstrong nichts dergleichen getan hat. Wenn Sie mich bitte entschuldigen, Herr Doktor, ich lasse Sie kurz allein und kümmere mich um Mrs. Armstrong.»

«Das ist in Ordnung, Schwester.»

Die Schwester ging, mit einem Rascheln der gestärkten Schürze. Hugh machte behutsam die Tür hinter ihr zu und trat wieder neben Flora. Er setzte sich ganz unprofessionell auf den Bettrand.

«Isobel sagt, Ihnen war schlecht.»

«Ja.»

«Wann hat das angefangen?»

«Mitten in der Nacht. Ich weiß nicht, um wieviel Uhr. Ich habe nicht auf die Uhr geschaut.»

«Schön, lassen Sie sich mal anschauen.» Er schob ihr Haar zurück und befühlte ihre klamme Stirn. Seine Berührung war kühl und professionell. Gestern nacht hat er mir ins Gesicht geschlagen, dachte sie. Es wirkte jetzt so unwahrscheinlich, als hätte sie es geträumt. Aber sie wußte, daß es Wirklichkeit gewesen war.

«Hatten Sie starke Schmerzen?»

«Ja.»

«Wo?»

«Überall. Ich nehme an, es war der Magen.»

«Zeigen Sie es mir genau.» Sie zeigte es ihm. «Was ist mit Ihrem Blinddarm?»

«Ich habe keinen. Er ist vor vier Jahren herausgenommen worden.»

«Gut, damit ist eine Möglichkeit ausgeschlossen. Sind Sie gegen irgend etwas allergisch? Gegen irgendein Lebensmittel?»

«Nein.»

«Was haben Sie gegessen? Was gab es zu Mittag?»

Das Nachdenken strengte sie an. «Kaltes Lamm und gebackene Kartoffeln.»

«Und zum Abendessen?»

Sie schloß die Augen. «Ein Steak. Mit Salat.»

«Und davor?»

«Austern.»

«Austern», wiederholte er, als billige er ihre Wahl. Und dann noch einmal: «Austern?»

«Ich mag Austern.»

«Ich auch, aber sie müssen frisch sein.»

«Sie meinen, ich habe eine verdorbene Auster gegessen?»

«Sieht ganz so aus. Haben Sie es nicht geschmeckt? Im allgemeinen ist das unverkennbar.»

«Ich... ich kann mich nicht daran erinnern.»

«Ich habe mit den Austern vom Fishers' Arms nicht zum erstenmal Ärger. Ich muß unbedingt mit dem Inhaber sprechen, ehe er die gesamte Bevölkerung von Arisaig ausrottet.»

Er stand auf, holte aus einer Tasche ein Silberetui mit einem Thermometer. «Seltsam», murmelte er. «Ich habe noch keinen Anruf aus Ardmore bekommen.» Er griff nach ihrem Handgelenk, um ihren Puls zu fühlen.

«Brian hat Scampi gegessen.»

«Schade», murmelte Hugh und stopfte ihr mit dem Thermometer den Mund.

Sie fühlte sich vollkommen hilflos, wie sie so dalag, seiner bissigen Zunge ausgeliefert. Um ihm zu entkommen, wandte Flora das Gesicht ab und starrte düster aus dem Fenster. Langsame Morgenwolken schoben sich über den Himmel. Eine Möwe schrie. Flora wartete darauf, daß er ihr das Thermometer aus dem Mund nahm, wegging und sie sterben ließ.

Aber die Augenblicke verstrichen, und er tat nichts dergleichen. Eine merkwürdige Stille schien über dem Raum zu lasten, als wäre alles darin erstarrt oder versteinert. Nach einer Weile drehte sich Flora um und schaute ihn an. Er hatte sich nicht vom Fleck gerührt, stand immer noch neben ihrem Bett, hielt ihr Handgelenk, mit gesenktem Blick und nachdenklicher Miene. Der weite Ärmel von Isobels Bettjäckchen war zurückgefallen, und aus den Falten muschelrosafarbener Wolle ragte ihr Arm, dünn wie ein Stock, dachte sie. Sie fragte sich, ob sie an Auszehrung leide und er nach den richtigen Worten suchte, um ihr schonend beizubringen, es gebe keine Hoffnung mehr für sie.

Die Stille wurde von Isobel gestört, die vorsichtig den Kopf hereinsteckte, ehe sie eintrat, als habe sie Angst, Flora könne aus dem Bett springen und sie erwürgen.

«Wie geht es der Patientin?» fragte sie munter.

Hugh ließ Floras Handgelenk los und nahm ihr das Thermometer aus dem Mund.

«Wir glauben, daß sie eine Lebensmittelvergiftung hatte», sagte er zu Isobel. Er setzte die Brille auf, um das Thermometer abzulesen.

«Lebensmittelvergiftung?»

«Es ist schon in Ordnung, du brauchst nicht so erschrocken zu gucken. Ihr kriegt hier keine Epidemie. Sie hat gestern abend im Fishers' Arms eine verdorbene Auster gegessen.»

«Oh, Rose.»

Isobel klang so vorwurfsvoll, daß Flora wieder ein schlechtes Gewissen bekam.

«Ich kann nichts dafür. Und ich mag Austern.»

«Aber was ist mit dem Ball? Du wirst den Ball im Bett verbringen.»

«Nicht unbedingt», sagte Hugh. «Wenn sie tut, was ihr gesagt wird, sollte sie rechtzeitig vor dem Ball aufstehen können. Laßt sie zwei Tage lang hungern und sorgt dafür, daß sie im Bett bleibt.» Er griff nach seiner Tasche und wandte sich zu Flora um. «Wahrscheinlich werden Sie sich in den nächsten Tagen deprimiert und weinerlich fühlen. Das gehört zu den unangenehmen Symptomen einer Lebensmittelvergiftung. Machen Sie sich deswegen keine allzu großen Sorgen.» In dem Augenblick, in dem er das Wort weinerlich aussprach, wußte Flora, daß sie wieder weinen würde. Vielleicht war ihm das bewußt, denn er ging sofort zur Tür und schob Isobel energisch vor sich her. Beim Hinausgehen schaute er über die Schulter zurück, schenkte ihr sein seltenes Lächeln und sagte: «Auf Wiedersehen, Rose.»

Schluchzend griff Flora nach der Schachtel mit den Kosmetiktüchern.

Was die Depression betraf, behielt er recht. Flora verbrachte den größten Teil des ersten Tages schlafend, aber am nächsten überwältigten sie düstere Gedanken. Das Wetter draußen half ihrer Stimmung auch nicht. Es war grau, es regnete, und vom Fenster aus war nichts zu sehen außer jagenden schwarzen Wolken und hin und wieder einer nassen, kreisenden Möwe. Die Flut hatte ihren Höchststand erreicht, die Wellen schwappten freudlos auf den Kiesstrand unterhalb des Hauses, und die Dunkelheit brach so früh herein, daß schon um drei Licht gemacht werden mußte.

Floras Gedanken drehten sich ständig im Kreis, kamen aber wie jemand auf einer Tretmühle nirgends an. Das fremde Bett, das fremde Haus, die fremde Person, die sie verkörperte – das alles machte ihr zu schaffen. Wie hatte sie sich je mit so viel hoffnungsvollem Selbstvertrauen auf eine derart verrückte Scharade einlassen können? Jetzt erschien es ihr wie die größte Dummheit ihres Lebens.

Es heißt, daß eineiige Zwillinge die beiden Hälften desselben Menschen sind. Vielleicht war unsere Trennung so, wie wenn man einen Menschen in zwei Hälften schneidet.

Das hatte Rose in London gesagt; damals hatte Flora es

nicht für wichtig gehalten. Aber jetzt war es wichtig, denn Rose war schlecht, ohne Prinzipien, ohne Moral. Hieß das, daß dieselbe Schlechtigkeit in Flora schlummerte?

Wenn ihre Mutter Flora genommen und ihr Vater sich für Rose entschieden hätte, wäre aus Flora dann eine Frau geworden, die mit siebzehn fröhlich mit einem verheirateten Mann ins Bett stieg? Hätte Flora genau dann, wenn Antony sie am meisten brauchte, ihm den Laufpaß gegeben und wäre mit einem reichen jungen Griechen nach Spetse geflogen? Hätte Flora Rose genauso skrupellos benutzt, wie Rose Flora benutzt hatte? Anfangs war ihr das alles vollkommen absurd erschienen, aber jetzt, nach der schrecklichen Szene in Hughs Auto, war sich Flora ihrer selbst nicht mehr sicher. *Dadurch, wie sie gestorben ist, hat Ihre Frau Sie zerstört.* Das waren Roses Worte. Aber Flora hatte sie ausgesprochen. Der grauenhafte Satz brannte in ihrem Gewissen. Sie schloß die Augen, vergrub das Gesicht im Kissen, doch es nützte nichts: Sie konnte ihren Gedanken nicht entkommen.

Und als hätte das noch nicht gereicht, gab es andere Ängste, andere Ungewißheiten, die wie eine lähmende Last auf ihr zu liegen schienen. Wenn der Zeitpunkt kam, wie sollte sie es dann ertragen, sich von den Armstrongs zu verabschieden? Und wenn sie ging, wohin sollte sie dann gehen? Nach Cornwall konnte sie nicht zurück. Sie war dort ja eben erst ausgezogen, und Marcia und ihr Vater hatten auf jeden Fall etwas Zeit für sich verdient. Also London? Es mußte London sein, aber wo sollte sie wohnen? Wo arbeiten? Was sollte sie tun? Sie sah sich, wie sie auf Busse wartete, im Regen Schlange stand, in der Mittagspause einkaufte, die Miete bezahlte, neue Freunde zu finden hoffte, nach den alten suchte.

Und Hugh… Aber sie konnte nicht zulassen, daß sie an Hugh dachte, denn jedesmal, wenn sie das tat, ertappte sie sich wieder dabei, daß sie sinnlose Tränen vergoß.

Wenn du Rose wärst, wäre es dir egal, was die Armstrongs

von dir halten. Du würdest dich einfach verabschieden, gehen und nie wieder zurückschauen.

Ich bin nicht Rose.

Wenn du Rose wärst, bräuchtest du keine Arbeit zu finden und an Bushaltestellen Schlange zu stehen. Du könntest dein Leben lang Taxis nehmen.

Aber ich bin nicht Rose.

Wenn du Rose wärst, dann wüßtest du, wie du Hugh dazu bringen kannst, daß er dich liebt.

Darauf schien es überhaupt keine Antwort zu geben.

Alle waren ungeheuer lieb. Isobel brachte Nachrichten von Antony, den sie in Edinburgh angerufen hatte, um ihm mitzuteilen, seine Verlobte sei krank. Ein zerrupfter Blumenstrauß wurde gebracht, den Jason gepflückt hatte, und eine dunkelrosa Azalee von Anna Stoddart.

Es tut mir leid, daß Sie so übel dran sind, und ich hoffe, bis Freitag sind Sie wieder auf den Beinen. Liebe Grüße von Brian und mir.

Anna

«Sie ist aus den Treibhäusern von Ardmore», erklärte Isobel. «Sie hat dort drüben wunderschöne Treibhäuser, es macht mich immer ganz neidisch. Rose... Rose, du weinst ja schon wieder.»

«Ich kann nichts dagegen tun.»

Isobel seufzte und griff geduldig nach den Papiertaschentüchern.

Auch Schwester McLeod setzte sich zu ihr, und nachdem sie die professionelle Art erst einmal abgestreift hatte und nicht mehr pausenlos über Wadenwickel redete, war sie wirklich nett. Sie machte es sich bei Flora gemütlich, brachte ihr Nähzeug mit, um ihr zu zeigen, was für Fortschritte das «Ballkleid» machte, wie es jetzt hieß. «Sehen Sie, ich nähe das Futter ein. Dadurch wird es viel dichter, und ich glaube, ich mache einen hübschen Gürtel dazu. Mrs. Watty hat in ihrer Knopfschachtel eine Perlmuttschnalle, die sie entbehren kann.»

Mrs. Watty schickte eine Karte mit Genesungswünschen und Tuppy einen Strauß aus ihren letzten kostbaren Rosen, die Watty für sie hatte schneiden müssen. Tuppy hatte sie selbst arrangiert, wobei sie die Vase auf ihren Nachttisch stellte und die nassen Stengel über die Daunendecke schnipste. Isobel trug die Blumen hinüber zu Flora. «Grüße von Wrack zu Wrack, soll ich ausrichten», sagte sie und stellte den Strauß auf Floras Frisiertisch.

«Sieht Hugh jeden Tag nach Tuppy?» fragte Flora.

«Nicht jeden Tag. Jetzt nicht mehr. Er schaut herein, wenn er gerade in der Gegend ist. Warum?» In ihrer Stimme schwang ein Lächeln mit. «Willst du ihn sehen?»

«Nein», sagte Flora.

Der Donnerstag versprach schön zu werden. Flora wachte an einem Morgen auf, der wie eine frisch geprägte Münze funkelte. Die Sonne schien, der Himmel war blau, und jetzt erinnerten sie die Möwenschreie an den Sommer.

«Was für ein Tag!» frohlockte Schwester McLeod, als sie hereinkam, um die Vorhänge aufzuziehen, Floras kalte Wärmflasche abzuholen und das Bett zu machen, was hieß, daß sie die Bettücher feststopfte, bis Flora kaum mehr die Beine bewegen konnte.

«Ich stehe auf», sagte Flora, allmählich gelangweilt von ihrem Zustand.

«Das kommt überhaupt nicht in Frage. Erst wenn Dr. Kyle es erlaubt.»

Sofort sanken Floras Lebensgeister. Wenn die Schwester nur seinen Namen nicht erwähnt hätte. Trotz des heiteren Wetters war ihr schon wieder jämmerlich zumute, was jedoch nichts mehr mit der Krankheit zu tun hatte. Wenn sie nur nicht diesen unverzeihlichen Satz zu Hugh gesagt hätte! Er hing über ihr wie ein riesiges Schwert und würde dort auch hängen bleiben, das wußte sie, bis es ihr irgendwie gelang, sich zu einer Entschuldigung zu zwingen.

Bei dem bloßen Gedanken wurde ihr wieder ganz schlecht. Sie glitt unter die Decke, und die Schwester musterte sie mit professionellem Blick. «Geht es Ihnen noch nicht besser?»

«Doch, mir geht es bestens», sagte Flora matt.

«Möchten Sie etwas essen? Haben Sie Hunger? Ich könnte Mrs. Watty bitten, Ihnen einen Grießbrei zu kochen.»

«Wenn Sie mir Grießbrei bringen», teilte Flora ihr kühl mit, «kippe ich ihn aus dem Fenster.»

Die Schwester schüttelte tadelnd den Kopf und ging mit der Nachricht, wenigstens eine ihrer Patientinnen sei auf dem Weg der Besserung, in die Küche hinunter.

Später kam Isobel mit einem Frühstückstablett – nicht besonders üppig bestückt, aber Toast war darauf, Gelee und eine Kanne mit chinesischem Tee. «Und Post für dich», sagte Isobel. Sie holte eine Postkarte aus der Tasche ihrer Strickjacke und legte sie mit der Bildseite nach oben auf das Tablett. Flora sah einen strahlendblauen Himmel, grüne Kastanien und den Eiffelturm. Paris?

Verblüfft drehte sie die Karte um. Sie war in einer schlampigen und ungeformten Handschrift an Miss Rose Schuster adressiert, Fernrigg House, Tarbole, Arisaig, Argyll, Ecosse. Bestürzt las Flora die Nachricht, die extrem klein geschrieben war, damit sie auf die Karte paßte.

Hab ja gesagt, ich melde mich. War super, Dich zu finden. Hab beschlossen, auf dem Weg nach Spetse paar Tage hier Station zu machen. Schicke Dir dies nach Fernrigg – hab den starken Verdacht, Du bist jetzt dort, am Busen der Familie und, wer weiß, vielleicht schon mit Antony verheiratet. Grüß ihn von mir.

Kein Datum, keine Unterschrift.

«Von einer Freundin?» fragte Isobel.

«Ja. Von einer Freundin.»

Die schlaue Rose. Isobel hätte niemals eine Postkarte gelesen, die nicht an sie gerichtet war, doch dieser hätte sie ohnehin nichts entnehmen können. Die Karte fühlte sich in Floras Fingern schmutzig an. Sie verzog das Gesicht und warf sie in den Papierkorb neben dem Bett.

Isobel beobachtete sie besorgt. «Du fühlst dich doch nicht wieder schlechter, oder?»

«Nein», versicherte Flora. Sie strich Gelee auf den Toast und biß hungrig ab.

Als sie das magere Frühstück zu sich genommen hatte, ging Isobel mit dem Tablett hinaus, und Flora war wieder allein. Wider Willen ärgerte sie sich über die Postkarte von Rose; außerdem war sie wütend auf sich selbst. Sie sehnte sich nach dem Trost einer liebevollen Seele, nach ein wenig Anteilnahme. Es gab nur einen Menschen, der ihr helfen konnte, und Flora brauchte diesen Menschen sofort. Ohne große Umstände stieg Flora aus dem Bett, suchte sich etwas zum Anziehen zusammen und ging hinüber zu Tuppy.

Jessie McKenzie war aus Portree zurück. Ihre alte Mutter, die nach dem, was euphemistisch «eine Wende zum Schlechteren» genannt wurde, bettlägerig geworden war, hatte beschlossen, daß sie noch nicht sterben wollte.

Diese plötzliche Genesung war nicht etwa durch die pünktliche Ankunft ihrer pflichtbewußten Tochter bewirkt worden. Anlaß dazu war vielmehr der Besuch einer Nachbarin, die gesprächsweise mitteilte, Katy Meldrum, bereits Mutter eines schielenden Kindes namens Gary, sei wieder schwanger. Katy war schon immer eine schamlose junge Person gewesen, unbeeindruckt von auf sie gerichteten Zeigefingern und von den sanften Ermahnungen ihres schwergeprüften Priesters. Nun, da ihr Bauch täglich mehr anschwoll und sie mit Todesverachtung durch die Stadt ging, wurde heftig über die Identität des Vaters spekuliert. Die meisten Leute setzten auf Robby McCrae, den Bruder des Constable, aber es war auch die Rede von einem Bootsmann aus Kinlochbervie, einem verheirateten Mann mit Kindern.

Das durfte sie auf keinen Fall verpassen. Es war unvorstellbar, vor der Lösung des Rätsels zu sterben und den ganzen Spaß zu versäumen. Die alte Dame richtete sich in den Kissen auf, schlug mit dem Stock gegen die Wand, und als ihre erschrockene Tochter erschien, verlangte sie, gestützt zu werden. Innerhalb von zwei Tagen war sie wieder auf den Beinen, sammelte Klatsch und äußerte ihre Meinung dazu. Worauf Jessie befand, sie könne ebensogut nach Hause fahren.

Zu Hause war ein altes Fischercottage in einer Gasse von Tarbole, wo sie ihrem Bruder, der als Pförtner in einer Räucherei arbeitete, den Haushalt führte. An jedem Morgen stieg Jessie zeitig den Hügel zum Haus des Arztes hinauf, wo sie ans Telefon ging, Nachrichten entgegennahm, mit Vertretern schwatzte, mit Nachbarinnen klatschte und Tee trank. Zwischen diesen unterhaltsamen Beschäftigungen polterte sie fröhlich im Haus herum, machte mehr Dreck, als sie beseitigte, erledigte die Wäsche des Arztes und bereitete sein Abendessen zu.

Weil er so viel zu tun hatte, war sie meistens schon wieder zu Hause, ehe er kam und die Fischpastete oder die beiden gebratenen Koteletts aß (ihre kulinarische Phantasie reichte nicht weit), die sie für ihn hinterließ und die im Herd zwischen zwei Tellern hart wurden. Wenn sie am nächsten Morgen wiederkam, stand das vertrocknete Essen manchmal noch da, unangerührt. Und Jessie schüttelte den Kopf, kratzte alles in den Mülleimer und suchte nach jemandem, dem sie erzählen konnte, wenn der Doktor nicht besser auf sich aufpasse, sei er auf dem besten Weg zu einem Kollaps oder Schlimmerem.

Daß sie die Haushälterin des Arztes war, verlieh ihr eine gewisse Wichtigkeit, eine gesellschaftliche Stellung in der Stadt. Was würde er ohne dich anfangen? fragten die Leute. Jessie schüttelte dann den Kopf, bescheiden, aber stolz. Und was hätten sie alle ohne sie angefangen, fragte sie sich, die tagein, tagaus ans Telefon ging, Nachrichten entgegennahm und Zettel hinterließ. Sie war unentbehrlich. Ein Gefühl, das sie nicht oft in ihrem Leben genossen hatte.

Deshalb erlitt sie eine Art Schock, als sie an jenem Donnerstag morgen nach ihrer Rückkehr aus Portree die Küchentür aufschloß. Es war ein schöner Tag, und sie war in der kalten Sonne den Berg hinaufgestiegen, erfüllt von grimmigem Genuß beim Gedanken an das Chaos, das sie vorfinden würde. Schließlich war sie vier Tage fort gewesen, und alle Welt wußte, daß Dr. Kyle zwei linke Hände hatte, wenn es darum ging, für sich selbst zu sorgen.

Statt dessen fand sie Sauberkeit und Ordnung vor: einen makellosen Boden, ein poliertes Spülbecken, sauber über dem Herd aufgereihte Töpfe und so gut wie kein schmutziges Geschirr.

Es war ein schwerer Schlag. Allmählich begriff sie, was geschehen sein mußte. Er hatte einen Ersatz für sie gefunden. Er hatte eine andere in ihre, Jessies Küche gelassen. Sie überlegte, wer es gewesen sein mochte, ging im Kopf die Frauen von Tarbole durch. Mrs. Murdoch? Beim bloßen Gedanken wurde ihr eiskalt. Falls es Mrs. Murdoch gewesen war, wußte jetzt die ganze Stadt, daß Jessie abgesetzt worden war. Alle würden über sie reden, vielleicht hinter ihrem Rücken über sie lachen. Bei dem bloßen Gedanken daran war sie einer Ohnmacht nahe.

Vertraute Geräusche aus dem oberen Stockwerk beruhigten sie ein wenig. Der Doktor war aufgestanden und zog sich an. Sie hörte, wie er im Schlafzimmer auf und ab ging. Stumm stand sie da und schaute an die Decke. Er ist dort oben, und ich bin hier, dachte sie. Und hier bleibe ich auch. Wer die Macht hatte, war im Recht. (Oder so ähnlich; Jessie wußte es nicht genau.) Sie wußte nur eins: Wenn sie dieses Haus verlassen sollte, mußte man sie mit Gewalt entfernen. Kein hochnäsiges Frauenzimmer aus Tarbole würde ihr diese Stellung wegschnappen.

Entschlossen zog sie den Mantel aus, hängte ihn hinter die Tür und füllte den Kessel. Als Dr. Kyle nach unten kam, wartete sein Frühstück auf ihn. Sie hatte ein sauberes Tischtuch gefunden. Der Speck war so gebraten, wie er es mochte, und die Eier waren durch, ohne häßliche Schlieren obenauf.

Er war an der Haustür stehengeblieben, um seine Post einzusammeln. Jetzt, als er den Flur entlangkam, rief er: «Jessie!»

Sie erwiderte mit fröhlicher Stimme: «Guten Morgen, Herr Doktor!» und drehte sich zur Begrüßung um, als er hereinkam.

Es war ein bißchen enttäuschend, daß er so munter und zufrieden mit sich aussah, aber wenigstens hatte er nicht die Armesündermiene eines Mannes aufgesetzt, der seine Haushälterin hinauswerfen will.

«Wie geht es Ihnen, Jessie? Wie war es?»

«Oh, halb so schlimm, Herr Doktor.»

«Wie geht es Ihrer Mutter?»

«Sie hat starke Lebensgeister, Herr Doktor. Sie hat sich wie durch ein Wunder erholt.»

«Bestens, das freut mich.» Er setzte sich an den Tisch und griff nach einem Messer, um den ersten Brief aufzuschlitzen. Ein schmaler weißer Umschlag mit maschinegeschriebener Adresse, in Glasgow abgestempelt. Jessie nahm sich die Zeit, das festzustellen, während sie den Speck und die Eier schwungvoll auf den Tisch stellte.

Sie goß ihm den Tee ein und stellte ihn ebenfalls auf den Tisch. Die Tasse dampfte einladend, der Toast war knusprig – es war ein herrliches Frühstück. Sie trat zurück und musterte Dr. Kyle. Er las die Seite zu Ende und drehte sie dann um. Jessie bemerkte eine schwungvolle Unterschrift.

Sie räusperte sich. «Und wie sind Sie zurechtgekommen, Herr Doktor?»

«Hm?» Er schaute auf, aber er hatte sie nicht gehört. Sie kam zu dem Schluß, der Brief müsse wichtig sein.

«Ich habe gesagt: Wie sind Sie zurechtgekommen, als ich fort war?»

Er schenkte ihr ein seltenes Lächeln. Sie hatte ihn seit Jahren nicht so gutgelaunt gesehen.

«Sie haben mir gefehlt, Jessie, wie einem Sohn die Mutter.»

«Machen Sie halblang.»

«Nein, es ist wahr. Die Küche war eine Müllhalde.» Er sah den Speck mit den Eiern. «Na, das sieht aber gut aus.» Er legte den Brief weg und fing zu essen an, wie ein Mann, der seit Wochen keine anständige Mahlzeit mehr bekommen hat; so kam es ihr jedenfalls vor.

«Aber... jetzt sieht sie nicht mehr wie eine Müllhalde aus.»

«Nein, ich weiß. Eine gute Fee ist gekommen und hat für mich saubergemacht, und danach hat die Sprechstundenhilfe nach dem Rechten gesehen.»

Die Sprechstundenhilfe störte Jessie nicht. Die Sprechstundenhilfe organisierte die Praxis. Sie gehörte sozusagen zur Familie. Keine Außenstehende. Aber die gute Fee? Falls es diese aufdringliche Murdoch gewesen war... Sie mußte es wissen.

«Und wer mag wohl die gute Fee gewesen sein, wenn ich fragen darf?»

«Natürlich dürfen Sie fragen. Es war Antony Armstrongs Verlobte. Sie ist in Fernrigg zu Besuch. Eines Nachmittags kam sie vorbei, und schon war alles sauber.»

Antony Armstrongs Verlobte. Erleichterung durchströmte Jessie. Es war nicht Mrs. Murdoch gewesen. Jessies Ruf war also in Sicherheit, ihre Stellung unangefochten, ihr Arbeitsplatz sicher.

Ihr Arbeitsplatz. Was machte sie denn, stand hier herum und vergeudete Zeit, wo sie sich doch um das ganze Haus kümmern mußte? Mit einer Begeisterung, die sie seit Jahren nicht an den Tag gelegt hatte, sammelte sie Kehrschaufel, Staublappen, Bürste und Besen ein, und als Hugh zu seiner Morgenrunde aufbrach, war sie schon auf halber Höhe der Treppe, auf den Knien, und attackierte polternd Staub und

Spinnweben. Der Geruch nach frischer Politur hing in der Luft, und Jessie sang.

«Ich weiß, daß wir uns wiedersehn, eines Tages wird's geschehn...»

An der Haustür blieb er stehen. «Jessie, falls jemand anruft, sagen Sie, daß ich um zehn in der Praxis bin. Und falls es dringend ist, bin ich vermutlich in Fernrigg zu erreichen. Ich möchte nach Mrs. Armstrong sehen.» Er machte die Tür auf, dann zögerte er und drehte sich um. «Und, Jessie, es ist ein herrlicher Morgen. Ziehen Sie alle Jalousien hoch, machen Sie die Fenster auf und lassen Sie die Sonne herein.»

Unter normalen Umständen hätte sich Jessie derart ausgefallenen Ideen hitzig widersetzt. Aber an diesem Morgen sagte sie nur: «Wird gemacht.» Sie wandte sich dabei nicht einmal von ihrer Arbeit ab, und das letzte, was er von ihr sah, waren ihr runder, beschürzter Rumpf, ein Paar straff sitzende Nylonstrümpfe und die Beine ihres apfelgrünen knielangen Strickschlüpfers.

Er öffnete die Tür und sagte: «Guten Morgen.»

Tuppy war noch beim Frühstück. Sie schaute über die Brille weg zu ihm auf, weil sie nebenher ihre Post gelesen hatte. «Hugh!»

Er kam herein und schloß die Tür. «Und es ist ein vollkommener Morgen. Man hat einen Blick bis ans Ende der Welt.»

Tuppy sagte nichts dazu. Es verdroß sie, mit dem Frühstückstablett auf dem Schoß im ungemachten Bett ertappt zu werden, auch wenn es Hugh war. Sie nahm die Brille ab und musterte ihn mißtrauisch und meinte, eine gewisse Selbstzufriedenheit an ihm zu entdecken.

«Was machst du denn um diese Tageszeit hier?»

«Ich habe heute morgen einen frühen Praxistermin, deshalb habe ich gedacht, ich mache vorher ein paar Besuche, und dazu gehören Sie.»

«Du bist viel zu früh dran, ich weiß nicht, wo die Schwester steckt, und ich bin nicht auf dich vorbereitet.»

«Die Schwester ist auf dem Weg nach oben. Sie wird gleich kommen.»

«Und du», sagte sie, «siehst aus wie ein Kater, der Sahne genascht hat.»

Er trat an seinen üblichen Platz, lehnte sich auf das Fußteil des Bettes. «Jessie McKenzie ist aus Portree zurückgekommen. Musik liegt in der Luft, und das Haus wird gründlich geputzt. Bis auf die letzte Wollmaus.»

«Das ist sehr befriedigend, aber es erklärt nicht, warum du so selbstgefällig aussiehst.»

«Nein, nicht ganz. Ich muß Ihnen etwas sagen.»

«Etwas, was ich gerne höre?»

«Das hoffe ich.» Wie es seine Art war, kam er ohne Umschweife zur Sache. «Heute morgen habe ich einen Brief von einem jungen Mann namens David Stephenson bekommen. Er hat vor drei Jahren in Edinburgh seinen Abschluß gemacht, und seitdem arbeitet er im Victoria Hospital in Glasgow. Er hat glänzende Zeugnisse und ist mir wärmstens empfohlen worden. Er ist um die Dreißig, hat eine junge Frau, die früher Krankenschwester war, und zwei kleine Kinder. Sie haben das Großstadtleben satt und möchten gern nach Tarbole kommen.»

«Ein Partner?»

«Ein Partner.»

Tuppy stellte fest, daß sie sprachlos war. Sie lehnte sich in die Kissen zurück, schloß die Augen, zählte bis zehn und öffnete sie dann wieder. Er wartete auf ihren Kommentar. «Sie sollten es vor allen anderen erfahren», sagte er. «Was halten Sie davon?»

«Daß du ohne jeden Zweifel der enervierendste Mann bist, den ich je gekannt habe.»

«Ich weiß. Enervierend. Weil ich es Ihnen nicht früher gesagt habe.»

«Da haben wir alle die ganze Zeit versucht, dich dazu zu bewegen, daß du dir einen Partner nimmst. Und du bist dem Thema dauernd nur ausgewichen und hast es wie ein Vollidiot vor dir hergeschoben.»

Er kannte sie gut. «Aber es freut Sie?»

«Natürlich freut es mich», sagte sie wütend. «Nichts, was du tust, hätte mich mehr freuen können. Aber ich hätte gern gewußt, was du im Ärmel hast. Statt dauernd auf dich einzureden, hätte ich mir die Aufregung sparen und ruhig abwarten können.»

«Tuppy, manchmal vergessen Sie, daß ich nicht mehr in Jasons Alter bin.»

«Was heißen soll, du bist bestens in der Lage, dir einen Partner zu suchen, ohne daß sich eine so wichtigtuerische alte Schachtel wie ich einmischt.»

«Das habe ich nicht gesagt.»

«Nein, aber gemeint hast du es.» Aber sie brachte es nicht fertig, weiter entrüstet zu tun. Ihre Freude war viel zu groß. Jetzt erlaubte sie sich ein Lächeln. «Dann kannst du ein bißchen kürzertreten», sagte sie. «Dir Zeit nehmen für die Dinge, an denen du Freude hast.»

«Es ist noch nicht abgemacht. Er besucht mich nächsten Mittwoch, schaut sich hier um, macht sich ein Bild.»

Tuppy ging zum Praktischen über. «Wo werden sie wohnen?»

«Das ist eins der Probleme. Es fehlt an einem Haus.»

Das war das Stichwort für Tuppy. «Wir müssen uns alle umschauen, herumfragen, vielleicht finden wir etwas.»

«Fragen Sie aber erst herum, wenn es abgemacht ist. Bis dahin ist es streng geheim.»

«In Ordnung, ich sage kein Sterbenswörtchen. Dr. Stephenson.» Sie sagte den Namen laut, und er klang gut und verläßlich. «Dr. Kyles Partner. Wer hätte das gedacht.»

Nachdem er die Neuigkeit berichtet hatte, ging Hugh zum praktischen Teil über. «Wie fühlen Sie sich heute morgen?»

«Besser als gestern, aber nicht so gut, wie ich mich morgen fühlen werde. Ich werde unruhig, Hugh. Ich warne dich, ich bleibe nicht mehr lange hier liegen wie ein altes Wrack.»

«Vielleicht können Sie nächste Woche ein paar Stunden aufstehen.»

«Und Rose? Wie geht es der armen kleinen Rose?»

«Ich habe die arme kleine Rose noch nicht gesehen.»

«Du mußt unbedingt zu ihr und dich vergewissern, daß sie wieder gesund ist. Wirklich, diese üblen Austern. Die Leute sollten besser aufpassen. Es würde uns allen den morgigen Abend verderben, wenn sie nicht dabeisein könnte. Wir geben den Ball doch nur, damit alle Rose kennenlernen können.»

Während sie sprach, war er vom Bett zum Fenster gegangen, als könne er der Verlockung eines strahlenden Morgens nicht widerstehen. Tuppy beobachtete ihn, fragte sich, ob er auch nur ein Wort von dem, was sie sagte, mitbekam, und hatte das Gefühl, schon einmal eine ähnliche Situation erlebt zu haben.

«Weißt du», sagte sie, «an dem Tag, an dem ich mich so schlecht fühlte, hast du auch dort gestanden, am Fenster, und da habe ich dir gesagt, daß ich Antony und Rose sehen möchte. Und du hast dafür gesorgt. Du und natürlich die liebe Isobel. Ich bin dir sehr dankbar, Hugh. Es hat sich alles zum Guten gewendet. Ich bin wirklich ein glücklicher Mensch.»

Er wandte sich vom Fenster ab, aber ehe er etwas erwidern konnte, klopfte es an Tuppys Tür. In der Annahme, es sei die Schwester, die das Frühstückstablett holen wolle, rief Tuppy: «Herein.»

Die Tür ging auf, und Rose trat ein. Ihr erster Blick fiel auf Hugh, eingerahmt vom Fenster. Sie zögerte den Bruchteil einer Sekunde lang, dann drehte sie sich wortlos um und ging wieder hinaus. Tuppy blieb sprachlos zurück, erhaschte nur einen flüchtigen Eindruck von Roses langen Beinen in dunklen Strümpfen und einem wehenden kurzen Faltenrock, der wie ein Kinderkilt wirkte.

Hugh erholte sich schneller als Tuppy vom Schock dieses seltsamen Auftritts.

«Kommen Sie zurück!» rief er Rose nach – nicht besonders freundlich, dachte Tuppy.

Sie warteten. Zögernd tauchte Rose wieder auf, hielt sich am Türknopf fest, als wäre sie schon wieder auf dem Sprung. Sie sieht aus wie fünfzehn, dachte Tuppy. Hugh sah Rose streng an. Es war wirklich eine merkwürdige Situation. Normalerweise, das wußte Tuppy, hätte Roses Sinn für Humor die Oberhand gewonnen, und sie wäre in ein Kichern ausgebrochen, in das Tuppy sofort eingestimmt hätte. Aber jetzt sah Rose aus, als wäre ihr mehr zum Weinen als zum Lachen zumute. Tuppy hoffte, sie würde nicht in Tränen ausbrechen.

Das unbehagliche Schweigen zog sich in die Länge. Schließlich sagte Hugh: «Wer hat Ihnen erlaubt, aufzustehen?»

Rose sah noch unglücklicher aus. «Eigentlich niemand.»

«Hat Ihnen die Schwester nicht gesagt, daß Sie im Bett bleiben sollen?»

«Doch. Sie kann nichts dafür.»

«Und warum sind Sie dann aufgestanden?»

«Ich wollte Tuppy besuchen. Mir war nicht klar, daß Sie hier sind.»

«Das haben wir gemerkt.»

Tuppy hielt es nicht länger aus. «Hugh, hör auf damit, auf Rose herumzuhacken. Sie ist kein Baby. Sie kann aufstehen, wenn sie will. Rose, komm her, nimm mir das Tablett ab, und dann laß dich anschauen.»

Rose, dankbar für den Beistand, schloß die Tür, nahm das Tablett und stellte es auf den Boden. Tuppy griff nach ihren Händen und zog sie neben sich aufs Bett.

«Himmel, bist du mager! Du hast Handgelenke wie dürre Zweige. Du mußt ja Schlimmes durchgemacht haben.» Jetzt war ihr nicht mehr wohl dabei, daß Rose aufgestanden war; das Mädchen sah wirklich furchtbar aus. «Vielleicht gehörst du wirklich noch ins Bett. Und du mußt morgen bei der Party doch auf dem Damm sein. Denk bloß an die ganzen vergeudeten Vorbereitungen, wenn du nicht dabei bist.» Sie lächelte. «Wenigstens hast du nicht allzuviel Arbeit mit den Blumen, denn Anna bringt jede Menge Topfpflanzen aus ihrem Treibhaus. Sie packt den ganzen Landrover damit voll, das gute Kind. Und ich habe gedacht, vielleicht ein paar große Zweige mit Buchenlaub, die sehen immer so...»

Ihre Stimme erstarb. Rose reagierte nicht. Sie saß nur da, schaute zu Boden, das Gesicht ziemlich unansehnlich, Haut und Knochen ohne einen Hauch Make-up. Ihr Haar hatte den Glanz verloren, und ihre normalerweise gutgelaunte Miene wirkte traurig, was Tuppy einen Stich der Angst versetzte. Sie dachte an die junge Rose von vor fünf Jahren, wie sie von Zeit zu Zeit geschmollt hatte, anscheinend völlig grundlos. Damals hatte Tuppy das ignoriert, sich gesagt, daß alle Siebzehnjährigen zum Schmollen neigen. Aber sie hatte nicht damit gerechnet, diesen jämmerlichen Ausdruck je wieder auf Roses Gesicht zu entdecken.

Du meine Güte, ich hoffe nur für Antony, sie ist nicht launisch, dachte Tuppy. In Tuppys Kodex waren Launen eine unverzeihliche Sünde, die schlimmste Form, sich gehenzulassen.

Ihre Gedanken überschlugen sich, während sie nach einem Grund für Roses Trauermiene suchte. Natürlich, sie war krank gewesen, aber... hatte sie sich mit Antony gestritten? Aber Antony war nicht hier. Vielleicht mit Isobel? Ausgeschlossen. Isobel hatte sich ihr Leben lang noch nie mit jemandem gestritten.

«Rose.» Sie wurde etwas ungeduldig. «Rose, mein liebes Kind, was ist denn?»

Ehe Rose irgend etwas erwidern konnte, antwortete Hugh für sie. «Dem lieben Kind fehlt gar nichts, außer daß es eine

Lebensmittelvergiftung hatte und zu früh aufgestanden ist.»
Beim Klang seiner Stimme schien Rose sich etwas zusammen-
zureißen. Tuppy war ihm wie immer dankbar, daß er die
Regie übernahm.

«Wie fühlen Sie sich jetzt?» fragte er Rose. «Wahrheitsge-
mäß.»

«Ganz gut. Bloß etwas wacklig in den Knien.»

«Haben Sie gefrühstückt?»

«Ja.»

«Und es ist Ihnen nicht wieder schlecht geworden?»

Rose machte ein verlegenes Gesicht. «Nein.»

«Wenn das so ist, gehen Sie am besten ein bißchen ins Freie,
an die frische Luft.» Rose wirkte wenig begeistert. «Jetzt. Solange die Sonne scheint.»

Tuppy tätschelte Rose ermunternd die Hand. «Hörst du?
Warum machst du das nicht? Es ist so ein schöner Morgen. Es
wird dir guttun.»

«Na gut.» Rose stand widerstrebend vom Bett auf und ging
zur Tür, doch bevor sie aus dem Zimmer ging, meldeten sich
Tuppys hausfrauliche Instinkte: «Rose, Liebes, wenn du
schon hinuntergehst, nimm doch mein Tablett mit, dann er-
sparst du der Schwester einen Weg. Und falls du die Schwester siehst, sag ihr, sie soll heraufkommen. Und», fügte sie
hinzu, als sich Rose, mit dem Tablett beladen, durch die Tür
manövrierte, «wenn du hinausgehst, sprich vorher mit Mrs.
Watty. Vielleicht möchte sie, daß du Bohnen pflückst.»

Was den Haushalt betraf, schien Tuppy einen sechsten Sinn
zu haben. Mrs. Watty war in der Tat der Meinung, sie könne
Bohnen brauchen, und holte einen Riesenkorb, den Flora füllen sollte.

«Weiß die Schwester, daß Sie auf den Beinen sind?»

«Ja. Ich bin ihr eben begegnet. Sie macht ein Gesicht wie
sieben Tage Regenwetter.»

«Gehen Sie ihr lieber aus dem Weg.»

«Mach ich.»

Flora ging mit dem Korb in die Halle zurück. Sie hatte keine Lust, Bohnen zu pflücken. Eigentlich wollte sie überhaupt nicht an die frische Luft. Sie hatte vorgehabt, es sich auf Tuppys Bett bequem zu machen und sich aufheitern zu lassen, aber diese Pläne hatte Hugh zunichte gemacht. Wie hätte Flora wissen können, daß er um neun Uhr morgens schon mit den Hausbesuchen anfing?

Es war ihr zu lästig, nach oben zu gehen, um ihren Mantel zu holen, deshalb nahm sie sich einen der alten Mäntel, die in der Garderobe hingen. Es war ein weiter Tweedmantel mit Kaninchenfutter, und sie knöpfte ihn eben zu, als Hugh die Treppe herunterkam, eine Hand in der Hosentasche.

«Ich habe mit der Schwester gesprochen», sagte er zu ihr, «und sie hat sich in das Unvermeidliche gefügt. Wollen Sie ins Freie?»

«Ja. Um Bohnen zu pflücken», sagte sie resigniert.

Er grinste, streckte die Hand aus, um ihr die Tür aufzuhalten. Sie ging vor ihm hinaus. Die Sonne blendete. Durch die Bäume schimmerten die Gewässer von Fhada so strahlend wie saphirblaue Seide. Die Luft war wie Wein, der Himmel voll von kreisenden Möwen.

Hugh schaute nach oben. «Sie fliegen landeinwärts. Das bedeutet stürmisches Wetter.»

«Heute?»

«Oder morgen.» Sie gingen Seite an Seite die Treppe hinunter. «Es ist gut, daß morgen abend keine Markise aufgespannt wird, die würde sonst bestimmt in einem Baumwipfel enden.»

Sie kamen auf den Schotter. Flora blieb stehen. «Hugh.»

Er hielt inne, schaute sie an.

Jetzt. Sag es jetzt.

«Was ich neulich gesagt habe, tut mir furchtbar leid. Ich meine, das mit Ihrer Frau. Ich hatte kein Recht, so etwas Grauenhaftes zu sagen. Es war unverzeihlich. Ich... ich erwarte nicht, daß Sie es vergessen, aber Sie sollen wissen, daß es mir leid tut.»

Es war gesagt. Es war geschafft. Vor Erleichterung fühlte sich Flora beinahe wieder den Tränen nahe. Aber Hugh schien von Floras Selbstbezichtigung nicht halb so beeindruckt zu sein wie sie.

«Vielleicht sollte ich mich auch entschuldigen», sagte er. «Aber meine Entschuldigung muß leider warten.»

Sie runzelte verständnislos die Stirn, doch er dachte nicht daran, es ihr zu erklären. «Machen Sie sich darüber keine Gedanken. Passen Sie gut auf sich auf. Und pflücken Sie nicht zuviel Bohnen.» Er ging weg, dann fiel ihm etwas ein. «Wann kommt Antony?»

«Morgen nachmittag.»

«Gut. Bis morgen abend.»

«Sie kommen zum Fest?»

«Wenn ich kann. Wollen Sie, daß ich komme?»

«Ja», sagte sie spontan, fügte dann aber hinzu: «Ich kenne nur drei Leute, und wenn Sie nicht kommen, kenne ich nur zwei.»

Er machte ein amüsiertes Gesicht. «Sie kommen schon zurecht», sagte er. Und mit diesem dürftigen Trost stieg er in sein Auto und fuhr davon, durch das Tor und außer Sichtweite. Flora schaute ihm nach, immer noch elend, kaum getröstet und jetzt auch noch verwirrt. *Meine Entschuldigung muß warten.* Wofür wollte er sich entschuldigen? Und warum mußte das warten? Sie überlegte einen Moment lang angestrengt, doch weil geistige Anstrengung sie immer noch überforderte, gab sie es schließlich auf und ging in den Gemüsegarten.

Es war Freitag.

Isobel wachte auf und lauschte dem Regen. Gestern hatte es den ganzen Nachmittag lang geregnet und den größten Teil der Nacht auch. Von Zeit zu Zeit war sie wach geworden, aus dem Schlaf gerissen von Windböen und Regentropfen, die wie Kiesel gegen ihre Fensterscheibe schlugen. Sie wurde verfolgt von Visionen nasser Fußabdrücke, die sich durch das Haus zogen, während Watty ein und aus ging, der Partyservice die Kisten mit Porzellan und Glas auslud und Gläser, Buchenzweige und große, tropfende torfgefüllte Töpfe mit den Pelargonien aus Ardmore hin und her getragen wurden.

Um sieben Uhr morgens schien der Regen aufgehört zu haben. Isobel stieg aus dem Bett (wenn sie sich wieder hinlegte, würde alles vorbei sein), ging ans Fenster, zog die Vorhänge auf und sah dichtes Perlgrau – Nebel, der über dem Meer lag – und einen Hauch wäßriges Rosa von den ersten dünnen Strahlen der Morgensonne. Die Inseln waren verschwunden, und das stille Wasser schlug kaum gegen die Felsen unterhalb des Gartens.

Es regnete immer noch leicht, aber der Wind hatte sich gelegt. Isobel fühlte einen tiefen Widerwillen gegen diesen Tag, der vermutlich erst in zwanzig Stunden zu Ende sein würde. Nun, nach dem Frühstückskaffee würde sie sich schon stärker fühlen. Und heute nachmittag kam Antony aus Edinburgh. Der Gedanke, daß Antony kam, heiterte sie auf. Sie ließ sich das morgendliche Bad einlaufen.

Jason wollte nicht in die Schule. «Ich will hierbleiben und helfen. Wenn ich auf das Fest kommen muß, sehe ich nicht ein, warum ich nicht hierbleiben und helfen darf.»

«Du mußt nicht auf das Fest kommen», erklärte Tante Isobel ihm ruhig. «Niemand zwingt dich, auf das Fest zu kommen.»

«Du könntest Mr. Fraser einen Brief schreiben, in dem steht, daß ich zu Hause gebraucht werde. Das machen die anderen Mütter alle.»

«Ja, das könnte ich tun, aber ich mache es nicht. Iß jetzt dein Ei auf.»

Jason verfiel in Schweigen. Er war sich unsicher, was den

Ball betraf, weil er den Kilt und das Wams tragen sollte, die sein Großvater in Jasons Alter getragen hatte. Der Kilt war in Ordnung, aber das Wams war aus Samt, und Jason hielt es für weibisch. Er hatte nicht vor, seinem Freund Doogie Miller etwas über das Wams zu erzählen. Doogie Miller war ein Jahr älter als Jason und einen Kopf größer. Sein Vater hatte ein eigenes Boot, und wenn er alt genug war, wollte ihn Doogie als Bootsmann mitnehmen. Doogies gute Meinung war Jason sehr wichtig.

Er aß das Ei auf, trank die Milch aus, schaute Tante Isobel über den Tisch weg an und beschloß, es ein letztes Mal zu versuchen, denn er war nicht der Typ, der sich leicht abfertigen ließ.

«Ich könnte Sachen für dich tragen. Ich könnte Watty helfen.»

Isobel langte über den Tisch und zerzauste sein Haar. «Ja, ich weiß, daß du das könntest, und du würdest es großartig machen, aber du mußt in die Schule. Und Antony kommt heute nachmittag zurück, also kann er Watty helfen.»

Jason riß die Augen auf. «Antony kommt heute nachmittag zurück?» Tante Isobel nickte. Jason sagte nichts mehr, aber er seufzte glücklich. Seine Tante lächelte ihn liebevoll an. Sie konnte nicht ahnen, daß Jason Antonys Ankunft aus einem ganz bestimmten Grund entgegenfieberte: Die Pfeile, die er am letzten Wochenende gemacht hatte, mußten mit Federn versehen werden.

Am Vormittag bog Anna Stoddart mit dem Landrover aus Ardmore ins Tor von Fernrigg ein, holperte über die Schlaglöcher in der Einfahrt (wann würde endlich jemand die Löcher zuschütten?) und hielt auf dem Schotter, neben einem blauen Lieferwagen, den sie als Eigentum von Mr. Anderson vom Bahnhofshotel in Tarbole erkannte. Die Haustür stand offen. Anna stieg aus dem Landrover und ging, die Hände in den Taschen der Schaffelljacke, die Treppe hinauf.

Die Möbel und Teppiche waren schon aus der Halle verschwunden; alle Möbelstücke, die zu schwer zum Transportieren waren, standen an den Wänden. Mrs. Watty schob einen altmodischen Bohner vor sich her, der einen Lärm machte wie ein Düsenmotor, und war damit beschäftigt, das Parkett auf Hochglanz zu bringen. Isobel kam mit einem Stapel sauberer weißer Tischwäsche die Treppe herunter, und Watty ging mit riesigen Körben voller Scheite, die am offenen Kamin gestapelt werden sollten, den Flur zur Küche entlang. Alle begrüßten sie mit einem Lächeln oder Nicken und gingen weiter. Isobel sagte über den Wäschestapel weg: «Anna, wie reizend, daß du da bist», doch es klang geistesabwesend, und als sie den Fuß der Treppe erreicht hatte, blieb sie nicht stehen, sondern ging geradeaus weiter, Richtung Eßzimmer. Anna, die nicht wußte, was sie sonst tun sollte, ging ihr nach.

Der große Tisch war an die Wand gerückt und schon mit roten Filzstücken überzogen worden. Darauf ließ Isobel jetzt ihre Last fallen. «Himmel, sind die schwer. Gott sei Dank benutzen wir sie nicht jeden Tag.»

«Aber, Isobel, du hast schon soviel gemacht. Ihr müßt alle völlig überarbeitet sein.»

«Ja, ich nehme an, das sind wir...» Isobel nahm das oberste Tischtuch und schüttelte es mit einer fachmännischen Bewegung der langen, schmalen Handgelenke aus den Falten. «Hast du die Topfpflanzen dabei?»

«Ja, der ganze Landrover ist vollgepackt, aber ich brauche jemanden, der mir beim Tragen hilft.»

«Watty kann dir helfen.» Isobel strich die Falten des Tischtuchs glatt, dann ließ sie es liegen und machte sich auf die Suche nach Watty. «Watty! Mrs. Watty, wo ist Watty?»

«Er muß irgendwo in der Nähe sein.» Mrs. Watty hob die Stimme über den Lärm des Bohners weg, hatte aber offensichtlich nicht vor, ihn abzuschalten oder sich auf die Suche nach ihrem Mann zu machen.

«Watty! Oh, da sind Sie ja. Können Sie Mrs. Stoddart helfen, den Landrover auszuräumen? Ach, Sie kümmern sich um das Brennholz, das hatte ich ganz vergessen. Gut, wo ist Rose? Mrs. Watty, wo ist Rose?»

«Ich habe keine Ahnung.» Mrs. Watty steuerte den Bohner in einen dunklen Winkel hinter den Vorhängen.

«Oh.» Isobel schob sich das Haar aus dem Gesicht. Sie wurde nervös, und das war auch kein Wunder, dachte Anna. «Ich werde Rose schon finden», sagte sie zu Isobel. «Keine Sorge. Mach du nur mit den Tischtüchern weiter.»

«Vermutlich ist sie im Wohnzimmer. Watty hat Buchenzweige gebracht, und Rose hat gesagt, sie arrangiert sie, aber sie klang nicht besonders zuversichtlich. Vielleicht könntest du ihr helfen.»

Mr. Anderson vom Bahnhofshotel in Tarbole, der sich in seiner neuen Rolle als Caterer wichtig fühlte, kam jetzt aus der Küche und fragte Miss Armstrong, ob sie einen Augenblick Zeit habe. Isobel wandte sich wieder den Tischtüchern zu, überlegte es sich anders und ging hinter Mr. Anderson her, dann fiel ihr Anna wieder ein.

«Tut mir leid, ich muß gehen. Kommst du zurecht?»

«Keine Sorge», sagte Anna. «Ich werde Rose schon finden.»

Es war immer so. Anna erinnerte sich seit ihrer Kindheit an die Feste in Fernrigg, und sie folgten immer demselben Muster. Drinks und Sitzgelegenheiten im Wohnzimmer, Abendessen im Eßzimmer, Tanz in der Halle. Brian sagte, er finde Tuppys Feste langweilig. Er beschwerte sich, es seien immer dieselben Leute in denselben Kleidern mit derselben Konversation. Aber Anna mochte es so. Es gefiel ihr nicht, wenn sich etwas veränderte.

Selbst die Vorbereitungen, das scheinbare Chaos, erfüllten sie mit Befriedigung, denn sie wußte, um acht würde alles wie immer sein, bereit für die Ankunft der Gäste, nichts übersehen, keine Einzelheit vergessen. Nur würde es heute abend nicht ganz dasselbe sein, weil Tuppy nicht dabei war. Aber anwesend war sie trotzdem, sagte sich Anna, auch wenn sie nicht in ihrem altmodischen blauen Samtkleid, mit dem Familienschmuck behangen, am Fuß der Treppe stehen konnte. Sie würde oben sein, der Musik lauschen, vielleicht einen Schluck Champagner trinken, sich erinnern...

Mrs. Watty näherte sich mit ihrem Gerät. «Würde es Ihnen etwas ausmachen, sich woanders hinzustellen, Mrs. Stoddart? Ich möchte diese Stelle bohnern.» Anna entschuldigte sich, machte Platz und suchte nach Rose.

Sie fand sie im Wohnzimmer, wo sie neben dem Flügel auf dem Boden kniete und versuchte, die langen Buchenzweige auseinanderzusortieren, die sie auf ein altes Laken gelegt hatte. Neben ihr stand eine riesige Vase mit einem Rosenmuster, und vor ihr lagen ein paar Stücke Draht. Als Anna eintrat, blickte sie auf. Ihre Miene war verzweifelt.

«Hallo», sagte Anna.

«Anna, Gott sei Dank, daß Sie da sind. Alle scheinen es für selbstverständlich zu halten, daß ich die herrlichsten Arrangements mache, und sie wollen mir nicht glauben, daß ich nicht einmal sechs Narzissen in einen Krug stellen kann, ohne daß sie die Köpfe hängen lassen.»

Anna zog den Mantel aus, legte ihn auf den Stuhl und kam ihr zu Hilfe. «Sie müssen die Zweige verschieden lang abschneiden, sonst stehen sie in die Höhe wie Besen. Wo ist die Schere? Schauen Sie, so. Und dann...»

Rose schaute bewundernd zu, wie das Arrangement Gestalt annahm. «Sie sind klug. Wie kommt es, daß Sie so klug sind? Woher wissen Sie, wie das geht? Hat Ihnen das jemand beigebracht?»

Anna genoß das Lob. «Nein, eigentlich hat es mir niemand beigebracht. Ich mache es einfach gern, vielleicht kann ich es deshalb recht gut. Sind keine Chrysanthemen da, die wir dazustecken können? Die Zweige könnten ein bißchen Farbe vertragen.»

«Isobel hat Watty gebeten, welche zu holen, aber sie hat ihm noch ein Dutzend andere Sachen aufgetragen, und der arme Mann weiß gar nicht mehr, wo ihm der Kopf steht.»

«Das ist immer so», erklärte Anna. «Es wirkt schlecht organisiert, aber am Schluß stimmt dann doch alles. Und wir können später ein paar Zweige mit Beeren oder so holen. Wo soll diese Vase hin?»

«Auf den Flügel, hat Isobel gedacht.»

Rose bückte sich, um die Vase hochzuheben, und stellte sie an ihren Platz. Anna schaute ihr voller Bewunderung zu. Sie sah die langen, schlanken Beine, die schmale Taille, das glänzende dunkle Haar, ungekünstelt und lässig. Anna hatte sich immer danach gesehnt, genauso auszusehen, und trotzdem empfand sie keinen Neid. Gehörte das zu den angenehmeren Symptomen der Schwangerschaft, oder lag es daran, daß sie Rose so gern mochte?

Sie hätte nie geglaubt, sie könnte Rose mögen. Früher, als Rose jünger gewesen war und Brian sie und ihre Mutter auf einen Drink in den Jachtclub mitbrachte, hatte Rose sie so eingeschüchtert, daß sie wie gelähmt gewesen war und sogar ein wenig Angst vor ihrem abschätzigen Blick und ihren gedankenlosen, unhöflichen Bemerkungen gehabt hatte.

Aber Rose hatte sich geändert. Vielleicht, dachte Anna, hat es etwas mit Antony zu tun. Sie wußte das nicht genau; sie wußte nur, daß Rose ein anderer Mensch geworden war. Es hatte Anna nicht einmal etwas ausgemacht, daß Brian sie zum Essen eingeladen hatte. Anna kam sich sogar auf angenehme Weise weltläufig vor, weil sie mit dem Bewußtsein zum Einkaufen fuhr, ihr Mann werde in ihrer Abwesenheit charmant unterhalten. Das war wirklicher Stil – etwas, wonach sich Anna ihr ganzes Eheleben lang gesehnt hatte.

Vielleicht wurde sie endlich doch noch erwachsen. Vielleicht lernte sie allmählich, sich mit Tatsachen abzufinden.

«Was halten Sie davon?» fragte Rose und trat vom Flügel zurück.

417

Anna, die immer noch am Boden kauerte, sagte: «Das ist genau richtig. Rose, ich möchte Ihnen etwas sagen – Brian hat den Abend mit Ihnen so genossen, und das mit der Auster hat ihm furchtbar leid getan. Er hatte eine richtige Wut, hat im Fishers' Arms angerufen und dem Geschäftsführer kräftig eingeheizt.»

«Er konnte ja nichts dafür.» Rose kniete sich neben sie, beschäftigt mit abgebrochenen Zweigen und feuchten Laubfetzen. Ihr Haar fiel vornüber, und Anna konnte ihr Gesicht nicht sehen. «Und ich habe mich noch gar nicht für die Azalee bedankt. Das wäre doch nicht nötig gewesen.»

«Das war selbstverständlich. Ich habe mich in gewisser Weise verantwortlich gefühlt.»

«Wie geht es Brian?»

«Bestens.» Anna korrigierte sich. «Natürlich bis auf sein Auge.»

«Sein Auge?»

«Ja, der arme Mann, er ist gegen eine Tür gerannt. Ich weiß nicht, wie das passiert ist, aber es muß ein fürchterlicher Schlag gewesen sein, und er hat ein richtiges Veilchen.» Sie lächelte, weil Brian komisch ausgesehen hatte, wie ein Schauspieler in einer Farce. «Aber jetzt ist es nicht mehr schlimm und verheilt schnell.»

«Hoffentlich geht es ihm bald besser», sagte Rose. «Meinen Sie, wir sollten die Beeren jetzt holen oder erst die Topfpflanzen hereinbringen?»

«Dabei muß uns Watty helfen.» Anna war etwas schüchtern zumute. «Es ist nämlich so... es weiß noch niemand, aber ich darf nichts Schweres tragen. Hugh hat mir das verboten. Wissen Sie, ich bekomme ein Kind.»

«Wirklich?»

Anna nickte. Es war herrlich, eine Vertraute zu haben, es einer anderen Frau erzählen zu können.

«Ja. Im Frühling.»

«Das freut mich. Und der Frühling ist die beste Zeit, ein

Kind zu bekommen. Wie Lämmer und Kälbchen...» Rose kam offenbar ein bißchen durcheinander. «Ich meine, dann hat man den ganzen Sommer vor sich.»

«Ich habe mich gefragt...» Anna zögerte. Der Gedanke war ihr schon länger durch den Kopf gegangen, aber jetzt war sie sich sicher. «Ich habe mich gefragt, ob Sie vielleicht Patin werden möchten. Ich habe noch nichts zu Brian gesagt, und natürlich muß ich es mit ihm besprechen, aber ich wollte erst Sie fragen. Jedenfalls hätte ich es gern, daß Sie Patin werden. Wenn Sie möchten.» Rose wirkte verblüfft. «Falls Sie möchten», schloß sie schwach.

«Ja, selbstverständlich», sagte Rose. «Liebend gern. Ich fühle mich sehr geschmeichelt. Es ist nur so, ich werde nicht viel hier sein, und...»

«Es spielt keine Rolle, ob Sie hier sind. Irgendwo sind Sie ja. Und man sollte sich als Paten immer gute Freunde aussuchen.» Die Situation wurde zu emotional für Anna. Sie beschloß, Zuflucht zu einem sichereren Thema zu nehmen. «Wenn wir Dahlien hätten, könnten wir ein Sonnenrad binden und auf den Sekretär stellen. Tuppy hat in ihrer Rabatte jede Menge Dahlien. Gehen wir und schneiden sie. Der arme Watty, es wird ihm das Herz brechen.»

Am Nachmittag kam dann alles zum Erliegen. Weil es nirgends mehr Sitzplätze gab, versammelten sie sich in Mrs. Wattys anheimelnder Küche. Die unermüdliche Mrs. Watty buk einen Haufen Hörnchen. Ihr Mann, kurz vor dem Aufbruch, um Jason aus der Schule abzuholen, saß mit einem Gesicht wie ein Leichenbestatter am Küchentisch und trank Tee. (Das Massaker an den Dahlien hatte ihm den Rest gegeben.) Die Schwester bügelte, und Isobel, sichtlich erschöpft, schob sich das Haar aus dem Gesicht und kündigte an, sie werde sich in ihr Zimmer zurückziehen und die Beine hochlegen. Sie wartete auf Kommentare, aber niemand widersprach ihr. Ihr Blick fiel auf Flora.

«Du auch, Rose. Du bist den ganzen Tag lang bienenfleißig gewesen. Geh und ruh dich aus.»

Aber Flora wollte sich nicht ausruhen. Sie hatte plötzlich ein tiefes Bedürfnis, im Freien zu sein, fort vom Haus, allein.

«Ich habe gedacht, ich könnte mit Plummer spazierengehen.»

Isobel strahlte. «Oh, würdest du das tun? Er ist den ganzen Tag lang mit einem so vorwurfsvollen Blick hinter mir hergelaufen, und ich hatte nicht die Energie zu gehen.» Flora schaute auf die Uhr. «Was meinst du, wann wird Antony hiersein?»

«Er kann jetzt jeden Augenblick kommen. Er hat gesagt, er fährt gegen Mittag in Edinburgh ab.» Isobel streckte ihren schlaksigen Körper. «Ich gehe ins Bett, ehe ich umfalle.»

Sie ging. Watty schlürfte lautstark seinen Tee. Flora holte sich einen Mantel.

Sie fand Plummer in der Halle, ganz geknickt, weil sie so ungewohnt aussah. Er haßte Veränderungen, wie er Koffer an der Haustür haßte. Ignoriert und vergessen hatte er in seinem Korb Zuflucht gesucht, der unter die Treppe geräumt worden war.

Als Flora ihn rief, schaute er sie an, verletzt und niedergeschlagen. Als er schließlich begriff, daß sie mit ihm spazierengehen wollte, kannte seine Freude keine Grenzen. Er sprang aus dem Korb, schlitterte über den gebohnerten Boden und schwenkte den alten Schwanz wie einen Pumpenschwengel. Entzückte Laute kamen aus seiner Kehle. Draußen stürzte er los, um etwas zum Tragen zu finden, und kam zu Flora zurückgesprungen, einen Stock im Maul, der so lang war, daß er hinter ihm über den Boden schleifte. Mit dieser Last brachen die beiden auf.

Es war kühl, grau, windstill. Die Sonne war den ganzen Tag lang nicht durchgebrochen, und die Straße war noch feucht vom Regen der letzten Nacht. Sie gingen durch das Tor und schlugen den Weg nach Tarbole hinunter ein. Nach etwa anderthalb Kilometern führte die Straße an die hundert Meter am Wasser entlang. Ein kleiner Strand lag dahinter, den Plummer sofort erkundete. Flora setzte sich auf die niedrige Mauer, um auf Antony zu warten.

Es waren nur wenige Autos unterwegs. Bei jedem, das den Hügel heraufkam, schaute sie hoch, um zu sehen, ob es Antony war. Sie saß eine halbe Stunde dort, und ihr wurde kalt, ehe er endlich auftauchte. Sie erkannte sein Auto sofort, stieg von der Mauer, stellte sich mitten auf die Straße und schwenkte heftig die Arme, damit er anhielt. Er sah sie, bremste und fuhr das Auto an den Straßenrand.

«Flora.» Er stieg aus, und sie umarmten sich. Sie konnte sich nicht daran erinnern, wann sie je so froh und so erleichtert über den Anblick eines Menschen gewesen war.

«Ich habe auf dich gewartet. Ich wollte dich vor allen anderen sehen.»

«Wie lange bist du schon hier?»

«Es kommt mir vor wie eine Ewigkeit, aber es kann nicht besonders lange gewesen sein.»

«Du siehst aus, als ob du frierst. Komm, steig ein.»

Das wollte sie eben tun, als ihr Plummer einfiel, der gerade am äußersten Ende des kleinen Strandes einer offenbar faszinierenden Duftmarke auf der Spur war. Flora rief, aber er nahm keine Notiz von ihr. Antony pfiff, und Plummer spitzte die Ohren. Er drehte sich um, schaute erwartungsvoll in ihre Richtung. Antony pfiff noch einmal, und das gab den Ausschlag. Plummer galoppierte zurück, kletterte geschickt die Felsen hinauf, sprang über die Mauer wie ein Welpe und stürzte sich auf Antony. Es dauerte eine Weile, bis er sich dazu überreden ließ, sich auf den Rücksitz zu setzen, neben einen Koffer, einen Kasten Bier und einen Stapel Schallplatten.

«Wozu die Schallplatten?» fragte Flora, als sie sich neben Antony setzte.

«Für heute abend, wenn die Kapelle eine Pause macht, um

Brötchen zu essen und Whisky zu trinken. Das Fest bricht zusammen, wenn die Musik aufhört, und Tuppys Platten sind alle vorsintflutlich, deshalb habe ich ein paar von meinen mitgebracht. Aber das Wichtigste zuerst...» Er wandte sich ihr zu. «Bist du wieder gesund?»

«Ja.»

«Du bist vielleicht ein Herzchen. Kaum drehe ich dir den Rücken zu, ißt du verdorbene Austern. Isobel hat mich voller Panik angerufen. Ich glaube, sie hat gedacht, du stirbst ihr unter den Händen weg. Hast du mit Brian zu Abend gegessen?»

«Ja.»

«Mir war doch so, als ob sie das gesagt hätte.» Das schien ihn zu amüsieren und in keiner Weise zu beunruhigen. «Das soll dir eine Lehre sein, dich nie wieder mit dem Casanova von Arisaig herumzutreiben. Und was ist mit der Party heute abend? Ist Isobel schon zusammengebrochen?»

«Kurz davor. Als ich ging, wollte sie ins Bett und ein Nikkerchen machen. Und Anna Stoddart und ich haben Tuppys ganze Dahlien abgeschnitten; Watty spricht nicht mehr mit uns.»

«Das passiert jedesmal. Und wie geht es Tuppy?»

«Sie freut sich auf dich. Sie sagt, es geht ihr jeden Tag besser. Und vielleicht darf sie nächste Woche aufstehen, ein paar Stunden am Tag.»

«Ist das nicht großartig?» Ohne Vorwarnung beugte er sich vor und küßte sie. «Du fühlst dich mager an. Dein Gesicht besteht nur noch aus Knochen.»

«Mir geht es gut.»

«Es war dir zuwider, nicht wahr, Flora? Die ganz üble Geschichte.»

«Nein.» Sie mußte bei der Wahrheit bleiben. «Nein, es war mir nicht zuwider. Ich war mir zuwider. Ich komme mir gemein und mies vor, und jeden Tag wird es schlimmer, weil ich sie alle immer lieber mag. Im einen Augenblick bin ich Rose, ich werde dich heiraten, ich lüge nicht. Und im nächsten Augenblick bin ich wieder Flora, und ich lüge. Ich weiß nicht, was schlimmer ist. Antony, dieses Versprechen, das ich dir gegeben habe – ich habe es gehalten. Und du hältst deins, nicht wahr? Du sagst Tuppy die Wahrheit?»

Er lehnte sich zurück, wandte ihr das Profil zu und starrte niedergeschlagen vor sich hin, die Hände auf dem Lenkrad. Schließlich sagte er: «Ja.» Flora fühlte Mitleid mit ihm.

«Es ist furchtbar, ich weiß. Mir wäre es am liebsten, wenn du es ihr gleich sagen und es hinter dich bringen könntest, aber mit dem Fest und allem...»

«Ich sage es ihr morgen.» Das war sein letztes Wort. Er wollte nicht mehr darüber reden. «Und jetzt laß uns um Himmels willen nach Hause fahren. Ich bin hungrig und möchte Tee.»

«Mrs. Watty hat Hörnchen gebacken.»

«Und laß uns nicht an morgen denken. Laß uns nicht mehr darüber reden.»

Mit dieser Vogel-Strauß-Bemerkung griff er nach dem Zündschlüssel, aber Flora hielt ihn auf.

«Da ist noch was.» Sie fuhr mit der Hand in ihre Tasche. «Das hier.»

«Was ist denn das?»

«Eine Postkarte.»

«Eine ziemlich zerknitterte Postkarte.»

«Ich weiß. Ich habe sie in den Papierkorb geworfen, aber dann habe ich gedacht, es ist vielleicht besser, wenn du sie siehst, also habe ich sie wieder herausgeholt. Deshalb ist sie so zerknüllt.»

Er nahm sie vorsichtig aus der Hand. «Paris?» Er drehte sie um, erkannte sofort die Schrift und las sie schweigend. Als er fertig war, entstand eine lange Gesprächspause. Dann sagte er: «Was für ein Miststück.»

«Deshalb habe ich sie in den Papierkorb geworfen.»

Er las sie noch einmal, und sein Sinn für Humor gewann die

Oberhand. «Weißt du, in gewisser Hinsicht ist Rose ein ganz schön intelligentes Kind. Sie hat sich das Ganze ausgedacht, und du und ich sind wie zwei Deppen darauf hereingefallen. Jedenfalls bin ich darauf hereingefallen. Der Witz geht eindeutig auf meine Kosten. Und wenn man auf Distanz bleiben kann, ist es wohl ein ganz guter Witz. ‹Hab beschlossen, paar Tage hier Station zu machen.› Glaubst du, daß sie je bis nach Spetse gekommen ist?»

«Vielleicht hat sie im Flugzeug einen anderen Mann kennengelernt. Vielleicht ist sie in Gstaad oder Monaco oder…» Flora suchte nach dem unwahrscheinlichsten Ort, den sie sich ausdenken konnte. «Acapulco?»

«Woher soll ich das wissen?» Er gab Flora die Postkarte zurück. «Wirf sie ins Feuer, wenn wir nach Fernrigg kommen.» Er ließ den Motor an. «Und das ist das Ende von Rose. Wo sie auch ist, sie ist fort.»

Flora antwortete nicht. Sie wußte, daß Rose nicht fort war. Sie würde erst fort sein, wenn Antony Tuppy die Wahrheit gesagt hatte.

Hugh

Die Kapelle traf ein, als Antony zum Umziehen nach oben ging. Sie kam in einem kleinen, ramponierten Auto, das Mr. Cooper, dem Mann der Posthalterin, gehörte und von ihm gefahren wurde. Kapelle und Instrumente waren so eng hineingepackt, daß es Zeit und Überlegung erforderte, sie herauszuholen.

Als das geschafft war, führte Antony sie ins Haus und zeigte ihnen ihren Platz in einer Ecke der Halle. Dort richteten sie sich ein – Mr. Cooper mit seinem Akkordeon, der Geiger (ein pensionierter Straßenbauarbeiter, verwandt mit Mrs. Cooper) und der Schlagzeuger, ein langhaariger Bursche mit hohen Stiefeln, in dem Antony einen Jungen aus Tarbole erkannte, Bootsmann auf dem Fischerboot seines Onkels. Sie hatten sich mit einer Art Uniform ausstaffiert – blaue Hemden und Tartanfliegen – und strahlten durchaus eine gewisse Haltung aus.

Antony gab allen einen Schluck Whisky, und sie stürzten sich sofort in die Arbeit und spielten sich ein – der alte Mann stimmte seine Geige, und Mr. Cooper spielte lange, trillernde Arpeggios auf der Tastatur des Akkordeons.

Die Zeit wurde knapp. Antony überließ die Instrumentalisten sich selbst und lief die Treppe hinauf. Zu seiner großen Erleichterung war die Abendgarderobe bereits auf seinem Bett ausgelegt: Schuhe, Strümpfe, Strumpfbänder, das Messer, das in den Strumpf gesteckt wurde; Hemd, Krawatte, Weste und Wams, Kilt und Felltasche. Schuhschnallen, Silberknöpfe und Messer waren allesamt poliert, und seine goldenen Hemd- und Manschettenknöpfe lagen auf der Kommode parat. Irgend jemand, vermutlich Mrs. Watty, hatte sich viel Mühe gegeben, und er segnete insgeheim ihr gutes Herz. Wie üblich hatte er alles bis auf den letzten Augenblick verschoben und schon resigniert damit gerechnet, er müsse verzweifelt nach den verlegten Stücken der Ausstattung suchen.

Zehn Minuten später war er wieder unten, das Inbild eines gutgekleideten Gentleman aus den Highlands. Inzwischen war der Partyservice eingetroffen. Mr. Anderson, in gestärkter weißer Jacke, stellte Räucherlachs auf den Büfettisch, assistiert von Mrs. Watty. Mrs. Anderson, eine stattliche Dame mit dem einschüchternden Ruf hervorragender Manieren, hatte hinter der Bar Stellung bezogen und war damit beschäftigt, die Gläser auf Hochglanz zu polieren, hielt jedes einzelne hoch ins Licht, um mögliche Flecken zu entdecken.

Für Antony schien es nichts mehr zu tun zu geben. Er schaute auf die Uhr und stellte fest, daß noch Zeit für einen Whisky mit Soda blieb, den er nach oben mitnehmen konnte, um Tuppy gute Nacht zu sagen. Er wollte sich eben einschenken, als ihn das Geräusch eines Autos ablenkte, das die Einfahrt heraufkam und knirschend auf dem Schotter vor dem Haus hielt.

«Wer in aller Welt kann das sein?»

«Wer auch immer es ist», sagte Mrs. Anderson, die gelassen mit dem Geschirrtuch arbeitete, «er ist eine Viertelstunde zu früh dran.»

Antony runzelte die Stirn. Sie waren hier im Westen von Schottland, und niemand kam eine Vierstelstunde zu früh. Eher schon eine Dreiviertelstunde zu spät. Er wartete mißtrauisch, stellte sich schon vor, wie er die nächste halbe Stunde damit verbrachte, höfliche Konversation mit dem Hörgerät von Mrs. Clanwilliam zu machen. Eine Autotür schlug zu, Schritte knirschten auf dem Schotter, und im nächsten Augenblick ging die Tür auf und Hugh Kyle trat ein. Er trug einen Abendanzug und sah, wie Antony fand, ungeheuer distinguiert aus.

«Hallo, Antony.»

Antony stieß einen Seufzer der Erleichterung aus. «Gott sei Dank, daß du es bist. Du bist früh dran.»

«Ja, ich weiß.» Hugh schloß die Tür hinter sich und trat näher, die Hände in den Taschen, während sein Blick die festliche Szene aufnahm. «Prächtig. Ganz wie früher.»

«Ich weiß. Alle haben wie die Wahnsinnigen gearbeitet. Du kommst gerade rechtzeitig für einen Schluck. Ich wollte mir eben einen eingießen und dann zu Tuppy nach oben gehen, aber wo du schon mal da bist...» Er schenkte zwei Whiskys ein, goß Wasser darauf und gab einen Hugh. «Slaintheva, alter Freund.»

Er hob das Glas. Aber Hugh wirkte nicht so, als wolle er ihm zuprosten. Er stand da, den Drink in der Hand, musterte Antony, und seine blauen Augen schauten düster drein. Antony ahnte aus unerfindlichen Gründen sofort Schlimmes. Er senkte das Glas, ohne den Whisky auch nur gekostet zu haben. «Stimmt was nicht?»

«Ja», sagte Hugh unverblümt. «Und ich glaube, wir sollten darüber sprechen. Können wir irgendwohin gehen, wo wir nicht gestört werden?»

Flora saß am Frisiertisch, in dem schäbigen blauen Bademantel, den sie seit ihrer Schulzeit besaß, und trug Tusche auf die langen Wimpern auf. Die Frau im Spiegel, die sich zu ihr beugte, schien nichts mit Flora Waring gemein zu haben. Das kunstvolle Make-up, das sorgfältig in Form gebrachte glänzende Haar wirkten so förmlich und unvertraut wie ein Foto in einer Zeitschrift. Selbst das Schlafzimmer hinter ihr war fremd. Sie sah die Glut des Elektroofens, die zugezogenen Vorhänge, den gespenstischen Umriß ihres Kleides, das an der Schranktür hing, wo Schwester McLeod es feierlich und voller Stolz drapiert hatte.

Ihr Stolz war gerechtfertigt, denn es hatte jetzt keinerlei Ähnlichkeit mehr mit dem vergilbten Kleidungsstück, das Mrs. Watty aus dem Schrankkoffer auf dem Dachboden geholt hatte. Gebleicht, gestärkt, gesäumt wartete es auf Flora, kühl und leicht, wie frisch gefallener Schnee. Das blaue Futter tauchte zwischen den Einsätzen aus Batist und Spitze auf, und eine Reihe winziger Perlmuttknöpfe zog sich von der Taille bis zum Hals.

Das Kleid hatte etwas Verstörendes an sich. Es schien Flora zu beobachten, schweigend und vorwurfsvoll, wie ein mißbilligender Zuschauer. Sie wußte, daß sie es nicht anziehen wollte. Die ganze Zeit hatte sie den Augenblick, in dem sie sich mit dem Kleid anfreunden mußte, hinausgeschoben, doch jetzt schien es keine Ausrede mehr zu geben. Sie legte die Wimperntusche weg und sprühte sich verwegen mit dem Rest des Parfums ein, das Marcia ihr geschenkt hatte. Seufzend stand sie auf und glitt widerstrebend aus dem vertrauten, tröstlichen alten Bademantel. Einen Augenblick lang stand ihr Spiegelbild vor ihr: schlank, der Körper immer noch gebräunt von der Sommersonne, die Bräune noch betont von der weißen Spitze des BH und des Höschens. Es war warm im Zimmer, aber sie fröstelte. Sie wandte sich vom Spiegel ab und nahm das Kleid vom Bügel, stieg vorsichtig hinein, fuhr mit den Armen in die langen, engen Ärmel und schob es schließlich über die Schultern. Es fühlte sich widerspenstig und kalt an, wie ein Kleid aus Papier.

Sie knöpfte die winzigen Knöpfe zu. Das dauerte, weil die Knopflöcher von Stärke verklebt waren und mühsam geöffnet werden mußten; jedes Knöpfchen brauchte Überredung, bis es hielt. Der hohe Kragen war eine Qual – er war steif wie Pappe und schnitt ihr unter dem Kinn in den Hals.

Schließlich war der kleine Gürtel zugeschnallt, waren die Knöpfe an den Ärmeln geschlossen. Sie inspizierte sich vorsichtig und sah eine junge Frau, so steif wie eine Braut aus Zucker auf einer Hochzeitstorte. *Ich habe Angst*, sagt sie zu sich, doch die Frau im Spiegel hatte keinen Trost zu bieten. Sie schaute Flora nur gleichgültig an, als könne sie sie nicht besonders gut leiden. Flora seufzte, bückte sich vorsichtig, um den Heizofen abzuschalten, machte das Licht aus und verließ ihr Zimmer. Sie ging den Flur entlang, um sich zu zeigen und Tuppy gute Nacht zu sagen, wie sie es versprochen hatte.

Von weit her hörte sie den Rhythmus von Volkstanzmusik. Das Haus kam ihr sehr warm vor (Watty war gebeten worden, für Wärme zu sorgen) und roch nach Holzfeuer und Chrysanthemen. Fröhliche Stimmen drangen aus der Küche herauf, schufen eine Atmosphäre unterdrückter Erregung, wie man sie spürte, während man ein rauschgoldverpacktes Päckchen öffnete.

Tuppys Tür war angelehnt. Drinnen hörte man geselliges Gemurmel. Flora klopfte und ging hinein. Tuppy saß gegen frisch bezogene Kissen gelehnt; sie trug ein weißes Bettjäckchen, mit einer Satinschleife zugebunden; und neben ihr weilte, wie ein Kind aus einem alten Porträt, ihr Urenkel Jason.

«Rose!» Tuppy breitete die Arme aus, eine für Tuppy typische Geste, fröhlich, liebevoll, ein wenig überschwenglich. «Mein liebes Kind. Komm her, laß dich anschauen. Nein, geh auf und ab, damit wir dich wirklich sehen können.» Flora gehorchte, steif von der Stärke. «Was ist doch die Schwester für ein schlaues Geschöpf! Da hat dieses Kleid die vielen Jahre auf dem Dachboden gelegen, und jetzt sieht es aus, als wäre es gerade eben kreiert worden. Komm her, gib mir einen Kuß. Wie gut du riechst. Setz dich, hier, auf den Bettrand. Aber vorsichtig, du darfst den Rock nicht zerdrücken.»

Flora arrangierte sich voller Vorsicht. «Mit diesem Kragen komme ich mir vor wie eine Giraffenhals-Frau», murmelte sie.

«Was ist eine Giraffenhals-Frau?» fragte Jason.

«Die sind aus Burma», erklärte ihm Tuppy, «sie haben endlos lange Hälse und legen sich Goldreifen darum.»

«War das wirklich dein Tenniskleid, Tuppy?» Er schaute

Flora an, erkannte in ihr kaum die Person wieder, die ihm in Jeans und Pullover vertraut war. Diese Rose schüchterte ihn ziemlich ein.

«Ja, wirklich. Als ich ein junges Mädchen war.»

«Ich kann mir nicht vorstellen, wie du darin Tennis gespielt hast», sagte Flora.

Tuppy dachte darüber nach. «Na ja, besonders gutes Tennis war es nicht.» Sie lachten alle. Tuppy nahm Floras Hand und tätschelte sie besitzergreifend. Ihre Augen strahlten, ihr Gesicht war gerötet. Ob das an der Aufregung lag oder an dem Glas Champagner auf ihrem Nachttisch, ließ sich unmöglich sagen. «Ich habe hier gesessen, habe der Musik gelauscht, und meine Füße haben unter der Decke getanzt, haben ein ganz eigenes Fest gefeiert. Und dann ist Jason zu mir gekommen, hat wie ein Bild seines Großvaters ausgesehen, und ich habe ihm alles über die Party erzählt, die wir gegeben haben, als sein Großvater einundzwanzig wurde, als wir das Freudenfeuer auf dem Hügel hinter dem Haus angezündet haben und alle Nachbarn kamen; es gab einen Ochsen am Spieß und fässerweise Bier. Was war das für ein Fest!»

«Erzähl Rose von meinem Großvater und seinem Boot.»

«Das will Rose bestimmt nicht hören.»

«Doch. Erzähl's mir», drängte Flora.

Mehr Ermutigung brauchte Tuppy nicht. «Jasons Großvater hieß Bruce, und das war vielleicht ein wilder Junge! Er verbrachte die ganze Zeit mit den Bauernkindern, und wenn die Ferien um waren, kriegte ich seine Füße kaum mehr in ein Paar Schuhe. Aber schon als Kind war die See seine große Leidenschaft. Er hatte nie Angst vor ihr, und als er fünf war, konnte er schon kräftig schwimmen. Und als er etwas älter als Jason war, bekam er sein erstes Dingi. Tammy Todd – er arbeitet in Ardmore –, sein alter Vater war es, der es für Bruce gebaut hat. Und jedes Jahr gab es im Sommer im Jachtklub von Ardmore eine Regatta mit einem Rennen auch für die Kinder und ... wie hieß es, Jason?»

«Es hieß Zigeunerrennen, weil alle Segel geflickt waren!»
Flora runzelte die Stirn. «Geflickt?»

«Er meint, alle Segel waren handgenäht», erklärte Tuppy, «alle in wunderbaren Farben, zusammengenäht wie Patchwork. Alle Mütter haben monatelang gearbeitet, und das Kind mit den hübschesten Segeln bekam den Preis. Bruce hat ihn in jenem ersten Jahr bekommen, und ich glaube nicht, daß ihm ein Preis je wieder soviel bedeutet hat.»

«Aber er hat noch mehr Rennen gewonnen, nicht wahr, Tuppy?»

«O ja. Viele, viele Rennen. Und nicht nur in Ardmore. Er ist zum Clyde hinuntergefahren und hat beim Royal Northern mitgemacht, und als er mit der Schule fertig war, hat er sich einem Team für eine Ozeanregatta angeschlossen und ist nach Amerika gesegelt. Er hatte immer ein Boot. Es war seine größte Freude im Leben.»

«Und dann kam der Krieg, und er ist zur Navy gegangen», soufflierte Jason, der das Ende der Geschichte gern hinauszögern wollte.

«Ja, er ist zur See gefahren. Und er war auf einem Zerstörer im Atlantik, und manchmal kamen sie in den Gairloch oder in die Kyles von Lochalsh, dann kam er auf Wochenendurlaub nach Hause. Meistens hat er die ganze Zeit damit verbracht, an seinem Boot zu arbeiten oder ein Dingi zu segeln.»

«Und meine Großmutter war auch in der Navy, nicht wahr?»

Tuppy lächelte nachsichtig über Jasons Begeisterung. «Ja, sie war im Frauenkorps. Sie haben kurz nach Kriegsausbruch geheiratet.Und was für eine merkwürdige Hochzeit das war. Sie wurde immer wieder verschoben, weil Bruce dauernd auf See war, aber schließlich haben sie während eines Wochenendurlaubs in London geheiratet. Für Isobel und mich war es gar nicht so einfach, hinzukommen – alle Züge voller Soldaten, jeder hat seine Sandwiches mit den anderen geteilt, und man saß sich gegenseitig auf dem Schoß. Es war lustig.»

«Erzähl uns noch mehr Geschichten», sagte Jason. Aber Tuppy hob abwehrend die Hände.

«Du bist nicht hergekommen, um Geschichten zu hören. Du bist gekommen, um gute Nacht zu sagen, und jetzt gehst du zum Fest hinunter. Stell dir bloß vor, es ist dein allererster Ball. Und du wirst dich immer daran erinnern, daß du den Kilt und das Samtwams deines Großvaters getragen hast.»

Widerstrebend stieg Jason vom Bett und wandte sich Flora zu. «Tanzt du mit mir? Ich kann nur ‹Strip the Willow› und ‹Eightsome Reel›, wenn die anderen sie auch können.»

«Ich kann beides nicht, aber wenn du es mir beibringst, tanze ich gern mit dir.»

«‹Strip the Willow› kann ich dir wohl beibringen.» Er öffnete die Tür. «Gute Nacht, Tuppy.»

«Gute Nacht, mein Schatz.»

Die Tür schloß sich hinter ihm. Tuppy lehnte sich auf die Kissen zurück, sie sah müde, aber friedlich aus.

«Es ist sonderbar», sagte sie. Auch ihre Stimme wirkte müde, als sei der Tag zu lang für sie gewesen. «Heute abend habe ich den Eindruck, ich hätte jeden Überblick über die Jahre verloren. Ich habe die Musik gehört, und ich weiß genau, wie unten alles aussieht, was für ein Trubel und Wirbel das ist; und dann ist Jason hereingekommen. Und einen Augenblick lang habe ich wirklich gedacht, es ist Bruce. So ein sonderbares Gefühl. Aber auch ein schönes. Ich glaube, es hat etwas mit diesem Haus zu tun. Dieses Haus und ich kennen uns gut. Weißt du, Rose, ich habe mein ganzes Leben hier verbracht. Ich bin hier geboren. Hast du das gewußt?»

«Nein.»

«Ja, ich bin hier geboren und aufgewachsen. Und meine kleinen Brüder auch.»

«Ich wußte gar nicht, daß du Brüder hattest.»

«Du meine Güte, ja. James und Robbie. Sie waren viel jünger als ich, und meine Mutter starb, als ich zwölf war, deshalb waren sie in gewisser Weise meine Kinder. Zwei wundervolle

Wildfänge! Ich kann dir gar nicht sagen, wie ungezogen sie waren und was für fürchterliche Sachen sie sich ausgedacht haben. Einmal haben sie ein Floß gebaut und wollten es am Strand zu Wasser lassen, aber die Ebbe hat sie aufs Meer hinausgetrieben, das Rettungsboot mußte sie auffischen. Ein anderes Mal haben sie im Gartenhaus ein Lagerfeuer gemacht, das Haus ging in Flammen auf, und sie hatten Glück, daß sie nicht lebendig verbrannten. Das ist das einzige Mal, soweit ich mich erinnern kann, daß mein Vater wirklich wütend wurde. Dann sind sie ins Internat gekommen, und sie haben mir so gefehlt. Sie wuchsen zu jungen Männern heran, groß und gutaussehend, aber so wild wie eh und je. Ich war inzwischen verheiratet und lebte in Edinburgh, aber was für Geschichten habe ich zu hören bekommen! Die Eskapaden, die Partys! Sie waren so gutaussehend, daß sie jedem Mädchen in Schottland das Herz gebrochen haben müssen, aber so charmant, daß keine Frau ihnen lange böse sein konnte.»

«Was ist aus ihnen geworden?»

Tuppys muntere, tapfere Stimme klang etwas angeschlagen. «Sie sind gefallen. Beide. Im Ersten Weltkrieg. Erst Robbie, dann James. Es war so ein schrecklicher Krieg. All die prächtigen jungen Männer. Das Gemetzel, die Verlustlisten. Weißt du, selbst jemand aus Isobels Generation kann sich das Grauen dieser Verlustlisten nicht annähernd vorstellen. Dann, kurz vor Kriegsende, fiel auch mein Mann. Und als das geschah, hatte ich das Gefühl, mein Leben hat keinen Sinn mehr.» Plötzlich glänzten die blauen Augen vor Tränen.

«Oh, Tuppy.»

Aber Tuppy schüttelte den Kopf. Gefühlsduseligkeit und Selbstmitleid ließ sie nicht zu. «Weißt du, es hatte einen Sinn. Ich hatte meine Kinder, Isobel und Bruce. Leider war ich nicht besonders mütterlich. Ich glaube, meine ganze Mütterlichkeit hatte ich für meine kleinen Brüder verbraucht, und als Bruce und Isobel kamen, war ich nicht annähernd so glücklich, wie ich es hätte sein sollen. Wir lebten im Süden, und sie waren so blaß und still, die armen Kleinen. Ich konnte mich nicht recht für sie begeistern, deshalb bekam ich ein schlechtes Gewissen und versank in Selbstmitleid. Es war eine Art Teufelskreis.»

«Und dann?»

«Dann hat mein Vater mir geschrieben. Der Krieg war endlich aus, und er bat mich, über Weihnachten mit den Kindern nach Hause nach Fernrigg zu kommen. Also setzten wir uns in den Zug und fuhren hierher. Er holte uns an einem dunklen Wintermorgen in Tarbole ab; es war eiskalt und regnete. Was für ein klägliches Grüppchen wir waren, alle tintenschwarz angezogen, grau im Gesicht und verrußt vom Zug. Er war mit einer kleinen Pferdekutsche gekommen, wir stiegen ein und fuhren nach Fernrigg, als die Dämmerung heraufzog. Unterwegs trafen wir einen alten Farmer, den mein Vater kannte, worauf er die Pferde anhielt und dem alten Mann die Kinder vorstellte. Ich kann mich gut daran erinnern, wie feierlich sie ihm die Hand schüttelten.

Ich dachte, ich sei nur über Weihnachten nach Hause gekommen. Aber wir blieben über Neujahr, aus den Wochen wurden Monate, schließlich wurde es wieder Frühling. Inzwischen hatte ich begriffen, daß die Kinder zu Hause waren, daß sie zu Fernrigg gehörten. Sie sahen rosig und gesund aus, tobten meistens draußen herum, wie es sich für Kinder gehört. Und ich interessierte mich für den Garten. Ich legte ein Rosenbeet an, pflanzte Büsche und eine Fuchsienhecke und begann zu glauben, daß es eine Zukunft geben mußte, so tragisch die Vergangenheit auch gewesen war. Weißt du, dieses Haus hat etwas sehr Tröstliches. Es scheint sich kaum zu verändern, und wenn die Dinge sich nicht verändern, können sie sehr tröstlich sein.»

Sie schwieg. Von unten kamen jetzt die Geräusche der vorfahrenden Autos, das Anschwellen von Stimmen über die Musik hinweg. Das Fest hatte begonnen. Tuppy griff nach ihrem Glas Champagner, trank einen Schluck und nahm dann wieder Floras Hand.

«Torquil und Antony sind hier geboren. Ihre Mutter hatte eine schwere Geburt, als Torquil kam, und die Ärzte sagten ihr, sie dürfe kein zweites Kind bekommen, aber sie war entschlossen, das Risiko einzugehen. Bruce hatte natürlich große Angst um sie, deshalb kam sie während der Schwangerschaft und zur Geburt nach Fernrigg. Ich glaube, alles wäre gutgegangen, aber Bruces Schiff wurde einen Monat vor Antonys Geburt torpediert, und danach hat sie allen Lebenswillen verloren, glaube ich. Sie hatte keinen Kampfgeist mehr. Das Schlimmste daran war, daß ich es verstanden habe. Ich wußte, wie ihr zumute war.» Sie lächelte bitter. «Da waren wir jetzt, Isobel und ich, wieder da, wo wir angefangen hatten, mit zwei kleinen Jungen zum Großziehen. Immer kleine Jungen in Fernrigg. Das Haus wimmelt von ihnen. Manchmal höre ich, wie sie vom Garten hereingerannt kommen, die Treppe hinaufrufen, einen Höllenlärm veranstalten. Ich glaube, weil sie starben, sind sie nie alt geworden. Und solange ich hier bin und mich an sie erinnere, so lange sind sie nicht fort.»

Sie schwieg wieder.

«Wenn du mir das früher erzählt hättest. Wenn ich es nur gewußt hätte», sagte Flora.

«Es ist manchmal besser, nicht über die Vergangenheit zu reden. Das ist ein Luxus, der alten Leuten vorbehalten bleiben sollte.»

«Aber Fernrigg ist so ein glückliches Haus. Man spürt es sofort, wenn man hier hereinkommt.»

«Es freut mich, daß du das gespürt hast. Manchmal denke ich, es ist wie ein Baum, knorrig und alt, der Stamm krumm und vom Wind verbogen. Etliche Zweige fehlen, abgerissen von den Stürmen, und manchmal denkt man, der Baum stirbt – er kann den Elementen nicht länger trotzen. Und dann kommt wieder der Frühling, der Baum schlägt aus, hat Tausende von jungen, grünen Blättern. Wie ein Wunder. Du bist so ein Blatt, Rose. Und Antony. Und Jason. Alles lohnt sich, wenn man weiß, daß wieder junge Menschen da sind. Daß du hier bist.»

Flora schwieg. Mit einem ihrer typischen Stimmungsumschwünge wurde Tuppy plötzlich lebhaft. «Was mache ich da, halte dich auf, rede lauter Unsinn, während unten alle auf dich warten! Bist du nervös?»

«Ein bißchen.»

«Du brauchst nicht nervös zu sein. Du siehst wunderschön aus, alle – nicht nur Antony – werden in dich verliebt sein. Jetzt gib mir einen Kuß, und dann geh. Morgen kannst du kommen und mir alles erzählen. Jede winzige Einzelheit, ich brenne darauf, es zu hören.»

Flora stand vom Bett auf. Sie beugte sich hinunter, küßte Tuppy und ging zur Tür, als Tuppy sie noch einmal zurückrief: «Rose!»

Flora schaute sich um. «Viel Spaß», sagte Tuppy.

Das war alles. Sie ging hinaus und schloß leise die Tür hinter sich.

Es war nicht der richtige Zeitpunkt für einen Gefühlsausbruch. Es war einfach kindisch, sentimental zu werden, sich aufzuregen, weil eine alte Frau ein Glas Champagner getrunken und sich erinnert hatte. Flora hatte vor langer Zeit gelernt, ihre Gefühle in den Griff zu bekommen. Sie brauchte nur reglos dazustehen, die Hände gegen das Gesicht zu pressen und die Augen zu schließen, dann würde der Kloß in ihrem Hals nicht weiter anwachsen, die törichten Tränen würden nie vergossen werden.

Sie war lange bei Tuppy gewesen. Aus der Halle drangen die Geräusche des Festes, das schon in vollem Gang war, zu ihr herauf und quälten sie. Sie mußte hinunter. Sie durfte jetzt nicht weinen, denn sie mußte hinunter und alle kennenlernen. Antony wartete, und sie hatte ihm versprochen...

Was hatte sie ihm versprochen? Welcher Wahnsinn hatte

sie zu einem solchen Versprechen verleitet? Und wie hatten sie sich je einbilden können, mit diesem Täuschungsmanöver durchzukommen, ohne sich und alle anderen Beteiligten ins Unglück zu stürzen?

Auf die verzweifelten Fragen gab es keine Antwort. Das Kleid, das sie trug, gestärkt, unnachgiebig und unbequem, war zum Sinnbild ihrer Scham und ihres Abscheus vor sich selbst geworden. Es zu tragen, war eine Folter. Ihre Arme waren in zu enge Ärmel gezwängt worden; der hohe, enge Kragen schnürte ihr den Hals zu, bis sie das Gefühl hatte, sie bekomme keine Luft mehr.

Rose! Viel Spaß.

Aber ich bin nicht Rose. Und ich kann nicht mehr tun, als ob ich Rose wäre.

Sie preßte die Faust gegen den Mund, doch es nützte nichts. Jetzt weinte sie doch – um Tuppy, um die kleinen Jungen, um sich selbst. Blendende, salzige Tränen füllten ihre Augen und strömten ihr über die Wangen. Sie stellte sich vor, wie sie aussah, fleckig und mit laufender Wimperntusche, aber das war unwichtig, die Scharade war zu Ende. Sie konnte nicht zum Fest gehen, den Gästen gegenübertreten. Instinktiv floh sie den langen Gang entlang, bis sie ihr Zimmer erreichte und die Tür hinter sich schließen konnte. Sie war in Sicherheit.

Musik und Gelächter waren nur noch ein schwaches Murmeln; sie hörte ausschließlich das häßliche Geräusch ihrer eigenen Schluchzer. Das Zimmer kam ihr eisig vor. Mit ungeschickten Fingern öffnete sie die vielen winzigen Knöpfe des Kleides. Jetzt war der Kragen lose, und sie konnte wieder atmen. Dann das Leibchen und die engen Ärmel. Sie zerrte sich das Kleid von den Schultern, es glitt mit einem Rascheln zu Boden, und sie stieg hinaus und ließ es liegen wie Einwickelpapier. Vor Kälte zitternd griff sie nach ihrem alten, vertrauten Bademantel. Ohne sich die Mühe zu machen, ihn zuzuknöpfen oder den Gürtel zuzubinden, warf sie sich aufs Bett und überließ sich dem unausweichlichen Ansturm der Tränen.

Flora verlor jedes Zeitgefühl. Sie hatte keine Ahnung, wie lange sie dort gelegen hatte, als sie hörte, wie ihre Tür sich öffnete und leise wieder schloß. Sie war sich nicht einmal sicher, ob tatsächlich jemand hereingekommen war, bis sie den Druck auf dem Bettrand spürte, als sich jemand neben sie setzte, und eine warme Nähe, stark und tröstlich. Sie wandte den Kopf auf dem Kissen, eine Hand streckte sich aus und strich ihr das Haar aus dem Gesicht. Durch ihre Tränen hindurch löste der dunkle Fleck mit der weißen Hemdbrust sich allmählich in Hugh Kyle auf.

Flora war auf Isobel oder Antony gefaßt gewesen. Auf keinen Fall auf Hugh. Sie gab sich ungeheure Mühe, mit dem Weinen aufzuhören, und als die Tränen etwas spärlicher flossen, wischte sie sie mit dem Handrücken weg und schaute Hugh wieder an. Sein Bild wurde schärfer, und sie sah einen Mann, den sie noch nie gesehen hatte – nicht nur, weil er anders angezogen war, sondern vor allem, weil es ganz und gar untypisch für ihn war, so geduldig dazusitzen, als habe er alle Zeit der Welt, ohne etwas zu sagen, offenbar entschlossen, Flora weinen zu lassen, so lange sie wollte.

Sie mußte sprechen. Irgend etwas sagen, auch wenn es nur zu «Lassen Sie mich allein» reichte. Aber Hugh – ausgerechnet Hugh – breitete die Arme aus, und dem konnte sie nicht widerstehen. Ohne nachzudenken raffte sich Flora aus den Kissen auf und warf sich in den Trost seiner Umarmung.

Der Schaden, den sie auf seiner gestärkten Hemdbrust anrichten würde, schien ihn nicht zu kümmern. Seine Arme lagen warm und kräftig um ihre bebenden Schultern. Er roch nach sauberer Wäsche und Rasierwasser. Sie spürte sein Kinn an ihrem Scheitel, und als er nach einer Weile sanft sagte: «Was ist denn?», kamen die Worte, zusammenhanglos und abgehackt, aber sie kamen – ein Strom von Worten, eine Flut.

«Ich war bei Tuppy... und sie hat mir erzählt... die kleinen Jungen... und ich habe nichts davon gewußt. Ich konnte es nicht ertragen. Und sie hat gesagt... ein Blatt an einem Baum... und ich konnte es nicht ertragen...» Daß sie mit dem Gesicht gegen seine Hemdbrust gepreßt lag, war keine große Hilfe für ausführlichere Erklärungen. «Ich... konnte alle hören und die Musik, und ich habe gewußt... Ich konnte nicht nach unten...»

Er ließ sie weinen. Als sie sich etwas beruhigt hatte, hörte sie ihn sagen: «Isobel hat sich gefragt, wo Sie bleiben. Sie hat mich geschickt, um nachzuschauen und Sie hinunterzubringen.»

Flora schüttelte so heftig den Kopf, wie es ihr unter den beengten Umständen möglich war. «Ich komme nicht mit.»

«Natürlich kommen Sie mit. Alle warten darauf, Sie kennenzulernen. Sie können ihnen doch den Abend nicht verderben.»

«Ich kann nicht. Ich gehe nicht hinunter. Sie müssen sagen, ich bin wieder krank, sonst etwas... irgend etwas...»

Seine Arme faßten sie fester. «Kommen Sie, Flora, reißen Sie sich zusammen.»

Im Zimmer wurde es ganz still. Aus dem Schweigen drangen gelegentlich Laute in Floras Bewußtsein: schwache Musikklänge aus der anderen Seite des Hauses, der aufkommende Wind, der am Fenster rüttelte, das ferne Murmeln des Meeres; und so nahe, daß sie es eher spürte als hörte, das regelmäßige Klopfen von Hughs Herzschlag.

Vorsichtig löste sie sich von ihm. «Wie haben Sie mich genannt?»

«Flora. Ein schöner Name. Viel besser als Rose.»

Das Gesicht tat ihr vom Weinen weh. Ungetrocknete Tränen lagen noch auf ihren Wangen, und sie versuchte, sie mit den Fingern wegzuwischen. Ihre Nase lief, sie konnte kein Taschentuch finden und mußte gewaltig niesen. Er griff in die Tasche und holte sein Taschentuch heraus. Nicht das schöne seidene, das aus seiner Brusttasche herausschaute, sondern ein alltägliches, die Baumwolle weich vom Waschen.

Sie nahm es dankbar. «Offenbar kann ich nicht aufhören zu weinen. Normalerweise weine ich nie.» Sie putzte sich die Nase. «Das werden Sie mir nicht glauben, aber es ist wahr. In den letzten Tagen scheine ich pausenlos zu heulen.»

«Sie standen ja auch unter starkem Druck.»

«Ja.» Sie schaute auf das Taschentuch hinunter und sah, daß es dunkle Flecken hatte. «Meine Wimperntusche ist ausgelaufen.»

«Sie sehen wie ein Panda aus.»

«Kann ich mir vorstellen.» Sie holte tief Luft. «Woher wissen Sie es? Daß ich Flora bin?»

«Antony hat es mir gesagt. Ich meine, er hat mir gesagt, daß Sie Flora heißen, aber ich weiß schon länger, daß Sie nicht Rose sind.»

«Seit wann wissen Sie es?»

«An dem Tag, an dem Sie krank waren, wußte ich es genau.» Er fügte hinzu: «Aber den Verdacht hatte ich schon davor.»

«Aber wie haben Sie es herausbekommen?»

«Als Rose hier war, in jenem Sommer vor fünf Jahren, hatte sie einen Unfall am Strand. Sie sonnte sich oder trieb sonst etwas relativ Harmloses und schnitt sich den Arm an einer kaputten Flasche, die irgendein Witzbold im Sand vergraben hatte. Hier.» Er streckte die Hand nach der von Flora aus, schob den Ärmel des Bademantels nach oben und zog mit dem Finger eine etwa fünf Zentimeter lange Linie auf der Außenseite ihres Oberarms. «Es war nicht besonders schlimm, aber es mußte genäht werden. Ich bilde mir ein, daß ich ziemlich geschickt bin, wenn es um das Nähen geht, aber nicht einmal ich könnte es schaffen, nicht die Spur einer Narbe zu hinterlassen.»

«Aber warum haben Sie nichts gesagt?»

«Ich wollte erst mit Antony sprechen.»

«Und haben Sie mit ihm gesprochen?»

«Ja.»

«Hat er Ihnen alles gesagt? Über mich und Rose und unsere Eltern?»

«Ja, alles. Es ist eine unglaubliche Geschichte.»

«Er... er will es Tuppy morgen sagen.»

«Er sagt es Tuppy jetzt», korrigierte Hugh.

«Sie meinen, jetzt, in diesem Augenblick?»

«Jetzt, in diesem Augenblick.»

«Also...» Sie hatte fast Angst davor, es auszusprechen. «Also weiß Tuppy, daß ich nicht Rose bin?»

«Inzwischen weiß sie es.» Er beobachtete ihr Gesicht. «Haben Sie deshalb geweint?»

«Ja, ich glaube schon. Ich habe wegen so vielem geweint.»

«Aber auch, weil Sie ein schlechtes Gewissen hatten.»

Flora nickte – ein klägliches Geständnis.

«Es hat Ihnen nicht gefallen, Tuppy anzulügen?»

«Ich bin mir vorgekommen wie ein Mörderin.»

«Schön, jetzt müssen Sie sich nicht mehr wie eine Mörderin vorkommen.» Urplötzlich klang er wieder ein wenig ironisch, wie sonst auch. «Dann könnten Sie sich jetzt also aufraffen, Ihr Kleid anziehen und nach unten kommen.»

«Aber mein Gesicht ist ganz schmutzig und verquollen.»

«Sie können es waschen.»

«Und mein Kleid ist zerknittert.»

Er schaute sich nach dem Kleid um, sah, wo sie es am Boden hatte liegenlassen. «Kein Wunder, daß es zerknittert ist.» Er stand auf, um es aufzuheben, schüttelte es zurecht und legte es über das Fußende des Bettes. Flora schlang die Arme um die Knie und beobachtete ihn.

«Ist Ihnen kalt?» fragte er.

«Ein bißchen.» Ohne Kommentar drehte er sich zum Elektroofen um, drückte mit der Schuhspitze auf den Schalter und ging dann zum Frisiertisch. Flora sah den grünen Schimmer einer Champagnerflasche und zwei Gläser.

«Haben Sie das mit heraufgebracht?»

«Ja. Ich hatte so eine Ahnung, daß ein Stimulans ganz nützlich sein könne.» Er beschäftigte sich geschickt mit dem Draht und der Folie. «Sieht aus, als hätte ich recht gehabt.» Der Korken knallte, eine Explosion goldener Bläschen, die er fachmännisch auffing, erst mit dem einen Glas, dann mit dem zweiten. Er stellte die Flasche ab, brachte Flora ein randvolles Glas, sagte: «Slaintheva», und sie tranken. Der Wein war trocken, kitzelte in der Nase und schmeckte nach Hochzeiten und feierlichen Augenblicken.

Die Heizstäbe verfärbten sich rot. Im Zimmer wurde es hell und warm. Flora trank einen zweiten Schluck, um sich Mut zu machen, dann sagte sie unvermittelt: «Ich weiß Bescheid über Rose.»

Hugh antwortete nicht sofort. Statt dessen holte er die Champagnerflasche und setzte sich ans Fußende des Bettes, die breiten Schultern gegen das Messinggestänge gestützt. Er stellte die Flasche griffbereit neben sich auf den Boden. «Was wissen Sie über sie?» fragte er.

«Ich weiß, daß sie ein Verhältnis mit Brian Stoddart hatte. Aber das habe ich nicht gewußt, als er mich zum Essen eingeladen hat. Sonst, das verspreche ich Ihnen, wäre ich bestimmt nicht mitgegangen.»

«Ich kann mir vorstellen, daß er in Erinnerungen geschwelgt hat.»

«Daran konnte ich ihn nicht hindern.»

«Waren Sie schockiert oder überrascht?»

Sie versuchte, sich zu erinnern. «Ich weiß nicht recht. Sehen Sie, ich hatte keine Zeit, Rose kennenzulernen. Wir haben uns einen Abend lang in London getroffen, und am nächsten Tag ist sie nach Griechenland geflogen. Aber sie sah aus wie ich, deshalb habe ich mir eingebildet, sie sei wie ich. Abgesehen davon, daß sie reich ist und alles mögliche hat, was ich niemals haben werde. Aber das kam mir nicht so wichtig vor. Ich habe einfach gedacht, wir sind zwei Hälften eines Gan-

442

zen. Wir waren unser Leben lang getrennt, aber im Grunde waren wir immer noch Hälften desselben Menschen. Und dann war Rose fort, und Antony kam, erzählte mir, was geschehen war. Da habe ich angefangen, mir Gedanken über Rose zu machen. Sie wußte, daß Antony sie brauchte, aber sie ist trotzdem nach Griechenland geflogen. Das war einer der Gründe, warum ich nach Fernrigg gekommen bin. Ich nehme an, ich wollte versuchen, gutzumachen, was Rose angerichtet hatte.» Es war alles zu schwierig, und Flora gab auf. «Es ergibt überhaupt keinen Sinn, nicht wahr?»

«Ich glaube, es ergibt eine Menge Sinn.»

«Wissen Sie...»

Aber er unterbrach sie. «Flora, an jenem ersten Tag, als ich in den Dünen am Strandhaus mit Ihnen gesprochen habe, müssen Sie mich für einen Irren gehalten haben.»

«Nein.»

«Aus reiner Neugier, was haben Sie gedacht?»

«Ich... ich habe gedacht, vielleicht sind Sie ein Mann, dem Rose weh getan hat.»

«Sie meinen, ich sei in sie verliebt gewesen?»

«Ja, wahrscheinlich.»

«Ich habe Rose kaum gekannt. Und sie hat sich bestimmt nie etwas aus mir gemacht. Ich bezweifle sogar, daß sie Antony auch nur einen zweiten Blick zugeworfen hat. Brian war allerdings ein anderer Fall.»

«Dann waren Sie nicht in sie verliebt?»

«Gütiger Gott, nein.»

Gegen ihren Willen mußte Flora lächeln.

«Und was soll dieses rätselhafte Grinsen?» fragte er.

«Ich habe gedacht, Sie müßten in sie verliebt gewesen sein. Und ich konnte es nicht ertragen.»

«Warum?»

«Weil sie so mies war. Und», fügte sie mit der Miene eines Menschen hinzu, der entschlossen ist, reinen Tisch zu machen, «weil ich Sie so gern mochte.»

443

«Sie mochten *mich*?»

«Deshalb war ich an jenem Abend, an dem Sie mich aus Lochgarry nach Hause gefahren haben, so häßlich zu Ihnen.»

«Sind Sie immer häßlich zu Menschen, die Sie mögen?»

«Nur, wenn ich glaube, daß sie eifersüchtig sind.»

«Wenn ich das nur gewußt hätte. Ich habe geglaubt, Sie hassen mich. Außerdem habe ich geglaubt, Sie seien betrunken.»

«Vielleicht war ich das auch, ein bißchen. Aber wenigstens habe ich Ihnen keine Ohrfeige verpaßt.»

«Arme Flora.» Doch er sah nicht besonders reumütig aus.

«Aber wenn Sie nicht aus Eifersucht so wütend waren...» Es war nicht so einfach dahinterzukommen. «Hugh... Warum waren Sie wütend?»

«Wegen Anna.»

Anna. Wegen Anna. Flora seufzte. «Das müssen Sie mir erklären. Sonst verstehe ich es nie.»

«Ja», sagte Hugh gedehnt. Inzwischen hatte er sein Glas ausgetrunken, griff jetzt nach der Flasche und schenkte beiden nach. Richtig gemütlich, dachte Flora, wie bei einem Gelage um Mitternacht.

Er sah sie an. «Ich weiß nicht, wieviel Sie über die Stoddarts wissen.»

«Ich weiß ziemlich viel über sie, weil Tuppy es mir erzählt hat.»

«Gut. Das spart uns eine Menge Zeit. Wo sollen wir anfangen? Vor fünf Jahren haben Rose und ihre Mutter das Strandhaus gemietet, das wissen Sie. Eigentlich habe ich nie begriffen, warum sie überhaupt nach Fernrigg gekommen sind. Für zwei solche Jetsetter wie die Schusters war das ein völlig entlegener Ort, aber vielleicht hatten sie Tuppys Anzeige in der *Times* gesehen, oder sie haben geglaubt, es wäre mal was Neues, zum einfachen Leben zurückzukehren. Jedenfalls kamen sie, und Tuppy ist immer äußerst pflichtbewußt, was ihre Mieter anlangt. Sie fühlt sich für sie verantwortlich, als ob sie Hausgäste wären. Sie lädt sie ins Haus ein, macht sie mit ihren Freunden bekannt, und ich glaube, so haben Rose und ihre Mutter die Stoddarts kennengelernt.

In jenem Sommer erwartete Anna ein Kind. Ihr erstes. Und Brian, vielleicht weil er sich als werdender Vater schwertat, amüsierte sich mit der Bardame im Jachtklub. Sie war aus Glasgow, war nur für diesen Job während des Sommers nach Ardmore gekommen, und ich glaube, sie und Brian haben sich bestens ergänzt.»

«Wußte jemand davon?»

«Tarbole ist eine kleine Gemeinde. Jeder weiß über die Angelegenheiten des anderen Bescheid, aber in diesem Fall spricht nie jemand darüber, aus Loyalität Anna gegenüber.»

«Und sie ignoriert, was Brian tut?»

«So scheint es. Aber hinter ihrem zurückhaltenden Äußeren ist Anna eine leidenschaftliche, äußerst nervöse Frau. Sehr verliebt, besitzergreifend ihrem Mann gegenüber.»

«Brian hat sie einen Vogel Strauß genannt, hat gesagt, sie sieht nur, was sie sehen will.»

«Wie reizend von ihm. Und natürlich stimmt das meistens auch, aber bei manchen Frauen löst die Schwangerschaft eine Reihe von heftigen Gefühlen aus.»

«Zum Beispiel Eifersucht.»

«Genau. Dieses Mal steckte Anna nicht den Kopf in den Sand. Sie hatte den Verdacht, er habe ein Verhältnis mit dieser Frau, und sie steigerte sich in einen hypernervösen Zustand hinein. Ihr war nicht klar, und Gott sei Dank ist es ihr auch nie klargeworden, daß inzwischen Rose ins Spiel gekommen war. Ich habe das nur durch Tammy Todd herausgefunden, der im Jachtklub vor Ardmore arbeitet. Tammy und ich waren vor langer Zeit Schulkameraden, und ich glaube, er hatte das Gefühl, ich müsse wissen, was sich tat.» Er seufzte.

«Eines Morgens bekam ich einen Anruf von Anna, ganz

zeitig. Sie war vor Sorge außer sich, weil Brian die ganze Nacht fortgewesen war. Er war nicht nach Hause gekommen. Ich versuchte, sie zu beruhigen, dann machte ich mich auf die Suche und fand ihn im Jachtklub. Er sagte, er sei dort auf einer Party gewesen, habe Anna nicht stören wollen und deshalb dort geschlafen. Ich sagte ihm, er solle nach Hause fahren, und er versprach es mir.

Nun, später am Tag bekam ich eine Nachricht, ich solle Anna anrufen. Inzwischen war ich draußen auf dem Land, zwei Autostunden von Tarbole entfernt, und besuchte den kleinen Sohn eines Schafzüchters. Die Mutter hatte den Verdacht auf Blinddarmentzündung, aber zum Glück stellte sich heraus, daß sie sich geirrt hatte. Jedenfalls erklärte mir Anna, sie habe Blutungen. Ich sagte ihr, ich käme so schnell wie möglich zurück, inzwischen solle Brian im Krankenhaus anrufen und einen Notarztwagen bestellen. Doch sie war immer noch allein, Brian war nicht zurückgekommen. Also rief ich selbst den Notarztwagen, benachrichtigte das Krankenhaus in Lochgarry und fuhr wie der Henker nach Tarbole zurück. Als ich in die Praxis kam, rief ich wieder im Krankenhaus an, aber es war zu spät. Die Schwester berichtete, Anna sei angekommen, doch sie habe das Kind verloren. Sie sagte, Anna frage nach ihrem Mann, aber niemand wisse, wo er sei. Ich legte den Hörer auf, stieg ins Auto, fuhr zum Strandhaus und fand dort Rose und Brian miteinander im Bett.»

«Aber hat ihre Mutter denn nicht gewußt, was sich abspielte?»

«Das weiß ich wirklich nicht. Jedenfalls war sie nicht zu Haus. Soweit ich mich erinnern kann, war sie auf eine Runde Golf nach Lochgarry gefahren.»

«Hugh, was haben Sie dann gemacht?»

Er fuhr sich mit der Hand über die Stirn. «Ach, das übliche. Bin aus der Haut gefahren, habe auf den Putz gehauen. Natürlich war es zu spät für einen Entrüstungssturm, denn Annas Kind war schon tot.»

«Und jetzt bekommt sie wieder eins.» Hugh nickte. «Und Sie wollten nicht dabei zuschauen, wie das noch einmal passiert.»

«Nein.»

«Gab es… irgendein Nachspiel?»

«Nein. Als Anna aus dem Krankenhaus kam, waren Rose und ihre Mutter fort.»

«Tuppy hat es nie erfahren? Oder Isobel?»

«Nein.»

«Und Antony?»

«Antony arbeitete in Edinburgh. Er hat Rose nur flüchtig kennengelernt, als er über ein Wochenende nach Hause kam.»

«Was haben Sie gedacht, als Sie gehört haben, daß Antony Rose heiraten will?»

«Ich war entsetzt. Aber ich habe mir gesagt, daß das alles vor fünf Jahren war, daß Rose inzwischen erwachsen geworden ist. Ich habe gebetet, sie möge sich geändert haben.»

«Und Anna? Anna hat es nie herausgefunden?»

«Brian und ich haben einen Handel gemacht. Aller Wahrscheinlichkeit nach der einzige, den es je zwischen uns geben wird. Die Wahrheit hätte Anna am Boden zerstört. Der Gedanke, daß Brian sich mit einem kleinen Flittchen aus Glasgow herumtrieb, war eine Sache. Die Gewißheit, daß er mit Rose schlief, war eine andere. Es wäre eine Katastrophe geworden, und die Armstrongs wären unweigerlich mit betroffen gewesen.»

«Und was hatte Brian von dem Handel?»

«Brian hatte trotz seiner Schürzenjägerallüren einen kühlen Kopf behalten. Materiell, finanziell hatte Brian mehr als jeder andere zu verlieren. Das ist übrigens noch immer so.»

«Sie hassen ihn wirklich, nicht wahr?»

«Es beruht auf Gegenseitigkeit. Aber wir leben in einem kleinen Ort. Wenn wir es müssen, ertragen wir also die Gesellschaft des anderen.»

«Es kann ihn nicht besonders gefreut haben, daß er Sie an jenem Abend in Lochgarry sah.»

«Nein, ich glaube, es hat ihn nicht besonders gefreut.»

«Anna sagt, er hat ein blaues Auge.»

Hugh machte ein verblüfftes Gesicht. «Was? Wirklich?»

«Sie haben ihn doch nicht geschlagen, oder?»

Hugh grinste. «Nur ein bißchen.»

«Was soll nur aus dieser Ehe werden?»

«Da wird sich gar nichts ändern. Brian wird sich vermutlich weiter die Hörner abstoßen, falls das eine passende Formulierung für einen Mann in seinem Alter ist, und Anna wird seine Seitensprünge weiter ignorieren. Und die Ehe wird halten.»

«Wird das Kind dabei helfen?»

«Es wird Anna helfen.»

«Es scheint alles so ungerecht.»

«Das Leben ist ungerecht, Flora. Bestimmt haben Sie das inzwischen herausgefunden.»

«Ja.» Sie seufzte tief. «Wenn Rose nur netter gewesen wäre. Wenn sie nur nicht so geworden wäre. Amoralisch und rücksichtslos. Allen tut sie weh. Sie und ich sind eineiige Zwillinge. Wir sind im Zeichen der Zwillinge geboren. Warum ist sie so?»

«Umgebung?»

«Sie meinen, wenn ich von meiner Mutter statt von meinem Vater erzogen worden wäre, dann wäre ich wie Rose geworden?»

«Nein. Das kann ich mir nicht vorstellen.»

«Übrigens habe ich Rose um ihre Umgebung beneidet. Ich war neidisch auf ihre Nerzjacke und ihre Wohnung in London, darauf, daß sie soviel Geld hatte, überallhin fliegen und tun konnte, was sie wollte. Und jetzt tut sie mir nur noch leid. Es ist ein scheußliches Gefühl.» Sie stützte das Kinn auf die Knie und schaute Hugh nachdenklich an. «Jetzt möchte ich nicht mehr Rose sein.»

«Ich möchte auch nicht, daß Sie Rose sind. Aber eine Zeitlang haben Sie mich völlig verwirrt. Seit Jahren bekomme ich zu hören, daß ich zuviel arbeite, daß ich einen Partner brauche, daß ich zusammenbrechen werde. Ich habe die Leute einfach ausgelacht. Aber plötzlich habe ich mich gefragt, ob ich im Begriff bin, den Verstand zu verlieren. Erst habe ich Sie dabei überrascht, wie Sie meine Küche putzten, was so untypisch für Rose war, daß es mich schockiert hat. Dann habe ich mich dabei ertappt, daß ich Ihnen von Angus McKay erzählte, und als nächstes brach die Geschichte meiner Ehe aus mir heraus. Und das, ob Sie es glauben oder nicht, war noch untypischer für mich als das Bodenscheuern für Rose. Ich hatte seit Jahren nicht mehr über Diana gesprochen. Ich habe nie einem Menschen erzählt, was ich Ihnen erzählt habe.»

«Ich bin froh, daß Sie es mir erzählt haben.»

«Und als ich eben glaubte, vielleicht sei Rose doch gar nicht so schlecht, war sie schon wieder mit Brian Stoddart zugange. Und Dr. Kyle, der begriffsstutzige alte Narr, stand wie ein Vollidiot da.»

«Kein Wunder, daß Sie so wütend waren.»

Von weit her kamen Walzerklänge. Eins zwei drei. Eins zwei drei.

... bringt den Knaben, zum König geboren,
über das Meer nach Skye.

«Wenn wir jetzt nicht gehen, ist das Fest vorbei, bis wir hinunterkommen», sagte er.

«Muß ich immer noch Rose sein?»

«Ich glaube schon.» Er stand vom Bett auf, nahm die leere Champagnerflasche und stellte sie wie ein Dekorationsstück vor Floras Spiegel. «Diesen einen Abend noch. Antony und Isobel zuliebe, und um sechzig Menschen eine peinliche Situation zu ersparen.» Er ging zum Waschbecken, drehte den Warmwasserhahn auf und wrang Floras Waschlappen unter dem heißen Wasser aus. «Stehen Sie jetzt auf», sagte er, «und waschen Sie sich das Gesicht.»

Schließlich war sie fertig, eingecremt, gekämmt, mit einem Hauch Make-up im Gesicht. Sie war wieder in das Kleid gestiegen und hatte die meisten Knöpfe zugemacht, während sich Hugh um die schwierigen am Kragen gekümmert hatte. Es war immer noch genauso unbequem, aber jetzt, ermutigt durch den Champagner, meinte Flora, es lasse sich aushalten. Wer schön sein will, muß leiden. Sie machte den Gürtel zu und zeigte sich Hugh. «Ich sehe nicht fleckig aus, oder?»

«Nein.» Mehr hatte sie nicht erwartet, aber er fügte hinzu: «Sie sehen bezaubernd aus.»

«Sie auch. Erfolgreich und distinguiert. Bis auf die Tatsache, daß irgendeine rücksichtslose Person Ihre Hemdbrust mit Wimperntusche verschmiert und dabei Ihre Fliege verrückt hat.»

Er schaute in den Spiegel, um das zu überprüfen, und wirkte verblüfft. «Wie lange ist meine Fliege schon so?»

«Seit zehn Minuten.»

«Warum haben Sie sie nicht geradegerückt?»

«Ich weiß nicht. Es ist so abgedroschen.»

«Was ist daran abgedroschen, einem Mann die Fliege zurechtzurücken?»

«Ach, wissen Sie, diese alten Filme im Fernsehen... Das Paar ist in voller Abendgarderobe, die Frau liebt den Mann, aber er weiß es nicht. Dann sagt sie ihm, seine Fliege sitzt schief, sie rückt sie ihm gerade, die Geste ist überladen mit Bedeutung und Zärtlichkeit, und sie schauen sich tief in die Augen.»

«Und was passiert dann?» fragte Hugh und klang, als wolle er das wirklich wissen.

«Meistens küßt er sie dann, und ein himmlischer Chor singt ‹Dein ist mein ganzes Herz› oder so was, sie legen die Arme umeinander und schreiten hinaus, und auf ihren Rükken steht: ‹Ende›». Sie seufzte. «Ich habe Ihnen doch gesagt, daß es abgedroschen ist.»

Er schien die Vor- und Nachteile der Situation abzuwägen.

Schließlich sagte er: «Eins ist sicher. Ich kann nicht mit einer Fliege, die auf dem Kopf steht, hinuntergehen.»

Flora lachte und rückte sie ihm vorsichtig, sorgfältig gerade. Ohne Umstände beugte er sich hinunter und küßte sie. Es war ein ungeheuer befriedigendes Gefühl. So befriedigend, daß sie, als es vorbei war, die Arme um seinen Hals legte, seinen Kopf heranzog und den Kuß erwiderte.

Doch seine Reaktion war seltsam. Sie löste sich von ihm und schaute stirnrunzelnd zu ihm auf.

«Wirst du nicht gern geküßt?»

«Doch, ausgesprochen gern. Aber vielleicht bin ich ein bißchen aus der Übung. Das ist mir schon lange nicht mehr passiert.»

«Ach, Hugh. Du kannst nicht ohne Liebe leben. Du kannst nicht weiterleben, ohne jemanden zu lieben.»

«Ich habe geglaubt, ich könnte es.»

«Du bist kein solcher Mensch. Du bist nicht dazu geschaffen, einsam und eigenbrötlerisch zu sein. Du solltest eine Frau haben und Kinder, die in deinem Haus herumrennen.»

«Du vergißt, daß ich es einmal versucht und ein fürchterliches Fiasko daraus gemacht habe.»

«Das war nicht deine Schuld. Und außerdem hat man immer eine zweite Chance.»

«Flora, weißt du, wie alt ich bin? Sechsunddreißig. In zwei Monaten werde ich siebenunddreißig. Ich werde nie ein Vermögen verdienen. Ich bin ein Landarzt in mittleren Jahren, ohne jeden Ehrgeiz, etwas anderes zu sein. Vermutlich werde ich den Rest meiner Tage in Tarbole verbringen und mit so eingefahrenen Gewohnheiten enden wie mein alter Vater. Ich habe offenbar nie Zeit für mich, und wenn doch, dann gehe ich zum Fischen. Das ist eine langweilige Zukunft, und man kann von keiner Frau verlangen, daß sie so ein Leben teilt.»

«Es müßte ja nicht langweilig sein», sagte Flora hartnäckig. «Es kann nie langweilig sein, wenn man gebraucht wird und für jemanden wichtig ist.»

«Bei mir ist das anders. Das ist mein Leben.»

«Wenn eine Frau dich liebt, ist es auch ihres.»

«Wie du das sagst, klingt es einfach. Fast kinderleicht.»

«So meine ich das nicht.»

«Was machst du, wenn das hier vorbei ist?» fragte er unvermittelt. «Ich meine, die Zeit bei den Armstrongs.»

«Ich fahre weg.» Es war schwer, seinen plötzlichen Themawechsel nicht als verletzend zu empfinden.

«Wohin?»

Flora zuckte die Achseln. «Nach London. Um das zu tun, was ich an dem Tag tun wollte, an dem ich Rose getroffen habe. Arbeit suchen. Eine Wohnung suchen. Warum?»

«Ich glaube, mir wird erst jetzt bewußt, welche Leere du im Leben von uns allen hinterlassen wirst. Dunkelheit. Wie ein Licht, das ausgeht.» Er lächelte, vielleicht über sich. Weil er vor Gefühlen zurückschreckte, wurde er praktisch. «Wir müssen gehen.» Er machte die Tür auf. «Wir müssen *jetzt* gehen.»

Sie sah den langen Gang, der sich vor ihr erstreckte; sie hörte wieder die Stimmen und die Musik. Ihr Mut sank.

«Du läßt mich nicht im Stich?»

«Antony ist da.»

«Tanzt du mit mir?»

«Alle werden mit dir tanzen wollen.»

«Aber...» Sie ertrug es nicht, das Band, das endlich zwischen ihnen geknüpft war, loszulassen.

«Ich sag dir was. Wir essen zusammen zu Abend. Wie wäre das?»

«Versprochen?»

«Versprochen. Jetzt laß uns gehen.»

Danach, als alles vorbei war und der Vergangenheit angehörte, beschränkten sich Floras Erinnerungen an Tuppys Fest auf kurze, zusammenhanglose Einzelheiten – verschwommene Eindrücke ohne jede Ordnung.

Sie kam mit Hugh die Treppe zur Halle herunter, wie zwei Tiefseetaucher, die plötzlich in eine Welt aus Licht und Lärm geraten, mit vielen erwartungsvollen Gesichtern, die sie begrüßten. Wohin sie sich auch wandte, überall wartete jemand, um sich ihr vorzustellen, sie zu küssen, ihr zu gratulieren oder ihr die Hand zu geben. Aber keinen Namen, an den sie sich erinnerte, konnte sie einem Gesicht zuordnen.

Sie sah eine Reihe große junge Männer in Kilts und kleine alte Männer, ebenso gekleidet.

Sie wurde förmlich ins Wohnzimmer geleitet, um Mrs. Clanwilliam vorgestellt zu werden. Mrs. Clanwilliams Haar war entweder eine Perücke oder ein Vogelnest, gekrönt mit einer Tiara aus alten Diamanten, und sie saß am Kamin, den Stock neben sich und einen kräftigen Whisky in der Hand. Sie war nicht besonders gut gelaunt und war sich unschlüssig gewesen, ob sie zu Tuppys Fest kommen solle. Es habe nicht viel Sinn, sagte sie zu Flora, auf einen Ball zu gehen, wenn man nicht tanzen könne und wie ein altes Wrack am Kamin sitzen müsse. Der Grund dafür, daß sie nicht tanzen könne, fügte sie mit der dröhnenden Stimme eines stark schwerhörigen Menschen hinzu, sei, daß sie sich die Hüfte gebrochen habe, als sie beim Versuch, die Badezimmerdecke zu streichen, von der Trittleiter gefallen sei. Sie werde, fügte sie beiläufig hinzu, an ihrem nächsten Geburtstag siebenundachtzig.

Da waren die Crowthers, die in der Mitte eines «Eightsome Reel» miteinander tanzten. Mr. Crowther stieß Rufe aus, die klangen, als gebe er die Wettquoten bekannt, und Mrs. Crowther ließ den Rock ihres Tartanseidenkleids wirbeln und warf die Beine in Highlandtanzschuhen, mit Schnürsenkeln, die über die Knöchel reichten.

Es gab Unmengen von Champagner. Sie sah einen uralten Mann mit einer Gesichtsfarbe wie Loganbeeren, der jemandem erzählte, Tuppy sei eine prächtige kleine Frau, und wenn er bei Verstand gewesen wäre, hätte er sie vor Jahren geheiratet.

Sie tanzte «Strip the Willow» mit Jason, der sie an einer

langen Reihe von Partnern entlangschwenkte. Der Raum drehte sich wie ein Kreisel um sie. Körperlose Arme tauchten aus dem Nichts auf und fingen sie auf. Silberne Manschettenknöpfe gruben sich in ihre Arme. Sie wurde festgehalten, wieder herumgewirbelt und wieder an Jason weitergereicht.

Sie sah Anna Stoddart, in einem Kleid, das ihr überraschend gut stand, die neben Isobel auf einem Sofa saß und hübscher aussah, als Flora sie je gesehen hatte.

Sie wandte sich von der Bar ab und fand sich Brian Stoddart gegenüber. Sie suchte sofort nach einer Spur des blauen Auges.

Er runzelte die Stirn. «Was soll denn dieser durchdringende Blick?»

«Anna hat mir erzählt, daß du gegen eine Tür gerannt bist.»

«Dr. Kyle sollte lernen, seine Nase nicht in anderer Leute Angelegenheiten zu stecken und die Hände in den Taschen zu lassen.»

«Dann war es also tatsächlich Hugh.»

«Mach kein so unschuldiges Gesicht, Rose, du weißt verflucht genau, daß er es war. Mit so was gibt er gerne an. Was hat der Scheißkerl sich einzumischen.» Er schaute sich verdrossen um. «Ich würde dich um einen Tanz bitten, aber diese Hopserei ist nicht das, was ich mir unter Tanzen vorstelle, und die Kapelle scheint nichts anderes spielen zu können.»

«Ich weiß», sagte Flora mitfühlend. «Es ist sterbenslangweilig, nicht wahr? Dieselben Gesichter, dieselben Kleider, dieselben Gespräche.»

Er warf ihr einen mißtrauischen Blick zu. «Rose, entdecke ich eine Spur Sarkasmus in deiner Stimme?»

«Vielleicht. Eine klitzekleine.»

«Früher hast du das viel besser gekonnt. Du wirst doch nicht etwa alt?»

«Das ist nicht das Schlechteste.»

«Du klingst wie ein Mädchen, das eine Gehirnwäsche hinter sich hat.»

«Ich bin nicht das Mädchen, das du gekannt hast, Brian. Das war ich nie.»

«Leider ist mir dieser Verdacht auch schon gekommen.» Er drückte die Zigarette aus. «Es bricht mir das Herz, Rose, aber ich fürchte, du hast dich gebessert.»

«Du könntest es auch versuchen.»

Er schaute sie an. Die hellen Augen waren hart und glänzend wie die eines Vogels. «Rose, verschon mich damit.»

«Denkst du denn nie an Anna?»

«So gut wie immer.»

«Warum nimmst du dann kein Glas Champagner, setzt dich neben sie und sagst ihr, daß sie wunderschön aussieht?»

«Weil es nicht wahr wäre.»

«Du könntest dafür sorgen, daß es wahr wird. Und», fügte sie zuckersüß hinzu, «es würde dich keinen Penny kosten.»

Antony war den ganzen Abend in der Nähe gewesen, und sie hatte mit ihm getanzt, aber sie hatte keine Gelegenheit gehabt, mit ihm zu reden. Sie wußte, wie ungeheuer wichtig es war, daß sie ihn für sich hatte, ehe der Abend weiter fortschritt. Sie fand ihn schließlich im Eßzimmer, wo er am Büfett stand und Räucherlachs und Kartoffelsalat auf einen Teller lud.

«Für wen ist das?»

«Für Anna Stoddart. Sie bleibt nicht bis zum Ende der Party, und Isobel besteht darauf, daß sie etwas ißt.»

«Ich möchte mit dir reden.»

«Ich möchte auch mit dir reden, aber bis jetzt hatte ich noch keine Chance.»

«Wie wär's jetzt?»

Er schaute sich um. Im Augenblick schien niemand etwas von ihm zu wollen. «In Ordnung.»

«Wo können wir hin?»

«Kennst du die alte Speisekammer, wo Mrs. Watty und Isobel das Silber putzen?»

«Ja.»

«Gut, nimm Champagner und zwei Gläser mit und mach ein Gesicht, als müßtest du dringend in die Küche. Ich komme nach.»

«Wird man uns nicht vermissen?»

«Zehn Minuten fallen nicht auf. Und wenn doch – alle werden glauben, wir gönnen uns eine kleine Schmuserei, und es höflich ignorieren. Bis gleich.»

Er ging, mit Annas Abendessen in der Hand. Flora nahm zwei Gläser und eine offene Champagnerflasche. Mit beiläufiger Miene ging sie den Flur zur Küche entlang. Die Speisekammer lag vor der Küche, und niemand sah, daß Flora hineinging.

Es war ein schmaler Raum mit einem Fenster am Ende und langen Schränken entlang der beiden Wände. In der Mitte war gerade genug Platz für einen kleinen Tisch mit Wachstuchdecke, alles roch nach Politur, gescheuertem Holz und dem Mittel, mit dem Isobel Tuppys beste Gabeln putzte, wenn sie angelaufen waren.

Sie setzte sich auf den Tisch und wartete auf Antony. Als er eintrat, hatte er eine Verschwörermiene aufgesetzt. Leise schloß er die Tür hinter sich und lehnte sich dagegen, als wäre Flora eine bedrängte Heldin in einem schlechten Film.

Er grinste sie an. «Endlich allein.» Dann seufzte er. «Ich bin mir nicht sicher, ob ich je so etwas durchgemacht habe wie heute abend. Ich kann nur beten, daß ich so etwas nicht noch einmal erleben muß.»

«Vielleicht ist dir das eine Lehre. Dich nicht mit Mädchen wie Rose zu verloben.»

«Tu bloß nicht so fromm. Du steckst bis zum Hals drin, genau wie ich.»

«Antony, ich will wissen, was Tuppy gesagt hat.»

Sein Lächeln verschwand. Er griff nach der Champagner-flasche, füllte die beiden Gläser und reichte ihr eins.

«Sie war ungeheuer wütend.»

«Richtig wütend?»

«Richtig wütend. Tuppy kann einen ganz schön in die Mangel nehmen.» Er schwang sich neben sie auf den Tisch. «Niemals habe ich eine solche Strafpredigt bekommen. Du kannst es dir vorstellen. Dein Leben lang hast du mich nie angelogen, und jetzt, bloß weil du glaubst, ich bin senil im letzten Stadium, und so weiter, und so fort.»

«Ist sie immer noch wütend?»

«Nein, natürlich nicht. Laß niemals die Sonne über einem Streit untergehen. Gebt euch einen Kuß und seid wieder gut. Sie hat mir verziehen, aber ich fühle mich immer noch so klein mit Hut.»

«Ist sie auf mich auch böse?»

«Nein, du tust ihr leid. Ich habe ihr gesagt, es ist ganz allein meine Schuld, was ja auch stimmt, und daß du einfach in eine Situation geraten bist, die dir über den Kopf wuchs. Du hast gewußt, daß ich es Tuppy gesagt habe?»

«Ja. Hugh hat es mir erzählt.»

«Er weiß seit geraumer Zeit, daß du nicht Rose bist.»

«Ich habe keine Narbe am Arm.»

«Das ist wie aus Tausendundeiner Nacht. Der Junge mit dem sternbesetzten Krummschwert auf der linken Hinter-backe ist der rechtmäßige Prinz. Woher sollte ich wissen, daß Rose, das blöde Miststück, eine Narbe am Arm hat.» Er trank einen Schluck Champagner und schaute trübsinnig ins Glas. «Hugh kam heute abend zeitig an. Ich konnte mir nicht vor-stellen, was zum Teufel das sollte, bis er mich mit kaltem Blick fixierte und sagte, er wolle mit mir sprechen. Es war, als ob man zum Rektor bestellt wird. Wir kamen hierher, weil es sonst keinen Ort gab, und ich habe ihm die ganze lange, kom-plizierte Geschichte erzählt. Über dich und Rose, die Tren-nung eurer Eltern, Roses Reise nach Griechenland, und wie du in der Wohnung warst, als ich nach London kam. Er hat gesagt, ich muß es Tuppy beichten. Jetzt. Heute abend. Kein Aufschub mehr. Er meinte, wenn ich es nicht täte, würde er es ihr sagen.»

«Wenn du es ihr nicht gesagt hättest, hätte ich heute abend nicht durchgehalten.»

Antony runzelte die Stirn. «Was meinst du damit?»

«Ich weiß nicht. Ich nehme an, man kann nur eine Zeitlang lügen. Jedenfalls Menschen gegenüber, die einem vertrauen. Menschen gegenüber, die man liebt. Und obwohl ich jetzt schon eine Woche lang nur gelogen habe, kann ich es eigentlich nicht besonders gut.»

«Ich hätte dich nie bitten dürfen, mitzukommen.»

«Ich hätte nie einwilligen dürfen.»

«Schön, nachdem wir uns darüber einig sind, laß uns noch einen Schluck Champagner trinken.»

Aber Flora rutschte vom Tisch. «Ich habe genug getrunken.» Sie strich sich das Kleid glatt, und Antony stellte das Glas weg, griff nach ihren Schultern und zog sie zu sich heran.

«Wissen Sie, Miss Flora Waring, Sie sehen heute abend ganz besonders hübsch aus.»

«Das liegt an Tuppys Tenniskleid.»

«Es hat nichts mit Tuppys Tenniskleid zu tun, so schön es ist. Es liegt an dir, deinen leuchtenden Augen und deinem Strahlen. Phantastisch.»

«Vielleicht der Champagner.»

«Nein. Nicht der Champagner. Wenn ich es nicht besser wüßte, würde ich sagen, du bist verliebt. Oder wirst geliebt.»

«Ein hübscher Gedanke.»

«Ich habe immer noch nicht herausbekommen, warum zum Teufel ich es nicht bin.»

«Das haben wir doch schon vor einer Ewigkeit geklärt. Es hat irgendwas mit Chemie zu tun.»

Er nahm sie in die Arme und gab ihr einen Kuß. «Ich werde Abendkurse nehmen müssen. Alles darüber lernen.»

«Ja, mach das.»

Er lächelte. «Ich hab es dir vermutlich schon mal gesagt, aber du bist ein ganz tolles Mädchen.»

Verliebt. Oder geliebt.

Antony war nicht dumm. Flora hatte Hugh den ganzen Abend nicht aus den Augen verloren. Er überragte alle anderen Gäste um Haupteslänge, seine Präsenz war weder zu übersehen noch zu ignorieren. Aber seit sie gemeinsam die Treppe heruntergekommen waren, hatten sie sich weder angeschaut noch miteinander gesprochen, obwohl auch seine starken Arme sie bei dem Tanz mit Jason herumgewirbelt hatten.

Es war, als hätten sie einen stillschweigenden Pakt. Als hätte auch er begriffen, daß ihre Beziehung plötzlich etwas so Kostbares, etwas so Verletzliches geworden war, daß ein ungeschicktes Wort, ein besitzergreifender Blick ausgereicht hätten, sie zu gefährden. Das stumme Einverständnis reichte aus, Floras Herz mit Hoffnung zu erfüllen. Diese Gedanken, die einer tagträumenden Fünfzehnjährigen angestanden hätten, überraschten sie. Schließlich war sie zweiundzwanzig, und durch ihre Vergangenheit zogen sich eine ganze Reihe Freundschaften, Liebeleien und halbherzige Liebesgeschichten. Sie dachte an London: wie sie aus einem Restaurant auf satinfeuchte Straßen kam, die Hand in der eines Mannes, tief in seiner Manteltasche. Und jener Sommer in Griechenland. Sie dachte an eine von wilden Anemonen überwucherte Klippe und ihren Begleiter mit seinem sonnengebräunten Körper und dem von der Sonne ausgebleichten Haarschopf. Es war, als hätte sie in den letzten Jahren ein paar kleine Stücke von sich verschenkt – vielleicht ein paar Herzen gebrochen und zum Ausgleich den einen oder anderen Knacks bekommen.

Doch es war nie Liebe gewesen, nur Suche nach Liebe. Daß sie nur von einem Elternteil aufgezogen worden war, hatte

Floras Suche noch verwirrender gemacht, denn sie hatte kein Beispiel, dem sie folgte, keine Ahnung, wonach sie suchte. Aber jetzt, im Verlauf dieser unglaublichen Woche, war sie darauf gestoßen. Oder besser, es war ihr zugestoßen wie eine plötzliche Lichtexplosion, die sie so unvorbereitet getroffen hatte, daß sie unfähig gewesen war, vernünftig darauf zu reagieren.

Und es war anders. Hugh war älter. Er war schon einmal verheiratet gewesen. Er war ein schwer arbeitender Arzt, der sich um eine abgelegene, ländliche Gemeinde kümmerte. Er würde nie reich werden, seine Zukunft hatte keine Überraschungen zu bieten. Dennoch war Flora sich vollkommen sicher, daß er der einzige Mann war, der geben konnte, wonach sie sich sehnte: Liebe, Lachen, Sicherheit, Trost. Das alles hatte sie in seinen Armen gefunden. Und sie wollte in diese Arme zurückkehren, wann immer sie das Bedürfnis danach empfand. Sie wollte, daß er bei ihr war. Sie wollte mit ihm leben – ja, in diesem gräßlichen Haus – und für den Rest ihrer Tage in Tarbole bleiben.

Dieses Gefühl hatte sie noch nie vorher gespürt.

Um Mitternacht legten die Mitglieder der Kapelle, die nach zwei Dakapos von «The Duke of Perth» vor Erschöpfung schwitzten, die Instrumente weg, wischten sich mit riesigen Taschentüchern die Stirn und gingen im Gänsemarsch in Richtung Küche, wo Mrs. Watty wartete, um ihnen Abendessen und Bier in riesigen Krügen zu servieren. Das war das Zeichen für Antony und Jason: Routiniert stellten sie den Plattenspieler von Fernrigg auf und holten die Schallplatten, die Antony auf dem Autorücksitz aus Edinburgh mitgebracht hatte.

Die meisten Gäste, nach dem anstrengenden Tanz noch erschöpfter als die Kapelle, strebten auf der Suche nach Stärkung und kühlen Getränken ins Eßzimmer. Flora saß mit einem jungen Mann auf der Treppe, der am äußersten Zipfel von Ardnamurchan eine kleine Lachsfischerei betrieb. Er war gerade dabei, ihr sein Unternehmen zu schildern, als er merkte, daß fast alle anderen zum Essen gegangen waren.

«Oh, wie unaufmerksam von mir», sagte er. «Möchten Sie etwas essen? Ich hole Ihnen etwas, wenn Sie möchten.»

«Das ist sehr nett von Ihnen, aber ich habe versprochen, mit Hugh Kyle zu essen.»

«Hugh?» Der junge Mann schaute sich um. «Wo ist er?»

«Ich habe keine Ahnung, aber er wird schon auftauchen.»

«Ich werde ihn suchen.» Der junge Mann stand auf und strich sich die Kiltfalten glatt. «Vermutlich steckt er in einer dunklen Ecke und tauscht mit einem alten Kumpel vom Fischen unglaubliches Seemannsgarn aus.»

«Machen Sie sich um mich keine Sorgen. Gehen Sie und holen sich etwas zu essen…»

«Das mache ich gleichzeitig. Ich werde mich besser beeilen, sonst ist der ganze kalte Truthahn weg.»

Er ging. Der Plattenspieler lief. Nach dem Dröhnen des Akkordeons und dem Kratzen der Geige klang die Musik merkwürdig, fremd und mondän. Die Klänge erinnern Flora an ein Leben, das anscheinend vor langer Zeit zu Ende gegangen war.

Tanz, wie es früher war,
bleib doch in meinen Armen.

Antony tanzte mit einer jungen Frau in einem blauen Kleid, Brian Stoddart mit der elegantesten Dame im Raum, ganz in schwarzem Crêpe de chine und mit baumelnden Ohrringen.

Schmilz einfach hin an meiner Haut
und laß mich deinen Herzschlag spüren.

Sie wußte, daß Hugh zu ihr kommen würde, weil er es ihr versprochen hatte. Aber nach einer Weile kam sie sich lächerlich vor, wie sie da auf der Treppe saß, beklommen wie ein junges Mädchen, das sich davor fürchtete, bei der ersten Verabredung versetzt zu werden. Der junge Mann aus Ardnamurchan kam nicht wieder, und Flora fragte sich, ob er sich an dem Gespräch über das Fischen beteiligt haben mochte. Schließlich konnte sie ihre Ungeduld nicht mehr zügeln, stand auf und machte sich auf die Suche nach Hugh. Sie ging von einem Zimmer ins andere, erst beiläufig, dann weniger beiläufig und schließlich völlig schamlos, fragte jeden, der zufällig neben ihr stand.

«Haben Sie Hugh Kyle gesehen? Sie haben Hugh Kyle auch nirgends gesehen, oder?»

Aber niemand hatte ihn gesehen. Sie fand ihn nicht. Und erst später erfuhr sie, daß ein Anruf gekommen war: eine Frühgeburt sei unterwegs. Hugh war längst gegangen.

Im Verlauf des Abends kam Sturm auf, der in den frühen Morgenstunden immer heftiger wurde. Für Tuppys Gäste, die vor dem Gehen Umhänge und Mäntel anlegten, kam der Wetterumschwung unerwartet. Sie waren an einem ruhigen Abend aufgebrochen, und jetzt mußten sie in dieses Unwetter hinaus. Jedesmal wenn die Haustür sich öffnete und schloß, drang ein Schwall kalter Luft herein. Aus dem Kaminfeuer in der Halle wehte Rauch auf, die langen Vorhänge bauschten sich in der Zugluft. Draußen glänzte der Garten im schwarzen Regen, auf dem Schotter bildeten sich Pfützen, und die Luft war voll von fliegendem Laub, kleinen Ästen und Zweigen, die eben erst abgerissen worden waren.

Endlich ging das letzte Paar, in Mäntel und Schals verpackt, die Köpfe gegen den Wind gesenkt. Antony verschloß und verriegelte die schwere Eingangstür. Der Haushalt schleppte sich erschöpft ins Bett.

Aber es war zu laut zum Schlafen. Die dem Meer zugewandte Hausseite bekam die ganze Wut des Sturms zu spüren. Die Böen kamen in riesigen Schüben, erschütterten die soliden alten Mauern, und das Geheul des Windes schwoll an, bis es einem Schrei glich. Jenseits davon, fern, doch bedrohlich, hörte man das dumpfe Grollen langer Wellen, die der stürmische Ozean an Land trieb, damit sie sich am Rand der Dünen von Fhada in Wolken aus weißem Gischt brachen.

Flora rollte sich zusammen, lag mit offenen Augen da und lauschte. Sie hatte den Abend mit einem Becher schwarzen Kaffees abgeschlossen, und das Pochen ihres Herzens war so beunruhigend wie eine Uhr, die in den dunklen Nachtstunden schlägt. Ihr Kopf war voll von dröhnender Musik, von zufälligen Bildern, von Stimmen. Sie hatte sich noch nie so hellwach gefühlt.

Die ersten grauen Strahlen der Dämmerung sickerten in den Himmel, als sie endlich in einen unruhigen, von Träumen heimgesuchten Schlaf fiel, in dem lauter Fremde auftauchten. Als sie aufwachte, war es wieder Tag, immer noch düster und grau, aber die endlose Nacht lag hinter ihr. Sie machte die Augen auf, dankbar für das kalte Licht, und sah Antony, der neben ihrem Bett stand.

Er sah müde aus, unrasiert und leicht triefäugig, und sein Kupferhaar war zersaust, als hätte er sich nicht die Zeit genommen, es zu kämmen. Er trug einen tweedähnlichen Rollkragenpullover, ein altes Paar Cordhosen, hielt zwei dampfende Kinderbecher in den Händen und sagte: «Guten Morgen.»

Flora riß sich aus dem Schlaf. Mechanisch griff sie nach ihrer Uhr. «Es ist halb elf», sagte er. «Ich habe dir Kaffee gebracht. Ich dachte, du kannst ihn brauchen.»

«Oh, wie nett.» Sie streckte sich, versuchte, den Schlaf aus den Augen zu zwinkern, setzte sich in den Kissen auf. Er reichte ihr den Henkelbecher, und sie legte die Hände darum und gähnte herzzerreißend.

Er nahm ihren Bademantel und legte ihn um ihre Schultern, machte den Heizofen an und setzte sich neben sie auf den Bettrand.

«Wie fühlst du dich?»

«Grauenhaft.»

«Trink einen Schluck Kaffee, dann fühlst du dich besser.»

Sie trank; der Kaffee war siedendheiß und stark. Nach einer Weile fragte sie: «Ist schon jemand auf?»

«Allmählich kommen sie zu sich. Jason schläft noch, ich glaube nicht, daß er vor dem Mittagessen auftaucht. Isobel ist seit einer Stunde auf, und ich bezweifle, daß Mrs. Watty und Watty überhaupt im Bett waren. Jedenfalls schuften sie seit acht Uhr morgens, und wenn du dich sehen läßt, merkst du wahrscheinlich gar nicht mehr, daß ein Fest stattgefunden hat.»

«Ich hätte aufstehen und helfen müssen.»

«Ich hätte dich schlafen lassen, aber das hier ist mit der Morgenpost gekommen.» Er holte einen Umschlag aus der Hosentasche. «Ich dachte mir, du möchtest es vielleicht gleich lesen.»

Sie nahm ihm den Umschlag ab und erkannte die Handschrift ihres Vaters, den Poststempel von Cornwall. Der Brief war an Miss Rose Schuster adressiert.

Flora stellte den Henkelbecher mit Kaffee ab. «Er ist von meinem Vater.»

«Das habe ich mir gedacht. Hast du ihm geschrieben?»

«Ja. Am Sonntag. Als du nach Edinburgh gefahren warst.» Sie sah ihn schuldbewußt an. «Ich mußte es jemandem sagen, Antony, und ich hatte dir versprochen, daß ich es niemandem hier sage. Aber ich habe mir gedacht, mein Vater zählt nicht. Deshalb hab ich ihm geschrieben.»

«Mir war nicht klar, wie stark dein Bedürfnis zu beichten war. Hast du ihm alles geschrieben?»

«Ja.»

«Ich kann mir nicht vorstellen, daß er besonders begeistert ist.»

«Nein», pflichtete Flora kläglich bei. Sie schlitzte den Umschlag auf.

«Soll ich gehen und dich in Ruhe lesen lassen?»

«Nein, es ist mir viel lieber, wenn du bleibst.» Vorsichtig faltete sie den Brief auseinander. *Liebste Flora.*

«Ich bin immer noch seine liebste Flora, also hat er sich vielleicht doch nicht so furchtbar aufgeregt.»

«Hast du gedacht, er regt sich furchtbar auf?»

«Ich weiß nicht. Ich glaube, ich habe gar nicht darüber nachgedacht.»

In Antonys tröstlicher Gegenwart las sie den Brief:

Seal Cottage
Lanyon
Lands End
Cornwall

Liebste Flora,

ich habe den Umschlag für diesen Brief schon so adressiert, wie Du es mir aufgetragen hast. Er liegt jetzt neben mir auf dem Schreibtisch, ein Beweis dafür, daß eine Lüge, wie gutgemeint sie auch sein mag, sich nie zügeln oder beherrschen läßt, sondern sich wie eine Krankheit ausbreitet und unausweichlich immer mehr Menschen in Mitleidenschaft zieht.

Ich war froh, daß Du mir so ausführlich geschrieben hast. Ich habe Deinen Brief mehrmals gelesen, und weil Du ungeduldig auf Antwort zu warten scheinst, will ich versuchen, in aller Kürze auf Deine Schwierigkeiten einzugehen. Zunächst Rose. Ich habe gehofft, daß es nie zu einer derart zufälligen Begegnung kommt. Aber es ist geschehen, und ich schulde Dir eine Erklärung.

Deine Mutter und ich haben ein Jahr nach unserer Hochzeit beschlossen, uns zu trennen. Wir wären sofort getrennte Wege gegangen, aber sie war im achten Monat schwanger, und alle Vorkehrungen für die Geburt waren schon getroffen, deshalb sind wir in jenem letzten Monat zusammengeblieben. Während jener Zeit haben wir uns darauf geeinigt, daß sie das Sorgerecht für das Kind bekommt und es allein aufzieht. Sie wollte zu ihren Eltern ziehen und war recht zufrieden mit dieser Lösung.

Aber es war nicht nur ein Kind, es waren Zwillinge. Als Pamela das erfuhr, wurde sie ziemlich hysterisch, und als ich zu ihr durfte, hatte sie sich überlegt, daß zwei Babys zuviel für sie seien. Sie wollte eins behalten. Das andere sollte ich nehmen.

Ich gebe zu, daß mich diese Aussicht entsetzte. Aber als Pamela sich erst einmal alles von der Seele geredet hatte, trocknete sie sich die Augen, und die Körbchen mit den beiden Babys wurden ins Zimmer gerollt.

Wir bekamen Euch zum erstenmal zu sehen. Rose lag wie ein Blümchen da, schlafend, mit seidigem dunklem Haar und Fäustchen wie Muscheln unter dem Kinn. Du dagegen hast dir die Seele aus dem Leib geschrien und sahst ganz fleckig aus. Deine Mutter war nicht dumm. Sie streckte die Arme nach Rose aus, die Schwester gab ihr das schlafende Baby, und die Wahl war getroffen.

Aber meine Wahl war auch getroffen. Ich konnte es nicht ertragen, wie Du geweint hast. Es klang, als wäre Dir das Herz gebrochen. Ich nahm Dich aus dem Körbchen, hob Dich hoch, und Du hast einen gewaltigen Rülpser ausgestoßen und aufgehört zu weinen. Du hast die Augen aufgemacht, und wir haben uns angeschaut. Ich hatte noch nie ein so winziges, so kleines Kind in den Armen gehalten, und ich war überhaupt nicht auf die Wirkung vorbereitet, die das auf mich hatte. Ich merkte, daß ich mit Stolz erfüllt war, ganz und gar besitzergreifend. Du warst mein Kind. Nichts und niemand würde Dich mir wegnehmen.

So ist das alles gekommen. Hätte ich es Dir sagen müssen? Die Antwort habe ich nie gewußt. Vermutlich hätte ich es tun sollen. Aber Du warst so ein glückliches Kind, so in Dir selbst ruhend, es kam mir wie ein Wahnsinn vor, Dein junges Leben mit überflüssigen Fragen und möglichen Unsicherheiten zu belasten. Pamela war fort und hatte Rose mitgenommen. Die Scheidung wurde ausgesprochen, und ich habe beide nie wiedergesehen.

Erbe und Umgebung sind rätselhafte Faktoren. Was Du von Rose schreibst, klingt, als wäre sie eine Kopie ihrer Mutter geworden. Und doch kann ich nicht glauben, daß Du unter anderen Umständen selbstsüchtig, gedankenlos oder unehrlich geworden wärst.

Deshalb macht mir Deine gegenwärtige Situation solche Sorgen. Nicht nur Deinetwegen und wegen des jungen Mannes, sondern auch wegen der Armstrongs. Sie scheinen Menschen zu sein, die mehr verdient haben als ein Täuschungsmanöver. Ich rate Euch beiden, ihnen so bald wie möglich die Wahrheit zu sagen. Die Folgen mögen unglücklich sein, aber daran trägt niemand die Schuld außer Euch beiden.

Wenn das getan ist, möchte ich, daß Du nach Hause kommst. Das ist – wie ich immer gesagt habe, als Du noch klein warst – keine Bitte, sondern ein Aufruf. Es gibt vieles, worüber wir reden müssen, und Du kannst Dir Zeit nehmen, um Deine Wunden zu lecken und Dich von dieser offensichtlich traumatischen Episode zu erholen.

Liebe Grüße auch von Marcia.

Du bist mein Kind, und ich bin Dein liebender

Vater

Als Flora den Schluß gelesen hatte, fragte sie sich, ob sie weinen müsse. Antony wartete. Sie schaute auf, sah seine mitfühlende Miene.

«Ich muß nach Hause», sagte sie.

«Nach Cornwall?»

«Ja.»

«Wann?»

«Sofort.»

Sie reichte ihm den Brief. Während er las, trank sie den Kaffee aus, stieg aus dem Bett, zog den Bademantel über und trat ans Fenster. Draußen jagten tiefhängende, schwarze Wolken über den Himmel. Jetzt war Flut, kaltes graues Wasser brach sich an den Felsen unter dem Garten und strömte über sie hinweg. Ein paar zerrauft Möwen trotzten dem Wetter, trieben im Wind. Der Rasen unter dem Fenster war übersät mit Laub und Schieferresten, die von einem Dach heruntergeweht waren.

Antony sah auf. «Das ist ein liebevoller Brief.»

«Er ist ein liebevoller Mann.»

«Ich habe das Gefühl, ich sollte mitkommen. Damit ich das meiste abkriege.»

Flora war gerührt. Sie drehte sich vom Fenster weg. «Das ist nicht nötig. Außerdem hast du selber genug Probleme am Hals, die du lösen mußt. Und zwar hier.»

«Willst du heute fahren?»

«Ja. Vielleicht kann ich einen Zug von Tarbole aus nehmen.»

«Der Zug nach London geht um eins.»

«Fährst du mich nach Tarbole?»

«Ich würde dich ans Ende der Welt fahren, wenn ich dir damit helfen könnte.»

«Tarbole reicht mir. Und jetzt muß ich mich anziehen. Ich muß zu Tuppy.»

«Ich gehe.» Er legte den Brief hin, griff nach den zwei leeren Henkelbechern und ging zur Tür.

«Antony.» Er blieb stehen und drehte sich um. Sie nahm den Verlobungsring ab. Er saß etwas eng, und es erforderte Mühe, ihn über den Knöchel zu streifen, aber schließlich ging er ab. Sie ging zu Antony, legte ihn in seine Hand, dann streckte sie sich und küßte ihn auf die Wange.

«Heb ihn an einem sicheren Ort auf. Eines Tages wirst du ihn brauchen.»

«Ich weiß nicht. Ich werde das Gefühl nicht los, daß er nicht viel Glück bringt.»

Flora lächelte. «Du bist eben ein abergläubischer Highlander. Wo bleibt denn deine Knickrigkeit? Denk bloß daran, wieviel er gekostet hat.»

Er grinste und steckte den Ring in die Tasche. «Ich bin unten, wenn du mich brauchst.»

Flora zog sich an und räumte ihr Zimmer auf, als komme es nur darauf an, es ordentlich zu hinterlassen. Sie griff nach dem Brief ihres Vaters, ging hinaus und den Flur entlang, dorthin, wo, wie sie wußte, Tuppy auf sie wartete.

Sie klopfte. «Ja?» rief Tuppy. Sie las die Morgenzeitung, doch als Flora eintrat, legte sie das Blatt beiseite und nahm die Brille ab. Durch das Zimmer trafen sich ihre Blicke. Tuppy machte so ein ernstes Gesicht, daß Flora der Mut verließ. Vielleicht sah man ihr das an, denn Tuppy lächelte, sagte liebevoll: «Flora!», und die Erleichterung darüber, daß sie nicht mehr «Rose» genannt wurde, war so groß, daß Flora einfach quer durch das Zimmer stürzte, wie eine Taube auf dem Heimweg direkt in Tuppys Arme flog.

«Ich weiß nicht, was ich sagen soll. Ich weiß nicht, wie ich sagen soll, daß es mir leid tut. Ich weiß nicht, wie ich dich darum bitten soll, daß du mir verzeihst.»

«Ich will nicht, daß du mit Entschuldigungen anfängst. Was ihr beide, du und Antony, da ausgebrütet habt, war sehr übel, aber ich hatte die ganze Nacht Zeit, darüber nachzudenken, und jetzt ist mir klar, daß ihr es mit den allerbesten Absichten getan habt. Andererseits ist der Weg zur Hölle mit guten Vorsätzen gepflastert, und gestern abend war ich so wütend auf Antony, daß ich ihn am liebsten geschlagen hätte.»

«Ja, er hat es mir erzählt.»

«Ich nehme an, er hat geglaubt, ich liege in den letzten Zügen und nehme alles hin, sogar eine Lüge. Und was Rose anlangt, dem Himmel sei Dank, daß er sie nicht heiratet. Wie kann ein Mädchen Antony nur so etwas antun – mit einem anderen Mann weglaufen, ohne auch nur den Anstand zu haben, es ihm zu erklären. Ich halte das für äußerst gedankenlos und grausam.»

«Das war einer der Gründe, warum ich nach Fernrigg gekommen bin. Weil ich Antony helfen wollte.»

«Ich weiß. Ich verstehe es. Und ich meine, es war sehr lieb von dir. Wie du es die ganze Woche lang durchgehalten hast, Rose zu sein, geht über mein Begriffsvermögen. Und dann bist du auch noch krank geworden. Du hast wirklich eine jämmerliche Zeit hinter dir.»

«Aber du verzeihst mir?»

Tuppy gab ihr einen kräftigen Kuß. «Meine Liebe, ich kann gar nicht anders. Flora oder Rose, du bist einfach du. Du hast uns allen soviel Freude gebracht, soviel Glück. Mich macht nur traurig, daß ihr zwei offenbar nicht vorhabt, euch ineinander zu verlieben und zu heiraten. Das ist viel enttäuschender als diese ganzen grauenhaften Lügen. Aber ich weiß schon, daß sich das Verlieben nicht manipulieren läßt. Dem Himmel sei Dank. Wie langweilig das Leben doch wäre, wenn das ginge. Und jetzt laß uns nicht mehr darüber reden. Ich will alles über gestern abend hören, und…»

«Tuppy.»

«Ja?» Tuppys blaue Augen wurden plötzlich wachsam.

«Heute morgen habe ich einen Brief von meinem Vater bekommen. Antony hat es dir vielleicht erzählt, er ist Lehrer, er lebt in Cornwall. Ich habe ihm Anfang der Woche geschrieben, weil ich das Gefühl hatte, ich muß jemandem beichten, was sich abspielt, und natürlich konnte ich es niemandem von euch erzählen.»

«Und was sagt dein Vater dazu?»

«Ich habe gedacht, das solltest du selbst lesen.»

Schweigend setzte Tuppy die Brille auf und nahm den Brief. Sie las ihn, von Anfang bis Ende. Als sie fertig war, murmelte sie: «Was für eine unglaubliche Geschichte. Aber was für ein netter Mann er sein muß.»

«Ja, das ist er.»

«Fährst du nach Hause?»

«Ja, ich muß. Um eins geht der Zug. Antony fährt mich nach Tarbole.»

Sofort verfiel Tuppys Gesicht, es wurde alt, ihr Mund warf Falten, ihre Augen verfinsterten sich. «Ich kann es nicht ertragen, daß du uns verläßt.»

«Ich will nicht fort.»

«Aber du kommst wieder. Versprich mir, daß du wiederkommst. Komm zurück und besuch uns alle, wann immer du willst. Fernrigg wartet auf dich. Du brauchst nur ein Wort zu sagen.»

«Du willst mich noch hierhaben?»

«Wir wollen dich hierhaben, weil wir dich lieben. So einfach ist das.» Nachdem sie das klargestellt hatte, wurde sie wieder praktisch. «Und dein Vater hat recht. Ich glaube, du solltest ein bißchen Zeit zu Hause verbringen.»

«Ich hasse Abschiede. Und ich habe so ein schlechtes Gefühl wegen Jason, Isobel, den Wattys und der Schwester. Sie waren so lieb zu mir, und ich kann mir nicht vorstellen, wie ich ihnen sagen soll, daß…»

«Ich sehe nicht ein, warum du ihnen irgend etwas sagen solltest. Sag nur, du hast einen Brief bekommen und mußt fort. Und wenn Antony vom Bahnhof zurückkommt, kann er es allen erklären. Er hat dich in diese Situation gebracht, und das ist das mindeste, was er tun kann.»

«Aber die vielen Leute, die gestern abend auf der Party waren?»

«Die Neuigkeit, daß die Verlobung gelöst ist, wird durchsickern. Eine Eintagsfliege, weiter nichts.»

«Aber sie müssen doch früher oder später erfahren, daß ich nicht Rose war. Sie müssen es eines Tages erfahren.»

«Das wird zweifellos auch durchsickern, und sie werden sich eine Zeitlang wundern und es dann vergessen. Schließlich ist es wirklich nicht so wichtig. Niemand hat Schaden genommen. Niemandem ist das Herz gebrochen worden.»

«Wie du das sagst, klingt es so einfach.»

«Die Wahrheit vereinfacht immer alles. Und dafür müssen wir Hugh danken. Wenn Hugh nicht gewesen wäre, der das Kommando übernommen hat, weiß der Himmel, wie lange diese dumme Farce noch weitergegangen wäre.» Sie seufzte. «Offenbar stehen wir immer irgendwie in Hughs Schuld. Wenn nicht in einer Hinsicht, dann in einer anderen. Er hat dich sehr gern, Flora. Ich frage mich, ob du das gemerkt hast. Vermutlich nicht, weil er seine Gefühle ungern zeigt, aber...»

Die Worte verebbten. Flora saß reglos da und schaute auf ihre gefalteten Hände hinunter. Die Knöchel waren ganz weiß, und die dunklen Wimpern wirkten wie Farbkleckse in ihrem plötzlich bleichen Gesicht.

Mit dem Instinkt eines Menschen, der ein Leben lang immer junge Leute um sich gehabt hat, witterte Tuppy ihren Kummer. Er durchzog den Raum wie ein eisiger Hauch, entsprang einer viel tieferen Quelle als dem Unglück über einen bevorstehenden Abschied. Besorgt legte Tuppy ihre Hand auf Floras und merkte, daß sie eiskalt war.

Flora schaute nicht auf. «Es ist schon in Ordnung», sagte sie.

«Mein liebes Kind, du muß es mir sagen. Hast du dich über jemanden aufgeregt? Ist es Antony?»

«Nein, natürlich nicht...»

Tuppy verfolgte das Gespräch im Geist zurück, suchte nach Anhaltspunkten. Sie hatten über Hugh gesprochen, und... Hugh. Hugh? Tuppy wußte es, als hätte Flora den Namen laut gesagt.

«Es ist Hugh.»

«O Tuppy, bitte sprich nicht darüber.»

«Aber natürlich müssen wir darüber sprechen. Ich kann es nicht ertragen, daß du so unglücklich bist. Hast... hast du dich in ihn verliebt?»

Flora schaute auf, die Augen dunkel wie Wunden. «Es muß wohl so sein», sagte sie leise.

Tuppy war verblüfft. Nicht weil Flora sich in Hugh verliebt hatte, sondern weil sie selbst nichts davon gemerkt hatte.

«Aber ich kann mir gar nicht vorstellen, wann…»

«Nein», sagte Flora plötzlich unverblümt. «Ich kann es mir auch nicht vorstellen. Ich kann mir nicht vorstellen, wann es passiert ist, wie oder warum. Ich weiß nur, daß es keine Zukunft hat.»

«Warum kann es keine Zukunft haben?»

«Weil Hugh so ist, wie er ist. Ihm ist einmal weh getan worden, und er wird nicht zulassen, daß ihm wieder weh getan wird. Er hat sich sein Leben eingerichtet, er will es nicht teilen, und er braucht keine Frau. Er gibt nicht zu, daß er eine Frau braucht. Und selbst wenn er es zugäbe, er scheint zu glauben, er hätte ihr nicht genug zu bieten… Ich meine, materielle Dinge.»

«Ihr scheint ja recht ausführlich darüber gesprochen zu haben.»

«Eigentlich nicht. Es war erst gestern abend, vor der Party. Ich hatte Champagner getrunken, was das Reden irgendwie erleichterte.»

«Weiß er, was du für ihn empfindest?»

«Tuppy, ein bißchen Stolz habe ich auch. Ich werde mich ihm nicht an den Hals werfen, allerdings habe ich ansonsten schon alle Möglichkeiten ausgeschöpft.»

«Hat er über Diana gesprochen?»

«Gestern abend nicht, aber er hat mir von ihr erzählt.»

«Das hätte er niemals getan, wenn er nicht das Gefühl gehabt hätte, daß du ihm sehr nahestehst.»

«Man kann einem Menschen nahestehen; das heißt noch nicht, daß man ihn liebt.»

«Hugh ist dickköpfig und sehr stolz», warnte Tuppy.

«Das brauchst du mir nicht zu sagen.» Flora lächelte traurig. «Gestern abend wollten wir gemeinsam essen. Er hat gesagt, er tanzt nicht mit mir, weil bestimmt alle Welt mit mir

473

tanzen will, aber wir könnten zusammen essen. Wie blöd, daß ich so etwas Wichtiges daraus gemacht habe... aber es war wichtig, Tuppy. Und ich habe gedacht, vielleicht bin ich ihm auch wichtig. Doch dann war er plötzlich fort. Irgendein Anruf war gekommen, wegen einer Geburt. Ich weiß es nicht genau. Aber er ist einfach verschwunden.»

«Meine Liebe, er ist Arzt.»

«Hätte er es mir nicht sagen können? Hätte er sich nicht wenigstens verabschieden können?»

«Vielleicht konnte er dich nicht finden. Vielleicht hatte er keine Zeit, nach dir zu suchen.»

«Es sollte mir nichts ausmachen, nicht wahr? Aber es war so schrecklich wichtig.»

«Kannst du wegfahren und ihn vergessen?»

«Das weiß ich nicht. Anscheinend weiß ich auf nichts mehr eine Antwort. Ich muß den Verstand verloren haben.»

«Im Gegenteil, ich halte dich für ganz besonders klug. Hugh ist ein außergewöhnlicher Mensch, aber er verbirgt seine Qualitäten gut. Es gehört eine ungewöhnliche Wahrnehmung dazu, sie dennoch zu entdecken.»

«Was soll ich tun?» Flora sprach leise, aber für Tuppy klang es wie ein Aufschrei aus dem Herzen.

«Was du sowieso tun wolltest. Fahr nach Hause zu deinem Vater. Pack deine Sachen, verabschiede dich und laß dich von Antony zum Bahnhof fahren. So einfach ist das.»

«Einfach?»

«Das Leben ist so kompliziert, daß einem manchmal nur übrigbleibt, das Einfache zu tun. Jetzt gib mir einen Kuß. Vergiß alles, was geschehen ist. Und wenn du wieder nach Fernrigg kommst, beginnen wir ganz von vorn, machen einen neuen Anfang.»

«Ich kann dir gar nicht richtig danken.» Flora gab Tuppy einen Kuß. «Ich finde nicht die richtigen Worte.»

«Am besten kannst du mir danken, indem du wiederkommst. Das ist alles, was ich mir wünsche.»

Ein Geräusch vom Fußende des Bettes unterbrach sie. Sukey hatte beschlossen aufzuwachen. Ihre Krallen kratzten auf der Seide der Daunendecke, als sie vorsichtig über das Bett stolzierte, offenbar in der Absicht, auf Floras Knie zu klettern und ihr das Gesicht zu lecken.

«Sukey! Das ist das erste Mal, daß du nett zu mir bist.» Flora nahm den kleinen Hund in die Arme und drückte einen Kuß auf Sukeys Kopf. «Warum ist sie plötzlich so nett?»

«Sukey merkt alles», sagte Tuppy, als wäre das eine vollständige Erklärung. «Vielleicht hat sie begriffen, daß du nicht Rose bist. Vielleicht wollte sie sich auch nur von dir verabschieden. Wolltest du das, mein Liebling?»

So angesprochen, vergaß Sukey Flora und rollte sich in Tuppys Armbeuge zusammen.

«Ich muß gehen», sagte Flora.

«Ja. Du darfst Antony nicht warten lassen.»

«Leb wohl, Tuppy.»

«Nicht leb wohl. Auf Wiedersehen.»

Flora stand zum letztenmal von Tuppys Bett auf und ging zur Tür.

«Flora», sagte Tuppy.

Flora blieb stehen. «Ja?»

«Ich habe Stolz nie für eine Sünde gehalten. Mir ist er immer eher als eine bewundernswerte Eigenschaft erschienen. Aber wenn zwei stolze Menschen sich mißverstehen, kann das zu einer Tragödie führen.»

«Ja», sagte Flora. Mehr gab es kaum zu sagen. Sie ging hinaus und schloß die Tür hinter sich.

Sie brauchte wenig Zeit zum Packen, so wenig Zeit, alle Spuren ihrer Anwesenheit aus dem Zimmer zu entfernen. Als sie fertig war, wirkte es unpersönlich, kahl – bereit für den nächsten Gast in Fernrigg. Sie ließ das weiße Kleid, das sie am Vorabend getragen hatte, außen an der Schranktür hängen. Es war jetzt zerknittert, hatte sich Floras Figur angepaßt, war am Saum schmuddelig und hatte vorn auf dem Rock einen

Champagnerfleck. Flora öffnete den Schrank und holte ihren Mantel heraus. Den Mantel über dem Arm, den Koffer in der Hand ging sie hinunter.

Alles war wieder beim alten. Die Halle sah aus wie immer, die Möbel standen an ihrem gewohnten Platz, das Feuer schwelte, Plummer saß in der Wärme und wartete darauf, daß jemand mit ihm spazierenging. Aus dem Wohnzimmer drangen Stimmen. Flora stellte Koffer und Mantel ab, ging hinein und fand Isobel und Antony, die in ein Gespräch vertieft am Kamin standen. Als Flora hereinkam, brachen sie ab und wandten sich ihr zu.

«Ich habe es Tante Isobel gestanden», sagte Antony.

«Ich bin froh, daß du es weißt.» Flora meinte es ehrlich.

Isobel wirkte wie vor den Kopf geschlagen. Es hatte einige Zeit gebraucht, bis sie begriff, was Antony ihr in der letzten Viertelstunde zu erklären versucht hatte. Müde, wie sie war, fühlte sie sich nicht in der Verfassung, die lange, verwickelte Geschichte anzuhören und auch noch zu verstehen.

Doch eine Tatsache war auf traurige Weise klar. Rose – nein, Flora – reiste ab. Jetzt. Einfach so. Antony fuhr sie nach Tarbole, damit sie den Zug nach London bekam. Es kam alles so plötzlich und unerwartet, daß Isobel sich ganz schwach fühlte. Nun, da Flora vor ihr stand, so bleich und gefaßt, wußte sie, daß es Wirklichkeit war.

«Es ist nicht nötig, daß du gehst», sagte Isobel. Sie hatte nicht viel Hoffnung, versuchte aber trotzdem, Flora zum Bleiben zu überreden. «Es spielt keine Rolle, wer du bist. Wir wollen nicht, daß du gehst.»

«Das ist sehr lieb von dir. Aber ich muß fort.»

«Wegen des Briefs von deinem Vater. Antony hat es mir gesagt.»

Flora wandte sich an Antony: «Was ist mit den anderen?»

«Ich habe ihnen gesagt, daß du abfährst, aber nicht, daß du nicht Rose bist. Ich dachte, das kann warten. Vielleicht macht es alles ein bißchen leichter für dich.»

Flora lächelte dankbar.

«Und Mrs. Watty packt dir ein Lunchpaket ein. Sie hat kein Vertrauen zu Speisewagen.»

«Ich bin soweit, wenn du es auch bist.»

Antony nickte. «Ich sag's den anderen. Sie wollen sich von dir verabschieden.» Er ging hinaus.

«Du kommst wieder, nicht wahr?» sagte Isobel.

«Tuppy hat mich eingeladen.»

«Es wäre so schön, wenn du Antony heiraten würdest.»

«Es wäre auch schön, weil ich dann zu einer so wunderbaren Familie gehören würde. Aber leider wird nichts daraus.»

Isobel seufzte. «Es scheint nie so zu gehen, wie man es sich wünscht. Man glaubt, das Leben sei in bester Ordnung, und dann fällt plötzlich alles in sich zusammen.»

Wie meine Blumenarrangements, dachte Flora. Sie hörte die Stimmen der anderen, die über den Küchenflur kamen. «Leb wohl, Isobel.» Sie küßten sich mit großer Zuneigung. Isobel war immer noch nicht ganz klar, was diese unbefriedigende Sitation verursacht hatte.

«Du kommst doch wieder?»

«Selbstverständlich.»

Irgendwie brachte sie die Abschiede hinter sich. Alle standen mit traurigen Gesichtern in der Halle und sagten, was für ein Jammer es sei, daß sie abreisen müsse, aber natürlich würde sie wiederkommen. Niemandem schien aufzufallen, daß sie Antonys Verlobungsring nicht mehr trug, und falls doch, machte niemand eine Bemerkung darüber. Flora ertappte sich dabei, daß sie der Schwester einen Kuß gab, dann Mrs. Watty, die eine Tüte mit Pflaumenkuchen und Äpfeln in Floras Manteltasche stopfte. Schließlich war Jason an der Reihe, Flora ging in die Knie, sie umarmten sich, und er legte die Arme so fest um ihren Hals, daß sie glaubte, er werde sie gar nicht mehr loslassen.

«Ich will mit zum Bahnhof.»

«Nein», sagte Antony.

«Aber ich will…»

«Ich will nicht, daß du mitkommst», sagte Flora schnell. «Ich hasse Abschiede auf Bahnhöfen, ich muß immer weinen, und das wäre scheußlich für uns beide. Und danke, daß du mir ‹Strip the Willow› beigebracht hast. Es war der schönste Tanz des ganzen Abends.»

«Wirst du ihn auch nicht verlernen?»

«Ich werde mich mein Leben lang daran erinnern.»

Hinter ihr machte Antony die Haustür auf, und der kalte Wind trieb herein wie eisiges Wasser durch eine Schleuse. Er ging mit ihrem Koffer die Treppe zum Auto hinunter. Sie rannte hinter ihm her, den Kopf gegen den Regen gesenkt. Antony legte den Koffer auf den Rücksitz, half ihr ins Auto und warf die Tür hinter ihr zu.

Trotz des Wetters waren alle herausgekommen, um sie stilgerecht zu verabschieden. Plummer stand vor der kleinen Gruppe und sah aus, als warte er darauf, fotografiert zu werden. Der Wind riß an der Schürze der Schwester, zerzauste Isobels Haar, aber sie blieben stehen, winkten, als das Auto wendete und die Einfahrt mit den klaftertiefen Schlaglöchern entlangfuhr. Flora drehte sich um und winkte durch das Rückfenster, bis das Auto auf die Straße abbog und das Haus und seine Bewohner nicht mehr zu sehen waren.

Es war vorbei. Flora drehte sich um und sackte im Sitz zusammen, die Hände in den Taschen vergraben. Ihre Finger schlossen sich um Mrs. Wattys Lunchpaket. Sie ertastete das Stück Kuchen, die runde Festigkeit eines Apfels. Dann schaute sie geradeaus, durch die überspülte Windschutzscheibe.

Aber nichts war zu sehen. Der Regen umschloß sie. Antony fuhr mit eingeschalteten Scheinwerfern, und hin und wieder tauchte ein großes, nasses Schaf aus der Düsternis auf, oder sie passierten die Scheinwerfer eines anderen Autos, das in die entgegengesetzte Richtung fuhr. Der Wind heulte noch heftiger als zuvor.

«Was für ein scheußlicher Tag zum Wegfahren», sagte Antony.

Sie dachte an den Tag, an dem sie den Hügel hinaufgestiegen waren, an die Inseln, die magisch ausgesehen hatten, wie sie im sommerlichen Meer trieben, an die kristallklare Luft und die schneebedeckten Gipfel der Cuillins. «Eigentlich ist es mir lieber so», sagte sie. «Es macht mir den Abschied leichter.»

Sie kamen nach Tarbole und sahen, daß der Hafen voller Schiffe war, vom Wetter hier festgehalten.

«Wie spät ist es, Antony?»

«Viertel nach zwölf. Wir sind viel zu früh dran, aber das macht nichts. Wir können bei Sandy Kaffee trinken, genau wie am ersten Morgen, als wir aus Edinburgh kamen.»

«Es scheint schon so lange her zu sein. Ein ganzes Leben.»

«Tuppy hat es ehrlich gemeint, als sie dich gebeten hat, wiederzukommen.»

«Du kümmerst dich um sie, nicht wahr, Antony? Du läßt nicht zu, daß ihr etwas zustößt?»

«Ich packe sie für dich in Watte», versprach er. «Sie kann mir nicht verzeihen, die arme Tuppy, daß ich nicht das Beste aus der Situation mache, dich heirate und als meine Frau nach Fernrigg zurückbringe.»

«Sie weiß, daß das ausgeschlossen ist.»

«Ja.» Er seufzte. «Sie weiß es.»

Sie waren jetzt in der Stadt, fuhren am Hafen entlang. Wellen schlugen über die niedrige Steinmauer, die Straße war überspült vom Salzwasser, schmutziger Schaum verstopfte die Abflüsse. Da war der vertraute Geruch nach Fisch und Diesel, und das Kreischen von Bremsen zerriß die Luft, als ein riesiger Laster den Berg von Fort William herunterkam.

Sie kamen zur Kreuzung und dann zur Bank, wo Flora ein paar Tage vorher den Lieferwagen im Parkverbot abgestellt hatte. Der kleine Bahnhof aus grauem Stein, verfleckt vom Ruß, wartete auf sie. Die Eisenbahnschienen machten am

Ende des Bahnsteigs eine Kurve und verschwanden außer Sicht. Antony schaltete den Motor ab. Sie stiegen aus und gingen zum Fahrkartenschalter, Antony mit Floras Koffer. Trotz ihrer Proteste bezahlte er die Fahrkarte nach Cornwall.

«Aber es ist so teuer, ich kann sie selbst bezahlen.»

«Ach, red keinen Blödsinn», sagte er rüde, entschlossen, keine Gefühle zu zeigen, obwohl sie ihn jetzt übermannten.

Während die Fahrkarte ausgestellt wurde, standen sie da und warteten. Im Fahrkartenbüro brannte ein kleines Feuer, aber es roch muffig. Abblätternde Plakate animierten dazu, in Schottland Urlaub zu machen, Schiffahrten auf dem Clyde zu unternehmen, Wochen im herrlichen Rothsay zu verbringen. Sie schwiegen beide, aus einem einfachen Grund: Es gab offenbar nichts mehr zu sagen.

Endlich war die Fahrkarte fertig. Antony nahm sie und gab sie Flora. «Eigentlich hätte ich eine Rückfahrkarte kaufen sollen, dann können wir sicher sein, daß du wiederkommst.»

«Ich komme wieder.» Sie steckte die Fahrkarte ein. «Antony, ich möchte nicht, daß du wartest.»

«Aber ich muß dich doch in den Zug setzen.»

«Ich will nicht, daß du wartest. Ich hasse Abschiede, und ich hasse Bahnhöfe. Wie ich zu Jason gesagt habe, ich mache mich immer zum Narren und weine. Ich hasse das.»

«Aber du hast noch vierzig Minuten Zeit.»

«Das macht nichts. Bitte, geh jetzt.»

«Na gut.» Aber er klang nicht überzeugt. «Wenn du willst.»

Sie ließen ihren Koffer im Fahrkartenbüro und gingen auf den Bahnhofsvorplatz hinaus. An seinem Auto blieben sie stehen, und Antony wandte sich ihr zu. «Das war's also?»

«Tuppy hat auf Wiedersehen gesagt.»

«Du schreibst? Wir bleiben in Verbindung?»

«Natürlich.»

Sie küßten sich. «Weißt du was?» sagte Antony.

Sie lächelte. «Ja, ich weiß. Ich bin eine tolle Frau.»

Er stieg ein und fuhr los, sehr schnell, und war fast sofort in der Kurve bei der Bank verschwunden. Flora blieb allein zurück. Der Regen fiel dünn, aber stetig, und durchnäßte die Kleider. Über Flora rüttelte der Wind an Kaminen und Fernsehantennen.

Einen kurzen Moment zögerte Flora.

Wenn zwei stolze Menschen sich mißverstehen, kann das zu einer Tragödie führen.

Sie machte sich auf den Weg.

Der Hügel, schwarz vom Regen, wirkte so steil wie ein Dach. Die Rinnsteine tosten wie Wasserfälle. Als sie den Schutz der Stadt verließ, prallte der Wind gegen sie wie ein harter Gegenstand, brachte Flora um den Atem und aus dem Gleichgewicht. Wirbelnder Gischt erfüllte die Luft, sie spürte das Salz auf den Wangen und schmeckte es im Mund. Als sie schließlich das Haus oben auf dem Hügel erreichte, blieb sie am Tor stehen, um Luft zu holen. Im Zurückschauen sah sie die graue, aufgewühlte See, leer von Schiffen, und die hohen Gischtsäulen, die sich hinter der Hafenmauer auftürmten.

Sie öffnete das Tor, schloß es hinter sich und ging den abfallenden Weg zur Haustür hinunter. Auf der Veranda klingelte sie und wartete. Ihre Schuhe waren völlig durchnäßt, und vom Saum ihres Mantels tropfte Wasser auf den gefliesten Boden. Sie klingelte wieder.

Schließlich hörte sie jemanden rufen: «Ich komme ja schon!» Im nächsten Augenblick flog die Tür auf, und Flora stand einer Frau unbestimmbaren Alters gegenüber, bebrillt und nervös. Sie trug eine geblümte Schürze und Hauspantoffeln, die wie tote Kaninchen aussahen, und mit derselben Gewißheit, als seien sie einander formell vorgestellt worden, wußte Flora, daß die Frau Jessie McKenzie war.

«Ja?»

«Ist Dr. Kyle da?»

«Er ist noch in der Praxis.»

«Oh. Wann macht er Schluß?»

«Das kann ich nicht genau sagen. Heute morgen ist alles durcheinander. Normalerweise macht die Praxis um zehn auf, aber heute morgen, wegen des Unfalls, konnte der Doktor erst um halb zwölf anfangen...»

«Unfall?» sagte Flora schwach.

«Haben Sie das nicht gehört?» Jessie war hin und weg von der grausigen Neuigkeit. «Dr. Kyle hatte noch nicht einmal mit seinem Frühstück angefangen, als das Telefon klingelte. Es war der Hafenmeister, offenbar hat es auf einem Schiff einen Unfall gegeben; ein Krankabel ist gerissen und ein Stapel Fischkisten fiel auf das Deck, direkt auf einen Jungen, der da gearbeitet hat. Es hat ihm das Bein zerschmettert. Sieht aus, als wär er übel zugerichtet...»

Sie war nicht zu bremsen, entschlossen, sich einen ausgiebigen Plausch zu gönnen, die Arme über der beschürzten Brust verschränkt. Jessie war nicht dick, aber ihr nirgends eingedämmter Körper schien in alle Richtungen zu quellen. Offensichtlich war sie eine Frau, der Bequemlichkeit über Schönheit ging, und doch, das wußte Flora instinktiv, würde sich Jessie sofort in ein fürchterliches Korsett zwängen, wenn eine Whistrunde oder eine Kirchensoiree bevorstand, genauso, wie manche Menschen ihr Gebiß nur tragen, wenn sie Besuch erwarten.

«...Dr. Kyle war sofort dort, aber sie brauchten den Notarztwagen, damit der arme Kerl nach Lochgarry kommt... und Dr. Kyle ist auch hingefahren... natürlich mußte der Junge operiert werden. Dr. Kyle war erst nach elf wieder da.»

Eine Unterbrechung des Redeflusses wurde unumgänglich.

«Kann ich zu ihm?»

«Genau weiß ich das nicht. Die Sprechstundenhilfe ist nach Hause gegangen, das habe ich gesehen, also ist die Praxis vielleicht geschlossen. Und der Doktor hat den ganzen Morgen nichts zwischen die Zähne gekriegt. Ich habe einen Topf Suppe auf dem Herd, und ich rechne jeden Augenblick damit, daß er kommt...» Sie schaute Flora an, die Augen funkelten neugierig hinter den runden Brillengläsern. «Sind Sie eine Patientin?» Vermutlich dachte sie, Flora sei schwanger. «Ist es dringend?»

«Ja, es ist dringend, aber ich bin keine Patientin. Ich muß einen Zug erreichen.» Die Augenblicke glitten vorüber, und Flora wurde allmählich verzweifelt. «Vielleicht könnte ich hinübergehen und nachschauen, ob er noch arbeitet.»

«Ja.» Jessie dachte darüber nach. «Vielleicht könnten Sie das.»

«Wie komme ich zur Praxis?»

«Folgen Sie einfach dem Weg ums Haus herum.»

Flora wich zurück. «Danke. Ich...»

«Scheußlicher Morgen», bemerkte Jessie im Konversationston.

«Ja. Scheußlich.» Und damit floh sie in den Regen hinaus.

Der betonierte Weg führte um das Haus herum und unter einem überdachten Stück zur Praxistür. Flora ging hinein und fand die Praxis leer, doch schlammige Fußspuren überall auf dem gebohnerten Linoleum, Stühle an der Wand und ein paar unordentliche Zeitschriften legten Zeugnis ab von der Schlange, die im Verlauf des Vormittags hier durchgetrampelt war. Es roch nach Desinfektionsmitteln und nassen Regenmänteln. Auf der anderen Seite des Raums war durch Trennwände aus Glas ein kleines Büro entstanden, darin standen ein Schreibtisch, Aktenschränke und Karteikästen.

Die Tür mit seinem Namen darauf war am anderen Ende des langen Raumes. Floras nasse Schuhe hinterließen eine frische Schlammspur. Wer auch immer am Ende des Tages den Boden saubermachen mußte, hatte Mitleid verdient.

Sie nahm ihren ganzen Mut zusammen und klopfte. Es war keine Antwort zu hören, deshalb klopfte sie noch einmal.

Von drinnen kam eine schroffe Stimme: «Ich habe doch gesagt, herein!» Kein guter Anfang. Flora ging hinein.

Er schaute nicht einmal vom Schreibtisch auf. Sie sah nur seinen Kopf und daß er irgend etwas schrieb.

«Ja?»

Flora schloß die Tür hinter sich, und er schaute auf. Einen Augenblick lang wirkte er wie versteinert, dann nahm er die Brille ab und lehnte sich im Stuhl zurück, damit er sie besser anstarren konnte.

«Was machst du denn hier?»

«Ich bin gekommen, um mich zu verabschieden.»

Inzwischen wünschte sie sich sehnlichst, sie wäre nicht gekommen. Sein Büro war unpersönlich, es hatte weder Ermutigung noch Trost zu bieten. Der Schreibtisch war riesig, das Linoleum braun, die Wände waren margarinefarben. Sie erhaschte einen Blick auf einen Schrank mit unheilvoll aussehenden Instrumenten und schaute hastig weg.

«Aber wohin fährst du?»

«Zurück nach Cornwall. Zu meinem Vater.»

«Wann hast du diese Entscheidung getroffen?»

«Ich habe heute morgen einen Brief von ihm bekommen. Ich… ich habe ihm Anfang der Woche geschrieben und ihm alles erzählt. Wo ich bin. Was ich mache.»

«Und was hatte er dazu zu sagen?»

«Er hat geschrieben, ich soll nach Hause kommen.»

Ein flüchtiges Lächeln huschte über Hughs Gesicht. «Und du willst dich hier verstecken?»

«Nein, natürlich nicht. Er ist nicht böse, im Gegenteil. Ich habe es Tuppy erzählt, und sie hat gesagt, sie meint, ich soll fahren. Ich habe mich von allen in Fernrigg verabschiedet, und Antony hat mich mit dem Auto nach Tarbole gebracht. Ich habe die Fahrkarte, mein Koffer steht auf dem Bahnhof, aber der Zug geht erst um eins, deshalb habe ich gedacht, ich komme her und verabschiede mich von dir.»

Hugh legte schweigend den Füller weg und stand auf.

Jetzt wirkte er so riesig wie sein schwerer Schreibtisch, genau richtig in der Proportion. Er kam nach vorn und setzte sich auf die Schreibtischkante, wodurch ihre Augen in derselben Höhe waren. Sie bemerkte, daß er müde aussah, aber im Gegensatz zu Antony hatte er offenbar die Zeit gefunden, sich zu rasieren. Sie fragte sich, ob er zwischen Frühgeburt und dem Jungen mit dem zerschmetterten Bein überhaupt geschlafen hatte.

«Das mit gestern abend tut mir leid», sagte er. «Hast du dich gefragt, wo ich geblieben bin?»

«Ich habe gedacht, du hast vergessen, daß du mit mir zu Abend essen wolltest. Und dann hat mir jemand gesagt, daß du einen Anruf bekommen hast.»

«Ich hatte es vergessen», gestand Hugh. «Als der Anruf kam, habe ich alles andere vergessen. So geht es mir immer. Ich war schon auf halbem Weg, als mir unsere Verabredung eingefallen ist, und dann war es natürlich zu spät.»

«Es war nicht wichtig», sagte sie, doch es klang nicht einmal in ihren eigenen Ohren überzeugend.

«Ob du's glaubst oder nicht, für mich war es wichtig.»

«War das Baby gesund?»

«Ja, ein kleines Mädchen. Sehr klein, aber sie wird es schaffen.»

«Und der Junge von heute morgen, auf dem Boot?»

«Woher weißt du das?»

«Ich habe mit deiner Haushälterin gesprochen. Sie hat es mir erzählt.»

«Typisch», sagte Hugh trocken. «Was den Jungen betrifft, wissen wir erst in ein paar Tagen Bescheid.»

«Du meinst, vielleicht stirbt er?»

«Nein, sterben wird er nicht. Aber vielleicht verliert er das Bein.»

«Wie schrecklich.»

Hugh verschränkte die Arme. «Wie lange bleibst du bei deinem Vater?»

«Das weiß ich nicht.»

«Was machst du hinterher?»

«Ich nehme an, was ich dir gestern abend gesagt habe. Ich gehe nach London zurück. Suche mir Arbeit. Suche mir eine Wohnung.»

«Kommst du wieder nach Fernrigg?»

«Tuppy hat mich eingeladen.»

«Und kommst du?»

«Ich weiß nicht. Es kommt darauf an.»

«Worauf?»

Sie schaute ihm direkt in die Augen. «Auf dich, nehme ich an.»

«Ach, Flora…»

«Hugh, stoß mich nicht zurück. Wir waren uns so nahe. Wir können wenigstens miteinander reden.»

«Wie alt bist du?»

«Zweiundzwanzig. Und sag nicht, du könntest mein Vater sein, denn das stimmt nicht.»

«Das wollte ich nicht sagen. Aber ich bin alt genug, um zu wissen, daß du noch alles vor dir hast, und ich will nicht der Mann sein, der dir das nimmt. Du bist jung, du bist schön und etwas ganz Besonderes. Vielleicht bildest du dir ein, du seist wie durch ein Wunder schon eine reife Frau, aber in Wahrheit fängt dein Leben erst an. Irgendwo, irgendwann wirst du einen jungen Mann finden, der auf dich gewartet hat. Einen, der nicht schon einmal verheiratet war und dir mehr zu bieten hat als nur das Zweitbeste – einen, der es sich eines Tages leisten kann, dir all das Schöne zu geben, das du dir wirklich verdient hast.»

«Vielleicht will ich das gar nicht.»

Er schüttelte den Kopf. «Mein Leben ist nichts für dich. Ich habe gestern abend versucht, dir das klarzumachen.»

«Und ich habe dir gesagt, wenn dich jemand liebt, wird es dadurch ein richtiges Leben.»

«Ich habe diesen Fehler schon einmal gemacht.»

«Aber ich bin nicht Diana. Ich bin ich. Und was ich damals zu dir gesagt habe, ist unverzeihlich, aber wahr. Indem sie so gestorben ist, hat Diana dich zerstört. Sie hat deinen Glauben an Menschen zerstört, dein Selbstvertrauen. Sie hat dich so verändert, daß du anderen Menschen weh tust, nur damit dir nicht weh getan wird. Es ist grauenhaft, wenn man so ist.»

«Flora, ich will dir nicht weh tun. Begreifst du denn nicht? Mal angenommen, ich liebe dich? Mal angenommen, ich liebe dich zu sehr, um zuzulassen, daß du dein Leben zerstörst?»

Flora starrte ihn finster an. Was für ein unglaublicher Augenblick, von Liebe zu reden, mitten in einem Streit. Denn es war ein Streit, so lautstark, daß Jessie McKenzie, wenn sie so neugierig gewesen wäre, das Ohr an die Wand zu legen, jedes Wort verstanden hätte. Hugh zuliebe hoffte Flora, sie werde es nicht tun.

«So leicht bin ich nicht zu zerstören», sagte sie. «Nachdem ich die letzte Woche überlebt habe, kann ich alles überleben.»

«Du hast gesagt, Tuppy hat dich eingeladen, wieder nach Fernrigg zu kommen.»

«Ja.»

«Wirst du kommen?»

«Ich habe dir doch gesagt, es kommt darauf an…»

«Es war lächerlich, so etwas zu sagen. Wenn du wiederkommst…»

Flora verlor die Geduld. Offenbar war es nicht möglich, seinen sturen Stolz zu durchbrechen, ohne laut und deutlich zu sagen, daß er sich wie ein Idiot benahm. «Hugh, entweder komme ich zu dir zurück, oder ich komme überhaupt nicht wieder.»

Flora schwieg einen Moment, selbst entgeistert über ihren Ausbruch. Doch dann fuhr sie stockend fort, mit der hoffnungslosen Verzweiflung eines Menschen, der weiß, daß er alle Brücken hinter sich abgebrochen hat. «Obwohl ich mir nicht vorstellen kann, daß dich das interessiert. Ich glaube nicht, daß du dir besonders viel aus mir machst.» Sie funkelte ihn zornig an. «Und deine Krawatte löst sich», fügte sie hinzu, als sei das der Tropfen, der das Faß zum Überlaufen bringe.

Die Krawatte löste sich tatsächlich. Vielleicht hatte er sich schnell und ohne Sorgfalt angezogen. Vielleicht war sie im Verlauf des Vormittags von selbst aufgegangen, wie es bei der Krawatte ihres Vaters so oft der Fall war, und...

Ihre Überlegungen kamen plötzlich zum Stillstand, als sie schlagartig begriff, was sie eben so gedankenlos gesagt hatte. Sie starrte die elende Krawatte an, wartete darauf, daß Hugh sie selbst in Ordnung brachte, starrsinnig, wie er war. Wenn er es tat, würde sie das Zimmer verlassen, den Hügel hinuntergehen, in den Zug steigen, abfahren und nie wieder an ihn denken, das schwor sie sich.

Aber er machte keine Anstalten, etwas gegen den unzulänglichen Sitz der Krawatte zu unternehmen, sondern blieb mit verschränkten Armen sitzen. Schließlich sagte er: «Warum hilfst du dem Übel nicht ab?»

Vorsichtig, langsam ging Flora zu ihm. Sie zog den Knoten fest, rückte ihn ordentlich zurecht, genau in der Kragenmitte. Es war erledigt. Sie trat zurück. Er rührte sich immer noch nicht. Es gehörte mehr Willenskraft dazu, als sie je für möglich gehalten hätte, aufzuschauen und seinem Blick zu begegnen. Zum erstenmal wirkte er so entwaffnet und hilflos wie ein ganz junger Mann. Er sagte ihren Namen, und im nächsten Augenblick, mit einem Laut irgendwo zwischen einem Schluchzer und einem Triumphschrei, lag Flora in seinen Armen.

«Ich liebe dich», sagte sie.

«Du unmögliches Kind.»

«Ich liebe dich.»

«Was soll ich nur mit dir anfangen?»

«Du könntest mich heiraten. Ich werde eine wunderbare Arztfrau abgeben. Stell es dir nur mal vor.»

«Ich habe mir in den letzten drei Tagen nichts anderes vorgestellt.»

«Ich liebe dich.»

«Ich habe geglaubt, ich kann dich gehen lassen, aber ich
kann es nicht.»

«Du wirst mich aber gehen lassen müssen, denn ich muß
den Zug bekommen.»

«Aber du kommst wieder?»

«Zu dir.»

«Wann?»

«In drei, vier Tagen.»

«Zu lange.»

«Länger dauert es bestimmt nicht.»

«Ich rufe dich jeden Abend bei deinem Vater an.»

«Das wird großen Eindruck auf ihn machen.»

«Und wenn du kommst, stehe ich auf dem Bahnsteig, mit
einem Rosenstrauß und einem Verlobungsring.»

«O Hugh, keinen Verlobungsring. Es tut mir leid, aber von
Verlobungsringen habe ich die Nase voll. Könntest du keinen
Ehering daraus machen?»

Er lachte. «Du bist nicht nur unmöglich, du bist unerträglich.»

«Ja, ich weiß. Ist das nicht furchtbar?»

Endlich sagte er es. «Ich liebe dich.»

Jessie machte sich Sorgen um den Topf Suppe. Wenn der
Doktor sich auch nur noch einen Augenblick Zeit ließ, würde
sie völlig zerkochen. Sie gönnte sich schon ihr Mittagessen:
Kartoffelreste, ein kaltes Hühnerbein, eine Büchse Baked
Beans. Ihre Leibspeise. Zum Nachtisch wollte sie Pflaumen
aus der Dose mit Vanillesauce essen und sich dann eine starke
Tasse Tee kochen.

Eben wollte sie an dem Hühnerbein in ihrer Hand nagen
(wenn man allein war, konnte man so etwas ja machen), als sie
Stimmen hörte und Schritte auf dem Weg zur Praxis. Ehe sie

Zeit hatte, das Hühnerbein wegzulegen, flog die Haustür auf, und Dr. Kyle stand vor ihr, an der Hand die Frau in dem marineblauen Mantel, die nach ihm gefragt hatte.

Die Frau lächelte. Der Wind wehte ihr das Haar ins Gesicht. Und Dr. Kyles Gesicht war ein Bild für die Götter. Jessie wurde nicht schlau daraus. Eigentlich hätte er erschöpft sein müssen, bedrückt von der Arbeit und von den Sorgen. Er hätte schwerfällig aus der Praxis herübertrotten müssen zu dem Teller Suppe, der stärkenden Brühe, die sie, Jessie, für ihn zubereitet hatte.

Statt dessen strahlte er über das ganze Gesicht, verströmte gute Laune und sah aus, als könne er weitere achtundvierzig Stunden durchhalten, ohne ein Auge zuzutun.

«Jessie!»

Sie ließ das Hühnerbein fallen, doch er schien es überhaupt nicht bemerkt zu haben.

«Jessie, ich gehe zum Bahnhof. Ich bin in zehn Minuten zurück.»

«Gut, Herr Doktor.»

Es regnete immer noch, und obwohl er keinen Regenmantel anhatte, schien ihm das nichts auszumachen. Er ging wieder hinaus, die Frau immer noch im Schlepptau, ließ die Haustür offen, und ein messerscharfer Wind drang in Jessies Küche.

«Was ist mit Ihrer Suppe?» rief sie hinter ihm her. Zu spät, er war schon fort. Sie stand auf und schloß die Tür. Dann ging sie zur Vorderseite des Hauses und öffnete vorsichtig, weil sie nicht beobachtet werden wollte, die Haustür. Sie sah die beiden zur Straße hinuntergehen. Sie hatten die Arme umeinander gelegt, und beide lachten, nahmen keinerlei Notiz vom Wind und vom Regen. Jessie schaute ihnen nach, wie sie durch das Tor und den Hügel hinunter zur Stadt gingen. Ihre Köpfe verschwanden hinter der Mauer, erst der Kopf der Frau, dann der von Dr. Kyle.

Sie waren fort.

Kopfschüttelnd schloß Jessie die Tür. Hatte man so was schon erlebt? Nun, früher oder später würde sie jemanden finden, dem sie diese unglaubliche Geschichte erzählen konnte.

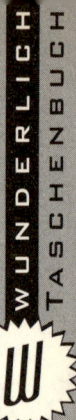

WUNDERLICH TASCHENBUCH

8-1

26121-9

26124-3

Bestseller zu attraktiven Preisen.

Jeden Monat neu als Wunderlich Taschenbuch.

Wir wünschen gute Unterhaltung!

5050/1

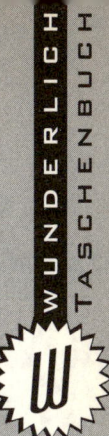

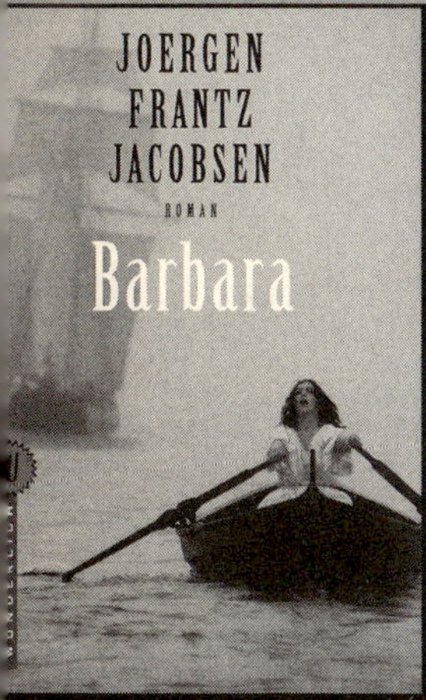

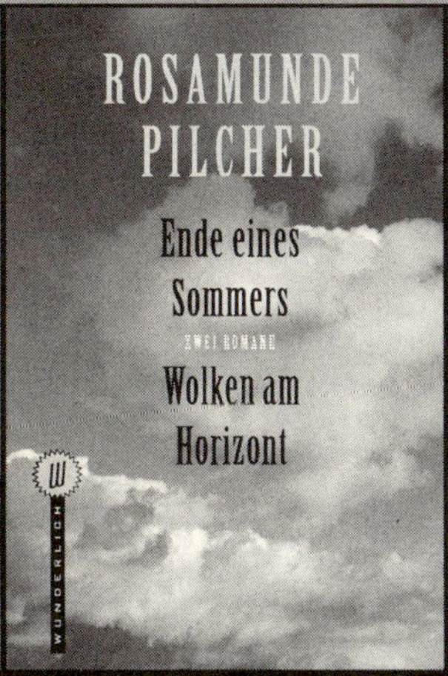

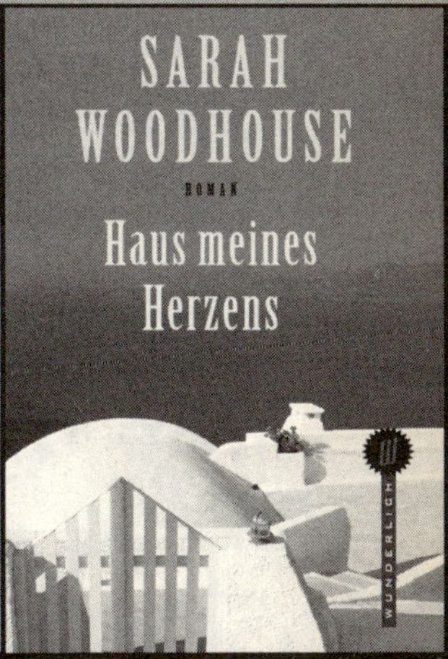

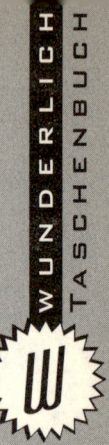

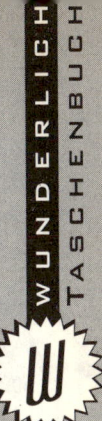

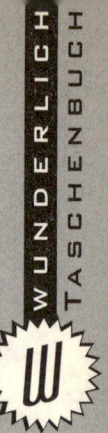